CW00419978

VIES PARALLÈLES

La littérature grecque et latine
dans la même collection

ARISTOPHANE, *Théâtre complet.*

CÉSAR, *La Guerre des Gaules.*

CICÉRON, *De la République. Des Lois.*

ESCHYLLE, *Théâtre complet.*

ÉSOPE, *Fables.*

EURIPIDE, *Théâtre complet.*

HOMÈRE, *L'Iliade. – L'Odysée.*

HORACE, *Œuvres.*

LONGUS, *Daphnis et Chloé.* MUSÉE, *Héro et Léandre.*

LUCRÈCE, *De la nature. – De la nature* (bilingue).

MARC AURÈLE, *Pensées pour moi-même.*

OVIDE, *Les Métamorphoses.*

PÉTRONE, *Satyricon.*

PLAUTE, *L'Aululaire. Amphitryon. Le Soldat fanfaron. – Amphitryon* (bilingue, édition avec dossier).

PLUTARQUE, *Vies parallèles.*

Le roman d'Alexandre.

SAINT AUGUSTIN, *Les Confessions.*

SALLUSTE, *Conjuration de Catilina. Guerre de Jugurtha. Histoires.*

SÉNÈQUE, *Lettres à Lucilius. – Médée* (édition avec dossier).

SOPHOCLE, *Théâtre complet. – Antigone* (édition avec dossier).

SUÉTONE, *Vies des douze Césars.*

TACITE, *Annales.*

TÉRENCE, *Héautontimorouménos. Les Adelphes. Phormion.*

THUCYDIDE, *Histoire de la guerre du Péloponnèse.*

TITE-LIVE, *De la fondation de Rome à l'invasion gauloise* (Histoire romaine, Livres I à V). – *La Conquête de l'Italie* (Histoire romaine, Livres VI à X). – *La Seconde Guerre punique* I (Histoire romaine, Livres XXI à XXV). – *La Seconde Guerre punique* II (Histoire romaine, Livres XXVI à XXX). – *La Libération de la Grèce* (Histoire romaine, Livres XXXI à XXXV). – *Les Progrès de l'hégémonie romaine I* (Histoire romaine, Livres XXXVI à XL). – *Les Progrès de l'hégémonie romaine II* (Histoire romaine, Livres XLI à XLV).

VIRGILE, *L'Énéide. – Les Bucoliques. Les Géorgiques.*

PLUTARQUE

VIES PARALLÈLES

Vie d'Alexandre – Vie de César
Vie d'Alcibiade – Vie de Coriolan
Vie de Démétrios – Vie d'Antoine

Traduction J. Alexis Pierron *revue et corrigée par* Françoise FRAZIER

Introduction, notices, notes, bibliographie, et chronologie, par
Jean SIRINELLI

GF Flammarion

ISBN : 2-08-07-0820-1

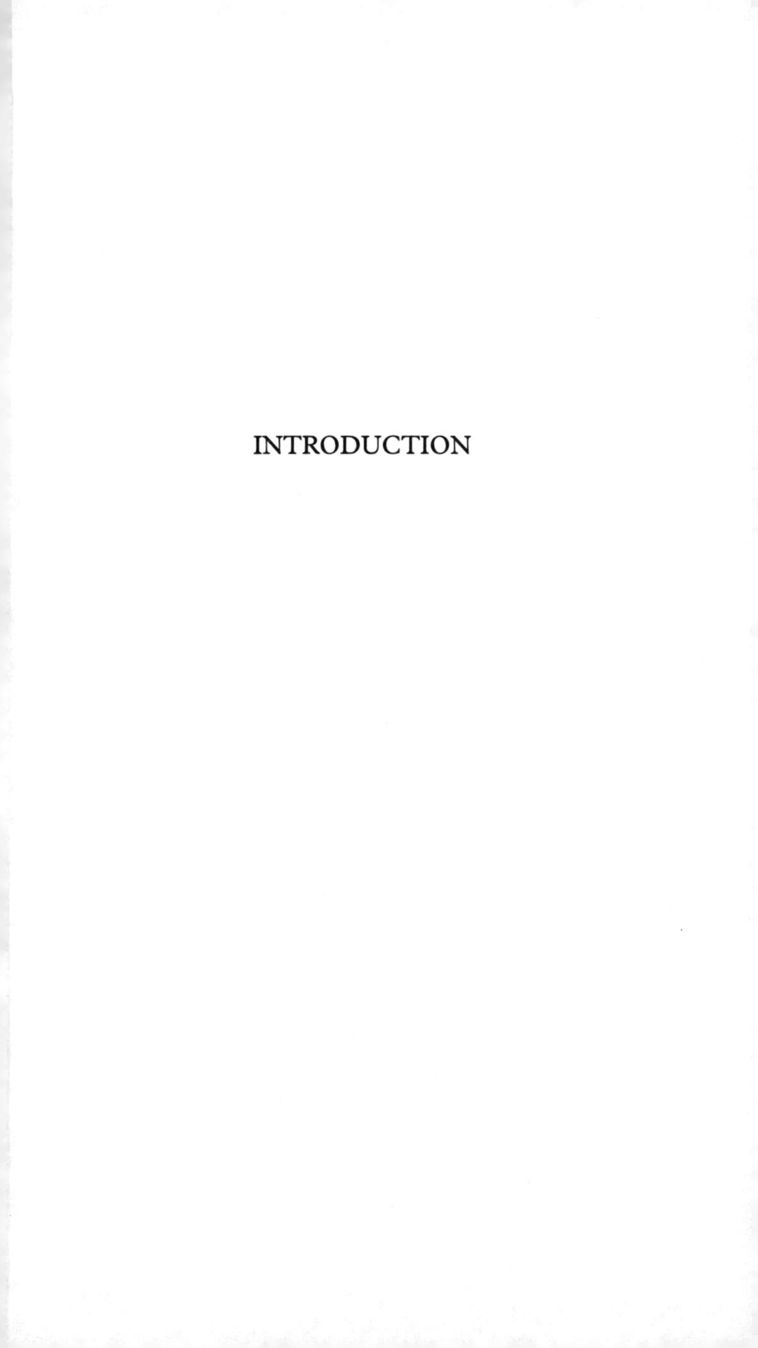

INTRODUCTION

La vie de Plutarque

Plutarque nous livre quelques indications sur sa vie, sa famille et ses amis, sans cependant que nous puissions leur attribuer de date précise et établir une véritable chronologie. Dans l'ensemble les données suivantes sont à peu près assurées. Plutarque est né autour de 45 après Jésus-Christ sous le règne de l'empereur Claude [1] à Chéronée en Béotie. A cette date, après avoir été agitée par les guerres civiles, notamment par les luttes entre César et Pompée, Antoine et Brutus, Octave et Antoine, la Grèce a retrouvé le calme après la bataille d'Actium (31 av. J.-C.), c'est-à-dire depuis trois quarts de siècle. Elle se remet lentement de ses blessures, des exactions dont elle a souffert et de son hémorragie démographique. La situation de l'empire s'améliore lentement, la paix intérieure règne, les relations de l'autorité romaine avec les provinces, notamment la Grèce, sont en progrès constant. Le voyage à Delphes et les déclarations de Néron, si théoriques soient-elles, en sont un témoignage. Plutarque a vingt ans dans un monde pacifié, plus unitaire, plus ouvert.

1. En effet, nous savons par Plutarque lui-même qu'en 67, au moment où Néron se rend en Grèce, il suit les cours de philosophie d'Ammonios et qu'il a donc probablement entre dix-huit et vingt-cinq ans (*Sur l'E de Delphes*, 385 B).

Ceci est encore plus vrai de la contrée où demeure Plutarque. La Béotie est une terre riche, terre de paysans, souvent moquée par les Athéniens pour une certaine lourdeur de ses habitants, bien qu'elle s'enorgueillisse de poètes aussi admirés qu'Hésiode et Pindare. En Béotie, Chéronée n'est pas une grande cité, mais elle est prospère ; on y trouve de l'huile, des parfums et des onguents. Ce n'est pas une localité enclavée ou retirée, le bout d'une route. Au contraire, de grandes voies s'y croisent : celle qui descend de la Grèce du Nord vers l'Attique ou l'Isthme, et celle qui va du Golfe d'Eubée à la Phocide et à Delphes. La conséquence en est qu'à deux reprises au moins cette localité est entrée dans l'histoire comme champ de bataille pour la victoire de Philippe de Macédoine sur la ligue des Grecs en 338 av. J.-C. et pour celle de Sylla sur Mithridate en 86 av. J.-C. A Chéronée on est à peu de jours de voyage d'Athènes ou de Corinthe, à quelques heures de Delphes qui est un des grands centres spirituels de la Grèce antique.

La famille de Plutarque est solidement et anciennement installée dans la région et dans la cité. Lui-même nous parle de son arrière-grand-père Nicarque qui avait vécu sur place les répercussions lointaines de la bataille d'Actium en 31 av. J.-C. Il évoque dans la *Vie de Lucullus* les événements qui avaient accompagné en 88-87 av. J.-C. l'installation d'une cohorte romaine dans la localité. Il se rappelle les propos de son grand-père Lamprias, lequel dans sa jeunesse avait encore connu un médecin d'Amphissa qui, lors de ses études à Alexandrie, avait soigné la famille d'Antoine. Plutarque est à l'écoute de toutes ces traditions et il en est fortement imprégné. Mais l'actualité aussi de la vie de Chéronée lui est constamment présente. Quel que soit le sujet traité, notre auteur avance des exemples puisés autour de lui.

Il appartient à une famille de riches propriétaires. Le réseau de ses relations proches et lointaines, dont nous avons une idée assez claire, suffit à le démontrer. Son train de vie, sans être luxueux, puisque lui-même proscrit le luxe, respire l'aisance. Les réceptions qu'il évoque réunissent des invités parfois prestigieux auxquels sa propre famille se mêle à égalité de rang. Il s'est marié dans la région, probablement vers la trentaine. Son beau-père figure dans les banquets. Il a deux frères : Lamprias, son aîné, moqueur et caustique, et Timon, qu'il chérit comme le prouve son traité *Sur l'amour fraternel.* Il a lui-même plusieurs enfants, probablement six, dont deux ne survivront pas. Son enracinement est solide et durable sans constituer pour autant un facteur d'isolement.

La jeunesse de Plutarque

Plutarque a fait une partie de ses études à Athènes, probablement la rhétorique, certainement la philosophie et il restera matériellement et intellectuellement lié à cette ville dont il sera nommé citoyen. Les traces de cet enseignement rhétorique, malgré le dédain qu'il professe pour l'éloquence, subsistent dans son œuvre à la fois dans son style, qui est souvent très travaillé, et dans les sujets de certains de ses traités qui sentent la dissertation plus que la recherche de la vérité. Il a reçu cette bonne formation littéraire qui lui permet de citer avec naturel Homère, Hésiode ou les Tragiques, les orateurs, les historiens et même les Lyriques, principalement son concitoyen Pindare. Mais ce qui le marque profondément, ce sont les leçons d'Ammonios qui restera son maître. Cette influence est double. D'abord Plutarque choisit la philosophie, ce qui signifie qu'entre l'art de persuader et la recherche de la vérité et de la sagesse, il opte pour la seconde. C'est une véritable profession de foi dans une époque où la tradition s'est établie de distinguer très fortement l'une et l'autre voie, même si cette distinction est factice et autorise des passages, souvent bruyants, de l'une à l'autre discipline. Plutarque lui-même au début de sa carrière ne dédaignera pas les séductions de l'éloquence convenue. Mais la seconde conséquence, et la plus durable, de l'influence d'Ammonios est que, dans la variété des systèmes philosophiques, Plutarque opte résolument pour le platonisme. Certes il conserve des amis dans les autres sectes et continuera à les fréquenter mais il ne manquera pas une occasion de moquer ou d'égratigner les tenants du stoïcisme et de dénoncer l'épicurisme. La philosophie platonicienne imprègne profondément toutes ses démarches intellectuelles et notamment l'idée qu'il se fait de l'histoire et de la psychologie, ce qui nous intéresse particulièrement ici, et plus encore la morale et la religion qui ne sont pas non plus sans effet sur notre sujet.

La curiosité de Plutarque ne s'arrête pas là. Elle s'étend notamment aux mathématiques, pour lesquelles il se prend d'une passion qu'il est obligé de réfréner, aux sciences naturelles, tendance plus surprenante pour un Platonicien et qui inspirera bien des développements des *Vies*, et enfin pour la médecine et ses annexes, auxquelles il ne cessera de se référer notamment pour explorer la complexion de ses héros.

Les voyages de Plutarque

C'est une tradition pour les jeunes Grecs de la classe aisée, arrivés au terme de leurs études, de faire un voyage destiné à leur ouvrir l'esprit sur le monde. L'Égypte faisait partie du circuit, singulièrement pour ceux qui s'intéressaient à la médecine alors fortement représentée à Alexandrie. Plutarque ne manque pas à cette tradition et l'Égypte est très présente dans toute son œuvre. En revanche, nous ne savons pas si, comme beaucoup de ses compatriotes, il visita l'Asie Mineure. Rome, depuis le siècle précédent, s'était ajoutée à ce circuit traditionnel. C'était le centre politique du monde, le siège de la société qui, à tous égards, donnait maintenant le ton à l'empire. Là se pose pour le lecteur de Plutarque un problème : nous sommes certains qu'il s'y est rendu plusieurs fois ; quand se situent ces séjours ? Le premier se place sous Vespasien (70-79) selon toute vraisemblance. Plutarque doit approcher de la trentaine. Il s'est déjà fait suffisamment connaître puisqu'il a été, très jeune, désigné comme négociateur auprès du proconsul romain d'Achaïe à Corinthe. Pourquoi ce premier voyage à Rome ne serait-il pas déjà une mission politique ? Plutarque nous dit lui-même qu'il partageait son temps dans la capitale entre les affaires politiques et l'enseignement de la philosophie. Pourquoi cette remarque ne s'appliquerait-elle pas à son premier séjour ? Est-ce aussi à son premier séjour qu'il visita avec Mestrius Florus en Italie du Nord le champ de bataille de Bédriac où s'étaient affrontés en 69 Othon et Vitellius ?

Quoi qu'il en soit, Plutarque fit un second voyage sous le règne de Domitien (81-96). Il touche à ce moment à la quarantaine : il a déjà une œuvre à son actif ; il est connu sans être pour autant célèbre puisque les textes contemporains ne parlent pas de lui. Il a des amis romains nombreux : certains sont plus jeunes comme Sosius Sénécion, d'autres sont plus âgés comme Lucius Mestrius Florus qui lui fit décerner la citoyenneté romaine en lui attribuant son propre gentilice. Plutarque ne fut pas touché par les mesures d'expulsion prises par Domitien contre les philosophes ; il n'en parle nulle part. En revanche, il avait probablement déjà pris de lui-même une décision qui engageait sa vie : celle de retourner à Chéronée parce que, comme il nous le dit dans la *Vie de Démosthène* (2,2), il ne voulait pas que sa « petite cité fût encore plus petite à cause de lui ».

La retraite (?) de Plutarque

Cette décision ne surprend que si on la prend au pied de la lettre. Plutarque revient bien s'installer à Chéronée dans le cadre qui est le sien, au milieu des siens, mais il est loin d'être le seul, à cette époque, à faire ce choix. C'est le moment du reflux. Les provinces pacifiées et prospères connaissent une éclatante renaissance économique et culturelle. Elles ont besoin de leurs cadres. On parle des épreuves subies au passé. Sous les règnes bienveillants de Nerva et de Trajan beaucoup d'intellectuels et d'artistes, au lieu de s'installer à Rome, commencent à rester chez eux pour participer au renouveau. Le va-et-vient entre la capitale et les provinces devient plus habituel. Plutarque n'est pas une exception mais, avec des différences de statut, adopte une attitude analogue à celle d'Épictète ou de Dion Chrysostome.

Il ne fait pas retraite ; il est entouré de sa famille qui est nombreuse : quatre garçons au moins ; Aristobule, Plutarque, Chaeron et Soclaros, et une fille, peut-être deux sur qui il veille avec sa femme, Timoxène, qu'il aime tendrement comme le montrent ses ouvrages. Il s'intéresse de près à la vie municipale et se fera l'apologiste de ses activités édilitaires. Peut-être même jouera-t-il un rôle plus large et plus important : la tradition l'a affirmé en lui prêtant de hautes fonctions que l'empereur lui aurait confiées : consul honoraire et conseiller du gouverneur. Ce qui est sûr c'est que des amis de poids, comme Mestrius Florus et Sosius Sénécion le rejoignent en Béotie. Sosius Sénécion sera magistrat en Grèce et Mestrius Florus habitera quelque temps à Delphes. Quand Plutarque ne reçoit pas à Chéronée, il se rend à Athènes ou encore à Aidepsos où toute la bonne société passe la saison balnéaire, ou encore aux Thermopyles, à Corinthe ou à Patras, et même, s'il y a nécessité, à Rome, où il est certainement revenu une troisième fois du temps de Nerva ou de Trajan. On a pu établir tout un petit dictionnaire des amis de Plutarque [1] et les *Propos de Table* sont remplis de précieuses indications sur cette société itinérante, conviviale et pleine de curiosités

1. Bernadette Puech, « Prosopographie des amis de Plutarque », *Aufstieg und Niedergang der Römischen Welt*, II 33, 6, p. 4831.

intellectuelles. Quand il ne voit pas ses amis, il leur écrit et cette correspondance est à la fois un échange amical et une forme de littérature. Il est donc passablement abusif de parler de retraite. Mais ce qui l'occupe plus encore, c'est Delphes.

Quand Plutarque revient s'établir à Chéronée, il accepte l'une des deux charges de prêtre d'Apollon à Delphes. On peut situer cette prise de fonctions entre 85 et 90 ou bien après 96. Delphes ne se trouve qu'à une journée de marche de Chéronée. Plutarque s'y rend régulièrement et y a des amis fidèles. On peut considérer que les trente dernières années de Plutarque se passèrent à l'ombre du dieu. Cette fonction eut une influence considérable sur sa vie, sa philosophie et son œuvre. Bien au-delà des dialogues dits « pythiques », qui sont parmi les plus beaux, on sent que la réflexion de Plutarque se meut entre la piété apollinienne et la pensée platonicienne [1], qu'elle s'organise, sinon en système, ce qui ne caractérise pas son génie, du moins selon une cohérence de plus en plus marquée autour de thèmes récurrents qui affectent même les écrits de caractère historique.

On ne peut dater avec exactitude la mort de Plutarque, mais beaucoup d'indices poussent à la situer vers 127 [2]. Il mourut, sinon consul comme le prétend la Souda ou gouverneur de la Grèce comme le soutient Eusèbe de Césarée, du moins honoré et respecté de tous.

L'œuvre de Plutarque

Plutarque nous a laissé une œuvre abondante et diverse qui s'organise au premier coup d'œil en deux grands ensembles, d'une part, les *Vies parallèles* et, d'autre part, tout le reste que l'on regroupe indûment

1. Il est aussi initié aux mystères dionysiaques et croit avec ferveur à l'immortalité de l'âme.
2. Voir R. Flacelière, CRAI., 1971, p. 168-185.

sous le titre générique de *Moralia* qui, en réalité, ne s'applique qu'aux traités moraux mais qui a été étendu à tout ce qui n'était pas les *Vies*. Il est difficile sinon impossible, à de rares exceptions près, de dater ces ouvrages. Un certain nombre de dissertations paraissent appartenir à la période de jeunesse, comme le traité *Sur la Superstition* ou les discours *Sur la fortune d'Alexandre*. De l'âge mûr et du second séjour à Rome relèveraient des traités déjà plus philosophiquement charpentés ou des tentatives de renouvellement comme le *Banquet des Sept Sages*. La troisième période assimilée abusivement à la retraite serait celle des grandes œuvres méditées et très personnelles comme les *Dialogues pythiques* et les diverses méditations religieuses. Mais ces grandes divisions ne reposent que sur des hypothèses ; elles sont des reconstructions plus ou moins conjecturales d'une évolution probable. En revanche, en ce qui concerne les *Vies parallèles*, les opinions sont plus fermes et plus généralement partagées. Elles appartiennent à la dernière période, celle que l'on appelle de manière inexacte la période de retraite à Chéronée.

Les Vies : *Plutarque et l'histoire*

Le problème est plus complexe. C'est en réalité la question plus générale des rapports de Plutarque et de l'Histoire qu'il faut examiner d'abord. Plutarque est en effet un Platonicien convaincu même si son platonisme n'est plus tout à fait celui du maître. Or l'histoire pour Platon ne peut être que l'enregistrement d'une apparence fluctuante et changeante que nous prenons pour la réalité. Et Plutarque n'éprouve aucun attrait pour cette discipline. Son essai *Sur la malignité d'Hérodote* est animé plutôt par une sourde rancœur envers un détracteur de la Béotie que par une réflexion réelle sur la manière de voir d'un historien et rien d'autre dans le reste de son œuvre ne révèle une attention particulière aux problèmes de cette science.

Ceci ne signifie pas que Plutarque soit inattentif au passé. Au contraire, c'est une dimension de la réalité qui est importante pour lui et constamment présente à son esprit : le passé de la Grèce, le passé de Rome, celui de la Béotie et celui de Delphes, celui de sa famille, il les connaît, les inventorie, s'y réfère, mais il ne les considère pas dans une perspective chronologique. Ils sont pour lui comme un aspect du présent et tout particulièrement sous l'angle du culte de la tradition et de la mémoire actuelle de ces actions passées. Comme Hérodote, que pourtant il n'aime pas, il collecte et conserve précieusement ces affleurements du passé que sont les inscriptions et les monuments. Il est mieux qu'un antiquaire, mais certainement pas un historien. Il révère le passé, en pressent la présence dans le temps où il vit, mais ne s'intéresse pas à l'histoire en tant que telle, c'est-à-dire à l'enchaînement des faits, encore moins à celui des causes et des effets.

Si on l'observe dans ses démarches en dehors des *Vies* qui sont une entreprise longue certes, mais spécifique, on est surpris de voir comme il est peu sensible à cette perspective. Les discours *Sur la fortune d'Alexandre* ou *Sur la fortune des Romains* ou *Sur la gloire des Athéniens* sont à peu près vides des réflexions historiques qu'on aurait pu y attendre. Plus tard encore quand il évoque la mort du Grand Pan dans le traité *Sur la disparition des oracles* (17), il est sensible à la grandeur et à l'étrangeté de la scène mais c'est à d'autres qu'il reviendra d'en tirer une signification historique. La démarche qui le rapproche le plus de l'esprit historien, c'est celle qui le conduira à invoquer des causes tirées de l'histoire pour expliquer la diminution des oracles. Ammonios en effet la met au compte de la dépopulation de la Grèce (413 D-414 C) et l'intègre à sa vision providentialiste des choses. C'est la pointe extrême et quasi unique de son recours à l'histoire. C'est donc un domaine où il ne s'aventure pas volontiers.

Les Vies

Et cependant il nous a laissé cette œuvre considérable que sont les *Vies,* œuvre de longue haleine qui a occupé une grande part de ses préoccupations durant la dernière partie de sa vie avec une intensité plus forte, semble-t-il, entre 105 et 115. Celles qui nous sont parvenues se répartissent en 22 couples (dont un double) et 4 vies isolées [1] :

1 Thésée-Romulus
2 Lycurgue-Numa
3 Thémistocle-Camille
4 Solon-Publicola
5 Périclès-Fabius
6 Alcibiade-Coriolan
7 Epaminondas-Scipion
8 Phocion-Caton
9 Agis-Cléomène-Tiberius et Caius Gracchus
10 Timoléon-Paul Émile
11 Aristide-Caton
12 Pélopidas-Marcellus
13 Lysandre-Sylla
14 Pyrrhus-Marius
15 Philopœmen-Titus
16 Nicias-Crassus
17 Cimon-Lucullus
18 Dion-Brutus
19 Agésilas-Pompée
20 Alexandre-César
21 Démosthène-Cicéron
22 Démétrios-Antoine

à quoi s'ajoutent les *Vies* isolées d'Othon, Galba, Artaxerxès et Aratos, soit au total cinquante *Vies.* Nous savons, en outre, par Plutarque lui-même, qu'il avait écrit ou envisagé d'écrire des *Vies* d'Héraclès, de Daïphantos, de Léonidas, d'Epaminondas, de Scipion l'Africain, de Scipion Émilien, de Métellus et de Cratès, le philosophe cynique.

Les Vies *isolées*

La quasi-totalité des *Vies* subsistantes se présente en couples : vie d'un Grec comparée à celle d'un Romain, mais quelques-unes sont isolées, quatre dans l'œuvre conservée, un petit nombre dont l'existence nous est signalée. C'est sur ces *Vies* isolées que l'on s'interroge. Faut-il penser qu'elles sont antérieures aux autres et que Plutarque a commencé par écrire

1. Les formes diverses sous lesquelles elles nous sont parvenues ne nous renseignent pas sur l'ordre de composition ni sur l'ordre de publication voulu par Plutarque. Il n'en sera donc pas question ici.

des *Vies* et a introduit ultérieurement un procédé comparatif, ou bien doit-on penser qu'il a débuté par une gageure de confrontation, puis, prenant goût au genre biographique, l'a pratiqué pour lui-même en abandonnant la règle de la « syncrisis » (comparaison). Nous n'avons pas d'indice qui permette de trancher, mais on incline vers la première hypothèse au motif qu'on ne voit pas quelle raison l'aurait conduit à abandonner le procédé du parallélisme.

La réalité est sans doute légèrement différente et les *Vies* isolées, qui ont été en effet, du moins pour partie, les premières, ne sont pas toutes de même nature et ne ressortissent pas à la même intention. En effet, les *Vies d'Othon* et *de Galba* sont peut-être des œuvres de jeunesse conçues non pas tant comme des biographies séparées que comme les chapitres d'une histoire romaine par règne. En effet, elles ne sont pas réellement indépendantes l'une de l'autre et beaucoup d'informations nécessaires à l'une se trouvent dans l'autre. Nous serions là devant les vestiges d'une construction abandonnée en cours de route : vraisemblablement une histoire de la dynastie julio-claudienne qui aurait été conçue par Plutarque dès le règne de Vespasien [1]. La *Vie d'Aratos,* elle, doit être dissociée d'office de l'entreprise principale puisqu'elle n'est pas dédiée à Sosius Sénécion mais à un descendant d'Aratos. Elle atteste seulement que la biographie, comme l'éloge, pouvait n'être qu'une bonne manière faite à des amis. La *Vie d'Artaxerxès,* enfin, est insolite puisqu'elle est consacrée à un barbare. Mais c'est peut-être ce qui a tenté Plutarque en marge de (ou avant) sa grande entreprise : peindre un chef barbare noble et juste pour montrer à quels excès le mode de vie de sa nation peut le porter. Ce n'est pas le lieu ici de passer en revue les *Vies* isolées dont nous avons gardé la mention mais il est probable que nous trouverions pour chacune d'elles une explication particu-

1. La visite du champ de bataille de Bédriac s'inscrirait dans le cadre de cette entreprise, dont procéderait aussi une *Vie de Tibère* que nous n'avons pas conservée et qui est attribuée à Plutarque.

lière. La biographie est un instrument commode que Plutarque a rencontré sur sa route et dont il a fait usage à des fins diverses.

Le genre biographique

En effet, dès avant Plutarque, la biographie constituait un genre bien établi dont plusieurs études ont reconstitué la genèse [1] malgré la disparition des œuvres. La mode des éloges en prose, qu'il s'agisse d'Isocrate *(Éloge d'Hélène)* ou de Xénophon *(Éloge d'Évagoras)*, a été probablement l'une des sources. Les *Mémorables,* l'*Agésilas,* la *Cyropédie* de ce dernier ont également joué un rôle dans la constitution de la biographie littéraire, de même que la biographie de caractère politique trouvait son origine chez les historiens. Mais c'est Aristote et son école qui donnèrent son plein développement à cette tendance en accréditant l'idée que l'examen de tout sujet devait être précédé de son historique. Le péripatéticien Aristoxène de Tarente donna le premier des *Vies* des philosophes et des poètes. Sans doute ne faut-il pas non plus négliger ici le poids dont pesa en cette matière l'épopée d'Alexandre, ce nouvel Achille. Elle habitua ses lecteurs à ne plus considérer comme essentielle l'histoire des cités ou des peuples, mais à leur substituer l'histoire des princes et des grands capitaines. Il n'est pas indifférent de noter que les Latins avaient été touchés par cette mode avec Cornélius Nepos au premier siècle av. J.-C., Quinte Curce au siècle suivant et, plus récemment, l'*Agricola* de Tacite. Observons que Suétone écrit vers 113 son *De viris illustribus* et entre 119 et 122 les *Vies des Douze Césars.*

Plutarque et ses amis ont certainement été sensibles à cette tradition et à cette vogue. Mais l'originalité des

1. Fr. Leo, *Die griechisch-römische Biographie nach ihrer literarischen Form.* Berlin, 1901 ; John A. Garraty, *The nature of Biography,* Londres. 1958 ; A. Dihle, *Studien zür Griechischen Biographie,* Göttingen, 1956.

Vies parallèles c'est de n'avoir été qu'une seule et même entreprise, obéissant à la même inspiration, dédiée à une seule et même personne et poursuivie obstinément pendant des années [1]. Elle a été concomitante de la rédaction de nombreux traités où l'on trouve des observations morales ou des exemples historiques identiques. Toutes ces biographies sont dédiées à une même personne, Sosius Sénécion, le même Romain important à qui sont dédiés les *Propos de table* ; il s'agit d'un homme politique, plus jeune que Plutarque d'une douzaine d'années, qui fut questeur en Achaïe entre 85 et 90, puis fit une carrière brillante, notamment sous Trajan, et séjourna durablement en Grèce. Est-ce lui qui suggéra son projet à Plutarque puisque ce dernier reconnaît qu'il a commencé ses *Vies* à l'instigation des autres [2] ? A coup sûr c'est dans un milieu gréco-romain que l'entreprise prit naissance. C'est exactement le milieu que mettent en scène les *Propos de table.* On notera qu'il n'y a pas de préface générale et que le sujet, pourtant particulier, n'est nulle part annoncé comme s'il allait de soi ou en tout cas qu'il était connu de tous à la manière d'un jeu de société dont les règles sont établies et admises sans qu'on ait besoin d'y faire référence. A défaut d'introduction, il y a, comme dans les *Propos de table*, des préfaces partielles et morcelées dans ce qu'on pourrait appeler les « livraisons » du travail. Plutarque y précise sa pensée, ses intentions, les principes qui le guident, à mesure qu'il en prend conscience, à mesure probablement aussi qu'on lui présente des objections. Comme nous ne connaissons pas l'ordre de composition ni de parution des *Vies* [3], nous ne pouvons pas suivre les progrès de sa réflexion. On peut seulement

1. Une décennie au moins ; Christ dans la *Gesch. Griech. Literatur*, 6e éd. II p. 519 soutient que les *Vies* ont été écrites entre 105 et 115, précision probablement excessive. Il est plus prudent de les situer dans le 1er quart du deuxième siècle.

2. *Vie de Paul Émile* I, 1.

3. Nous savons seulement, et par l'auteur lui-même, que le couple Démosthène-Cicéron occupait le cinquième tome, Périclès-Fabius le dixième, et Dion-Brutus le douzième.

noter la continuité du projet, très certainement soutenu et encadré par la société gréco-romaine où baignait Plutarque et dégager deux ordres d'intentions assez différentes, intentions comparatives et intentions morales, ainsi que des méthodes de mise en œuvre.

Les intentions comparatives

Il est curieux que cette intention ne soit explicitement mentionnée nulle part, alors que l'entreprise est entièrement fondée sur une comparaison systématique entre des hommes illustres grecs et romains. Dans la plupart des cas, ce parallèle est expressément développé soit en tête soit à la fin de la double biographie. Mais nulle part on ne nous dit explicitement que l'on compare un Grec et un Romain ; on confronte deux hommes, deux conquérants, deux orgueilleux ou deux législateurs. Il n'y a certes pas d'ambiguïté mais Plutarque n'éprouve pas le besoin de s'expliquer, comme si la chose allait de soi, comme si, dans cet immense empire, c'était la seule comparaison plausible. Cette attitude a appelé divers commentaires.

On a prêté à Plutarque des sentiments divers et parfois contradictoires. Selon les uns, Plutarque serait l'homme des Romains. Comblé d'honneurs par eux, il n'aurait d'autre but que de montrer aux Grecs que les grands hommes dont ils révèrent la mémoire ont leur équivalent dans l'histoire de Rome. Selon d'autres, Plutarque n'aurait d'autre souci que de montrer aux Romains, maîtres du monde, que la Grèce pouvait aligner en face de leurs grands hommes autant de héros de même stature. A lire les *Vies*, sans parti pris, on est au contraire frappé par l'assez constante impartialité de Plutarque. Ce qu'il cherche, sauf rares exceptions, c'est à montrer que, de part et d'autre, on trouve les mêmes types d'hommes : des ambitieux, des orgueilleux, des justes, des habiles. S'il souligne des différences, elles tiennent aux caractères plus souvent qu'à l'origine ethnique ou aux mœurs d'une société. Certes, il sait à l'occasion souligner dans un comportement ce qui relève plus d'une nation ou d'une cité que d'un individu, mais ces remarques sont rares et en général accessoires. Plutarque fait, en cette matière, rarement de l'ethnologie comparée. Dans l'ensemble, et ce n'est pas le moindre paradoxe de l'entreprise, il souligne plutôt l'identité que la différence. La conclusion qui semble découler c'est que de chaque côté existent des hommes semblables, obéissant aux mêmes sentiments, aux mêmes systèmes de valeurs. C'est en quelque sorte la justification de cette nouvelle communauté qui est en train de renforcer sa cohésion et son unité, un empire à la direction duquel participent de plus en plus les Hellènes, une civilisation culturellement gréco-romaine.

Les intentions morales

L'entreprise n'est donc pas commandée par une intention polémique et ne se définit pas en termes de confrontation de nationalismes. En revanche, elle a une visée morale clairement annoncée mais qui demande une analyse. « Il m'est arrivé, dit-il, au début de la *Vie de Timoléon* de me mettre à composer ces *Vies* pour agréer à d'autres, mais maintenant je persévère dans cette voie pour moi-même et je m'y plais. L'histoire est pour moi comme un miroir dans lequel j'observe ces personnages pour régler ma vie et la façonner sur leurs vertus. » On ne saurait mieux définir l'itinéraire de Plutarque. C'est probablement au sein de ce groupe d'amis grecs et romains qu'est née la gageure des *Vies parallèles,* probablement dans un esprit à la fois de convivialité, d'émulation et d'amour de la tradition. Et Plutarque a été chargé de mettre en œuvre ce dessein qui, au départ, devait être une sorte de jeu des correspondances, une fête de la mémoire, de la culture et de la perspicacité. Notre auteur s'est pris au jeu de l'évocation des morts, de la psychologie et de la morale et s'est habitué à cette fréquentation qu'il a souhaité prolonger. On est frappé en lisant Plutarque de l'importance qu'il accorde à l'amitié. C'est un sentiment qui chez lui sous-tend tous les autres et d'où naît cette sociabilité célèbre qui fleurit notamment dans les *Dialogues delphiques* et dans les *Propos de table.* C'est donc au pied de la lettre qu'il convient de prendre l'affirmation de Plutarque. Il introduit ses personnages chez lui, les accueille et surtout se regarde en eux comme dans un miroir. L'image doit être prise dans toute sa force. Il ne s'agit pas de modèles : on ne se contemple pas dans un modèle. Il s'agit de repères. On peut régler sa conduite non pas *sur* mais *par rapport* à ces types dont la mémoire des peuples nous conserve le destin. Il y a du Théophraste [1] dans Plutarque mais un Théophraste qui chercherait ses types dans l'histoire.

Les « hommes de Plutarque »

Le lecteur mesurera donc l'équivoque de l'expression si fréquente « un homme de Plutarque » ou un « caractère à la Plutarque ». Elle ne constitue pas en principe un brevet de moralité, mais désigne seulement une personnalité forte, marquée, tendue vers un but, qui peut n'être pas exempte de défauts majeurs : colère, orgueil et même fourberie. Celui qui dit du jeune Bonaparte, c'est un « homme de Plutarque » ne pense pas à la moralité du lieutenant mais à sa volonté toute tendue vers un but [2]. Les héros des *Vies* ne nous sont pas donnés en exemple mais on peut analyser en eux les ressorts d'un caractère tout entier mobilisé sur une ambition, qui peut être sa carrière, ses conquêtes ou un idéal plus noble comme la justice ou la patrie. La personnalité d'un héros n'intéresse Plutarque que quand elle se concentre autour d'un projet, quels que

1. Auteur des *Caractères.*
2. Las Cases, *Mémorial de Sainte-Hélène,* Bibliothèque de la Pléiade, t. I, p. 83.

soient les rapports que ce projet soutienne avec la morale courante.

Pour autant Plutarque n'élude pas le problème de la moralité des fins et des moyens : il porte même des jugements qui relèvent d'un système de valeurs cohérent et stable [1] mais ce sont des comportements qu'il juge plus qu'il ne juge un homme. C'est pourquoi on se trouve dans une situation ambiguë. A chaque ligne on oscille de la morale à la psychologie et, tout en paraissant faire œuvre de moraliste, Plutarque fait le plus souvent œuvre de psychologue. Il n'y a pas d'hypocrisie car pour un bon Platonicien, c'est tout un : qui sait reconnaître la nature et les mouvements des forces qui habitent l'homme devrait connaître du même coup le choix à opérer. Plutarque nous présente donc une leçon de psychologie sur des personnages où tous les sentiments apparaissent avec une vigueur exceptionnelle et où l'on peut lire les conséquences de leurs actes comme autant de jugements.

Il est même allé jusqu'au bout du parti qu'il avait pris. Puisqu'il montrait des types, pourquoi ne pas montrer des types négatifs ? Il nous l'annonce clairement dans la préface de la *Vie de Démétrios* (1, 4). Il rappelle d'abord que les Spartiates enivraient des hilotes pour montrer à leurs jeunes gens ce qu'était l'ivresse et les en détourner et il ajoute : « Peut-être n'est-il pas plus mal de faire entrer parmi les modèles exemplaires de nos *Vies* un ou deux couples de ces hommes qui ne se sont pas assez surveillés et qui, au sein de la puissance et des affaires considérables qu'ils ont traitées, ne se sont signalés que par leurs vices. » C'est ainsi que Démétrios Poliorcète et Marc-Antoine figurent dans cette galerie et leur exemple est révélateur ; ils ont été de grands capitaines égaux en valeur à la plupart des autres héros de Plutarque, mais leur personnalité est grevée d'une tare : ils ne savent pas résister à l'attrait du plaisir et, si leur moralité publique n'est ni supérieure ni inférieure à

1. F. Frazier, *Morale et histoire dans les* Vies parallèles *de Plutarque*, Paris, 1995.

celle des autres héros, leur moralité privée les entraîne à la paresse, l'inaction et la débauche. Ainsi se dessine la pensée de Plutarque. Ses grands hommes peuvent avoir des vices mais ils cessent d'être des grands hommes si ces vices prennent le pas sur leurs qualités d'hommes d'action.

Plutarque historien

On a beaucoup critiqué Plutarque historien et on lui a fait un mauvais procès. Les adeptes de la *Quellenforschung* [1] notamment l'ont contesté. Mais avant eux, dès l'Antiquité, des critiques avaient sans doute été avancées, puisque le philosophe répliqua dans la préface de la *Vie d'Alexandre* : « Nous prions les lecteurs de ne point nous blâmer si, au lieu d'exposer et de détailler par le menu toutes leurs actions d'éclat, nous n'en donnons pour la plus grande partie qu'un simple sommaire. En effet, nous n'écrivons pas des *Histoires* mais des *Vies* et d'ailleurs ce ne sont pas toujours les activités les plus éclatantes qui montrent le mieux la vertu ou le vice : un petit fait, un mot, une plaisanterie révèlent souvent mieux un caractère que les combats sanglants, les batailles rangées ou les sièges les plus importants. » Ce texte a valeur de programme [2]. Pour en mesurer l'importance, il faut rappeler que les biographies ne relèvent pas nécessairement de l'histoire mais qu'elles se rapprochent davantage le plus souvent du genre rhétorique, et qu'elles sont plutôt un discours sur une personnalité que le récit fidèle et documenté d'une existence. Mais il faut sans doute pousser l'analyse plus loin. Notre mot biographie évoque un récit circonstancié et fidèle. Le mot grec « Bios » signifie à la fois « vie » et « mode de vie ». Dans le mythe d'Er le Pamphylien de Platon [3] ce sens fort apparaît avec clarté

1. La recherche des sources.
2. C'est aussi une précaution en raison du nombre des *Histoires d'Alexandre.*
3. *République,* X, 614 A.

quand les âmes choisissent le lot qui leur revient et qui constitue à la fois leur nature et les données de leur existence à venir. C'est dans cette perspective qu'il faut comprendre l'entreprise du Platonicien qu'était Plutarque. La *Vie d'Alexandre* n'est pas le détail des batailles du conquérant, c'est un portrait en mouvement, un caractère en action et les événements que l'on signale viennent seulement à l'appui de ce portrait ou plutôt de ces portraits successifs, puisque le caractère d'Alexandre évolue en même temps que croissent sa propension à la colère et sa tendance à l'autocratie. Du reste, bien souvent dans ces biographies la chronologie est perdue de vue. L'auteur est plus préoccupé de compléter ou retoucher le portrait que de rester fidèle à la succession des événements.

On touche là à un point qui explique tout à la fois l'engouement qui a accompagné les *Vies parallèles* et le relatif discrédit qui les a frappées auprès de certains historiens. Cette galerie de portraits a été sentie simultanément comme une reconstitution du monde antique, un monument historique et en même temps comme une sorte de répertoire quasi intemporel de l'âme humaine où les héros prennent une dimension qui dépasse leur situation historique ; un Alcibiade, un Phocion, un Brutus sont devenus des types où des dramaturges n'ont cessé de puiser. Cette double vocation a fait le renom de Plutarque et excité la méfiance des historiens. Il faut à cet égard le réhabiliter : il a été beaucoup plus scrupuleux qu'on ne l'a parfois dit ; il a consulté autant de sources qu'il lui était possible de le faire. Il déplore de ne pouvoir faire plus. « Il faudrait, nous dit-il, réellement habiter une ville célèbre, amie du beau et très peuplée, afin de disposer en abondance des livres de toutes sortes. » (*Vie de Démosthène* 2, I.) Il s'est même appliqué à apprendre le latin (*ibid*, 2, 2). Il s'est donc entouré d'autant de garanties qu'il lui était possible. On lui reproche alors de n'avoir cherché que le vraisemblable en négligeant les critères d'authenticité. Du point de vue qui est le sien c'était en effet le critère essentiel : puisqu'il cherche à reconstruire un caractère, sa pierre de touche est la cohérence des détails entre eux. Et plus encore que pour un caractère, il excelle à recréer une atmosphère. Qu'il s'agisse de la Rome archaïque, de celle des guerres civiles, de l'Athènes de Périclès ou de l'Alexandrie de Cléopâtre il a une sorte de génie de la reconstitution sobre et éclairante. Les soldats de César ou les Macédoniens d'Alexandre revivent en quelques traits qui suffisent à les caractériser. Est-ce encore de l'histoire dans toute sa pureté ? Michelet en tout cas appréciera fort cette « résurrection » sobre [1].

L'arrière-plan politique

Bien entendu cette reconstitution n'est pas neutre politiquement. Plutarque voit le passé à travers une grille qui est celle de ses opinions : une préférence pour un régime de « liberté civique » tempéré par l'autorité des « honnêtes gens ». L'empire n'apparaît pas dans cet univers. En effet, l'histoire, dans les *Vies*, s'arrête pour la Grèce au dernier héros de l'Hellade indépendante, Philopœmen tandis que pour Rome, elle ne dépasse pas l'arrivée d'Auguste au pouvoir suprême. On dirait que le type d'homme qu'il veut mettre sous nos yeux, a besoin d'une république (fût-ce d'une république agonisante) pour déployer ses vertus et que, sauf les exceptions d'Alexandre ou des diadoques, Plutarque préfère ses héros dans le rôle de citoyens, même suspects. Sous Nerva et Trajan ce choix n'a rien de surprenant car ces biographies sont destinées à rappeler un certain nombre d'attitudes et de comportements civiques que la politique de Domitien avait estompés. Il est probable que ces idées, cette morale, cette nouvelle forme de patriotisme agréaient au groupe d'amis qui inspiraient ou qu'inspirait Plu-

1. On a relevé sévèrement cet aveu ingénu de Plutarque après une digression sur une Aspasie perse. « Ces détails me sont revenus en mémoire pendant que j'écrivais et peut-être aurait-il été inhumain de les rejeter. » (*Vie de Périclès*, 24.)

tarque et qu'elles correspondaient aux vues des nouveaux empereurs : une certaine considération à l'égard des personnes, que traduisaient les notions de « douceur » et d'« humanité », un dévouement affiché envers la cité, un respect de l'autorité équitable du chef juste, toutes ces notions et quelques autres mises en évidence dans les *Vies* concouraient à forger un corps de doctrine adapté à la nouvelle « Charte » de l'empire.

La biographie-portrait

En dehors de cet apport idéologique, Plutarque renouvelait puissamment le genre de la biographie. A égale distance entre le récit romancé d'une existence, dont Quinte-Curce nous fournit un modèle, et le compte rendu plus retenu et, pour ainsi dire, plus administratif que Suétone élabore vers les mêmes temps, Plutarque imagine une sorte de vie-portrait ou de portrait biographique d'une grande originalité. Le lecteur découvrira de lui-même les procédés de Plutarque : le plan d'abord, presque immuable et sans originalité, lui permettait de dépeindre un personnage, sa famille, sa jeunesse, son physique (surtout s'il explique un ascendant particulier), ses études, s'il y a lieu avec une particulière mention des études en langue grecque et de la philosophie. La famille proche, épouse et enfants, ne sont pas oubliés surtout quand ces questions ont un rapport avec la politique. On notera que Plutarque ne dédaigne pas de brosser quelques portraits de femmes : Cléopâtre l'étrangère ou Aspasie, mais aussi Octavie la femme de devoir. Mais c'est surtout dans l'habile et en apparence négligent entrelacs du récit et des observations psychologiques que réside surtout l'originalité de Plutarque et l'on ne peut s'empêcher de rapprocher ses *Vies* du roman qui, à la même époque, se développe du côté des Latins comme du côté des Grecs. Tout laisse penser que *Chæreas et Callirrhoé* est sensiblement contemporain des *Vies*. C'est le même type d'art et de description psychologique, la même technique du récit mais plus tenue en main chez Plutarque qui n'oublie pas son dessein.

Quelques procédés valent la peine d'être soulignés. Tout d'abord les anecdotes significatives qui lui paraissent devoir édifier le lecteur plus que toute description. Quand le jeune Alexandre dompte Bucéphale à la stupéfaction de son père, il montre à la fois son audace, sa précoce détermination, la sûreté de son coup d'œil et son esprit de conquête. Quand César promet aux pirates de les faire pendre et tient parole, on devine le calculateur froid et résolu qu'il sera. Le sombre Brutus poursuivi par ses hallucinations se précipite au-devant de son destin. Thémistocle le bâtard est ainsi définitivement classé dans les marges incertaines de la société athénienne où la ruse seule permet de s'imposer. Il y a dans les *Vies* tout un jeu de signes et de symboles qui stimulent l'imagination du lecteur et contribuent plus encore à éclairer la personnalité du héros. De signe en signe le portrait se précise jusqu'à la mort qui est le plus souvent elle-même significative. Michelet retrouvera — coïncidence ou filiation ? — les mêmes procédés, les mêmes images éclairantes, érigées en symboles.

Il précise sa doctrine justement dans la *Vie d'Alexandre* en soulignant que ce ne sont pas les événements grandioses qui nous permettent de pénétrer dans les manifestations significatives de l'âme mais de petits faits, des mots, des plaisanteries — on voit ici poindre une théorie du portrait qui sera développée de biographie en biographie. De même que c'est au visage que se mesure la ressemblance dans les arts plastiques, de même c'est aux manifestations de l'âme et non aux événements historiques qu'on doit avoir recours pour brosser le portrait moral et la vie d'un homme. Mais dans le même temps où la biographie se trouve ainsi distinguée de l'histoire, elle se trouve également distinguée du simple discours élogieux où seraient simplement énumérées les vertus du héros. L'amateur de peinture éclairé qu'était Plutarque savait bien que la technique du portrait physique hésitait depuis longtemps entre la représentation réaliste à la romaine et la représentation idéalisée à la grecque. Dans le portrait moral, en procédant par touches successives, par accumulation de petits traits, Plutarque échappe à cette alternative et, de même qu'un peintre figure plutôt l'expression que les traits du visage, il fait ressortir les tendances et les conflits qui habitent l'être intérieur plus qu'il ne décrit un caractère statique. Il est tout nourri de l'anthropologie platonicienne (cf. par exemple *Coriolan,* 15, 4).

Les scènes dramatiques

C'est pourquoi Plutarque aime le drame et, autant qu'il subit l'influence de la peinture, il cède à celle du théâtre. L'un de ses procédés les plus fréquents, quand il veut illustrer un changement d'attitude ou un choix décisif de son héros, consiste à organiser une mise en scène que souvent du reste il annonce comme telle. Un exemple suffira : Alexandre au chapitre 19 est malade en Cilicie. Personne n'ose prendre la responsabilité de le soigner. Philippe d'Acarnanie se décide à lui préparer une potion. Au moment où il la présente au Roi, celui-ci reçoit une lettre d'un de ses généraux le mettant en garde contre Philippe. Alexandre saisit la coupe, boit le breuvage en tendant sa lettre à son compagnon. « *Ce fut un spectacle admirable, bien digne de la scène ;* l'un lisait pendant que l'autre buvait, et tous deux ensuite se regardèrent d'un air bien différent : Alexandre laissant éclater sur son visage radieux et épanoui son affection et sa confiance en Philippe ; celui-ci, bouleversé par la calomnie, tantôt invoquant les dieux et tendant les mains vers le ciel, tantôt se jetant sur le lit et conjurant Alexandre de prendre courage. » On pourrait multiplier les exemples. Le meurtre de Cleitos le Noir (*ibid.* 50-51) est significatif dans un autre genre, celui des scènes dramatiques à plusieurs personnages. Cependant, le procédé atteint probablement son sommet avec la mort d'Antoine et de Cléopâtre et notamment la scène où celle-ci, réfugiée dans son tombeau, y accueille Antoine mourant. Elle a inspiré dramaturges et cinéastes qui y ont trouvé un « scénario » et même une mise en scène toute prête. L'assassinat de César (*Vie de César*, 66) nous fournit un exemple encore différent car il appelle de la part de Plutarque une reconstitution à la fois minutieuse et animée de l'événement qui, elle aussi, s'apparente aux tableaux d'un théâtre à grand spectacle.

Le surnaturel

Nous sortons à peine du spectacle ou tout au moins du spectaculaire en abordant ce domaine bien qu'il s'agisse là de la part de Plutarque d'une croyance très sincère et très réfléchie. Pour que le lecteur, on pourrait presque dire le spectateur, soit en alerte et pour souligner l'effet dramatique de certaines scènes, Plutarque utilise les présages qui précèdent ou accompagnent ces événements mémorables. Les morts, les grandes batailles, les décisions lourdes de conséquence s'assortissent toujours d'un certain nombre d'avertissements du ciel. Cet environnement ne concerne pas tous les héros de Plutarque mais, dès que leur sort intéresse des destins plus larges que le leur propre, il se produit un foisonnement de messages plus ou moins clairs, qui annoncent ou rappellent l'importance du lieu ou de l'heure. La mort d'Alexandre et celle de César notamment sont de cette sorte, sans compter celle d'Alcibiade dont l'étrangeté est ainsi soulignée. Ce sont bien entendu les *Vies de Dion et de Brutus* qui sont les plus marquées par ces prodiges et qui laissent apparaître plus que les autres quel rôle complexe jouent ces signes du ciel dans les écrits de Plutarque. Certes ils correspondent à l'idée que Plutarque se fait du surnaturel et à ses sentiments religieux. On ne peut cependant se défendre du sentiment que Plutarque était sensible à la valeur esthétique et surtout dramatique de ces interventions divines dans le récit d'une vie. Leur description répétée souligne la toute-puissance de la divinité et surtout elle rappelle dans les marges de l'histoire les innombrables liens que l'existence humaine entretient avec les puissances surnaturelles, la force de celles-ci et le caractère toujours tragique de la destinée.

La destinée posthume des Vies

Cette œuvre, entreprise à l'intention de quelques amis, a connu une destinée posthume exceptionnelle. Dans l'Antiquité même, cependant, on n'en relève pas de traces sensibles ni qui paraissent proportionnées à l'importance de cette somme. Certes Aristide, Arrien, Aulu-Gelle, Athénée et Porphyre citent Plutarque, comme le feront de leur côté les chrétiens Eusèbe de Césarée, Jean Chrysostome, Cyrille d'Alexandrie et Théodoret de Cyr, mais ce sont, la plupart du temps, les traités moraux qui sont visés, très rarement les *Vies*, et la notice de la Souda reste encore muette sur elles.

C'est en fait vers la fin du XIIIe siècle que le moine érudit Planude décide de donner une édition complète (manuscrite) des œuvres de Plutarque qui comprend les *Vies parallèles*. Quand commencent les éditions imprimées de notre auteur, c'est celle d'Henri Estienne à Genève en 1572 qui fera date. Mais dès 1559 Jacques Amyot avait popularisé l'ouvrage en France dans une traduction qui est restée célèbre, encore plus comme un des premiers monuments de notre langue que comme un modèle d'exactitude littérale. C'est dans ce texte que Plutarque sera lu par Montaigne qui voit en lui « le plus judicieux auteur du monde ». Il le cite constamment et c'est en lisant les *Essais* que l'on comprend comment Plutarque a pu devenir un classique de la société cultivée. Il lui offre une galerie de portraits emblématiques d'une Antiquité qui revient à la mode, un moyen commode et vivant d'apprendre son histoire à travers ses grands hommes, une collection d'aphorismes et de réflexions qui font revivre pour elle les valeurs d'un humanisme ouvert et compatible avec un christianisme bien tempéré. Plutarque devient un intermédiaire sûr et commode vers une Antiquité qu'on n'en finit pas d'inventorier. Il prête ses services à l'éducation d'Henri IV et c'est chez lui que Corneille et Racine découvriront, avec une collection de biographies, les analyses des passions qu'ils brûlent de porter à la scène. Le « gros Plutarque à mettre les rabats » des *Femmes savantes* est un signe sûr de la notoriété de notre auteur.

A partir de 1721, c'est dans la traduction de Dacier que l'on lit les *Vies.* Leur succès reste constant mais plus mesuré peut-être chez les « philosophes » les plus critiques que leur modération n'attire pas. En revanche, les « âmes sensibles » s'enthousiasment. Rousseau écrit : « C'est presque le seul auteur que je n'ai jamais lu sans en tirer quelque fruit. » Madame Roland, en bonne disciple, y découvre un bréviaire républicain. Chateaubriand et Napoléon sont encore tout imprégnés des *Vies* : l'un les cite fréquemment dans les *Mémoires,* l'autre était, selon Pascal Paoli, « un homme de Plutarque » (Mémorial de Sainte-Hélène) et, quand il monte à bord du *Bellérophon,* évoque l'exil de Thémistocle. C'est dans un esprit un peu différent, mais avec autant d'admiration, que Michelet en 1819 choisit Plutarque comme sujet de thèse de doctorat et exalte chez l'auteur des *Vies* à la fois le peintre d'histoire et le chantre de la vertu.

C'est à l'historien que s'attachera ensuite le XIXe siècle, pour le louer parfois, pour le critiquer le plus souvent, et les tenants de la « recherche des sources » notamment ne l'épargneront guère. Après que bien des critiques eurent mis en question l'exactitude de son information, l'intelligence de ses analyses, la rigueur de ses relations, qu'ils eurent parfois dénoncé sa partialité ou même sa complaisance coupable vis-à-vis de l'envahisseur romain, on revient aujourd'hui à un jugement plus équilibré. On s'est pénétré de l'idée qu'il ne cesse de proclamer, qu'il ne veut pas être historien, mais on sait aussi que, dans la mesure où il l'est, il est scrupuleux, véridique et suggestif. Cette querelle étant enfin apaisée, on goûte Plutarque comme un extraordinaire conteur et le peintre d'époques qui sont pour lui un passé tout proche du présent.

La traduction

Un mot de la traduction et du choix des textes. On cherche aujourd'hui à nettoyer l'image de Plutarque des déformations qui s'y surimposent à mesure des traductions successives. Trop familières ou trop pompeuses, elles donnent à notre auteur tantôt l'allure d'un narrateur bonhomme, tantôt celle d'un peintre officiel qu'il n'est pas. Sur la base d'une vieille traduction de Pierron on a cherché à serrer de près le texte et à conserver la diversité du ton, car Plutarque tantôt expose, tantôt explique, tantôt commente, tantôt met en scène. Son style est plus varié que l'on ne croit parce que ses buts sont multiples et que l'histoire est surtout un prétexte pour l'écrivain qu'il est : il y retrouve ses préoccupations, avec le plaisir de voyager à travers le temps et l'espace. Plutarque n'a jamais cessé d'être le guide disert qui promenait ses amis à Delphes. C'est pourquoi chaque siècle croit le retrouver différent et admire tantôt sa sagesse, tantôt sa clairvoyance. Le rôle du traducteur est de disparaître derrière sa traduction.

Le choix des textes

Le choix des biographies a obéi à deux soucis : présenter les plus réussies et donner des échantillons de ses diverses sortes de talents. Il était naturel d'y faire figurer Alexandre et César qui sont les monuments les plus antithétiques et les plus travaillés de cet ensemble ; dans le même ordre d'idées, c'est-à-dire deux grands capitaines, mais avec des côtés de soudards que Plutarque considère avec stupéfaction ; ce sont Démétrios et Antoine. Deux portraits de rénégats ensuite, Alcibiade et Coriolan, qui sont sans doute les chefs-d'œuvre de la psychologie historique. Le second volume accueillera Démosthène et Cicéron parce qu'il était bon de voir Plutarque aux prises avec l'éloquence. Dion et Brutus sont deux héros de la philosophie et paradoxalement environnés de présages. On ne pouvait se dispenser de suivre Plutarque dans son exploration des temps mythiques. Ce sont Romulus et Thésée qui en fournissent l'occasion pour ainsi dire la plus claire. Enfin, puisqu'on évoque les *Vies* « dépareillées », tout portait à choisir celle d'Artaxerxès où Plutarque, nouvel Hérodote ou nouveau Xénophon, se lance sur les chemins de l'Orient.

Jean SIRINELLI.

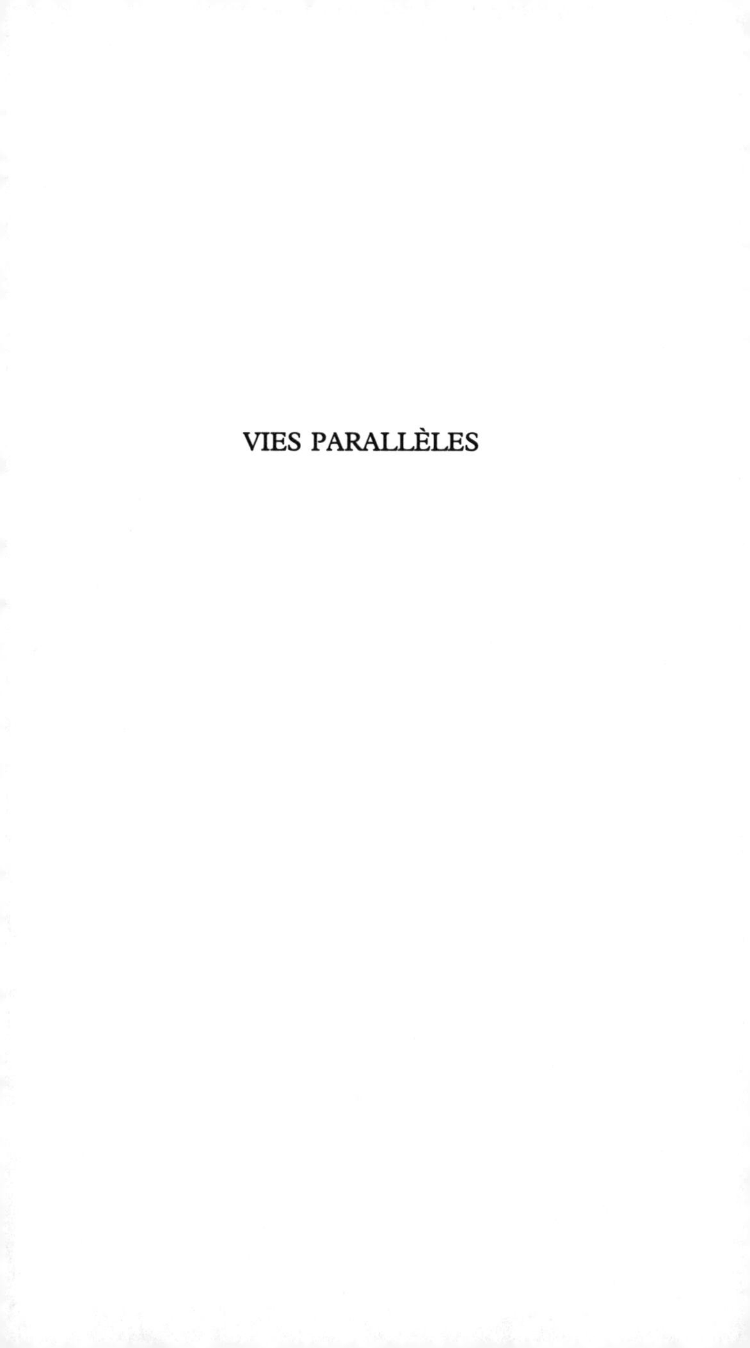

VIES PARALLÈLES

VIE D'ALEXANDRE

Il n'est pas nécessaire de rappeler les épisodes de la vie d'Alexandre (356-323) et l'épopée qui de Macédoine le conduisit jusqu'aux rives de l'Indus. On ne sait à quelle date précise Plutarque a composé cette biographie monumentale mais il est notable qu'il estime nécessaire de rappeler que son propos n'est pas de raconter des exploits mais de peindre des caractères. Ce rappel s'imposait s'agissant du plus grand capitaine de l'Antiquité dont la geste était chantée sur tous les modes.

Plutarque s'était beaucoup intéressé au conquérant et on lui attribue deux discours, probablement œuvres de jeunesse, relatifs à la Fortune d'Alexandre. *Mais ces discours, un peu encombrés de rhétorique, mettent surtout en valeur le rôle historique et la signification philosophique de l'épopée du Macédonien. Nous avons ici un portrait en action à la fois plus près des faits et plus nuancé. En effet, Plutarque met en lumière les données contradictoires de la personnalité d'Alexandre : audace et même impétuosité unies au calcul ; grandeur d'âme et violence ; culte de l'amitié mais caractère implacable ; extrême délicatesse et brutalité. Il montre aussi l'évolution de ce caractère, l'emprise grandissante de la colère, du vin, des excès de toutes sortes ; le détachement progressif du roi à l'égard d'Aristote.*

Alexandre avait donné matière à quantité d'ouvrages. Plutarque s'est documenté très sérieusement. Outre la Correspondance *d'Alexandre et les* Éphémérides royales *qui avaient été tenues avec soin, il a consulté au moins vingt-quatre auteurs qu'il cite nommément. Il se livre avec lucidité à la critique des sources, comme on peut le voir notamment à propos de l'épisode de la reine des Amazones (chap. 46). En ce qui concerne l'ascendance divine du conquérant, il nuance adroitement l'énoncé des indices contradictoires comme il le fait aussi dans l'exposé des présages qui abondent dans ce récit.*

1. Rédigeant dans ce livre la *Vie* du roi Alexandre et la *Vie* de César, le vainqueur de Pompée, devant le nombre infini des faits qui en sont la matière, nous nous bornerons en préambule à prier les lecteurs de ne point nous blâmer si, au lieu d'exposer et de détailler par le menu toutes leurs actions d'éclat, nous n'en donnons pour la plus grande partie qu'un simple sommaire. En effet, nous n'écrivons pas des *Histoires*, mais des *Vies* ; et d'ailleurs ce ne sont pas toujours les actions les plus éclatantes qui montrent le mieux la vertu ou le vice : un petit fait, un mot, une plaisanterie révèlent souvent mieux un caractère que les combats sanglants, les batailles rangées ou les sièges les plus importants. Aussi, comme les peintres dans leurs portraits cherchent à saisir le visage et les traits extérieurs par où transparaît le caractère sans se soucier des autres parties du corps, de même qu'on nous permette aussi de privilégier dans notre analyse les signes distinctifs de l'âme et de dessiner d'après ces traits la vie de ces deux personnages, en laissant à d'autres les grands événements et les combats [1].

2. Alexandre, du côté paternel, descendait d'Héraclès, par Caranos [2], et, du côté de sa mère, il se rattachait aux Eacides, par Néoptolème [3] : c'est un point parfaitement accrédité. On dit que Philippe, tout jeune encore, fut initié aux mystères de Samothrace [4] avec Olympias, qui n'était guère, elle non plus, qu'une enfant et orpheline de père et de mère, qu'il en tomba amoureux et arrangea leur mariage après avoir obtenu l'aval de son frère. Or, la nuit qui précéda celle où ils

furent enfermés dans la chambre nuptiale, la fiancée rêva que le tonnerre éclatait et que la foudre venait la frapper au ventre ; à ce coup, il lui sembla qu'un grand feu s'allumait, puis se brisait en plusieurs traits de flamme jaillissant çà et là avant de se dissiper. Philippe, de son côté, quelque temps après son mariage, se vit en rêve marquer d'un sceau le ventre de sa femme ; ce sceau, à ce qu'il crut, portait l'empreinte d'un lion. Ce rêve suscita la méfiance des devins qui invitèrent Philippe à surveiller de plus près sa femme. Seul Aristandre de Telmèse affirma que la reine était enceinte, car on ne scellait point, dit-il, ce qui était vide, et elle portait en son sein un fils bouillant au cœur de lion. On vit aussi un jour, pendant qu'Olympias dormait, un serpent étendu à ses côtés, et ce fut là, dit-on, le principal motif qui refroidit l'amour de Philippe et ses assiduités : il n'alla plus si souvent passer la nuit avec elle, soit qu'il craignît de sa part quelques maléfices ou quelques philtres, soit que, par respect, il s'éloignât d'une couche qu'il croyait occupée par un être supérieur.

Il y a encore sur ce sujet une autre tradition : les femmes de ce pays, depuis les temps les plus reculés, célèbrent les mystères orphiques et le culte orgiastique de Dionysos et, sous le nom de Clodones et de Mimallones, s'adonnent à peu près aux mêmes pratiques que les Édoniennes et que ces femmes thraces du mont Hémon qui nous ont fait inventer, semble-t-il, le verbe « thraciser » pour désigner des cérémonies outrées et excessives. Olympias, qui s'abandonnait avec une ferveur à nulle autre seconde à la possession divine et accentuait le caractère barbare de ses transports extatiques, traînait après elle dans les thiases des serpents apprivoisés, qui, souvent, se glissaient hors du lierre et des vans mystiques et s'entortillaient autour des thyrses et des couronnes de ces femmes, jetant l'effroi parmi les hommes [5].

3. Quoi qu'il en soit, Philippe, après cette apparition, envoya Chairon de Mégalopolis à Delphes et Chairon lui rapporta, dit-on, pour réponse qu'Apollon

lui commandait de sacrifier à Ammon et d'honorer particulièrement ce dieu. On ajoute qu'il perdit un de ses yeux, celui qu'il avait collé à la fente de la porte pour épier le dieu couché auprès de sa femme sous la forme d'un serpent. Olympias, d'après Ératosthène, découvrit au seul Alexandre, lorsqu'il partit pour son expédition, le secret de sa naissance et elle l'exhorta à montrer des sentiments dignes d'une telle origine. D'autres au contraire prétendent qu'elle rejetait ces propos impies et qu'elle disait : « Alexandre ne cessera-t-il pas de me calomnier auprès d'Héra [6] ? »

Alexandre naquit donc le six du mois Hécatombaion, que les Macédoniens appellent Lôios, le jour même où le temple d'Artémis fut brûlé à Éphèse. Hégésias de Magnésie fait à ce propos une remarque assez froide pour éteindre cet incendie : « Il est naturel, dit-il, que le temple ait été détruit par l'incendie, puisque Artémis [7] était occupée aux couches de la mère d'Alexandre [8] ! » Tous les Mages qui se trouvaient alors à Éphèse, persuadés que le malheur qui avait frappé le temple en présageait un second, couraient çà et là, se frappant le visage et criant que ce jour avait enfanté un fléau et un malheur de taille pour l'Asie. Philippe, qui venait de se rendre maître de Potidée [9], reçut en même temps trois heureuses nouvelles : la première, que les Illyriens avaient été vaincus par Parménion dans une grande bataille ; la seconde, qu'il avait eu un cheval de course vainqueur aux jeux Olympiques ; la troisième, qu'Alexandre était né. La joie qu'il ressentait, comme on peut croire, de tous ces bonheurs s'accrut encore par les paroles des devins : un enfant, assuraient-ils, dont la naissance concourait avec trois victoires, devait être lui-même invincible.

4. Pour l'apparence physique d'Alexandre, les statues qui le représentent le mieux sont celles de Lysippe, le seul sculpteur auquel il eût permis de sculpter son image. En effet, les manières que, plus que toute autre, s'attachèrent dans la suite à imiter beaucoup de ses successeurs et de ses amis, le port de

son cou, qu'il penchait légèrement sur l'épaule gauche, et la langueur de son regard, l'artiste les a parfaitement conservées. En revanche, Apelle, qui le peignit en Porte-Foudre [10], n'a pas reproduit sa carnation : il l'a faite trop mate et basanée, car il avait, dit-on, la peau blanche, d'une blancheur que relevait un léger incarnat, particulièrement sur le visage et sur la poitrine. J'ai lu dans les *Mémoires* d'Aristoxène [11] que sa peau sentait bon, qu'il s'exhalait de sa bouche et de tout son corps une odeur agréable qui parfumait ses vêtements. Cela venait peut-être de son tempérament, qui était très chaud et de nature ignée, car la bonne odeur est, selon Théophraste, le produit de la coction des humeurs par la chaleur naturelle. Aussi les pays secs et chauds sont-ils ceux qui produisent avec plus d'abondance les meilleurs aromates, le soleil attirant toute l'humidité qui nage à la surface des corps comme une matière de corruption. C'est sans doute cette chaleur du corps qui donnait aussi à Alexandre son tempérament bouillant et son goût pour le vin [12].

Dès les premiers temps de sa jeunesse, sa tempérance transparaissait déjà : alors qu'il se montrait, dans tout le reste, plein de fougue et d'impétuosité, les plaisirs physiques ne l'émouvaient guère et il n'y touchait qu'avec beaucoup de retenue. L'amour de la gloire, d'un autre côté, lui donnait une gravité et une élévation de sentiments bien supérieures à son âge : il ne voulait pas de la gloire à tout prix, ni de n'importe quelle gloire, comme Philippe, qui ambitionnait avec une vanité de sophiste le renom d'homme éloquent et faisait graver sur ses monnaies les victoires de ses chars aux jeux Olympiques ; au contraire, Alexandre, comme ses amis lui demandaient s'il n'aurait pas envie de disputer la course à Olympie, car il courait vite : « Oui, dit-il, si je devais avoir des rois pour concurrents. » D'une manière générale, on voit qu'il était mal disposé à l'égard des athlètes, car, lui qui institua d'innombrables concours de poètes tragiques, de joueurs de flûte, de lyre et aussi de rhapsodes, ainsi que des compétitions pour toutes les formes de chasse et d'escrime, n'institua sérieusement de prix ni pour le pugilat ni pour le pancrace [13].

5. Recevant un jour des ambassadeurs du Roi de Perse qui s'étaient présentés en l'absence de Philippe, il se lia avec eux et les conquit si bien par son amabilité et par ses questions exemptes de toute puérilité ou de frivolité — il s'informait de la longueur du trajet et de la manière de voyager en Haute Asie et, à propos du Roi lui-même, s'enquérait de son comportement à la guerre, de la bravoure et de la puissance des Perses — qu'ils étaient remplis d'admiration et pensaient que l'habileté de Philippe dont on parlait tant n'était rien en comparaison du génie et des rêves de grandeur de son fils. En tout cas, toutes les fois qu'on annonçait que Philippe avait pris quelque ville, Alexandre, loin de rayonner en entendant la nouvelle, disait aux enfants de son âge : « Mes amis, mon père prendra tout avant moi et il ne me laissera rien de grand ni de glorieux à faire un jour avec vous. » Passionné comme il l'était, non de plaisir et de richesse, mais de vaillance et de gloire, il pensait que, plus grand serait l'empire dont il hériterait de son père et moins il aurait de succès à remporter par lui-même ; aussi, persuadé que Philippe, en augmentant ses conquêtes, dépensait à son profit les occasions d'agir, désirait-il recevoir non point un empire où il trouvât des richesses, du luxe et des plaisirs, mais des guerres à faire, des batailles à livrer, des occasions de s'illustrer.

Il avait auprès de lui, comme on peut penser, grand nombre de gens qui veillaient à son éducation, sous les noms d'éducateurs, pédagogues et maîtres : à leur tête se trouvait Léonidas, homme de mœurs austères et parent d'Olympias. Lui-même ne refusait pas le titre de pédagogue, qui implique une belle et noble tâche, mais les autres, par égard pour sa dignité et sa parenté avec la reine, l'appelaient l'éducateur et le gouverneur d'Alexandre. Le rôle et le titre de pédagogue étaient dévolus à l'Acarnanien Lysimaque : bien qu'il n'eût par ailleurs nul esprit, il avait plu en se donnant à lui-même le nom de Phœnix, à Alexandre celui d'Achille et à Philippe celui de Pélée et pour cette raison, il occupait la seconde place auprès du jeune homme.

6. Philonicos le Thessalien amena un jour à Philippe Bucéphale, qu'il voulait lui vendre treize talents. On descendit donc dans la plaine pour essayer le cheval, mais on le trouva difficile et complètement rétif, ne souffrant pas de cavalier et se cabrant contre tous. Comme Philippe, mécontent, ordonnait de remmener cet animal qu'il jugeait totalement sauvage et indomptable, Alexandre, qui était là, s'écria : « Quel cheval ils perdent là parce que l'expérience et l'énergie leur manquent pour pouvoir en venir à bout. » Philippe d'abord resta silencieux, mais devant l'insistance et l'émotion d'Alexandre : « Tu blâmes, dit-il, toi, des gens plus âgés, comme si tu en savais plus long qu'eux et pouvais mieux venir à bout du cheval ! » — « Sans doute, reprit Alexandre, j'en viendrai mieux à bout que tout autre. » — « Mais si tu échoues, quelle peine subiras-tu pour ta présomption ? » — « Eh bien, dit Alexandre, je paierai le prix du cheval. » Cette réponse fit rire tout le monde et Philippe paria avec son fils la somme dite. Sur quoi, aussitôt, Alexandre courut vers le cheval et prit les rênes pour lui tourner la tête face au soleil, ayant observé apparemment qu'il était effarouché par son ombre, qui se projetait et s'agitait devant lui. Il le flatta et le caressa doucement tant qu'il le vit souffler de colère, puis, laissant couler son manteau à terre, il s'élança d'un saut léger et l'enfourcha en maître. D'abord tirant doucement le mors avec les brides, il réussit, sans le frapper ni le harceler, à le contrôler, puis, dès qu'il s'aperçut que le cheval avait cessé d'être menaçant et ne demandait plus qu'à courir, alors il lui lâcha la bride et le lança en usant désormais d'un ton plus hardi et en le frappant du talon. Chez Philippe et son entourage, ce ne fut d'abord que silence et angoisse ; mais quand il tourna bride pour revenir tout droit, plein de fierté et de joie, la clameur fut générale et son père alla jusqu'à

verser, dit-on, quelques larmes de joie ; lorsqu'il fut descendu de cheval, il le baisa au front : « Mon fils, dit-il, cherche un royaume à ta mesure ! La Macédoine est trop petite pour toi [14]. »

7. Philippe, observant que le caractère d'Alexandre était difficile à manier, car il refusait de céder à la contrainte, alors qu'on l'amenait sans peine à son devoir par la raison, s'appliquait lui-même à le gagner par la persuasion bien plus qu'à lui imposer ses volontés. Et, comme il ne se fiait pas trop aux maîtres chargés de lui enseigner la musique et les arts libéraux pour diriger et parfaire son éducation, œuvre qu'il jugeait importante et exigeant, selon le mot de Sophocle,

> L'emploi de plus d'un frein, de plus d'un gouvernail,

il fit venir Aristote, le plus célèbre et le plus savant des philosophes, et lui paya pour l'éducation de son fils les honoraires splendides qui lui revenaient. En effet, il rebâtit la ville de Stagire, patrie d'Aristote, qu'il avait lui-même ruinée, et y fit revenir ceux de ses habitants qui avaient été exilés ou réduits en esclavage. Et, pour accueillir leurs études, il assigna au maître et au disciple le Nymphée de Miéza [15], où l'on montre encore de nos jours les bancs de pierre et les promenades ombragées d'Aristote.

Il paraît qu'Alexandre ne se borna pas à l'étude de la morale et de la politique et qu'il eut part aussi aux leçons secrètes et plus profondes, que les disciples d'Aristote appelaient proprement « acroamatiques [16] » et « époptiques » et qu'ils ne communiquaient point au vulgaire. C'est ainsi que, informé, alors qu'il était déjà passé en Asie, de la publication par Aristote d'ouvrages où il traitait de ces sujets, il lui écrit, au nom de la philosophie, une lettre où il ne mâche pas ses mots et que je reproduis : « Alexandre à Aristote, salut. Tu as eu tort de publier tes traités acroamatiques. En quoi donc serons-nous supérieurs au reste de l'humanité si les sciences qui ont servi à notre éducation deviennent accessibles à tous ? Pour moi, j'aimerais mieux l'emporter par les connaissances des plus grands biens que par la puissance. Adieu. » Aristote, pour consoler cette âme ambitieuse, justifie ses écrits en disant qu'ils sont publiés sans l'être. Et il est bien vrai que le traité de la *Métaphysique* n'a rien qui puisse servir à l'étude ou à l'enseignement et ne constitue qu'un aide-mémoire à l'usage de ceux qui ont déjà reçu un enseignement complet.

8. Alexandre, me semble-t-il, dut aussi à Aristote, plus qu'à tout autre, son goût de la médecine ; loin de se contenter de la théorie, il soignait aussi ses amis et leur prescrivait certains remèdes et régimes, comme on en peut juger par ses lettres. Il avait aussi un penchant naturel pour la littérature, l'étude et la lecture. Il voyait dans l'*Iliade* un viatique de la valeur guerrière, selon l'expression qu'il employait, et c'est ainsi qu'il emporta le texte corrigé par Aristote, qu'on appelle l'édition de la cassette, et qu'il le gardait constamment sous son oreiller avec son épée, d'après Onésicrite. Et, pour les autres livres, comme il n'en trouvait guère dans les provinces de Haute Asie, il ordonna à Harpale [17] de lui en envoyer ; lequel lui envoya les œuvres de Philistos, un grand nombre de tragédies d'Euripide, de Sophocle et d'Eschyle, ainsi que des dithyrambes de Télestès et de Philoxénos [18].

Alexandre témoigna, dans les commencements, une grande admiration pour Aristote et, de son propre aveu, il ne l'aimait pas moins que son père, parce que, s'il devait à celui-ci de vivre, il devait à Aristote de vivre noblement. Mais, dans la suite, il se défia davantage de lui, non certes au point de lui faire quelque mal, mais ses soins, en perdant de leur chaleur et de leur empressement, témoignèrent bien de l'éloignement qu'il avait conçu. Mais l'ardeur et la passion pour la philosophie, qu'il avait en naissant et qui s'étaient développées en lui dès son jeune âge ne quittèrent point son âme, comme en témoignent les honneurs qu'il rendit à Anaxarque, les cinquante talents qu'il envoya à Xénocrate et l'empressement qu'il marqua à Dandamis et Calanos [19].

9. Pendant que Philippe faisait la guerre aux

Byzantins, Alexandre, âgé de seize ans, était resté en Macédoine comme dépositaire du pouvoir et du sceau royal : il soumit alors les Médares qui s'étaient révoltés et prit leur ville ; à la place des barbares qu'il en chassa, il installa des habitants de diverses origines et donna à la ville le nom d'Alexandropolis. Il participa en personne à la bataille que Philippe livra contre les Grecs à Chéronée et fut, dit-on, le premier à charger le bataillon sacré des Thébains. De nos jours encore on montrait au bord du Céphise un vieux chêne appelé le chêne d'Alexandre, près duquel il avait dressé sa tente, à peu de distance du cimetière où l'on enterra les Macédoniens. Tous ces exploits, comme on peut bien croire, portaient au comble la tendresse de Philippe pour son fils, à tel point qu'il était ravi d'entendre les Macédoniens donner à Alexandre le nom de roi et à lui-même celui de général.

Mais les troubles domestiques, qui virent le royaume comme contaminé par les désordres que provoquèrent dans le gynécée les mariages et les amours de Philippe, soulevèrent entre lui et son fils maints griefs et de graves différends, que le mauvais caractère d'Olympias, femme jalouse et vindicative, aggravait en aigrissant Alexandre. Attale fit éclater l'orage aux noces de Cléopâtre [20], une toute jeune fille dont Philippe s'était épris malgré la différence d'âge. Attale donc, qui était l'oncle de Cléopâtre, pris de vin, se mit au banquet à inviter les Macédoniens à demander aux dieux de faire naître de Philippe et de Cléopâtre un héritier légitime du royaume. Piqué au vif, Alexandre s'écria : « Et moi, scélérat, me prends-tu donc pour un bâtard ? », et il lui jeta sa coupe à la tête. Philippe alors se dressa et dégaina l'épée contre son fils ; mais par bonheur pour l'un et pour l'autre, la colère et l'ivresse le firent chanceler et s'affaler. Alors Alexandre, l'injure aux lèvres : « Voilà, mes amis, dit-il, l'homme qui se préparait à passer d'Europe en Asie et qui, en passant d'un lit à l'autre, se retrouve les quatre fers en l'air ! » Après cette insulte, faite dans la chaleur du vin, il prit sa mère Olympias, l'installa en Épire et se retira lui-même en Illyrie.

Sur ces entrefaites, le Corinthien Démarate, un des hôtes de la famille, et qui avait son franc-parler, vint trouver Philippe et comme Philippe, après les premières effusions et marques d'amitié, lui demandait si les Grecs vivaient entre eux en bonne intelligence : « Vraiment, Philippe, lui répondit Démarate, c'est bien à toi de t'inquiéter de la Grèce quand tu as rempli ta propre maison d'une si grande discorde et de tant de malheurs ! » Ce reproche fit rentrer Philippe en lui-même : il envoya chercher Alexandre et le fit revenir grâce aux bons offices de Démarate.

10. Cependant Pixodoros, satrape de Carie, qui voulait, à la faveur d'un mariage, s'insinuer dans l'alliance de Philippe, avait formé le dessein de faire épouser l'aînée de ses filles à Arrhidée, fils de Philippe [21], et il avait dépêché à ce sujet en Macédoine Aristocritos. Et ce furent de nouveau imputations et calomnies que déversèrent les amis d'Alexandre et de sa mère, insinuant que Philippe préparait à Arrhidée, par un mariage brillant et de grandes responsabilités, les voies au trône de Macédoine. Alexandre, troublé par ces soupçons, envoie en Carie le tragédien Thessalos représenter à Pixodoros qu'il valait mieux laisser là le bâtard, qui d'ailleurs n'avait pas toute sa tête, et prendre Alexandre à sa place. Cette proposition souriait à Pixodoros bien plus que la première. Mais Philippe eut vent de l'intrigue et se rendit avec un des amis et confidents d'Alexandre, Philotas, fils de Parménion, dans la chambre de son fils qu'il tança vigoureusement et accabla d'injures mordantes, le traitant de lâche et d'être indigne des grands biens dont il disposait pour se contenter ainsi de devenir le gendre d'un Carien, esclave d'un roi barbare. Il écrivit aux Corinthiens de lui envoyer Thessalos chargé de chaînes et bannit de Macédoine encore quatre des amis de son fils, Harpale, Néarque [22], Érigyas et Ptolémée [23], lesquels furent plus tard rappelés et comblés d'honneurs par Alexandre.

Lorsque Pausanias [24], qui avait, à l'instigation d'Attale et de Cléopâtre, subi un sanglant outrage dont il ne put obtenir réparation, assassina Philippe, on attribua à Olympias la plus grande part de responsabilité pour avoir encouragé et aigri la colère du jeune homme, mais Alexandre lui-même ne fut pas à l'abri de tout soupçon. Comme Pausanias était venu, dit-on, après l'injure dont j'ai parlé, se plaindre auprès de lui, il lui aurait cité ce vers de *Médée :*

Et l'auteur du mariage, et l'époux et l'épouse.

Cependant il rechercha et punit les complices de la conspiration et le traitement cruel qu'Olympias infligea à Cléopâtre en son absence suscita son indignation.

11. Alexandre reçut donc à vingt ans un royaume en proie de toutes parts à des jalousies violentes, des haines et des dangers terribles : d'un côté les nations barbares des pays voisins ne se résignaient point à la servitude et regrettaient leurs rois ancestraux ; d'un autre côté, si la Grèce avait été vaincue par les armes, Philippe n'avait pas eu le temps de la dompter et de l'apprivoiser ; il n'avait fait que changer et troubler l'état des affaires et l'avait laissée en proie à l'agitation et aux mouvements propres à une situation que l'habitude n'a pas encore stabilisée. Les Macédoniens, effrayés par ces circonstances, pensaient qu'Alexandre devait renoncer complètement à la Grèce et ne pas recourir à la violence et, pour les barbares qui se révoltaient, les ramener en traitant avec douceur ces mouvements révolutionnaires. Mais Alexandre, raisonnant à l'inverse, résolut de ne chercher que dans son audace et sa grandeur d'âme la sûreté et le salut de son empire, convaincu qu'il était que le moindre relâchement de ses prétentions provoquerait un soulèvement général. Il étouffa donc les mouvements des barbares et les guerres qui le menaçaient de ce côté en se portant en toute hâte avec son armée sur les bords de l'Istros et il défit dans un grand combat Syrmos, le roi des Triballes [25]. Puis, dès qu'il eut appris que les Thébains s'étaient révoltés et que les Athéniens étaient

d'intelligence avec eux, il fit, sans perdre de temps, passer les Thermopyles à son armée. « Démosthène, dit-il, me traitait d'enfant quand j'étais en Illyrie et chez les Triballes, et de jeune homme quand je suis entré en Thessalie ; je veux lui montrer sous les murailles d'Athènes que je suis un homme. » Arrivé devant Thèbes, il donna encore à cette ville l'occasion de se repentir : il exigea seulement qu'on lui livrât Phœnix et Prothytès [26] et fit proclamer qu'il accordait l'impunité à ceux qui reviendraient à lui. Mais les Thébains répliquèrent en exigeant qu'Alexandre leur livrât Philotas et Antipatros [27] et firent proclamer que ceux qui voulaient aider à libérer la Grèce devaient se ranger à leurs côtés. Alexandre dès lors prépara les Macédoniens au combat.

Les soldats thébains luttèrent avec un courage et une ardeur au-dessus de leurs forces ; car ils avaient en face d'eux un ennemi bien supérieur en nombre, mais lorsque la garnison macédonienne, quittant la Cadmée, vint les charger par-derrière, alors enveloppés de toutes parts, ils périrent presque tous au sein même du combat : la ville fut prise, livrée au pillage, et détruite de fond en comble. Alexandre, d'une manière générale, escomptait qu'un tel désastre frapperait les Grecs et que l'épouvante qu'il susciterait les dissuaderait de bouger, mais, en outre, il affecta, pour se donner belle apparence, de faire ainsi droit aux plaintes des alliés. Il est vrai que les Phocéens et les Platéens avaient porté une accusation contre les Thébains. Alexandre donc, n'exceptant que les prêtres, tous les hôtes des Macédoniens, les descendants de Pindare et ceux qui avaient voté contre la rébellion, vendit tous les autres, au nombre de trente mille : il en avait péri plus de six mille.

12. Au milieu des innombrables calamités que la ville eut alors à essuyer, quelques soldats thraces dévastèrent la maison de Timocléia, femme également distinguée par sa naissance et sa vertu. Eux-mêmes pillèrent ses biens, tandis que leur chef la violait et la déshonorait, avant de lui demander si elle avait de l'or

ou de l'argent caché. Elle avoua qu'elle en avait et le mena, seul, dans son jardin, où elle lui montra un puits : « C'est là, dit-elle, que j'ai jeté moi-même, au moment de la prise de la ville, tout ce que j'avais de plus précieux. » Et comme le Thrace se penchait pour scruter le puits, Timocléia, qui s'était mise derrière lui, le poussa et le tua sous une grêle de pierres. Garrottée et conduite devant Alexandre par les Thraces, elle fit bien voir d'emblée, par son air et sa démarche, sa haute naissance et son grand courage ; car elle suivait les soldats sans montrer ni étonnement ni crainte. Puis, quand le roi lui demanda qui elle était, elle répondit qu'elle était la sœur de Théagénès, qui avait combattu contre Philippe pour la liberté des Grecs et était tombé à Chéronée à la tête des troupes. Alexandre admira autant sa réponse que son acte et ordonna de la relâcher, elle et ses enfants [28].

13. Il se réconcilia avec les Athéniens malgré la profonde douleur qu'ils manifestèrent devant le malheur des Thébains. Ils avaient en effet interrompu la fête des mystères qu'ils étaient en train de célébrer et traité avec toute sorte d'égards ceux des Thébains qui s'étaient réfugiés dans leur ville. Mais, soit que la colère d'Alexandre, comme celle des lions, fût désormais assouvie, soit qu'il voulût opposer à une action si atroce et si sauvage un acte de clémence, non content de renoncer à tous ses griefs, il invita la ville à s'occuper sérieusement des affaires dans la pensée que, s'il lui arrivait malheur, c'est à elle qu'il reviendrait de diriger la Grèce, et, par la suite, à ce qu'on assure, bien des fois, le malheur des Thébains revint l'affliger et son souvenir, en maintes occasions, adoucit sa colère. Plus largement, même, le meurtre de Cleitos, qu'il tua en état d'ivresse, et le recul des Madéconiens face aux Indiens, qui laissa son expédition et sa gloire comme imparfaites, lui semblèrent dus à la colère et à la vengeance de Dionysos [29]. Aussi n'y eut-il aucun Thébain de ceux qui avaient survécu au désastre qui, par la suite, le sollicitât et le priât sans obtenir satisfaction. Voilà pour ce qui regarde Thèbes.

14. Les Grecs s'étant rassemblés dans l'isthme et ayant voté de s'associer à Alexandre dans une campagne contre les Perses, il fut nommé chef de l'expédition [30]. Comme une foule de chefs d'État et de philosophes étaient venus le trouver et le féliciter, il espérait que Diogène de Sinope, qui vivait à Corinthe, en ferait autant. Mais lorsqu'il vit que Diogène ne faisait pas le moindre cas d'Alexandre et restait paisiblement au Cranéion, il se déplaça en personne. Diogène était justement allongé au soleil et se souleva un peu à l'approche d'une foule si nombreuse, puis fixa Alexandre, qui le salua et s'adressa à lui pour lui demander s'il avait besoin de quelque chose. « Oui, répondit Diogène, ôte-toi un peu de mon soleil. » Le mépris que lui témoignait Diogène lui inspira une telle admiration pour la fierté et la grandeur de cet homme qu'aux gens de sa suite qui, en s'en retournant, se moquaient et riaient de Diogène, il répliqua : « Eh bien, moi, si je n'étais pas Alexandre, je voudrais être Diogène. »

Alexandre se rendit à Delphes pour consulter le dieu sur son expédition. Or, il se trouva qu'on était dans les jours néfastes, où il n'était pas permis de rendre des oracles. Il commença par envoyer prier la prophétesse de venir au temple et comme elle refusait en s'abritant derrière la loi, Alexandre alla la trouver en personne et la traîna de force au temple. Et elle, comme vaincue par son ardeur, s'écria : « Tu es invincible, mon fils ! » A cette parole, Alexandre dit qu'il n'avait plus besoin d'oracle et qu'il avait la réponse qu'il désirait d'elle.

Au moment du départ en campagne de l'armée, bien des signes semblent avoir été envoyés par la divinité ; en particulier, la statue d'Orphée de Leibèthra [31], faite de bois de cyprès, se couvrit, durant ces jours-là, d'une sueur abondante ; et comme tous s'effrayaient de ce signe, le devin Aristandre les invita à prendre courage : Alexandre accomplirait des exploits dignes d'être chantés et répandus partout et qui exigeraient des poètes et des musiciens qui les célébreraient bien de la sueur et des peines.

15. Quant aux effectifs de l'expédition, ceux qui les font monter le moins haut comptent trente mille fantassins et cinq mille cavaliers, et ceux qui les portent le plus haut, trente-quatre mille fantassins et quatre mille cavaliers. Aristobule prétend qu'Alexandre n'avait pas, pour l'entretien de son armée, plus de soixante-dix talents ; selon Douris, il n'avait de vivres que pour un mois ; mais Onésicrite [32] assure qu'il avait en outre emprunté deux cents talents. Malgré des moyens si légers et si minces pour soutenir son entreprise, il ne s'embarque pas qu'il n'eût examiné la situation de ses compagnons et donné, à l'un une terre, à l'autre un village, à celui-ci le revenu d'un bourg ou d'un port. Comme presque tous les biens royaux avaient été engloutis dans cette répartition, « Et pour toi, roi, demanda Perdiccas, que gardes-tu donc ? » Et, comme il avait répondu « l'espérance », « Eh bien, répartit Perdiccas, nous la partagerons avec toi, nous qui t'accompagnons à la guerre », et il refusa le bien qui lui avait été attribué, imité par quelques autres de ses amis. Toutefois Alexandre mit toute son ardeur à complaire à ceux qui acceptaient ou qui sollicitaient ses dons et c'est ainsi qu'il dépensa dans ces libéralités la plus grande partie de ce qu'il possédait en Macédoine.

C'est animé de cette ardeur et dans cette disposition d'esprit qu'il traversa l'Hellespont. Il monta à Ilion où il fit un sacrifice à Athéna et des libations aux héros, puis, s'étant frotté d'huile et ayant, avec ses compagnons, couru tout nu, suivant l'usage, il couronna le tombeau d'Achille et glorifia le héros d'avoir eu, pendant sa vie, un ami fidèle et, après sa mort, un grand poète pour le célébrer. Pendant qu'il circulait par la ville et la visitait, quelqu'un lui demanda s'il voulait voir la lyre d'Alexandre [33] : « Je me soucie peu de celle-là, dit-il ; mais j'aimerais voir celle d'Achille, sur laquelle il chantait la gloire et les hauts faits des braves. »

16. Cependant les généraux de Darios avaient assemblé et rangé en bataille au Granique une armée

considérable. Aussi était-il probablement nécessaire de combattre, pour ainsi dire, aux portes de l'Asie, afin de s'ouvrir une entrée et de commencer la campagne, mais la profondeur du fleuve, la hauteur et l'escarpement de la rive opposée, qu'on ne pouvait atteindre sans combat, effrayaient la plupart des Macédoniens. Quelques-uns voulaient aussi qu'on observât l'usage établi pour le mois où l'on se trouvait, car pendant le mois Daesios, il n'était pas dans l'habitude des rois de Macédoine de faire sortir leurs troupes : il remédia donc à cela en ordonnant d'appeler ce mois le second Artémisios. Puis, comme Parménion le détournait de risquer le passage à une heure si tardive, il déclara qu'il déshonorerait l'Hellespont si, après l'avoir traversé, il tremblait devant le Granique. Et, sur ces mots, il se jette dans le courant avec treize compagnies de cavalerie, et il s'avance au milieu d'une grêle de traits, vers un terrain escarpé couvert d'armes et de chevaux, luttant contre le courant, qui l'entraîne et menace de le submerger. Malgré tout, il s'obstina à traverser, mais, une fois atteint, avec beaucoup de peine et de fatigue, un sol que la vase rendait humide et glissant, il fut aussitôt obligé de combattre dans la confusion et d'en venir au corps à corps avec ceux qui l'assaillaient, avant que les troupes qui traversaient aient eu le temps de se ranger dans quelque ordre que ce soit. Les Perses chargeaient en criant et, opposant chevaux contre chevaux, ils frappaient à coups de lance, puis d'épée quand les lances étaient rompues. Pressé par une foule d'ennemis — car il se distinguait par son bouclier et le panache de son casque, surmonté de chaque côté d'une aigrette d'une blancheur et d'une taille étonnantes —, il reçut un javelot au défaut de sa cuirasse sans être blessé. Puis Rhoesacès et Spithridatès, deux généraux de Darios, se portant ensemble contre lui, il évita le dernier et frappa le premier de sa lance, qui se brisa sur sa cuirasse ; il empoigna alors son épée. Durant cet affrontement, Spithridatès, ayant placé son cheval de flanc, se dressa dans un grand élan et lui asséna un coup de son cimeterre barbare, qui arracha son panache avec une de ses aigrettes. Le casque eut grand-peine à résister au coup, et le tranchant du cimeterre pénétra jusqu'aux cheveux. Spithridatès se soulevait pour asséner un second coup, lorsqu'il fut prévenu par Cleitos le Noir, qui le perça de sa javeline. Au même moment Rhoesacès aussi tomba d'un coup d'épée porté par Alexandre.

Pendant que la cavalerie livrait ce combat, si périlleux et acharné, la phalange macédonienne traversait le fleuve et les deux corps d'infanterie en venaient aux mains. Cependant celle des Perses ne résista ni vigoureusement ni longtemps : elle fut bientôt mise en déroute et prit la fuite, excepté les mercenaires grecs qui, massés sur une colline, demandaient à Alexandre des garanties. Mais Alexandre, écoutant plus sa colère que sa raison, se jette le premier au milieu d'eux et perd son cheval, tué sous lui d'un coup d'épée dans le flanc — ce n'était pas Bucéphale, mais un autre. C'est là que combattirent et tombèrent la plupart des morts ou des blessés de cette bataille, parce qu'ils étaient aux prises avec des hommes désespérés et pleins de bravoure.

On dit qu'il périt dans la bataille, du côté des barbares, vingt mille fantassins et deux mille cinq cents cavaliers. Il n'y eut en tout du côté d'Alexandre, selon Aristobule, que trente-quatre morts, dont neuf fantassins. Le roi leur fit ériger à tous des statues de bronze de la main de Lysippe [34]. Il associa les Grecs à sa victoire en prélevant, pour les Athéniens en particulier, trois cents boucliers, qu'il leur envoya, et en faisant graver, plus généralement, sur le reste du butin cette glorieuse inscription : « Alexandre, fils de Philippe et les Grecs, à l'exception des Lacédémoniens, ont pris cela sur les Barbares qui habitent l'Asie. » Pour les coupes d'or, les étoffes de pourpre et les autres objets pris aux Perses, Alexandre n'en réserva qu'une petite partie et envoya tout le reste à sa mère.

17. Ce combat eut bien vite opéré un grand changement dans les affaires d'Alexandre. Ce fut à tel

point que Sardes, ce rempart des provinces maritimes de l'empire perse, se rendit à lui, et, avec Sardes, tout le reste de la contrée. Les villes d'Halicarnasse et de Milet firent seules résistance : elles furent prises de force et tout leur territoire soumis. Alors Alexandre balança sur le parti qu'il devait prendre. Tantôt il voulait, sans délai, marcher contre Darios et risquer un combat décisif ; tantôt il songeait à s'entraîner, pour ainsi dire, et à se renforcer en conquérant d'abord les pays maritimes avant de s'enfoncer dans les terres pour attaquer l'ennemi.

Il y a, près de la ville de Xanthos, en Lycie, une fontaine qui alors sortit de son lit et déborda sans aucune cause visible, rejetant de son fond une tablette de cuivre où étaient gravés d'anciens caractères révélant que l'empire perse finirait renversé par les Grecs. Exalté par ce signe, Alexandre se hâta de nettoyer toutes les côtes maritimes jusqu'à la Phénicie et la Cilicie.

La rapidité de sa course en Pamphylie a donné matière, chez plusieurs historiens, à des récits à sensation, bouffis d'emphase pour frapper les esprits : ainsi la mer, par quelque fortune divine, se serait retirée devant Alexandre [35], alors que, d'ordinaire, elle vient toujours battre la côte de ses vagues démontées et qu'elle laisse rarement à découvert de petits chemins praticables au pied des falaises abruptes de cette région. C'est de ce prétendu prodige que se gausse Ménandre dans une de ses comédies :

> Que cela sent bien son Alexandre !
> cherché-je quelqu'un,
> Il se présente à moi de lui-même.
> Et si je veux passer
> La mer en quelque endroit, cet endroit
> me sera guéable.

Mais Alexandre lui-même, dans ses lettres, ne raconte aucune fable de ce genre : il dit simplement que, au sortir de Phasélis, il fit route et passa par ce qu'on appelle l'Échelle. C'est pourquoi aussi il avait séjourné plusieurs jours à Phasélis : y ayant aperçu une statue du défunt Théodecte [36] (il était Phasélite), dressée sur l'agora, il s'y rendit après souper et échauffé par le vin, en un joyeux cortège, et il lui fit jeter maintes couronnes. C'était une façon tout à la fois aimable et plaisante d'honorer la mémoire du personnage, avec qui Aristote et la philosophie l'avaient mis en contact.

18. Après cela, il vainquit ceux des Pisidiens qui essayaient de lui résister et soumit la Phrygie. Il s'empara de la ville de Gordion, qui avait été, disait-on, la capitale des États de l'antique Midas et où il vit le fameux chariot dont le joug était lié avec une écorce de cornouiller. On lui apprit une ancienne tradition, que les barbares tenaient pour certaine, suivant laquelle l'empire de l'univers était réservé par le destin à celui qui délierait le nœud [37]. Selon la plupart des historiens, face à ces liens dont on ne voyait pas les bouts et qui repassaient plusieurs fois les uns dans les autres en de sinueux tortillons, Alexandre, ne pouvant venir à bout de le délier, trancha le nœud d'un coup d'épée et mit plusieurs bouts en évidence. Mais Aristobule prétend qu'Alexandre le délia avec la plus grande facilité en ôtant ce qu'on appelle la cheville du timon auquel le joug était attaché avant de tirer le joug à lui.

Parti de là soumettre la Paphlagonie et la Cappadoce, il apprit la mort de Memnon, un des gouverneurs des provinces maritimes de Darios qui paraissait devoir lui susciter bien des tracas et des difficultés et des obstacles à n'en plus finir, et cette nouvelle le confirma dans son dessein de conduire l'armée vers la Haute Asie. Déjà Darios descendait de Suse, confiant dans la multitude de ses troupes — qui montaient à plus de six cent mille combattants — et encouragé surtout par un songe que les Mages interprétaient en se laissant guider plus par le désir de lui plaire que par la vraisemblance. Il avait vu dans ce songe la phalange macédonienne tout environnée de flammes. Alexandre le servait comme son domestique, dans la même tenue qu'il portait autrefois lui-même lorsqu'il était courrier du roi ; puis il était entré dans le sanctuaire de Bêl [38] et avait disparu. Par cette vision, la divinité laissait entendre apparemment que la puissance macédonienne allait briller d'un vif éclat et Alexandre se rendre maître de l'Asie, comme Darios l'avait fait quand il était devenu roi, mais qu'il quitterait bientôt la vie, au sommet de sa gloire.

19. La confiance de Darios s'accrut bien plus encore par ce qu'il jugea de la lâcheté de la part d'Alexandre, qui s'attarda en Cilicie. Mais ce qui l'arrêtait, c'était une maladie, attribuée par les uns à la fatigue et par les autres à un bain dans les eaux glacées du Cydnos. Aucun médecin ne se risquait à le soigner : se figurant que le mal résisterait à tous les soins, ils tremblaient à l'idée des accusations qu'un échec susciterait parmi les Macédoniens. Seul Philippe d'Acarnanie [39], qui voyait le mauvais état du roi, se fia néanmoins à son amitié et, jugeant scandaleux que, devant le danger couru par son ami, il ne se mît point aussi en danger en tentant le tout pour le tout, quoi qu'il dût lui en coûter, il avisa une médecine et le persuada d'accepter de la boire, s'il avait envie de reprendre des forces pour continuer la guerre. Sur ces entrefaites, Parménion envoya du camp une lettre pour mettre en garde Alexandre contre Philippe, que Darios aurait engagé, contre de riches présents et la promesse d'épouser sa fille, à tuer Alexandre. Le roi lut la lettre et, sans la montrer à aucun de ses amis, la mit sous son oreiller. Le moment venu, Philippe entra dans la chambre avec les compagnons du roi, apportant le remède dans une coupe. Alexandre alors lui tendit la lettre de Parménion et prit lui-même le remède sans hésiter ni laisser paraître le moindre soupçon. Ce fut alors un admirable spectacle, digne de la scène, que de voir ces deux hommes, l'un lisant, l'autre buvant, puis se regardant en même temps l'un l'autre, mais d'un air bien différent, Alexandre laissant éclater sur son visage resplendissant et radieux l'amitié et la confiance qu'il ressentait pour Philippe et Philippe, bouleversé par la calomnie, tantôt invoquant les

dieux et tendant les mains vers le ciel, tantôt se jetant sur le lit et conjurant Alexandre de prendre courage et de l'écouter. Le remède, en s'emparant de son corps, commença, pour ainsi dire, par chasser et refouler toute sa vigueur au fond de son être, au point que la voix lui manqua, que ses sensations se brouillèrent et s'affaiblirent jusqu'à l'évanouissement final. Mais Philippe eut tôt fait de le ranimer et il reprit assez de forces pour se montrer aux Macédoniens, car leur abattement ne cessa pas qu'ils n'eussent vu Alexandre.

20. Il y avait dans l'armée de Darios un transfuge macédonien, nommé Amyntas, qui n'ignorait pas le caractère d'Alexandre. Quand il vit Darios s'engager dans les défilés pour marcher contre Alexandre, il le conjura d'attendre là où il se trouvait, dans des plaines spacieuses et découvertes, lieu idéal pour opposer ses effectifs colossaux à un ennemi bien inférieur en nombre. Darios répondit qu'il craignait que les ennemis ne le prévinssent en prenant la fuite et qu'Alexandre ne lui échappât. « Ah, pour cela, seigneur, dit Amyntas, sois sans inquiétude : il marchera contre toi, et, sans doute, il est déjà en marche. » Mais ces observations ne furent point écoutées de Darios qui leva le camp et fit route vers la Cilicie, pendant qu'Alexandre allait en Syrie au-devant de lui. Mais ils se manquèrent dans la nuit et ils revinrent chacun sur leurs pas : Alexandre, ravi de cet heureux hasard, se dépêchait pour rencontrer l'ennemi dans les défilés et Darios pour reprendre son premier camp et dégager son armée des défilés, car il se rendait compte désormais qu'il avait mal manœuvré en se lançant sur un terrain que la mer, les montagnes et le Pinaros, qui coulait en son milieu, rendaient peu praticable pour la cavalerie et dont les accidents, multipliés, offraient une assiette favorable à un ennemi inférieur en nombre.

La Fortune offrit donc à Alexandre l'avantage du terrain, mais sa stratégie pesa plus lourd pour la victoire que les bienfaits de la Fortune, puisque, en dépit de l'énorme supériorité numérique des barbares, il ne les laissa pas l'encercler, mais lui-même, débordant avec son aile droite l'aile gauche ennemie et attaquant de flanc, mit en fuite les barbares qu'il avait face à lui et combattit aux premiers rangs, non sans recevoir un coup d'épée à la cuisse, de la main même de Darios, selon Charès, les deux rois s'étant joints dans la mêlée ; mais Alexandre, écrivant à Antipatros au sujet de ce combat, ne dit pas qui l'a blessé : il écrit seulement qu'il a reçu à la cuisse un coup d'épée et que sa blessure n'a pas eu de suite fâcheuse.

La victoire d'Alexandre fut éclatante et elle coûta plus de cent dix mille hommes aux ennemis. Mais il ne put se saisir de la personne de Darios qui, ayant pris la fuite, avait sur lui quatre ou cinq stades d'avance : il ne rapporta que son char et son arc. A son retour, il trouva les Macédoniens occupés à piller les innombrables richesses du camp barbare — encore que les ennemis, pour engager le combat plus à leur aise, eussent laissé à Damas la plus grande partie de leurs bagages. Ils lui avaient réservé la tente de Darios, toute remplie de serviteurs richement vêtus, de meubles et d'objets précieux. Aussitôt donc il quitta ses armes et alla se baigner avec ce mot : « Allons laver dans le bain de Darios la sueur de la bataille. » — « Dis plutôt dans le bain d'Alexandre, repartit un de ses amis ; car les biens des vaincus doivent appartenir au vainqueur et en porter le nom. » Lorsque Alexandre vit les bassins, les baignoires, les urnes, les boîtes à parfums, le tout en or massif et d'un travail parfait, quand il respira l'odeur délicieuse des aromates et des essences dont la chambre était embaumée, quand, de là, il fut passé dans la tente même et en eut admiré la hauteur et la grandeur, la magnificence des lits, des tables et du souper lui-même, il se tourna vers ses compagnons et leur dit : « Voilà donc, semble-t-il, ce que signifiait être roi [40] ! »

21. Comme il allait se mettre à table, on vient lui dire que, au moment où l'on amenait parmi les captifs la mère et la femme de Darios avec deux de ses filles, elles avaient vu l'arc et le char de Darios et que depuis

elles se frappaient la poitrine et se lamentaient, persuadées qu'il était mort. Après un moment de silence, Alexandre, plus sensible à leur infortune qu'à son propre bonheur, envoie Léonnatos [41] leur apprendre que Darios n'était pas mort et qu'elles n'avaient rien à craindre d'Alexandre ; qu'il ne faisait la guerre à Darios que pour l'empire et que rien ne leur manquerait des honneurs dont elles jouissaient sous Darios. Si ces paroles parurent aux captives pleines de douceur et de bonté, elles furent suivies d'actions plus généreuses encore. Alexandre leur permit d'enterrer tous les Perses qu'elles voulaient en puisant dans le butin les étoffes et parures nécessaires et, loin de retrancher, si peu que ce fût, à la domesticité et aux honneurs dont elles jouissaient, il augmenta même leurs revenus. Mais la faveur la plus belle et la plus royale qu'il accorda, dans leur captivité, à ces femmes nobles et sages, c'est de ne jamais leur faire entendre, soupçonner ou craindre rien qui attentât à leur honneur et de les laisser vivre retirées et à l'abri des regards, comme si, au lieu d'être dans un camp ennemi, elles étaient gardées dans quelque parthénon [42] inviolable et sacré. Et pourtant la femme de Darios était, à ce qu'on assure, la plus belle reine du monde, comme Darios était lui-même le plus beau et le plus grand des hommes, et les filles ressemblaient à leurs parents.

Mais Alexandre, jugeant, à ce qu'il semble, qu'il est plus digne d'un roi de se vaincre soi-même que de triompher de ses ennemis, ne toucha pas aux captives, pas plus qu'il ne connut de femmes avant son mariage, à l'exception de Barsine [43]. Celle-ci, que la mort de Memnon avait laissée veuve, avait été capturée près de Damas. Instruite dans les lettres grecques, de mœurs douces et fille d'Artabaze, qui était lui-même né d'une fille de roi, elle fut prise pour maîtresse par Alexandre que Parménion avait incité, suivant Aristobule, à ne pas négliger une femme belle et noble comme elle l'était. Cependant quand il vit les autres captives, qui étaient toutes d'une taille et d'une beauté singulières, il dit en badinant que les femmes de Perse étaient le tourment des yeux [44]. Mais à leur charme physique, il opposait la beauté de sa propre continence et de sa chasteté et il passait près d'elles comme devant de belles statues inanimées.

22. Philoxénos, gouverneur des provinces maritimes, lui écrivit un jour qu'un certain Théodore de Tarente, qui était auprès de lui, avait deux jeunes garçons à vendre, d'une beauté exceptionnelle ; il lui demandait s'il voulait les acheter. Alexandre, indigné, se récria plusieurs fois devant ses amis en leur demandant de quelle action honteuse Philoxénos était au courant pour lui proposcr de pareilles infamies. Et lui-même, dans sa réponse, accabla d'injures Philoxénos et lui ordonna d'envoyer au diable Théodore et sa marchandise. Il réprimanda non moins énergiquement Hagnon [45], qui lui avait écrit qu'il voulait acheter le jeune Crobylos, qui était célèbre à Corinthe, pour le lui amener. Informé que Damon et Timothée, deux Macédoniens qui servaient sous les ordres de Parménion, avaient séduit les femmes de mercenaires, il les fit punir de mort, comme des bêtes féroces nées pour être le fléau des hommes. Et, dans cette lettre, il disait de lui en propres termes : « Pour moi, nul ne pourrait me convaincre non seulement d'avoir vu ou voulu voir la femme de Darios, mais même d'avoir laissé parler de sa beauté devant moi. » Il disait aussi qu'il se reconnaissait mortel surtout par le sommeil et l'amour, car il regardait la lassitude et la volupté comme deux effets de l'unique cause qu'est la faiblesse de notre nature.

Très sobre par tempérament, il manifesta en maintes occasions cette frugalité et en particulier dans sa réponse à Ada, qu'il avait adoptée comme mère et faite reine de Carie. Ada, pour lui faire plaisir, lui envoyait tous les jours force plats et gâteaux et finit même par lui expédier les cuisiniers et les pâtissiers les plus réputés. Mais il répondit qu'il n'avait aucun besoin de ces gens-là ; de bien meilleurs cuisiniers lui avaient été donnés par son précepteur Léonidas : pour le déjeuner, une promenade avant le jour et pour le dîner un déjeuner frugal. « Et Léonidas encore, ajouta-t-il, visitait les coffres où l'on serrait mes couvertures et mes habits et les ouvrait pour vérifier que ma mère n'y avait rien mis qui sentît la mollesse et le luxe. »

23. Il était aussi moins porté sur le vin qu'on ne l'a cru [46] : il en eut la réputation parce qu'il restait longtemps à table ; mais il y buvait moins qu'il n'y causait, proposant à chaque coupe quelque vaste question, et encore ne le faisait-il que lorsqu'il avait beaucoup de loisir. Car, quand il s'agissait d'agir, il n'y avait ni vin, ni sommeil, ni divertissement, ni amour, ni spectacle, qui, à l'instar d'autres généraux, pussent le retenir. Sa vie le montre, que, malgré sa si courte durée, il a remplie de tant de glorieux exploits.

Durant les jours de loisir, il commençait, à son lever, par sacrifier aux dieux et, sans attendre, déjeunait assis, puis il passait tout le jour à chasser, régler ou exposer des questions militaires ou encore à lire. Dans ses marches, lorsqu'il n'était pas pressé, il s'exerçait, chemin faisant, à tirer à l'arc, à monter sur un char lancé et à en descendre de même. Souvent il s'amusait à chasser le renard ou les oiseaux, comme on peut le voir dans les *Éphémérides*. A l'arrivée, il se baignait ou se faisait frotter d'huile, puis demandait aux panetiers et aux cuisiniers si le dîner était prêt. Il ne commençait à dîner, couché, que tard, la nuit déjà tombée. Et c'était merveille à table de le voir regarder à la ronde pour veiller à ce qu'il n'y eût aucune inégalité ni négligence dans le service des plats et, comme je viens de le dire, il prolongeait la partie de boisson par goût de la conversation. Mais alors que, pour tout le reste, c'était le plus aimable des rois dans le commerce de la vie, paré de toutes les grâces, ses fanfaronnades le rendaient alors importun et sentaient par trop le soldat. Car, outre qu'il s'abandonnait lui-même à la vantardise, il se laissait mener par les flatteurs, ce qui incommodait les convives les plus distingués, qui ne voulaient ni lutter avec les flatteurs ni être en reste d'éloges : car il jugeait la première attitude honteuse et la seconde comportait des risques. Après boire, il prenait un second bain et dormait souvent jusqu'à midi, quelquefois tout le jour. Il était d'ailleurs si étranger à la gourmandise que, lorsqu'on lui apportait des pays maritimes les fruits ou les poissons les plus rares, il en envoyait à chacun de ses amis, souvent sans rien garder pour lui. Cependant sa table était toujours somptueuse et il en augmenta la dépense au gré de ses succès allant jusqu'à la porter à la fin à dix mille drachmes. Il s'arrêta là et ce fut aussi la limite fixée pour ceux qui le recevaient.

24. Après la bataille d'Issos, il envoya prendre à Damas, l'argent, les bagages, les enfants et les femmes des Perses. Les cavaliers thessaliens y firent un butin considérable. Comme ils s'étaient distingués dans le combat, Alexandre les y envoya à dessein pour les enrichir. Mais le reste de l'armée y amassa aussi de grandes richesses ; et les Macédoniens, ayant goûté alors pour la première fois à l'or, à l'argent, aux femmes et au luxe barbare, comme la meute qui a flairé une piste [47], se mirent à se lancer sur toutes les voies pour poursuivre et débusquer les richesses des Perses.

Toutefois Alexandre crut devoir s'assurer d'abord des places maritimes. Leurs rois vinrent aussitôt remettre Chypre et la Phénicie entre ses mains, mais Tyr fit exception. Au cours du siège, qui dura sept mois, avec force digues, machines et, du côté de la mer, deux cents trières, il vit en songe Héraclès lui tendre la main et l'appeler du haut des murailles [48] ; et, de leur côté, plusieurs Tyriens crurent aussi, pendant leur sommeil, entendre Apollon leur dire qu'il s'en allait vers Alexandre, parce qu'il était mécontent de ce qui se faisait dans la ville. Alors ils traitèrent le dieu comme un transfuge pris sur le fait : ils entourèrent de cordes sa statue colossale et la clouèrent à son socle en l'appelant « Alexandriste ». Alexandre eut, en dormant, une seconde vision : il lui sembla voir apparaître un satyre qui l'appelait de loin pour jouer avec lui, puis se dérobait quand il voulait le saisir ; enfin, après bien des prières et des courses, il se livra entre ses mains. Les devins, coupant le mot en deux, lui donnèrent de ce songe une interprétation qui ne manque pas de vraisemblance : ils dirent à Alexandre que la ville serait *sa Tyr*[49]. Et l'on montre encore une source près de laquelle il crut voir ce satyre en songe.

Vers le milieu du siège, il alla faire la guerre aux Arabes qui habitent l'Anti-Liban et risqua sa vie à cause de Lysimaque, son précepteur, qui avait voulu l'accompagner dans cette expédition, clamant qu'il n'était ni plus faible ni plus vieux que Phœnix. A l'approche de la montagne, Alexandre fit laisser les chevaux pour continuer la route à pied. Les autres alors prirent beaucoup d'avance sur lui ; mais lui, alors qu'il était déjà tard et que les ennemis n'étaient pas loin, ne supporta pas l'idée d'abandonner Lysimaque, qui n'en pouvait plus de fatigue. Occupé à l'encourager et le soutenir, il se retrouva, sans y avoir pris garde, coupé de son armée, avec seulement une poignée d'hommes, et contraint de passer la nuit dans l'obscurité et un froid intense. Il vit au loin un grand nombre de feux que les ennemis avaient allumés çà et là. Confiant dans son agilité et accoutumé de tout temps de payer de sa personne pour remonter le moral des Macédoniens dans les situations difficiles, il courut sur ceux dont les feux étaient les plus proches, perça de son épée deux barbares assis autour du feu, s'empara d'un tison allumé et revint auprès des siens. Ils allumèrent un grand feu qui fit aussitôt décamper une partie des barbares, effrayés ; quant à ceux qui étaient venus les attaquer, ils les mirent en déroute et bivouaquèrent sans danger. Tel était le récit de Charès.

25. Voici maintenant quelle fut l'issue du siège. Les troupes étaient si fatiguées des combats fréquents qu'elles avaient déjà livrés qu'Alexandre en laissait reposer la plus grande partie et qu'il n'en envoyait qu'un petit nombre à l'assaut, juste pour tenir les ennemis en alarme. Sur ces entrefaites, le devin Aristandre faisait un sacrifice et ayant examiné les signes, affirma avec assurance à l'assistance que la ville serait

certainement prise dans le mois en cours, provoquant ainsi rires et sarcasmes, car c'était le dernier jour du mois. Le voyant dans l'embarras, le roi, qui d'ailleurs se plaisait toujours à favoriser les présages, ordonna de ne plus compter le jour où on se trouvait comme le trente, mais le vingt-huit du mois ; puis, ayant fait sonner les trompettes, il donna l'assaut aux murailles, avec plus de vigueur qu'il n'avait d'abord résolu. L'attaque fut très vive et les troupes du camp, incapables de se contenir, coururent ensemble au secours de leurs camarades ; les Tyriens perdirent courage et la ville fut emportée ce jour-là.

Après quoi, alors qu'il assiégeait Gaza, la plus grande ville de Syrie, voilà qu'une motte de terre lui tombe sur l'épaule, lâchée d'en haut par un oiseau, lequel, étant allé se poser sur une des machines, s'empêtra par mégarde dans les cordages. L'événement encore répondit à l'interprétation qu'Aristandre donna de ce signe : Alexandre reçut une blessure à l'épaule, mais prit la ville. Il envoya à Olympias, Cléopâtre [50] et ses amis la plus grande partie du butin ; il expédia aussi à Léonidas, son précepteur [51], cinq cents talents d'encens et cent talents de myrrhe, en souvenir d'un espoir conçu dans son enfance. Un jour, à ce qu'il paraît, au cours d'un sacrifice, Alexandre prenait de l'encens à pleines mains pour l'offrir aux dieux. Léonidas lui avait dit : « Alexandre, quand tu auras conquis le pays qui produit les aromates, tu pourras prodiguer ainsi l'encens ; pour le moment il te faut user de ton bien avec économie. » Alexandre lui écrivit donc alors : « Je t'envoie de l'encens et de la myrrhe à profusion, afin que tu cesses de lésiner avec les dieux. »

26. Comme on lui avait apporté une cassette que les gardiens des trésors et des meubles enlevés à Darios avaient jugée précieuse entre toutes, il demanda à ses amis ce qu'ils croyaient le plus digne d'y être enfermé. Il y eut autant de réponses que de personnes présentes et lui-même déclara qu'il y déposerait et conserverait l'*Iliade.* Voilà ce qu'ont écrit plu-

sieurs témoins dignes de foi [52]. Et si le récit que font les Alexandrins sur la foi d'Héraclide est vrai, alors il semble qu'Homère ne fut pas dans cette campagne un poids mort, inutile. Selon eux, en effet, maître désormais de l'Égypte, Alexandre voulait y fonder une ville grecque, grande et populeuse, à laquelle il laisserait son nom. Déjà, sur l'avis des architectes il allait mesurer et enclore un certain emplacement, lorsque la nuit, pendant qu'il dormait, il eut une vision merveilleuse. Il lui sembla voir un vieillard chenu, à l'allure vénérable, s'installer près de lui et prononcer ces vers :

> Et puis il est une île en la mer agitée
> En avant de l'Égypte : on la nomme Pharos [53].

Il se leva sur-le-champ pour aller à Pharos, qui était encore une île en ce temps-là, un peu au-dessus de la bouche Canopique, alors qu'aujourd'hui elle tient au continent par une chaussée. Ayant constaté que c'était un site exceptionnellement favorable — l'île se présente en effet comme une bande de terre, comparable à un isthme de belle taille, placée entre une vaste lagune d'un côté et, de l'autre, un bras de mer qui se termine par un grand port —, il déclara qu'Homère, entre tant d'autres talents admirables, possédait aussi celui d'architecte et ordonna de tracer un plan de la ville qui vînt s'inscrire dans ce site. Comme on n'avait pas de craie sous la main, on prit de la farine pour tracer sur le sol noirâtre une enceinte arrondie dont le contour intérieur tendu par des lignes droites suggérait une chlamyde qui, à partir des franges, allait rétrécissant régulièrement. Le roi fut ravi de ce plan, mais tout à coup des milliers d'oiseaux de toute espèce et de toute taille vinrent du fleuve et de la lagune s'abattre en nuées sur le site et ne laissèrent pas le moindre grain de farine : Alexandre fut troublé de ce prodige, mais les devins le rassurèrent en lui disant que la ville qu'il construisait connaîtrait l'abondance et pourrait nourrir des hommes de tous les horizons. Il ordonna donc aux architectes de se mettre sur-le-champ à l'œuvre, tandis que lui-même engageait, pour se rendre au temple d'Ammon [54], un voyage long, plein de fatigues et de difficultés, qui présentait deux dangers : d'abord le manque d'eau, qui rend le pays désert sur plusieurs journées de marche ; ensuite le risque d'être surpris, au milieu de ces immenses et profondes plaines de sable, par un vent violent du midi, comme il arriva, dit-on, à l'armée de Cambyse ; ce vent, ayant soulevé des monceaux de sable, aurait fait de toute cette plaine comme une mer orageuse et englouti et détruit cinquante mille hommes. Il n'y avait presque personne que tous ces dangers ne fissent réfléchir, mais il n'était pas facile de détourner Alexandre d'une décision qu'il avait prise. C'est que la Fortune, en cédant partout à ses efforts, affermissait sa résolution ; et son ardeur lui donnait, dans toutes ses entreprises, une obstination invincible qui forçait non seulement les ennemis, mais les lieux et le temps mêmes.

27. Quoi qu'il en soit, les secours que le dieu lui apporta dans ce voyage trouvèrent plus de créance que les oracles qu'il lui rendit ensuite, et d'une certaine manière, ce furent plutôt ces secours qui firent ajouter foi aux oracles. Zeus fit d'abord tomber beaucoup d'eau et des pluies suffisantes pour dissiper la crainte de la soif et qui, tempérant la sécheresse brûlante du sable, devenu aussi humide et compact, rendirent l'air plus pur et facile à respirer. En second lieu, alors que les bornes qui servaient d'indices aux guides étaient devenues indistinctes et qu'ils marchaient à l'aventure et se perdaient les uns les autres par ignorance, des corbeaux apparurent tout à coup et prirent la tête du convoi, précédant l'armée d'une aile rapide quand elle les suivait, et attendant lorsqu'elle restait en arrière ou ralentissait le pas. Et le plus extraordinaire, c'est que la nuit, d'après Callisthène, ils rappelaient par leurs cris ceux qui s'égaraient et les remettaient sur la bonne route en croassant.

Lorsque, le désert traversé, Alexandre fut arrivé à destination, le prophète d'Ammon lui adressa de la part du dieu un salut paternel. Alexandre lui demanda alors si quelqu'un des meurtriers de son père ne s'était pas dérobé à sa vengeance. Mais le prophète l'invita à surveiller ses propos, car son père n'était pas mortel. Il se reprit alors et demanda s'il avait puni tous les meurtriers de Philippe, puis le questionna sur l'empire qui lui était destiné et demanda si le dieu lui accordait de devenir maître de l'univers. Le dieu lui ayant répondu qu'il le lui accordait et que la mort de Philippe avait été pleinement vengée, Alexandre lui fit, à lui, des offrandes magnifiques, et à ses prêtres, de riches présents. Tel est, au sujet des oracles, le récit de la plupart des historiens. Mais Alexandre lui-même, dans une lettre à sa mère, dit qu'il a reçu de l'oracle des réponses secrètes qu'il lui communiquera à elle seule, à son retour. Quelques-uns prétendent que le prophète, voulant lui adresser en grec le salut d'amitié, *ô paidion,* « mon fils », se trompa sur la dernière lettre du mot, et mit un *s* au lieu d'un *n, ô pai Dios,* « fils de Zeus », lapsus qui ravit Alexandre et fit courir le bruit que le dieu l'avait appelé son fils. On dit aussi qu'il alla entendre en Égypte le philosophe Psammon et qu'il applaudit surtout la maxime selon laquelle Dieu est le roi de tous les hommes, parce qu'est divin le principe qui, en eux, commande et domine. Mais il exprima lui-même sur ce point une pensée plus philosophique encore en disant que, si Dieu est le père commun de tous les hommes, il adopte spécialement comme siens les meilleurs [55].

28. En général, Alexandre était très fier avec les barbares et affectait devant eux d'être persuadé de son origine et de sa filiation divines ; avec les Grecs, en revanche, il mettait plus de réserve et de retenue dans sa déification. Il s'oublia pourtant un jour en écrivant aux Athéniens à propos de Samos : « Ce n'est pas moi qui vous ai donné cette ville libre et célèbre, vous l'avez pour l'avoir reçue du maître de l'époque qu'on appelait mon père » — il entendait par là Philippe. Mais plus tard, souffrant cruellement d'une flèche qui l'avait frappé : « Mes amis, dit-il, ce qui coule là, c'est du sang et non l'*ichôr* qui coule dans les veines des

dieux bienheureux [56]. » Un jour qu'il venait de faire un grand coup de tonnerre, semant l'effroi général, le sophiste Anaxarque [57], qui était là, lui dit : « Et alors, tu n'en fais pas autant, toi le fils de Zeus ? », et lui repartit en riant : « Je ne cherche pas à me faire craindre de mes amis, comme tu le voudrais, toi qui dédaignes mon dîner parce que tu vois servir à ma table des poissons et non pas des têtes de satrapes. » De fait, comme le roi avait envoyé quelques petits poissons à Héphaistion [58], Anaxarque avait, dit-on, réellement tenu les propos en question, marquant ainsi son dédain et son ironie à l'égard de ceux qui poursuivent la gloire à travers mille peines et mille dangers et qui n'ont, en fait de plaisirs et de jouissances, rien ou presque rien de plus que les autres mortels.

On voit assez par ce qui vient d'être dit qu'Alexandre était loin d'être ému ou grisé par sa prétendue divinité, mais qu'il s'en servait pour asservir les autres.

29. Parvenu d'Égypte en Phénicie, il organisa en l'honneur des dieux des sacrifices, des processions et des concours de dithyrambes et de tragédies qui se distinguèrent par leur somptuosité comme par l'émulation des concurrents. La charge de chorège était échue aux rois de Chypre, comme c'est le cas à Athènes pour ceux qu'on tire au sort par tribus, et ils y mirent une ardeur merveilleuse à se surpasser les uns les autres. Les deux rivaux les plus acharnés furent Nicocréon de Salamine et Pasicratès de Soles, que le sort avait désignés pour être les chorèges des acteurs les plus en renom : pour Pasicratès, c'était Athénodore, pour Nicocréon, Thessalos, dont Alexandre lui-même était l'admirateur. Il ne laissa pourtant pas paraître son penchant avant qu'on eût proclamé la victoire d'Athénodore. Alors seulement, semble-t-il, il déclara en sortant du théâtre qu'il approuvait les juges, mais qu'il aurait donné avec plaisir un morceau de son royaume pour ne pas voir Thessalos vaincu. Et lorsque Athénodore, condamné à une amende par les

Athéniens, pria le roi d'écrire en sa faveur, Alexandre ne le fit pas, mais il paya l'amende de ses propres deniers. Lycon de Scarphée, dont le succès était grand au théâtre, inséra dans la comédie qu'il jouait un vers demandant dix talents. Alexandre éclata de rire et les lui donna.

Cependant Darios adressa à Alexandre une lettre et des amis pour lui demander d'accepter dix mille talents pour la rançon des prisonniers, tous les pays situés en deçà de l'Euphrate et une de ses filles en mariage en échange de son amitié et de son alliance. Alexandre communiqua ces propositions à ses compagnons et comme Parménion disait : « Pour moi, je les accepterais si j'étais Alexandre. » — « Et moi aussi, par Zeus, s'écria Alexandre, si j'étais Parménion. » Et il écrivit à Darios qu'il serait traité avec tous les égards dus à son rang s'il venait se remettre entre ses mains ; mais dans le cas contraire, il allait se mettre en marche contre lui.

30. Cependant il ne fut pas long à s'en repentir car la femme de Darios mourut en couches et l'on vit alors combien il s'affligeait à l'idée d'avoir perdu une si grande occasion de montrer sa bonté. Aussi dépensa-t-il sans compter pour lui faire des funérailles grandioses. Cependant un des eunuques de la chambre, qui avait été pris avec les princesses, un nommé Tiréos, s'enfuit du camp et courut à toute bride apprendre à Darios la mort de sa femme. A cette nouvelle, Darios se frappa la tête de désespoir et éclata en sanglots. « Ô malheureux destin des Perses, s'écria-t-il ; ce n'était point assez que la femme et sœur du Roi eût été prisonnière pendant sa vie ; elle gît dans la mort sans avoir obtenu de royales obsèques. » — « Pour ses obsèques, reprit l'eunuque, et tous les honneurs dus à son rang, tu n'as pas, ô roi, à accuser le mauvais génie des Perses, car ma maîtresse, Stateira, de son vivant, tout comme ta mère et tes enfants, n'a rien eu à regretter des biens et distinctions d'autrefois, hormis de voir ta lumière, que j'implore notre souverain seigneur Oromasdès de faire à nou-

veau resplendir dans tout son éclat. Et, de même, morte, elle n'a été privée d'aucun apparat ; même elle a été honorée des larmes de ses ennemis, car Alexandre est aussi généreux après la victoire que terrible dans les combats. » Ces paroles semèrent le trouble et l'émoi dans l'esprit de Darios, qui en conçut d'étranges soupçons. Il emmena l'eunuque dans le lieu le plus retiré de sa tente : « Si tu n'es pas passé, avec la Fortune des Perses, du côté macédonien et si moi, Darios, je suis encore ton maître, dis-moi, par le respect que tu dois à la grande lumière de Mithra et à cette main royale, la mort de Stateira n'est-elle pas le moindre des malheurs que j'aie à pleurer ? N'en avons-nous pas souffert, de son vivant, de plus déplorables ? Et notre infortune n'eût-elle pas moins sali notre honneur si nous avions eu affaire à un ennemi cruel et farouche ? Quelle liaison honnête peut porter un homme jeune à rendre de si grands honneurs à la femme de son ennemi ? » Comme il parlait encore, Tiréos se précipita à ses pieds, le conjurant de surveiller son langage ; de ne pas, dans le même temps, accuser Alexandre à tort, déshonorer sa défunte femme et sœur et s'enlever à lui-même la plus grande consolation de son infortune, l'assurance d'avoir été vaincu par un homme supérieur à la nature humaine ; il devait au contraire admirer Alexandre d'avoir montré face aux femmes perses plus de réserve que de courage face aux Perses. Et en même temps l'eunuque confirmait son discours par de terribles serments et citait plusieurs autres traits de la tempérance et de la grandeur d'âme d'Alexandre. Darios alors sortit retrouver ses amis et, les mains levées au ciel, fit cette prière : « Dieux de ma race et de mon royaume, je vous implore avant tout de m'accorder de pouvoir redresser l'empire perse et le transmettre dans la splendeur où je l'ai reçu, afin que je puisse dans la victoire rendre à Alexandre les bienfaits dont il m'a comblé dans mon malheur en la personne de ceux que je chéris le plus. Mais si est venu le temps fixé par les destins où la Némésis doit s'accomplir, la Fortune changer et fuir l'empire perse et si nous devons subir les vicissitudes des choses humaines, ne permettez pas à un autre qu'Alexandre de siéger sur le trône de Cyrus. » Voilà, d'après la plupart des historiens, ce qui se passa et fut dit alors [59].

31. Alexandre ayant soumis tous les pays situés en deçà de l'Euphrate, s'avança contre Darios, qui descendait avec une armée d'un million d'hommes. Et voici qu'un de ses amis vient lui conter un jour, comme une plaisanterie, que les valets de l'armée grecque, pour s'amuser, s'étaient partagés en deux bandes ; qu'à la tête de chaque bande ils avaient mis un chef, appelant l'un Alexandre et l'autre Darios ; leurs escarmouches avaient commencé par des mottes de terre qu'ils se jetaient les uns aux autres ; ensuite ils étaient passés aux coups de poing ; enfin, les esprits s'étant échauffés, ils en étaient venus aux coups de pierre et de bâton et étaient désormais nombreux et difficiles à calmer. A ce rapport, Alexandre ordonna aux deux chefs de se battre en duel et arma lui-même « Alexandre », tandis que Philotas équipait « Darios ». L'armée assistait en spectatrice à cette lutte, qu'elle considérait comme une sorte de présage de ce qui devait arriver. Après un très rude combat, le champion qui représentait Alexandre resta vainqueur et il reçut, pour prix de sa victoire, douze villages et le privilège de porter le costume perse. Voilà ce que raconte Ératosthène.

La grande bataille livrée par Alexandre à Darios ne se passa pas à Arbèles, comme la plupart l'écrivent, mais à Gaugamélès, nom qui signifie, dit-on, « maison du chameau ». Un des anciens rois, ayant échappé à ses ennemis sur un chameau de course, l'aurait installé là et assigné pour son entretien quelques villages et des revenus particuliers. Il y eut, au mois Boédromion, vers le commencement de la fête des mystères à Athènes, une éclipse de lune ; et, la onzième nuit après l'éclipse, les deux armées se trouvèrent en présence. Darios tint ses troupes sous les armes et parcourut les rangs à la lumière des flambeaux. Pour

Alexandre, pendant que les Macédoniens se reposaient, il resta devant sa tente avec Aristandre, son devin, pour accomplir des cérémonies secrètes et immoler des victimes à la Peur.

Les plus âgés de ses amis, et en particulier Parménion, voyant la plaine située entre le Niphratès et les monts Gordyens tout éclairée par les flambeaux des barbares, tandis qu'on entendait un mélange tumultueux et confus monter du camp comme les mugissements d'une mer immense, frappés de la multitude des ennemis, s'entretenaient de la difficulté qu'il y aurait à repousser, en plein jour, une armée si considérable. Ils allèrent donc trouver Alexandre, quand il eut fini ses sacrifices et lui conseillèrent d'attaquer l'ennemi pendant la nuit pour dérober aux Macédoniens, à la faveur des ténèbres, ce qui pourrait les effrayer le plus dans le combat qu'il allait livrer. Alexandre leur répondit ce mot fameux : « Je ne vole pas la victoire. » Quelques-uns n'ont vu dans cette réponse, où il se permettait de plaisanter dans un si grand péril, que vaine témérité juvénile, mais pour quelques autres, c'était associer sang-froid pour le présent et judicieux calculs pour l'avenir, car il ôtait à Darios vaincu tout motif de reprendre courage, en accusant de cette déroute la nuit et les ténèbres, comme il avait attribué la première aux montagnes, aux défilés et à la mer. Ce ne serait en effet jamais le manque d'armes ni de soldats qui obligerait Darios, maître d'une si grande puissance et d'un empire si vaste, à cesser de combattre, et il ne renoncerait que lorsqu'il aurait perdu fierté et espoir, réduit à quia par une défaite incontestable [60].

32. Quand ses compagnons se furent retirés, il se coucha sous sa tente et, contre son habitude, dormit, dit-on, d'un profond sommeil tout le reste de la nuit, suscitant, le matin venu, l'étonnement des officiers venus prendre ses ordres et qui prirent d'abord sur eux de faire déjeuner les troupes. Puis, comme le temps pressait, Parménion entra et, s'étant approché de son lit, l'appela deux ou trois fois par son nom ;

quand il eut réussi à le réveiller, il lui demanda ce qui lui arrivait pour dormir ainsi, du sommeil d'un vainqueur et non d'un homme sur le point de livrer un combat capital. « Eh quoi, dit Alexandre dans un sourire, ne trouves-tu pas que c'est déjà une victoire de ne plus avoir à courir à l'aveuglette dans un vaste pays désolé à la poursuite de Darios, qui ne cessait de refuser le combat ? »

Cette grandeur d'âme, cette assurance, qu'Alexandre faisait paraître avant le combat, n'éclatèrent pas moins au sein du danger. L'aile gauche que commandait Parménion fut ébranlée et lâcha pied sous le choc d'une charge impétueuse et violente de la cavalerie des Bactriens, tandis que Mazaios [61] détachait de la phalange des cavaliers, qui, faisant un détour, tombèrent sur ceux qui gardaient les bagages. Aussi, troublé par cette double attaque, Parménion dépêcha-t-il des messagers à Alexandre pour l'avertir que c'en était fait du camp et des bagages s'il n'envoyait pas sur-le-champ du front vers l'arrière un solide renfort. Alexandre venait justement de donner aux siens le signal de la charge. A l'audition du message de Parménion, il déclara qu'il avait perdu le sens et la raison et, dans son trouble, oubliait que la victoire devait leur permettre d'ajouter à leur bagage celui de l'ennemi et que, vaincus, ils n'auraient plus à se soucier de richesses ni d'esclaves, mais à mourir en gens de cœur et avec gloire, les armes à la main. Ayant fait porter cette réponse à Parménion, il coiffa son casque. Pour le reste de son armure, il l'avait déjà au sortir de sa tente : elle consistait en une tunique de Sicile ceinturée et sur laquelle il mettait une double cuirasse de lin, prise dans le butin d'Issos. Son casque était de fer, mais il brillait autant que de l'argent pur : c'était un ouvrage de Théophile. S'y ajustait un gorgerin, de fer aussi, incrusté de pierres précieuses. Il avait une épée d'une trempe et d'une légèreté admirables, dont le roi des Citiens lui avait fait présent : c'était l'arme dont il se servait le plus dans les combats. Il portait un manteau retenu par une agrafe d'un travail bien plus raffiné encore que le reste de son armure : c'était un ouvrage d'Hélicon l'Ancien, dont la ville de Rhodes lui avait fait présent pour l'honorer ; de lui aussi il se servait les jours de combat. Pendant le temps qu'il mettait à ranger ses troupes en bataille, à leur prodiguer recommandations et instructions ou à les passer en revue, il montait un autre cheval que Bucéphale pour le ménager, car il était déjà sur son déclin. On ne le lui amenait qu'au moment d'entrer en action et, sitôt changé de monture, il commençait la charge [62].

33. En cette occasion, il parla longuement aux Thessaliens et aux autres Grecs, qui renforcèrent encore sa confiance en l'invitant à grands cris à les mener contre l'ennemi. Alors, passant sa javeline dans la main gauche, de la main droite il invoqua les dieux en les priant, suivant Callisthène, de défendre et soutenir les Grecs, si vraiment il était né de Zeus. Le devin Aristandre, qui portait un manteau blanc et une couronne d'or et chevauchait à ses côtés, fit remarquer un aigle qui planait au-dessus de la tête d'Alexandre, dirigeant son vol droit sur l'ennemi.

Ce spectacle inspira une grande assurance à tous ceux qui le virent. Pleins de cette assurance, ils s'animent les uns les autres et la cavalerie court à l'ennemi, tandis que la phalange se déploie dans la plaine, comme les vagues d'une mer agitée. Les premiers rangs n'avaient pu encore en venir aux mains, que déjà les barbares étaient en fuite. Ils furent poursuivis très vivement, Alexandre repoussant les vaincus vers le centre, où était Darios, qu'il avait aperçu de loin à travers les premiers rangs, au fond de son escadron royal, et qu'on reconnaissait à sa beauté et à sa haute stature, debout, monté sur un char élevé et protégé par le rempart d'une cavalerie nombreuse et brillante, parfaitement massée autour du char et prête à recevoir l'ennemi. Mais, quand Alexandre eut paru devant eux avec son air terrible, renversant les fuyards sur ceux qui tenaient encore ferme, ils furent si effrayés que la plupart se débandèrent. Seuls, les plus braves et les plus valeureux se firent tuer devant le roi et, en tombant les uns sur les autres, gênèrent la poursuite. Car ils s'enchevêtraient et s'agrippaient convulsivement les uns aux autres, voire à leurs chevaux. Darios alors, se voyant menacé par tous les dangers, avec les troupes rangées devant son char qui se renversaient sur lui, son char qu'il ne pouvait pas faire tourner aisément pour traverser le camp, car les roues étaient retenues et bloquées par tous les corps tombés, avec les chevaux arrêtés et cachés par ces monceaux de cadavres, qui se cabraient et communiquaient leur trouble au cocher, Darios donc laissa là son char et ses armes, enfourcha une jument qui, dit-on, venait de mettre bas et prit la fuite.

Il ne semblait pas alors qu'il dût s'échapper, sans l'arrivée de nombreux cavaliers envoyés par Parménion réclamer Alexandre, parce que des forces importantes tenaient encore de ce côté et que l'ennemi ne lâchait pas pied. On reproche généralement à Parménion de s'être montré dans cette bataille lent et sans énergie, soit que sa vieillesse eût quelque peu affaibli son audace, soit, comme le prétend Callisthène, qu'il ressentît dépit et jalousie devant la puissance absolue et orgueilleuse d'Alexandre. Cependant le roi, contrarié de cet appel, sans dire la vérité à ses soldats, prétexta qu'il était las du carnage et que la nuit tombait pour faire sonner le rappel. Mais comme il courait à l'aile menacée, il apprit en chemin que l'ennemi avait été entièrement défait et était en fuite [63].

34. La bataille ayant connu cette issue, l'empire perse semblait désormais irrémédiablement abattu et Alexandre, proclamé roi de l'Asie, offrit aux dieux des sacrifices magnifiques et donna en présent à ses amis des richesses, des maisons et des gouvernements. Mais, jaloux surtout de briller aux yeux des Grecs, il leur écrivit que toutes les tyrannies étaient dès ce moment abolies en Grèce et qu'ils pourraient désormais se gouverner selon leurs lois. Les Platéens, en particulier, pouvaient reconstruire leur ville, parce que leurs ancêtres avaient offert leur territoire aux Grecs

afin d'y combattre pour la liberté. Il envoya aussi aux habitants de Crotone, en Italie, une partie du butin en l'honneur du dévouement et de la valeur de l'athlète Phayllos, qui, au temps des guerres médiques, alors que les autres Italiotes avaient abandonné les Grecs qu'ils croyaient perdus, avait équipé un bateau à ses frais et s'était rendu à Salamine pour y prendre sa part de danger. Tant il favorisait toute espèce de vertu et se montrait un gardien idéal du souvenir des belles actions !

35. Parcourant la Babylonie, qui se soumit aussitôt à lui, il admira surtout, dans la province d'Adiabène, le gouffre d'où sort continuellement, comme d'une source, un jet de feu et le torrent de naphte, qui, dans son abondance, va former un lac non loin de ce gouffre. Le naphte ressemble en gros au bitume mais est si sensible au feu qu'avant même de toucher à la flamme, il s'allume à la suite de la seule radiation de la lumière et, souvent, embrase l'air intermédiaire. Les barbares, pour faire connaître sa nature et ses propriétés, en arrosèrent légèrement la rue qui menait au logement du roi, puis, se plaçant à un bout, ils approchèrent leurs flambeaux des endroits arrosés. Il faisait déjà nuit. A peine les premières gouttes eurent-elles pris feu que la flamme, sans qu'on eût le temps de s'apercevoir de rien, se communiqua à l'autre bout avec la rapidité de la pensée ; et la rue n'était plus qu'une traînée de feu. Or, il y avait un certain Athénophanès, un Athénien, un des serviteurs attachés à l'entretien de la personne royale, qui s'occupait de son bain, de ses frictions d'huile, et savait aussi lui détendre l'esprit avec grâce. Cet Aristophanès avisa un jour, dans la salle de bains, debout près d'Alexandre, un jeune garçon, tout à fait insignifiant et d'une figure ridicule, mais qui chantait agréablement — il s'appelait Stéphanos —, et dit alors : « Veux-tu, roi, que nous fassions sur Stéphanos l'essai de ce produit ? S'il s'allume sur lui, j'avouerai que sa force est totalement irrésistible et redoutable. » L'enfant s'offrit volontiers pour l'épreuve, mais à peine l'eut-on enduit et effleuré

avec le feu que son corps jeta de telles flammes, tout entier gagné par le feu, qu'Alexandre en fut au comble de l'embarras et de la frayeur et, s'il ne s'était trouvé là par bonheur plusieurs de ses gens avec des vases pleins d'eau pour le bain, le secours n'aurait pu prévenir le ravage des flammes. Encore eut-on beaucoup de peine à éteindre le feu qui avait gagné tout le corps de l'enfant et Stéphanos s'en ressentit le reste de sa vie.

Ce n'est donc pas sans vraisemblance que quelques auteurs, voulant sauvegarder le mythe en l'ajustant à la réalité, prétendent que le naphte est la drogue dont Médée se servit pour enduire la couronne et le voile de la tragédie [64]. Car le feu, disent-ils, ne sortit pas de ces objets ni de lui-même ; mais c'est l'approche d'une flamme qui produisit une sorte d'attraction et un contact imperceptible. Les rayons du feu et ses émanations, qui partent de loin, sur la plupart des corps, expliquent-ils, ne projettent que lumière et chaleur, mais lorsqu'ils se concentrent sur des corps qui possèdent une sécheresse subtile ou une humidité grasse et assez abondante et s'y répandent en flammes impétueuses, ils modifient immédiatement leur matière.

L'origine du naphte provoque bien de la perplexité < on ignore si c'est une sorte de bitume liquide > ou plutôt un fluide propre à stimuler la flamme qui sourd de ce sol naturellement gras et générateur de feu. De fait, le terrain de la Babylonie est tellement brûlant que, fréquemment, on voit les grains d'orge sauter et rebondir, comme si le sol était agité de palpitations sous l'effet de la chaleur et, pendant la canicule, les habitants doivent coucher sur des outres remplies d'eau. Harpale, qu'Alexandre laissa pour gouverner le pays, se piqua d'embellir le palais du roi et le parc de plantes grecques : il vint à bout de les acclimater toutes, sauf le lierre, que le sol ne put accepter et fit régulièrement périr, parce que la plante ne supportait pas la nature du terrain, qui est brûlante, alors qu'elle aime le froid. Des digressions de ce genre, à condition de ne pas trop déborder, échappent peut-être mieux à la censure des lecteurs difficiles.

36. Alexandre, s'étant rendu maître de Suse, prit dans le palais royal quarante mille talents d'argent monnayé et une quantité innombrable de meubles et d'effets précieux de toute espèce. On dit qu'il y trouva aussi cinq mille talents de pourpre d'Hermionè, déposée là depuis cent quatre-vingt-dix ans et pourtant toujours dans la splendeur de son premier éclat. Cela vient, dit-on, de ce que la teinture des étoffes de pourpre se faisait à Hermionè avec du miel et la teinture des étoffes blanches avec de l'huile blanche — en effet, cette teinte aussi, au même âge, conserve toujours un éclat pur et étincelant. Dinon rapporte que tous les rois de Perse faisaient aussi venir de l'eau du Nil et du Danube, qu'ils déposaient dans leur trésor avec leurs autres richesses, comme pour affirmer l'étendue de leur empire et leur domination universelle [65].

37. La Perse est un pays d'accès difficile à cause de son terrain accidenté, que défendaient d'ailleurs les plus nobles des Perses. Alexandre trouva un guide qui lui fit faire un détour peu considérable ; cet homme parlait les deux langues, ayant un père lycien et une mère perse. C'est ce que la Pythie avait prédit à Alexandre dans son enfance en lui disant qu'un Lycien le conduirait en Perse*** [66]. Il se fit là un carnage horrible des prisonniers. Alexandre, d'après ce qu'il écrit lui-même, crut que c'était là son intérêt et c'est pourquoi il ordonna de les égorger. Il trouva, dit-on, autant d'argent monnayé qu'à Suse et fit emporter le reste du mobilier et les richesses sur dix mille paires de mulets et cinq mille chameaux. Avisant une grande statue de Xerxès, que la foule qui se pressait aux portes du palais avait malencontreusement renversée, il s'arrêta et, adressant la parole à cette statue, comme si elle eût été animée : « Dois-je passer outre, dit-il, et te laisser étendu par terre pour te punir de la guerre que tu as faite aux Grecs ou te relever en hommage à ce qu'il y avait par ailleurs de grand et de

généreux dans ton âme ? » Il resta longtemps pensif, sans mot dire, puis il passa outre. Voulant permettre à ses troupes de se refaire — on était en hiver —, il demeura sur place quatre mois. La première fois qu'il s'assit sur le trône des rois de Perse, sous un dais d'or, Démarate de Corinthe, qui était un ami dévoué d'Alexandre après l'avoir été de son père, se mit, dit-on, à pleurer, en vieillard qu'il était : « De quelle joie vous êtes privés, s'écria-t-il, Grecs qui avez péri dans les combats, avant de voir Alexandre assis sur le trône de Darios ! »

38. Puis il se disposait à marcher contre Darios, quand il se laissa aller, pour faire plaisir à ses compagnons, à s'enivrer et se dissiper, au point que même des femmes vinrent boire avec eux et rejoindre leurs amants pour faire la fête. La plus célèbre d'entre elles était la courtisane Thaïs, originaire d'Attique, la maîtresse de Ptolémée — qui régna ensuite sur l'Égypte —, laquelle, mêlant éloges pleins d'esprit et plaisanteries à l'adresse du roi, s'avança, dans la chaleur du vin, jusqu'à lui tenir un discours, conforme sans doute à l'esprit de sa patrie, mais bien au-dessus de son état. Elle dit en effet qu'elle était bien payée des peines qu'elle avait souffertes en errant par l'Asie, puisqu'elle jouissait du luxe de l'orgueilleux palais perse, mais que sa joie serait plus grande encore s'il lui était donné d'incendier, en un joyeux cortège, la demeure de ce Xerxès qui fit brûler Athènes, et d'y mettre le feu sous le regard du roi, afin qu'on dise par le monde que les femmes qui accompagnaient Alexandre avaient mieux vengé la Grèce que tous ses amiraux et généraux. Ce discours fut accueilli avec des cris et des applaudissements et, cédant aux instances redoublées de ses amis, le roi bondit une couronne sur la tête et une torche à la main, et ouvrit la marche, suivi de tous les convives qui allèrent en un cortège bruyant et joyeux environner le palais. Et les autres Macédoniens, qui apprenaient ce qu'on allait faire, accouraient avec des flambeaux, pleins de joie, car ils pensaient qu'il fallait songer à un retour au pays

et ne plus vouloir rester chez les barbares pour brûler et détruire ainsi le palais. Voilà, suivant les uns, comment cet incendie eut lieu. D'autres disent que ce fut prémédité, mais tous conviennent qu'il s'en repentit promptement et ordonna de l'éteindre.

39. La libéralité naturelle d'Alexandre s'accrut encore à mesure qu'augmentait sa puissance et il y joignait une affabilité qui fait seule le prix des bienfaits. J'en rapporterai quelques exemples. Ariston, qui commandait les Péoniens, ayant tué un ennemi, lui en apporta la tête en disant : « Ô roi, cette sorte de présent est récompensé chez nous d'une coupe d'or. » — « Oui, d'une coupe vide, répondit-il, mais moi, je te la donne pleine de vin et je vais boire à ta santé. » Un homme de troupe macédonien conduisait un mulet chargé de l'or du roi ; devant la fatigue de l'animal, il prit lui-même la charge et essaya de la porter. Alors le roi, le voyant plier sous le poids et apprenant ce qu'il en était, comme il allait déposer le fardeau, lui dit : « Mon ami, ne renonce pas ; fais encore le reste du chemin jusqu'à la tente, car c'est pour toi que tu le transportes. » En général, il en voulait plus à ceux qui n'acceptaient pas ses présents qu'à ceux qui lui en demandaient. Il écrivit ainsi à Phocion qu'il ne le regarderait plus comme son ami à l'avenir s'il continuait à refuser ses bienfaits. A Sérapion, un des jeunes gens qui jouaient avec lui à la balle, il ne donnait jamais rien, faute qu'il lui demandât quelque chose. Or un jour qu'on jouait à la balle, Sérapion ne la jetait jamais qu'aux autres joueurs. « Et à moi, tu ne la donnes pas ? », dit le roi. — « C'est que tu ne me la demandes pas », rétorqua Sérapion. Alexandre se mit à rire et lui fit beaucoup de présents. Un certain Protéas, homme plaisant et qui, à table, divertissait le roi par ses railleries, semblait avoir encouru sa colère. Devant les prières de ses amis et les larmes de l'intéressé, Alexandre dit qu'il lui rendait son amitié. Et l'autre : « Alors, roi, donne-m'en d'abord un gage. » Aussi Alexandre lui fit-il donner cinq talents.

Les fortunes qu'il distribuait à ses amis et à ses

gardes leur inspiraient un orgueil démesuré que montre bien une lettre d'Olympias : « Prends d'autres voies, lui dit-elle, pour faire du bien à tes amis et les illustrer, car aujourd'hui tu en fais tous les égaux de rois ; tu leur procures abondance d'amis et fais le vide autour de toi. » Comme Olympias revenait souvent sur cette idée, il ne communiqua plus ses lettres à personne. Une fois seulement qu'il venait d'en ouvrir une, Héphaistion s'approcha et la lut avec lui selon son habitude : Alexandre le laissa lire, mais il tira du doigt son anneau et en mit le cachet sur la bouche d'Héphaistion. Mazaios[67], qui avait été l'homme le plus puissant auprès de Darios, avait un fils pourvu d'une satrapie. Alexandre lui en ajouta une seconde, plus grande encore, mais le jeune homme la refusa. « Roi, dit-il, il n'y avait jadis qu'un Darios ; et aujourd'hui toi, tu as fait plusieurs Alexandre. » A Parménion, il fit présent de la maison de Bagoas, dans laquelle on trouva, dit-on, une garde-robe fastueuse de mille talents ; à Antipatros, il écrivit de prendre des gardes, car il se tramait un complot contre lui. A sa mère, il offrait et envoyait force présents, mais il ne souffrait jamais qu'elle se mêlât des affaires du gouvernement ni de la guerre et, lorsqu'elle s'en plaignait, il supportait sa mauvaise humeur sans se fâcher. Cependant un jour qu'Antipatros lui avait écrit une longue lettre contre Olympias, il dit après l'avoir lue qu'Antipatros ne savait pas qu'il suffit d'une seule larme d'une mère pour effacer dix mille lettres.

40. Il voyait son entourage s'abandonner à un luxe excessif et mener un train de vie insolent et dispendieux : c'est Hagnon de Téos, qui cloutait d'argent ses chaussures, Léonnatos, qui faisait venir, sur plusieurs chameaux, du sable d'Égypte pour ses exercices, Philotas, qui avait pour la chasse des filets de cent stades. Ils se servaient pour la friction et le bain de myrrhe en plus grande quantité qu'ils ne le faisaient précédemment de l'huile et ils traînaient à leur suite masseurs et valets de chambre. Aussi Alexandre les reprit-il, mais avec douceur et philosophie, se disant étonné qu'eux,

qui avaient livré tant de si grands combats, ne se souvinssent pas que ceux qui se sont fatigués dorment d'un sommeil plus doux que ceux qui se sont laissé soumettre et ne vissent pas, en comparant leur genre de vie à celui des Perses, que rien n'est plus servile que la vie de plaisir, ni plus royal que l'effort. « Et d'ailleurs, disait-il, comment pourrait-on panser soi-même son cheval, astiquer sa lance ou son casque, si on a perdu l'habitude de toucher de ses mains ce corps si choyé ? Ignorez-vous, continuait-il, que le comble de la victoire, c'est de ne pas faire commc les vaincus ? » Quant à lui, il se raidissait plus encore, peinant et s'exposant dans les chasses. Aussi un envoyé de Lacédémone, l'ayant vu terrasser un lion énorme : « Alexandre, dit-il, tu as glorieusement disputé au lion la royauté. » Cratère consacra cette scène de chasse à Delphes [68] où il fit faire des statues de bronze représentant le lion, les chiens, Alexandre luttant contre le lion et lui-même secourant le roi. Certaines furent sculptées par Lysippe, les autres par Léocharès.

41. C'est ainsi qu'Alexandre bravait le péril autant pour s'exercer à la vertu que pour y inciter ses amis. Mais ses amis, amollis par le faste et les richesses, ne rêvaient plus que repos et délices ; ils supportaient mal la fatigue des voyages et des expéditions militaires et, insensiblement, en vinrent à dire du mal de lui et à le diffamer. Alexandre le supporta d'abord avec une extrême douceur, disant que c'était le sort d'un roi de voir la médisance répondre à ses bienfaits. Il continuait cependant à faire éclater, jusque dans les moindres occasions, son affection et son estime pour ses familiers. En voici quelques traits. Il écrivit à Peucestas pour se plaindre de ce que, mordu par un ours, il en avait fait part à tous ses amis, mais ne s'en était pas ouvert à lui. « Maintenant du moins, ajouta-t-il, fais-moi savoir comment tu vas et si quelqu'un de tes compagnons de chasse ne t'a pas abandonné dans le péril, afin que je l'en punisse. » Héphaistion étant absent pour quelques affaires, Alexandre lui écrivit

qu'alors qu'ils s'amusaient à la chasse à l'ichneumon, Cratère était tombé sur la javeline de Perdiccas et avait été blessé aux cuisses. Peucestas ayant été guéri d'une maladie, il écrivit au médecin Alexippos pour l'en remercier. Durant une maladie de Cratère, le roi, à la suite d'un rêve, fit lui-même des sacrifices pour sa guérison et lui ordonna d'en faire autant de son côté. Il écrivit aussi au médecin Pausanias, qui voulait purger Cratère avec de l'ellébore, pour lui témoigner son inquiétude et le conseiller sur l'emploi de cette médecine. Il fit mettre en prison les premiers qui lui apprirent la fuite d'Harpale [69], Éphialte et Cissos, persuadé qu'ils le calomniaient. Alors qu'il s'occupait de renvoyer chez eux les infirmes et les vieillards, Eurylochos d'Aigai s'était fait inscrire parmi les malades, mais ensuite, convaincu de n'avoir aucune infirmité, il avoua qu'il était amoureux de Télésippa qui, elle, descendait vers la mer. Alexandre lui demanda de quelle condition était cette femme et ayant appris que c'était une courtisane, mais de condition libre : « Eurylochos, lui dit Alexandre, je veux bien me faire l'allié de ton amour ; mais vois donc comment nous pourrons, par nos présents ou nos discours, persuader Télésippa, puisqu'elle est de condition libre. »

42. On ne peut s'empêcher d'admirer Alexandre en le voyant prendre le temps d'écrire sur de si menus détails à ses amis. Par exemple, il écrit pour ordonner de rechercher un esclave de Séleucos [70] qui s'était enfui en Cilicie ou louer Peucestas d'avoir arrêté Nicon, un des esclaves de Cratère ; il écrit encore à Mégabyze, à propos d'un esclave réfugié dans un temple, de l'arrêter, si possible, après l'avoir fait sortir du temple, mais de ne se saisir en aucun cas de lui dans le temple. On dit aussi que, au début, quand il jugeait des affaires capitales, il bouchait avec sa main une de ses oreilles pendant que l'accusateur parlait afin de la conserver libre de toute prévention pour l'accusé. Mais, dans la suite, son naturel s'aigrit devant la masse d'accusations, les vraies ouvrant la voie aux fausses qu'il finissait par croire aussi. Mais

c'est surtout lorsqu'on disait du mal de lui qu'il se mettait hors de lui et se montrait dur et implacable, car sa réputation lui était plus chère que la vie ou la royauté.

Cependant, il se mit à la poursuite de Darios, comptant livrer un nouveau combat ; mais, informé de sa capture par Bessos, il renvoya les Thessaliens chez eux avec, en plus de leur solde, une gratification de deux mille talents. Durant la poursuite, qui fut longue et pénible — il fit à cheval, en onze jours, trois mille trois cents stades [71] —, la plupart se décourageaient, accablés surtout par le manque d'eau. C'est alors qu'il rencontra des Macédoniens qui transportaient de l'eau puisée à la rivière dans des outres, sur des mulets. Dès qu'ils virent Alexandre cruellement tourmenté par la soif, alors qu'on était en plein midi, ils remplirent vivement un casque et le lui offrirent. Alexandre leur demanda à qui ils portaient cette eau. « A nos enfants, répondirent-ils ; mais toi vivant, nous en aurons d'autres, quand bien même nous perdrions ceux-ci. » A ces mots, il prit le casque en main, mais un regard autour de lui lui fit voir tous ses cavaliers la tête tournée et penchée en avant, les yeux fixés sur cette boisson ; alors il la rendit sans la boire et en remerciant ceux qui la lui avait offerte, il dit : « Si je bois seul, ces gens-ci perdront courage. » Témoins de sa tempérance et de sa grandeur d'âme, les cavaliers lui crièrent de les mener avec confiance et ils fouettèrent leurs chevaux, car il n'y avait plus pour eux, disaient-ils, ni lassitude ni soif, enfin ils ne se croyaient pas mortels tant qu'ils auraient un tel roi à leur tête.

43. Ils avaient tous la même ardeur à le suivre ; mais ils ne furent que soixante, dit-on, à tomber avec lui sur le camp ennemi. Là ils enjambèrent des tas d'or et d'argent répandus à terre, contrepassèrent une quantité de chariots remplis de femmes et d'enfants, qui, privés de conducteurs, vaguaient çà et là, et coururent aux avant-postes où ils pensaient trouver Darios. Ils le trouvent à grand-peine, le corps percé de javelots, couché dans son char et sur le point

d'expirer. Cependant il demanda à boire et, ayant bu de l'eau fraîche, il dit à Polystratos, qui la lui avait donnée : « Mon ami, c'est pour moi le comble de l'infortune d'avoir reçu un bienfait et de ne pouvoir le payer de retour. Mais Alexandre t'en récompensera, et les dieux récompenseront Alexandre de l'humanité avec laquelle il a traité ma mère, ma femme et mes enfants. Je lui donne ma main droite par ton intermédiaire. » Sur ces mots il prit la main de Polystratos et expira. Alexandre, une fois arrivé, donna les marques d'une vive douleur et, détachant son manteau, le jeta sur le corps pour l'en recouvrir. Dans la suite, s'étant saisi de Bessos [72], il le fit écarteler : il fit courber vers le même point deux arbres droits et attacher à chacun une partie du corps de Bessos ; puis, une fois relâchés, ils se redressèrent avec violence et emportèrent chacun la partie qui lui était attachée. Mais, sur le moment, Alexandre fit parer le corps de Darios avec toute la magnificence due à son rang et l'envoya à sa mère, puis il accueillit son frère Exathrès parmi ses Hétaïres.

44. Lui-même descendit en Hyrcanie avec l'élite de son armée. Il y vit un golfe marin qui paraissait aussi grand que le Pont-Euxin, mais dont l'eau était plus douce que le reste de la mer. Il ne put obtenir, sur la nature de cette mer, aucun renseignement certain : il conjectura, comme le plus vraisemblable, que c'était un épanchement du Lac Maeotis. Pourtant la vérité n'avait pas échappé aux philosophes de la nature qui, bien des années avant l'expédition d'Alexandre, ont rapporté que cette mer, nommée Hyrcanienne ou Caspienne [73], est le plus septentrional des quatre golfes que forme la mer extérieure en s'enfonçant dans les terres. C'est là que certains barbares tombent sur son cheval Bucéphale et l'enlèvent. Alexandre le prit fort mal et envoya sur-le-champ un héraut les menacer de les passer tous par le fil de l'épée, avec femmes et enfants, s'ils ne lui renvoyaient pas son cheval. Mais quand ils vinrent à la fois lui ramener son cheval et remettre leurs villes entre ses mains, il les

traita tous avec humanité et paya la rançon du cheval à ceux qui l'avaient pris.

45. De là il entra en Parthie et, comme il s'y trouvait de loisir, il prit pour la première fois le costume barbare [74], soit qu'il voulût se conformer aux usages dans l'idée qu'il est important pour apprivoiser un peuple d'en partager les us et coutumes, soit qu'il posât des jalons pour introduire la prosternation [75] chez les Macédoniens en les habituant insensiblement à abandonner et changer leurs mœurs nationales. Toutefois il n'adopta pas le fameux costume mède qui était par trop étrange et barbare : il ne prit ni les larges pantalons ni la robe de dessus ni la tiare ; il se fit un costume qui tenait adroitement le milieu entre celui des Perses et celui des Mèdes, moins fastueux que ce dernier, mais plus majestueux que le premier. Il ne s'en servit d'abord que lorsqu'il parlait aux barbares et chez lui, avec ses amis. Puis il se fit voir avec lui en public, à cheval ou durant ses audiences. Ce spectacle affligeait les Macédoniens, mais l'admiration dont ils étaient remplis pour ses autres vertus les rendait indulgents aux quelques satisfactions de plaisir ou d'amour-propre qu'il s'accordait, lui qui, déjà couvert de cicatrices, venait d'être blessé à la jambe d'une flèche qui lui avait cassé et fait tomber l'os du tibia ; qui, une autre fois, avait été frappé au cou d'une pierre, dont le coup lui avait causé un long éblouissement ; lui qui, enfin, ne cessait de s'exposer sans ménagement au péril. Ainsi, lorsqu'il avait passé le fleuve Orexartès, qu'il prenait pour le Tanaïs, et mis en déroute les Scythes, il les avait poursuivis pendant plus de cent stades, bien qu'il souffrît de dysenterie.

46. C'est là que l'Amazone [76], vint le trouver, s'il faut en croire la plupart des historiens, dont Clitarque, Polycleitos, Onésicrite, Antigénès et Istros ; mais Aristobule, Charès le chambellan, Ptolémée, Anticleidès, Philon de Thèbes, Philippe de Théangela et, avec eux, Hécatée d'Érétrie, Philippe de Chalcis et Douris de Samos assurent que cette visite est une pure fable. Et Alexandre lui-même semble l'attester dans une de ses

lettres à Antipatros où il lui raconte tout avec précision : il y dit bien que le roi scythe lui a offert sa fille en mariage, mais il ne fait point mention de l'Amazone et l'on dit que, plusieurs années après, comme Onésicrite lisait à Lysimaque, qui était déjà roi, son quatrième livre, dans lequel il raconte l'histoire de l'Amazone, Lysimaque lui dit en souriant doucement : « Et moi, où étais-je donc alors ? » Au reste, qu'on y croie ou non, cela ne saurait diminuer ni augmenter l'admiration qu'on a pour Alexandre.

47. Comme il craignait de voir les Macédoniens renoncer à la suite de l'expédition, il laissa sur place le gros des troupes et n'ayant avec lui en Hyrcanie que l'élite de son armée, vingt mille fantassins et trois mille cavaliers, il leur dit, pour les mettre à l'épreuve : « Maintenant que les barbares nous voient face à face, ils tremblent ; mais si nous nous contentons de semer le trouble en Asie et nous en retournons sans plus, ils vont nous tomber dessus aussitôt, comme sur des femmes. » Cependant il laissa partir ceux qui le désiraient, prenant les dieux à témoin que, lorsqu'il cherchait à soumettre la terre entière aux Macédoniens, ils se retrouvait abandonné avec ses amis et ceux qui consentaient à faire campagne. Ce sont là à peu près ses propres termes dans sa lettre à Antipatros, où il dit aussi que, à ces mots, ils lui crièrent tous de les mener où il voulait sur cette terre. Ceux-ci ayant ainsi passé l'épreuve, ce ne fut pas chose difficile, après cela, d'entraîner la masse qui l'accompagna sans rechigner.

Ainsi donc Alexandre s'assimilait toujours davantage aux gens du pays, tout en les rapprochant des usages macédoniens, dans la pensée que ce mélange et cette communauté, source de bienveillance, contribueraient plus que la force à affermir sa puissance, quand il serait parti au loin. Il choisit donc parmi eux trente mille enfants et les fit instruire dans la langue grecque et former aux exercices militaires des Macédoniens, préposant de nombreux maîtres à cette tâche. Quant à son mariage avec Roxane [77], ce fut un mariage d'amour — il avait été séduit par l'éclat de sa beauté au cours d'un banquet, en la voyant dans un chœur de danse —, mais il ne sembla pas mal adapté à ses desseins, car ce lien conjugal inspira aux barbares plus de confiance ainsi qu'une vive affection pour Alexandre qu'ils voyaient pousser la continence jusqu'à ne pas admettre de toucher même la seule femme qui avait pu le vaincre, avant d'être légalement uni à elle.

Voyant que, parmi ses meilleurs amis, Héphaistion l'approuvait en tout et se conformait aux nouvelles manières qu'il avait adoptées, tandis que Cratère restait fidèle aux usages de sa patrie, Alexandre se servait d'Héphaistion dans ses relations avec les barbares et de Cratère dans celles avec les Grecs et les Macédoniens. En somme, il avait la plus grande amitié pour le premier et la plus grande estime pour le second, persuadé qu'Hephaistion aimait Alexandre et Cratère le roi. Aussi Héphaistion et Cratère se portaient-ils une haine sourde, qui suscitait souvent des accrochages. Un jour, en Inde, ils en vinrent même aux mains et tirèrent l'épée ; leurs amis respectifs venaient pour les secourir, mais Alexandre accourut, réprimanda publiquement Héphaistion, le traitant de fou et d'insensé qui ne comprenait pas que sans Alexandre il n'était plus rien. Il fit aussi, mais en particulier, d'âpres reproches à Cratère, puis, après les avoir réunis et réconciliés, il leur jura, par Ammon et les autres dieux, qu'il n'aimait personne au monde plus qu'eux, mais que, s'il entendait parler d'un nouveau différend, il les tuerait tous les deux, ou, du moins, celui qui aurait commencé. C'est pourquoi par la suite, même en plaisantant, ils ne dirent ni ne firent plus rien l'un contre l'autre, à ce qu'on dit.

48. Philotas, fils de Parménion, jouissait parmi les Macédoniens d'un grand prestige : il avait en effet une réputation de courage et d'endurance dans les travaux et personne, après Alexandre lui-même, ne semblait si généreux ni si fidèle en amitié. On dit ainsi qu'un de ses compagnons lui demandant de l'argent, il lui en fit donner et, comme son intendant lui répondait qu'il

n'en avait pas : « Quoi ? dit Philotas, tu n'as même pas une coupe ou un vêtement ? » Mais il montrait une hauteur, un orgueil de sa fortune, et déployait pour les soins de sa personne et son train de vie un luxe inconvenant pour un particulier. Affectant des airs de grandeur et de majesté, il le faisait avec un mauvais goût et un manque de grâce qui dénonçaient le parvenu et la contrefaçon. De la sorte, il avait suscité soupçons et jalousie, au point que même Parménion lui dit un jour : « Mon fils, je t'en prie, fais-toi plus petit. » Depuis longtemps on le décriait auprès d'Alexandre. Lorsque l'on s'empara des trésors de Damas après la défaite de Darios en Cilicie, on amena au camp nombre de prisonniers et il se trouva parmi les captives une jeune femme originaire de Pydna d'une remarquable beauté, nommée Antigone : elle échut à Philotas. En homme jeune qu'il était et sous la double emprise de l'amour et du vin, il se laissait aller devant elle à force propos ambitieux et fanfaronnades de soldat et attribuait à son père et à lui-même les plus hauts faits, traitant Alexandre de petit jeune homme qui ne devait qu'à eux sa gloire de conquérant. Cette femme rapporta ces propos à un de ses familiers, qui s'empressa, naturellement, de les répéter ; ils parvinrent jusqu'à Cratère, qui prit Antigone et la mena secrètement à Alexandre. Le roi, l'ayant écoutée, lui ordonna de continuer ses relations avec Philotas et de venir lui rendre compte de tout ce qu'elle apprendrait de lui.

49. Philotas, qui ne se doutait pas de ce piège, vivait avec Antigone et, colère ou vanité, tenait souvent contre le roi des propos et des discours malveillants. Alexandre cependant, malgré le solide dossier qu'il avait contre Philotas, attendit avec patience et sans rien dire, soit qu'il se fiât au dévouement de Parménion à son égard, soit qu'il craignît la réputation et la puissance des deux hommes.

Vers ce même temps, un Macédonien, nommé Dimnos, originaire de Chalaestra, qui conspirait contre Alexandre, voulait associer à son projet Nicomachos, un jeune homme qu'il aimait passionnément. Le jeune homme, s'y étant refusé, s'ouvrit de cette tentative à son frère Cébalinos, qui sur-le-champ alla trouver Philotas et le pressa de les introduire auprès d'Alexandre, car ils avaient à l'entretenir d'affaires graves et capitales. Philotas, pour quelque obscure raison, ne les y conduisit pas, sous prétexte que le roi était occupé d'affaires plus importantes. Se méfiant dès lors de Philotas, ils s'adressèrent à un autre, qui leur permit d'être introduits auprès d'Alexandre. Ils commencèrent par dénoncer la conjuration de Dimnos, puis insinuèrent discrètement que Philotas avait par deux fois négligé leurs sollicitations. Ce rapport irrita fort Alexandre, mais lorsqu'on lui apprit que Dimnos s'était défendu quand on était venu le saisir et que l'homme chargé de l'arrêter l'avait tué, son trouble ne fit que croître à la pensée que les preuves de la conspiration lui échappaient désormais et, aigri contre Philotas, il attira auprès de lui ceux qui haïssaient depuis longtemps le personnage et qui ne se gênèrent pas pour clamer ouvertement que c'était de la part du roi une étrange insouciance de croire qu'un Dimnos, un homme de Chalaestra, avait formé une entreprise si hardie contre lui ; cet homme n'était que le comparse ou plutôt l'instrument d'une autorité supérieure ; il fallait, pour trouver la source de la conjuration, remonter à ceux qui avaient le plus d'intérêt à ce qu'elle restât secrète.

Quand ils virent que le roi avait prêté l'oreille à ces paroles et ces soupçons, ils accumulèrent désormais les accusations contre Philotas. A la suite de quoi il fut arrêté et interrogé en présence des amis du roi qui présidaient à la torture, tandis qu'Alexandre écoutait dehors, caché derrière une tapisserie ; et comme Philotas adressait à Héphaistion d'humbles et pitoyables prières, il s'écria, dit-on : « Comment, mou et lâche comme tu l'es, Philotas, tu te mêles de si grandes entreprises ! » Philotas mort, Alexandre envoya aussitôt des gens en Médie tuer Parménion, cet homme qui avait participé à maints exploits de Philippe ; qui, seul parmi les amis plus âgés du roi, ou du moins plus qu'aucun autre, l'avait poussé à passer en Asie ; qui, enfin, des trois fils qu'il avait, en avait vu mourir deux avant lui dans les combats avant de périr avec le troisième. Ces exécutions rendirent Alexandre redoutable à beaucoup de ses amis, et surtout à Antipatros, qui dépêcha secrètement des émissaires aux Étoliens pour échanger avec eux des gages d'alliance. Les Étoliens en effet craignaient Alexandre, parce qu'ils avaient détruit Œniades [78] et que le roi, en l'apprenant, avait dit que ce ne seraient pas les enfants d'Œniades, mais lui-même qui punirait les Étoliens.

50. Peu de temps après se produisit aussi le meurtre de Cleitos, qui paraît, au simple récit, plus sauvage que la mort de Philotas ; cependant si on le considère dans sa cause et ses circonstances, on s'aperçoit qu'il ne fut pas prémédité, mais causé par une malchance du roi, dont la colère et l'ivresse fournirent une occasion au mauvais génie de Cleitos. Voici comment le fait se passa. Des gens étaient venus de la côte apporter au roi des fruits de Grèce et Alexandre, émerveillé par leur fraîcheur et leur beauté, fit appeler Cleitos pour les lui montrer et lui en donner sa part. A ce moment Cleitos était justement en train de sacrifier et il laissa là son sacrifice pour venir : trois des moutons qu'on avait déjà aspergés d'eau lustrale le suivirent. Informé, le roi consulta ses devins, qui déclarèrent que c'était un mauvais présage. Aussi le roi ordonna-t-il qu'on fît au plus vite un sacrifice expiatoire pour Cleitos [79], d'autant que, trois jours auparavant, il avait eu lui-même, durant son sommeil, une vision étrange. Il avait cru voir Cleitos, vêtu de noir, assis au milieu des fils de Parménion, qui tous étaient morts. Cependant, à peine Cleitos eut-il achevé le sacrifice expiatoire qu'il se rendit sur-le-champ dîner chez le roi, qui, lui, avait sacrifié aux Dioscures. On avait déjà bu avec excès lorsqu'on chanta des vers d'un certain Pranichos ou, suivant d'autres, de Piérion, où les généraux qui venaient d'être battus par les barbares étaient couverts de honte et de ridicule. Les

plus âgés, offusqués, blâmaient également le poète et le chanteur, mais Alexandre et ses favoris, qui prenaient plaisir à cette audition, ordonnèrent au musicien de continuer. Cleitos, la chaleur du vin s'ajoutant à son naturel irascible et arrogant, étouffait d'indignation et clama qu'il était indigne d'outrager devant des barbares et des ennemis, des Macédoniens qui valaient beaucoup mieux que les rieurs en dépit de leur infortune. Alexandre répondit qu'il plaidait pour lui en appelant malheur ce qui n'était que lâcheté. Alors Cleitos se dressa d'un air menaçant : « C'est pourtant cette lâcheté, répliqua-t-il, qui t'a sauvé la vie, lorsque, tout fils des dieux que tu es, tu tournais déjà le dos à l'épée de Spithridatès. C'est le sang des Macédoniens, ce sont leurs blessures qui t'ont fait assez grand pour te prétendre fils d'Ammon en reniant Philippe. »

51. Alexandre fut piqué au vif : « Scélérat, s'écria-t-il, crois-tu que tu auras lieu de te réjouir des propos que tu tiens tous les jours contre moi pour exciter les Macédoniens à la révolte ? » — « Mais, dès aujourd'hui, repartit Cleitos, nous n'avons pas lieu non plus de nous réjouir quand nous recevons de pareils salaires de nos peines et nous envions le bonheur de ceux qui sont morts avant d'avoir vu les Macédoniens déchirés par les verges des Mèdes et obligés, pour avoir accès auprès de leur roi, d'implorer des Perses ! » Tandis que Cleitos lui disait ainsi ses quatre vérités, voici que les amis d'Alexandre se dressent contre lui, l'injure aux lèvres ; et les plus vieux de tâcher d'apaiser le tumulte. Alexandre alors se tournant vers Xénodochos de Cardia et Artémios de Colophon : « Ne vous semble-t-il pas, leur dit-il, que les Grecs sont, au milieu des Macédoniens, comme des demi-dieux parmi des bêtes sauvages ? » Et Cleitos, loin de céder, invita Alexandre à le laisser dire ce qu'il voulait ou à ne pas inviter à sa table des hommes libres ayant leur franc-parler et à vivre avec des barbares et des esclaves qui se prosterneraient devant sa ceinture persique et sa tunique immaculée. Alors

Alexandre, ne dominant plus sa colère, lui jeta une des pommes qui étaient sur la table et le frappa avant de se mettre à chercher son épée ; mais Aristophanès, un de ses gardes du corps, avait prévenu son intention et l'avait subtilisée. Et, alors que tous les autres l'entouraient et le suppliaient, Alexandre bondit, appela à grands cris en macédonien — ce qui était chez lui le signe d'un grand trouble — ses écuyers et ordonna au trompette de sonner l'alarme : il lui donna même un coup de poing parce qu'il traînait et répugnait à obéir. Cet homme fut par la suite tenu en haute estime pour avoir empêché plus que personne que le trouble gagnât le camp. Comme Cleitos ne cédait pas, ses amis le poussèrent à grand peine hors de la salle, mais il y rentra sur-le-champ par une autre porte en récitant avec autant de mépris que d'impudence des iambes de l'*Andromaque* d'Euripide :

> Ah Dieux, funeste usage qui s'établit en Grèce !

Alors Alexandre prend la lance d'un de ses gardes et, au moment où Cleitos vient vers lui en ouvrant la portière, la lui passe au travers du corps. Cleitos s'abattit avec un rugissement de douleur et sa chute aussitôt fait tomber la colère du roi. Revenu à lui et voyant ses amis plantés là, sans voix, il se précipita pour arracher la javeline du cadavre et tenta de s'en frapper à la gorge ; mais ses gardes arrêtèrent sa main et l'emportèrent de force dans sa chambre.

52. Il passa toute la nuit à pleurer amèrement et le lendemain, quand il n'eut plus la force de crier et de se lamenter, il resta prostré, sans voix, à pousser de profonds soupirs. Ses amis, inquiets de ce silence obstiné, forcèrent la porte et entrèrent dans la chambre, mais Alexandre ne prêta aucune attention à leurs discours et ce n'est que lorsque le devin Aristandre lui rappela la vision qu'il avait eue au sujet de Cleitos, ainsi que le présage, comme des preuves que cela était dès lors fixé par le destin, qu'il parut un peu soulagé. Aussi fit-on entrer le philosophe Callisthène [80], parent d'Aristote, et Anaxarque d'Abdère. Callisthène essaya de maîtriser sa

douleur avec tact et douceur et prit des détours pour s'insinuer dans son esprit sans aigrir sa douleur. Mais Anaxarque, qui, depuis l'origine, s'était frayé sa propre voie en philosophie et qui avait la réputation de dédaigner et mépriser tous les autres philosophes, fut à peine entré dans la chambre du roi : « Le voilà donc cet Alexandre sur qui tout le monde a aujourd'hui les yeux fixés ! Le voilà abattu, sanglotant comme un esclave, craignant les lois et la censure des hommes, lui qui devrait être pour eux la loi même et la règle de la justice, puisque enfin, s'il a vaincu, c'est pour commander et dominer, non pour être esclave et se laisser dominer par une vaine opinion. Ne sais-tu pas, ajouta-t-il, que Dikè et Thémis sont assises aux côtés de Zeus afin que toutes les actions du maître soient conformes à la justice et à la loi ? » Anaxarque, par des discours de ce genre, allégea la douleur du roi, mais il rendit son caractère à maints égards plus vaniteux et plus rebelle aux règles ; il s'insinua merveilleusement dans ses bonnes grâces et le dégoûta en outre de la compagnie de Callisthène, dont l'austérité avait d'ailleurs peu d'attraits pour Alexandre.

Un jour, dit-on, à table, la conversation tomba sur les saisons et la température de l'air ; Callisthène, qui partageait l'avis de ceux qui trouvaient le climat de l'Asie plus froid que celui de la Grèce et les hivers plus rudes, déclara, devant l'opposition obstinée d'Anaxarque : « Tu es bien forcé pourtant de convenir qu'il fait plus froid ici que là-bas, car en Grèce tu passais l'hiver vêtu d'un manteau grossier et ici te voilà enveloppé à table de trois couvertures ! » Cette réplique ne fit qu'ajouter à l'animosité d'Anaxarque.

53. Ajoutez que les autres sophistes et les flatteurs d'Alexandre étaient mortifiés de voir Callisthène recherché des jeunes gens pour son éloquence, aussi bien que des aînés pour sa conduite réglée, grave et modeste, et qui confirmait le motif qu'on donnait à son voyage en Asie : il était venu, disait-on, trouver Alexandre avec l'intention d'obtenir le rappel de ses concitoyens exilés et le rétablissement de sa patrie. Déjà jalousé pour sa réputation, il ne laissait pas de

donner quelquefois matière aux calomnies en refusant la plupart du temps les invitations du roi et, lorsqu'il s'y rendait, en ayant l'air, par son silence et sa mine sévère, de ne pas approuver ce qui s'y faisait et de n'y prendre aucun plaisir. Aussi Alexandre disait-il de lui :

> Je hais le philosophe qui n'est pas sage pour lui-même.

Un jour, dit-on, que Callisthène dînait chez Alexandre avec un grand nombre de convives, on le pria de faire, la coupe à la main, l'éloge des Macédoniens. Il traita ce sujet avec tant d'éloquence que tous les assistants se levèrent pour l'applaudir et lui jetèrent des couronnes. Alors Alexandre déclara que, selon le mot d'Euripide, quand on prend pour ses discours :

> Belle matière, en bien parler est chose aisée.

« Allons, montre-nous, poursuivit-il, ton talent en accusant les Macédoniens afin que, instruits de leurs fautes, ils en deviennent meilleurs. » Alors Callisthène, chantant la palinodie, parla en toute franchise contre les Macédoniens et fit voir que les divisions des Grecs avaient été la seule cause de l'essor et de la puissance de Philippe ; et il rappela ce vers :

> Dans la sédition, même le scélérat reçoit sa part
> [d'honneurs.

Ce discours remplit les Macédoniens d'une haine âpre et implacable et Alexandre dit que Callisthène avait fait la démonstration non point de son talent, mais de son animosité envers les Macédoniens.

54. Voilà, suivant Hermippos, le récit que Stroebos, le lecteur de Callisthène, fit à Aristote. Callisthène, d'après le même auteur, comprenant qu'il s'était aliéné l'esprit du roi, se dit deux ou trois fois en s'en allant :

> Patrocle est mort aussi, qui valait mieux que toi.

Aristote ne semble donc pas avoir eu tort de dire que Callisthène était supérieurement éloquent, mais qu'il manquait de jugement. Pourtant son refus persévérant et digne d'un vrai philosophe de se prosterner, la façon dont il exposa publiquement ce qui indignait secrètement tous les meilleurs et les plus vieux des Macédoniens, épargnèrent aux Grecs une grande honte et une plus grande encore à Alexandre, en le faisant renoncer à la prosternation, mais il se perdit lui-même en ayant l'air de contraindre le roi plutôt que de le persuader.

Charès de Mitylène raconte que, dans un banquet, Alexandre après avoir bu, présenta la coupe à un de ses amis : celui-ci, l'ayant prise, se leva, se tourna d'abord vers le foyer, but la coupe et, pour commencer, se prosterna devant le roi avant de lui donner un baiser et de se remettre à table. Tous les autres convives l'imitèrent l'un après l'autre jusqu'au moment où Callisthène reçut la coupe à son tour : Alexandre alors s'entretenait avec Héphaistion et ne prenait pas garde à lui ; il la but et s'avança pour donner un baiser au roi. Mais Démétrios, surnommé Pheidon, dit à Alexandre : « Ne l'embrasse point, car il est le seul à ne pas s'être prosterné devant toi » et Alexandre se déroba à son baiser, ce que Callisthène commenta tout haut d'un « Je m'en irai donc avec un baiser de moins. »

55. Callisthène s'étant ainsi peu à peu aliéné le roi, celui-ci commença par croire Héphaistion, selon qui Callisthène lui avait promis de se prosterner et avait manqué à sa parole. Puis les Lysimaque et les Hagnon s'acharnèrent sur lui en assurant que le sophiste allait partout se rengorgeant, comme s'il eût abattu la tyrannie, et que les jeunes gens accouraient en foule auprès de lui et le traitaient comme le seul homme libre parmi tant de milliers d'esclaves. Aussi, quand la conjuration d'Hermolaos contre Alexandre eut été découverte [81], les imputations portées contre Callisthène par ses détracteurs prirent-elles des allures de vérité. Ainsi, à celui qui lui demandait comment devenir le plus célèbre des hommes, il aurait répondu, selon eux : « En tuant le plus célèbre » et, pour exciter Hermolaos à l'action, il lui aurait dit aussi de ne pas

avoir peur du lit d'or et de se souvenir qu'il avait affaire à un homme, sujet aux maladies et aux blessures.

Cependant nul des complices d'Hermolaos, au milieu même des plus cruels tourments, ne dénonça Callisthène. Il y a plus : Alexandre lui-même, écrivant sur le moment à Cratère, Attalos et Alcétas, dit que les jeunes gens, soumis à la torture, ont reconnu qu'ils étaient seuls responsables du complot et que personne d'autre n'était dans le secret. Mais, plus tard, dans une lettre à Antipatros, il accuse Callisthène de complicité : « Les jeunes gens, dit-il, ont été lapidés par les Macédoniens, mais je punirai moi-même le sophiste, ainsi que ceux qui l'ont envoyé et ceux qui reçoivent les conspirateurs dans leurs villes [82] », dévoilant ainsi sans détour son hostilité à Aristote, auprès duquel Callisthène avait été élevé en raison de sa parenté, car il était fils d'Héro, cousine d'Aristote. A propos de la mort de Callisthène, les uns disent qu'Alexandre le fit pendre, d'autres qu'on le mit aux fers et qu'il mourut de maladie. Suivant Charès, après son arrestation, on le garda sept mois aux fers pour être jugé en plein Conseil en présence d'Aristote, mais, vers l'époque où Alexandre fut blessé en Inde, il mourut d'un excès d'embonpoint et de la maladie pédiculaire.

56. Au reste ceci n'arriva que bien plus tard. Démarate de Corinthe, quoique déjà assez vieux, ne put résister au désir de venir trouver Alexandre et, l'ayant contemplé, il lui dit que les Grecs qui étaient morts avant de l'avoir vu assis sur le trône de Darios avaient été privés d'un grand plaisir. Cependant il ne jouit pas longtemps de la bienveillance du roi : il mourut bientôt de maladie. Alexandre lui fit de magnifiques obsèques et l'armée éleva en son honneur un tertre d'un périmètre immense et d'une hauteur de quatre-vingts coudées. Ses restes furent portés jusqu'au bord de la mer sur un char à quatre chevaux superbement orné.

57. Alexandre, prêt à partir pour l'Inde, voyant que la masse de butin avait alourdi son armée et gênait

désormais ses mouvements, au point du jour, alors que les chariots étaient déjà chargés, commença par brûler les siens, avec ceux de ses amis, avant de faire mettre le feu à ceux des Macédoniens. L'exécution se révéla moins grave et périlleuse que ne l'avait été la résolution, car il y eut fort peu de soldats pour s'en affliger et la plupart, au contraire, poussant des cris de joie et de triomphe, dans un grand mouvement d'enthousiasme, partagèrent le nécessaire avec ceux qui en avaient besoin et brûlèrent et détruisirent eux-mêmes le superflu, conduite qui remplit Alexandre d'entrain et d'ardeur. Dès cette époque, il se montrait terrible et inexorable pour châtier les coupables. Ainsi pour Ménandre, un de ses Hétaïres, qu'il avait nommé commandant d'une forteresse : devant son refus d'y rester, il le fit périr et il perça lui-même de flèches Orosdatès, un des barbares qui s'étaient révoltés.

Une brebis avait mis bas un agneau qui avait autour de la tête une excroissance de la forme et de la couleur d'une tiare, avec, de chaque côté, des testicules : Alexandre, saisi d'horreur devant ce présage, se fit purifier par les Babyloniens [83] qu'il menait habituellement avec lui pour ces sortes de rites et dit à ses amis que c'était pour eux plutôt que pour lui-même qu'il éprouvait ce trouble, de peur que, lui disparu, la divinité ne fît tomber l'empire dans les mains d'un homme lâche et sans courage. Mais un signe plus favorable vint dissiper son découragement : le responsable des gardiens du mobilier, un Macédonien nommé Proxénos, découvrit en creusant un trou sur les bords de l'Oxus pour la tente du roi une source d'un liquide gras et visqueux [84] ; le premier jet épuisé, il jaillit une substance pure et translucide, qui n'avait pas l'air différente de l'huile d'après l'odeur et le goût et qui en avait absolument tout l'éclat et toute l'onctuosité. Il est vrai que l'eau de l'Oxus est, dit-on, des plus onctueuses, au point d'adoucir la peau de ceux qui s'y baignent. Quoi qu'il en soit, on voit par une lettre d'Alexandre à Antipatros combien Alexandre fut charmé de cette découverte puisqu'il la met au nombre des plus signalées faveurs qu'il eût reçues de la divinité. Ce signe présageait, selon les devins, une expédition glorieuse, mais pénible et difficile, la divinité ayant donné l'huile aux hommes pour soulager ses fatigues.

58. Alexandre courut en effet de grands dangers dans les combats qu'il livra et il y reçut de graves blessures, mais ce qui causa le plus de pertes dans l'armée, ce furent la pénurie de vivre et l'intempérie de climat. Pour lui, qui se piquait de surmonter la fortune par l'audace et la force par la vaillance, il estimait qu'il n'y avait rien d'imprenable pour les audacieux ni rien de solide pour les lâches. On raconte que, pendant qu'il assiégeait la roche de Sisimithrès [85], qui était escarpée et d'un accès difficile, devant le découragement de ses soldats, il demanda à Oxyartès quel homme était ce Sisimithrès. Et Oxyartès ayant répondu que c'était le plus grand des lâches : « C'est là me dire, reprit Alexandre, que la roche est prenable, puisqu'elle n'a pas un commandement solide. » En effet, il effraya Sisimithrès et s'empara de la roche.

Comme il se lançait à l'assaut d'une autre roche, pareillement escarpée, il exhorta les plus jeunes Macédoniens et s'adressant à l'un d'eux, qui se nommait Alexandre : « Toi, lui dit-il, il te faut combattre en brave, ne fût-ce que pour faire honneur à ton nom. » Et la mort de ce jeune homme, tombé après avoir brillamment combattu, lui mordit cruellement le cœur. Comme les Macédoniens rechignaient à marcher contre la ville appelée Nysa — elle se trouvait près d'un fleuve profond — il s'arrêta sur la rive : « Misérable que je suis, s'écria-t-il, de ne pas avoir appris à nager ! » Et, bien qu'il eût déjà son bouclier, il voulut passer. Lorsque, le combat ayant été arrêté sur son ordre, des émissaires des assiégés se présentèrent pour le solliciter, ils furent d'abord surpris de voir Alexandre en armes et dans une tenue négligée ; puis, comme on lui avait apporté un coussin, il dit au plus âgé d'entre eux de le prendre et de s'asseoir. Cet homme se nommait Acouphis. Acouphis se sentit pénétré d'admiration devant ce procédé si plein de douceur et de courtoisie et il demanda ce qu'Alexandre exigeait d'eux pour qu'ils devinssent ses amis. Alexandre ayant répondu : « Qu'ils te choisissent pour chef et nous envoient leurs cent meilleurs hommes », Acouphis répliqua en riant : « Je gouvernerai bien mieux, roi, si je t'envoie les plus mauvais plutôt que les meilleurs. »

59. Taxile [86] possédait, dit-on, en Inde, un royaume non moins étendu que l'Égypte, des plus riches en pâturages et en fruits excellents. C'était un homme sage, qui, ayant salué Alexandre, lui dit : « Qu'avons-nous besoin, Alexandre, de nous faire la guerre et de nous combattre pour nous ôter l'eau et la nourriture, seuls objets qui contraignent les gens sensés à se battre jusqu'à la dernière extrémité ? Quant au reste, qu'on appelle richesses et possessions, si j'en ai plus que toi, je suis prêt à te combler de bienfaits ; et, si j'en ai moins, je ne refuse pas d'être redevable des tiens. » Alexandre, ravi, lui tendit la main : « Crois-tu donc, Taxile, que notre entrevue se terminera sans combat, après de telles paroles et de telles amabilités ? Non, non ! tu n'y auras rien gagné : je veux lutter et combattre jusqu'au bout contre toi, mais en bienfaits, car je ne veux pas que tu l'emportes sur moi en bonté. » Il reçut de Taxile beaucoup de présents et lui en fit davantage ; pour finir, il lui offrit mille talents d'argent monnayé. Cette conduite déplut fort à ses amis, mais elle lui gagna l'affection d'une foule de barbares.

Les plus aguerris des Indiens allaient de par les villes s'enrôler comme mercenaires et les défendaient avec vigueur, faisant beaucoup de mal à Alexandre. Celui-ci, ayant conclu un accord avec eux dans une ville, les surprit dans leur marche, alors qu'ils se retiraient, et les fit tous passer par le fil de l'épée. Cette perfidie est comme une tache sur la carrière militaire d'Alexandre, qui avait fait la guerre par ailleurs loyalement, comme il sied à un roi. Les philosophes [87] du pays ne lui suscitèrent pas moins de soucis que ces Indiens, soit en décriant les rois qui se ralliaient à lui, soit en soulevant les peuples libres : aussi en fit-il pendre un grand nombre.

60. Quant à la campagne contre Poros [88], il a raconté lui-même dans ses lettres ce qui s'y passa. Il y dit que, le cours de l'Hydaspe séparant les deux camps, Poros tenait toujours ses éléphants rangés de front sur l'autre rive pour défendre le passage et que lui, de son côté, faisait tous les jours faire beaucoup de bruit et de tumulte dans son camp pour habituer les barbares à ne pas s'en effrayer. Durant une nuit orageuse et sans lune, raconte-t-il encore, il prit une partie de ses fantassins et l'élite de sa cavalerie et alla, loin des ennemis, passer dans une petite île ; là, il fut accueilli par une pluie violente, accompagnée de langues de feu et de coups de foudre nombreux qui s'abattirent sur ses soldats. Il en vit mourir foudroyés, mais, malgré cela, il quitta l'île pour essayer de gagner l'autre rive. L'Hydaspe, dont les eaux, sous l'effet de l'orage, étaient devenues impétueuses et avaient grossi, fit une grande brèche dans la rive et une grande partie de son cours s'y engouffra. Les hommes prirent pied au milieu, appui incertain puisque le terrain glissait sous leurs pieds et s'affaissait tout autour. Ce fut alors, dit-on, qu'Alexandre s'écria : « Ô Athéniens, pourriez-vous croire à quels périls je m'expose afin de mériter vos louanges ! » C'est là du moins ce que rapporte Onésicrite. Mais lui-même dit seulement que, après avoir quitté leurs radeaux, ils traversèrent la brèche avec leurs armes et de l'eau jusqu'à la poitrine. Dès qu'il eut passé, il alla s'installer avec sa cavalerie vingt stades devant les fantassins, calculant que, si les ennemis chargeaient avec leur cavalerie, il les battrait largement et que, s'ils faisaient avancer leur phalange, son infanterie aurait le temps de le rejoindre. De fait, une de ses deux hypothèses se réalisa : mille cavaliers et soixante chariots ayant fondu sur lui, il les mit en déroute, prit tous les chariots et tua quatre cents cavaliers.

Poros, ayant ainsi compris qu'Alexandre en personne avait passé le fleuve, s'avança avec toute son armée, à l'exception de quelques troupes qu'il laissa pour s'opposer au passage du reste des Macédoniens. Effrayé par les éléphants et le nombre des ennemis, Alexandre alla charger l'aile gauche et fit attaquer la droite par Coenos. Les deux ailes mises en déroute, les troupes, repoussées, se replièrent et se massèrent chaque fois près des éléphants ; il en résulta une mêlée générale et ce n'est qu'à la huitième heure du jour que les ennemis renoncèrent. Tels sont les détails qu'a donnés, dans une de ses lettres, l'auteur même de cette bataille. La plupart des historiens s'accordent à dire que Poros avait quatre coudées et un empan de haut [89] et que, comme un cavalier sur son cheval, il était, par sa stature et sa corpulence, parfaitement proportionné à son éléphant, qui était pourtant fort grand. Celui-ci montra une étonnante intelligence et une sollicitude admirable pour le roi : tant que Poros conserva ses forces, il le défendit avec ardeur et repoussa tous les assaillants ; et comme il fléchissait sous l'avalanche de traits et de blessures, alors, dans la crainte qu'il ne tombât, il s'agenouilla doucement sur le sol et, avec sa trompe, lui retira délicatement les dards l'un après l'autre.

Poros fut pris ; Alexandre lui demanda comment il voulait être traité : « En roi », répondit Poros. Comme Alexandre insistait et lui demandait s'il n'avait rien d'autre à dire : « Tout est compris dans ce mot de roi », répliqua Poros. Alors Alexandre ne se borna pas à lui rendre son ancien royaume sous le titre de satrape ; il y ajouta, après avoir soumis les peuples indépendants, un territoire dans lequel il n'y avait, dit-on, pas moins de quinze peuples, cinq mille villes importantes et une foule de bourgades. Et trois fois plus important fut le territoire dont il nomma satrape Philippe, un de ses Hétaïres.

61. A la suite de la bataille contre Poros, Bucéphale mourut, non point sur-le-champ, mais quelque temps après, comme on le soignait des blessures qu'il avait

reçues, d'après la plupart des historiens ; mais, selon Onésicrite, il mourut de fatigue et d'épuisement, car il avait trente ans au moment de sa mort. Cette perte mordit cruellement le cœur d'Alexandre, comme celle d'un ami ou d'un intime. Il bâtit en son honneur, sur les bords de l'Hydaspe, une ville qu'il appela Bucéphalie. On dit aussi qu'ayant perdu un chien, nommé Péritas, qu'il avait élevé lui-même et qu'il aimait beaucoup, il fonda une ville qui portait son nom. Sotion dit l'avoir appris de Potamon de Lesbos.

62. Cependant la bataille contre Poros refroidit l'ardeur des Macédoniens et leur fit perdre l'envie de pénétrer plus avant dans l'Inde. En effet ils avaient eu bien du mal à repousser un ennemi qui n'avait combattu qu'avec une armée de vingt mille hommes d'infanterie et de deux mille cavaliers : aussi résistèrent-ils de toutes leurs forces à Alexandre qui voulait les obliger à passer encore le Gange, quand ils apprirent que la largeur de ce fleuve était de trente-deux stades, sa profondeur de cent brasses [90], et que l'autre bord était couvert d'une multitude de fantassins, de chevaux et d'éléphants. Il se disait en effet que les rois des Gandarides et des Praesiens les y attendaient avec quatre-vingt mille cavaliers, deux cent mille fantassins, huit mille chars et six mille éléphants. Et ce rapport n'était pas exagéré, car Androcottos [91], qui régna peu après dans ces contrées, fit présent à Séleucos de cinq cents éléphants et, à la tête d'une armée de six cent mille hommes, il parcourut et dompta l'Inde tout entière. Alors abattu et furieux, Alexandre s'enferma sous sa tente, où il resta couché, prêt à rayer de sa mémoire, disait-il, tous les hauts faits déjà accomplis s'il ne passait pas le Gange et regardant la retraite comme un aveu de défaite. Mais ses amis trouvèrent pour le réconforter les mots qu'il fallait et ses soldats vinrent à sa porte le supplier avec des cris et des gémissements. Il finit par se laisser fléchir et se disposa à lever le camp, mais en inventant mille artifices trompeurs et ingénieux pour soigner sa gloire. Il fit faire des armes, des mangeoires à chevaux d'une grandeur

extraordinaire, des mors d'un poids inhabituel, et les laissa disséminés çà et là. Il dressa aussi en l'honneur des dieux des autels que les rois des Praesiens honorent aujourd'hui encore quand ils passent le Gange et où ils font des sacrifices à la manière grecque. Androcottos, encore tout jeune homme, avait vu Alexandre en personne et il répéta souvent par la suite, à ce qu'on dit, qu'il n'avait tenu à rien qu'Alexandre se rendît maître de ces contrées, dont le roi était haï et méprisé pour sa méchanceté et sa basse origine.

63. Partant de là voir la mer extérieure [92], Alexandre, après avoir fait construire un grand nombre de barques et de radeaux, descendit lentement le long des rivières. Cependant la navigation ne se passa point sans action ni combats : il débarquait pour aller attaquer les villes, soumettant tout sur son passage. Mais chez ceux qui s'appellent les Malles, qui passent pour les plus belliqueux des Indiens, il fut à deux doigts d'être mis en pièces. Après avoir chassé les ennemis des murailles à coups de traits, il monta le premier sur le mur, par une échelle qu'on y avait appliquée, mais l'échelle se rompit quand il fut au haut du mur. Les barbares, qui résistaient le long de la muraille, lui infligeaient d'en bas des blessures ; alors, bien qu'il n'eût avec lui qu'une poignée d'hommes, il se replia sur lui-même, se laissa tomber au milieu des ennemis et, par bonheur, retomba sur ses pieds. Alors qu'il agitait ses armes, les barbares crurent voir une sorte d'éclair lumineux ou de fantôme se mouvoir devant lui : aussi commencèrent-ils par prendre la fuite et se disperser. Mais, quand ils virent qu'il n'avait avec lui que deux écuyers, ils revinrent sur leurs pas et, de près, le chargèrent à coups d'épée et de pique, lui infligeant force blessures à travers son armure malgré sa résistance. Un des barbares, qui se tenait un peu plus loin, lui décocha une flèche avec tant de raideur et de violence qu'elle perça la cuirasse et se ficha dans les côtes, près du sein. Il fléchit sous le coup et s'inclina en avant ; alors le barbare qui l'avait blessé courut sur lui, le cimeterre à la main. Mais

Peucestas et Limnaios firent écran et furent blessés l'un et l'autre : Limnaios succomba, mais Peucestas tint bon et Alexandre réussit à tuer le barbare. Le roi, après plusieurs autres blessures, reçut enfin un coup de massue au cou ; il s'adossa au mur, le visage tourné vers les ennemis. A ce moment les Macédoniens se répandirent autour de lui et l'enlevèrent, alors qu'il avait sombré dans l'inconscience, pour le porter sous sa tente. Aussitôt le bruit courut dans le camp qu'Alexandre était mort. On scia avec une extrême difficulté la flèche, qui était en bois ; l'on put, quoique avec peine, lui ôter sa cuirasse ; on s'occupa alors d'extraire la pointe enfoncée dans une de ses côtes et qui avait, dit-on, trois doigts de large et quatre de long. Il s'évanouit plusieurs fois durant l'opération et frôla la mort ; mais il finit par revenir à lui et, une fois réchappé de ce danger, bien qu'il fût faible encore et dût suivre encore longtemps un régime et un traitement, quand il se rendit compte, au bruit qu'ils faisaient dehors, que les Macédoniens avaient envie de le voir, il prit un manteau et se montra à eux ; puis, après avoir fait des sacrifices aux dieux, il rembarqua pour continuer son voyage, soumettant sur sa route beaucoup de pays et de villes considérables.

64. Il captura dix des gymnosophistes [93] qui avaient le plus contribué à la révolte de Sabbas et causé une foule de maux aux Macédoniens. Comme ils étaient renommés pour la qualité et la concision de leurs réponses, le roi leur proposa des questions insolubles en déclarant qu'il ferait mourir le premier celui qui aurait mal répondu et ainsi de suite pour les autres et il ordonna au plus vieux d'entre eux de faire fonction de juge. Il demanda donc au premier quel était, à son avis, les plus nombreux, des vivants ou des morts : « Les vivants, dit-il, car les morts ne sont plus. » Au second, qui, de la terre ou de la mer, produisait de plus grands animaux : « La terre, car la mer, dit-il, n'en est qu'une partie. » Au troisième, quel était le plus rusé des animaux : « Celui, dit-il, que l'homme ne connaît pas encore. » Le quatrième, à qui il demanda

pour quelle raison ils avaient poussé Sabbas à la révolte : « Afin qu'il vécût avec gloire, répondit-il, ou pérît avec gloire. » Le cinquième, à qui il demanda lequel avait, à son avis, précédé, du jour ou de la nuit : « Le jour, dit-il, mais d'un jour seulement » ; il ajouta, devant la surprise du roi, qu'à des questions impossibles, il fallait nécessairement des réponses impossibles. Alexandre alors s'adressa au sixième et demanda quel était le meilleur moyen de se faire aimer : « C'est, tout en jouissant de plus grand pouvoir, de ne pas se faire craindre ». Des trois derniers, le premier fut interrogé sur la manière dont un homme pouvait devenir dieu : « En faisant, dit-il, ce qu'il est impossible à l'homme de faire » ; le second, à la question de savoir laquelle était la plus forte, de la vie ou de la mort, répondit : « La vie, puisqu'elle supporte tant de maux. » Et le dernier, qui devait dire jusqu'à quel âge il était bon pour l'homme de vivre : « Tant qu'il ne croit pas la mort préférable à la vie. » Alors Alexandre, se tournant vers le juge, lui dit de se prononcer. Le juge ayant déclaré qu'ils avaient tous plus mal répondu les uns que les autres : « Tu dois donc, pour ce beau jugement, mourir toi le premier », dit Alexandre. — « Point du tout, roi, répliqua le vieillard, à moins que tu ne manques à ta parole ; car tu as dit que tu ferais mourir le premier celui qui aurait le plus mal répondu. »

65. Alexandre leur fit des présents et les congédia. Il dépêcha ensuite Onésicrite auprès de ceux qui avaient la plus grande réputation et qui vivaient paisiblement entre eux pour les engager à venir le trouver. Onésicrite était un philosophe de l'école de Diogène le Cynique. Il rapporte que Calanos lui ordonna, d'un ton rogue et fort insolent, de quitter sa tunique et d'écouter nu son discours ; il ne lui parlerait point autrement, vînt-il même de la part de Zeus. Dandamis, raconte-t-il, le traita avec plus de douceur et l'ayant bien écouté parler de Socrate, Pythagore et Diogène, il lui dit que ces hommes lui paraissaient avoir eu d'heureuses dispositions, mais avoir vécu

dans un respect excessif des lois. Selon d'autres, Dandamis se borna à cette seule question : « Pourquoi Alexandre a-t-il fait un si long voyage jusqu'ici ? » Cependant Taxile détermina Calanos à se rendre auprès d'Alexandre. Celui-ci s'appelait en fait Sphinès, mais comme il s'adressait en indien à ceux qu'il rencontrait, avec un *calè* en guise de *salut*, les Grecs lui donnèrent le nom de « Calanos ». C'est lui qui mit, dit-on, sous les yeux d'Alexandre une image du pouvoir : il étendit à terre une peau tannée, toute sèche et racornie, et foula un des bouts ; pressée en un point, la peau se releva dans toutes les autres parties. Ayant fait ainsi le tour du cuir en pressant successivement chaque extrémité, il fit bien observer au roi ce qui se passait, jusqu'au moment où, enfin, il se plaça au milieu et fit ainsi cesser tout mouvement. La leçon qu'exprimait cette image, c'est qu'Alexandre devait peser surtout sur le centre de son empire au lieu de s'en aller vaguer au loin.

66. La descente par les fleuves jusqu'à l'Océan dura sept mois. Alexandre déboucha avec sa flotte sur l'Océan et fit voile vers une île qu'il nomma lui-même Scilloustis et que d'autres appellent Psiltoucis [94]. Il y débarqua pour sacrifier aux dieux et considéra la nature de cette mer et de toute la partie de la côte qui était accessible ; puis, ayant prié les dieux qu'aucun homme après lui ne franchît les bornes de son expédition, il revint sur ses pas. Il fit prendre à ses vaisseaux la route le long des côtes, en laissant l'Inde à leur droite, et il nomma Néarque commandant de la flotte et Onésicrite chef des pilotes. Pour lui, il traversa par terre le pays des Oreites ; il s'y trouva réduit à une extrême disette et y perdit tant d'hommes qu'il ne ramena pas de l'Inde le quart de ses forces armées, lesquelles, à son départ, étaient de cent vingt mille fantassins et environ quinze mille cavaliers. Des maladies aiguës, un mauvais régime de vie, des chaleurs excessives firent parmi eux de grands ravages, ainsi que la famine, car ils traversaient là une contrée stérile, dont les habitants menaient une vie rude, avec

seulement quelques moutons chétifs, habitués à se nourrir de poissons de mer et dont la chair était mauvaise et puante. Alexandre eut beaucoup de peine à faire cette route en soixante jours ; mais arrivé en Gédrosie il retrouva aussitôt l'abondance grâce aux provisions que lui fournirent les rois et les satrapes du voisinage.

67. Il y laissa son armée y refaire ses forces, puis il se remit en marche et traversa en sept jours la Carmanie en cortège bachique [95]. Huit chevaux le traînaient lentement, avec ses Hétaïres, sur une estrade haute et bien en vue, fixée à un socle quadrangulaire, où il ne cessait jour et nuit de banqueter. Une foule de chariots s'avançaient à la suite, les uns protégés par des rideaux de pourpre ou d'étoffes brodées, les autres ombragés de rameaux toujours frais et verts : ils transportaient le reste de ses amis et de ses officiers, couronnés de fleurs et passant leur temps à boire. On ne pouvait voir ni bouclier, ni casque, ni lance : seulement des coupes, des vases à boire, des coupes de Thériclès, avec lesquels, tout au long du chemin, les soldats puisaient dans des cratères et des jarres de belle taille pour boire à la santé les uns des autres, soit en continuant leur route et leur marche, soit étendus, comme au banquet. Tout retentissait alentour du son des pipeaux et des flûtes, du bruit des chansons, des accords de la lyre et du délire des Bacchantes. Cette marche désordonnée et incertaine s'accompagnait de jeux d'une licence bachique, comme si le dieu était là et escortait le joyeux cortège.

Arrivé au palais de Gédrosie, il fit encore reposer son armée en donnant des fêtes. On raconte qu'un jour, il assista en état d'ivresse à des chœurs de danse où Bagoas, qu'il aimait, dansait ; il remporta le prix et, tout paré, traversa le théâtre pour venir s'asseoir auprès de lui. Les Macédoniens, à cette vue, applaudirent et crièrent au roi de l'embrasser, jusqu'à ce qu'il le prît dans ses bras et l'embrassât tendrement.

68. C'est là que Néarque vint le rejoindre, pour la plus grande joie d'Alexandre, qui, ayant écouté le récit

de sa navigation, résolut de descendre lui-même l'Euphrate avec une flotte nombreuse, puis de longer l'Arabie et l'Afrique pour entrer, par les colonnes d'Héraclès, dans la mer Méditerranée. Il fit construire à Thapsaque [96] des vaisseaux de toute espèce et rassembler de toutes parts des pilotes et des matelots.

Mais l'expédition si pénible qu'il avait faite dans le haut pays, sa blessure chez les Malles et les pertes que l'on disait considérables de son armée avaient rendu son salut impensable, ce qui avait poussé à la révolte les peuples soumis et inspiré aux généraux et aux satrapes beaucoup d'injustice, de cupidité et d'insolence. Partout se répandaient une agitation extrême et des idées de révolution. Il n'y eut jusqu'à Olympias et Cléopâtre [97] qui, entrant en lutte contre Antipatros, se partagèrent le pouvoir : Olympias prit l'Épire et Cléopâtre la Macédoine. Alexandre, ayant appris ce partage, dit que sa mère avait fait le choix le plus avisé, parce que les Macédoniens ne laisseraient jamais une femme régner sur eux. Ces événements l'obligèrent à renvoyer Néarque sur mer, résolu qu'il était à couvrir de cités toute la côte. Quant à lui, il descendit vers le bas pays punir les satrapes qui s'étaient mal conduits. Il tua de sa propre main, d'un coup de sarisse, Oxyartès, un des fils d'Aboulitès. Aboulitès n'avait rien préparé des provisions nécessaires et s'était borné à lui apporter trois mille talents d'argent monnayé : Alexandre fit mettre cet argent devant ses chevaux et comme ils n'y touchaient pas : « Qu'ai-je à faire de tes provisions ? », lui dit-il, et il fit emprisonner Aboulitès.

69. En Perse le premier soin d'Alexandre fut de distribuer l'argent aux femmes selon la coutume des rois, qui, chaque fois qu'ils venaient en Perse, donnaient une pièce d'or à chacune. C'est cet usage, dit-on, qui avait retenu certains rois de venir souvent en Perse et Ochos d'y aller jamais : sa lésinerie le faisait ainsi se bannir lui-même de sa patrie. Sur quoi, ayant trouvé le tombeau de Cyrus violé, il punit de mort le coupable, quoique ce fût un notable de Pella du nom de Polymachos. Après avoir lu l'épitaphe, il

ordonna de graver au-dessous sa traduction en grec que voici : « Homme, qui que tu sois et d'où que tu viennes, car je sais que tu viendras, je suis Cyrus, celui qui a acquis aux Perses cet empire : ne m'envie donc pas ce peu de terre qui couvre mon corps. » Ces paroles firent une vive impression sur Alexandre en lui rappelant à l'esprit l'incertitude des choses humaines et leur instabilité.

Là, Calanos [98], qui souffrait du ventre depuis quelque temps, demanda qu'on lui dressât un bûcher. Il s'y transporta à cheval et, après avoir fait sa prière aux dieux, répandu sur lui les libations sacrées et offert une mèche de cheveux comme prémices du sacrifice, il monta sur le bûcher et fit ses adieux aux Macédoniens présents, les invitant à passer la journée dans la joie et à boire avec le roi. Ce dernier, dit-il encore, il ne tarderait pas à le revoir à Babylone. Ce discours fini, il s'allongea, se couvrit le visage et ne bougea plus. Quand la flamme vint le lécher, il demeura dans la position qu'il avait prise en se couchant et s'immola suivant la coutume ancestrale des sages de son pays. Bien des années après, un autre Indien, qui accompagnait César, fit la même chose à Athènes ; et l'on montre encore aujourd'hui son tombeau qu'on appelle le tombeau de l'Indien.

70. Alexandre, au retour du bûcher, réunit à dîner plusieurs de ses amis et de ses officiers et il proposa un concours qui couronnerait le plus grand buveur de vin pur. Celui qui but le plus fut Promachos, qui alla jusqu'à quatre conges. Il reçut son prix, une couronne d'un talent, mais ne survécut que trois jours. Parmi les autres convives, il y en eut, suivant Charès, quarante et un qui moururent de cette beuverie, victimes d'un violent refroidissement qui les avait saisis en pleine ivresse.

Lorsqu'il célébra à Suse les noces de ses Hétaïres, tandis que lui-même prenait pour femme Stateira [99], la fille de Darios, il assigna aux plus nobles des siens les femmes les plus nobles et aux Macédoniens déjà mariés offrit un festin de noces qui les réunit tous et où les neuf mille convives reçurent chacun une coupe d'or pour les libations. Montrant en tout une munificence admirable, il paya en particulier toutes les dettes des Macédoniens, pour un total qui n'atteignit pas moins de neuf mille huit cent soixante-dix talents. Antigénès le borgne s'était fait inscrire faussement sur la liste des débiteurs et, ayant présenté au comptoir de paiement un soi-disant créancier, avait touché son argent ; mais le mensonge découvert, le roi, irrité, le chassa de sa cour et lui ôta son commandement. Or Antigénès était un vaillant homme de guerre : tout jeune encore, au temps où Philippe assiégeait Périnthe, frappé à l'œil d'un trait de catapulte, il n'avait pas voulu se le laisser arracher et n'avait cessé de combattre qu'après avoir chassé et repoussé les ennemis jusque dans leurs murailles. Aussi fut-il vivement affecté de ce déshonneur et on voyait qu'il était prêt à se tuer de chagrin et de désespoir. Le roi, dans cette crainte, relâcha sa colère et lui ordonna de garder l'argent.

71. Les trente mille enfants qu'Alexandre avait laissés derrière lui pour qu'ils s'exercent et s'instruisent [100] se trouvèrent à son retour des hommes au corps vigoureux et de belle mine, qui montraient, de surcroît, à l'exercice une dextérité et une agilité admirables. Alexandre lui-même en fut ravi, mais les Macédoniens au contraire en conçurent de la rancœur et la crainte que le roi ne leur témoignât à l'avenir moins d'attention. Aussi lorsqu'il renvoya vers la mer les malades et les impotents, déclarèrent-ils que c'était une injure et un outrage, après avoir employé des hommes à toutes les tâches, de les mettre aujourd'hui ignominieusement à l'écart et de les rejeter dans leur patrie, chez leurs parents, dans un état bien différent de celui où il les avait pris. Ils le pressaient donc de donner à tous leur congé et de regarder tous les Macédoniens comme des inutiles, maintenant qu'il avait ces jeunes danseurs de pyrrhique pour aller conquérir le monde. Alexandre le prit mal et, plein de colère, les injuria copieusement avant de les chasser et

de confier à des Perses sa protection, prenant parmi eux ses gardes du corps et ses appariteurs. Les Macédoniens, quand ils le virent entouré de ces étrangers, tandis qu'ils étaient eux-mêmes rejetés et traînés dans la boue, perdirent toute leur fierté et, en parlant ensemble, s'aperçurent que la jalousie et la colère les avaient presque rendus fous. Enfin, revenus à de meilleurs sentiments, ils marchèrent à sa tente, sans armes et en simple tunique, se livrant à lui avec des cris et des gémissements et le priant de les traiter comme des méchants et des ingrats. Alexandre, bien qu'attendri déjà, ne les reçut pas. Mais ils ne s'éloignèrent point et restèrent deux jours et deux nuits sans désemparer devant sa tente à se lamenter et l'invoquer comme leur souverain. Il sortit le troisième jour et, voyant l'état de désolation et d'abattement où ils étaient plongés, il pleura longtemps ; puis il leur fit des reproches modérés et leur parla avec bonté ; après quoi il donna leur congé à ceux qui ne pouvaient plus servir en les comblant de présents et il écrivit à Antipatros de veiller à ce que, dans tous les concours, ils fussent assis aux premiers rangs avec une couronne sur la tête ; et il fit payer une pension aux orphelins dont les pères étaient morts en le servant.

72. Arrivé à Ecbatane en Médie, il régla les affaires urgentes, puis se remit aux spectacles et aux fêtes, car trois mille artistes lui étaient arrivés de Grèce. Mais il se trouva que, dans ces jours-là, Héphaistion prit de la fièvre. L'homme jeune et le soldat qu'il était ne put supporter une diète stricte et, pendant que son médecin, Glaucos, était allé au théâtre, il se mit à dîner, engloutit un coq rôti et vida une grande coupe de vin rafraîchi. Cet excès accrut le mal et il mourut à peu de temps de là. Aucune raison ne put modérer la douleur d'Alexandre : il fit couper aussitôt en signe de deuil les crins de tous les chevaux et de tous les mulets, abattre les remparts des villes des environs et mettre en croix le malheureux médecin ; il interdit pendant longtemps l'usage des flûtes et toute espèce de musique jusqu'au jour où arriva un oracle

d'Ammon qui ordonnait d'honorer Héphaistion et de lui sacrifier comme à un héros [101].

Alexandre chercha dans la guerre une distraction à sa douleur. Il partit pour une sorte de chasse à l'homme, subjugua la nation des Cosséens et fit égorger tous les hommes en âge de servir. On appela cela le sacrifice funèbre d'Héphaistion. Alexandre se proposait de dépenser dix mille talents pour le tombeau, les funérailles et tout l'apparat qui s'y attache, et de surpasser encore la dépense par la recherche et la magnificence des ornements. Entre tous les artistes de ce temps, il voulut avoir Stasicratès, qui se faisait fort d'allier magnificence, audace et faste dans ses innovations. C'est ce Stasicratès qui, dans une entrevue précédente avec Alexandre, lui avait dit que le mont Athos, en Thrace, était de toutes les montagnes celle qui permettait le mieux de représenter et de dégager une forme humaine ; s'il l'ordonnait, il ferait de l'Athos la plus durable de ses statues et la plus remarquable, tenant dans sa main gauche une ville de dix mille habitants et versant en libations de la droite les flots abondants d'un fleuve coulant vers la mer. Alexandre avait rejeté cette proposition, mais, à présent, il passait son temps à imaginer et combiner avec ses artistes des plans plus extraordinaires et plus coûteux encore que celui-là.

73. Il s'avançait vers Babylone, lorsque Néarque, qui était revenu de la grande mer jusqu'à l'Euphrate, lui dit qu'il avait rencontré des Chaldéens qui conseillaient à Alexandre de se tenir loin de Babylone. Mais le roi n'en tint aucun compte et continua sa marche. Arrivé près des murs de la ville, il voit plusieurs corbeaux qui se disputaient et se frappaient les uns les autres : il en tomba même quelques-uns à ses pieds. Ensuite, comme on lui avait fait une dénonciation contre Apollodore, stratège de Babylone, qui aurait fait un sacrifice à son sujet, il manda le devin Pythagoras, qui ne nia point le fait. Alexandre lui demanda comment il avait trouvé les victimes. Comme il avait répondu que le foie n'avait pas de

tête, « Dieux, s'écria le roi, quel terrible présage ! » Cependant il ne fit pas de mal à Pythagoras, mais il se repentit de n'avoir pas écouté Néarque. Aussi passait-il la plupart du temps hors des murs de Babylone ou à naviguer sur l'Euphrate. Mais il était troublé par une foule de présages ; entre autres, un âne domestique attaqua le plus grand et le plus beau des lions qui étaient nourris à Babylone et le tua d'un coup de pied. Un jour, après s'être déshabillé pour se faire frotter d'huile, il jouait à la balle, mais lorsqu'il voulut reprendre ses habits, voilà que ses compagnons de jeu aperçoivent un homme assis sur son trône, silencieux, portant le diadème et le costume du roi. Interrogé sur son identité, il resta longtemps sans répondre, puis, reprenant à grand peine ses esprits, il dit s'appeler Dionysios et être originaire de Messénie ; transporté de la mer à Babylone à la suite de quelque accusation, il était resté longtemps dans les fers, mais Sarapis venait de lui apparaître, il avait brisé ses chaînes, l'avait conduit là et lui avait ordonné de prendre la robe et le diadème du roi, puis de s'asseoir et de garder le silence.

74. Ayant entendu cela, Alexandre, sur le conseil des devins, fit disparaître Dionysios, mais lui-même tombait dans le découragement ; il perdait confiance en la divinité et se mettait à soupçonner ses amis [102]. Il craignait surtout Antipatros et ses fils, dont l'un, Iolaos, était son grand échanson. L'autre, Cassandre, venait d'arriver récemment et, voyant des barbares se prosterner devant Alexandre, se mit à rire aux éclats en homme élevé à la grecque et qui n'avait jamais rien vu de ce genre. Alexandre se mit en colère, l'empoigna violemment, à deux mains, par les cheveux et lui frappa la tête contre le mur. Une autre fois où Cassandre voulait répliquer à ceux qui accusaient Antipatros, Alexandre le rabroua : « Que prétends-tu donc ? lui dit-il ; des hommes à qui l'on n'aurait fait aucun tort seraient-ils venus de si loin pour calomnier ton père ? » Cassandre ayant répliqué que ce qui prouvait leur calomnie, c'était précisément de s'être éloignés

des réfutations possibles, Alexandre éclata de rire : « Voilà bien de ces sophismes d'Aristote qui prouvent le pour et le contre ; mais préparez-vous à gémir s'il appert que vous avez commis envers ces gens la moindre injustice. » Au bout du compte, une frayeur si terrible pénétra dans l'âme de Cassandre et s'y imprima de façon si indélébile que, longtemps après, alors qu'il était déjà roi de Macédoine et maître de la Grèce, un jour qu'il se promenait à Delphes et qu'il contemplait les statues, apercevant tout à coup celle d'Alexandre, il en fut si saisi qu'il se mit à frissonner et trembler de tout son corps et qu'il ne se remit qu'avec peine du vertige que cette vue lui avait causé.

75. Une fois qu'Alexandre fut ainsi suspendu aux manifestations divines, le trouble et la crainte s'emparèrent de son esprit et il n'y eut plus de fait un peu insolite ou étrange, si peu que ce fût, qu'il ne regardât comme un signe et un prodige. Son palais était rempli de gens qui faisaient des sacrifices, des expiations ou des prophéties et remplissaient Alexandre de sottises et de craintes : tant il est vrai que, si la défiance et le mépris envers la divinité sont choses terribles, terrible est aussi la superstition qui, semblable à l'eau, gagne toujours les parties basses [103]. Cependant, lorsqu'on lui eut rapporté les oracles du dieu concernant Héphaistion, il quitta son deuil et il se remit aux sacrifices et aux festins.

Un jour, après avoir donné à Néarque un repas magnifique, il se baigna, selon sa coutume, et il se disposait à aller dormir, quand, sur les instances de Médios, il partit chez lui faire la fête ; là, après avoir bu toute la nuit et le jour suivant, il fut pris de fièvre, sans avoir vidé la coupe d'Héraclès ni ressenti au dos une douleur subite et aiguë comme un coup de poignard : ce sont là des détails qu'ont cru devoir imaginer quelques écrivains comme le dénouement tragique et pathétique d'un grand drame. Aristobule rapporte simplement qu'il avait une forte fièvre et que, pris d'une soif violente, il but du vin, qu'aussitôt il tomba dans le délire et qu'il mourut le trente du mois Daesios.

76. Voici ce qui est écrit dans les *Éphémérides* [104] au sujet de sa maladie. Le dix-huit du mois Daesios, il dormit dans la salle de bains à cause de la fièvre. Le lendemain, il se baigna et retourna dans sa chambre où il passa tout le jour à jouer aux dès avec Médios [105]. Le soir, il prit un second bain et, ayant sacrifié aux dieux, il dîna et eut la fièvre la nuit. Le vingt, il se baigna à nouveau, fit le sacrifice d'usage et, s'étant couché dans la salle de bains, il se divertit à entendre les récits que lui faisaient Néarque et ses officiers de leur navigation et de la grande mer. Le vingt et un, il fit la même chose, mais la fièvre monta et la nuit fut mauvaise. Le vingt-deux il brûlait de fièvre ; il fit porter son lit près de la grande piscine et il s'entretint avec ses officiers sur les postes de commandement vacants dans l'armée et leur recommanda de n'y nommer que des hommes qui avaient fait leurs preuves. Le vingt-quatre, il brûlait de fièvre ; il se fit porter pour sacrifier, offrit lui-même le sacrifice et ordonna à ses principaux officiers de demeurer à la cour et aux taxiarques et pentacosiarques de passer la nuit dehors. Il se fit transporter dans le palais de l'autre rive le vingt-cinq et prit un peu de sommeil ; mais la fièvre ne diminua point et lorsque les généraux entrèrent, il ne parlait plus. Le vingt-six se passa de même. Aussi les Macédoniens, qui le crurent mort, vinrent-ils aux portes en poussant de grands cris et ils forcèrent les Hétaïres par leurs menaces à les laisser entrer. Les portes leurs furent ouvertes et ils défilèrent tous devant son lit, un par un, en simple tunique. Ce jour-là, Python, Séleucos et d'autres furent envoyés au temple de Sarapis pour demander au dieu s'ils devaient amener Alexandre. Le dieu répondit de le laisser sur place. Le vingt-huit, vers le soir, il mourut.

77. La plupart de ces détails sont consignés textuellement dans les *Éphémérides*. Personne ne conçut sur l'heure de soupçon d'empoisonnement. Ce ne fut, dit-on, que six ans après que, à la suite d'une dénon-

ciation, Olympias fit procéder à de nombreuses exécutions et jeter au vent les cendres d'Iolaos, mort à cette époque et qu'elle accusait d'avoir versé le poison. Ceux qui imputent à Aristote d'avoir conseillé ce crime à Antipatros et, finalement, de lui avoir fait parvenir le poison, s'autorisent du récit d'un certain Hagnothémis, qui assurait le tenir du roi Antigone [106]. Ce poison était, selon eux, une eau froide et glacée provenant d'une roche située à Nonacris et qu'on recueille, comme une rosée légère, et dépose dans une corne de pied d'âne, seul récipient capable de la contenir, car les autres se brisent sous l'effet de sa froideur et de son âcreté. Mais la plupart traitent de fable tout ce qu'on dit de cet empoisonnement et une preuve non négligeable en leur faveur, c'est que les dissensions qui opposèrent durant plusieurs jours ses généraux firent que le corps resta abandonné sans aucun soin dans un endroit d'une chaleur étouffante et que, pourtant, il ne donna aucune marque de cette altération que produit le poison et se conserva net et frais pendant tout ce temps.

Roxane se trouvait enceinte, ce qui lui valut les honneurs des Macédoniens. Jalouse de Stateira, elle inventa une lettre fallacieuse pour la faire venir et quand elle y eut réussi, elle la fit mourir avec sa sœur et ordonna de jeter leurs corps dans un puits qu'elle fit combler avec la complicité et la collaboration de Perdiccas [107]. Perdiccas fut en effet celui qui jouit aussitôt de la plus grande autorité parce qu'il traînait après lui, comme un figurant qui lui assurait la puissance royale, Arrhidée [108], fils de Philippe et de Philinna, une courtisane obscure et de basse extraction. Celui-ci avait eu l'esprit affaibli par une maladie, qui n'était l'effet ni du hasard ni d'un vice de constitution : il annonçait même, dit-on, dans son enfance, un caractère aimable et noble, mais, par la suite, Olympias lui donna des drogues qui altérèrent sa santé et troublèrent sa raison.

VIE DE CÉSAR

On n'a pas conservé la comparaison des Vies *d'Alexandre et de César, mais Plutarque l'a esquissée au chapitre 58. Il s'agit de deux conquérants toujours insatisfaits, fascinés par le mirage des royautés orientales, persuadés de leur ascendance héroïque ou divine. C'est peut-être la recherche de la popularité, principal ressort de César, qui les distingue le plus. En revanche, leur valeur militaire et leur ascendant sur les troupes sont également soulignés. C'est au chapitre 32 qu'apparaît sans doute le mieux la différence principale qui sépare les deux hommes, quand César hésite au bord du Rubicon : le Macédonien ne connaît pas de limites à ses ambitions ; celles du Romain se trouvent souvent en conflit avec la tradition républicaine soit dans son cœur, soit dans l'opinion de ses concitoyens.*

Plutarque a puisé dans des auteurs latins à commencer par César lui-même et à l'exception du seul Strabon. Cependant, c'est un domaine qu'il maîtrise moins bien et l'on peut relever dans ce récit plusieurs inexactitudes. En revanche, il s'est penché avec scrupule sur la psychologie de ce patricien à la fois désireux d'accéder à l'autorité suprême et de ménager la tradition. Il l'a fait avec cette admiration un peu distante qui est chez lui une forme de l'objectivité. Autant et même plus que pour Alexandre il a évoqué le surnaturel qui encadre cette carrière notamment dans son ultime épisode.

1. ***Sylla devenu le maître [1] ne put venir à bout, ni par promesses ni par menaces de séparer Cornélia, fille de Cinna, celui qui avait exercé le pouvoir absolu, de César et il confisqua sa dot. La cause de l'inimitié de César pour Sylla était sa parenté avec Marius [2]. En effet, Marius l'ancien avait épousé Julie, sœur du père de César, et c'est de Julie qu'était né Marius le jeune, cousin germain par conséquent de César. Comme au début, au milieu des meurtres sans nombre et pris par les affaires, Sylla ne songeait pas à César, César, loin de s'en contenter, se mit sur les rangs pour le sacerdoce et se présenta aux suffrages du peuple, quoiqu'il fût à peine entré dans l'âge de l'adolescence. Sylla, par son opposition, fit échouer sa candidature : il songeait même à le faire disparaître. Et comme quelques amis lui représentaient qu'il n'était pas raisonnable de tuer un si jeune garçon, il leur rétorqua qu'ils étaient bien peu avisés de ne pas voir dans cet enfant plusieurs Marius. Cette parole, rapportée à César, le décida à se cacher dans le pays des Sabins, où il se déplaçait ici et là. Puis, comme, malade, il se faisait porter de nuit vers une nouvelle maison, voilà qu'il tombe sur des soldats de Sylla, qui faisaient des recherches dans ce canton et qui ramassaient ceux qui s'y trouvaient cachés. Il obtint sa liberté de leur chef Cornélius en lui payant deux talents et gagna aussitôt les bords de la mer, d'où il cingla vers la Bithynie, auprès du roi Nicomède [3]. Après un court séjour, il reprend la mer et se fait prendre auprès de l'île de Pharmacoussa par des pirates, qui, à cette époque, infestaient déjà la mer

avec des flottes considérables et des embarcations sans nombre.

2. Tout d'abord les pirates lui demandèrent vingt talents pour sa rançon : il se moqua d'eux, qui ne savaient pas qui était leur prisonnier et, de lui-même, il leur en promit cinquante. Puis ayant envoyé ceux qui l'accompagnaient dans différentes villes pour y ramasser la somme, demeuré avec un seul de ses amis et deux domestiques au milieu de ces Ciliciens, les plus sanguinaires des hommes, il les traita avec tant de mépris que, chaque fois qu'il voulait se reposer, il leur envoyait dire de se taire. Il passa ainsi trente-huit jours avec eux, moins comme un prisonnier que comme un prince entouré de ses gardes, jouant et faisant ses exercices avec eux en toute quiétude ou composant des poèmes et des harangues qu'il leur lisait ; et ceux qui ne les admiraient pas, il les traitait en face d'ignorants et de barbares et souvent il les menaça, en riant, de les faire pendre. Et eux s'en amusaient, mettant cette franchise au compte d'unc certaine ingénuité, teintée de gaieté naturelle. Mais, dès que César eut reçu de Milet sa rançon et qu'il la leur eut payée, le premier usage qu'il fit de sa liberté, ce fut d'équiper des vaisseaux et de quitter le port de Milet pour tomber sur les brigands. Il les surprit encore à l'ancre dans la rade même de l'île et les fit presque tous prisonniers. Il prit tout l'argent comme butin ; quant aux hommes, il les fit jeter en prison à Pergame [4] et alla en personne trouver le gouverneur de la province d'Asie, Junius, à qui il appartenait en tant que préteur de punir les prisonniers. Mais celui-ci, lorgnant aussi l'argent, qui était considérable, dit qu'il examinerait à loisir le sort des prisonniers. César le planta là et retourna à Pergame où il fit amener et mettre en croix les pirates, comme il le leur avait souvent annoncé dans l'île sur le ton de la plaisanterie.

3. A quelque temps de là, alors que déjà la puissance de Sylla s'usait et que ses amis de Rome le rappelaient, il se rendit à Rhodes [5] pour y suivre les leçons d'Apollonios, fils de Molon, dont Cicéron aussi

avait été l'auditeur et qui était un professeur en renom et un homme d'une excellente réputation. César, né, dit-on, avec les dispositions les plus heureuses pour l'éloquence politique, avait mis toute son ardeur à cultiver ce talent naturel. Aussi tenait-il sans contredit le second rang parmi les orateurs de Rome, ayant renoncé au premier pour s'attacher plutôt à la primauté que donnent le pouvoir et les armes ; c'est ainsi qu'il n'atteignit pas, dans l'éloquence, à la perfection à laquelle le prédisposait sa nature, à cause des travaux militaires et du maniement des affaires politiques qui le conduisirent au pouvoir suprême. Aussi, dans la réponse qu'il fit longtemps après au *Caton* de Cicéron, prie-t-il les lecteurs de ne pas comparer le style d'un homme de guerre avec l'éloquence d'un orateur plein de talent naturel et qui s'occupait à loisir de ces sortes d'études.

4. De retour à Rome, il accusa Dolabella [6] de concussion dans le gouvernement de sa province ; et plusieurs villes de Grèce lui fournirent leur témoignage. Cependant Dolabella fut acquitté, mais César, pour récompenser la bonne volonté des Grecs, plaida pour eux contre Publius Antonius qu'ils accusaient de vénalité devant Marcus Lucullus, préteur de Macédoine, et il y mit tant de vigueur qu'Antonius en appela aux tribuns du peuple, alléguant qu'il ne lui était pas possible d'être traité avec impartialité en Grèce contre des Grecs.

A Rome, grand et éclatant fut le crédit que lui valut son éloquence, grande aussi l'affection qu'il rencontra auprès du peuple grâce à l'affabilité avec laquelle il les saluait et conversait avec eux, montrant un talent de flatter bien au-dessus de son âge. Il tirait aussi de ses dîners, de sa table, et, d'une manière générale, de l'éclat de son train de vie, une sensible augmentation de son influence politique. Ses envieux, d'abord persuadés qu'elle aurait tôt fait de s'étioler avec la disparition de ses fonds, ne s'inquiétèrent pas de la voir florissante auprès du peuple et ce n'est que trop tard, quand elle se fut tellement fortifiée qu'il n'était plus possible de la renverser et qu'elle marchait tout droit vers une révolution, qu'ils comprirent qu'il ne faut juger aucune entreprise dans son commencement si insignifiante qu'elle ne puisse s'accroître promptement par la persévérance et, aussi, grâce au mépris qui lui évite des obstacles. En tout cas Cicéron fut le premier, semble-t-il, à soupçonner et à craindre les sourires de cette politique, comme ceux de la mer, et à reconnaître, cachée sous ces dehors aimables et enjoués, la redoutable habileté de son caractère. Il disait qu'il apercevait dans tous ses projets et actions politiques des visées tyranniques. « Mais, ajoutait-il, quand je regarde ses cheveux si artistement coiffés, quand je le vois se gratter la tête avec un seul doigt [7], je ne crois plus que cet homme puisse concevoir le dessein si noir de renverser la république romaine. » Mais cela fut dit plus tard.

5. César reçut une première marque d'affection du peuple lorsqu'il se trouva en concurrence avec Gaius Popilius pour le tribunat militaire : il fut nommé le premier [8]. Il en reçut une seconde, plus éclatante encore, lorsqu'à la mort de la femme de Marius, Julia, dont il était le neveu, il lui fit au Forum une magnifique oraison funèbre et osa faire porter à son convoi les images de Marius, qu'on revit alors pour la première fois depuis le gouvernement de Sylla qui avait fait déclarer Marius et ses partisans ennemis de la patrie : comme des cris s'élevaient contre César, le peuple répliqua bruyamment, accueillant avec des applaudissements éclatants et beaucoup d'admiration cette restauration des honneurs de Marius, qu'il faisait, pour ainsi dire, remonter de l'Hadès après si longtemps. C'était une tradition chez les Romains de faire l'oraison funèbre des femmes âgées, mais cet usage n'existait pas pour les jeunes femmes : César fut le premier qui parla aux funérailles de sa femme. Cette innovation lui valut encore de la popularité et, jointe à son deuil, lui gagna la multitude, qui vit en lui un homme plein de douceur et de sensibilité et se prit à l'aimer.

Après les obsèques de sa femme, il accompagna comme questeur en Espagne le préteur Vétus [9], qu'il ne cessa jamais d'honorer et dont il nomma à son tour le fils questeur lorsqu'il fut lui-même préteur. Au sortir de cette charge, il épousa en troisième noces [10] Pompéia. Il avait de Cornélia une fille qui, par la suite, fut mariée à Pompée le Grand [11]. A dépenser sans compter, il donnait l'impression d'acheter chèrement une gloire éphémère et brève, mais en réalité il acquérait à bas prix les plus grands biens. On assure qu'avant d'avoir obtenu aucune charge, il était endetté de treize cents talents. Puis, nommé curateur de la voie Appienne, il préleva encore de fortes sommes sur sa fortune personnelle ; durant son édilité, il fit combattre trois cent vingt couples de gladiateurs ; enfin, les dépenses et le faste qu'il déploya par ailleurs pour les théâtres, les processions et les festins, et qui éclipsaient toutes les magnificences de ses prédécesseurs, lui gagnèrent si bien l'affection du peuple que c'était à qui imaginerait de nouvelles charges et de nouveaux honneurs pour le payer de retour.

6. Rome était divisée en deux factions, celle de Sylla, qui était toute-puissante, et celle de Marius, qui était alors au plus bas, terrée et dispersée. César voulut relever et s'attacher cette dernière. Aussi au moment où culminaient les magnificences de son édilité, fit-il faire secrètement des images de Marius et des Victoires porte-trophées, qu'il fit porter et dresser de nuit au Capitole. Au point du jour, ceux qui contemplèrent toutes ces images éclatantes d'or et d'un art consommé dont les inscriptions rappelaient les victoires remportées sur les Cimbres, furent frappés de l'audace de celui qui les avait fait dresser (et qui n'était inconnu de personne). Le bruit s'en répandit aussitôt et attira tout le monde à ce spectacle. Les uns criaient que César visait à la tyrannie en ressuscitant des honneurs enterrés par des lois et des décrets publics et qu'il cherchait ainsi à sonder le peuple qu'il travaillait dans ce but depuis longtemps déjà, afin de voir si ses munificences suffiraient à

l'apprivoiser et s'il lui laisserait jouer de pareils jeux et innover de la sorte. Les Marianistes, de leur côté, s'encourageaient mutuellement : ils se montrèrent tout à coup en foule innombrable et remplirent le Capitole du bruit de leurs applaudissements. Beaucoup d'entre eux en voyant la figure de Marius versaient des larmes de joie ; tous portaient César aux nues et le proclamaient seul entre tous digne de la parenté de Marius. Le sénat, s'étant assemblé pour cette affaire, Catulus Lutatius, le plus estimé de tous les Romains de l'époque, se leva et attaqua César, prononçant ce mot célèbre : « Ce n'est plus par des cheminements souterrains, César, mais désormais par des machines de guerre que tu t'en prends à l'État. » Mais, la défense de César ayant convaincu le sénat, ses admirateurs conçurent de plus hautes espérances encore et l'encouragèrent à ne rien rabattre de ses prétentions : il l'emporterait sur tous ses rivaux et serait le premier de par la volonté du peuple.

7. Sur ces entrefaites, le grand pontife Métellus mourut [12] et ce sacerdoce, fort recherché, fut brigué par Isauricus et Catulus, deux personnages très en vue et très influents au sénat. Mais César, loin de s'effacer devant eux, se présenta devant le peuple et posa sa candidature. Comme leurs campagnes se valaient, Catulus, qui redoutait le plus, parce qu'il jouissait d'une plus grande considération, les incertitudes de la lutte, fit offrir à César par un émissaire des sommes considérables s'il voulait renoncer à son ambition ; mais César répondit qu'il en emprunterait de plus grandes encore pour soutenir le combat jusqu'au bout. Le jour de l'élection, sa mère ne pouvait retenir ses larmes en l'accompagnant à la porte. César lui dit en l'embrassant : « Ma mère, tu verras aujourd'hui ton fils ou grand pontife ou banni. » Les suffrages recueillis, au terme de la lutte, César l'emporta et son succès fit craindre au sénat et à l'aristocratie qu'il ne poussât le peuple à toutes les audaces.

C'est là ce qui porta Pison [13] et Catulus à blâmer Cicéron d'avoir épargné César, qui avait donné prise sur lui dans la conjuration de Catilina. Catilina avait comploté non seulement de changer la forme de gouvernement, mais encore de détruire toute la puissance romaine et bouleverser l'État. Confondu par des indices assez légers, il fut lui-même chassé de Rome avant que ses projets ultimes eussent été découverts, mais il laissa dans la Ville Lentulus et Céthégus pour lui succéder dans la conduite de la conjuration. Il n'est pas prouvé que César les ait encouragés et appuyés secrètement, mais ce qui est certain, c'est que, les deux conjurés ayant été convaincus devant le sénat par des preuves évidentes et Cicéron, qui était consul, sollicitant l'avis de chaque sénateur sur le châtiment à infliger aux coupables, tous ceux qui parlèrent avant César demandèrent la mort, tandis que César se leva pour prononcer un discours préparé avec le plus grand soin, disant qu'il ne semblait conforme ni à la tradition ni à la justice, à moins d'une extrême nécessité, de faire mourir sans jugement des hommes distingués par leur rang et leur naissance ; qu'on pouvait les enfermer sous bonne garde et aux fers dans telle ville de l'Italie que Cicéron voudrait choisir jusqu'après la défaite de Catilina ; qu'ensuite le sénat déciderait en paix et à loisir du sort de chacun.

8. Cet avis, qui parut plein d'humanité et que César fit valoir par toute la force de son éloquence, non seulement fut appuyé par les sénateurs qui parlèrent après lui, mais plusieurs même de ceux qui l'avaient précédé renoncèrent aux suggestions qu'ils avaient faites pour se ranger à son avis, jusqu'au moment où la parole arriva à Caton et Catulus. Tous deux manifestèrent vigoureusement leur opposition : Caton insista même sans ménagement sur les soupçons qu'on avait contre lui et l'attaqua violemment. Aussi les conjurés furent-ils livrés au supplice ; et lorsque César sortit du sénat, plusieurs des jeunes Romains qui servaient alors de gardes à Cicéron coururent sur lui, l'épée nue à la main. Mais Curion, dit-on, le couvrit de sa toge et le fit s'échapper ;

Cicéron lui-même, à qui les jeunes gens lancèrent un regard, leur fit signe de s'arrêter, soit qu'il craignît la colère du peuple, soit qu'il jugeât ce meurtre totalement contraire à la justice comme à la loi. Si ce fait était vrai, je ne sais pourquoi Cicéron n'en a rien dit dans son *Sur mon consulat* [14] ; en tout cas, on le blâma dans la suite de n'avoir pas saisi une occasion si favorable de se défaire de César et d'avoir pris peur devant l'affection singulière dont le peuple entourait le personnage.

De fait, peu de jours après, comme, César étant venu au sénat se justifier des soupçons qu'on avait conçus contre lui et s'y heurtant à un tumulte hostile, l'assemblée se prolongeait plus que d'ordinaire, le peuple accourut en criant et encercla le sénat en réclamant César et en ordonnant qu'on le laissât sortir. Aussi Caton, craignant par-dessus tout une révolte des indigents, qui étaient les boutefeux du peuple, conseilla-t-il au sénat de leur faire tous les mois une distribution de blé. Ce furent sept millions cinq cent mille drachmes par an qu'on ajouta aux dépenses de l'État, mais cette mesure, à l'évidence, apaisa la grande crainte du moment, brisant et dissipant une grande partie de l'influence de César fort opportunément, puisqu'il était préteur désigné et que cette magistrature allait le rendre encore plus redoutable.

9. Cependant il n'y eut point de trouble durant sa préture, mais il lui arriva à lui-même une aventure domestique fort désagréable. Publius Clodius était un jeune patricien, distingué par ses richesses et par son éloquence, mais qui ne le cédait, pour l'insolence et l'audace, à aucun des hommes les plus célèbres pour leur effronterie. Il aimait Pompéia, femme de César, et Pompéia, de son côté, ne le voyait pas d'un mauvais œil ; mais son appartement était gardé avec le plus grand soin et Aurélia, mère de César, femme d'une grande vertu, veillait de si près la jeune femme que les rendez-vous des deux amants étaient difficiles et dangereux. Or les Romains ont une divinité qu'ils nomment la Bonne Déesse, comme les Grecs l'appellent

Gynaecéia. Les Phrygiens, qui la revendiquent aussi, allèguent qu'elle était mère du roi Midas, tandis que les Romains prétendent que c'est une nymphe dryade qui eut commerce avec le dieu Faunus ; quant aux Grecs, ils en font celle des mères de Dionysos qu'il n'est pas permis de nommer ; de là, selon eux, ces branches de vigne dont les femmes couvrent leurs têtes pendant la fête et ce serpent sacré qui se tient auprès de la déesse conformément au mythe. Tant que durent les mystères, il n'est permis à aucun homme d'entrer ni de se trouver dans la maison où on les célèbre et les femmes, restées entre elles, accomplissent, dit-on, dans leur service religieux bien des rites analogues à ceux de l'orphisme. Lorsque donc le temps de la fête est venu, le consul ou le préteur chez qui elle se célèbre sort de chez lui avec tous les hommes de la maison et c'est sa femme qui en reste maîtresse et la décore. Les principales cérémonies se font la nuit ; et ces veillées sont mêlées de divertissements et accompagnées de beaucoup de musique.

10. Cette année-là, c'est Pompéia qui célébrait la fête et Clodius, qui n'avait pas encore de barbe et se flattait de ce fait de passer inaperçu, prit le costume et l'attirail d'une joueuse de lyre et se présenta sous l'apparence d'une jeune femme. Il trouva les portes ouvertes et fut introduit facilement par une des esclaves de Pompéia, qui était dans la confidence et qui le quitta pour aller avertir sa maîtresse. Comme elle tardait à revenir, Clodius n'eut pas la patience d'attendre là où elle l'avait laissé et, alors qu'il errait dans la vaste demeure en évitant avec soin les lumières, une suivante d'Aurélia tomba sur lui et, croyant être entre femmes, l'invita à jouer ; devant son refus, elle le traîna au milieu de la salle et lui demanda qui elle était et d'où elle venait. Clodius lui répondit qu'il attendait Habra (c'était le nom de l'esclave de Pompéia), mais sa voix le trahit. La suivante s'élança aussitôt vers les lumières et la compagnie, criant qu'elle venait de surprendre un homme. L'effroi saisit toutes les femmes et Aurélia fit cesser les cérémonies

de la déesse et voiler les objets sacrés, puis, ayant ordonné de fermer les portes, elle alla en personne avec des flambeaux partout dans la maison à la recherche de Clodius. On le découvre réfugié dans la chambre de la jeune fille qui l'avait introduit : reconnu, il est mis à la porte par les femmes qui sortirent aussitôt de la maison dans la nuit pour raconter l'affaire à leurs maris et le lendemain, il n'était bruit dans toute la ville que du sacrilège commis par Clodius et de la réparation éclatante qu'il devait non seulement à ceux qu'il avait offensés, mais encore à la Ville et aux dieux. Clodius fut donc cité par un des tribuns de la plèbe pour impiété et les sénateurs les plus influents s'unirent contre lui et, entre autres débordements, dénoncèrent un inceste avec sa propre sœur, la femme de Lucullus. Mais le peuple s'opposa à leurs efforts et prit parti pour Clodius, précieux avantage auprès des juges, effrayés et pleins de crainte devant le peuple. Quant à César, il répudia sur-le-champ Pompéia, mais, appelé à témoigner au procès, il déclara qu'il n'avait aucune connaissance des faits reprochés à Clodius. Cette déclaration parut étrange. « Pourquoi donc, demanda l'accusateur, as-tu répudié ta femme ? » — « C'est que, répondit-il, j'ai jugé que la mienne ne devait même pas être soupçonnée. » César, suivant les uns, exprima là sa pensée, mais, selon d'autres, il cherchait à plaire au peuple, bien décidé à sauver Clodius. Quoi qu'il en soit, il obtint l'acquittement, la plupart des juges ayant rendu leur verdict dans une écriture illisible pour éviter de la sorte de s'exposer à la colère du peuple par une condamnation et, par un acquittement, de se déshonorer aux yeux des meilleurs citoyens.

11. Aussitôt après sa préture César reçut la province d'Espagne et, comme il n'arrivait pas à régler la question de ses créanciers qui, le voyant sur son départ, le harcelaient et hurlaient contre lui, il eut recours à Crassus, le plus riche des Romains, qui avait besoin de la force et de l'ardeur de César dans sa lutte contre Pompée, son adversaire politique. Crassus

s'entendit donc avec les créanciers les plus difficiles et intraitables et se porta caution pour huit cent trente talents. César fut libre alors de partir pour sa province. On dit que, comme il traversait les Alpes et passait près d'une petite ville barbare, qui n'avait qu'une poignée d'habitants et une allure misérable, ses compagnons lui demandèrent en riant et par plaisanterie : « Serait-il bien possible qu'il y eût là aussi des brigues pour les charges, des rivalités pour le premier rang, des jalousies entre les citoyens les plus puissants ? » A quoi César répondit avec le plus grand sérieux : « Pour moi, j'aimerais mieux être le premier chez eux que le second à Rome. » De même encore, un jour de loisir, en Espagne, la lecture d'un ouvrage sur Alexandre, à ce qu'on dit, le plongea dans une méditation profonde, puis lui tira des larmes. Ses amis, étonnés, lui en demandèrent la cause. « Ne vous semble-t-il pas, dit-il, digne d'affliction de voir qu'Alexandre, à l'âge où je suis, régnait déjà sur tant de royaumes et que moi, je n'ai encore rien à mon actif, aucune action d'éclat ? »

12. A peine arrivé en Espagne, il se mit aussitôt à l'œuvre, si bien qu'en peu de jours, il eut rassemblé dix cohortes en plus des vingt qui s'y trouvaient précédemment. Il marcha alors contre les Calaeciens et les Lusitaniens, les vainquit et s'avança jusqu'à la mer extérieure en subjuguant des nations qui n'obéissaient pas auparavant aux Romains. Ayant glorieusement réglé les affaires militaires, il ne s'acquitta pas moins bien des affaires de la paix : il rétablit la concorde dans les villes et s'appliqua surtout à calmer les différends entre créanciers et débiteurs. Il ordonna que le créancier prélèverait chaque année les deux tiers des revenus du débiteur et que le débiteur jouirait seulement du tiers restant jusqu'à l'entier acquittement de sa dette. Cette action assit sa réputation et lorsqu'il quitta sa province [15], il avait grâce à ses campagnes amassé lui-même de grandes richesses et procuré des gains considérables à ses soldats, qui le saluèrent du titre d'*Imperator*.

13. Ceux qui demandaient le triomphe étaient obligés de demeurer hors de la ville, tandis que, pour briguer le consulat, il fallait être présent à Rome. César, pris ainsi entre deux lois opposées et arrivé juste pour les comices consulaires, envoya demander au sénat la permission de solliciter le consulat par ses amis, sans être présent lui-même. Caton d'abord s'appuya sur la loi pour s'opposer à cette requête, puis, voyant que César avait mis plusieurs sénateurs dans ses intérêts, il chercha à gagner du temps et gâcha toute la journée en discours. César alors décida de renoncer au triomphe pour s'attacher au consulat. Il se présenta donc aussitôt et exécuta une manœuvre dont tout le monde, excepté Caton, fut dupe : la réconciliation de Crassus et de Pompée, les deux plus puissants personnages de Rome. En les remettant bien ensemble, d'ennemis qu'ils étaient, et en concentrant sur lui-même la force de chacun des deux, sous le couvert d'une action dotée d'un si beau nom, il commença, sans qu'on y prît garde, à renverser l'État. En effet ce n'est pas l'inimitié de César et de Pompée, comme on le croit communément, qui provoqua les guerres civiles, mais bien plutôt leur amitié, qui les coalisa d'abord pour renverser le gouvernement aristocratique, avant que, la chose faite, ils ne se retournent l'un contre l'autre. Caton, qui prédit souvent cette issue, n'y gagna alors qu'une réputation de grincheux et d'intrigant et, plus tard, de conseiller avisé, mais malheureux.

14. César, protégé par l'amitié de Crassus et de Pompée comme par une escorte, se porta candidat au consulat et fut brillamment élu avec Calpurnius Bibulus [16]. A peine entré en fonction, il publia des lois dignes non point d'un consul, mais d'un tribun des plus audacieux, et proposa, pour plaire à la foule des fondations de colonies et des distributions de blé. L'opposition des gens de bien au sénat fournit à César le prétexte qu'il cherchait depuis longtemps : il protesta hautement que c'était malgré lui qu'on le poussait vers le peuple, acculé qu'il était à le courtiser par

l'insolence et la dureté du sénat et il s'élança pour se présenter devant l'assemblée populaire. Flanqué par Crassus d'un côté et Pompée de l'autre, il lui demanda si elle approuvait les lois qu'il venait de proposer. Sur sa réponse affirmative, il l'exhorta à le soutenir contre ceux qui menaçaient de résister l'épée à la main. Les gens promirent et Pompée ajouta même qu'il viendrait s'opposer à leurs épées avec son épée et son bouclier. Ce langage déplut à l'aristocratie, qui ne le trouvait ni digne du respect dont il jouissait, ni conforme aux égards dus au sénat, et tout juste bon pour un jeune écervelé ; le peuple en revanche fut ravi.

César, pour s'assurer plus encore de la puissance de Pompée, comme il avait une fille, Julie, fiancée à Servilius Caepio, la fiança à Pompée et promit à Servilius de lui faire donner la fille de Pompée, qui elle-même n'était pas libre, ayant été promise à Faustus, fils de Sylla. Peu de temps après, César épousa Calpurnia, fille de Pison, et il fit désigner Pison comme consul pour l'année suivante, occasion pour Caton de protester vigoureusement et de clamer qu'il était intolérable qu'on prostituât la puissance publique par des mariages et qu'on se servît de femmes pour se repasser provinces, armées et pouvoirs. Cependant Bibulus, le collègue de César, comme ses efforts contre les lois n'aboutissaient à rien et qu'il risquait souvent la mort avec Caton au Forum, passa le reste de son consulat claquemuré chez lui. Pompée, aussitôt après son mariage, remplit le Forum d'hommes en armes et fit ratifier les lois par le peuple et attribuer à César la Gaule Cisalpine et toute la Gaule Transalpine, ainsi que l'Illyrie, avec quatre légions et pour cinq ans. Et comme Caton essayait de s'y opposer, César le fit emmener en prison, comptant qu'il en appellerait aux tribuns, mais Caton se laissa emmener sans rien dire ; et César, voyant que les meilleurs citoyens n'étaient pas seuls mécontents, mais que le peuple lui-même, par respect pour la vertu de Caton, le suivait dans un morne silence, pria lui-même secrètement un des tribuns de soustraire Caton aux licteurs. De tous les sénateurs, il n'y en avait qu'un très petit nombre qui se réunissaient avec César au sénat ; la plupart, ulcérés, se tenaient à l'écart. Un certain Considius, sénateur fort âgé, lui avait dit qu'ils ne se réunissaient pas par peur de ses armes et de ses soldats : « Pourquoi donc, reprit César, la même crainte ne te fait-elle pas rester chez toi, toi aussi ? » Et Considius de répliquer : « C'est que ma vieillesse m'empêche d'avoir peur, car le peu de vie qui me reste n'exige pas tant de précautions. » Mais, de tous les actes de son consulat, celui qu'on juge le plus honteux, ce fut d'avoir nommé tribun du peuple ce même Clodius qui avait déshonoré son mariage et violé les cérémonies nocturnes. Ce choix tendait à abattre Cicéron et César ne partit rejoindre son armée qu'après avoir, avec l'aide de Clodius, soulevé une faction contre Cicéron et l'avoir fait bannir d'Italie.

15. Tel est le récit des actions de sa vie qui précédèrent ses exploits en Gaule. Les guerres qu'il fit ensuite, les campagnes par lesquelles il soumit la Gaule marquèrent, pour ainsi dire, un nouveau départ et lui ouvrirent une autre route vers une vie et une carrière nouvelles où il se montra un homme de guerre et un stratège qui ne le cède en rien aux généraux les plus admirés et les plus grands. Qu'on lui compare les Fabius, les Scipion, les Métellus et ses contemporains, ou un peu plus âgés que lui, Sylla, Marius, les deux Lucullus ou Pompée lui-même,

> Dont la gloire alors montait florissante jusqu'aux cieux [17],

grâce aux talents militaires les plus variés, les exploits de César le mettent au-dessus de tous ces héros. Il a surpassé l'un par la difficulté des lieux où il a fait la guerre ; l'autre par l'étendue des pays qu'il a subjugués ; celui-ci par le nombre et la force des ennemis qu'il a vaincus ; celui-là par l'étrangeté et la déloyauté des nations qu'il a soumises ; cet autre par sa douceur et sa clémence envers les captifs ; cet autre encore par les présents et les bienfaits dont il a comblé ses compagnons d'armes ; enfin, il a été supérieur à tous par le nombre des batailles qu'il a livrées et par la multitude d'ennemis qu'il a fait périr. Car, en moins de dix ans que dura la guerre des Gaules, il prit d'assaut plus de huit cents villes, soumit trois cents nations, combattit, en plusieurs batailles rangées, contre trois millions d'ennemis, en tua un million et fit autant de prisonniers.

16. Il inspirait à ses soldats une affection et une ardeur si vives que ceux qui, dans une autre campagne, ne se distinguaient en rien des autres soldats, devenaient invincibles et irrésistibles, prêts à se jeter au-devant de tous les dangers pour la gloire de César. En voici quelques exemples : Acilius, dans le combat naval livré près de Marseille, étant monté sur un vaisseau ennemi, eut la main droite tranchée d'un coup d'épée, mais, au lieu de lâcher son bouclier, qu'il tenait de la main gauche, il en frappa les ennemis au visage, les renversa tous et se rendit maître du vaisseau [18] ; Cassius Scaeva, à la bataille de Dyrrachium, eut l'œil crevé par une flèche, l'épaule et la cuisse traversées de deux javelots et reçut cent trente traits dans son bouclier ; il appela alors les ennemis, comme pour se rendre. Deux s'approchèrent : il trancha l'épaule de l'un d'un coup d'épée, blessa l'autre au visage, le mit en fuite et, grâce à ses camarades, qui l'entourèrent, eut finalement le bonheur d'en réchapper [19]. En Bretagne, comme les premiers centurions qui s'étaient engagés dans les terrains marécageux et pleins d'eau étaient attaqués par les ennemis, un soldat, sous les yeux mêmes de César, se précipita au milieu des barbares et fit voir des prodiges d'audace, sauvant les centurions en mettant les barbares en fuite ; quant à lui, traversant après tous les autres, avec mille difficultés, il se jeta dans ces courants bourbeux et, à grand peine, finit par atteindre l'autre rive, partie à la nage, partie en marchant, mais sans son bouclier. César, émerveillé, vint à sa rencontre avec des cris de joie, mais lui, la tête baissée et les yeux baignés de larmes, tomba aux pieds de César, implorant son pardon pour avoir abandonné son bouclier.

En Afrique enfin, Scipion, s'étant emparé d'un vaisseau de César sur lequel naviguait Granius Petro, questeur désigné, réduisit tout l'équipage en esclavage et dit au questeur qu'il lui accordait la vie sauve. Mais lui, ayant déclaré que les soldats de César étaient accoutumés à donner la vie sauve aux autres, non à la recevoir, se tua d'un coup d'épée.

17. Cette ardeur et cette émulation, César lui-même les entretenait et les suscitait, d'abord en leur prodiguant sans compter faveurs et honneurs, montrant bien qu'il n'amassait pas les richesses prises à l'ennemi pour son luxe et ses plaisirs personnels, mais qu'il les gardait en dépôt chez lui comme des prix destinés à récompenser la valeur de tous et qu'il ne prenait comme part à cette richesse que ce qu'il lui fallait pour ses soldats méritants. En second lieu, il s'exposait volontiers à tous les périls et il ne se refusait à aucune peine. Ce mépris du danger n'étonnait point ses soldats qui connaissaient son amour de la gloire, mais ils étaient frappés de sa résistance à la peine, car il ne semblait pas avoir la force physique pour l'endurer ; en effet il était frêle de corps, il avait la peau blanche et délicate et était sujet à des maux de tête et à des attaques d'épilepsie — affection dont il avait senti, dit-on, les premiers symptômes à Cordoue [20]. Mais loin de se faire de cette faiblesse physique un prétexte pour vivre dans la mollesse, il lui cherchait un remède dans les exercices de la guerre, combattant le mal et entretenant son corps par des marches forcées, un régime frugal, l'habitude de coucher en plein air et de se fatiguer. Il dormait presque toujours en voiture ou dans une litière pour faire servir son repos à l'action. Le jour, il visitait les forteresses, les villes et les camps avec seulement, assis à ses côtés, un secrétaire habitué à écrire sous sa dictée tout en voyageant et, debout derrière lui, un soldat armé d'une épée. Il se déplaçait si rapidement que, la première fois qu'il sortit de Rome, il se rendit en huit jours sur les bords du Rhône. Il pratiquait depuis sa prime jeunesse l'équitation avec aisance, s'étant

habitué à galoper à bride abattue, les mains ramenées et croisées derrière le dos. Durant cette campagne, il s'exerça en plus à dicter des lettres à cheval et à occuper deux secrétaires à la fois, ou même davantage si l'on en croit Oppius [21]. On prétend aussi que César fut le premier qui imagina de communiquer par lettres avec ses amis lorsque les circonstances ne lui permettaient pas de les entretenir directement sur des sujets pressés, tant à cause de ses nombreuses occupations que de la grandeur de la Ville. On cite aussi ce trait comme preuve du peu de façons qu'il faisait dans sa manière de vivre. Valerius Leo, son hôte à Milan, lui donnait à souper ; on servit un plat d'asperges assaisonnées avec de l'huile de senteur au lieu d'huile d'olive. Il en mangea sans faire mine de rien et gronda fort ses amis qui récriminaient : « Il vous suffisait, leur dit-il, de ne pas en manger si vous ne les aimiez pas, mais relever une telle faute de goût, c'est en manquer soi-même. » Un jour, durant un de ses voyages, il fut obligé par un violent orage de se réfugier dans la chaumière d'un pauvre homme, où il ne trouva qu'une petite chambre, à peine suffisante pour une seule personne ; il déclara alors à ses amis qu'il fallait céder aux meilleurs les places d'honneur et celles qui étaient nécessaires aux malades. Et il fit coucher Oppius dans la chambre. Pour lui, il passa la nuit avec les autres sous l'auvent de la porte.

18. Les premiers peuples qu'il combattit en Gaule furent les Helvètes et les Tigurins [22] qui avaient brûlé les douze villes et les quatre cents villages de leur pays et s'avançaient à travers la partie de la Gaule soumise aux Romains [23], comme autrefois les Cimbres et les Teutons, et non moins redoutables, semblait-il, et par leur audace et par leur multitude : ils comptaient trois cent mille hommes, dont quatre-vingt-dix mille en état de combattre. Pour les Tigurins, César ne marcha pas en personne contre eux : il envoya Labiénus, qui les tailla en pièces sur les bords de l'Arar. Quant aux Helvètes, ils tombèrent sur lui à l'improviste alors qu'il conduisait son corps d'armée vers une ville

alliée [24]. Il pressa alors la marche et se mit à couvert dans un lieu bien protégé où il rassembla ses troupes et les rangea en bataille. Lorsqu'on lui amena son cheval : « Je m'en servirai, dit-il, après la victoire pour poursuivre les fuyards ; maintenant, marchons sur les ennemis. » Et il s'élança à pied pour les attaquer. Il lui en coûta beaucoup de temps et de peine pour enfoncer leurs bataillons ; mais le plus rude effort eut lieu près des chariots et du camp où les hommes n'étaient pas seuls à résister et à se battre : leurs femmes et leurs enfants s'y défendirent aussi jusqu'à la mort et se firent tailler en pièces avec eux, si bien que le combat finit à peine au milieu de la nuit. César ajouta à l'éclat de cette victoire un acte plus glorieux encore : il réunit tous les barbares qui avaient échappé au combat et les obligea à retourner dans leur pays qu'ils avaient quitté et dans leurs villes qu'ils avaient détruites ; et ils étaient plus de cent mille. Son motif pour agir ainsi, c'était d'empêcher les Germains de passer le Rhin et de s'emparer de cette région sans habitants.

19. La seconde guerre que César entreprit l'opposa aux Germains et prit officiellement pour cause la défense des Gaulois [25] bien qu'il eût fait, quelque temps auparavant, reconnaître à Rome Arioviste, leur roi, comme allié ; mais c'étaient des voisins insupportables pour les peuples qu'il avait soumis et l'on pouvait penser que si l'occasion leur en était donnée, ils ne resteraient pas tranquillement sur leur territoire, mais qu'ils envahiraient et occuperaient la Gaule. César s'aperçut que ses officiers tremblaient, surtout les jeunes nobles qui ne l'avaient suivi que dans l'espoir de profiter de sa campagne pour faire la belle vie et s'enrichir. Il les réunit en assemblée et leur ordonna de partir et de ne pas s'exposer à contrecœur, lâches et mous comme ils étaient. Lui-même, continua-t-il, n'avait besoin que de la dixième légion pour marcher contre les barbares ; car il n'allait pas combattre des ennemis plus redoutables que les Cimbres et lui-même n'était pas un plus mauvais général

que Marius. A la suite de quoi, la dixième légion lui députa quelques émissaires pour lui témoigner sa reconnaissance et les autres légions désavouèrent leurs officiers ; tous, remplis d'ardeur et de zèle, le suivirent pendant plusieurs journées de route et allèrent camper à deux cents stades de l'ennemi. Leur arrivée rabattit quelque peu de l'audace d'Arioviste, car il ne s'attendait pas à voir les Romains, censés ne pas résister à une attaque des Germains, les attaquer : il fut étonné de l'audace de César et s'aperçut qu'elle avait jeté le trouble dans son armée. Mais ce qui émoussa encore davantage leur courage, ce furent les prédictions de leurs prêtresses, femmes qui annonçaient l'avenir en observant les tourbillons des rivières et en s'appuyant sur les remous et le bruit du courant [26] : elles défendaient de livrer bataille avant la nouvelle lune. Informé, César, qui voyait les barbares se tenir en repos, décida de les attaquer dans cet état d'abattement plutôt que d'attendre benoîtement le moment qui leur conviendrait. Il provoqua donc des escarmouches contre eux jusque sous leurs retranchements et sur les collines où ils étaient campés. Irrités de cette provocation, les barbares, n'écoutant plus que leur colère, descendirent dans la plaine pour combattre. César les mit brillamment en fuite et les ayant poursuivis sur trois cents stades jusqu'au Rhin, il couvrit toute la plaine de morts et de dépouilles. Arioviste, qui avait pris de l'avance, passa le Rhin avec une poignée d'hommes. Il y eut, dit-on, quatre-vingt mille morts.

20. Ces deux guerres terminées, César mit ses troupes en quartiers d'hiver chez les Séquanes ; et lui-même, pour veiller de près à ce qui se passait à Rome, descendit dans la Gaule de la région du Pô qui faisait partie de sa province [27] ; c'est en effet le Rubicon qui est la limite entre la Gaule cisalpine et le reste de l'Italie. Pendant le séjour qu'il y fit, il travailla à se rendre populaire. Comme on venait à lui en foule, il donnait à chacun ce qu'il lui demandait et il les renvoyait tous soit comblés de présents soit pleins d'espé-

rances. Et, durant tout le reste du temps de sa campagne, de même, sans que Pompée s'en doutât, il domptait les ennemis avec les armes de ses concitoyens, puis gagnait et subjuguait ses concitoyens avec l'argent des ennemis.

Cependant César apprit que les Belges, qui étaient les plus puissants des Gaulois et qui occupaient le tiers de la Gaule, s'étaient soulevés et qu'ils avaient mis sur pied une armée de plusieurs dizaines de milliers d'hommes. Il revint aussitôt sur ses pas avec la plus grande diligence et tomba sur les ennemis alors qu'ils ravageaient les terres des Gaulois de Rome, défit le groupe le plus compact et le plus nombreux, qui se laissa enfoncer lâchement, et l'anéantit si bien que les Romains purent passer des étangs et de profondes rivières sur les cadavres dont ils étaient remplis [28]. Parmi les révoltés, tous ceux qui habitaient au bord de l'Océan se rendirent sans combat ; quant aux Nerviens, les plus sauvages et les plus belliqueux de ce pays, César conduisit son armée contre eux. Ce peuple habitait un pays couvert d'épaisses forêts au fond desquelles ils avaient retiré, le plus loin possible de l'ennemi, leur famille et leurs richesses. Tandis que César était occupé à se retrancher et ne s'attendait pas à combattre, ils fondirent tout à coup sur lui, au nombre de soixante mille : ils mirent en déroute la cavalerie et, enveloppant la douzième et la septième légion, massacrèrent tous les centurions ; et si César, arrachant le bouclier d'un soldat et fendant le groupe des combattants qui se trouvaient devant lui, ne s'était pas jeté sur les barbares, suivi par la dixième légion, qui, le voyant en danger, descendit à toute vitesse du haut de la colline, et s'il n'avait pas rompu les lignes ennemies, personne, semble-t-il, n'aurait réchappé. Mais, ranimés par l'audace de César, les Romains soutinrent un combat, selon l'expression, au-dessus de leurs forces : même ainsi, ils ne mettent pourtant pas en déroute les Nerviens qui se défendent et se font tuer sur place. De soixante mille qu'ils étaient, il ne s'en sauva, dit-on, que cinq cents et trois sur quatre sénateurs [29].

21. Informé, le sénat de Rome ordonna de faire, pendant quinze jours, des sacrifices aux dieux et des fêtes publiques : jamais victoire n'avait été si solennellement célébrée ; mais le soulèvement simultané de tant de nations avait montré toute la grandeur du péril et, du moment que le vainqueur était César, l'affection que la foule lui portait rehaussait l'éclat de la victoire. Après avoir réglé les affaires de Gaule, César lui-même vint à nouveau passer l'hiver dans la région du Pô pour s'occuper de ses intérêts à Rome. Il ne se bornait pas à fournir aux candidats l'argent nécessaire pour corrompre le peuple, lesquels, une fois élus, faisaient tout pour accroître sa puissance, mais tout ce qu'il y avait à Rome de plus illustre et de plus considérable, des gens comme Pompée, Crassus, Appius, le gouverneur de la Sardaigne, et Népos, le proconsul d'Espagne, se réunirent auprès de lui, à Lucques, en sorte qu'il s'y trouva jusqu'à cent vingt licteurs et plus de deux cents sénateurs. Ayant tenu conseil, ils se séparèrent sur l'accord suivant : Crassus et Pompée devaient être nommés consuls et César se voir attribuer de l'argent et une prolongation pour cinq années de son commandement [30]. Ces mesures révoltèrent tous les gens sensés de Rome : ceux à qui César donnait tant d'argent s'engageaient à lui en fournir, comme s'il en eût manqué, ou plutôt forçaient la main au sénat, qui gémissait de ses propres décrets. Il est vrai que Caton était absent (on l'avait à dessein éloigné à Chypre) et Favonius, imitateur zélé de Caton, comme son opposition restait sans effet, s'élança hors du sénat et s'en alla crier et protester hautement devant le peuple. Mais il ne fut écouté de personne : les uns étaient retenus par leur respect pour Pompée et Crassus et le plus grand nombre se tenaient tranquilles pour faire plaisir à César, parce qu'ils ne vivaient que des espérances qu'ils avaient en lui.

22. César, de retour auprès de ses troupes de Gaule, trouva le pays en proie à une guerre furieuse : deux grandes nations de la Germanie venaient de passer le Rhin afin de s'emparer des terres situées au-

delà de ce fleuve. On appelle les uns Usipètes et les autres Teutères. César a écrit, dans ses *Commentaires,* à propos de la bataille qu'il leur livra, que les barbares, après lui avoir envoyé des députés et au cours d'une trêve, l'attaquèrent en chemin et de la sorte, mirent en fuite, avec huit cents cavaliers seulement, cinq mille hommes de sa cavalerie pris par surprise. Après quoi ils lui envoyèrent de nouveaux députés pour le tromper une seconde fois, mais il les fit arrêter et marcha contre les barbares, jugeant que ce serait pure sottise de se piquer de bonne foi envers des perfides qui avaient violé la trêve. Tanusius cependant dit que, le sénat ayant décrété des sacrifices et des fêtes pour cette victoire, Caton émit l'avis qu'il fallait livrer César aux barbares afin de détourner de Rome la punition que méritait la violation de la trêve et d'en faire retomber la malédiction sur son auteur. De cette multitude de barbares qui avaient passé le Rhin, quatre cent mille furent taillés en pièces : il ne s'en sauva qu'un petit nombre, qui furent recueillis par les Sugambres, nation germanique. César saisit contre eux ce prétexte, lui qui rêvait par ailleurs aussi de la gloire d'être le premier à franchir le Rhin avec une armée : il fit donc construire un pont sur ce fleuve, qui est fort large, et, en cette saison, particulièrement plein, agité et impétueux, charriant en outre des troncs d'arbre et des pièces de bois qui venaient heurter et rompre les pieux qui soutenaient le pont. Pour s'opposer à leurs coups, il fit enfoncer sur le passage de grosses poutres de bois et, ayant ainsi bridé l'impétuosité du courant, il fit voir le spectacle incroyable d'un pont entièrement achevé en dix jours.

23. Il fit passer son armée sans que personne osât s'y opposer. Les Suèves eux-mêmes, les plus dominateurs des Germains, s'étaient retirés dans des vallées profondes et boisées. César incendia donc le pays ennemi et ranima la confiance des peuples dévoués de tout temps à Rome avant de repasser en Gaule, n'étant demeuré que dix-huit jours en Germanie.

L'expédition contre les Bretons fut célèbre pour son

audace. Il fut en effet le premier à pénétrer avec une flotte dans l'Océan occidental et à faire passer une armée à travers la mer Atlantique pour aller faire la guerre. Cette île, dont l'existence était mise en doute, à raison de l'étendue qu'on lui attribuait et qui avait été un sujet de contestation entre tant d'historiens, certains soutenant que ce n'était là qu'un nom, une fable inventée pour une terre qui n'existait pas et n'avait jamais existé, il entreprit donc d'en faire la conquête et de reculer au-delà de la terre habitable les bornes de l'empire romain. Il y passa deux fois de la côte opposée de la Gaule [31], mais, dans plusieurs combats qu'il livra, il fit plus de mal aux ennemis qu'il ne procura d'avantages à ses troupes (car il n'y avait rien d'intéressant à tirer de ces peuples qui menaient une vie pauvre et misérable) et l'expédition n'eut pas l'issue qu'il désirait : il ne réussit qu'à recevoir des otages du roi et à lui imposer un tribut avant de quitter l'île. Comme il allait rembarquer, des lettres de ses amis de Rome lui parviennent, qui lui apprennent la mort de sa fille, morte en couches chez son mari Pompée [32]. Cet événement causa une vive douleur et à Pompée et à César, et leurs amis en furent troublés, qui voyaient ainsi rompue l'alliance qui maintenait la paix et la concorde dans la république, déjà bien malade par ailleurs ; car l'enfant aussi suivit de peu sa mère dans la mort. Le peuple, malgré les tribuns, enleva le corps de Julie et le porta au Champ de Mars : c'est là qu'elle fut inhumée et repose.

24. César avait été obligé de distribuer l'armée désormais nombreuse qu'il commandait en plusieurs quartiers d'hiver ; après quoi, lui-même, suivant sa coutume, avait repris le chemin de l'Italie. Toute la Gaule alors se souleva de nouveau : des armées considérables se mirent en campagne, forcèrent les quartiers des Romains et entreprirent d'enlever leur camp. Les plus nombreux et les plus puissants des rebelles, commandés par Ambiorix [33], massacrèrent Cotta et Titurius avec leur armée, puis ils allèrent, avec soixante mille hommes, assiéger la légion qui était

sous les ordres de Cicéron, et peu s'en fallut qu'elle ne fût prise de vive force : tous ses soldats avaient été blessés et ils se défendaient avec une ardeur au-dessus de leurs forces. Quand la nouvelle parvint à César, qui était fort loin, il revint précipitamment sur ses pas et, ayant rassemblé sept mille hommes, il marcha à grandes journées pour dégager Cicéron [34]. Les assiégeants, à qui il ne put dissimuler sa marche, vinrent à sa rencontre pour s'emparer de lui, méprisant le petit nombre des siens. Et lui, afin de les tromper, ne cessait de se dérober, jusqu'au moment où, ayant trouvé un poste commode pour tenir tête, avec peu de monde, à une armée nombreuse, il y fortifia son camp. Il défendit à ses soldats de tenter aucun combat et les obligea à exhausser le retranchement et boucher les portes, comme s'ils avaient peur. Ce manège, conçu pour provoquer le mépris des barbares, dura jusqu'à ce que, pleins de confiance, ils vinssent l'attaquer en ordre dispersé : alors il fit sortir ses troupes, les mit en fuite et en tua un grand nombre.

25. Cette victoire abattit tous les soulèvements des Gaulois de ces régions, ce à quoi contribua aussi la manière dont, pendant l'hiver, César se rendit partout et s'attacha immédiatement aux mouvements révolutionnaires qui se dessinaient. En effet, il lui était venu d'Italie trois légions pour remplacer celles qu'il avait perdues : deux lui furent prêtées par Pompée et la troisième venait d'être levée en Gaule cisalpine, dans la région du Pô. Mais, loin de ces régions, on vit tout à coup surgir les germes de la plus grande et la plus dangereuse guerre menée dans ces contrées, qu'avaient dès longtemps jetés et répandus les chefs les plus puissants des nations les plus belliqueuses. Ils s'étaient fortifiés grâce à une jeunesse nombreuse, rassemblée de toute part en armes, des trésors considérables mis en commun, des places fortes, des positions presque inaccessibles dont ils avaient fait leur retraite. On était alors en outre dans le fort de l'hiver : les rivières étaient gelées, les forêts couvertes de neige ; les campagnes inondées par les torrents ; ici, les che-

mins étaient effacés par l'épaisseur de la neige ; là, les marais et les eaux débordées rendaient tout itinéraire incertain : bref, tout semblait interdire à César d'attaquer les rebelles, qui étaient nombreux. Les meneurs étaient les Arvernes et les Carnutes et, pour commander l'ensemble des forces, on avait choisi Vercingétorix, dont les Gaulois avaient massacré le père, parce qu'ils le soupçonnaient d'aspirer à la tyrannie.

26. Celui-ci donc divisa son armée en plusieurs corps, établit à leur tête plusieurs chefs et rallia à sa cause tous les peuples des environs jusqu'à l'Arar [35]. Son dessein était de faire prendre d'un seul coup les armes à toute la Gaule au moment où ses adversaires de Rome se liguaient contre César. Et si, en effet, il avait agi un peu plus tard, lorsque César avait sur les bras la guerre civile, il aurait rempli l'Italie d'une épouvante comparable à celle qu'avaient autrefois semée les Cimbres. Mais César, qui avait le don de tirer parti de toutes les circonstances de la guerre et, en particulier, de saisir les occasions, leva le camp dès qu'il apprit la révolte et marcha sur l'ennemi, faisant voir aux barbares, par les chemins mêmes qu'il emprunta, par sa course impétueuse au cœur d'un hiver si rigoureux, qu'ils avaient en face d'eux une armée invincible et irrésistible. Car là où l'on avait peine à imaginer qu'un de ses messagers ou de ses courriers réussît à parvenir, même en prenant beaucoup de temps, ils l'y voyaient en personne avec toute son armée, pillant et ravageant leur pays, détruisant leurs places fortes et recevant des transfuges, jusqu'au moment où les Éduens se déclarèrent contre César, alors que précédemment ils se nommaient les frères des Romains et avaient été reçus d'eux avec des honneurs éclatants. Leur entrée alors dans la ligue des révoltés jeta les troupes de César dans un profond découragement. Celui-ci fut donc obligé de décamper [36] et de traverser le pays des Lingons pour entrer dans celui des Séquanes [37], amis des Romains, qui se trouvent en avant de l'Italie, face au reste de la Gaule. Là, pressé par les ennemis, enveloppé par une armée

innombrable, il entreprit une bataille décisive et, lançant toutes ses troupes, réussit à avoir le dessus et à réduire les barbares au prix d'un combat long et sanglant. Néanmoins il semble qu'au début il connut quelque échec et les Arvernes montrent une épée suspendue dans un temple comme une dépouille prise sur César. Mais lui, lorsqu'il la vit, plus tard, ne fit que sourire et comme ses amis l'engageaient à la faire ôter, il refusa, la regardant comme un objet sacré.

27. La majorité de ceux qui s'étaient échappés se retirèrent avec leur roi dans la ville d'Alésia [38]. César assiégeait cette ville, que la hauteur de ses murailles et la multitude des troupes qui la défendaient faisaient regarder comme imprenable, quand surgit de l'extérieur un danger d'une ampleur inexprimable. Ce qu'il y avait de plus brave dans toutes les nations de la Gaule, s'étant rassemblé au nombre de trois cent mille hommes, vint en armes au secours d'Alésia ; or, les combattants, à l'intérieur, n'étaient pas moins de cent soixante-dix mille, si bien que César, enfermé et assiégé entre deux armées si puissantes, fut obligé de se protéger de deux murailles, l'une face à la ville et l'autre contre les survenants, car si les deux armées avaient opéré leur jonction, c'en était fait de lui. Aussi le péril qu'il courut devant Alésia lui valut-il, à plus d'un titre, une gloire méritée : car jamais il n'avait montré dans aucun combat de telles marques de son audace et de son habileté. Mais le plus étonnant, c'est que les assiégés ne se rendirent pas compte que César avait attaqué et défait tant de milliers d'hommes venus du dehors, pas plus — et la chose est plus étonnante encore — que ceux des Romains qui gardaient la circonvallation du côté de la ville et qui n'apprirent eux-mêmes la victoire de César que par les cris des hommes d'Alésia et les lamentations des femmes qui voyaient, de l'autre côté de la ville, une immense quantité de boucliers garnis d'or et d'argent, une immense quantité de cuirasses souillées de sang et encore de la vaisselle et des tentes gauloises transportées dans leur camp par les Romains : si vite se

retrouva dissipée, comme un fantôme ou un songe, cette armée formidable, tous ayant péri dans le combat. Les assiégés, après s'être donné bien du mal à eux-mêmes et en avoir fait beaucoup à César, finirent par se rendre. Vercingétorix, qui avait été l'âme de toute cette guerre, fit parer son cheval, prit ses plus belles armes et sortit ainsi de la ville ; puis, après avoir fait caracoler son cheval autour de César, qui était assis, il mit pied à terre, jeta toutes ses armes et alla s'asseoir aux pieds de César, où il se tint en silence, jusqu'au moment où César le remit à ses gardes en vue de son triomphe [39].

28. César avait résolu depuis longtemps d'abattre Pompée — et la réciproque était sans aucun doute vraie. Crassus, le seul adversaire qui eût pu prendre la place de l'un ou de l'autre [40], avait péri chez les Parthes : il ne restait donc à César, pour s'élever au premier rang, qu'à renverser celui qui l'occupait et à Pompée, pour prévenir sa propre perte, qu'à se défaire de celui qu'il craignait. Mais il n'y avait pas longtemps que Pompée avait commencé à s'inquiéter : il dédaignait jusque-là César, persuadé qu'il ne lui serait pas difficile de perdre celui dont l'ascension était son ouvrage. César, au contraire, qui s'était fixé cet objectif dès le début, était allé, comme un athlète, se préparer loin de ses adversaires et s'exercer dans les guerres des Gaules, y avait aguerri ses troupes, élevé sa gloire par ses exploits aussi haut que les succès de Pompée. Il saisit alors les prétextes que lui fournirent et Pompée lui-même et les circonstances ou, enfin, la dégradation politique qui faisait qu'à Rome les candidats aux magistratures dressaient en public des tables de banque et achetaient sans vergogne les suffrages de la multitude et que les citoyens, ainsi stipendiés, descendaient à l'assemblée pour soutenir celui qui les avait payés, non de leurs voix, mais à coups de traits, d'épées et de frondes. Plus d'une fois ils ne sortirent du Forum qu'après avoir souillé la tribune de sang et de meurtre ; et la Ville restait en proie à l'anarchie, semblable à un vaisseau sans gouvernail, empor-

té à la dérive. Aussi les gens sensés eussent-ils regardé comme un grand bonheur que cet état violent de démence et d'agitation n'amenât pas de pire mal que la monarchie. Plusieurs même osaient dire ouvertement que désormais la monarchie était l'unique remède aux maux de la république et que ce remède, il fallait l'endurer de la main du médecin le plus doux, faisant ainsi allusion à Pompée. Et comme celui-ci affectait en paroles de s'y refuser, mais faisait tout en réalité pour être nommé dictateur, Caton et ses amis, l'ayant compris, conseillent au sénat de le nommer consul unique, afin que, satisfait d'une monarchie plus conforme aux lois, il n'enlève pas de force la dictature. Le sénat en même temps le prorogea dans ses gouvernements — il en avait deux : l'Espagne et toute la Libye, qu'il administrait en y envoyant des légats et en entretenant des armées payées par le trésor public pour un total de mille talents par an [41].

29. Sur quoi César s'empressa d'envoyer demander le consulat et une pareille prorogation de ses gouvernements. Pompée d'abord garda le silence ; mais Marcellus et Lentulus, qui par ailleurs détestaient César, s'y opposèrent et, à cette mesure nécessaire, en ajoutèrent d'autres qui ne l'étaient pas, pour humilier et bafouer César. Ils privèrent du droit de cité les habitants de Novum Comum, que César venait de fonder en Gaule. Marcellus, qui était consul, fit battre de verges un des sénateurs de cette ville, qui était venu à Rome, en disant qu'il lui imprimait ces marques d'ignominie pour lui faire souvenir qu'il n'était pas Romain et qu'il l'invitait à aller les montrer à César. Après le consulat de Marcellus, César laissa puiser abondamment dans les trésors qu'il avait amassés en Gaule tous ceux qui avaient quelque part au gouvernement. Il acquitta les dettes du tribun Curion, qui étaient considérables, et donna quinze cents talents au consul Paulus, qui les employa à bâtir cette fameuse basilique qui a remplacé celle de Fulvius. Pompée alors s'alarma de cette coalition et se décida à agir ouvertement, soit par lui-même, soit par ses amis,

pour faire nommer un successeur à César, et il envoya redemander les troupes qu'il lui avait prêtées pour la guerre des Gaules. Et César les lui renvoya après avoir donné à chaque soldat deux cent cinquante drachmes.

Les officiers qui les ramenèrent à Pompée répandirent parmi le peuple des bruits défavorables et malveillants contre César et gâtèrent Pompée lui-même par de vaines espérances, en l'assurant que l'armée de César désirait l'avoir pour chef ; que si, à Rome, l'opposition de ses envieux et les vices du gouvernement mettaient des obstacles à ses desseins, l'armée des Gaules lui était tout acquise et qu'à peine elle aurait repassé en Italie, elle se rangerait à l'instant à ses côtés, tant César était devenu odieux, par ses campagnes sans cesse répétées et suspect par la crainte qu'on avait de la monarchie ! Ces propos gonflèrent si bien Pompée qu'il négligea de lever des troupes, croyant n'avoir rien à craindre et se bornant à combattre les demandes de César par des discours et des motions, ce dont César s'embarrassait fort peu. On assure qu'un de ses centurions, qu'il avait dépêché à Rome et qui se tenait à la porte de la Curie, apprenant que le sénat refusait à César la prorogation de sa charge, s'écria : « Eh bien, voici qui la lui donnera ! », en frappant de la main la garde de son épée.

30. Cependant la demande de César avait une éclatante apparence de justice : il offrait de déposer lui-même les armes, pourvu que Pompée en fît autant ; devenus ainsi l'un et l'autre simples particuliers, ils chercheraient comme tels à obtenir quelque faveur de leurs concitoyens ; mais lui ôter son armée et conserver la sienne à Pompée, c'était, en discréditant l'un, faire de l'autre un tyran. Ces offres faites par Curion au nom de César devant le peuple furent accueillies par des applaudissements éclatants : il y en eut même qui lui jetèrent des couronnes de fleurs comme à un athlète. Antoine [42], un des tribuns du peuple, apporta au peuple une lettre de César relative à ces difficultés et la lut malgré les consuls. Mais au sénat, Scipion, le beau-père de Pompée [43], proposa

que, si, à un jour fixé, César ne déposait pas les armes, il fût déclaré ennemi public. Les consuls demandant si le sénat était d'avis que Pompée renvoie ses troupes, puis la même chose pour César, il y eut très peu de voix pour la première motion, mais presque tous appuyèrent la seconde. Cependant Antoine et ses amis proposant de nouveau qu'ils déposent tous les deux leur commandement, cet avis fut unanimement adopté, mais les violences de Scipion et les clameurs du consul Lentulus, qui criait que contre un brigand il fallait des armes et non pas des décrets, amenèrent les sénateurs à se séparer et ils prirent le deuil devant ces dissensions.

31. Bientôt après arrivèrent des lettres de César, où il parut plus modéré : il offrait de tout abandonner si on lui donnait le gouvernement de la Gaule cisalpine et de l'Illyrie, avec deux légions, jusqu'à ce qu'il se présentât à son second consulat. L'orateur Cicéron, qui venait d'arriver de Cilicie [44] et qui cherchait à rapprocher les deux partis, travaillait à rendre Pompée plus traitable ; mais, prêt à accepter le reste, celui-ci refusait de lui laisser les soldats. Alors Cicéron conseilla aux amis de César de se contenter des deux gouvernements avec six mille hommes de troupes et de faire sur ce pied l'accommodement. Pompée fléchissait et était prêt à se rendre, mais le consul Lentulus interdit l'accord et alla même jusqu'à insulter Antoine et Curion : il les chassa ignominieusement du sénat, donnant ainsi à César le plus spécieux de tous les prétextes et le meilleur moyen de monter ses soldats, en leur montrant des hommes distingués, des magistrats, qui avaient dû fuir en habits d'esclaves dans des voitures de louage. C'est ainsi en effet que la peur les fit se déguiser pour se glisser hors de Rome.

32. César n'avait auprès de lui pas plus de trois cents cavaliers et cinq mille fantassins. Il avait laissé au-delà des Alpes le reste de son armée et ses envoyés ne l'avaient pas encore ramenée. Mais il voyait que le commencement de l'entreprise et la première attaque n'exigeaient pas tant dans l'immédiat un grand

nombre de bras qu'un coup de main qui, par sa hardiesse et sa célérité, frappât les ennemis de stupeur (il lui serait plus facile de les effrayer en tombant sur eux à l'improviste que de les forcer par une attaque longuement préparée). Il ordonna donc à ses tribuns et à ses centurions de ne prendre pour toute arme que leur épée et d'aller occuper Ariminum [45], très grande ville de Gaule, en évitant autant que possible de faire des morts et de causer des troubles. Il confia à Hortensius la conduite de l'armée et lui-même passa le jour en public à s'intéresser à des spectacles de combats de gladiateurs, puis, un peu avant la nuit, il prit un bain et, entrant dans la salle à manger, il resta quelque temps avec ceux qu'il avait invités à souper ; mais, l'obscurité tombée, il se leva de table après quelques mots aimables aux convives qu'il pria de l'attendre, car il reviendrait bientôt. Cependant il avait prévenu quelques-uns de ses amis de le suivre, non pas tous ensemble, mais chacun par un chemin différent ; et, montant lui-même dans un chariot de louage, il s'engagea d'abord sur une autre route, puis tourna en direction d'Ariminum. Mais quand il arriva sur le bord de la rivière qui sépare la Gaule cisalpine du reste de l'Italie (elle s'appelle le Rubicon), il se prit à réfléchir, à mesure qu'il approchait du danger et que la grandeur et l'audace de son entreprise le troublaient davantage : aussi suspendit-il sa course et, sa marche ainsi interrompue, pesa longtemps en lui-même, sans mot dire, diverses résolutions, passant de l'une à l'autre, si bien que sa décision connut alors des changements sans nombre. Longtemps aussi il conféra avec ceux de ses amis qui l'accompagnaient, et parmi lesquels se trouvait Asinius Pollion [46]. Il se représenta tous les maux dont le passage du Rubicon allait être le début pour l'humanité et ce qu'en dirait la postérité. Enfin, dans un mouvement de passion, comme s'il rejetait la raison pour se jeter dans l'avenir et, avec ce mot, prélude ordinaire des entreprises difficiles et hasardeuses : « Le sort en soit jeté ! », il s'élança pour passer la rivière, puis, avançant désormais au pas de course, tomba sur Ariminum avant le jour et l'occupa. On dit que, la nuit qui précéda le passage du Rubicon, il avait eu un songe monstrueux : il lui avait semblé avoir avec sa mère une liaison incestueuse.

33. Avec la prise d'Ariminum, ce fut comme si la guerre trouvait désormais les portes toutes grandes pour s'engouffrer et sur terre et sur mer, comme si César, en même temps que les limites de sa province, avait violé toutes les lois de l'État. On eût dit que ce n'étaient pas seulement, comme dans les autres guerres, des hommes et des femmes qu'on voyait courir, éperdus à travers toute l'Italie, mais que les villes elles-mêmes se levaient pour s'enfuir les unes à travers les autres et Rome, comme inondée par ces flots de réfugiés venus de tous les environs, incapable d'écouter aucune autorité ni de se laisser raisonner, au milieu de cette agitation et de cette tempête violente, fut à deux doigts de se détruire elle-même. Ce n'étaient partout que passions contraires et mouvements violents ; ceux mêmes qui voyaient avec joie l'entreprise de César ne restaient pas tranquilles, mais, rencontrant à chaque pas, dans cette grande ville, des gens affligés et inquiets, et affichant leur confiance en l'avenir, ils provoquaient des querelles ; quant à Pompée lui-même, déjà stupéfait, il était encore troublé par les propos qu'il entendait de toutes parts : selon les uns, il était responsable d'avoir fait grandir César contre lui-même et contre l'État ; et les autres l'accusaient d'avoir rejeté les concessions et les propositions raisonnables et lâché la bride aux outrages de Lentulus. Favonius l'invita à frapper la terre du pied parce qu'un jour Pompée s'était vanté devant le sénat qu'ils n'auraient à s'embarrasser de rien ni à s'inquiéter des préparatifs de la guerre ; lui-même, quand il se mettrait en marche, n'aurait qu'à frapper le pied pour remplir de légions l'Italie.

Quoi qu'il en soit, Pompée à ce moment était encore supérieur à César par le nombre de soldats, mais on ne le laissa pas maître de suivre ses propres sentiments : sous l'afflux des nouvelles fausses et effroyables qui donnaient à penser que la guerre était déjà aux portes de Rome et s'étendait partout, il céda et se laissa entraîner dans la débâcle générale : il décréta l'état de *tumultus*[47] et abandonna la ville, ordonnant au sénat de le suivre et interdisant de rester à tous ceux qui préféraient à la tyrannie leur patrie et la liberté.

34. Les consuls donc s'enfuirent sans avoir même fait les sacrifices d'usage avant de sortir de la ville ; s'enfuirent aussi la plupart des sénateurs, ravissant, pour ainsi dire, ce qui, chez eux, leur tombait sous la main, comme s'ils l'eussent enlevé aux ennemis : il y en eut même qui, d'abord tout dévoués au parti de César, perdirent la tête sous le coup de l'effroi et, sans aucune nécessité, se laissèrent entraîner par le torrent de cette débâcle. C'était un spectacle bien digne de pitié que de voir la ville assaillie par cette terrible tempête, comme un vaisseau abandonné par ses pilotes et emporté à l'aventure. Mais, quelque déplorable que fût cet exode, c'était dans l'exil que les citoyens voyaient la patrie, à cause de Pompée, et ils abandonnèrent Rome comme étant le camp de César. Labiénus lui-même, un des meilleurs amis de César, qui avait été son légat et avait combattu à ses côtés avec le plus grand zèle dans toutes les guerres des Gaules, quitta alors le parti de César pour rejoindre Pompée. César ne laissa pas, malgré cette désertion, de lui renvoyer son argent et ses bagages. Il marcha ensuite contre Domitius qui, à la tête de trente cohortes, occupait Cornifium, et il établit son camp près de lui. Domitius, désespérant de la situation, demanda du poison à son médecin, qui était un esclave ; il prit ce qu'il lui avait donné et le but pour mourir, mais, ayant bientôt appris avec quelle admirable bonté César traitait les prisonniers, il se mit à déplorer son malheur et la précipitation avec laquelle il avait pris sa résolution. Son médecin le rassura en lui disant que le breuvage qu'il avait bu n'était pas un poison mortel, mais un simple narcotique. Tout joyeux, Domitius se leva et s'en alla trouver César, qui

lui serra la main ; après quoi il retourna auprès de Pompée. Ces nouvelles portées à Rome rassérénèrent les habitants et firent revenir des fuyards.

35. César prit les troupes de Domitius, ainsi que les recrues levées dans les villes au nom de Pompée et qui n'avaient pas eu le temps de le rejoindre. Doté désormais de troupes nombreuses et redoutables, il marcha contre Pompée lui-même. Mais celui-ci, au lieu d'attendre l'attaque, s'enfuit à Brindes, d'où il fit d'abord partir les consuls pour Dyrrachium [48] avec ses troupes, avant de s'embarquer lui-même peu après, César étant arrivé devant Brindes, comme je l'exposerai en détail dans la *Vie de Pompée.* César aurait voulu le poursuivre, mais il manquait de vaisseaux ; il s'en retourna donc à Rome, après s'être rendu maître, en soixante jours et sans verser une goutte de sang, de toute l'Italie.

Ayant trouvé la Ville beaucoup plus calme qu'il ne s'y attendait et avec, dans ses murs, un grand nombre de sénateurs, il leur parla avec humanité et affabilité, les exhortant à envoyer des députés auprès de Pompée pour aboutir à des accords convenables. Mais aucun d'eux ne l'écouta, soit qu'ils craignissent Pompée, qu'ils avaient abandonné, soit qu'ils ne crussent pas à la sincérité de César et ne vissent là que de belles paroles. Comme le tribun Métellus voulait l'empêcher de prendre de l'argent dans le trésor public et alléguait des lois qui le défendaient, César lui rétorqua que le temps des armes n'était pas celui des lois. « Si tu n'approuves pas ce que je veux faire, poursuivit-il, retire-toi ; la guerre n'a nul besoin de franc-parler. Quand, l'accord fait, j'aurai déposé les armes, alors tu pourras venir faire des harangues. Au reste, quand je te parle ainsi, je n'use pas de tous mes droits, car vous m'appartenez par le droit de la guerre, toi et tous ceux de mes adversaires que j'ai pris. » Après cette leçon adressée à Métellus, il s'avança vers les portes du trésor et, comme on ne trouvait pas les clefs, il envoya chercher des serruriers et leur ordonna d'enfoncer les portes. Métellus voulut encore s'y opposer, avec l'approbation de quelques-uns ; César alors, élevant le ton, menaça de le faire tuer s'il ne cessait pas ses importunités : « Et tu n'ignores pas, jeune homme, ajouta-t-il, qu'il m'était plus difficile de le dire que de le faire. » Ce langage fit partir Métellus, effrayé, si bien que César obtint aisément et rapidement tout ce dont il avait besoin pour la guerre.

36. César se rendit avec son armée en Espagne, résolu à chasser d'abord Afranius et Varron, légats de Pompée, et à se rendre maître de leurs troupes et de leurs provinces avant de marcher contre Pompée lui-même ; car il ne voulait laisser derrière aucun ennemi. Dans cette guerre, sa vie fut souvent en danger dans des embuscades et son armée manqua de périr par la disette, mais il ne relâcha rien de son ardeur à poursuivre, provoquer au combat et entourer l'ennemi de tranchées qu'il ne se fût rendu maître de vive force de leurs camps et de leurs troupes [49].

37. Quand César fut de retour à Rome, Pison, son beau-père, lui conseilla d'envoyer une délégation à Pompée en vue de négocier une réconciliation, mais Isauricus, pour faire sa cour à César, combattit cette proposition. Élu dictateur par le sénat, César rappela les bannis, rétablit dans leurs honneurs les enfants de ceux qui avaient été proscrits par Sylla et déchargea les débiteurs d'une partie des intérêts de leurs dettes. Il fit d'autres ordonnances semblables, mais en petit nombre, car il abdiqua la dictature au bout de onze jours. Il se nomma lui-même consul avec Servilius Isauricus et il ne s'occupa plus que de la guerre [50].

Laissant derrière lui, dans sa marche rapide, une grande partie de son armée, il s'embarqua avec six cents cavaliers d'élite et cinq légions, en plein solstice d'hiver, au début de janvier (ce qui correspond à peu près au mois de Poséidon des Athéniens) ; ayant traversé la mer Ionienne, il s'empara d'Oricos [51] et d'Apollonie ; puis il renvoya les vaisseaux de transport à Brindes pour prendre les troupes qui étaient restées en arrière. Ces soldats, affaiblis par l'âge et rebutés par tant d'efforts comme ils l'étaient, n'avaient cessé, tant qu'avait duré leur marche, de se plaindre de César : « Où donc et vers quel but, disaient-ils, cet homme veut-il nous mener, nous traînant partout à sa suite et se servant de nous comme d'outils inusables et sans âme ? Le fer même s'use sous les coups, les boucliers et les cuirasses ont à la longue besoin d'être ménagés. César ne s'aperçoit donc pas, à nos blessures, qu'il commande à des hommes mortels et que nous sommes nés pour endurer et souffrir des maux de mortels ? Dieu lui-même ne saurait forcer la saison des tempêtes et des vents. Mais lui, il s'y expose, comme si, au lieu de poursuivre ses ennemis, c'est lui qui fuyait. » Voilà ce qu'ils disaient tandis qu'ils s'acheminaient lentement vers Brindes ; mais lorsqu'en arrivant, ils découvrirent que César était déjà parti, ils eurent tôt fait de changer de langage ; ils se faisaient des reproches, s'accusant d'avoir trahi leur général, et en faisaient aussi à leurs officiers pour n'avoir pas pressé la marche ; et, assis sur les hauteurs, le regard vers la mer et l'Épire, ils guettaient les vaisseaux qui devaient les transporter auprès de lui.

38. Cependant, à Apollonie, César, qui n'avait pas une armée suffisante pour combattre et que le retard des troupes de Brindes livrait à l'incertitude et à l'anxiété, prit une résolution extrême : il s'embarquerait pour Brindes, à l'insu de tout le monde, sur un bateau à douze rames, quoique la mer fût couverte de vaisseaux ennemis. De nuit donc, déguisé en esclave, il s'embarqua, se mit dans un coin, comme un simple passager, et se tint là sans rien dire. L'esquif descendait le fleuve Aôos, qui le portait vers la mer et voici que la brise matinale qui, d'ordinaire, à cette heure, assurait le calme à l'embouchure en repoussant loin les vagues de la mer et en les empêchant d'entrer dans la rivière, fut abattue par un vent de mer violent qui s'éleva durant la nuit. Le fleuve, soulevé par les remous de la mer et par la résistance des vagues, devint sauvage et houleux : ses eaux, refoulées, tournoyaient durement dans un grand fracas et le pilote, ne pouvant en venir à bout, ordonna aux matelots de

virer de bord pour faire demi-tour. César, ayant entendu cet ordre, se fit alors connaître et, prenant la main du pilote, stupéfait à sa vue : « Allons, mon brave, dit-il, courage et ne crains rien. Tu portes à ton bord César et la Fortune de César. » Aussitôt les matelots oublièrent la tempête et, appuyant sur les rames, mirent toute leur ardeur à forcer le passage ; comme ils n'arrivaient à rien, César, qui avait reçu beaucoup d'eau dans la bouche et exposé sa vie, permit au pilote, bien à contre-cœur, de virer de bord. A son retour, ses soldats accoururent en foule au-devant de lui et se plaignirent douloureusement qu'il n'eût pas pensé pouvoir vaincre avec eux seuls et que, dans son inquiétude, il se fût exposé pour ses troupes absentes, comme s'il se défiait des soldats présents.

39. Bientôt après, Antoine arriva avec les troupes de Brindes et César, rasséréné, provoqua Pompée, qui, installé dans une position avantageuse, était suffisamment ravitaillé par terre et par mer, tandis que César lui-même, qui, au début, n'était déjà guère dans l'abondance, eut ensuite beaucoup à souffrir du manque de produits de première nécessité. Ses soldats se nourrissaient d'une certaine racine qu'ils coupaient et détrempaient avec du lait ; un jour même qu'ils en avaient fait des pains, ils s'avancèrent jusqu'aux avant-postes des ennemis et jetèrent de ces pains dans leurs retranchements en leur disant que, tant que la terre produirait de telles racines, ils ne cesseraient pas d'assiéger Pompée. Pompée cependant défendit qu'on produisît ces pains devant le gros des troupes, aussi bien que ces propos, car les soldats se décourageaient et tremblaient devant la férocité et l'insensibilité des ennemis, qui semblaient celles de bêtes sauvages.

Il se faisait chaque jour près du camp de Pompée des escarmouches où César avait toujours l'avantage : une fois pourtant ses troupes furent mises en pleine déroute et il se vit en danger de perdre son camp. Devant l'attaque de Pompée, personne en effet ne résista : les tranchées se remplirent de morts et les soldats de César, refoulés, tombaient dans leurs propres lignes, autour de leurs retranchements. César alors courut à leur rencontre et tâcha de faire retourner les fuyards, mais sans succès. Alors qu'il saisissait les enseignes, ceux qui les portaient les jetaient à terre, si bien que l'ennemi en prit trente-deux. César lui-même manqua de périr : il avait mis la main sur un soldat grand et robuste, qui fuyait près de lui et auquel il avait ordonné de rester pour faire face à l'ennemi. Alors l'homme, troublé par le danger, leva l'épée pour le frapper, mais l'écuyer de César le prévint en lui tranchant l'épaule. Dans ces conditions, César désespérait si bien de son sort que, lorsque Pompée, soit par excès de précaution, soit par un caprice de la Fortune, se fut retiré, au lieu de parachever sa victoire, après avoir enfermé les fuyards dans leur camp, César, en s'en retournant, dit à ses amis : « La victoire était aujourd'hui aux ennemis s'ils avaient eu un chef qui sût vaincre. » Lui-même, rentré dans sa tente, se coucha et passa la nuit la plus sombre, dans une affreuse perplexité : il se reprochait d'avoir mal manœuvré, lorsque, ayant devant lui un pays riche et les villes opulentes de la Macédoine et de la Thessalie, au lieu d'y attirer la guerre, il était venu camper au bord de la mer, sans avoir rien à opposer à la flotte ennemie, et assiégé par la disette bien plus qu'il n'assiégeait Pompée par ses armes. Ainsi tourmenté par l'impasse où il se trouvait et la difficulté de la situation, il leva le camp, résolu à marcher contre Scipion [52] en Macédoine ; ainsi soit il attirerait Pompée dans un endroit où il devrait combattre sans avoir les mêmes facilités de ravitaillement par mer, soit il viendrait à bout de Scipion, réduit à ses seules forces.

40. Cette retraite de César enfla le courage des soldats et des officiers de Pompée : ils voulaient qu'on s'attachât aux pas de César, qu'ils considéraient comme vaincu et mis en fuite. Mais Pompée était trop prudent pour mettre de si grands intérêts au hasard d'une bataille. Abondamment pourvu de tout le nécessaire pour durer, il croyait plus sage de laisser

s'user et s'épuiser le peu de vigueur qui restait encore aux ennemis. De fait les plus aguerris des soldats de César montraient dans les combats une expérience et une audace irrésistibles, mais lorsqu'il fallait faire des marches et des campements, garder les retranchements ou passer les nuits sous les armes, leur vieillesse les faisait bientôt succomber à ces fatigues : ils étaient trop pesants pour des travaux pénibles et leur ardeur ne résistait pas à leur faiblesse physique. On disait en outre qu'il régnait alors dans l'armée de César une maladie contagieuse, dont leur nourriture étrange avait été la première cause ; et, ce qui était le plus grave pour César, il n'avait ni argent ni vivres, si bien qu'il semblait inévitable qu'il se consumât lui-même en peu de temps.

41. Tous ces motifs déterminaient Pompée à refuser le combat [53] mais Caton était seul à l'approuver, pour épargner le sang des citoyens, lui qui n'avait pu voir même le corps des ennemis tombés à la bataille, au nombre de mille, et s'en était allé, la tête voilée et les larmes aux yeux. Tous les autres en revanche accusaient Pompée de refuser le combat par lâcheté : ils cherchaient à le piquer en l'appelant Agamemnon et roi des rois, pour insinuer qu'il avait le pouvoir absolu et qu'il était flatté de voir tant de chefs dépendre de lui et fréquenter sa tente. Favonius, qui affectait stupidement d'imiter le franc-parler de Caton, déplorait le malheur qu'on aurait encore cette année de ne pas savourer les figues de Tusculum parce que Pompée aimait le pouvoir. Afranius, nouvellement arrivé d'Espagne, où il avait mal conduit la guerre, et qu'on accusait d'avoir vendu et trahi son armée, demanda à Pompée pourquoi on ne combattait pas contre ce trafiquant qui lui avait acheté ses provinces. Tous ces propos forcèrent Pompée à marcher au combat et à poursuivre César.

César, de son côté, avait éprouvé de grandes difficultés dans les premiers jours de sa marche, car personne ne voulait lui fournir de vivres et sa récente défaite lui attirait un mépris général ; mais lorsqu'il eut pris la ville de Gomphi en Thessalie, il eut de quoi nourrir son armée et, pour surcroît de bonheur, elle se retrouva guérie de la maladie d'une façon vraiment étrange. Ayant trouvé une quantité prodigieuse de vin, ils en burent avec excès et se livrèrent à la débauche menant, tout le long du chemin, une espèce de bacchanale. L'ivresse chassa la maladie en modifiant la disposition de leur corps.

42. Quand les deux généraux furent entrés dans la plaine de Pharsale et y eurent établi leur camp l'un vis-à-vis de l'autre, Pompée revint à son raisonnement premier, d'autant plus qu'il avait eu des apparitions et une vision alarmantes durant son sommeil : il lui avait semblé se voir à Rome, dans le théâtre, accueilli par les applaudissements des Romains ***. Mais son entourage était au contraire si plein de présomption et anticipait si bien la victoire par son espérance que déjà Domitius, Spinther et Scipion se disputaient la dignité de grand pontife de César et que plusieurs avaient envoyé retenir et louer d'avance, à Rome, des maisons propres à loger des consuls et des préteurs, assurés qu'ils se croyaient d'être élevés à ces magistratures aussitôt après la guerre. Mais ceux qui se montraient les plus impatients de combattre, c'étaient les cavaliers : superbement parés d'armes étincelantes et fiers du bon état de leurs chevaux et de leur beauté physique, ils s'enorgueillissaient de surcroît de leur nombre, car ils étaient sept mille contre mille du côté de César. Les effectifs n'étaient pas égaux non plus pour l'infanterie : Pompée pouvait ranger quarante-cinq mille hommes face à vingt-deux mille pour l'ennemi.

43. César, ayant rassemblé ses troupes, leur annonça que Cornificius approchait avec deux légions et que, d'ailleurs, quinze cohortes étaient stationnées à Mégare et Athènes sous le commandement de Calénus ; et il leur demanda s'ils voulaient attendre ces renforts ou hasarder seuls la bataille. Ils le conjurèrent d'un cri unanime, de ne pas attendre, mais plutôt d'imaginer quelque stratagème afin d'en venir le plus

vite possible aux mains avec l'ennemi. Comme il procédait à la lustration de son armée, après l'immolation de la première victime le devin lui annonça aussitôt que, dans trois jours, aurait lieu un combat décisif contre l'ennemi. César lui demanda s'il apercevait dans les entrailles sacrées quelque signe favorable pour son issue. « C'est toi qui peux répondre toi-même à cette question mieux que moi, dit le devin. Les dieux me font voir un grand changement, une révolution générale de l'état présent à un état tout contraire. Si donc tu crois tes affaires en bon point maintenant, attends-toi à une fortune pire, mais si tu les crois mal en point, à une fortune meilleure. » La nuit précédant la bataille, comme il inspectait les gardes vers minuit, on aperçut une traînée de feu, laquelle, passant au-dessus du camp de César, se changea tout à coup en une flamme vive et éclatante et sembla tomber sur le camp de Pompée. A la garde de l'aube, on remarqua aussi qu'une terreur panique s'était répandue parmi les ennemis. Toutefois César ne s'attendait pas à combattre ce jour-là et il s'apprêtait à lever le camp pour se retirer à Scotoussa.

44. Déjà les tentes étaient pliées, lorsque les éclaireurs vinrent à cheval lui annoncer que les ennemis sortaient pour engager le combat. Ravi de cette nouvelle, il fit sa prière aux dieux et rangea son armée en bataille en la divisant en trois corps. Il donna à Domitius Calvinus le commandement du centre, mit Antoine à la tête de l'aile gauche et prit lui-même la droite afin de combattre avec la dixième légion. Voyant que c'était la cavalerie ennemie qui lui était opposée et craignant cette troupe brillante et nombreuse, César fit venir secrètement de sa dernière ligne six cohortes, qu'il plaça derrière son aile droite avec des instructions sur ce qu'elles devaient faire quand les cavaliers ennemis chargeraient. Pompée commandait en personne une des ailes, Domitius tenait l'aile gauche et Scipion, le beau-père de Pompée, conduisait le centre. Toute la cavalerie se massa à l'aile gauche pour envelopper la droite de l'ennemi et

mettre brillamment en déroute le corps même où combattait le général : nul doute, pensaient-ils, que cette infanterie, si profonds qu'en fussent les rangs, ne tiendrait pas et que tout, chez l'ennemi, serait écrasé et rompu sous le choc d'une cavalerie si nombreuse.

Des deux côtés on allait sonner la charge, lorsque Pompée ordonna à son infanterie de se tenir sur la défensive et de rester en rangs serrés pour attendre le choc de l'ennemi jusqu'à ce qu'il soit à portée de trait. César dit que Pompée commit là une nouvelle faute en méconnaissant combien un choc initial au terme d'une course impétueuse ajoute de violence aux coups et enflamme le courage, exalté par le choc. Lui-même, prêt à ébranler ses bataillons et à commencer la charge, voit en premier un des centurions, homme de confiance et d'expérience, qui encourageait ses soldats et les invitait à rivaliser de vaillance. Il l'interpella alors par son nom : « Eh bien ! Gaius Crastinus, dit-il, que sont nos espoirs et avons-nous bon courage ? » Crastinus, lui tendant la main : « Nous vaincrons glorieusement, César, dit-il d'une voix forte ; pour moi, tu me loueras aujourd'hui, mort ou vif. » Sur ces mots, il s'élance le premier au pas de course sur l'ennemi, entraînant après lui ses cent vingt hommes. Il taille en pièces le premier rang et poursuit plus avant, semant la mort autour de lui pour forcer le passage, quand il est arrêté d'un coup d'épée si violent à travers la bouche que la pointe ressort au-dessus de la nuque.

45. Pendant que les infanteries étaient ainsi engagées dans une mêlée très vive, les cavaliers de l'aile gauche de Pompée s'avançaient fièrement, déployant leurs escadrons pour envelopper l'aile droite de César ; mais avant qu'ils eussent eux-mêmes chargé, voilà que courent sur eux les six cohortes que César avait placées derrière son aile, et, au lieu de lancer de loin leurs javelots, suivant leur coutume, et de frapper de près les jambes ou les mollets des ennemis, les soldats visaient les yeux et cherchaient à les blesser au visage, conformément aux instructions données par César, qui comptait bien que ces cavaliers, novices

dans les combats et peu accoutumés aux blessures, jeunes par ailleurs et fiers de leur beauté en fleur, redouteraient particulièrement ces sortes de coups et ne résisteraient pas à la crainte du danger présent ni à celle d'être défigurés à l'avenir. Et c'est ce qui arriva : ils ne supportaient pas les coups de javeline pointés vers le haut et n'osaient pas regarder le fer si près de leurs yeux ; ils se détournaient et se couvraient la tête pour préserver leur visage. Enfin, ils rompirent eux-mêmes leurs rangs et prirent la fuite, causant honteusement la perte de toute l'armée. Car ceux qui les avaient vaincus vinrent aussitôt envelopper l'infanterie et, la chargeant par-derrière, la mit en pièces.

Lorsque Pompée vit, de l'autre aile, la déroute de sa cavalerie, il ne fut plus le même qu'auparavant et ne se souvint plus qu'il était le grand Pompée : semblable à un homme dont un dieu a troublé la raison [ou peut-être accablé d'une défaite voulue par les dieux], il se retira sous sa tente sans mot dire et s'y assit pour attendre la suite, jusqu'au moment où, son armée totalement mise en déroute, les ennemis assaillirent son retranchement et combattirent contre ceux qui le gardaient. A ce moment, comme revenu à lui-même, il n'eut que cette parole : « Eh quoi ! jusque dans mon camp ! » Et il quitta sa tenue de combat et les insignes de général et, prenant un habillement plus propre à la fuite, il sortit à la dérobée du camp. La suite de ses aventures et son assassinat par les Égyptiens, auxquels il s'était livré, seront exposés dans sa *Vie*.

46. César, entré dans le camp de Pompée, vit ce grand nombre d'ennemis déjà morts qui jonchaient le sol et ceux qu'on massacrait encore. Il dit alors en soupirant : « Ils l'ont voulu ; ils m'ont réduit à cette cruelle nécessité. Oui, moi Gaius César, le vainqueur de si grandes guerres, si j'avais licencié mon armée, ils seraient allés jusqu'à me condamner. » Asinius Pollion dit que César prononça alors ces paroles en grec, et que lui les a traduites en latin. Il ajoute que la majorité des morts étaient des valets de l'armée qui avaient été tués lors de la prise du camp et que, pour les soldats,

il n'en périt pas plus de six mille. César incorpora la plupart dans ses légions. Il fit grâce aussi à plusieurs personnages distingués, parmi lesquels se trouve Brutus, son futur assassin. César, ne le voyant pas paraître après la bataille, avait témoigné, dit-on, une vive inquiétude et, quand il le vit venir à lui sain et sauf, il montra la plus grande joie [54].

47. Une foule de présages avait annoncé la victoire : le plus remarquable est celui qu'on rapporte de Tralles. Il y avait, dans le temple de la Victoire, une statue de César ; le sol d'alentour était naturellement ferme et, de plus, pavé de pierres dures ; de ce sol pourtant il s'éleva, dit-on, un palmier, près du piédestal de la statue. A Padoue, Gaïus Cornélius homme réputé dans l'art de la divination, compatriote et ami de Tite-Live, se trouvait occupé ce jour-là à contempler le vol des oiseaux. Il connut d'abord, au rapport de Tite-Live, que la bataille se donnait en cet instant, et il dit à ceux qui étaient présents que l'affaire allait se vider et que les hommes en étaient aux mains. Puis, s'étant remis à ses observations et ayant examiné les signes, il se leva d'un bond et, rempli d'enthousiasme, s'écria : « Tu l'emportes, César ! » Et, comme les assistants étaient stupéfaits, il retira la couronne qu'il avait sur la tête et jura qu'il ne la remettrait que lorsque l'événement aurait justifié son art. Voilà, selon Tite-Live, comment la chose se passa.

48. César, ayant consacré sa victoire en donnant la liberté au peuple thessalien, se mit à la poursuite de Pompée. Arrivé en Asie, il accorda la même grâce aux Cnidiens pour faire plaisir à Théopompe, auteur d'un recueil de récits mythologiques, et il allégea d'un tiers les impôts de tous les habitants de l'Asie. Il aborda à Alexandrie après l'assassinat de Pompée ; il se détourna avec horreur de Théodote [55], qui lui présentait la tête de Pompée et pleura en recevant le sceau du vaincu. Il combla de présents et s'attacha tous les amis et familiers de Pompée qui avait été pris par le roi d'Égypte alors qu'ils erraient dans ce pays et il écrivit à ses amis de Rome que le fruit le plus grand et le plus

doux qu'il retirât de sa victoire, c'était de sauver tous les jours quelques-uns de ses concitoyens qui avaient porté les armes contre lui.

Quant à la guerre d'Égypte, les uns disent qu'elle n'était pas nécessaire et que c'est son amour pour Cléopâtre qui le détermina à cette entreprise sans gloire et dangereuse ; mais les autres en accusent les amis du roi et surtout l'eunuque Pothin, homme de la plus grande influence, qui venait de faire tuer Pompée, avait chassé Cléopâtre et complotait secrètement contre César. C'est pourquoi, dit-on, César, à partir de ce moment, se mit à passer les nuits au banquet pour se tenir mieux sur ses gardes. D'ailleurs même en public, Pothin était insupportable : il multipliait contre César paroles et actes odieux et outrageants. Il donnait pour les soldats romains le blé le plus vieux et le plus gâté, en leur disant de s'en contenter et de s'en satisfaire, puisqu'ils mangeaient le bien d'autrui. Il ne faisait servir à la table du roi que de la vaisselle de bois et de terre, sous prétexte que César possédait la vaisselle d'or et d'argent en paiement d'une dette. Le père du roi régnant [56] devait en effet dix-sept millions cinq cent mille sesterces à César, qui en avait remis précédemment une partie à ses enfants, mais qui demandait les dix millions restants pour l'entretien de ses troupes. Pothin l'assurait qu'il pouvait partir sans plus attendre et aller terminer ses grandes affaires, qu'il recevrait bientôt son argent avec les remerciements du roi. César rétorqua qu'il n'avait aucun besoin de conseillers égyptiens et rappela secrètement Cléopâtre de son exil.

49. Celle-ci, n'ayant pris avec elle qu'un seul de ses amis, le Sicilien Apollodore, monta dans un petit bateau et aborda au palais à la nuit tombée. Faute d'un autre moyen pour entrer sans être reconnue, elle se glisse et s'étend de tout son long dans un sac à matelas qu'Apollodore lie avec une courroie et fait entrer chez César par la porte même du palais. Cette ruse de Cléopâtre fut, dit-on, le premier appât qui captiva César : séduit par sa hardiesse, puis subjugué

par la grâce de sa conversation, il la réconcilia avec son frère, dont il lui fit partager la puissance royale ; puis, comme on donnait un grand festin pour fêter cette réconciliation, un des esclaves de César, son barbier, le plus peureux des hommes et qui, pour cette raison, ne laissait rien sans examen, prêtant l'oreille à tout et s'occupant de tout, découvrit un complot contre César ourdi par le général Achillas et l'eunuque Pothin. César, les ayant pris sur le fait, plaça des gardes autour de la salle et fit tuer Pothin. Pour Achillas, il se sauva à l'armée et suscita contre César une guerre difficile et dangereuse, dans laquelle, avec très peu de troupes, César eut à résister à une ville puissante et à des forces considérables. Premier danger auquel il se vit exposé, l'eau fut coupée, les ennemis ayant bouché tous les canaux d'adduction. Second danger, on voulut le priver de sa flotte : il fut forcé de repousser ce danger par le feu, qui, se propageant depuis l'arsenal, consuma aussi la grande bibliothèque [57]. En troisième lieu, dans le combat qui eut lieu dans l'île de Pharos, il sauta de la digue sur un bateau pour aller au secours de ses troupes qui étaient pressées par l'ennemi et se vit assailli de toutes parts par les navires égyptiens : il se jeta à la mer et se sauva à la nage avec beaucoup de peine et de difficulté. Il tenait à la main, dit-on, à ce moment, des papiers qu'il ne lâcha point, bien qu'on le bombardât de traits et qu'il fût plongé dans l'eau ; il tenait ces papiers d'une main au-dessus de la mer pendant qu'il nageait de l'autre. Quant au bateau, il avait aussitôt coulé. Finalement, le roi alla rejoindre l'ennemi, mais César marcha contre lui et lui livra une bataille qu'il remporta et où tombèrent beaucoup d'ennemis ; le roi lui-même disparut. Ayant laissé sur le trône d'Égypte Cléopâtre [58], qui, peu de temps après, accoucha d'un fils de lui que les Alexandrins appelèrent Césarion [59], il partit pour la Syrie.

50. Arrivé de là en Asie [60], César apprit que Domitius, après avoir été battu par Pharnace, fils de Mithridate, s'était enfui du Pont avec une poignée de sol-

dats, que Pharnace, poursuivant vigoureusement ses succès, tenait la Bithynie et la Cappadoce et convoitait ce qu'on appelle la petite Arménie, dont il avait fait soulever tous les rois et tétrarques. César marcha donc aussitôt contre lui avec trois légions et lui livra une grande bataille près de la ville de Zéla, au terme de laquelle il le mit en fuite, le chassa du Pont et détruisit entièrement son armée. Pour annoncer cette bataille, si vite et promptement livrée, il écrivit à Matius, un de ses amis de Rome, ces trois mots seulement : « Je suis venu, j'ai vu, j'ai vaincu » *(veni, vidi, vici)*, qui, en latin, ont la même désinence, ce qui donne à cette formule concise plus d'énergie encore.

51. Après cette victoire, il repassa en Italie et arriva à Rome vers la fin de l'année où devait se terminer sa seconde dictature — alors que cette charge, avant lui, n'avait jamais été annuelle. Il fut nommé consul pour l'année suivante et l'on blâma fort son extrême indulgence pour ses soldats, qui avaient tué, dans une émeute, deux anciens préteurs, Cosconius et Galba : il se borna, pour tout châtiment, à leur donner le nom de citoyens au lieu de celui de soldats ; et il leur distribua mille drachmes par tête et leur assigna des terres considérables en Italie. On lui reprochait aussi les fureurs de Dolabella, l'avarice de Matius et l'ivrognerie d'Antoine, qui farfouillait dans la maison de Pompée et la faisait refaire, ne la trouvant pas assez bien pour lui [61]. Les Romains s'indignaient de ces désordres et César ne les ignorait ni ne les approuvait, mais il était forcé, pour arriver à ses fins politiques, d'employer de pareils agents.

52. Après la bataille de Pharsale, Caton et Scipion s'étaient enfuis en Libye ; et là, avec l'aide du roi Juba, ils avaient réuni une armée considérable ; César résolut de marcher contre eux et passa en Sicile vers le solstice d'hiver. Pour ôter sur-le-champ à ses officiers tout espoir de retard et de délai, il dressa sa tente sur le bord de la mer et, au premier vent favorable, s'embarqua et prit la mer avec trois mille fantassins et quelques cavaliers [62]. Il les fit débarquer secrètement

et reprit la mer, tremblant pour le gros de son armée : il la rencontra alors qu'elle était déjà en mer et l'amena tout entière dans son camp. Il apprit que les ennemis puisaient de l'assurance dans un ancien oracle, selon lequel la race des Scipion devait toujours l'emporter en Libye. Il serait difficile de dire s'il se fit un jeu de tourner en ridicule Scipion, qui commandait les troupes ennemies, ou s'il voulut sérieusement s'approprier le bénéfice de l'oracle : toujours est-il qu'il y avait de son côté un homme obscur et méprisé, mais qui était de la famille des Africains (il se nommait Scipion Salvito) et qu'il mettait dans les combats à la tête de l'armée, comme s'il était le général. César en effet était souvent obligé d'attaquer l'ennemi et de chercher le combat, car il avait peu de vivres pour les hommes et peu de fourrages pour les chevaux, qu'il fallait nourrir avec des algues marines qu'on dessalait et qu'on additionnait de chiendent en guise d'assaisonnement. Les Numides se montraient tous les jours, nombreux et rapides, et étaient maîtres de la campagne. Un jour, les cavaliers de César, n'ayant rien à faire, comme il se trouvait là un Libyen qui montrait ses talents, d'ailleurs admirables, de danseur et de flûtiste solo, étaient assis tout au plaisir de la représentation, lorsque tout à coup les ennemis fondent sur eux, les enveloppent, tuent les uns et poursuivent les autres en débandade jusqu'à leur camp, où ils se jettent sur eux. Et si César en personne, et, avec César, Asinius Pollion n'étaient pas sortis des retranchements pour voler à leur secours, la guerre se serait terminée ce jour-là. Une autre fois, dans une seconde rencontre, les ennemis eurent encore l'avantage dans la mêlée et César, dit-on, voyant le porte-aigle qui fuyait, le retint par le cou et le força à tourner la tête en lui disant : « C'est là que sont les ennemis ! »

53. Scipion cependant, gonflé par ses succès, résolut de risquer une bataille décisive et, laissant d'un côté Afranius et de l'autre Juba, qui campaient séparément à peu de distance, il fortifia son camp au-dessus d'un lac, près de la ville de Thapsus [63], afin

d'en faire pour toute l'armée une base et un lieu de retraite. Tandis qu'il travaillait à ces retranchements, César traversa avec une incroyable rapidité un pays boisé, doté de débouchés secrets, et vint encercler les uns et attaquer les autres de front. Il les mit en déroute, puis, saisissant l'occasion et profitant de la fortune qui le portait, il enleva au premier assaut le camp d'Afranius et, au premier assaut aussi, pilla celui des Numides, que Juba avait abandonné. Ainsi, dans une petite partie d'un seul jour, il se rendit maître de trois camps et tua cinquante mille ennemis sans perdre seulement cinquante des siens. Tel est le récit que quelques-uns font de cette bataille. Mais d'autres prétendent que César ne fut pas présent à l'action, qu'au moment où il rangeait son armée en bataille et donnait ses ordres, il aurait été pris d'un accès de sa maladie coutumière [64] ; dès qu'il en sentit la première atteinte et avant que le mal lui eût troublé et entièrement ôté l'usage de ses sens, déjà ébranlés, il se serait fait porter dans une des tours voisines, où il attendit au calme. Parmi les personnages consulaires et prétoriens qui échappèrent au carnage, les uns se tuèrent eux-mêmes au moment de leur capture et un grand nombre furent mis à mort par l'ordre de César après leur capture.

54. Il avait un extrême désir de prendre Caton vivant et se hâta en conséquence vers Utique, car Caton, chargé de la défense de cette ville, n'avait pas pris part à la bataille. Informé qu'il s'était lui-même donné la mort, César fut visiblement contrarié, mais on en ignore le motif, car s'il s'écria : « Ô Caton, j'envie ta mort, puisque tu m'as envié la gloire de te sauver la vie ! », le discours qu'il écrivit ensuite contre Caton mort ne semble pas d'un homme disposé à la douceur et à la réconciliation. Comment aurait-il épargné, vivant, un homme dont il a couvert des flots de sa bile les restes inanimés ? Il est vrai que la clémence dont il usa envers Cicéron, Brutus et mille autres qui l'avaient combattu, donne à penser que, s'il composa ce discours, ce fut moins par haine de Caton

que par point d'honneur politique, pour la raison que Cicéron avait composé un éloge de Caton, intitulé *Caton*. Cet ouvrage était très couru, comme il est naturel pour un texte composé par le plus grand des orateurs sur le plus beau des sujets et César était contrarié. Il regardait en effet comme une accusation contre lui l'éloge d'un homme mort à cause de lui. Il ramassa et rédigea donc toutes sortes de griefs contre lui : l'ouvrage s'intitule *Anticaton* et chacun des deux ouvrages a aujourd'hui encore des admirateurs zélés, à cause de César et de Caton.

55. Après son retour de Libye, son premier soin à Rome fut d'exalter sa victoire devant le peuple en affirmant avoir subjugué des pays assez étendus pour fournir chaque année au trésor public deux cent mille médimnes attiques de blé et trois millions de livres d'huile [65]. Puis il célébra ses triomphes < sur la Gaule >, sur l'Égypte, sur le Pont et sur la Libye, et pour celui-ci, non sur Scipion, mais seulement sur le roi Juba. A cette époque Juba, le fils du roi, qui n'était encore qu'un tout jeune enfant, suivit le char du triomphe et cette captivité fut pour lui un très grand bonheur, puisque, né barbare et numide, il entra au nombre des plus savants historiens grecs [66]. Après ces triomphes, César fit de grandes largesses à ses soldats et il donna des festins et des spectacles au peuple : vingt-deux mille tables de trois lits chacune furent dressées pour traiter tous les citoyens à la fois et il donna, en l'honneur de sa fille Julie, morte depuis longtemps, des combats de gladiateurs et des joutes navales. Après ces spectacles, un recensement fit apparaître, au lieu des trois cent mille qu'il y avait auparavant, cent trente mille citoyens en tout et pour tout : tant la guerre civile avait été meurtrière ! tant elle avait emporté de citoyens, sans compter tous les fléaux qui avaient dévasté le reste de l'Italie et les provinces !

56. Après ce recensement, César, nommé consul pour la quatrième fois, alla en Espagne faire la guerre aux fils de Pompée, qui, malgré leur jeunesse, avaient

mis sur pied une armée étonnamment nombreuse et montraient une audace digne de ce commandement : aussi mirent-ils César dans un extrême péril. Il se livra, sous les murs de la ville de Munda [67], une grande bataille dans laquelle César, voyant ses troupes vivement pressées n'opposer à l'ennemi qu'une faible résistance, criait en sillonnant les rangs des soldats : « Si vous n'avez pas honte, prenez-moi et livrez-moi aux mains de ces enfants ! » Ce ne fut qu'avec des efforts extraordinaires qu'il parvint à repousser les ennemis : il leur tua plus de trente mille hommes et il perdit mille des siens, qui étaient les plus braves de l'armée. Repartant après la bataille, il dit à ses amis qu'il avait souvent combattu pour la victoire, mais qu'aujourd'hui, pour la première fois, il avait lutté pour sa vie. Il remporta cette victoire le jour des fêtes de Dionysos, le jour même où le grand Pompée, dit-on, était sorti de Rome pour cette guerre quatre ans auparavant. Le plus jeune des fils de Pompée s'échappa ; quant à l'aîné, Didius [68] apporta sa tête à César quelques jours après. Ce fut la dernière guerre de César et le triomphe qui la suivit affligea plus les Romains qu'aucune autre chose, car c'était, non pour ses victoires sur des généraux étrangers ou sur des rois barbares qu'il le célébrait, mais pour avoir détruit les fils et la race du meilleur des Romains, victime des vicissitudes de la Fortune, et il n'était pas beau de triompher ainsi des malheurs de la patrie et de se glorifier de succès qui n'avaient pour seule excuse devant les dieux et les hommes que la nécessité, d'autant que, jusqu'alors, César n'avait jamais envoyé ni messagers ni lettres à titre officiel pour annoncer ses victoires dans les guerres civiles et en avait toujours repoussé la gloire, par un sentiment de pudeur.

57. Cependant les Romains, s'inclinant devant le Fortune de César, et se soumettant à son joug, persuadés que le seul moyen de se remettre de tous les maux qu'avaient causés les guerres civiles, c'était l'autorité d'un seul, le nommèrent dictateur à vie : c'était là une tyrannie avouée, puisqu'à l'irresponsabi-

lité de ce pouvoir absolu s'ajoutait une durée illimitée. Les premiers honneurs proposés au sénat par Cicéron restaient encore à peu près dans les bornes d'une grandeur humaine, mais d'autres en rajoutèrent à l'envi et rendirent ainsi César odieux et insupportable même aux gens les plus placides par l'étrangeté boursouflée des mesures qu'ils faisaient voter. Aussi croit-on que ses ennemis n'y contribuèrent pas moins que ses flatteurs, pour se préparer le plus de prétextes possibles de l'attaquer et couvrir leurs entreprises avec les griefs les plus graves, car, pour le reste, les guerres civiles une fois terminées, César se montra irréprochable et c'est donc légitimement qu'on semble lui avoir voté un temple de la Clémence pour consacrer la douceur avec laquelle il avait usé de la victoire. En effet, il avait pardonné à nombre de ceux qui l'avaient combattu et il donna même à quelques-uns d'entre eux des charges et des honneurs, comme à Brutus et Cassius, qu'il nomma tous les deux préteurs. Il ne vit pas avec indifférence les statues de Pompée jetées à bas et les fit relever, ce qui inspira à Cicéron cette réflexion que César, en relevant les statues de Pompée, avait affermi les siennes. Comme ses amis l'engageaient à prendre des gardes du corps et, plusieurs même s'offrant à le faire, il refusa, disant qu'il valait mieux mourir une bonne fois que d'appréhender la mort à toute heure. Persuadé que l'affection du peuple était la plus honorable sauvegarde et la plus sûre dont il pût s'entourer, il s'appliqua de nouveau à gagner le peuple par des repas publics et des distributions de blé, et les soldats par l'établissement de nouvelles colonies. Les plus considérables furent Carthage et Corinthe. Ainsi la Fortune fit que ces deux villes, détruites en même temps, furent en même temps rétablies alors.

58. En ce qui concerne les notables, il promettait aux uns des consulats et des prétures pour l'avenir, consolait les autres par d'autres charges et honneurs, et donnait à tous des espérances, cherchant à rendre leur obéissance volontaire. C'est ainsi que, le consul

Maximus étant mort la veille de l'expiration de son consulat, il nomma Caninius Rébilus consul pour le seul jour qui restait et, comme on allait en foule, suivant l'usage, le féliciter et lui faire escorte : « Hâtons-nous, dit Cicéron, de peur qu'il ne sorte de charge avant notre arrivée. »

César se sentait né pour les grandes entreprises et loin que ses nombreux exploits lui fissent désirer de jouir du fruit de ses travaux, il n'y trouvait qu'une incitation et un encouragement à former pour l'avenir de plus vastes desseins et à désirer une gloire nouvelle, comme s'il avait déjà consumé la gloire acquise : cette passion n'était rien d'autre qu'une sorte de jalousie contre lui-même, une forme de rivalité où il opposait les exploits à venir à ceux qu'il avait accomplis [69]. C'est ainsi qu'il projetait et préparait une expédition contre les Parthes. Eux subjugués, il pensait traverser l'Hyrcanie, le long de la mer Caspienne et du Caucase, et contourner le Pont pour envahir la Scythie, puis attaquer tous les pays voisins de la Germanie et la Germanie même, avant de revenir en Italie par les Gaules et de boucler ainsi le cercle de l'empire, borné de tous côtés par l'Océan [70]. Pendant qu'il préparait cette expédition, il envisageait de percer l'isthme de Corinthe et avait chargé Anienus de cette entreprise [71]. Il songeait aussi à détourner le Tibre, au sortir de Rome, en faisant creuser un canal profond qui dériverait son cours jusqu'à Circaeum, puis jusqu'à la mer, près de Terracine : ainsi il ouvrirait au commerce une route commode et sûre jusqu'à Rome. En outre, il voulait assécher les marais de Pometium et de Setia et les changer en une plaine cultivable pour des dizaines de milliers d'hommes. Il avait enfin le projet d'opposer des barrières à la mer la plus voisine de Rome et, après avoir nettoyé les passages inabordables et dangereux de la côte d'Ostie, d'y aménager des ports et des mouillages sûrs pour la navigation. Tels étaient les grands ouvrages en préparation.

59. La réforme du calendrier et l'ingénieuse correction que César imagina et réalisa pour remédier à la

perturbation du calcul du temps furent d'une très précieuse utilité [72], car, non seulement, dans la haute Antiquité, les Romains subissaient un tel désordre dans la distribution des mois de l'année que les sacrifices et les fêtes, en reculant peu à peu, se retrouvaient dans des saisons entièrement opposées à leur date primitive, mais, de surcroît, à l'époque même de César, le commun des citoyens n'y comprenait goutte et les prêtres, qui avaient seuls la connaissance des temps, ajoutaient tout à coup, sans que personne s'y attendît, le mois intercalaire qu'ils appelaient Mercedonius : ce mois, dont l'usage fut, dit-on, introduit par le roi Numa, n'était qu'un faible remède et de portée réduite pour corriger les mécomptes du calcul de l'année, comme je l'ai écrit dans la *Vie de Numa.* César proposa le problème aux plus savants philosophes et mathématiciens de son temps et composa d'après les méthodes déjà trouvées une réforme personnelle, plus précise, dont les Romains font encore usage et à laquelle ils doivent de se tromper, ce semble, moins que ne font tous les autres peuples sur l'inégalité des temps. Cependant ses détracteurs et ceux qui ne pouvaient souffrir sa domination trouvèrent là aussi matière à le critiquer. C'est ainsi que l'orateur Cicéron, si je ne me trompe, ayant entendu dire à quelqu'un que la constellation de la Lyre se lèverait le lendemain : « Oui, dit-il, par ordre », comme si ce changement même n'avait été accepté que sous la contrainte.

60. Mais ce qui fit éclater surtout la haine contre César et décida de sa mort, ce fut sa passion pour la royauté : de là vint le premier grief du peuple et, pour ceux qui, depuis longtemps, le haïssaient en secret, le prétexte le plus spécieux. Cependant ceux qui voulaient lui faire décerner cet honneur allaient semant dans le public que, d'après les livres sibyllins, l'empire parthe serait à la portée des armées romaines lorsqu'elles seraient commandées par un roi, mais qu'autrement, il resterait hors d'atteinte. Et, un jour que César revenait d'Albe à Rome, ils osèrent le saluer

du nom de roi. Devant les remous suscités parmi le peuple, César répliqua d'un air pincé qu'il ne s'appelait pas « roi », mais « César ». Ces mots furent suivis d'un silence général et César continua son chemin, fort triste et fort mécontent. Un autre jour que le sénat lui avait décerné des honneurs extraordinaires, il était assis aux Rostres lorsque les consuls et les préteurs, suivis de tous les membres du sénat, s'approchèrent ; or il ne se leva point à leur arrivée, mais, comme s'il donnait audience à de simples particuliers, il répondit qu'il fallait réduire ses honneurs plutôt que les augmenter. Cette conduite n'affligea pas seulement le sénat, mais le peuple lui-même, qui crut voir Rome méprisée dans la personne des sénateurs et tous ceux qui n'étaient pas obligés de rester s'en retournèrent à l'instant même, accablés d'une morne tristesse. César lui-même s'en aperçut et rentra sur-le-champ chez lui, criant à ses amis en découvrant sa gorge qu'il était prêt à la présenter au premier qui voudrait le tuer. Plus tard, il s'excusa sur sa maladie. « Ceux qui en sont attaqués, expliqua-t-il, perdent l'usage de leurs sens quand ils parlent debout devant la foule : saisis rapidement d'un tremblement, égarés, ils sont pris de vertiges et perdent connaissance. » Mais cette excuse était fausse, car il avait voulu se lever devant le sénat et il en avait été empêché, dit-on, par un de ses amis, ou plutôt de ses flatteurs [73], Cornélius Balbus, qui lui avait dit : « Ne te souviendras-tu pas que tu es César ? et veux-tu rejeter les honneurs dus à l'être supérieur que tu es ? »

61. A tous ces procédés offensants vint se joindre l'outrage qu'il fit aux tribuns du peuple. C'était la fête des Lupercales qui, selon plusieurs écrivains, était anciennement une fête de bergers et qui a même quelques rapports avec les fêtes du Lycée d'Arcadie [74]. Ce jour-là, beaucoup de jeunes gens de familles nobles et de magistrats courent nus par la ville, armés de lanières de cuir qui ont tout leur poil et ils frappent, par manière de jeu et pour rire, les personnes qu'ils rencontrent. Nombre de femmes en âge d'être mères

vont à dessein au-devant d'eux et tendent la main à leurs coups, comme les enfants à l'école, persuadées que c'est un bon moyen, pour les femmes enceintes, d'accoucher heureusement, et, pour les femmes stériles, de concevoir des enfants. César assistait donc à la fête, assis aux Rostres sur un siège d'or, dans sa tenue de triomphateur. Antoine, en sa qualité de consul, était un de ceux qui figuraient dans la course sacrée. Lorsqu'il arriva sur le Forum et que la foule se fut ouverte devant lui, il vint tendre à César le diadème entrelacé d'une couronne de laurier qu'il portait, mais ce geste, loin d'être salué par des applaudissements sonores, ne suscita que de maigres battements de mains de commande. En revanche, quand César l'eut repoussé, tout le peuple applaudit bruyamment. Nouvelle présentation et, à nouveau, peu d'applaudissements ; nouveau refus et, à nouveau, acclamations générales. L'épreuve ayant ainsi tourné, César se lève et ordonne de porter le diadème au Capitole. On vit alors que ses statues étaient couronnées d'un diadème royal et deux tribuns du peuple, Flavius et Marullus, allèrent les arracher, puis, ayant découvert ceux qui les premiers avaient salué César du nom de roi, ils les firent conduire en prison. Le peuple les suivait en battant des mains et les appelait des Brutus, parce que c'était Brutus qui avait renversé la royauté et transféré le pouvoir souverain des mains d'un seul au sénat et au peuple [75]. César, irrité de cet affront, dépouilla Flavius et Marullus de leur charge et, mêlant à ses accusations contre eux des insultes contre le peuple lui-même, il les traita à plusieurs reprises de Brutes et de Cyméens.

62. Dans ces conditions, la foule se tourne vers Marcus Brutus, qui passait pour être, du côté paternel, un descendant de l'ancien Brutus, et, par sa mère, appartenait aux Servilii, autre maison illustre ; il était aussi neveu et gendre de Caton. Ce qui émoussait en Brutus le désir de renverser la monarchie, c'étaient les honneurs et les bienfaits qu'il avait reçus de César. Non content de l'avoir sauvé lui à Pharsale

après la fuite de Pompée et d'avoir, à sa prière, sauvé plusieurs de ses amis, César lui témoignait une entière confiance et lui avait conféré alors la préture la plus honorable, le désignant encore pour être consul trois ans plus tard, de préférence à Cassius, son compétiteur. César avoua, dit-on, à cette occasion que Cassius présentait de meilleurs titres, mais qu'il ne pouvait le faire passer avant Brutus ; et un jour qu'on lui dénonçait Brutus alors que la conjuration était déjà en route, il n'y ajouta pas foi, mais, se désignant de la main, déclara : « Brutus attendra bien la fin de ce corps », faisant entendre par là que la vertu de Brutus le rendait digne du pouvoir, comme elle le retiendrait de se montrer ingrat et criminel. Cependant ceux qui désiraient un changement n'avaient d'yeux que pour lui ou, du moins, regardaient d'abord vers lui, mais ils n'osaient pas lui en parler : la nuit, ils couvraient le tribunal et le siège où il rendait la justice comme préteur de billets conçus pour la plupart en ces termes : « Tu dors, Brutus », « Tu n'es pas un Brutus ». Cassius, s'apercevant que ces reproches réveillaient insensiblement en Brutus l'amour de la gloire, redoubla ses instances et ses pressions, car il avait contre César des motifs particuliers de haine, que nous avons fait connaître dans la *Vie de Brutus* [76]. De son côté, César avait aussi des soupçons sur son compte et déclara un jour à ses amis : « Que croyez-vous que projette Cassius ? Pour moi, il ne me plaît guère, je le trouve trop pâle. » A l'inverse, dit-on, comme on accusait auprès de lui Antoine et Dolabella de vouloir faire la révolution : « Je ne crains pas beaucoup, dit-il, ces gens gras et bien peignés, mais plutôt ces hommes pâles et maigres », désignant par là Brutus et Cassius.

63. Mais il est bien plus facile, ce semble, de prévoir sa destinée que de l'éviter ; on vit alors, dit-on, des présages et des apparitions extraordinaires. Il est bien possible que les feux célestes, les bruits nocturnes entendus en plusieurs endroits, les oiseaux de proie qui vinrent se poser sur le Forum, ne méritent pas d'être mentionnés à propos d'un événement de cette

importance. Mais, au rapport de Strabon le philosophe [77], beaucoup de gens virent en l'air accourir des hommes de feu et le valet d'un soldat faire jaillir de sa main une flamme très vive qui fit croire qu'il brûlait ; mais, quand la flamme fut éteinte, l'homme n'avait aucun mal. Il raconte encore que, dans un sacrifice que César lui-même offrait, on ne trouva point de cœur à la victime, prodige effrayant, car il est contre nature qu'un animal puisse subsister sans cœur. On peut encore entendre beaucoup de gens raconter qu'un devin l'avertit de se garder d'un grand danger le jour de mars que les Romains appellent les ides et que, ce jour venu, César, sortant pour se rendre au sénat, salua le devin et lui dit en plaisantant : « Eh bien ! Voilà les ides de mars venues ! » Et l'autre lui répondit paisiblement : « Oui, elles sont venues, mais elles ne sont pas passées. » La veille, il soupait chez Lépide et, suivant sa coutume, il signait des lettres à table. Or, la conversation étant tombée sur la question de savoir quelle était la mort la meilleure, César prévint toutes les réponses en s'écriant : « Celle qu'on n'attend pas. » Après le souper, comme il était couché avec sa femme, à son ordinaire, voilà que toutes les portes et les fenêtres de la chambre s'ouvrirent en même temps ; profondément troublé par le bruit et la clarté de la lune, il entendit sa femme Calpurnia, qui dormait pourtant profondément, pousser des gémissements confus et prononcer des mots inarticulés dans son sommeil. Elle rêvait qu'elle pleurait son époux, qu'elle tenait égorgé entre ses bras. Selon d'autres, ce n'est pas cela qu'elle rêva, mais, le sénat, d'après le récit de Tite-Live, avait fait placer par un décret au faîte de la maison de César un pinacle qui y était comme un ornement et une distinction et Calpurnia rêva que ce pinacle était brisé, et c'était là le sujet de ses gémissements et de ses larmes. En tout cas, quand le jour parut, elle conjura César de ne pas sortir, s'il lui était possible, et de remettre l'assemblée du sénat ; et s'il faisait peu de cas de ses songes, d'avoir du moins recours à d'autres moyens divinatoires pour connaître l'avenir. Il conçut lui aussi, semble-t-il, quelques soupçons et quelques craintes, car il n'avait jamais remarqué jusque-là chez Calpurnia le penchant féminin à la superstition et il la voyait alors en proie aux plus vives inquiétudes. Lorsque les devins, après plusieurs sacrifices, lui déclarèrent que les signes lui étaient défavorables, il décida d'envoyer Antoine congédier le sénat.

64. Sur ces entrefaites, Decimus Brutus, surnommé Albinus [78], en qui César avait une telle confiance qu'il l'avait institué son second héritier, mais qui était un des complices de la conjuration de l'autre Brutus et de Cassius, craignant que, si César en réchappait ce jour-là, le complot ne fût découvert, se mit à railler les devins et remontra vivement à César quels sujets de plaintes et de reproches il fournirait au sénat, qui verrait là un camouflet, car il s'était réuni sur son ordre et tous étaient disposés à voter que César fût nommé roi de toutes les provinces situées hors d'Italie et à lui permettre de porter le diadème partout ailleurs qu'à Rome, sur terre et sur mer. Si, maintenant qu'ils étaient assis, quelqu'un venait leur dire de se retirer et de revenir un autre jour, où Calpurnia aurait eu de meilleurs songes, quels propos tiendraient ses détracteurs ? Et qui voudrait écouter ses amis, lorsqu'ils expliqueraient que ce n'étaient pas là servitude et tyrannie ? Si toutefois, ajouta-t-il, il croyait ce jour vraiment néfaste, mieux valait qu'il aille annoncer en personne la remise de l'assemblée. Et en disant ces mots, il prit César par la main et le fit sortir. Celui-ci avait à peine passé le seuil de la porte qu'un esclave étranger, qui voulait absolument lui parler, n'ayant pu percer la foule et arriver jusqu'à lui, força le chemin jusqu'à chez lui et se remit aux mains de Calpurnia, en la priant de le garder jusqu'au retour de César, car il avait des choses importantes à lui communiquer.

65. Artémidore de Cnide, qui enseignait à Rome les lettres grecques et qui se trouvait par là un familier de quelques-uns des complices de Brutus, au courant de l'essentiel de la conjuration, vint remettre à César

un billet où il avait porté ses révélations. Mais voyant que César, à mesure qu'il recevait chaque écrit, le remettait aux serviteurs qui l'entouraient, il s'approcha tout près et lui dit : « Ce papier, César, lis-le seul et vite, car il s'agit de choses graves et importantes. » César le prit donc, mais il fut empêché de le lire par la foule de ceux qui venaient lui parler, malgré plusieurs essais répétés, et il le tenait toujours à la main et n'avait gardé que lui quand il entra au sénat. Quelques-uns disent que c'est un autre qui lui remit le billet, car Artémidore n'avait pas pu arriver jusqu'à lui, repoussé par la foule tout le long du chemin.

66. Cependant les circonstances peuvent encore avoir été l'effet du hasard, mais le fait que le lieu qui servit de cadre à cette lutte sanglante, où s'était assemblé ce jour-là le sénat, contenait une statue de Pompée et était lui-même un des édifices dédiés par Pompée comme un ornement à son théâtre [79] montrait à l'évidence qu'un être divin conduisait l'entreprise et appelait là l'exécution de cet acte. On dit même que Cassius, avant la tentative, porta les yeux sur la statue de Pompée et l'invoqua en silence, quoiqu'il eût quelque accointance avec la doctrine d'Épicure, mais l'imminence du danger, semble-t-il, suscitait en lui un mouvement d'enthousiasme et de passion qui chassait ses anciennes opinions [80]. Antoine, qui était tout dévoué à César et vigoureux, fut retenu à l'extérieur par Brutus Albinus, qui engagea à dessein une longue conversation.

Lorsque César entra, les sénateurs se levèrent pour lui faire honneur. Quant aux complices de Brutus, les uns se rangèrent en cercle derrière le siège de César et les autres allèrent au-devant de lui comme pour joindre leurs prières à celles de Tullius Cimber, qui demandait le rappel de son frère exilé ; et ils le prièrent en l'accompagnant jusqu'à son siège. Une fois assis, il essaya de repousser leurs prières et comme ils le pressaient plus vivement, se fâcha contre chacun d'eux. Alors Tullius saisit sa toge à deux mains et la tira en bas du cou, ce qui était le signal de l'attaque.

Casca le premier le frappe de son épée à la nuque, mais le coup n'était pas mortel ni profond, troublé qu'il était, naturellement, de commencer un si grand coup d'audace. Aussi César, se tournant vers lui, put-il saisir l'épée et arrêter son bras. Ils s'écrièrent tous deux en même temps, celui qui avait reçu le coup en latin : « Scélérat de Casca, que fais-tu ? », et celui qui l'avait donné, en grec, à l'adresse de son frère : « Mon frère, au secours ! » L'affaire ainsi lancée, tous ceux qui n'étaient pas dans le secret du complot furent saisis d'horreur et parcourus d'un frisson devant ce qui se passait, incapables d'oser ni prendre la fuite ni défendre César ni même proférer une parole. Cependant les conjurés ayant tiré chacun leur épée, César, encerclé de tous côtés, ne rencontrait, où qu'il portât le regard, que des épées qui le frappaient aux yeux et au visage, telle une bête sauvage traquée, et se débattait, ballotté entre toutes les mains armées contre lui, car tous devaient avoir leur part au sacrifice et goûter à ce sang. Aussi Brutus lui-même lui porta-t-il un coup à l'aine. Alors, selon certains, César, qui se défendait contre les autres et se jetait ici et là en poussant de grands cris, lorsqu'il vit Brutus l'épée dégainée, se couvrit la tête de sa toge et se laissa tomber, poussé par le hasard ou par ses meurtriers, sur le piédestal de la statue de Pompée. Il l'inonda de son sang, si bien qu'il semblait que Pompée présidât à la vengeance qu'on tirait de son ennemi, étendu à ses pieds et palpitant sous l'avalanche des blessures. On dit en effet qu'il en reçut vingt-trois et plusieurs des conjurés se blessèrent mutuellement en infligeant à un seul homme tant de coups.

67. César mort, Brutus s'avança au milieu du sénat pour rendre raison de ce qui venait de s'accomplir, mais les sénateurs ne voulurent rien entendre : ils se ruèrent dehors et, par leur fuite, jetèrent dans le peuple un trouble et un effroi insurmontables, qui firent fermer les maisons et abandonner banques et comptoirs : partout on courait, les uns pour aller sur place voir le drame, les autres revenant après l'avoir

vu. Antoine et Lépide, les deux plus grands amis de César, s'éclipsèrent discrètement et cherchèrent refuge dans des maisons étrangères. Cependant Brutus et ses complices, encore tout chauds du meurtre, l'épée nue à la main, se regroupèrent au sortir du sénat et prirent le chemin du Capitole, non point avec l'air de gens qui fuient, mais avec un visage serein et assuré, appelant la foule à la liberté et saluant aimablement les notables qu'ils rencontraient. Il y en eut même qui montèrent avec eux et se mêlèrent à eux comme s'ils avaient pris part à l'action, cherchant ainsi à usurper leur gloire. De ce nombre furent Gaïus Octavius et Lentulus Spinther, qui furent bien punis par la suite de leur imposture, car Antoine et le jeune César les firent mettre à mort [81] ; ils ne jouirent d'ailleurs même pas de la gloire qui leur fut fatale, car personne ne les crut et ceux-là mêmes qui les condamnèrent punirent en eux non l'exécution du crime, mais l'intention.

Le lendemain, Brutus et les autres conjurés descendirent au Forum et parlèrent au peuple, qui les écouta sans donner aucun signe de blâme ni d'approbation, mais qui faisait sentir, par son silence, et sa pitié pour César et son respect pour Brutus. Le sénat décida une amnistie et une réconciliation générales, votant, d'un côté, qu'on honorerait César comme un dieu et qu'on ne ferait pas le moindre changement aux mesures qu'il avait prises au pouvoir, et distribuant, d'un autre côté, à Brutus et ses complices des provinces et leur décernant des honneurs appropriés. Aussi tout le monde put-il se figurer que les affaires étaient arrangées et la république remise dans un meilleur état.

68. Mais, quand on eut ouvert le testament de César et découvert qu'il laissait à chaque Romain un legs considérable, quand on eut vu porter à travers le Forum son corps déchiré par les plaies, la passion se déchaîna, sans ordre ni retenue : on amoncela autour du cadavre bancs, barrières et tables pris au Forum, on y mit le feu et on brûla le cadavre sur place, puis, prenant des tisons enflammés, on courut aux maisons des meurtriers pour y mettre le feu ; d'autres se répan-

dirent aux quatre coins de la Ville, cherchant les conjurés eux-mêmes pour les mettre en pièces, mais personne ne rencontra le moindre d'entre eux, car ils étaient tous bien barricadés. Un des amis de César, nommé Cinna, avait eu, dit-on, la nuit précédente, un songe extraordinaire : il avait cru voir César qui l'invitait à souper et qui, sur son refus, le traînait par la main malgré sa résistance et ses efforts. Apprenant qu'on brûlait au Forum le corps de César, il se leva et alla lui rendre les derniers honneurs en dépit de l'inquiétude que lui causait ce rêve et aussi de la fièvre dont il souffrait. Mais, dès qu'il se montra, quelqu'un du peuple le nomma à un citoyen qui lui demandait son nom, celui-ci le répéta à un autre et bientôt il courut dans toute la foule que c'était un des meurtriers de César. Il avait en effet un homonyme parmi les conjurés, un Cinna, et le peuple, le prenant pour cet homme, se jeta sur lui et le lyncha sur-le-champ. Effrayés de cet exemple, Brutus et Cassius sortirent de la ville peu de jours après. Ce qu'ils firent ensuite et les malheurs qu'ils éprouvèrent jusqu'à leur mort, je l'ai écrit dans la *Vie de Brutus*.

69. César mourut donc à cinquante-six ans, n'ayant guère survécu plus de quatre ans à Pompée. De cette domination, de ce pouvoir souverain, qu'il n'avait cessé de poursuivre durant toute sa vie à travers tant de dangers et qu'il avait conquis avec tant de peine, il ne recueillit qu'un simple nom et une gloire qui l'exposa à l'envie de ses concitoyens. Il est vrai que le Génie puissant qui l'avait conduit pendant sa vie le suivit encore après sa mort et vengea son assassinat : sur toute l'étendue de la terre et de la mer, il pourchassa et traqua les meurtriers jusqu'au dernier, s'attaquant même à ceux qui, si peu que ce fût, y avaient mis la main ou pris part en intention [82]. Le plus extraordinaire des faits humains concerne Cassius, qui, vaincu à Philippes, se tua de la même épée dont il avait frappé César et, parmi les phénomènes divins, ce furent la grande comète (apparue après le meurtre de César, elle brilla pendant sept nuits, puis

disparut) et l'obscurcissement de la lumière du soleil : toute cette année-là, cet astre se leva fort pâle et, privé de rayons étincelants, il diffusait une chaleur faible et languissante, si bien que l'air restait ténébreux et lourd à cause de la faiblesse de la chaleur qui le mettait en mouvement et que les fruits, à demi-mûrs, flétrissaient et se gâtaient avant d'arriver à maturité à cause de la fraîcheur de l'atmosphère. Mais c'est le fantôme apparu à Brutus qui montre, plus que tout, que le meurtre de César avait déplu aux dieux. Voici l'histoire : Brutus se disposait à faire passer son armée d'Abydos au continent opposé et il se reposait la nuit sous sa tente, suivant sa coutume, sans dormir, mais en réfléchissant à l'avenir, car il n'y eut jamais, dit-on, de général qui eût moins besoin de sommeil et que la nature eût fait capable de plus longues veilles. Il lui sembla entendre du bruit à sa porte et, regardant à la clarté d'une lampe qui commençait à baisser, il eut la vision horrible d'un homme d'une taille démesurée et d'un aspect hideux. D'abord saisi d'effroi, Brutus, quand il vit que le spectre se tenait, sans rien faire ni rien dire, en silence auprès de son lit, lui demanda qui il était. Et le spectre de lui répondre : « Brutus, je suis ton mauvais Génie ; tu me verras à Philippes. » — « Eh bien, reprit alors Brutus d'un ton assuré, je t'y verrai ! » Et aussitôt le spectre disparut. Le moment venu, rangé à Philippes face à Antoine et César, Brutus, vainqueur à la première attaque, renversa tout ce qui se trouvait devant lui, poursuivit les ennemis en déroute et pilla le camp de César. Il se préparait à un second combat lorsque le même spectre lui apparaît, encore la nuit, sans proférer une seule parole. Mais Brutus comprit que son destin était scellé et il se jeta tête baissée au milieu du danger. Cependant il ne périt pas dans le combat : ses troupes ayant été mises en fuite, il se retira sur une roche escarpée et appuya sa poitrine sur son épée nue, aidé, dit-on, d'un de ses amis, qui enfonça le coup, et c'est ainsi qu'il mourut.

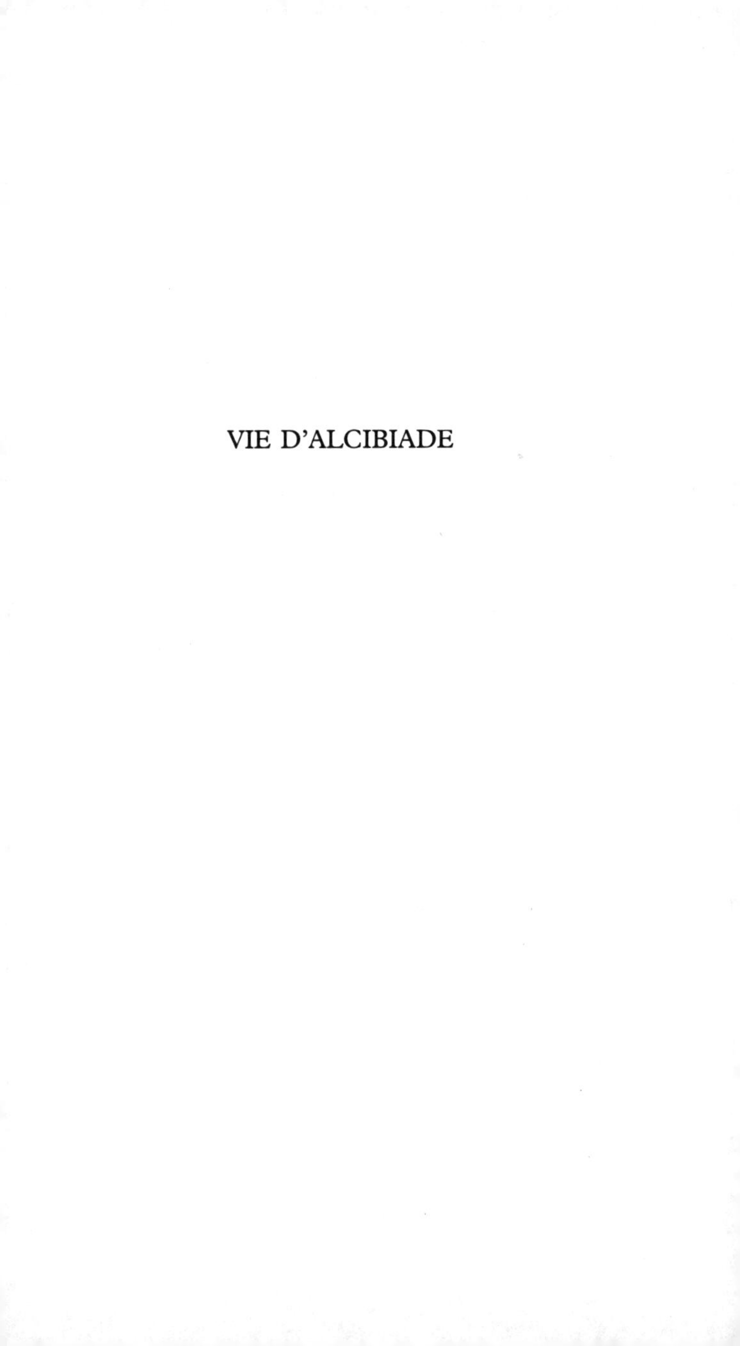

VIE D'ALCIBIADE

Alcibiade, qui mena de 452 à 404 av. J.-C. une existence privée et publique aussi contestée, est apparemment le dernier des Grecs en qui l'on serait porté à voir un « homme de Plutarque » ; il prendrait même plus logiquement place parmi les réprouvés comme Démétrios ou Antoine. Il ne cesse en effet de bafouer avec éclat la justice et toutes les vertus reconnues. Coriolan trahit sa cité par orgueil blessé, mais il conserve ses autres vertus. Alcibiade, lui, met constamment ses qualités physiques et intellectuelles au service de ses caprices. Et ses qualités sont exceptionnelles ; beau, fort, intelligent, courageux, il serait un modèle s'il n'était précisément dépourvu de toute conscience morale. Plutarque, cependant, n'a pu résister au plaisir de le faire entrer dans sa galerie de portraits.

On le dirait séduit à son tour par cet aventurier de légende qui incarne pourtant tout ce que Plutarque réprouve. Les sentiments qu'il porte à son personnage sont complexes. Ce sont ceux du Béotien épris de valeurs solides à l'égard de l'Athénien élégant et trompeur. Ce sont ceux aussi du platonicien envers le jeune aristocrate plein de qualités que son amour pour Socrate aurait pu sauver. On sent Plutarque tour à tour irrité par la morgue d'Alcibiade, amusé par le transfuge qui trompe les Spartiates, séduit leur reine et dupe les Perses, frappé enfin de son courage et de sa détermination. Il fait de lui, pour illustrer la thèse platonicienne, l'exemple même du flatteur et le compare à un caméléon (chap. 23). Cette Vie d'Alcibiade *occupe une place singulière dans l'œuvre de Plutarque comme le personnage lui-même dans les* Dialogues *de Platon ; riche de toutes les promesses et de toutes les attentes, mais infidèle au rendez-vous que lui offre la philosophie, ne trouvant pas de grand dessein au service duquel mettre ses qualités exceptionnelles, il voit celles-ci dévoyées, tandis que « son ambition et son amour de la gloire » le jettent dans les entreprises les plus condamnables. C'est assurément un des portraits où, paradoxalement, Plutarque fait preuve de la plus grande compréhension en même temps que d'une lucidité sans concession.*

1. On fait remonter jusqu'à Eurysakès, fils d'Ajax, l'origine de la famille paternelle d'Alcibiade, tandis que par sa mère, Dinomachè, fille de Mégaclès, il était Alcméonide [1]. Clinias, son père, combattit glorieusement à la bataille de l'Artémision [2], sur une trirème qu'il avait équipée à ses frais et, plus tard, périt à Coronée, en combattant contre les Béotiens [3]. Alcibiade eut pour tuteurs Périclès et Ariphron, les fils de Xanthippe, qui étaient ses proches parents [4]. On n'a pas tort de dire que l'affection et l'amitié de Socrate pour lui ne contribuèrent pas peu à sa gloire, quand on voit que pour Nicias, Démosthène Lamachos, Phormion, Thrasybule, Théramène, tous illustres contemporains d'Alcibiade, même leur mère n'a laissé aucun nom, alors que nous connaissons jusqu'à la nourrice d'Alcibiade, une Lacédémonienne du nom d'Amycla, ainsi que Zopyre, son pédagogue, Antisthène ayant parlé de l'une et Platon [5] de l'autre.

Quant à sa beauté, peut-être n'est-il pas besoin d'en rien dire, sinon qu'elle fleurit et brilla à tous les âges et fit de lui, un enfant, un jeune homme, puis un homme plein de charme et de séduction. Car il n'est pas vrai, quoi qu'en dise Euripide [6], que de tous ceux qui sont beaux, l'automne aussi soit belle. C'est au contraire un rare privilège qu'Alcibiade dut aux belles proportions de son corps et à son heureuse constitution ; il n'est jusqu'à son défaut de prononciation qui seyait fort bien à sa voix, dit-on, et donnait à son babillage une grâce entraînante. C'est justement ce défaut qu'Aristophane évoque dans ce passage où il raille Théoros :

> Puis Alcibiade me dit en grasseyant :
> Legalde Théolos avec sa tête de colbeau.
> C'est avec justesse qu'Alcibiade a grasseyé cela [7].

Et Archippos [8] aussi dit pour se moquer du fils d'Alcibiade : « il marche, nonchalant, laissant traîner derrière lui son manteau ; et, pour qu'on trouve en lui tout le portrait de son père,

> Il penche le cou et grasseye ».

2. Pour ses mœurs, elles présentèrent, avec le temps, des contrastes et des variations fréquentes, suite naturelle des grandes circonstances où il se trouva et des vicissitudes de sa fortune. Mais, entre toutes ces passions ardentes auxquelles son âme était en proie, la plus violente était son désir de vaincre et de primer partout, comme le prouvent les traits qu'on rapporte de son enfance. Ainsi comme, à la lutte, son adversaire le pressait vivement, pour nc pas être terrassé, il porta à sa bouche les bras qui le ceinturaient et se disposa à y planter les dents ; l'autre lâcha prise en s'écriant : « Tu mords comme les femmes, Alcibiade. » — « Non, repartit Alcibiade, comme les lions [9]. » Une autre fois, étant encore petit, il jouait aux osselets dans une ruelle. C'était son tour de jeter, quand il vit venir une charrette chargée. Il commença alors par intimer l'ordre au conducteur d'attendre, parce que les osselets tombaient à l'endroit même où devait passer la charrette. Et, comme ce rustre, sans l'écouter, continuait sa route, tous les enfants s'écartèrent, sauf Alcibiade qui se jeta face contre terre devant les chevaux et, étendu de tout son long, ordonna à l'homme : « Passe maintenant, si tu veux. » L'homme, épouvanté, fit reculer sa voiture et les spectateurs, stupéfaits, coururent à Alcibiade en jetant de grands cris.

Quand il commença à étudier, il se montra assez docile avec tous ses maîtres, mais il refusait de jouer de la flûte, activité qu'il jugeait vile et indigne d'un homme libre. C'est que, selon lui, si le maniement du plectre et de la lyre n'altérait point les traits du visage et ne lui faisait rien perdre de sa noblesse, souffler dans la flûte avec la bouche défigurait au point de rendre le joueur méconnaissable, même pour ses amis. D'ailleurs, la lyre accompagnait la voix et le chant de l'instrumentiste, tandis que la flûte le muselait et obstruait sa bouche, lui interdisant ainsi d'émettre le moindre son ou la moindre parole [10]. « La flûte est bonne, disait-il, pour des fils de Thébains, car ils ne savent pas discourir ; nous, Athéniens, nous avons, comme disent nos pères, Athéna pour fondatrice et Apollon pour protecteur : la première jeta loin d'elle la flûte et le second alla jusqu'à écorcher celui qui en jouait. » C'est par ces propos, mi-plaisants, mi-sérieux, qu'Alcibiade se délivra de cet exercice et en délivra tous les autres ; car le bruit se fut bientôt répandu, parmi les enfants, qu'Alcibiade avait raison de dénigrer la flûte et de railler ceux qui apprenaient à en jouer. La flûte fut, depuis ce temps, totalement exclue des études libérales et totalement déconsidérée.

Il est écrit, dans les *Invectives* d'Antiphon [11], qu'Alcibiade enfant s'enfuit de la maison de ses tuteurs pour aller chez Démocratès, qui était un de ses amoureux. Comme Ariphron voulait le faire réclamer par la voix du héraut, Périclès s'y serait opposé en ces termes : « S'il est mort, cette proclamation ne nous l'apprendra qu'un jour plus tôt ; et s'il est vivant, nous l'aurons déshonoré par cet éclat pour le reste de sa vie. » On y lit aussi qu'il aurait tué, dans la palestre de Sibyrtios, à coups de bâton, un des serviteurs qui l'accompagnaient. Mais peut-être ne doit-on point ajouter foi à des récits que l'auteur lui-même, ennemi déclaré d'Alcibiade, qualifie d'invectives.

4. Déjà une foule de citoyens distingués s'empressaient autour d'Alcibiade et le choyaient ; mais on voyait sans mal que c'était l'éclat de sa beauté qui les avait frappés et provoquait leurs soins. Au contraire, l'amour que lui portait Socrate ne fut qu'un hommage rendu à l'heureux naturel du jeune homme qu'il

voyait transparaître dans ses traits ; redoutant les périls que lui faisaient courir ses richesses, son rang social et cette foule de citoyens, d'étrangers et d'alliés qui cherchaient à se l'attacher par leurs flatteries et leurs complaisances, il se disposa à le défendre et ne put voir sans réagir cette plante dans sa fleur perdre et gâter le fruit qu'elle devait produire. En effet, jamais autour de personne la Fortune ne dressa une barrière extérieure, un rempart de prétendus biens, plus propres à le dérober aux atteintes de la philosophie et à empêcher les propos d'une franchise mordante d'arriver jusqu'à lui. Amolli, dès les premiers jours, et empêché par ceux qui ne cherchaient qu'à lui complaire d'écouter celui qui le reprenait et tâchait de l'instruire, Alcibiade reconnut pourtant, grâce à son heureux naturel, ce que valait Socrate et l'admit dans son intimité aux dépens de ses amoureux riches et illustres. Il eut bientôt formé avec lui une liaison intime et il écouta volontiers les discours d'un amant qui ne poursuivait pas un plaisir efféminé et ne sollicitait ni baisers ni caresses, mais reprenait les imperfections de son âme et réprimait sa creuse et sotte vanité ; alors,

> Il se fit tout petit, comme un coq vaincu, à l'aile basse [12].

Il reconnut, dans les efforts de Socrate, un véritable service des dieux visant à l'instruction et au salut de la jeunesse [13]. Plein de mépris pour lui-même et d'admiration pour Socrate, chérissant sa tendresse et respectant sa vertu, il forma insensiblement en lui un reflet d'amour, un « amour de retour », suivant l'expression de Platon [14]. Et ce fut un étonnement général de le voir souper, aller à la palestre, faire de la lutte avec Socrate, loger à l'armée sous la même tente que lui, lui qui rabrouait tous ses autres amoureux, allant jusqu'à montrer avec certains la dernière insolence, comme avec Anytos, fils d'Anthémion. Anytos aimait Alcibiade ; et, un jour qu'il avait à souper quelques hôtes, il l'avait invité, lui aussi, au festin. Alcibiade refusa cette invitation, mais, après s'être enivré chez lui avec ses amis, il s'en vint en cortège bachique chez Anytos. Il s'arrêta à la porte de la salle et, contemplant les tables couvertes de coupes d'or et d'argent, il ordonna à ses esclaves d'en prendre la moitié et de l'emporter chez lui ; puis, sans daigner entrer dans la salle, il se retira après cet esclandre. Les convives d'Anytos se récrièrent, indignés de l'insolence outrageante d'Alcibiade. « Au contraire, leur dit Anytos, il s'est conduit avec ménagement et bonté : car il était maître de tout prendre et il nous en a laissé la moitié [15]. »

5. C'est ainsi qu'il en usait avec tous ses amoureux. Il ne fit qu'une exception avec un métèque peu fortuné, mais qui vendit tout son bien et offrit à Alcibiade les cent statères [16] qu'il en avait retirées en le pressant de les accepter. Alcibiade sourit et, charmé, l'invita à souper. Après l'avoir bien traité, il lui rendit son argent et lui ordonna de venir, le lendemain, mettre son enchère à la ferme des impôts publics. Notre homme s'en défendait, parce que ce bail était de plusieurs talents ; mais Alcibiade le menaça de le faire fouetter s'il n'obéissait pas ; car il avait à se plaindre personnellement des fermiers. Le métèque se rendit donc dès l'aube à l'agora et surenchérit d'un talent. Les fermiers irrités se liguèrent contre lui et exigèrent qu'il nommât un garant, persuadés qu'il ne trouverait personne. Déconcerté, notre homme se retirait déjà, lorsque Alcibiade cria de loin aux archontes : « Écrivez mon nom ; cet homme est mon ami et je me porte garant de lui. » Les fermiers, à ces mots, se trouvèrent eux-mêmes dans un extrême embarras : accoutumés à payer avec le produit du second bail les arrérages du premier, ils ne voyaient aucun moyen de se tirer d'affaire. Ils offrirent donc de l'argent à cet homme pour l'engager à se désister. Alcibiade ne le laissa pas accepter à moins d'un talent [17] ; ils le donnèrent donc et Alcibiade alors lui ordonna de se retirer avec. Voilà comment il lui procura ce bénéfice.

6. L'amour de Socrate, tout contrarié qu'il était par des rivaux nombreux et puissants, prenait néanmoins souvent le dessus dans le cœur d'Alcibiade : l'heureux

naturel du jeune homme cédait à des discours qui le touchaient, lui remuaient le cœur et lui tiraient des larmes. Quelquefois aussi, il s'abandonnait à ses flatteurs et à l'attrait des maints plaisirs qu'ils lui suggéraient : il échappait à Socrate, qui se mettait en chasse après lui [18], exactement comme après un esclave fugitif ; car il était le seul qu'Alcibiade craignît et respectât alors qu'il prenait tous les autres de haut. Cléanthe [19] disait qu'il ne tenait l'objet de son amour que par les oreilles, tandis que ses rivaux en amour recouraient à bien d'autres prises qui lui répugnaient. Il signifiait par là le ventre, le sexe et le gosier. Sans conteste Alcibiade se laissait aussi facilement entraîner à la volupté : on peut le soupçonner en lisant ce que dit Thucydide sur le dérèglement de sa vie [20]. Cependant, c'est surtout à sa soif d'honneurs et de gloire que s'en prenaient ses corrupteurs en le poussant prématurément à de grandes entreprises : ils lui faisaient accroire qu'il ne se serait pas plus tôt mêlé des affaires publiques qu'il éclipserait tout le monde, généraux et hommes politiques ; bien plus, qu'il surpasserait jusqu'à l'autorité et la réputation dont Périclès jouissait en Grèce [21]. Ainsi, comme le fer, amolli par le feu, redevient, sous l'effet du froid, dense et compact, de même chaque fois que Socrate reprenait en main Alcibiade tout plein de luxure et de vanité, il le réprimait et le ramenait à plus d'humilité et de modestie, en lui faisant comprendre tout ce qui lui manquait et combien il était loin encore de l'excellence.

7. Il avait dépassé l'enfance lorsqu'un jour il entra dans une école et demanda un livre d'Homère. Le maître ayant répondu qu'il n'avait rien d'Homère, Alcibiade lui donna un soufflet et sortit. A un autre maître d'école, qui venait de lui dire qu'il avait un Homère corrigé de sa main : « Et après cela dit Alcibiade, tu enseignes encore l'alphabet ! Toi, capable de corriger Homère, tu n'instruis pas les jeunes gens ! »

Un autre jour, il allait voir Périclès. Il vint à sa porte mais on lui dit que Périclès était occupé et qu'il travaillait à rendre ses comptes aux Athéniens. « Ne ferait-il pas mieux, dit Alcibiade en s'en allant, de travailler à ne pas les rendre [22] ? »

Il était fort jeune encore, lorsqu'il alla à l'expédition de Potidée [23]. Il logea alors dans la tente de Socrate et combattit à ses côtés. Au cours d'un violent affrontement, ils se distinguèrent l'un et l'autre par leur vaillance. Alcibiade fut blessé ; Socrate se mit devant lui, le défendit et, de toute évidence, le sauva, lui et ses armes, des mains de l'ennemi. Le prix de la valeur revenait en toute justice à Socrate ; mais comme il crevait les yeux que les généraux avaient envie de conférer à Alcibiade cet honneur à cause de sa haute naissance, Socrate, qui voulait augmenter en lui son désir de se distinguer, fut le premier à témoigner en sa faveur et à demander qu'on lui décernât la couronne et l'armure complète.

Et encore, à la bataille de Délion, les Athéniens ayant été mis en fuite, Socrate se retirait à pied avec quelques soldats. Alcibiade, qui était à cheval, ne passa point outre, dès qu'il eut vu Socrate : il se tint près de lui et le défendit contre les ennemis qui venaient de tous côtés harceler les fuyards [24]. Mais cela se passa plus tard.

8. Il donna un soufflet à Hipponicos, père de Callias, un des personnages les plus illustres d'Athènes et des plus puissants par ses richesses et sa naissance [25] ; et il ne le fit pas dans un mouvement de colère ou à la suite d'un différend, mais il avait parié, pour rire, avec ses camarades qu'il le ferait. Cette insolence, bientôt divulguée dans toute la ville, excita naturellement une indignation générale. Aussi, le lendemain, dès la pointe du jour, Alcibiade était-il chez Hipponicos : il frappa à la porte, entra, et, se dépouillant de ses habits, se livra à lui, l'invitant à le fouetter pour le punir. Hipponicos lui pardonna ; et son ressentiment s'apaisa si bien qu'il lui fit épouser, dans la suite, sa fille Hipparétè. Toutefois, selon quelques-uns [26], ce ne fut pas Hipponicos, mais son fils Callias, qui donna Hipparétè à Alcibiade avec une dot de dix talents ; et Alcibiade, au premier enfant qui naquit, en aurait

réclamé dix autres, soutenant qu'on les lui avait promis au cas où il aurait des enfants. Callias, craignant de sa part quelque mauvais dessein, se présenta devant le peuple qu'il institua héritier de ses biens et de sa maison, s'il mourait, lui Callias, sans laisser de famille.

Hipparétè, qui était une femme rangée et aimante, souffrant des torts de son mari et de ses liaisons avec des courtisanes étrangères et athéniennes, finit par sortir de sa maison et s'en alla chez son frère. Alcibiade ne s'en mit point en peine et continua sa vie licencieuse. Mais il fallait qu'ellc remît sa demande de divorce chez l'archonte, non point par d'autres mains, mais en personne, et, quand elle s'y rendit pour obéir à la loi, Alcibiade accourut, la saisit à bras-le-corps et l'emporta chez lui à travers l'agora, sans que personne osât lui faire obstacle ou la lui enlever [27]. Elle demeura ainsi dans la maison de son mari jusqu'à sa mort, qui, du reste, se produisit peu de temps après, pendant un voyage d'Alcibiade à Éphèse. Cette violence ne parut pas totalement contraire à la loi ni à l'humanité ; car la loi semble avoir exigé une comparution publique et personnelle de la femme qui veut divorcer afin que son mari ait une occasion de s'entendre avec elle et de la garder.

9. Alcibiade avait un chien d'une taille et d'une beauté admirables, qu'il avait acheté soixante-dix mines [28] : il lui coupa la queue, qui était vraiment magnifique. Ses amis le blâmaient. Tout le monde d'ailleurs, selon eux, était choqué du traitement qu'avait subi ce chien et disait pis que pendre du maître. Ces mots le firent rire et il leur dit : « C'est précisément là ce que je veux : que les Athéniens bavardent de cela, afin qu'ils ne disent rien de pis sur mon compte. »

10. Il fit, dit-on, sa première apparition dans la vie publique par une contribution volontaire, sans l'avoir prémédité. Comme il passait, devant le tumulte qui régnait parmi les Athéniens, il demanda la cause de tout ce bruit : apprenant qu'il s'agissait de contribu-

tions volontaires, il s'avança et offrit la sienne. Le peuple, ravi, applaudit à grands cris, lui faisant oublier la caille qu'il avait sous son manteau [29]. L'oiseau, effrayé du bruit, s'échappa. Ce fut Antiochos, le pilote, qui parvint à la prendre et la lui rendit. Aussi devint-il très cher à Alcibiade.

Sa naissance et ses richesses, sa bravoure au combat, le grand nombre d'amis et de parents qu'il avait, lui ouvraient toutes grandes les portes de la politique, mais il aima beaucoup mieux ne devoir qu'au charme de l'éloquence son influence sur la multitude. Et qu'il ait été doué d'un grand talent pour la parole, c'est ce qu'attestent et les poètes comiques et le plus éloquent des orateurs, qui, dans son discours *Contre Midias,* dit qu'Alcibiade, outre ses autres qualités, eut à un haut degré le don de l'éloquence [30]. Si nous en croyons Théophraste, un des philosophes les plus férus de savoir et d'histoire [31], personne ne s'entendait comme Alcibiade à trouver et concevoir ce qu'il fallait. Mais il ne s'agissait pas seulement de chercher les idées ; il fallait aussi les mots et les phrases pour les exprimer, et comme ils ne se présentaient pas toujours facilement à son esprit, il hésitait souvent, s'arrêtait en plein discours et, la bonne expression lui échappant, marquait une pause, le temps de se reprendre et de rassembler ses idées.

11. Il n'était bruit partout que des chevaux qu'élevait Alcibiade et du grand nombre de ses chars. Nul autre avant lui, qu'il fût simple particulier ou roi, n'avait envoyé sept chars à la fois aux jeux Olympiques ; et, en y remportant le premier, le second et le quatrième prix, selon Thucydide [32], ou, suivant Euripide, le troisième, il surpassa tout ce qu'on peut rêver de plus éclatant et glorieux en ce domaine. Voici ce que dit Euripide dans son ode :

> Je te chanterai, ô fils de Clinias. C'est noble chose que la victoire. Mais de tous les exploits, le plus beau, celui que jamais Grec n'égala, c'est d'avoir gagné le premier prix de la course des chars, et le second, et le troisième ; c'est d'être, deux fois, revenu avec la cou-

ronne d'olivier, sans effort, faire retentir la voix du héraut.

12. Mais ce qui releva encore l'éclat de ses victoires, ce fut l'émulation qu'il suscita parmi les cités : les Éphésiens lui dressèrent une tente, magnifiquement ornée ; ceux de Chios nourrirent ses chevaux et lui fournirent un grand nombre de victimes ; les Lesbiens lui donnèrent du vin et tout ce qu'il faut à profusion pour régaler de grandes tablées. Cependant la calomnie ou la médisance, s'attaquant aux moyens dont il avait usé pour satisfaire son ambition de vaincre, fit encore plus parler de lui. Il y avait, dit-on, un Athénien nommé Diomède, homme de bien et ami d'Alcibiade, qui désirait passionnément remporter le prix aux jeux Olympiques : ayant appris qu'il y avait à Argos un char appartenant à l'État et sachant tout le crédit et le grand nombre d'amis qu'Alcibiade avait à Argos, il le pria de lui acheter ce char. Alcibiade l'acheta mais le fit inscrire sous son nom, sans plus de façons vis-à-vis de Diomède, qui, outré, prenait les dieux et les hommes à témoin de cette perfidie. Il paraît que l'affaire fut même portée en justice ; et il existe un discours d'Isocrate *Sur l'attelage,* écrit pour le fils d'Alcibiade, mais où la partie adverse est nommée Tisias et non pas Diomède.

13. Dès ses débuts en politique, alors qu'il était encore très jeune, il eut tôt fait d'éclipser les autres orateurs. Deux seulement soutinrent la lutte : Phéax, fils d'Érasistratos, et Nicias, fils de Nicératos. Celui-ci était déjà vieux et passait pour un des meilleurs généraux d'Athènes. Phéax, lui, commençait alors, comme Alcibiade, son ascension. Issu d'une lignée illustre, il le cédait cependant sur bien des points et tout particulièrement dans le domaine de l'éloquence : il passait en effet pour être à l'aise dans la conversation privée où il savait faire prévaloir son avis ; mais il n'était pas de taille à soutenir la lutte à l'assemblée. Il était, dit Eupolis,

Un causeur excellent, mais un piètre orateur.

Il nous reste un discours *Contre Alcibiade* qui nous a été transmis sous le nom de Phéax [33], où on lit, entre autres reproches, qu'Alcibiade faisait servir à son ordinaire, comme s'ils étaient les siens, de nombreux vases d'or et d'argent que possédait la cité pour les processions solennelles [34].

Il y avait à Athènes un certain Hyperbolos du dème de Périthoïde. Thucydide lui-même en parle comme d'un méchant homme et les poètes comiques, avec un bel ensemble, faisaient tous de lui sur le théâtre le perpétuel objet de leurs railleries. Mais c'était un homme insensible aux mauvais bruits et que cuirassait ce mépris de l'opinion que d'aucuns parent des noms de hardiesse et de courage, mais qui n'est qu'orgueil insensé. Ainsi fait, il ne plaisait à personne, mais le peuple se servait souvent de lui quand il voulait humilier et calomnier les hommes en vue. C'est ainsi que le peuple, à son instigation, s'apprêtait à prononcer une mesure d'ostracisme : c'est le moyen par lequel, chaque fois qu'un citoyen dépasse les autres en réputation et en autorité, on le rabaisse, et ce bannissement apaise moins les craintes qu'il ne soulage l'envie. Comme donc il paraissait certain que l'ostracisme frapperait un des trois rivaux, Alcibiade réunit les parties intéressées et, s'étant concerté avec Nicias, retourna contre Hyperbolos la mesure d'ostracisme. Selon quelques-uns, ce ne fut pas avec Nicias, mais avec Phéax, qu'il se concerta et, avec le renfort de son hétairie, fit bannir Hyperbolos, qui était à mille lieues de s'y attendre ; car jamais homme sans mérite et sans gloire n'était condamné à cette peine. On le voit dans un passage de Platon le comique, où il parle d'Hyperbolos :

> Le châtiment était bien digne de ses mœurs,
> mais lui, son infamie, en étaient bien indignes.
> Ce n'est pas pour ces gens qu'on a fait l'ostracisme.

Au reste, nous avons donné ailleurs de plus amples détails sur ce point [35].

14. Alcibiade n'était pas moins chagrin de l'admiration que les ennemis avaient pour Nicias que des

honneurs qu'il recevait de ses concitoyens. En effet, quoique Alcibiade fût proxène des Lacédémoniens [36] et qu'il eût réservé le meilleur traitement à ceux des leurs que les Athéniens avaient pris à Pylos [37], comme c'était à Nicias surtout qu'ils devaient la paix et la restitution de leurs prisonniers, ils ne juraient que par lui et l'on disait, de par la Grèce, que si Périclès avait allumé la guerre, c'est Nicias qui l'avait éteinte ; la plupart même nommaient cette paix « la paix de Nicias ». Aussi, enflammé de dépit et de jalousie, Alcibiade cherchait-il les moyens de rompre le traité. D'abord, sentant que les Argiens, qui haïssaient et craignaient les Spartiates, ne cherchaient qu'une occasion de défection, il leur fit secrètement espérer l'alliance d'Athènes et prit des contacts par des émissaires avec les chefs du peuple pour les encourager à ne rien craindre, à ne pas céder aux Lacédémoniens, mais à se tourner vers les Athéniens, et à attendre qu'un repentir, qui ne tarderait guère, leur fît rompre la paix. Lorsque, ensuite, les Lacédémoniens eurent fait alliance avec les Béotiens et remis aux Athéniens le fort de Panacton [38], non point en bon état, comme ils le devaient, mais démantelé, Alcibiade, voyant les Athéniens irrités, travailla à les aigrir encore davantage. En même temps il ameutait le peuple contre Nicias, par des accusations qui n'étaient pas sans vraisemblance : il lui imputait de n'avoir pas voulu, pendant qu'il commandait l'armée, faire prisonniers de guerre les Spartiates qu'on avait laissés dans l'île de Sphactérie ; et, après que d'autres les avaient pris, de les avoir relâchés et rendus, pour faire plaisir aux Lacédémoniens ; sur quoi, lui, leur ami, ne les avait point dissuadés de se liguer avec les Béotiens et les Corinthiens, tandis qu'il ne laissait aucun peuple de Grèce, en eût-il même le désir, devenir ami et allié avec les Athéniens, si cela n'agréait pas aux Lacédémoniens.

Le crédit de Nicias s'en trouvait déjà ébranlé quand arrivèrent, comme par hasard, des députés de Lacédémone, chargés de propositions modérées et investis, dirent-ils, des pleins pouvoirs pour conclure tout accord équitable. Le sénat les reçut favorablement. Le lendemain l'assemblée du peuple devait en délibérer. Alcibiade, inquiet, s'arrangea pour avoir une entrevue avec les ambassadeurs. Quand ils furent réunis : « Que faites-vous, leur dit-il, hommes de Sparte ? Ignorez-vous que si le sénat traite toujours avec douceur et humanité ceux qui s'adressent à lui, le peuple est au contraire plein de fierté et de grandes prétentions ? Si vous lui dites que vous êtes venus avec les pleins pouvoirs, il vous imposera ses exigences sans retenue. Allons, cessez d'être si naïfs et, si vous voulez trouver dans les Athéniens des interlocuteurs modérés qui ne vous forcent en rien la main, négociez un juste accord comme si vous n'aviez pas les pleins pouvoirs. Pour moi, je seconderai vos efforts pour complaire aux Lacédémoniens. » Ces paroles, confirmées par un serment, réussirent à les éloigner de Nicias, confiants qu'ils étaient en un homme dont ils admiraient l'habileté et l'intelligence et qu'il considérait comme supérieur.

Le lendemain le peuple s'assembla, les députés se présentèrent et quand Alcibiade leur demanda, d'un ton fort bienveillant, avec quels pouvoirs ils étaient venus, ils déclarèrent qu'ils n'avaient pas les pleins pouvoirs. Aussitôt on vit Alcibiade se déchaîner contre eux en vociférant de colère, comme s'il était la victime et non l'auteur de ce vilain tour, les traitant de fourbes, de perfides, qui n'étaient venus dire ni faire rien qui vaille. Le sénat était indigné, le peuple s'irritait et Nicias demeurait saisi et consterné du changement des ambassadeurs, ignorant tout de la tromperie et de la ruse d'Alcibiade.

15. Les Lacédémoniens furent donc renvoyés et Alcibiade, nommé stratège, fit conclure sur-le-champ un traité d'alliance entre les Athéniens et les peuples d'Argos, de Mantinée et d'Élide [39]. Il n'y eut personne qui approuvât la manière dont il avait agi, mais ce fut un grand coup que d'avoir ainsi divisé et ébranlé pratiquement tout le Péloponnèse ; d'avoir rangé, en un seul jour, autour de Mantinée, tant de boucliers en

face des Lacédémoniens [40] ; d'être allé au plus loin d'Athènes pour les provoquer aux périls d'un combat qui ne leur rapporterait pas grand-chose en cas de victoire, alors qu'en cas d'échec, leur existence même serait menacée.

Aussitôt après la bataille, les Mille formèrent le projet de renverser la démocratie à Argos et de soumettre la cité aux Lacédémoniens [41]. Ceux-ci vinrent sur ces entrefaites et abolirent en effet la démocratie. Mais le peuple reprit les armes et le dessus. Alcibiade accourut alors, assura la victoire populaire et persuada les citoyens de faire descendre leurs longs murs jusqu'à la mer afin de rattacher complètement leur ville à la puissance athénienne. Il fit venir d'Athènes des charpentiers et des tailleurs de pierre et se multiplia si bien qu'il ne gagna pas moins de reconnaissance et d'influence pour lui-même que pour son pays. Il détermina aussi les gens de Patras à joindre leur ville à la mer par de semblables longs murs et, quelqu'un leur ayant dit railleusement : « Gens de Patras, les Athéniens vous avaleront un beau jour. » — « Peut-être, répondit Alcibiade, mais ce sera peu à peu et par les pieds, et non, comme les Lacédémoniens, par la tête et d'un coup. » Il ne laissait pas cependant de pousser les Athéniens à s'attacher aussi à la terre et à confirmer en acte le serment qu'on faisait régulièrement prêter aux éphèbes dans le temple d'Aglaure [42] : ils y jurent de ne reconnaître comme bornes de l'Attique que les blés, les orges, les vignes et les oliviers, apprenant ainsi à regarder comme leur la terre cultivée et productive.

16. A ces exploits politiques, à tous ces discours, à cette élévation d'esprit et cette habileté rares, Alcibiade associait une vie de plaisirs et de dissipations. C'étaient des banquets désordonnés, de folles amours ; il s'habillait d'une façon efféminée de longs manteaux de pourpre qu'il laissait traîner quand il traversait l'agora ; enfin c'était une insolente prodigalité : il faisait percer le pont des trières pour dormir plus mollement, sa couche reposant sur des sangles au lieu

de planches ; il avait un bouclier doré qui, au lieu des emblèmes ancestraux, montrait un Amour porte-foudre. Témoins de tant d'excès, les gens de bien, dégoûtés et indignés, craignaient cette amoralité et cet anticonformisme qu'ils jugeaient dignes d'un tyran et d'un original. Quant aux dispositions du peuple pour lui, Aristophane les a fort bien exprimées dans ce vers :

> Il l'aime, le déteste et pourtant veut l'avoir,

ainsi que dans ceux-ci, où, à mots couverts, il l'accable encore plus :

> Surtout ne pas nourrir un lion dans la ville ;
> Mais si on le nourrit, se soumettre à ses mœurs [43].

En effet ses contributions, ses chorégies, ses largesses, qui ne connaissaient pas de limite, la gloire de ses ancêtres, son éloquence, sa beauté et sa force physiques, auxquelles se joignaient son expérience de la guerre et sa vaillance, lui faisaient pardonner tout le reste : les Athéniens supportaient patiemment tout sans se fâcher, couvrant chaque fois ses fautes des noms les plus doux en parlant d'enfantillages et de désir de se distinguer.

Parmi ces excentricités, il y eut une fois où il retint enfermé chez lui le peintre Agatharchos jusqu'à ce qu'il eût peint sa maison ; après quoi il le renvoya comblé de présents. Une autre fois, il souffleta Tauréas qui, chorège en concurrence avec lui, lui disputait la victoire. Il choisit encore une Mélienne parmi les prisonniers de guerre, en fit sa maîtresse et éleva l'enfant qu'il eut d'elle. Et cela fut qualifié d'acte d'humanité, à ceci près qu'il fut le principal responsable du massacre de tous les Méliens en âge de porter les armes, car il appuya le décret d'égorgement [44] ! Aristophon ayant peint Néméa qui tenait Alcibiade, assis, enlacé dans ses bras, tout le peuple accourut et prit plaisir à contempler ce tableau ; mais les gens d'âge ne voyaient pas sans indignation ce qui leur semblait caprices de tyran et mépris de toutes les lois et l'on trouvait aussi que le mot d'Archestratos [45], disant que la Grèce n'aurait pu supporter deux Alcibiades, ne manquait pas d'à-propos.

Un jour qu'Alcibiade avait eu à l'assemblée un complet succès et qu'on le raccompagnait chez lui avec honneur, Timon, le misanthrope, qui le rencontra, au lieu de se détourner et de chercher à l'éviter, comme il le faisait pour tout le monde, s'avança au-devant de lui et, lui serrant la main, lui dit : « Tu fais bien de grandir, fils ; car tu grandiras pour la ruine de tout ce peuple. » Les uns ne firent que rire de ce propos ; d'autres l'injurièrent, mais quelques-uns furent vivement frappés de ce mot : tant les opinions différaient sur le compte d'Alcibiade, à cause des inégalités de sa nature [46] !

17. Les Athéniens, même du vivant de Périclès, convoitaient déjà la Sicile et, lui mort, ils se mirent à l'œuvre, envoyant régulièrement aux peuples maltraités par les Syracusains, sous prétexte d'alliance, de prétendus secours, qui préparaient la voie à une expédition de plus grande envergure. Mais celui qui acheva d'enflammer cette passion qui les habitait et les persuada de cesser ces actions partielles et progressives pour lancer, avec une grande flotte, une opération qui subjuguerait toute l'île, ce fut Alcibiade. Il faisait espérer au peuple de grands succès et s'en promettait de plus grands encore à lui-même ; car la Sicile n'était, à ses yeux, que le commencement des projets qu'il avait conçus, et non point, comme pour les autres, le terme de l'expédition. Nicias cependant sentait la difficulté de prendre Syracuse et cherchait à en détourner le peuple. Mais Alcibiade qui, rêvant de Carthage et de la Libye, s'imaginait déjà, après ces conquêtes, maître de l'Italie et du Péloponnèse, ne voyait guère dans la Sicile qu'une source d'approvisionnement pour la guerre [47]. Et déjà il avait avec lui les jeunes gens, aussitôt exaltés par ces espérances, et qui écoutaient avidement les mille merveilles que leurs aînés leur racontaient à propos de l'expédition ; ainsi on en voyait beaucoup assis dans les gymnases et les

lieux de réunion tracer sur le sable les contours de l'île et le plan de Carthage et de la Libye [48].

Mais Socrate et Méton l'astronome n'espérèrent, dit-on, jamais rien de bon pour Athènes de cette expédition. Le premier était averti sans doute par son génie familier ; quant à Méton, soit que la raison lui dictât ses craintes pour l'avenir, soit qu'il ait eu recours à quelque forme de divination, il contrefit le fou et, prenant une torche allumée, fit mine de mettre le feu à sa propre maison. Selon d'autres sources, il ne feignit point la folie, mais il brûla sa maison pendant la nuit ; après quoi, le lendemain, il vint prier et supplier le peuple, en considération de ce si grand malheur, de dispenser son fils d'aller à la guerre. Il obtint en tout cas ce qu'il demandait et réussit à berner ses concitoyens [49].

18. Nicias fut nommé, malgré lui, stratège, charge à laquelle il cherchait à se dérober surtout à cause de son collègue. Mais les Athéniens se persuadaient que la guerre serait mieux conduite s'ils ne s'en remettaient pas entièrement à Alcibiade et s'ils tempéraient son audace par la prudence de Nicias ; car Lamachos, le troisième stratège, malgré sa maturité d'âge, passait pour n'être pas moins bouillant qu'Alcibiade, ni moins intrépide dans les combats. Lors des débats sur l'importance et le type de préparatifs à faire, Nicias tenta une nouvelle fois de faire opposition et d'arrêter l'expédition. Mais Alcibiade combattit son avis et l'emporta ; et l'orateur Démostratos proposa un décret donnant pleins pouvoirs aux stratèges à la fois pour les préparatifs et l'ensemble de la guerre [50].

Le peuple ayant approuvé ce décret, alors que tout était prêt pour le départ de la flotte, les festivités qui avaient lieu alors ne présagèrent rien de bon non plus. Il se trouvait en effet qu'on célébrait ces jours-là les fêtes d'Adonis [51], au cours desquelles les femmes athéniennes exposaient en maints endroits des simulacres de morts qu'on porte en terre et imitaient, en se frappant la poitrine et chantant des thrènes, ce qui se pratique aux funérailles. Ensuite ce fut la mutilation des Hermès, qui eurent presque tous, en une nuit, leur face antérieure endommagée, ce qui troubla beaucoup même de ceux qui méprisaient ordinairement les signes de ce genre. On attribua cette profanation aux Corinthiens, qui auraient voulu servir Syracuse, leur colonie, comptant que ce présage suspendrait la guerre ou retournerait les esprits. Mais le peuple ne fut sensible ni à ces propos ni aux assurances de ceux qui ne voyaient pas là un présage, mais seulement un des effets ordinaires du vin sur de jeunes débauchés qui s'étaient laissés aller par simple jeu à ces débordements. La colère et la crainte conjuguées leur faisaient voir dans cette impiété une conjuration tramée par des audacieux et qui cachait de grands desseins. Aussi la moindre piste fut-elle impitoyablement examinée par le sénat et le peuple qui s'assemblèrent à ce sujet plusieurs fois en quelques jours [52].

19. Sur ces entrefaites, le démagogue Androclès produisit des esclaves et des métèques qui accusèrent Alcibiade et ses amis d'avoir déjà une autre fois mutilé des statues consacrées et, dans une partie de débauche, parodié les mystères. Un certain Théodore y faisait, disaient-ils, office de héraut ; Polytion de porte-flambeau et Alcibiade d'hiérophante ; les autres membres de l'hétairie assistaient au spectacle et portaient le nom de mystes. Ce sont là les griefs allégués dans l'action publique que Thessalos, fils de Cimon, intenta contre Alcibiade pour impiété envers les deux déesses.

Devant l'irritation du peuple, plein de ressentiment contre lui et qu'aigrissait encore Androclès, un de ses ennemis jurés, Alcibiade fut d'abord troublé ; mais, voyant que tous les matelots qui devaient s'embarquer pour la Sicile lui étaient dévoués, comme les soldats, et entendant aussi les hoplites d'Argos et de Mantinée, un effectif de mille hommes, dire ouvertement qu'ils n'allaient à cette lointaine expédition d'outre-mer qu'à cause d'Alcibiade et que, si on lui faisait la moindre violence, ils se retireraient sur-le-champ, il reprit confiance et se présenta pour se défendre. Ce fut alors au tour de ses ennemis de connaître l'abattement et la crainte que le peuple, parce qu'il avait besoin de lui, ne relâchât dans son jugement beaucoup de sa rigueur. Pour l'éviter, ils machinèrent donc que quelques orateurs, qui ne passaient pas pour hostiles à Alcibiade, quoiqu'ils ne l'aient pas moins haï que ses ennemis déclarés, se lèveraient à l'assemblée pour dire qu'il serait absurde que, alors qu'on venait de mettre un stratège à la tête d'une si grande armée avec les pleins pouvoirs et qu'étaient déjà rassemblées ses troupes et celles des alliés, on perdît un temps précieux à tirer des juges au sort et mesurer de l'eau pour son procès : « Qu'il prenne donc la mer, ajoutaient-ils, et que la Fortune seconde ses efforts ; puis, quand la guerre sera terminée, qu'il vienne se défendre dans les mêmes conditions. » Alcibiade ne se méprit pas sur les intentions perfides de ce délai ; il monta à la tribune pour représenter au peuple qu'il était terrible d'être envoyé à la tête de forces si considérables en laissant derrière lui accusations et calomnies et sans être fixé sur son sort ; il fallait le mettre à mort, s'il ne parvenait pas à se justifier, et s'il faisait éclater son innocence, il devait marcher contre l'ennemi sans avoir rien à craindre des sycophantes.

20. Mais il ne fut point écouté et on le força à partir. Il embarqua donc, ainsi que ses collègues, avec une flotte de presque cent quarante trières, cinq mille cent hoplites, des archers, des frondeurs et des soldats légèrement armés au nombre d'environ treize cents, et tout le matériel nécessaire. Lorsqu'on eut abordé en Italie et pris Rhégion, Alcibiade proposa son plan de campagne, qui fut combattu par Nicias, mais approuvé par Lamachos. Il cingla donc vers la Sicile et se rendit maître de Catane : ce fut là son unique exploit dans cette expédition, car il fut aussitôt rappelé par les Athéniens pour passer en jugement.

On n'avait d'abord contre lui, comme il a été dit, que de vagues soupçons et d'obscures dépositions d'esclaves et de métèques. Mais, en son absence, ses ennemis suivirent l'affaire avec plus de chaleur : à la mutilation des Hermès, ils rattachèrent intimement la parodie des mystères, insinuant que ces deux crimes procédaient d'une même conspiration révolutionnaire [53]. Alors tous ceux qu'on dénonça furent jetés en prison sans jugement et l'on se repentit de n'avoir pas soumis Alcibiade aux votes et ne pas l'avoir jugé pour des délits si graves. Et tous ceux, parents, amis ou familiers, qui se heurtèrent à la colère dont le peuple était animé contre lui, furent victimes d'une rigueur inhabituelle. Thucydide a négligé de nommer les dénonciateurs d'Alcibiade, mais d'autres auteurs donnent les noms de Dioclidas et Teucros ; de ce nombre est Phrynichos le comique, qui a écrit ces vers :

> Hermès très cher, prends garde qu'en tombant
> Tu ne te cognes et fournisses un beau sujet de calomnie
> A un autre Dioclidas, rêvant d'un mauvais coup.
> — Je prendrai garde, car je ne veux pas que Teucros,
> Ce scélérat d'étranger, reçoive l'argent qu'on paie aux [délateurs.

Cependant les dénonciateurs ne réussirent à avancer rien de sûr ni de solide. L'un d'eux, à qui l'on demandait comment il avait reconnu les visages des Hermocopides, répondit : « A la clarté de la lune [54]. » Imposture évidente, attendu que le délit avait eu lieu à la nouvelle lune. Cette déposition révolta tous les gens sensés, mais ne rendit pas le peuple moins accueillant aux calomnies : il continua, comme devant, à jeter allègrement en prison tous ceux qu'on lui dénonçait.

21. Au nombre des détenus attendant leur procès se trouvait alors aussi l'orateur Andocide, que l'historien Hellanicos compte parmi les descendants d'Ulysse. Andocide passait pour un ennemi de la démocratie et un tenant de l'oligarchie, mais ce qui l'avait fait surtout soupçonner d'être complice de la mutilation des Hermès, c'était que se trouvait près de sa maison le grand Hermès qui avait été consacré par la tribu Egéis ; et, dans le petit nombre des Hermès les

plus fameux, ce fut presque le seul à demeurer intact. Aussi porte-t-il aujourd'hui encore le nom d'Hermès d'Andocide [55] et tout le monde l'appelle ainsi bien que l'inscription indique un nom différent.

Or, il arriva qu'un des prisonniers détenus sous la même inculpation, nommé Timée, se lia intimement avec lui ; il était loin d'avoir la même illustration que lui, mais il se distinguait par une intelligence et une audace singulières. Il persuade donc Andocide de se dénoncer lui-même, avec deux ou trois autres, parce que le décret du peuple promettait la vie sauve à ceux qui avoueraient leur crime. Un jugement au contraire était déjà chose incertaine pour tous les accusés, mais des gens importants en avaient tout à craindre. Mieux valait sauver sa vie par un mensonge que de subir, sous le même chef d'inculpation, une mort infâme. Et, à considérer même le bien public, c'était un gain de ne livrer que quelques personnages douteux pour arracher à la vindicte populaire beaucoup de gens honnêtes. Les discours et les raisonnements de Timée persuadèrent Andocide : il déposa donc contre lui-même et contre d'autres ; il obtint lui-même la vie sauve selon les termes du décret et ceux qu'il avait nommés furent tous punis de mort, excepté les contumaces ; et, pour donner plus de vraisemblance à sa déposition, Andocide ajouta à sa liste quelques-uns de ses propres esclaves [56].

Toutefois ces condamnations n'apaisèrent pas toute la colère du peuple. Au contraire, quand il n'eut plus à s'occuper des Hermocopides, il tourna vers Alcibiade tous les flots de sa bile, qui profita, pour ainsi dire, de ce loisir, et il finit par lui dépêcher la trière salaminienne, avec la prudente recommandation de ne pas user de violence et de ne pas porter la main sur lui, mais de l'inviter dans les termes les plus mesurés à les suivre pour comparaître en jugement et se justifier devant le peuple. En effet on craignait des troubles et une sédition parmi les troupes en territoire ennemi ; et il eût été facile à Alcibiade de l'exciter s'il l'avait voulu. Les soldats éprouvaient, à le voir partir, un grand découragement et ils s'attendaient que, sous Nicias, la guerre allait traîner en longueur et s'étirer dans l'inaction, quand on serait privé, pour ainsi dire, de l'aiguillon qui poussait à l'action, car Lamachos, quoique belliqueux et plein de bravoure, manquait, à cause de sa pauvreté, de la considération et du poids nécessaires [57].

22. Alcibiade, ayant pris le large, eut tôt fait d'enlever Messine aux Athéniens. Un complot s'était formé pour leur livrer cette ville et Alcibiade, qui en connaissait très bien les auteurs, les dénonça aux Syracusains et fit échouer l'affaire. Arrivé à Thourioi, il se cacha sitôt qu'il fut débarqué, et échappa à toutes les recherches. Quelqu'un, l'ayant reconnu, lui dit : « Alcibiade, ne te fies-tu donc point à ta patrie ? » — « Si, pour tout le reste, dit-il ; mais quand il s'agit de ma vie, je ne m'en fierais pas à ma propre mère, de peur que, par mégarde, elle ne mît un caillou noir pour un caillou blanc. » Lorsque, ensuite, on lui apprit qu'Athènes l'avait condamné à mort : « Eh bien moi, je leur ferai voir, dit-il, que je suis en vie. »

Voici les termes mêmes de l'accusation qui fut portée contre lui : « Thessalos, fils de Cimon, du dème Lakiades, a accusé Alcibiade, fils de Clinias, du dème Scambonide, d'être coupable de sacrilège envers les deux déesses pour avoir parodié et contrefait leurs mystères dans sa maison, devant ses amis, revêtu d'une longue robe, semblable à celle de l'hiérophante, donnant à Polytion le rôle de porte-flambeau, à Théodore, du dème Phégaia, celui de héraut, et à ses autres compagnons ceux de mystes et d'époptes, violant ainsi les lois et cérémonies instituées par les Eumolpides, par les Kéryces et les prêtres d'Éleusis [58]. » On le condamna à mort par contumace ; on confisqua tous ses biens ; et ordre fut donné, par surcroît, au nom du peuple, à tous les prêtres et à toutes les prêtresses, de maudire Alcibiade [59]. Une seule prêtresse, Théano, fille de Ménon, du dème Agrylè, résista à l'injonction, en disant qu'elle était prêtresse pour prier et non pas pour maudire.

23. Pendant qu'on portait contre Alcibiade ces décrets et condamnations si rigoureux, il séjournait à Argos, car, dès qu'il avait fui Thourioi, il était passé dans le Péloponnèse ; mais comme il redoutait ses ennemis et qu'il avait perdu tout espoir de rentrer dans sa patrie, il envoya un messager aux Spartiates sollicitant leur protection et leur confiance et promettant qu'il leur serait plus utile et leur rendrait plus de services qu'il ne leur avait nui auparavant, quand il luttait contre eux. Les Spartiates le lui accordèrent et s'empressèrent de l'accueillir. La première chose qu'il fit alors en arrivant chez eux, ce fut de mettre fin à leurs hésitations et leurs atermoiements en les poussant à envoyer des renforts aux Syracusains et en les incitant à mettre Gylippe à leur tête et à briser les forces qu'avaient là-bas les Athéniens. En second lieu, il conseilla de ranimer la guerre en Grèce même contre Athènes et, troisième conseil d'une importance capitale, de fortifier Décélie [60], mesure qui, plus que tout le reste, lui permit de détruire et ruiner Athènes.

Si ces services rendus à l'État lui valaient renom et admiration, il ne s'entendait pas moins à se gagner la foule par sa vie privée et la séduisait en adoptant le régime de vie laconien. Ainsi ceux qui le voyaient se raser jusqu'à la peau, se baigner dans l'eau froide, manger du pain bis et du brouet noir, n'en croyaient pas leurs yeux et se demandaient si un pareil homme avait eu véritablement chez lui un cuisinier et s'il avait jamais vu un parfumeur ou souffert de toucher une tunique de Milet. Et de fait il avait, entre tant d'autres qualités dont il était plein, cette faculté exceptionnelle dont il usait pour prendre les hommes dans ses filets, sa souplesse à se conformer et à se plier à tous les genres de vie et à toutes les mœurs plus promptement que ne change le caméléon, avec cette différence qu'il y a une couleur, dit-on, que le caméléon ne peut prendre, la couleur blanche, au lieu qu'Alcibiade passait, avec la même facilité, du mal au bien et du bien au mal et qu'il n'était rien qu'il ne pût imiter et pratiquer : adepte à Sparte de la gymnastique, frugal et austère ; en Ionie, délicat, voluptueux et insouciant ; en Thrace toujours à cheval ou buvant ; puis, avec le satrape Tissapherne, surpassant par sa dépense et son faste, toute la magnificence des Perses. Ce n'est pas qu'il eût tant de facilité à sauter d'habitudes en habitudes, ni que son caractère se prêtât à tous les changements, mais comme il eût risqué, en suivant son naturel, de choquer ceux qu'il côtoyait, il se donnait chaque fois l'allure et la forme qui leur convenaient et trouvait un refuge dans les travestissements. Ainsi à Lacédémone, on pouvait dire, en se fiant à son extérieur :

> Tu n'es pas le fils d'Achille, mais Achille en personne,
> et un digne élève de Lycurgue [61].

Mais, en approfondissant au vrai ses inclinations et ses actes, on eût dit :

> C'est bien la femme d'autrefois [62].

En effet, il corrompait Timaia, femme du roi Agis, pendant que celui-ci était en campagne hors de Sparte, et si bien qu'elle devint grosse de ses œuvres et qu'elle ne s'en cachait pas. Elle accoucha d'un fils, qui répondait en public au nom de Léotychidas ; mais le nom que sa mère lui chuchotait dans le privé, devant ses amies et ses suivantes, c'était celui d'Alcibiade : tant l'amour possédait le cœur de cette femme ! Quant à lui, il disait, avec un air de fatuité, qu'il l'avait séduite non pour faire affront au roi, ni vaincu par la volupté, mais pour donner à Lacédémone des rois de son sang. Il ne manqua pas de gens pour rapporter à Agis ce qui s'était passé, lequel y ajouta foi d'autant plus aisément que les époques s'accordaient avec ces rapports : en effet un tremblement de terre l'avait fait fuir tout effrayé de la chambre de sa femme [63] et pendant les dix mois qui avaient suivi, il ne l'avait pas approchée. Léotychidas étant né après ce terme, il le désavoua publiquement et c'est pourquoi Léotychidas se vit plus tard écarté du trône.

24. Après le désastre des Athéniens en Sicile, les habitants de Chios, de Lesbos et de Cyzique, envoyè-

rent ensemble à Sparte des ambassadeurs pour traiter de leur défection. Les Béotiens soutenaient ceux de Lesbos et Pharnabaze ceux de Cyzique, mais l'intervention d'Alcibiade les persuada de secourir en priorité les habitants de Chios. Il s'embarqua et provoqua lui-même la défection de presque toute l'Ionie ; il travailla aussi souvent avec les généraux lacédémoniens à ruiner les affaires d'Athènes. Mais Agis, qui lui en voulait déjà pour avoir corrompu sa femme, souffrait aussi de sa gloire : le bruit courait en effet que presque tout se faisait et réussissait grâce à Alcibiade. Et les personnages les plus puissants et les plus ambitieux de Sparte étaient aussi aigris par l'envie ; ils usèrent donc de leur influence et obtinrent des magistrats de Sparte d'envoyer en Ionie l'ordre de le tuer.

Alcibiade, secrètement averti et gagné par la peur, continua de travailler dans les vues des Lacédémoniens, mais évita soigneusement de tomber entre leurs mains. Enfin, pour plus de sûreté, il se remit au pouvoir de Tissapherne, satrape du roi de Perse, et jouit aussitôt auprès de lui d'un crédit immense et sans égal. Les mille facettes de sa prodigieuse habileté émerveillait un barbare qui ne se piquait guère de droiture et unissait la méchanceté à la perversité. Disons, du reste, que la société d'Alcibiade avait tant de charmes pour qui, chaque jour, passait avec lui son temps et ses loisirs qu'il n'y avait point de caractère qui pût y rester insensible, point de nature qui n'y succombât : ceux-là mêmes qui le craignaient et le jalousaient ressentaient à le voir et à le fréquenter une sorte de plaisir et de sympathie. C'est ainsi que Tissapherne, homme par ailleurs fort cruel et l'un des Perses les plus acharnés contre les Grecs, se laissa si bien prendre aux flatteries d'Alcibiade qu'il lui rendit lui-même ses flatteries avec usure ; par exemple, celui de ses jardins qui était le plus beau par sa verdure et ses eaux pures, par les retraites qu'on y avait ménagées avec une magnificence royale, il décida de lui donner le nom d'Alcibiade, nom que tout le monde continue d'employer.

25. Alcibiade, donc, ayant renoncé au parti spar-

tiate, qu'il ne jugeait plus sûr et craignant Agis, s'attacha à leur nuire et à les décrier auprès de Tissapherne et le dissuada de leur prêter main forte et d'abattre Athènes ; il devait au contraire ne fournir que chichement ses subsides pour les affaiblir et les miner insensiblement ; à la fin, épuisés l'un par l'autre, les deux peuples seraient à la merci du Roi. Tissapherne se laissa convaincre sans mal. Son amitié et son admiration pour Alcibiade éclataient d'ailleurs si bien qu'Alcibiade fut bientôt le point de mire des deux côtés et que les Athéniens, qui lui devaient tant de maux, se repentirent des décrets portés contre lui, tandis que lui-même commençait à s'affliger de la situation et à craindre, si Athènes était entièrement détruite, de tomber entre les mains des Lacédémoniens, qui le détestaient.

Presque toutes les forces des Athéniens étaient alors rassemblées à Samos : c'était de là que partait leur flotte pour ramener à l'obéissance les alliés qui avaient fait défection et surveiller les autres. Ils pouvaient encore à peu près tenir tête à leurs ennemis sur mer, mais ils craignaient Tissapherne et les cent cinquante trières phéniciennes dont l'arrivée, qu'on annonçait prochaine, ne laissait à la cité aucun espoir de salut. Alcibiade, qui connaissait leur position, envoya un message secret aux Athéniens qui comptaient à Samos et leur fit espérer qu'il leur ménagerait l'amitié de Tissapherne, non point pour faire plaisir au peuple, à qui il ne se fiait pas, mais dans l'intérêt des gens de bien, si toutefois ils osaient se montrer hommes de cœur, réprimer l'insolence de la multitude et sauver de leurs propres mains les affaires et la république. Tous écoutèrent volontiers ses propositions ; seul, Phrynichos, du dème Deirades, l'un des stratèges, soupçonna, ce qui était vrai, qu'Alcibiade, aussi indifférent à l'oligarchie qu'à la démocratie, voulait seulement rentrer à tout prix et que ses calomnies contre le peuple lui servaient à flatter les puissants et s'insinuer dans leurs bonnes grâces. Il manifesta donc son opposition, mais sans réussir à faire prévaloir son avis ; aussi, se posant dès lors en ennemi déclaré d'Alcibiade, fit-il tenir un avis secret à Astyochos, chef de la flotte ennemie, lui recommandant de se méfier d'Alcibiade et de le faire arrêter comme agent double. Mais, sans le savoir, le traître qu'il était s'adressait à un traître et Astyochos, que terrorisait Tissapherne et qui voyait dans quel crédit Alcibiade était auprès de lui, leur dénonça la démarche de Phrynichos. Alcibiade envoya aussitôt à Samos accuser Phrynichos. Et Phrynichos, qui voyait tout le monde indigné et ligué contre lui, ne trouva pas d'autre moyen de se tirer d'embarras que de remédier au mal par un mal plus grand encore. Il dépêcha sur-le-champ un nouveau messager à Astyochos pour se plaindre de sa dénonciation et s'engager à lui livrer les vaisseaux et l'armée des Athéniens. Mais les Athéniens n'eurent point à souffrir de la trahison de Phrynichos, car Astyochos répondit de nouveau à sa trahison par une trahison et dénonça tout à Alcibiade. Phrynichos, qui en eut vent et qui s'attendait à une nouvelle accusation de la part d'Alcibiade, se hâta de le prévenir en annonçant aux Athéniens que les ennemis allaient arriver et il leur conseilla de ne point quitter les vaisseaux et de fortifier leur camp. Pendant que les Athéniens y travaillaient, arriva une nouvelle lettre d'Alcibiade qui les invitait à surveiller Phrynichos, tout prêt, disait-il, à livrer la place aux ennemis. Mais ils ne le crurent pas et s'imaginèrent qu'Alcibiade, qui connaissait bien les préparatifs et les intentions des ennemis, en profitait pour calomnier Phrynichos contrairement à la vérité. Mais, dans la suite, Hermon, un des péripoles [64], ayant tué Phrynichos d'un coup de poignard sur l'agora, les Athéniens, à l'issue du procès, condamnèrent Phrynichos, tout mort qu'il était, pour trahison et décernèrent des couronnes à Hermon et à ses complices [65].

26. A Samos, les amis d'Alcibiade, ayant eu le dessus, envoient Pisandre à Athènes pour y changer la forme du gouvernement et encourager les nobles à prendre le pouvoir et renverser la démocratie, leur promettant qu'Alcibiade, à cette condition, leur pro-

curerait l'amitié et l'alliance de Tissapherne. Tels furent le motif et le prétexte allégués par ceux qui établirent l'oligarchie. Mais, lorsque les Cinq Mille, comme on les nommait quoiqu'ils ne fussent que quatre cents, se furent rendus les maîtres et eurent pris le pouvoir, ils n'eurent plus cure d'Alcibiade et menèrent la guerre plus mollement, d'une part parce qu'ils se défiaient des citoyens, plus que réservés devant ce changement de régime, d'autre part parce qu'ils comptaient que les Lacédémoniens, partisans de tout temps de l'oligarchie, leur feraient plus de concessions. Quant au peuple d'Athènes, il demeura malgré lui en repos par peur, car on avait massacré nombre de ceux qui s'étaient ouvertement opposés à la tyrannie des Quatre Cents.

Les Athéniens de Samos, que ces nouvelles indignaient, résolurent de cingler sur-le-champ vers le Pirée. Ils appelèrent Alcibiade, le nommèrent stratège et l'invitèrent à se mettre à leur tête pour aller renverser les tyrans [66]. Mais lui, loin de réagir en homme que vient d'élever tout d'un coup la faveur du peuple et qui, sous l'effet de la joie s'imagine devoir complaire en tout et ne rien refuser à ceux qui, du banni et du fugitif qu'il était, venaient de faire le chef et le commandant d'une telle flotte et d'une armée si nombreuse, par une conduite digne d'un grand chef, il arrêta la démarche où les entraînait la colère et, prévenant la faute qu'on allait commettre, il sauva à l'évidence, du moins en cette occasion, les affaires de son pays. Car, s'ils avaient levé l'ancre pour Athènes, aussitôt les ennemis pouvaient, sans coup férir, tenir toute l'Ionie, l'Hellespont et les îles, pendant que des Athéniens combattaient d'autres Athéniens dans leur propre ville. Voilà ce qu'Alcibiade, seul, ou plus que personne, empêcha, non seulement par ses discours et ses exhortations publiques, mais aussi par les prières ou les remontrances qu'il adressait à chacun en particulier. Il reçut aussi l'appui de Thrasybule, du dème Steiria, qui le secondait de sa présence et de ses cris, car il avait, dit-on, la voix la plus forte d'Athènes.

Un second beau service qu'Alcibiade rendit à sa patrie, ce fut que, ayant promis, soit de déterminer les vaisseaux phéniciens, que les Spartiates attendaient du roi de Perse, à passer dans leur camp, soit d'obtenir qu'ils ne parviennent pas jusqu'aux ennemis, il se hâta de prendre la mer. Et il arriva que Tissapherne, trompant l'attente des Lacédémoniens, n'amena point la flotte, qui était déjà en vue d'Aspendos, et les deux partis reprochèrent à Alcibiade d'avoir détourné ce secours, les Lacédémoniens surtout, en prétendant qu'il avait conseillé au barbare de laisser les Grecs s'entre-détruire eux-mêmes. Il n'était pas douteux en effet que l'adjonction d'une telle force à l'un des deux camps lui permettait de priver complètement l'autre de la maîtrise de la mer.

27. Bientôt après les Quatre Cents furent renversés [67] avec l'aide énergique que les amis d'Alcibiade prêtèrent aux partisans de la démocratie. Alors les citoyens voulurent rappeler celui-ci et ils l'invitèrent à rentrer, mais lui-même ne pensait pas devoir rentrer les mains vides, sans avoir rien fait, uniquement grâce à la compassion et à la faveur du peuple : il lui fallait un retour glorieux. Aussi son premier soin fut-il de prendre à Samos quelques vaisseaux et de s'en aller croiser dans la mer de Cos et de Cnide. Là il apprit que Mindaros, le Spartiate, faisait voile vers l'Hellespont avec toute sa flotte et que les Athéniens le serraient de près, et il se hâta d'aller prêter main-forte à leurs stratèges. Le hasard fit qu'il arriva avec ses dix-huit vaisseaux au moment où les deux flottes étaient engagées dans un grand combat, près d'Abydos, qui se prolongea jusqu'aux approches de la nuit avec des succès balancés de part et d'autre. C'est alors que l'apparition d'Alcibiade eut un effet tout opposé sur l'une et l'autre armée : les ennemis reprirent courage et les Athéniens se troublèrent. Mais il eut bien vite élevé sur le vaisseau amiral un pavillon ami et fondit sur les Péloponnésiens, qui, forts de la victoire, poursuivaient leurs adversaires ; il les mit en fuite, les poussa contre la côte et, les serrant de près, brisa et

fracassa leurs vaisseaux, tandis que les hommes se sauvaient à la nage ; Pharnabaze eut beau venir à la rescousse avec son armée de terre et combattre sur le rivage pour sauver leurs vaisseaux, finalement les Athéniens s'emparèrent de trente vaisseaux ennemis, recouvrèrent les leurs et dressèrent le trophée de la victoire.

Alcibiade, après un si éclatant succès, prétendit aussitôt s'en glorifier auprès de Tissapherne. Il prépara donc cadeaux et présents d'hospitalité et s'en alla le trouver avec un train de général. Il n'en reçut pas l'accueil qu'il avait espéré. Tissapherne, dont les Lacédémoniens se plaignaient depuis longtemps, et qui craignait qu'on ne l'accusât auprès du roi de Perse, estima qu'Alcibiade était tombé à pic et le retint prisonnier à Sardes, espérant que cette injustice le laverait de ces accusations.

28. Mais, au bout de trente jours, Alcibiade trouva le moyen de se procurer un cheval, échappa à ses gardes et s'enfuit à Clazomènes ; et, pour se venger, il fit courir le bruit que c'était Tissapherne qui l'avait relâché. Puis il se rendit par mer au camp des Athéniens [68] où il apprit que Mindaros et, avec lui, Pharnabaze se trouvaient à Cyzique [69]. Alors il enflamma le courage de ses soldats en leur peignant la nécessité où ils se trouvaient de combattre l'ennemi par terre et par mer et même, ma foi, sur les remparts. « Car, disait-il, pas d'argent sans victoire totale. »

Il embarqua donc les troupes et débarqua à Proconèse [70]. Là il ordonna d'enfermer au centre de la flotte les vaisseaux légers et d'éviter que rien pût faire soupçonner à l'ennemi son approche. Il survint, par bonheur, tout à coup une grande pluie, accompagnée de coups de tonnerre et de ténèbres, qui favorisa son dessein et aida à en cacher les apprêts. Non seulement les ennemis ne se doutèrent de rien, mais les Athéniens eux-mêmes avaient déjà renoncé quand il donna l'ordre d'embarquer et leva l'ancre. Bientôt l'obscurité se dissipa ; et l'on aperçut les vaisseaux des Péloponnésiens, se balançant sur leurs ancres devant le port de

Cyzique. Alcibiade alors, qui craignait que les ennemis, à la vue de sa flotte si nombreuse, ne cherchent refuge à terre, donna ordre à ses collègues d'avancer lentement et de rester en arrière, tandis que lui-même se présentait devant l'ennemi avec quarante trières et les provoquait au combat. Ceux-ci, trompés par cette ruse, et pleins de mépris devant cet effectif, lancèrent l'attaque : ils en vinrent aussitôt aux prises et la mêlée faisait rage, quand, au beau milieu du combat, survinrent les autres vaisseaux. Les Péloponnésiens, saisis d'effroi, prirent la fuite. Alcibiade, fendant les flots avec vingt de ses meilleurs voiliers, gagna la côte, débarqua et se jeta sur ceux qui quittaient leurs vaisseaux et dont il fit un grand carnage. Quant à Mindaros et Pharnabaze, accourus à leur secours, il les défit complètement, tuant Mindaros, qui avait combattu avec courage, tandis que Pharnabaze prit la fuite.

Les Athéniens, restés maîtres des morts, qui étaient fort nombreux, ainsi que des armes, s'emparèrent de tous les vaisseaux et mirent la main en outre sur Cyzique que leur livrèrent la fuite de Pharnabaze et la déroute des Péloponnésiens. Ainsi non seulement ils tinrent fermement l'Hellespont, mais ils chassèrent de vive force les Spartiates du reste de la mer. On intercepta une lettre écrite en style laconien, qui informait les éphores du désastre : « C'en est fait de la flotte ; Mindaros a été tué ; les soldats ont faim ; nous ne savons que faire. »

29. Les compagnons d'Alcibiade en conçurent une si haute opinion d'eux-mêmes, tant d'orgueil qu'ils jugeaient indigne d'eux de se mêler aux autres soldats, eux qui ignoraient la défaite avec des gens qui l'avaient plusieurs fois subie. De fait Thrasyllos venait d'être battu auprès d'Éphèse et les Éphésiens avaient érigé un trophée de bronze à la honte des Athéniens. C'est ce que les soldats d'Alcibiade reprochaient à ceux de Thrasyllos et, se glorifiant eux-mêmes et leur général, ils refusaient de partager avec eux au camp leurs exercices ou leurs quartiers. Mais lorsque Phar-

nabaze tomba sur eux avec un corps nombreux de cavalerie et d'infanterie, lors d'une incursion qu'il avait faite sur le territoire d'Abydos, et qu'Alcibiade, promptement venu à leur secours, eut mis en fuite l'ennemi et l'eut poursuivi de concert avec Thrasyllos jusqu'à la nuit, alors les deux corps d'armée se réunirent et ce fut en se prodiguant des témoignages d'amitié et de satisfaction réciproques, qu'ils rentrèrent ensemble dans le camp. Le lendemain Alcibiade dressa un trophée, puis s'en alla ravager le pays de Pharnabaze sans que personne osât marcher à sa rencontre. Cependant les prêtres et prêtresses qu'il captura furent renvoyés sans rançon.

Il portait ses armes contre Chalcédoine [71], qui avait fait défection et reçu dans ses murs une garnison et un harmoste [72] de Lacédémone. Mais quand il apprit que tout le butin possible avait été réuni et porté en dépôt hors du pays, chez les Bithyniens, leurs amis, il s'achemina alors avec son armée aux frontières de ceux-ci et envoya un héraut porter ses doléances aux Bithyniens. Ceux-ci, pris de peur, rendirent le butin et firent alliance avec lui.

30. Comme il enfermait Chalcédoine d'une muraille qui s'étendait d'une mer à l'autre, Pharnabaze s'approcha pour faire lever le siège et l'harmoste Hippocrate fit de son côté, avec ses troupes, une sortie contre les Athéniens. Alcibiade disposa son armée de manière à tenir tête en même temps à l'un et à l'autre ; il accula Pharnabaze à une fuite honteuse et fit périr Hippocrate avec un grand nombre des siens.

Puis il s'embarqua en personne pour l'Hellespont afin d'y lever de l'argent et s'empara de Sélymbria [73] au cours d'une opération où il s'exposa inconsidérément. Ceux qui devaient lui livrer la ville étaient convenus d'élever à minuit un flambeau allumé, mais, par crainte d'un de leurs complices, qui s'était tout à coup ravisé, ils furent obligés de prévenir l'heure fixée et levèrent donc le flambeau avant que l'armée fût prête. Alcibiade, prenant avec lui la trentaine d'hommes qui l'entourait, avec ordre aux autres de les suivre promptement, s'élança au pas de course vers les remparts. La porte s'ouvrit devant lui et vingt peltastes s'étant joints à ses hommes, il se glissait juste dans la ville quand il s'aperçut que les Sélymbriens marchaient en armes à sa rencontre. La résistance n'offrait aucun espoir de salut, mais il était trop fier pour se résoudre à la fuite, lui jusque-là invincible dans tous les combats où il avait commandé. Il ordonna donc au trompette de sonner pour qu'on fît silence et fit proclamer par un de deux qui étaient avec lui : « Que les Sélymbriens ne prennent pas les armes contre les Athéniens ! » A cette proclamation, les uns sentirent se refroidir leur ardeur, se figurant que toute l'armée ennemie était dans la place ; les autres furent séduits par l'espoir d'un accommodement. C'est pendant qu'ils engageaient les pourparlers que survint l'armée d'Alcibiade, lequel, conjecturant, avec raison, que les Sélymbriens n'avaient que des intentions pacifiques, craignit que les Thraces ne missent la ville au pillage. C'était une troupe nombreuse d'ardents combattants qui lui étaient tout dévoués. Il les fit donc sortir de la ville et, devant les prières des Sélymbriens, il ne leur imposa d'autre peine que de payer une somme d'argent et de recevoir une garnison ; après quoi il se retira.

31. Cependant les généraux qui assiégeaient Chalcédoine conclurent un traité avec Pharnabaze aux conditions suivantes : qu'ils recevraient une somme d'argent convenue ; que les Chalcédoniens se soumettraient à nouveau aux Athéniens ; qu'on ne s'en prendrait pas au territoire de Pharnabaze ; enfin, que Pharnabaze donnerait escorte et sauvegarde aux Athéniens députés auprès du Roi. Lorsque donc Alcibiade revenu, Pharnabaze exigea qu'il prêtât aussi serment à l'accord, Alcibiade refusa de jurer avant qu'il l'eût fait lui-même. Les serments prêtés, il marcha contre les Byzantins, qui avaient fait défection, et investit leur ville. Anaxilaos, Lycurgue et quelques autres offrirent de lui livrer la ville s'il promettait de l'épargner. Alors il fit courir le bruit qu'un mouvement révolutionnaire

qui couvait les rappelait en Ionie et il mit à la voile en plein jour avec toute sa flotte ; mais, à la nuit, il fit demi-tour, débarqua avec les hoplites et gagna les remparts où il se tint tranquille. Cependant ses vaisseaux voguaient vers le port et en forçaient l'entrée avec des cris retentissants et dans un tumulte affreux, ce qui tout à la fois saisit d'effroi les Byzantins, pris par surprise, et permit aux partisans des Athéniens d'accueillir Alcibiade en toute sûreté, pendant que tout le monde se précipitait vers le port pour s'opposer à la flotte. Pourtant l'affaire ne se termina point sans combat ; car les Péloponnésiens, les Béotiens et les Mégariens présents à Byzance mirent en fuite les troupes débarquées et les obligèrent à remonter sur les vaisseaux, puis, informés que les Athéniens étaient dans la ville même, ils se serrèrent en ordre de bataille et marchèrent à leur rencontre. Un violent combat s'ensuivit où Alcibiade, à l'aile droite, et Théramène, à l'aile gauche, demeurèrent vainqueurs et les quelque trois cents ennemis qui échappèrent au carnage furent faits prisonniers. Quant aux Byzantins, il n'y en eut pas un seul après le combat de tué ou de banni, car c'est à cette condition que la ville avait été livrée et que les conjurés avaient passé accord, sans rien stipuler de particulier pour eux. Aussi Anaxilaos, lorsqu'il fut accusé de trahison à Lacédémone, montra-t-il bien par son discours qu'il ne rougissait pas de son acte : « J'étais, dit-il, Byzantin et non Lacédémonien et je voyais en danger, non Sparte, mais Byzance. La ville était investie : plus rien n'y pouvait entrer et comme les vivres qui restaient encore dans la ville étaient consommés par les Péloponnésiens et les Béotiens, tandis que les Byzantins mouraient de faim avec leurs femmes et leurs enfants, je n'ai point livré la ville à l'ennemi, je l'ai débarrassée des malheurs de la guerre, à l'instar des meilleurs des Lacédémoniens, qui ne voient au monde qu'une chose belle et juste : l'intérêt de la patrie. » Ces mots forcèrent le respect des Lacédémoniens, qui relâchèrent les accusés.

32. Alcibiade désirait désormais revoir sa patrie et, bien plus encore, se faire voir à ses concitoyens auréolé de tant de victoires : il s'embarqua donc et, outre les trières athéniennes ornées, tout à l'entour, d'une quantité de boucliers et de dépouilles, il traînait derrière lui plusieurs navires qu'il avait pris et transportait les figures de proue de ceux, plus nombreux encore, qui avaient été détruits et vaincus : en comptant les uns et les autres, on n'en eût pas trouvé moins de deux cents. Quant à ce qu'ajoute Douris de Samos — qui se donnait pour un descendant d'Alcibiade —, à savoir que Chrysogonos, le vainqueur des jeux pythiques, dirigeait au son de la flûte les mouvements des rameurs et que Callipidès, le tragédien, les commandait, tous deux revêtus d'une tunique, d'une robe de toile fine et de toutes les parures que l'on porte aux concours, enfin, que le vaisseau amiral entra au port avec une voile de pourpre, ni Théopompe, ni Éphore, ni Xénophon n'en ont dit un mot ; et d'ailleurs il n'est pas vraisemblable qu'Alcibiade, après un si long exil et tant de traverses, eût voulu narguer ainsi les Athéniens à son retour. Au contraire, il n'approcha du port qu'avec crainte et, lorsqu'il y fut entré, il ne voulut descendre de sa trière qu'après avoir vu, de dessus le tillac, son cousin Euryptolémos et beaucoup de ses amis et de ses parents, qui venaient l'accueillir et le pressaient de descendre.

Dès qu'il eut débarqué, les gens qui accouraient ne parurent même pas voir les autres stratèges : c'est vers lui qu'ils se précipitèrent en poussant des cris de joie ; ils le saluaient, l'escortaient, s'approchaient pour lui offrir des couronnes. Ceux qui ne pouvaient l'approcher le contemplaient de loin et les aînés le montraient aux jeunes gens. Mais cette allégresse publique était mêlée de larmes : on se souvenait des malheurs passés et on les comparait à la félicité présente. « L'expédition de Sicile n'aurait pas échoué, se disait-on, et nous n'aurions pas vu s'évanouir de si belles espérances, si nous avions laissé à Alcibiade la conduite des affaires d'alors et le commandement de l'armée, puisque, aujourd'hui, alors qu'il a trouvé Athènes privée, peu s'en faut, totalement de la maîtrise de la mer et pouvant à peine, sur terre, conserver ses faubourgs, déchirée au-dedans par des séditions, il l'a pourtant relevée de cet abaissement et de ces ruines lamentables ; et il ne s'est pas contenté de lui rendre sa puissance maritime ; sur terre aussi il l'a partout montrée triomphante à ses ennemis. »

33. Le décret de rappel avait été porté peu avant sur la proposition de Critias [74], fils de Callaischros, comme il l'a dit lui-même dans ses *Élégies,* rappelant à Alcibiade ce service dans les vers que voici :

> Ton décret de rappel, je l'ai, moi, à la face de tous
> Proposé ; et c'est à mon projet que tu dois ton retour :
> Le sceau de ma parole est là-dessus marqué.

Il y eut alors une assemblée du peuple devant laquelle Alcibiade comparut ; et là, après avoir gémi et déploré ses malheurs, et ajouté quelques plaintes légères contre le peuple, il rejeta tout sur sa mauvaise fortune et quelque démon jaloux et s'étendit surtout sur les espérances que pouvaient avoir les citoyens et les exhorta à reprendre courage. On lui décerna des couronnes d'or et on le nomma stratège avec pleins pouvoirs sur terre comme sur mer ; on vota aussi la restitution de ses biens et ordre fut donné aux Eumolpides et aux Keryces [75] de rétracter les malédictions qui avaient été prononcées contre lui par ordre du peuple ; ce que tous firent à l'exception de l'hiérophante Théodoros, qui déclara : « Pour moi, je ne l'ai maudit que s'il a fait du mal à la cité. »

34. Toutefois, tandis qu'Alcibiade jouissait de cette brillante prospérité, quelques-uns n'étaient pas sans inquiétude en songeant à l'époque de son retour. Il avait en effet débarqué le jour où l'on célébrait les Plyntéries [76] pour la déesse. Ce sont des fêtes avec des cérémonies secrètes, que célèbrent les Praxiergides le vingt-cinq de Thargélion : ils dépouillent la déesse de tous ses ornements et voilent sa statue. De là vient que ce jour est estimé néfaste entre tous et que les

Athéniens pendant sa durée s'abstiennent de toute affaire. Il semblait donc que la déesse n'accueillait pas Alcibiade de bon cœur et avec faveur puisqu'elle se cachait et l'éloignait d'elle.

Cependant, tout avait marché selon sa volonté et l'on équipait les cent trières avec lesquelles il devait reprendre la mer ; mais une noble ambition le prit, qui le retint jusqu'à la célébration des mystères [77]. Depuis que les Lacédémoniens avaient fortifié Décélie et qu'ils étaient maîtres des chemins qui menaient à Éleusis, la pompe sacrée se faisait par mer et sans éclat ; l'on avait aussi renoncé par force aux sacrifices, aux danses, et à plusieurs autres cérémonies qui se font sur la voie sacrée, lorsqu'on porte hors de la ville la statue d'Iacchos [78]. Alcibiade crut donc que ce serait une chose à la fois pieuse envers les dieux et honorable aux yeux des hommes, que de rendre aux mystères leur solennité ancestrale en conduisant la procession par terre avec une escorte pour la protéger de l'ennemi. Soit, pensait-il, Agis ne bougerait pas et sa réputation en serait considérablement abaissée et amoindrie, soit il mènerait, lui Alcibiade, à la vue de sa patrie, une lutte sacrée et agréable aux dieux pour l'enjeu le plus saint et le plus noble et il ferait ses concitoyens témoins de sa vaillance. Cette résolution prise et annoncée aux Eumolpides et aux Kéryces, il posta des sentinelles sur les hauteurs et, dès la pointe du jour, il envoya des éclaireurs. Puis, prenant avec lui les prêtres, les mystes et les mystagogues et les couvrant de ses troupes en armes, il les conduisit en ordre et en silence et fit de cette opération un spectacle auguste et digne des dieux, dont il était, selon l'appellation utilisée par ceux que ne dominait pas l'envie, l'hiérophante et le mystagogue [79]. Pas un ennemi n'osa attaquer et il ramena la procession sans encombre dans la ville.

Ce succès exalta Alcibiade et inspira à l'armée une telle confiance qu'elle se crut invincible tant qu'elle l'aurait pour chef. Quant au bas peuple et aux pauvres, Alcibiade se les était si bien acquis qu'ils furent pris d'un violent désir de l'avoir pour tyran ; et quelques-uns allèrent jusqu'à lui dire qu'il devait se mettre au-dessus de l'envie, abolir les décrets, les lois et tous les bavardages qui menaient l'État à sa perte pour gouverner seul et disposer des affaires à son gré, sans crainte des sycophantes [80].

35. On ignore quelle était personnellement sa pensée sur la tyrannie ; mais les plus puissants des citoyens s'effrayèrent et pressèrent le plus qu'ils purent son départ en lui accordant, entre bien d'autres choses, les collègues qu'il avait demandés.

Il mit à la voile avec cent vaisseaux et aborda dans l'île d'Andros [81] où il vainquit au combat les troupes du pays et les Lacédémoniens qui s'y trouvaient ; mais il ne prit pas la ville et ce fut pour ses ennemis le premier des nouveaux griefs dont ils l'accablèrent. Or, s'il y eut jamais un homme victime de sa gloire, ce fut, on peut le dire, Alcibiade. La grande opinion que donnaient de sa hardiesse et de sa prudence tant de succès faisait que, en cas d'échec, on le soupçonnait de négligence, car on ne pouvait croire qu'il n'en eût pas été capable. On espérait aussi apprendre la prise de Chios et du reste de l'Ionie et l'on s'indignait d'apprendre qu'il n'avait pas tout exécuté promptement et sur-le-champ selon leur vœu. Ils ne prenaient pas en compte son manque de ressources, à lui qui combattait contre des peuples financés par le grand Roi et qui était souvent obligé de quitter son camp et de courir la mer pour ramasser de quoi payer et faire subsister ses soldats. Et ce fut là le prétexte du dernier grief qu'on lui imputa. Voici comment : Lysandre, que les Lacédémoniens avaient envoyé prendre le commandement de la flotte, donnait à ses matelots, sur l'argent qu'il avait reçu de Cyrus, quatre oboles au lieu de trois. Alcibiade, qui avait déjà bien du mal à en donner trois aux siens, alla en Carie pour ramasser de l'argent. Mais celui à qui il confia le commandement de la flotte, Antiochos, était certes un bon pilote, mais, pour le reste, il manquait de jugement et de finesse : bien qu'Alcibiade lui eût défendu de combattre, même s'il était attaqué par l'ennemi, il se laissa si bien aller à l'insolence et au mépris qu'il équipa sa trière, ainsi qu'une autre, et, cinglant vers Éphèse, passa le long des proues des navires ennemis, multipliant, du geste et de la voix, injures et outrages. Lysandre se contenta d'abord de détacher quelques navires pour lui donner la chasse ; mais, les Athéniens étant venus à la rescousse, il fit avancer toute sa flotte et l'emporta, tuant Antiochos lui-même et s'emparant de beaucoup d'hommes et de vaisseaux ; sur quoi, il dressa un trophée. Informé du désastre, Alcibiade revint à Samos ; il prit la mer avec toute sa flotte et alla provoquer Lysandre ; mais celui-ci, content de sa victoire, ne sortit pas à sa rencontre.

36. Parmi ceux, au camp, qui le haïssaient, Thrasybule, fils de Thrason, qui était son ennemi, partit l'accuser à Athènes et exciter les gens de là-bas contre lui. Il déclara devant le peuple que c'était Alcibiade qui avait ruiné la situation et perdu les vaisseaux en prenant à la légère ses devoirs de chef et en livrant le commandement à des hommes que signalaient auprès de lui leurs beuveries et leurs grasses plaisanteries ; ainsi il s'en allait lui-même sans souci s'enrichir et se donner du bon temps, à boire et à s'ébattre au milieu des courtisanes d'Abydos [82] et de l'Ionie alors que l'ennemi mouillait dans les parages. On lui reprochait aussi la construction du fort par laquelle il s'était ménagé une retraite en Thrace, près de Bisanthe [83], comme s'il ne pouvait ou ne voulait pas vivre dans sa patrie.

Les Athéniens ajoutèrent foi à ces accusations et montrèrent la colère et l'hostilité qu'ils nourrissaient contre lui en nommant d'autres généraux. Informé et pris de peur, Alcibiade quitta tout à fait le camp [84] et, rassemblant des mercenaires, s'en alla faire, pour son propre compte, la guerre aux Thraces indépendants ; il tira, des prises qu'il fit, de grandes sommes d'argent et mit les Grecs du voisinage à l'abri des incursions des barbares.

A quelque temps de là, les stratèges Tydée,

Ménandre et Adimante étaient à Aegos-Potamoi[85] avec tout ce qui restait encore de vaisseaux aux Athéniens. Ils avaient pris l'habitude d'aller à la pointe du jour provoquer Lysandre, qui se tenait à l'ancre à Lampsaque, avant de s'en retourner à leur mouillage où ils passaient la journée dans un désordre et une négligence provoqués par leur mépris de l'ennemi. Alcibiade, qui était dans les parages, ne put rester indifférent et inactif devant cette situation : il prit son cheval et vint remontrer aux stratèges que leur mouillage n'était pas bon, sur une côte qui n'avait ni ports ni villes, et les obligeait à aller s'approvisionner à Sestos, fort loin de là ; qu'ils avaient tort aussi de laisser sans réagir les matelots, lorsqu'ils descendaient à terre, se disperser et s'égailler où ils voulaient, et ce face à une flotte importante habituée à obéir sans réplique aux ordres d'un commandant unique.

37. A ces propos d'Alcibiade qui les engageaient à faire passer la flotte à Sestos, les stratèges ne prêtèrent aucune attention et Tydée alla jusqu'à lui ordonner outrageusement de déguerpir, car ce n'était pas lui, mais d'autres, qui étaient stratèges.

Alcibiade se retira, soupçonnant quelque trahison de leur part, et il dit à ceux de ses amis qui le reconduisirent hors du camp que, si les généraux ne l'avaient pas traité si ignominieusement, il aurait, en peu de jours, forcé les Lacédémoniens ou à combattre malgré eux, ou à abandonner leurs vaisseaux. Pure fanfaronnade, pensèrent certains ; mais d'autres y trouvèrent de la vraisemblance, car il pouvait, avec un fort contingent de Thraces, tous hommes de trait et cavaliers, aller par terre charger les Lacédémoniens et mettre le désordre dans leur camp. Au reste, qu'il eût bien vu les fautes des Athéniens, c'est ce que l'événement eut tôt fait de prouver, car Lysandre lança brutalement une attaque-surprise et, de toute la flotte, huit vaisseaux seulement se sauvèrent avec Conon : tous les autres, presque deux cents, furent emmenés captifs et trois mille hommes furent pris vivants par Lysandre, puis égorgés. Peu de temps après, il prit aussi Athènes, brûla tous les vaisseaux et détruisit les longs murs [86].

Alors Alcibiade, craignant les Lacédémoniens, désormais maîtres de la terre et de la mer, se transporta en Bithynie, emportant avec lui de grands trésors et en laissant de plus considérables encore dans sa forteresse. En Bithynie il reperdit bon nombre de ses biens, dont il se fit dépouiller par les Thraces de là-bas ; il résolut alors d'aller trouver Artaxerxès, persuadé que le roi, à l'épreuve, ne le mettrait pas au-dessous d'un Thémistocle, d'autant que son mobile était plus noble : il n'allait pas, comme Thémistocle, offrir son bras au roi et implorer sa puissance contre ses concitoyens, mais servir sa patrie contre l'ennemi. Il pensa que Pharnabaze [87] était le mieux placé pour lui permettre de se rendre sans encombre auprès d'Artaxerxès ; il alla donc le trouver en Phrygie et passa quelque temps chez lui, entre les flatteries qu'il lui prodiguait et les honneurs qu'il en recevait.

38. Les Athéniens cependant supportaient avec peine la perte de leur hégémonie ; mais ce fut bien autre chose quand Lysandre leur eut ôté jusqu'à la liberté en livrant la ville aux Trente [88]. Les réflexions qu'ils n'avaient pas faites pendant qu'ils étaient encore en état de se sauver leur vinrent alors à l'esprit, lorsque tout fut perdu. Ils se lamentaient et détaillaient leurs fautes et leurs erreurs, dont la plus funeste avait été, pensaient-ils, leur second emportement contre Alcibiade : ils l'avaient chassé quand il n'était en rien coupable, et, parce qu'ils en voulaient à un subordonné qui avait perdu honteusement quelques navires, ils avaient eux-mêmes, action bien plus honteuse, privé la cité du plus brave et du plus capable de ses stratèges. Cependant, même dans la situation d'alors, il s'élevait encore une lueur d'espérance ; ce n'en était pas totalement fait d'Athènes tant qu'Alcibiade demeurait en vie. Car, pas plus qu'il n'avait pu, durant son premier exil, se résoudre à vivre dans l'inaction, il ne supporterait aujourd'hui, pour

peu qu'il en eût le moyen, de voir sans réagir l'insolence des Lacédémoniens et les excès des Trente.

La multitude pouvait bien sans folie se bercer de ces rêves, puisque les Trente eux-mêmes s'inquiétaient et s'informaient d'Alcibiade, tenant le plus grand compte de ses actions et de ses projets. Enfin, Critias remontra à Lysandre qu'un régime démocratique à Athènes interdirait aux Lacédémoniens d'être jamais assurés de l'hégémonie en Grèce et que, même si les Athéniens se soumettaient sans résistance au gouvernement oligarchique et s'en satisfaisaient, Alcibiade ne les laisserait pas, lui vivant, s'accommoder paisiblement du régime établi. Ces discours firent d'abord peu d'impression sur Lysandre, jusqu'au moment où il reçut des autorités de Sparte une scytale [89] qui lui ordonnait de se défaire d'Alcibiade, soit que là-bas aussi on redoutât son caractère vif et entreprenant, soit qu'on voulût faire plaisir à Agis [90].

39. Quoi qu'il en soit, Lysandre fit passer cet ordre à Pharnabaze pour le faire exécuter et celui-ci remit ce soin à Bagaios, son frère, et à son oncle Sousamithrès. Or, Alcibiade vivait alors dans un bourg de Phrygie avec la courtisane Timandra et il eut en rêve la vision que voici : il lui sembla qu'il était lui-même vêtu des habits de cette courtisane et qu'elle lui tenait la tête entre ses bras et lui maquillait le visage comme à une femme en soulignant ses yeux et le fardant de céruse. D'autres disent qu'il avait cru voir en songe Bagaios lui couper la tête et brûler son corps. En tout cas c'est peu de temps avant sa mort qu'il aurait eu ce songe. Quant à ceux qu'on avait envoyés pour le tuer, ils n'osèrent pas entrer : ils cernèrent la maison et y mirent le feu. Alcibiade, dès qu'il s'en aperçut, ramassa le plus de vêtements et de couvertures possible et les jeta sur le feu ; puis, s'entourant le bras gauche de sa chlamyde et brandissant son poignard de la main droite, il réussit à sortir sans être atteint par le feu, qui n'avait pas encore consumé les vêtements ; sa vue dispersa les barbares : aucun d'eux n'osa ni l'attendre ni en venir aux mains avec lui, mais ils

l'accablèrent de loin sous les flèches et les traits. C'est ainsi qu'ils l'abattirent avant de s'en aller. Timandra alors enleva son corps, l'enveloppa et le couvrit de ses propres robes, et lui fit, autant qu'il était possible, des funérailles brillantes et magnifiques. Cette Timandra eut, dit-on, pour fille Laïs [91], qu'on appelait la Corinthienne, mais qui avait été amenée captive d'Hyccara, petite ville de Sicile.

Quelques-uns, tout en étant d'accord avec l'ensemble de ce récit, prétendent que ni Pharnabaze ni Lysandre ni les Lacédémoniens n'ont de responsabilité dans la mort d'Alcibiade mais que c'est lui-même qui, en vivant avec une jeune femme de noble maison qu'il avait séduite, amena ses frères, révoltés par cet outrage, à mettre nuitamment le feu à la maison qu'habitait Alcibiade et à le tuer comme je l'ai dit quand il s'élança au milieu des flammes.

VIE DE CORIOLAN

Caius Marcius, dit Coriolan à cause de la prise des Corioles, est un héros de la Rome archaïque (Ve siècle av. J.-C.) tout pétri des vertus supposées de cet âge. Il est aussi différent que possible du léger et voluptueux Alcibiade avec qui son seul point commun est d'avoir embrassé le parti des ennemis de sa cité après avoir été condamné et bafoué par elle. Mais les comparaisons de Plutarque sont souvent aussi artificiellement agencées et, dans le cas présent, l'auteur semble même prendre quelque plaisir à souligner la différence des caractères et des motivations sous l'apparente analogie des comportements. L'ensemble des deux biographies confirme l'idée que le choix des personnages dans les Vies parallèles *s'opère avant tout sur le critère des « âmes fortes » et non sur celui des « belles âmes ».*

Il est intéressant en outre de comparer ici la manière de Plutarque quand il traite d'un sujet grec dont il suppose les données générales connues et quand il traite d'un sujet latin qu'il croit nécessaire d'éclairer par des développements sur la conception romaine de la vertu (chap. 1), sur la corruption à Rome (chap. 14), etc. En outre, si la Vie d'Alcibiade *est entièrement exempte de digressions, la* Vie de Coriolan *en est truffée comme si Plutarque ressentait le besoin de commenter des événements ou des comportements considérés comme exotiques.*

1. La maison des Marcius, une des familles patriciennes de Rome, produisit plusieurs personnages illustres, entre autres Ancus Marcius [1], petit-fils de Numa qui succéda sur le trône à Tullus Hostilius. Il y eut aussi Publius et Quintus Marcius qui amenèrent dans Rome la plus belle eau et la plus abondante [2] ; et Censorinus [3], que le peuple romain nomma deux fois censeur, avant, sur ses instances, d'instituer et de voter une loi interdisant de briguer deux fois cette charge.

Gaius Marcius, dont il s'agit dans ce récit, orphelin de père, fut élevé par sa mère seule ; et son exemple fit voir que, si l'état d'orphelin expose à bien des inconvénients, il n'empêche pas de devenir un homme de mérite et de s'élever au-dessus du vulgaire, quoi qu'en disent les hommes sans qualités, qui accusent et rendent l'abandon où s'est trouvée leur enfance responsable d'avoir gâté leur naturel. Le même homme justifia encore l'opinion de ceux qui prétendent qu'une nature forte et vigoureuse, quand l'éducation lui manque, produit beaucoup de mauvais fruits mêlés avec les bons, comme une terre fertile privée des soins de la culture [4]. De fait, la force et la vigueur de caractère qu'il marquait en toutes circonstances suscitèrent en lui l'ardeur qui fait entreprendre de grandes choses et réaliser de nobles desseins ; mais, à l'inverse, ses colères implacables et son inflexible opiniâtreté le rendaient malcommode et peu sociable et, si on l'admirait de rester impassible au sein des plaisirs comme des efforts ou encore face à l'argent, attitudes auxquelles on appliquait les noms de tempérance, justice et courage, en revanche, on s'irritait de le voir, en société, si désagréable, malgracieux et hautain. C'est qu'en effet le plus grand avantage que les hommes tirent de la bienfaisance des Muses, c'est l'adoucissement de leur naturel par la raison et la culture, qui leur inculquent la mesure et leur font rejeter l'excès. Il est vrai que, en ce temps-là, Rome honorait particulièrement cette partie de la vertu qui éclate dans les actions guerrières et militaires ; et ce qui le prouve, c'est que la vertu chez eux n'a point d'autre nom que le nom même du courage et que le terme générique ne se distingue pas du terme particulier de « courage [5] ».

2. Marcius était né, plus que personne, avec la passion des armes : aussi s'appliqua-t-il, dès son enfance, à les manier. Persuadé que les armes artificielles ne servent de rien, si l'on n'a pas exercé celles qu'on a reçues de la nature, il dressa son corps à tous les genres de combats, de manière à être à la fois agile à la course et invinciblement lourd dans les prises et les corps-à-corps avec l'ennemi. En tout cas ses émules de courage et de vaillance attribuaient régulièrement leurs défaites à cette force physique infatigable qu'aucun effort ne rebutait.

3. Il était encore très jeune quand il fit sa première campagne, au temps où Tarquin, qui avait été roi de Rome et qu'on avait banni, après plusieurs combats où il avait été vaincu, voulut, pour ainsi dire, lancer un dernier coup de dés. La plupart des peuples du Latium et beaucoup d'autres Italiens participaient à sa campagne pour rentrer à Rome, bien moins pour lui complaire que par le désir d'arrêter les progrès des Romains, objet de leur crainte et de leur envie. Dans cette bataille [6], où les deux partis reprirent tour à tour l'avantage plusieurs fois, Marcius, qui combattait avec vigueur sous les yeux du dictateur, vit un Romain s'abattre près de lui ; loin de l'abandonner à son sort, il lui fit un rempart de son corps, le défendit et tua l'ennemi qui venait l'achever. Après la victoire, il fut

un des premiers que le général décora d'une couronne de chêne.

Telle est la couronne que la loi a attribuée à celui qui a sauvé la vie d'un citoyen, soit qu'on ait voulu par là rendre un honneur spécial au chêne, à cause des Arcadiens que l'oracle d'Apollon a appelés mangeurs de glands [7], soit parce qu'on trouve partout facilement du chêne quand on est en campagne, soit encore qu'on ait pensé que la couronne de chêne, étant consacrée à Zeus Protecteur des cités, convenait bien à qui avait sauvé un citoyen. D'ailleurs, le chêne est le plus fertile des arbres sauvages et le plus vigoureux des arbres cultivés. Et les hommes en ont tiré une nourriture, le gland, et une boisson, l'hydromel ; il leur a permis aussi de se régaler de presque tout le gibier à plumes en produisant la glu [8] dont on se sert à la chasse.

Dans cette bataille, les Dioscures aussi se seraient, dit-on, manifestés et, aussitôt après le combat, on les aurait vus à Rome, sur leurs chevaux couverts de sueur, annoncer la victoire au Forum, à l'endroit où s'élève encore aujourd'hui leur temple, près de la fontaine [9]. Voilà pourquoi le jour de cette victoire, qui est le jour des ides du mois de juillet, a été consacré aux Dioscures.

4. Une illustration et des honneurs prématurés éteignent le désir de la gloire dans le cœur des jeunes gens médiocrement passionnés pour elle et ont tôt fait d'apaiser en eux une soif vite transformée en dégoût. Mais les caractères fermes et bien trempés, au contraire, sont stimulés par les honneurs et s'embrasent d'un plus vif éclat : c'est comme un vent rapide qui les pousse vers tout ce qui paraît beau, car ils ne voient point une récompense dans ce qu'ils reçoivent, mais un gage qu'ils donnent pour l'avenir et ils rougissent à l'idée de trahir leur gloire en ne la surpassant pas par de nouveaux exploits. Tels étaient les sentiments de Marcius : rivalisant de vaillance avec lui-même, il s'efforçait de renouveler sans cesse ses actions, enchaînant prouesse sur prouesse, entassant

dépouilles sur dépouilles, et il voyait les derniers généraux sous lesquels il servait s'efforcer régulièrement de surpasser les précédents dans les marques d'honneur. Des nombreux combats et guerres que les Romains eurent alors à livrer, aucun ne le vit revenir sans quelque couronne ou quelque prix d'honneur.

Mais, si la gloire était pour les autres le prix de la valeur, ce que lui cherchait dans la gloire, c'était la joie de sa mère. Que sa mère entendît les louanges qu'on lui prodiguait ; qu'elle le vît recevoir des couronnes ; qu'elle le tînt dans ses bras en pleurant de joie, voilà ce qu'il considérait comme le comble des honneurs et du bonheur. C'est, semble-t-il, le même sentiment que confessa Épaminondas, lorsqu'il regardait comme sa fortune la plus belle d'avoir eu son père et sa mère encore vivants pour voir sa campagne de Leuctres et sa victoire. Mais, s'il eut la satisfaction de les voir l'un et l'autre partager sa joie et le féliciter de ses exploits, Marcius, de son côté, croyait juste de s'acquitter envers sa mère de toute la reconnaissance qu'il aurait due à son père et ne pouvait se lasser de réjouir et d'honorer Volumnie [10] ; ce fut même à sa prière qu'il se maria et, lorsqu'il eut des enfants, il continua d'habiter sous le même toit que sa mère.

5. Déjà il jouissait à Rome d'une grande réputation et d'un grand crédit, qu'il devait à sa valeur, lorsque le sénat, pour soutenir les riches, entra en conflit avec la plèbe qui se plaignait de l'oppression où la tenaient les usuriers. Ceux qui n'avaient qu'un bien modique se voyaient dépossédés de tout leur avoir par les hypothèques et les ventes publiques, et ceux qui n'avaient absolument rien étaient eux-mêmes emmenés en prison et détenus, eux qui portaient dans leur chair les marques des blessures et des peines qu'ils avaient supportées en combattant pour la patrie. La dernière de ces expéditions, la guerre contre les Sabins, ils ne l'avaient acceptée que sur la promesse faite par les riches de les traiter avec moins de rigueur et sur un décret du sénat qui rendait garant de cette promesse le consul Manius Valerius. Mais alors qu'ils avaient

vaillamment combattu dans cette nouvelle bataille et défait les ennemis, les créanciers ne relâchèrent rien de leurs exigences, et le sénat, feignant d'avoir oublié leur accord, les laissait à nouveau arrêter et traîner en prison. Bientôt la ville fut en proie aux troubles et à la sédition et les ennemis, instruits de ces agitations populaires, envahirent le territoire de Rome et y mirent tout à feu et à sang. Alors les consuls appelèrent aux armes tous les hommes en âge de servir, mais sans aucun succès. Dans ces circonstances, les avis des dirigeants furent à nouveau partagés : les uns voulaient qu'on cédât quelque chose aux pauvres et qu'on relâchât l'excessive rigueur de la loi ; les autres s'y opposaient, et Marcius était de ce nombre, non que, dans cette affaire, il tînt grand compte de la question d'argent, mais il regardait cette révolte de la masse contre les lois comme un premier essai de la violence et de l'insubordination, que la prudence, selon lui, commandait d'arrêter et d'étouffer dans l'œuf.

6. Le sénat s'était assemblé plusieurs fois en peu de temps pour en débattre sans arriver à une conclusion, quand, tout à coup, les pauvres s'attroupèrent et, s'exhortant les uns les autres, abandonnèrent la ville. Ils occupèrent la montagne qu'on appelle aujourd'hui le mont Sacré, sur les bords de l'Anio, et s'y installèrent sans se livrer à aucune violence ou à aucun mouvement séditieux ; ils se contentaient de clamer qu'il y avait beau temps que les riches les avaient chassés de Rome ; qu'ils trouveraient partout en Italie l'air, l'eau et la terre où reposer, seules choses que leur offrît le séjour de Rome, si l'on exceptait les blessures ou la mort auxquelles ils s'exposaient en combattant pour les riches [11].

Le sénat s'inquiéta de cette sécession et il députa auprès de la plèbe les plus doux et les plus populaires d'entre les vieux sénateurs. Ce fut Ménénius Agrippa [12] qui prit la parole. Tout en adressant au peuple d'instantes prières, il fit avec franchise une complète apologie du sénat ; et il termina son discours par un apologue, depuis fameux. Il leur raconta que tous les membres du corps humain s'étaient révoltés contre l'estomac, l'accusant de demeurer seul oisif dans le corps sans contribuer à son service, tandis que les autres membres supportaient toute la peine et toute la fatigue pour fournir à ses appétits ; l'estomac se moqua de leur sottise, qui les empêchait de sentir que, s'il recevait seul toute la nourriture, c'était pour la renvoyer et la distribuer ensuite à chacun d'eux. « Citoyens, dit Ménénius, c'est aussi ce que le sénat peut vous dire ; ses délibérations, les affaires qu'il prépare sont la garantie du bon ordre dans l'État ; et à vous tous elles apportent et distribuent ce qui est utile et avantageux [13]. »

7. Ce discours amena la réconciliation. Seulement ils demandèrent au sénat, et ils en obtinrent, de pouvoir élire cinq magistrats chargés de les défendre dans le besoin : ce sont ceux qu'on appelle aujourd'hui tribuns de la plèbe. Les premiers élus furent les chefs mêmes de la révolte, Junius Brutus et Sicinius Vellutus. L'union une fois rétablie dans la cité, le peuple eut bientôt pris les armes et se mit avec ardeur à la disposition des consuls pour partir à la guerre. Marcius, tout mécontent qu'il était de l'augmentation de force que le peuple avait obtenue des concessions de l'aristocratie, et bien qu'il vît nombre de patriciens dans les mêmes sentiments, ne laissait pas de les exhorter à ne point rester en arrière des plébéiens dans ces luttes pour la défense de la patrie et à montrer qu'ils l'emportaient sur eux, bien plus encore par la vaillance que par la puissance.

8. Chez les Volsques, contre qui les Romains étaient alors en guerre, la ville la plus importante était Corioles ; le consul Cominius [14] l'avait donc investie et les autres Volsques, inquiets, rassemblaient toutes leurs forces pour voler à son secours. Ils comptaient livrer bataille aux Romains sous les murs de la ville et les attaquer des deux côtés à la fois. Cominius, partageant donc ses troupes, marcha lui-même au-devant des Volsques qui venaient du

dehors l'attaquer et laissa pour continuer le siège Titus Larcius [15], un des Romains les plus braves. Alors les gens de Corioles, qui n'avaient plus dès lors que mépris pour les troupes qui leur faisaient face, firent une sortie et leur attaque, d'abord victorieuse, leur permit de poursuivre leurs ennemis jusque dans leurs retranchements. A cet instant, Marcius accourt avec une poignée de soldats, renverse tous ceux qui se heurtent à lui, arrête les autres dans leur mouvement et rameute à grands cris les Romains. Il avait en effet toutes les qualités que Caton désirait dans un homme de guerre et ce n'étaient pas seulement son bras et ses coups, mais l'accent de sa voix et sa physionomie qui semaient chez l'ennemi une terreur irrépressible. Un grand nombre de Romains se réunit et se groupa alors autour de lui et l'ennemi, effrayé, prit la fuite. Mais c'était encore trop peu pour Marcius qui les suivit et, devant leur fuite désordonnée, les chargea avec vigueur jusqu'aux portes de la ville. Là, voyant les Romains renoncer à la poursuite, alors qu'une grêle de traits s'abattait des murailles et que nul n'osait envisager de se précipiter derrière les fuyards dans une ville pleine de soldats en armes, malgré tout cela, il s'arrête pour exhorter les siens et leur rendre courage. « Ce n'est pas aux fuyards, leur crie-t-il, mais bien plutôt à leurs poursuivants que la Fortune a ouvert les portes de Corioles ! » Puis, bien peu ayant accepté de le suivre, il s'élança au travers des ennemis, se jeta sur les portes et pénétra dans la ville, sans que personne, dans le premier moment, osât résister et l'affronter. Mais, dans un second temps, quand ils s'aperçurent du peu de Romains qu'il y avait dans la ville, ils se regroupèrent et engagèrent le combat. Alors, dans la mêlée où se confondaient amis et ennemis, il soutint, dit-on, une lutte prodigieuse où il fit éclater les prouesses de son bras, la vitesse de ses jambes et la hardiesse de son âme : triomphant de tous ceux sur qui il fondait, il repoussa les uns aux extrémités de la ville, força les autres à renoncer et mettre bas les armes, et donna ainsi tout le temps à Larcius de faire entrer le reste des Romains dans Corioles.

9. La ville ainsi prise, la plupart des soldats s'attachèrent aussitôt à piller et à faire du butin, ce qui suscitait l'indignation et les cris de Marcius pour qui il était honteux, alors que le consul et les citoyens qui l'accompagnaient étaient peut-être aux prises avec les ennemis et en plein combat, d'aller chercher çà et là de quoi s'enrichir ou de prendre ce prétexte pour se soustraire au danger. Mais le plus grand nombre resta sourd à ses remontrances : il courut donc avec ceux qui voulaient bien le suivre sur la route qu'il savait avoir été prise par l'autre armée, pressant à maintes reprises ses compagnons de hâter le pas et les exhortant à ne pas ralentir leur ardeur ; à maintes reprises aussi priant les dieux de permettre qu'il arrive non point après le combat, mais assez à temps pour partager avec ses concitoyens la lutte et les périls.

Or, c'était l'usage en ce temps-là chez les Romains, quand ils se rangeaient en bataille et qu'ils n'avaient plus qu'à prendre leur bouclier et ceindre leur casaque, de faire en même temps leur testament de vive voix, en nommant leur héritier devant trois ou quatre de leurs camarades [16]. Les soldats en étaient déjà là, avec l'ennemi en vue, lorsque Marcius arriva. Quelques-uns d'abord furent troublés en le voyant tout couvert de sang et de sueur ; mais, quand ils virent qu'il courait au consul et lui tendait la main avec tous les signes de la joie, en lui annonçant la prise de Corioles, et que le consul, de son côté, l'embrassait et le serrait étroitement dans ses bras, alors tous sentirent se ranimer leur confiance, les uns parce qu'ils avaient entendu la nouvelle du succès, les autres parce qu'ils l'avaient devinée, et, à grands cris, ils pressèrent leurs généraux de les mener au combat.

Marcius alors demanda à Cominius quel était l'ordre de bataille des ennemis et où étaient rangées leurs meilleures troupes. Cominius répondit qu'il croyait que leur centre était occupé par les Antiates [17], les plus belliqueux des Volsques et qui ne le cédaient en courage à personne. « Je t'en prie donc, dit Marcius, et je t'en conjure, mets-moi en face d'eux. » Le consul, plein d'admiration pour son dévouement, lui accorda sa demande. A peine eut-on lancé les premiers traits que Marcius jaillit des rangs ; les Volsques qu'il avait devant lui ne purent résister et la partie de la phalange [18] qu'il attaqua se retrouva aussitôt enfoncée. Mais les deux ailes se retournèrent contre lui et l'enveloppèrent de leurs armes ; le consul, inquiet, envoya ses meilleurs soldats à la rescousse. Il se livra autour de Marcius un sanglant combat : la terre fut en un instant jonchée de morts ; mais, à la fin, les ennemis, écrasés de toutes parts, furent mis en fuite et, comme ils se lançaient à leur poursuite, ils prièrent Marcius, recru de fatigue et de blessures comme il l'était, de se retirer au camp. Mais lui, après un « Ce n'est pas aux vainqueurs d'être las », se lança derrière les fuyards. Le reste de l'armée des Volsques fut aussi défait ; et il y eut un grand nombre de morts et de prisonniers.

10. Le lendemain, en présence de Larcius et devant toute l'armée réunie, le consul monte sur son tribunal et, après avoir rendu aux dieux les actions de grâces que méritait une si grande victoire, il se tourne vers Marcius. Il commença alors par un magnifique éloge de la conduite qu'il avait tenue sous ses yeux dans le combat et des traits de bravoure dont Larcius lui avait rendu compte. Puis il l'invita à prendre, à son choix, la dîme de tout le butin qu'on avait fait sur les ennemis, argent, chevaux, prisonniers, avant que rien fût distribué aux autres. Il lui donna en outre, pour prix de sa vaillance, un cheval richement harnaché. Les Romains applaudirent aux paroles du consul, mais Marcius, s'étant avancé, dit qu'il acceptait le cheval et qu'il était flatté des louanges que lui avait décernées le consul ; mais que, pour tout le reste, comme c'était à ses yeux un salaire plutôt qu'une marque d'honneur, il le refusait et se contenterait du même lot que tout un chacun. « Je ne demande, ajouta-t-il, qu'une seule grâce exceptionnelle que je te sup-

plie de m'accorder. J'avais, parmi les Volsques, un hôte et un ami, homme honnête et vertueux. Aujourd'hui il est prisonnier et, de riche et heureux qu'il était, le voici devenu esclave. De tous les malheurs qui l'accablent, je demande que lui en soit épargné au moins un, celui d'être vendu. » Ces paroles de Marcius firent redoubler les clameurs et il y eut plus de gens pour admirer son désintéressement que sa bravoure militaire. Ceux-là mêmes qui ne pouvaient se défendre d'un sentiment de jalousie à la vue des honneurs dont il était comblé, le jugèrent d'autant plus digne de ces présents qu'il les avait refusés ; et la vertu qui lui faisait mépriser de magnifiques récompenses leur inspira plus de respect que celle qui les lui avait méritées. Le bon emploi des richesses est en effet plus glorieux que le bon usage des armes ; mais il est encore plus beau de savoir se passer des richesses que d'en faire bon usage.

11. Quand les clameurs de la foule et le bruit eurent cessé, Cominius, s'adressant aux soldats : « Compagnons, dit-il, vous ne pouvez imposer à Marcius des présents qu'il refuse et ne veut pas recevoir. Mais donnons-lui une récompense dont il ne puisse rejeter l'offre : décernons-lui le nom de Coriolan, si toutefois l'exploit même ne le lui a point déjà donné avant nous. » Depuis ce jour, Coriolan fut le troisième nom de Marcius [19].

Ce fait met bien en lumière que son nom propre était Gaius, tandis que le deuxième, Marcius était le gentilice de sa maison ; quant au troisième, on l'ajouta plus tard aux deux autres, et il pouvait être tiré d'une action particulière ou d'un événement ou d'un trait physique ou de quelque vertu. C'est ainsi que, chez les Grecs, certaines actions ont fait donner les surnoms de Sôter [20] (Sauveur) et de Callinicos [21] (Victorieux) ; un trait physique, ceux de Physcon [22] (Ventru) et Grypos [23] (Nez crochu) ; une vertu, ceux d'Évergète [24] (Bienfaisant) et Philadelphe [25] (Bon frère) ; un succès, celui d'Eudémon [26] (Heureux), porté par Battos II. Il y eut des rois qui reçurent des surnoms satiriques : par exemple, Antigone fut appelé Doson [27] (Qui va donner) et Ptolémée, Lathyros [28] (Pois chiche). Cette dernière espèce de surnoms a été encore plus courante chez les Romains qui appelèrent Diadématus (Porte-diadème) un des Métellus [29], parce qu'ayant eu longtemps une plaie au front, il ne paraissait en public que la tête bandée. Un autre Métellus fut nommé Celer [30] (Rapide), parce qu'il s'était dépêché de donner après la mort de son père, pour ses obsèques, un combat de gladiateurs, émerveillant les Romains par la promptitude et la rapidité de tant de préparatifs. Encore aujourd'hui, ils donnent des surnoms pris de quelque particularité de la naissance. Ils appellent Proculus celui qui est né pendant que son père était absent et Postumus celui qui vient au monde après la mort de son père. Quand, chez des jumeaux, l'un meurt à la naissance, le survivant reçoit le nom de Vopiscus (Né viable). Ils tirent aussi leurs surnoms de particularités physiques, comme pour Sylla (Couperosé), Niger (Noir), Rufus (Roux), ou même Caecus (Aveugle) et Claudius (Boiteux), inculquant ainsi la saine habitude de ne regarder aucune disgrâce physique comme une honte et un affront, mais d'y répondre comme à des noms propres. Au reste, ce sont là des recherches qui conviennent mieux à un autre genre d'ouvrage [31].

12. La guerre finie, les chefs de la plèbe réveillèrent la sédition, non point qu'ils eussent quelque nouveau sujet de plainte, quelque accusation fondée ; mais ils prirent comme prétexte pour attaquer les patriciens les maux qui n'étaient que la suite nécessaire des troubles et des dissensions précédents. La plupart des terres avaient été laissées à l'abandon sans être ensemencées ni labourées et la guerre n'avait pas permis de faire venir des vivres d'ailleurs : la disette devint donc extrême. Les chefs de la plèbe, voyant qu'il n'y avait pas de provisions au marché et que, même y en eût-il, le peuple n'avait pas les moyens d'en acheter, lancèrent contre les riches des accusations calomnieuses, selon lesquelles ils affamaient le peuple pour

assouvir leur rancune. Or il arriva de Vélitres [32] une députation qui venait remettre cette ville aux Romains et les prier d'y envoyer une colonie : une épidémie avait tellement ravagé et dépeuplé Vélitres qu'il y restait à peine le dixième des habitants. Les gens sensés regardèrent alors comme une heureuse opportunité le besoin où se trouvaient les Vélitrains, alors qu'eux-mêmes, accablés par la disette, avaient besoin d'être soulagés, et en même temps ils espéraient ainsi dissiper la sédition, du moment où la ville serait purgée de la partie la plus turbulente et la plus sensible aux provocations des démagogues, comme d'autant d'humeurs vicieuses qui altéraient la santé de l'État. Les consuls choisirent donc ceux-là pour les envoyer dans la colonie ; puis ils enrôlèrent les autres pour une expédition contre les Volsques, cherchant ainsi à leur ôter le loisir de semer le trouble à l'intérieur et comptant que riches et pauvres, une fois ensemble sous les armes et dans le même camp, partageant les mêmes dangers, prendraient des sentiments plus doux et plus paisibles les uns pour les autres.

13. Mais les chefs de la plèbe, Sicinius et Brutus, s'opposèrent à ces projets, clamant que les consuls déguisaient sous le nom le plus doux de « colonie » l'acte le plus cruel et poussaient les pauvres dans une sorte de gouffre, en les envoyant habiter une ville pleine d'un air empesté et de cadavres restés sans sépulture, où ils partageraient le séjour d'un démon étranger et funeste [33]. Et, comme si ce n'était pas encore assez d'avoir fait périr par la famine une partie des citoyens et de livrer les autres à la peste, les voilà qui déclenchaient encore de gaieté de cœur une guerre, afin qu'aucun fléau n'épargnât la cité qui avait refusé de rester l'esclave des riches.

Le peuple, abreuvé de tels discours, ne venait pas répondre à l'appel des consuls et voyait la colonie d'un mauvais œil. Le sénat ne savait quel parti prendre ; mais Marcius, désormais gonflé par ses succès, rempli d'orgueil et fort de l'admiration des principaux citoyens, se montra l'adversaire le plus acharné des chefs de la plèbe. On fit presser le départ de la colonie en obligeant à partir, sous la menace de peines sévères, ceux que le sort avait désignés. Quant à la guerre, comme le peuple refusait absolument de s'y enrôler, Marcius rassembla ses clients avec tout ce qu'il put déterminer de volontaires et ravagea le territoire d'Antium. Il y trouva une quantité de blé, de bestiaux et d'esclaves, dont il ne prit rien pour lui, et il ramena à Rome sa troupe chargée de butin. Les autres citoyens, pleins de dépit et d'envie devant cette abondance, en voulaient à Marcius et supportaient mal l'accroissement de sa gloire et de sa puissance, dont le peuple, à leurs yeux, était la victime.

14. Peu de temps après, Marcius brigua le consulat ; la foule alors était prête à fléchir, car les plébéiens éprouvaient quelque honte à déshonorer et rabaisser un citoyen que sa naissance et sa valeur mettaient au premier rang et qui avait rendu tant de signalés services. C'était l'usage à Rome pour ceux qui briguaient le consulat de descendre au Forum solliciter et saluer leurs concitoyens vêtu d'un manteau et sans tunique, soit que cet humble costume semblât mieux s'adapter à leur requête, soit que ceux qui avaient des cicatrices voulussent bien montrer les signes de leur bravoure. Car ce n'était point, j'imagine, par crainte de les voir corrompre le peuple à prix d'argent qu'on avait imposé aux candidats de paraître sans ceinture devant les citoyens. On ne vit que longtemps après s'introduire l'usage de vendre ou d'acheter les suffrages et l'argent se mêler aux votes de l'assemblée des comices. Après quoi la contagion gagna les tribunaux et les camps et changea l'État en monarchie, une fois les troupes asservies à l'argent [34]. Ce n'est pas sans raison qu'on a dit que celui-là ruina le premier la démocratie, qui le premier donna des festins au peuple et qui fit des distributions d'argent. Mais il ne semble pas que le fléau se soit manifesté tout d'un coup à Rome : il s'y glissa au contraire subrepticement et insensiblement, sans qu'on le remarquât tout de suite ; car on ignore quel fut le premier Romain qui

corrompit le peuple ou les tribunaux, alors qu'à Athènes, le premier, selon la tradition, qui donna de l'argent à des juges fut Anytos, fils d'Anthémion, accusé de trahison dans l'affaire de Pylos, vers la fin de la guerre du Péloponnèse, au temps où l'âge d'or régnait encore dans toute sa pureté sur le Forum romain [35].

15. Marcius donc montrait les cicatrices innombrables reçues au cours d'innombrables batailles, durant dix-sept années où il n'avait cessé de guerroyer et où il avait toujours remporté le prix de la valeur ; et les citoyens, par respect pour sa valeur, s'étaient donné le mot pour le nommer consul. Mais, lorsque, le jour de l'élection venu, Marcius se rendit au Forum dans un appareil magnifique, avec le sénat pour escorte, devant les patriciens qui, autour de lui, montraient assez que jamais candidature ne leur avait plus tenu à cœur, la foule oublia ses bonnes intentions à son endroit et laissa l'indignation et l'envie l'envahir. A ce sentiment, s'ajoutait encore la crainte que, maître du pouvoir, cet homme, tout dévoué à l'aristocratie et qui jouissait de tant de crédit auprès des patriciens, ne ravît au peuple toute sa liberté. Ces réflexions firent écarter la candidature de Marcius et l'on élut d'autres consuls.

Cette déconvenue affligea vivement le sénat, qui se jugeait plus bafoué encore que Marcius. Quant à l'intéressé lui-même, il ne supporta pas tranquillement l'affront et ne sut pas se résigner, accoutumé qu'il était à céder aux mouvements de la partie irascible et batailleuse de l'âme en laquelle il ne voyait que grandeur et élévation d'esprit : c'est qu'il n'avait pas cet heureux mélange de gravité et de douceur, fruit de la raison et de l'instruction, qui constitue l'essentiel de la vertu politique, et qu'il ignorait que, lorsqu'on se mêle des affaires publiques et du commerce des hommes, il faut fuir plus que tout cette infatuation dont Platon fait « la compagne de la solitude » et cultiver avec ardeur la patience des injures, malgré tous les quolibets qu'elle encourt de certains. Doué d'un caractère tout d'une pièce et inflexible, persuadé qu'avoir le dessus et l'emporter partout, c'est là l'œuvre du courage, et non de la faiblesse et de la lâcheté qui font jaillir la colère, comme une tumeur, du fond de la partie la plus malade et souffrante de notre âme, Marcius rentra donc chez lui tout plein d'agitation et d'aigreur contre la plèbe et les patriciens en âge de servir, la fine fleur de la noblesse et aussi la plus arrogante, qui s'étaient montrés de tout temps complètement dévoués à sa personne, s'attachèrent à lui plus étroitement encore et, par leur présence intempestive, ne firent que l'enflammer davantage en partageant son indignation et sa douleur. Car Marcius était pour eux un chef et un maître bienveillant qui les formait, durant les expéditions, au métier de la guerre et qui allumait en eux une émulation de vertu exempte de toute jalousie et la fierté de réussir [36].

16. Cependant il arriva à Rome une provision de blé dont une grande partie avait été achetée en Italie, tandis que l'autre qui n'était pas moindre, avait été envoyée en présent par le tyran de Syracuse, Gélon [37]. La plupart en conçurent les plus grands espoirs, comptant que la ville allait ainsi être délivrée tout à la fois de la disette et des dissensions. Le sénat se réunit aussitôt et le peuple se répandit tout autour de la Curie pour attendre l'issue des délibérations, escomptant qu'on leur ferait pour le blé acheté un prix d'ami et qu'on lui distribuerait gratuitement celui qui avait été offert. Et il y avait en effet, à l'intérieur, des sénateurs qui préconisaient ces mesures, mais Marcius se leva pour s'attaquer avec violence à ceux qui favorisaient le vœu de la multitude et qu'il traitait de démagogues et de traîtres à la noblesse ; ils laissaient ainsi se développer contre eux-mêmes les germes funestes d'audace et d'insolence qu'on avait jetés dans la foule ; ces germes, il eût mieux valu, au lieu de les négliger, les étouffer à leur naissance et ne point fortifier la plèbe en lui donnant tant de pouvoir ; désormais elle était assez redoutable pour que rien ne se fît plus que selon son gré et qu'on ne pût plus la

contraindre contre son gré ; elle n'obéissait plus aux consuls et, livrée à l'anarchie, réservait à ses propres chefs le nom de magistrats [38]. « Aussi, poursuivit-il, siéger pour voter des largesses et des distributions de blé, comme dans les démocraties grecques les plus radicales [39], revient-il à subventionner leur insubordination pour le plus grand malheur de l'État. Car ils ne prétendront pas, j'imagine, recevoir ce blé comme prix des expéditions auxquelles ils se sont dérobés, de ces sécessions qui leur ont fait abandonner la patrie, de ces calomnies contre le sénat qu'ils ont accueillies avec tant de complaisancc. Ils se figureront que vous cédez par crainte et que c'est pour les flatter que vous leur accordez cela et leur cédez. Dès lors, il n'y aura plus de bornes à leur désobéissance ; dissensions et séditions ne s'arrêteront plus. Voilà pourquoi céder est de la pure folie. Au contraire, si nous sommes sages, nous leur ôterons ce tribunat qui a anéanti la puissance consulaire et jeté la division dans l'État, ainsi privé de son unité d'autrefois : désormais coupé en deux, il ne nous laissera connaître ni unité, ni accord, ni aucun terme à nos maux et à ces agitations intestines. »

17. Marcius parla longtemps sur ce ton et réussit au-delà de toute espérance à communiquer aux jeunes et à presque tous les riches la passion dont il était lui-même animé. « C'est bien lui, criaient-ils, le seul roc, le seul ennemi de la flatterie que possède la cité. » Quelques vieux sénateurs cependant s'opposaient à lui, prévoyant ce qui allait arriver. Et il n'arriva rien de bon. Les tribuns, qui assistaient aux débats, voyant que l'opinion de Marcius l'emportait, se ruèrent dehors pour rejoindre la foule en jetant de grands cris et exhortant la plèbe à se grouper pour leur prêter secours. Il s'ensuivit une assemblée houleuse et, lorsqu'on eut rapporté le discours de Marcius, la plèbe, emportée par la colère, fut à deux doigts de donner l'assaut au sénat. Mais les tribuns se bornèrent à accuser Marcius et le firent sommer de venir se défendre. Marcius chassa ignominieusement les appa-

riteurs qu'ils avaient envoyés. Les tribuns se déplacèrent donc en personne, avec les édiles, pour l'entraîner de force et ils se saisissaient de lui lorsque les patriciens, se regroupant, repoussèrent les tribuns et frappèrent même les édiles. La venue de la nuit mit alors fin au tumulte, mais le lendemain, à la pointe du jour, les consuls, qui voyaient la multitude irritée accourir de toutes parts au Forum, craignirent pour la cité et, provoquant une réunion du sénat, le prièrent d'aviser aux moyens d'adoucir et d'apaiser la foule par des propositions modérées et des décrets favorables : ce n'était pas le moment, disaient-ils, des points d'honneur et des luttes de prestige [40], si l'on écoutait la sagesse ; en cette conjoncture grave et critique, il fallait une politique toute de ménagement et d'humanité. La plupart des sénateurs accédèrent à cet avis et les consuls allèrent parler au peuple auquel ils prodiguèrent toutes les paroles d'apaisement possibles, écartant sans se fâcher les calomnies et n'usant que modérément du ton mordant des réprimandes, l'assurant aussi qu'il n'y aurait point de différend entre eux sur le prix du blé et des vivres.

18. Comme la majorité de la plèbe était prête à céder et montrait assez par son silence et sa tranquillité qu'elle se rendait aux discours des consuls, les tribuns se levèrent et déclarèrent que, à l'exemple du sénat, qui prenait le parti de la raison, le peuple accéderait de son côté à tout ce qui était juste ; ils exigeaient en revanche que Marcius vînt se défendre et montrer qu'il n'avait pas excité le sénat à renverser l'État et ruiner l'autorité populaire ; que, appelé par les tribuns pour se justifier, il n'avait pas refusé d'obéir, et qu'enfin, il n'avait point, en frappant les édiles en plein Forum et en les outrageant, suscité, autant qu'il était en lui, la guerre civile et poussé les citoyens à prendre les armes. Ils voulaient par ces questions soit humilier Marcius en l'obligeant à faire violence à sa nature et, cédant à la crainte, à flatter et supplier la masse, soit, s'il conservait son arrogance et restait fidèle à sa nature, rendre implacable la colère

du peuple contre lui. C'est là-dessus qu'ils comptaient le plus et ils avaient bien jugé Marcius [41]. Celui-ci se présenta donc pour se justifier et le peuple se disposa à l'écouter en silence et dans le calme. Mais, au lieu du discours humble et suppliant qu'on attendait de lui, il entama un morceau dont la franchise ne pouvait que choquer et qui avait plus l'air d'une accusation que d'une défense, le ton de sa voix et l'expression de son visage marquant de surcroît une assurance qui confinait au mépris et au dédain. Le peuple, irrité, laissa éclater le mécontentement et l'indignation que lui inspiraient ces propos. Alors Sicinius, le plus audacieux des tribuns, après un bref conciliabule avec ses collègues, s'avança au milieu de l'assemblée pour proclamer que les tribuns avaient condamné Marcius à mort ; puis il ordonna aux édiles de le conduire sur-le-champ en haut du Capitole et de le précipiter dans le gouffre ouvert à ses pieds. Comme les édiles mettaient la main sur lui, même les plébéiens trouvèrent pour la plupart qu'on commettait là un acte atroce et exorbitant. Quant aux patriciens, tous hors d'eux-mêmes et outrés de douleur, ils se précipitèrent avec de grands cris au secours de Marcius : les uns usaient de leurs mains pour repousser ceux qui voulaient l'arrêter et l'enfermèrent au milieu d'eux, quelques autres tendaient vers la foule des mains suppliantes car, dans ce désordre et cette confusion générale, ni paroles ni voix ne servaient de rien. A la fin, les amis et les familiers des tribuns, comprenant qu'il serait impossible d'arrêter et de punir Marcius sans répandre des flots de sang patricien, les persuadèrent de supprimer ce qu'il y avait dans la sentence de cruel et de contraire à l'usage et, au lieu de faire exécuter Marcius par la violence et sans procès, de s'en remettre au peuple de la décision. Alors Sicinius, un peu calmé, demanda aux patriciens ce qu'ils entendaient faire en soustrayant Marcius au châtiment que le peuple voulait lui infliger. « Mais vous-mêmes, répliquèrent les patriciens, que prétendez-vous faire en condamnant ainsi sans jugement à un supplice cruel et illégal, un des plus valeureux Romains ? » — « Eh bien, reprit Sicinius, n'en faites plus un prétexte de querelles et de séditions contre le peuple : on vous accorde, comme vous le demandez, que cet homme soit jugé dans les formes. Quant à toi, Marcius, nous te citons à comparaître au troisième jour de marché [42] pour persuader de ton innocence les citoyens appelés pour te juger. »

19. Sur le moment, les patriciens se satisfirent donc de la trêve et s'empressèrent de partir avec Marcius. Dans l'intervalle de temps qui devait s'écouler jusqu'au troisième jour de marché — les marchés se tiennent à Rome tous les neuf jours d'où leur nom de *nundinae* —, la guerre avait éclaté contre les Antiates, ce qui fit espérer aux patriciens que le jugement serait différé et que la durée de l'expédition rendrait le peuple plus traitable, une fois sa colère émoussée, voire totalement éteinte au milieu des travaux de la guerre. Mais la paix se conclut presque aussitôt avec les Antiates et, l'armée rentrée, les patriciens, inquiets, tinrent plusieurs fois conseil entre eux pour trouver un moyen de ne pas livrer Marcius sans fournir aux démagogues de nouveaux prétextes de soulever la multitude. Appius Claudius, qu'on accusait d'être l'ennemi le plus virulent de la plèbe [43], jurait ses grands dieux que le sénat allait perdre son autorité et trahir totalement l'État, s'il souffrait que le peuple eût le pouvoir de juger les patriciens. Mais les sénateurs les plus âgés et les plus proches de la plèbe estimaient au contraire que ce pouvoir, loin de rendre le peuple incommode et dur, développerait sa douceur et son humanité ; car il ne méprisait pas le sénat, mais s'en croyait méprisé et il verrait dans ce droit de juger un honneur et une consolation, si bien qu'en prenant en main les suffrages, il déposerait sa colère.

20. Marcius, qui voyait le sénat partagé entre sa bienveillance pour lui et la crainte que lui inspirait le peuple, demanda aux tribuns de quels crimes ils l'accusaient et de quoi il devrait répondre devant le peuple. Ils répondirent qu'ils l'accusaient du crime de

tyrannie et qu'ils le convaincraient de projeter de devenir tyran ; sur quoi Marcius se dressa en déclarant qu'il allait sur-le-champ se présenter au peuple pour se défendre et qu'il ne voulait se dérober à aucune forme de supplice s'il était reconnu coupable. « Seulement, ajouta-t-il, tâchez de ne m'accuser que sur ce point et de ne pas mentir aux sénateurs. » Les tribuns le promirent et le jugement se fit sous ces conditions.

Le peuple réuni, les tribuns imposèrent d'abord que le vote se fît non par centuries, mais par tribus, afin de donner à la masse indigente, remuante et dépourvue de toute moralité le pas sur les gens riches, honorablement connus et servant à l'armée [44]. Ensuite, laissant de côté le crime de tyrannie, indémontrable, ils rappelèrent une nouvelle fois les discours que Marcius avait tenus précédemment au sénat pour empêcher de baisser le prix du blé et pour conseiller de priver la plèbe du tribunat. Enfin, ils avancèrent comme nouveau chef d'accusation la répartition du butin : Marcius, au lieu d'apporter au trésor public le butin qu'il avait fait sur le territoire d'Antium, l'avait partagé entre ses compagnons d'armes. Ce fut, dit-on, l'accusation qui troubla le plus Marcius, car il ne s'y attendait point et il ne trouva pas sur-le-champ des arguments susceptibles de convaincre la multitude. L'éloge qu'il fit de ceux qui l'avaient accompagné à cette expédition suscita les huées de ceux, bien plus nombreux, qui ne l'avaient pas faite et, au bout du compte, les tribus ayant donné leurs suffrages, il y en eut trois de plus pour la condamnation et la peine prononcée fut le bannissement perpétuel.

Après l'annonce du verdict, le peuple se retira avec un sentiment de fierté et d'allégresse qu'aucune victoire sur l'ennemi ne lui avait jamais donné. Le sénat, au contraire, était la proie d'une douleur et d'un abattement profonds : il se repentait et s'en voulait de n'avoir pas tout fait et tout supporté avant de laisser la plèbe lui infliger un tel outrage et s'arroger un si grand pouvoir. Il n'était pas besoin ce jour-là, pour distinguer les classes des citoyens, de regarder au vêtement ou à d'autres marques extérieures : on reconnaissait tout de suite un plébéien à sa joie et un patricien à son affliction.

21. Marcius seul ne fut ni frappé ni abattu. C'était toujours la même fermeté dans son air, dans sa démarche et sur son visage ; et, au milieu de la désolation générale, lui seul semblait n'être pas affecté par son sort, non par raison et douceur de caractère, ou par résignation à sa disgrâce : c'était un effet de son indignation et de sa fureur, passions dont on ne sait pas assez qu'elles sont des formes de chagrin, car, dès que celui-ci tourne en colère, il prend pour ainsi dire feu et bannit de l'âme l'abattement et l'indolence [45]. De là vient que l'homme en colère est bouillonnant d'activité, tout comme le fiévreux est brûlant, parce que l'âme est alors dans une sorte d'état où se mêlent palpitations, tension et enflure.

Marcius montra aussitôt par ses actes que tel était bien son état d'esprit. Il rentra chez lui, embrassa sa mère et sa femme, qui se lamentaient avec force larmes et cris, et les exhorta à supporter patiemment leur malheur, puis il les quitta sur-le-champ et marcha vers les portes de la ville. Là, alors que presque tous les patriciens l'escortaient, il s'éloigna sans rien accepter ni demander, avec seulement trois ou quatre de ses clients à ses côtés. Il passa quelques jours dans une de ses terres seul à tourner dans sa tête mille pensées diverses que lui suggérait la colère, car il ne voyait plus qu'un acte noble et utile à accomplir : se venger de Rome [46]. Il s'arrêta enfin au projet de leur susciter quelque guerre terrible avec un des peuples voisins et il résolut de tenter d'abord sa chance auprès des Volsques dont il savait les ressources en hommes et en argent encore florissantes, leurs dernières défaites ayant moins diminué leurs forces qu'augmenté leur jalousie et leur ressentiment [47].

22. Il y avait alors dans la ville d'Antium un homme auquel ses richesses, son courage et l'illustration de sa race conféraient un prestige royal dans tout le pays des Volsques : il se nommait Tullus Attius et

haïssait Marcius plus qu'aucun autre Romain ; cela Marcius le savait bien, car ils s'étaient souvent défiés dans les combats, avec ces menaces et ces bravades familières à de jeunes guerriers qu'exaltent l'émulation et l'amour de la gloire. Ainsi ils avaient ajouté une inimitié personnelle à la haine qui opposait leurs cités. Mais il connaissait la grandeur d'âme de Tullus et, surtout, il savait qu'aucun des Volsques ne désirait plus que lui rabaisser à son tour les Romains s'ils donnaient prise à une attaque. Aussi vérifia-t-il le mot selon lequel « il est difficile de lutter contre la colère, car ce qu'elle veut, elle l'achète au prix de la vie [48] ». Il prit donc le costume et l'attirail les plus propres à dissimuler son identité à ceux qui le verraient et, comme Ulysse,

Il se glissa dans la ville ennemie [49].

23. C'était le soir et il rencontra une foule de gens sans que nul le reconnût. Il marcha droit à la maison de Tullus, y entra sans se faire annoncer et vint s'asseoir sans mot dire la tête couverte, près du foyer, où il resta sans bouger. Les gens de Tullus furent fort surpris, mais ils n'osèrent pas le faire lever, car il y avait dans sa personne, dans son extérieur et dans son silence même, quelque chose qui en imposait. Ils allèrent rapporter à Tullus, qui soupait, cette singulière aventure. Tullus se leva, vint le trouver et lui demanda qui il était et ce qu'il désirait. Alors Marcius se découvrit la tête et, après un moment de silence, lui dit : « Tullus, si tu ne me reconnais pas encore ou si tu n'en crois pas tes yeux, force m'est de me dénoncer moi-même : je suis Gaius Marcius, celui qui vous a fait tant de mal à toi et aux Volsques et qui, par son surnom de Coriolan, en arbore partout la preuve irréfutable. De toutes les peines et les périls passés, voilà bien la seule récompense que j'ai retirée, ce nom qui signale ma haine contre vous ; voilà le seul bien qui me reste et qu'on ne peut m'ôter. Mais tous les autres, je m'en retrouve dépouillé par l'envie et l'insolence du peuple autant que la mollesse et la trahison des magistrats et de mes pairs. Banni de ma

patrie, me voici installé en suppliant à ton foyer, non pour y chercher la sûreté et la vie — car est-ce ici que je serais venu si je craignais la mort ? —, mais pour me venger des Romains qui m'ont chassé ; et ce m'est déjà une vengeance que de te rendre maître de ma personne. Si donc tu as le cœur d'attaquer l'ennemi, va, tire parti de mes malheurs, noble guerrier ! et fais tourner ma disgrâce à l'avantage commun des Volsques, avec la conviction que je combattrai mieux pour vous que contre vous, tant il est vrai que ceux qui connaissent le camp ennemi combattent mieux que ceux qui l'ignorent. Mais si tu as désormais renoncé, alors, pour ma part, je ne veux plus vivre, et toi-même tu ne dois pas sauver la vie à un homme qui fut autrefois ton ennemi et l'ennemi de ta patrie et qui ne peut maintenant ni te servir ni te venir en aide. » Tullus, à ce discours, éprouva une joie inexprimable et, lui tendant la main, lui dit : « Lève-toi, Marcius, et reprends courage. Tu nous fais grand bien en te donnant à nous. Espères-en de plus grands encore de la reconnaissance des Volsques. » Alors il invita Marcius à sa table et le traita avec toute sorte d'égards, puis, les jours suivants, ils conférèrent ensemble sur la guerre [50].

24. Cependant à Rome, l'irritation des patriciens contre la plèbe, dont la condamnation de Marcius n'était pas la moindre cause, ne cessait de susciter des troubles et des devins, des prêtres, des particuliers, rapportaient des prodiges inquiétants [51]. En voici un, entre autres, tel que le rapporte la tradition. Il y avait un certain Titus Latinus, homme de peu d'illustration, mais, au demeurant, paisible, rangé, étranger à toute superstition et, plus encore, à tout sentiment de vanité. Cet homme vit en songe Jupiter venir lui ordonner de dire au sénat que, dans les supplications faites en son honneur, on avait mis à la tête de la procession un danseur exécrable et des plus disgracieux. Titus ne tint d'abord, selon ses dires, aucun compte de cette vision ; une seconde, puis une troisième fois ne l'ébranlèrent pas davantage, mais alors il vit mourir son fils, un excellent enfant, et perdit tout à

coup la maîtrise de son corps, frappé de paralysie. Il se fit donc porter sur un brancard au sénat où il rapporta ces faits. Dès qu'il eut fait ce rapport, il sentit, dit-on, son corps reprendre des forces ; il se leva et s'en retourna chez lui sur ses jambes. Les sénateurs, étonnés, menèrent une enquête approfondie sur cette affaire et voici ce qu'il en était : quelqu'un avait livré à ses esclaves un de leurs camarades avec ordre de lui faire traverser le Forum en le battant de verges et, ensuite, de le mettre à mort. Or pendant qu'ils exécutaient cet ordre et que le malheureux, déchiré de coups, faisait des contorsions de toute sorte sous l'effet de la douleur, ainsi que d'autres mouvements disgracieux que lui arrachait l'excès de souffrance, la procession, par hasard, marchait derrière eux. Les assistants furent dans l'ensemble révoltés de ce spectacle hideux et de ces mouvements indécents, mais personne ne se mit en devoir d'y mettre fin et on se borna à des injures et des malédictions contre l'auteur de ce châtiment atroce. Car les Romains traitaient alors leurs esclaves avec beaucoup de douceur : travailler eux-mêmes de leurs mains et partager leur régime les rendaient plus doux et familiers à leur endroit et c'était un grand châtiment pour un esclave en faute que de lui faire porter un de ces bois fourchus qui servent d'appui au timon du chariot et de les promener ainsi dans le voisinage. L'esclave qui avait subi cette punition et que ses camarades et ses voisins avaient vu en cet état perdait toute confiance. On l'appelait *furcifer*, car ce qu'on nomme support et étai en Grèce, les Romains l'appellent *furca*.

25. Comme donc Latinus avait rapporté au sénat sa vision, alors qu'on cherchait quel pouvait être ce danseur mauvais et disgracieux qui avait alors marché à la tête de la procession, quelques-uns, qu'avait frappés l'étrangeté de ce supplice, se rappelèrent cet esclave qui avait été battu de verges à travers le Forum et ensuite puni de mort. Avec l'accord unanime des prêtres, on châtia le maître et l'on refit complètement les jeux et la procession en l'honneur du dieu [52].

Il semble ainsi que Numa, qui a, sur tous les points, réglé avec la plus grande sagesse les institutions religieuses, a particulièrement bien pensé cette mesure, qui les engage à la circonspection, en vertu de laquelle, lorsque les magistrats ou les prêtres sont occupés au culte divin, un héraut s'avance et crie d'une voix forte : *Hoc age !* expression qui signifie « fais ce que tu fais [53] » et les invite à donner toute leur attention à la cérémonie, sans laisser interférer aucune action ou occupation. Car presque toutes les actions humaines ne sont menées à leur terme que sous l'empire d'une contrainte. Aussi n'est-ce pas seulement pour des motifs de cette importance que les Romains ont coutume de recommencer les sacrifices, les processions, les jeux sacrés : il suffit de la moindre chose. Qu'un des chevaux, par exemple, qui traînaient les chars sacrés appelés *tensae* vînt à faiblir ou que le cocher prît les rênes de la main gauche, et vite un décret du sénat faisait recommencer la cérémonie. On les a vus dans les époques postérieures comme ultérieures recommencer jusqu'à trente fois le même sacrifice parce qu'ils croyaient à chaque fois y remarquer quelque défaut ou quelque obstacle. Tant les Romains ont de scrupules dans leurs rapports avec la divinité !

26. Cependant, à Antium, Marcius et Tullus conféraient secrètement avec les plus puissants d'entre les citoyens et ils les exhortaient à profiter des dissensions intestines des Romains pour déclarer la guerre. Ceux-ci avaient scrupule à le faire, car ils avaient conclu avec eux une trêve et un armistice de deux ans. Mais les Romains eux-mêmes leur fournirent un prétexte en faisant en pleins jeux et spectacles publics, sur un soupçon léger et infondé, intimer par le héraut à tous les Volsques d'avoir à sortir de Rome avant le coucher du soleil. Ce fut, suivant quelques-uns, l'effet d'une ruse et d'un stratagème de Marcius, qui avait envoyé porter à Rome, aux consuls, le faux avis que les Volsques projetaient d'attaquer les Romains pendant la célébration des jeux et de mettre le feu à la

ville. Cette proclamation aigrit encore davantage les Volsques contre les Romains et Tullus, gonflant l'affaire pour exciter ses concitoyens, finit par les persuader d'envoyer à Rome redemander les terres et les villes que les Volsques avaient perdues à la guerre. Les Romains, en entendant les ambassadeurs, s'indignèrent et répondirent que les Volsques pouvaient bien prendre les premiers les armes mais que les Romains les poseraient les derniers.

Sur cette réponse, Tullus convoqua l'assemblée générale des Volsques et, la guerre votée, conseilla d'appeler Marcius sans plus songer aux anciens griefs, mais avec l'assurance qu'il rendrait comme allié plus de services à leur nation qu'il ne lui avait fait de mal comme ennemi.

27. Introduit devant l'assemblée, Marcius, par le discours qu'il tint à la foule, fit voir qu'il savait manier aussi bien l'éloquence que les armes et se distinguait autant par sa prudence que son audace ; aussi le nomma-t-on général avec Tullus, investi des pleins pouvoirs. Craignant que le temps nécessaire pour les préparatifs de la guerre ne fût trop long et ne lui fît perdre l'occasion d'agir, il chargea les magistrats et les principaux citoyens de rassembler troupes et provisions et, sans attendre les levées, ayant persuadé les plus ardents de le suivre comme volontaires, il se jeta brusquement sur le territoire romain sans que personne s'y attendît. Aussi fit-il tant de butin que les Volsques se lassèrent de l'emporter et de le consommer dans leur camp. Mais les biens dont on regorgeait et cette dévastation, ce dégât de tout le pays étaient les moindres avantages de cette expédition : le grand but qu'il se proposait, c'était de compromettre un peu plus les patriciens aux yeux du peuple. Car, tandis qu'il pillait et ravageait tout dans la campagne, il épargnait avec le plus grand soin les terres des nobles et il ne permettait pas d'y endommager et d'y enlever quoi que ce fût. Aussi y eut-il de part et d'autre un regain de récriminations et de dissensions : les patriciens accusaient le peuple d'avoir injustement banni un grand homme,

tandis que la plèbe les rendait responsables d'avoir, pour assouvir leur rancune, appelé Marcius contre eux et de regarder en simples spectateurs les autres subir les malheurs de la guerre, parce qu'ils avaient au dehors l'ennemi lui-même pour protéger leur fortune et leurs biens. Ces résultats permirent à Marcius à la fois de bien servir les intérêts des Volsques et de leur inspirer confiance en eux-mêmes et mépris des Romains ; sur quoi il les ramena sans encombre dans leur pays [54].

28. Les Volsques, remplis d'ardeur, eurent bientôt rassemblé leurs forces et elles se trouvèrent si considérables qu'on décida d'en laisser une partie veiller à la sécurité des villes et de marcher avec l'autre contre les Romains. Marcius donna à Tullus le choix entre les deux armées, mais Tullus répondit qu'il voyait en Marcius un homme qui ne lui cédait en rien pour le courage et que, puisqu'il avait été plus heureux dans tous les combats, il le priait de commander les troupes qui marchaient contre l'ennemi, tandis que lui-même resterait à garder le pays et ferait parvenir à l'armée les provisions nécessaires. Fortifié ainsi dans son autorité, Marcius marcha d'abord contre Circéum [55], colonie romaine. La ville s'étant livrée volontairement, il ne lui fit aucun mal. Il se mit ensuite à ravager le Latium, persuadé que les Romains y viendraient défendre les Latins qui étaient leurs alliés et qui multipliaient les appels au secours. Mais la multitude traînait les pieds et les consuls, qui avaient presque fini le temps de leur charge, ne voulaient rien hasarder ; et voilà pourquoi on renvoya les Latins. Coriolan alla donc attaquer leurs villes mêmes et prit, de vive force, Tolerium, Labicum, Pédum et encore Voles [56], qui lui résistaient ; il s'y empara des personnes et livra les biens au pillage. Mais pour celles qui se ralliaient, il prit le plus grand soin qu'elles n'eussent rien à souffrir, fût-ce contre sa volonté, et s'attacha à installer son camp le plus à l'écart possible d'elles et à se tenir loin de leur territoire.

29. Puis, la prise de Bovilla, ville qui n'est pas à

plus de cent stades de Rome, le rendit encore maître d'un butin considérable et aboutit au massacre de presque tous ceux qui étaient en âge de porter les armes ; dès lors, même les Volsques qu'on avait laissés pour la défense des villes ne purent plus se contenir et se portèrent en armes au camp de Marcius en disant qu'ils ne se connaissaient pas d'autre général et que lui seul était leur chef, et le nom de Marcius grandit par toute l'Italie où sa valeur jouissait d'un extraordinaire renom, elle qui, par le changement de camp de son seul détenteur, avait produit un retournement de situation totalement inattendu.

A Rome cependant régnait une confusion extrême : les citoyens avaient renoncé à combattre et les deux partis passaient des journées entières en réunions et propos séditieux, jusqu'au moment où l'on apprit que les ennemis assiégeaient Lavinium, sanctuaire des dieux pénates de Rome, et lieu d'origine de leur race, puisque c'était la première ville fondée par Énée [57]. Cette nouvelle produisit dans les sentiments du peuple un changement aussi total qu'extraordinaire, et un autre, dans ceux des patriciens, tout à fait singulier et inattendu. Le peuple voulait qu'on abolît sur-le-champ la condamnation de Marcius et qu'on le rappelât à Rome ; le sénat s'assembla pour en délibérer et rejeta formellement cette proposition, soit qu'il s'opiniâtrât à contredire systématiquement tous les désirs des plébéiens, soit qu'il ne voulût pas voir Marcius rentrer à Rome par la faveur du peuple, soit enfin qu'il eût fini par en vouloir à un homme qui maltraitait tout le monde bien que tous ne l'eussent point méconnu, et qui s'était déclaré l'ennemi de sa patrie tout entière, quoiqu'il sût que la partie la plus puissante et la meilleure des citoyens compatissait à ses malheurs et souffrait avec lui de l'injustice dont il avait été victime [58]. Cette résolution fut proclamée et le peuple ne put donner à sa proposition force de loi en l'absence d'un sénatus-consulte.

30. Marcius, à cette nouvelle, sentit redoubler sa colère et, quittant le siège de Lavinium, s'avança

furieux contre Rome et vint camper près du lieudit des fossés de Cluilius [59], à quarante stades de la ville [60]. Son approche jeta dans Rome un effroi et un trouble inexprimables, mais fit cesser un temps la sédition. Il n'y eut plus alors ni un magistrat ni un sénateur pour oser contredire le peuple sur le rappel de Marcius : à la vue des femmes qui couraient çà et là dans les rues, des vieillards qui allaient prier dans les temples en pleurant et implorant les dieux, devant l'absence générale d'audace et de plans salutaires, tous reconnurent que le peuple avait eu raison d'envisager une réconciliation avec Marcius et que le sénat s'était trompé du tout au tout en se mettant à concevoir colère et rancune au moment où il eût été sage d'y renoncer. Ils résolurent donc d'un commun accord d'envoyer des députés à Marcius pour lui offrir de rentrer dans sa patrie et le prier de mettre fin à la guerre.

Les députés envoyés par le sénat étaient tous des proches de Marcius et escomptaient que leur première entrevue donnerait lieu à de grandes manifestations d'amitié de la part d'un homme qui était leur familier et leur intime ; mais il n'en fut rien. Conduits à travers le camp ennemi, ils le trouvèrent siégeant avec une hauteur et une arrogance [61] insupportables, entourés des principaux d'entre les Volsques. Il leur ordonna d'exposer leur requête et ils parlèrent en termes modérés et humains, comme il convenait à leur situation. Quand ils eurent fini, Marcius répondit en son nom personnel avec l'aigreur d'un homme ulcéré du traitement qu'on lui avait infligé ; puis, comme général des Volsques, il exigea la restitution des villes et des terres que les Romains avaient conquises à la guerre et l'obtention pour les Volsques du droit de cité [62], ainsi qu'on l'avait fait pour les Latins, car on ne pouvait mettre durablement fin à une guerre qu'en s'appuyant sur des conditions justes et égales pour les deux partis. Il leur donna trente jours pour délibérer et, les députés partis, évacua aussitôt le territoire.

31. Cette retraite fut le premier grief que saisirent ceux des Volsques qui, depuis longtemps, s'irritaient de sa puissance et le jalousaient. Tullus lui-même en était, non qu'il eût personnellement à se plaindre de Marcius, mais, par une faiblesse bien humaine, il était piqué de voir sa propre gloire à ce point éclipsée et d'être négligé par les Volsques pour qui Marcius seul était tout, tandis que les autres devaient, à leurs yeux, se contenter de la part qu'ils voudraient bien leur donner de sa puissance et de son autorité. De là donc les premières accusations secrètement répandues : réunis entre eux, ils s'indignaient et appelaient sa retraite une trahison qui livrait à l'ennemi non des villes ou des armées, mais le temps, qui, par nature, décide normalement du salut ou de la perte de toutes choses, puisqu'il avait accordé trente jours de trêve, quand il suffit de bien moins de temps à la guerre pour connaître de plus grands changements.

Pourtant Marcius ne passa point ces trente jours dans l'inaction : il alla attaquer les alliés de Rome, semant sur son passage ravages et désolation, et il prit sept grandes villes, très peuplées, sans que les Romains osassent les secourir. Leurs âmes étaient pleines d'hésitation et ils étaient, face à la guerre, comme tétanisés et paralysés.

La trêve expirée, Marcius rentra avec toutes ses troupes sur le territoire de Rome. On lui envoie alors une seconde députation pour le supplier de calmer son ressentiment et de retirer les Volsques du territoire ; après quoi il pourrait faire et proposer ce qu'il croirait le plus expédient pour les deux peuples ; les Romains en effet n'accorderaient rien à la crainte, mais s'il y avait quelque concession juste et humaine qu'il pensait due aux Volsques, ceux-ci l'obtiendraient sans restriction une fois les armes déposées. A quoi Marcius répondit que, comme général des Volsques, il n'avait rien à répondre, mais que le citoyen romain qu'il était encore les invitait et les exhortait à prendre des sentiments plus modérés devant les justes conditions fixées et à revenir sous trois jours avec ses demandes votées par le sénat. Mais s'ils prenaient une résolution contraire, ils devaient savoir qu'il ne garantirait plus leur sauvegarde du moment où ils ne reviendraient au camp qu'avec de vaines paroles.

32. Les députés rapportèrent cette réponse et le sénat, devant cette sorte de tempête violente et de flot qui submergeaient la cité, souleva et jeta l'ancre sacrée [63]. Il vota que tout ce que la cité comptait de prêtres des dieux, de célébrants des mystères, de gardiens des temples, et, avec eux, le collège des Augures, antique institution qu'il tenait de leurs pères, s'en iraient trouver Marcius, revêtus chacun des ornements d'usage dans leurs cérémonies ; qu'ils reprendraient les mêmes propositions et l'engageraient à poser les armes avant de régler, avec ses concitoyens, les intérêts des Volsques. Marcius les reçut en effet dans son camp, mais ne leur accorda rien de plus qu'aux autres et ne se montra pas moins rude dans ses actes ni dans ses paroles : ils devaient, soit conclure la paix aux conditions qu'il avait précédemment fixées, soit se résoudre à la guerre.

Au retour des prêtres, les Romains décidèrent de ne pas bouger de la ville, de défendre les murailles et de repousser l'ennemi s'il venait donner l'assaut, mettant leurs espérances dans le temps surtout et dans les chances inopinées de la Fortune, puisqu'ils se voyaient incapables de trouver eux-mêmes aucun expédient salutaire. Effroi et rumeurs sinistres emplissaient la ville, jusqu'au moment où se produisit quelque chose de semblable à ce que raconte en plusieurs endroits Homère, sans convaincre toutefois grand monde. Le poète s'écrie, à l'occasion d'événements importants et inattendus :

> Athéna, la déesse aux yeux pers, mit en son cœur
> [cette pensée,

et ailleurs :

> Mais l'un des immortels modifia mon dessein
> En me faisant sentir ce que dirait le peuple,

et encore :

> Que ce fût sa pensée ou bien l'ordre d'un dieu,

tous passages que les gens méprisent comme des fictions impossibles et des fables incroyables par lesquelles le poète infirmerait la loi du libre arbitre. Mais telle n'est point la pensée d'Homère, car il attribue à notre initiative tous les actes naturels, ordinaires et logiques. C'est ce qu'on voit en plusieurs passages :

> Moi, je délibérai dans mon cœur magnanime,

ou encore :

> Il dit, et le chagrin prend le fils de Pélée ; son cœur
> Dans sa poitrine virile, balance entre deux desseins,

et enfin :

> ... Mais elle ne put
> persuader Bellérophon, le brave aux sages pensers.

Mais, dans les circonstances extraordinaires et périlleuses, qui réclament une sorte de transport d'enthousiasme et d'exaltation, le dieu qu'Homère fait intervenir ne ravit pas notre liberté, mais la met en mouvement ; il ne crée pas des impulsions, mais des images et des idées porteuses d'impulsions qui, loin de rendre l'action involontaire, donnent le branle à la volonté et y ajoutent assurance et espoir. C'est qu'il faut en effet, ou refuser aux dieux toute influence sur nos actions, ou reconnaître qu'ils n'ont pas d'autre moyen de secourir les hommes et de coopérer avec eux. A l'évidence, ils ne façonnent pas notre corps et ne font pas mouvoir eux-mêmes comme il faut nos mains et nos pieds, mais, à l'aide de certains principes, images ou idées, ils éveillent la partie volitive et active de notre âme ou, au contraire, la détournent et la retiennent [64].

33. Cependant, à Rome, les femmes s'étaient répandues dans tous les temples. Le plus grand nombre et les plus distinguées priaient au pied de l'autel de Jupiter Capitolin. Parmi elles se trouvait

Valérie, sœur de Publicola, celui qui avait rendu aux Romains tant de signalés services dans la guerre comme au gouvernement. Publicola était mort avant ce temps [65], comme nous l'avons rapporté dans sa *Vie*, mais Valérie jouissait à Rome de l'estime et de la considération publiques, car elle n'avait, par sa vie, nullement dérogé à son rang. Elle se trouva soudainement dans l'état dont je viens de parler et, saisie d'une inspiration divine [66], elle vit ce qu'il y avait à faire. Elle se leva elle-même et fit lever toutes les femmes pour se rendre à la maison de Volumnie, la mère de Marcius. Entrant, elle la trouva assise auprès de sa bru et tenant dans ses bras les enfants de Marcius : « Volumnie, et toi, Vergilie, dit-elle, nous sommes venues de nous-mêmes, femmes, nous adresser à des femmes, et non point par un décret des sénateurs ou l'ordre d'un magistrat : c'est la divinité, je crois, qui, touchée de nos prières, nous a poussées à nous tourner vers vous et à solliciter de vous ce qui peut nous sauver, nous et les autres citoyens, et vous apporter à vous-mêmes, si vous nous écoutez, une gloire plus éclatante que celle dont se couvrirent les filles des Sabins [67], lorsque, faisant succéder à la guerre la paix et l'amitié, elles réconcilièrent leurs pères et leurs maris. Allons, venez avec nous auprès de Marcius ; prenez comme nous le rameau des suppliantes et rendez, devant lui, à votre patrie ce témoignage véritable et juste, que le ressentiment de tous les maux qu'il lui a fait souffrir ne l'a point portée à se venger sur vous ni à prendre aucune mesure contre vous, et qu'elle vous remet à lui, dût-elle n'obtenir aucune condition équitable. »

Les acclamations de toutes les femmes accueillirent le discours de Valérie. Volumnie répondit : « Nous prenons comme vous, femmes, notre part des calamités publiques, mais nous avons de surcroît ce malheur particulier d'avoir perdu la gloire et la valeur de Marcius et de voir les armes ennemies l'environner plus pour s'assurer de sa personne que pour protéger sa vie. Mais la plus grande de nos infortunes, c'est de voir la patrie réduite à une telle extrémité qu'elle mette en nous ses espérances. Car je ne sais s'il aura quelque égard pour nous, quand il n'en a point pour sa patrie, qu'il a toujours préférée à sa mère, sa femme et ses enfants [68]. Cependant usez de nous ; prenez-nous et menez-nous à lui ; à défaut d'autre chose, nous pourrons du moins expirer en le suppliant pour la patrie. »

34. Là-dessus elle fit lever les enfants et Vergilie et marcha avec les autres femmes vers le camp des Volsques. Ce touchant spectacle imposa aux ennemis mêmes respect et silence. Marcius se trouvait alors assis sur son tribunal, entouré de ses officiers. La vue des femmes qui approchaient le surprit d'abord, mais lorsqu'il eut reconnu sa mère marchant à leur tête, bien qu'il voulût d'abord persister dans ces résolutions inflexibles et implacables, il céda à l'émotion et, bouleversé à cette vue, il ne put rester assis tandis qu'elle avançait : il descendit vivement et, s'élançant à sa rencontre, il l'embrassa la première et très longtemps, avant d'embrasser sa femme et ses enfants et, sans plus réfréner ses larmes ni ses caresses, il se laissa emporter par le torrent de ses sentiments [69].

35. Quand il eut rassasié sa tendresse et se fut aperçu que sa mère voulait parler, il prit avec lui les Volsques du conseil et écouta Volumnie qui s'exprima à peu près en ces termes : « Tu vois, mon fils, même sans que nous le disions, à notre habillement et à notre triste état, à quelle vie ton exil nous a condamnées au logis. Songe maintenant que tu as devant toi les plus malheureuses de toutes les femmes, car ce qui nous était le spectacle le plus doux, la Fortune en a fait le plus redoutable en nous montrant, à moi mon fils, et à elle son époux, campé face aux murs de la patrie. Et la consolation que trouvent les autres pour tous leurs malheurs et leurs infortunes dans la prière aux dieux nous jette, nous, dans le plus grand embarras : car nous ne pouvons pas demander aux dieux à la fois la victoire pour Rome et le salut pour toi et toutes les malédictions qu'un ennemi pourrait prononcer contre nous sont renfermées dans nos

prières. Car fatalement, il faut que ta femme et tes enfants soient privés ou de leur patrie ou de toi ; quant à moi, je n'attendrai pas que la guerre décide, moi vivante, de ce sort et, s'il arrivait que je ne réussisse pas à te persuader de rétablir l'amitié et la concorde à la place de la discorde et de ses maux et de te faire le bienfaiteur des deux peuples plutôt que le fléau de l'un des deux, réfléchis bien et prépare-toi à ne pouvoir donner l'assaut à ta patrie qu'en enjambant le cadavre de celle qui t'a mis au monde. Car je ne dois pas attendre le jour où je verrai mes concitoyens triompher de mon fils ou mon fils triompher de sa patrie. Te demander de sauver ta patrie en perdant les Volsques, ce serait, mon fils, te proposer une alternative pénible et embarrassante : il n'est ni beau de détruire ses concitoyens, ni juste de trahir ceux qui se sont fiés à nous. Mais en fait, ce que nous demandons, c'est à être délivrés des maux dont nous souffrons, délivrance également salutaire pour l'un et l'autre peuple, mais surtout noble et glorieuse pour les Volsques, puisqu'on les verra, alors qu'ils ont la victoire en main, donner, tout en se les assurant à eux-mêmes, les plus grands de tous les biens, la paix et l'amitié, et si cela se réalise, tu en seras le principal artisan ; au contraire, si cela ne se réalise pas, tu en porteras seul la responsabilité auprès des deux peuples. Cette guerre, dont l'issue est incertaine, a du moins ceci de parfaitement certain : vainqueur, tu seras le fléau de ta patrie ; vaincu, on dira que, pour satisfaire ton ressentiment, tu as attiré les plus grands malheurs sur des gens qui étaient tes bienfaiteurs et tes amis [70]. »

36. Tant que Volumnie parlait, Marcius l'écoutait attentivement sans rien répondre. Même quand elle eut fini, il resta longtemps silencieux et Volumnie, reprenant la parole : « Pourquoi te taire, mon fils ? dit-elle. Est-il donc beau de tout céder à la colère et au ressentiment [71], tandis qu'il ne l'est pas de complaire à une mère qui te prie pour de si précieux intérêts ? Sied-il à un grand homme de conserver le sou-

venir des maux qu'il a soufferts, tandis qu'il est indigne d'un grand homme valeureux de reconnaître et d'honorer les bienfaits qu'enfant, on a reçus de ses parents ? Et pourtant personne ne devrait plus que toi garder de la reconnaissance, toi qui poursuis si âprement l'ingratitude. Or, si tu t'es bien vengé de ta patrie, tu n'as encore donné à ta mère aucun témoignage de reconnaissance. Ce serait la plus belle marque de piété pour moi que d'obtenir sans contrainte une requête si belle et si juste ; mais, si je ne te persuade pas, pourquoi ne pas recourir à mon dernier espoir ? » et, sur ces mots, elles se jette à ses genoux, en même temps que sa femme et que ses enfants. Et Marcius de s'écrier : « Que fais-tu là, ma mère ? » Il la relève et, lui pressant fortement la main : « Tu as remporté, dit-il, une victoire heureuse pour la patrie, mais fatale pour moi. Je vais partir, vaincu par toi seule. »

Sur ces mots, il échangea encore quelques propos en particulier avec sa mère et sa femme, puis il les renvoya à Rome sur leur demande. Le lendemain, il remmena les Volsques, qui ne virent pas tous du même œil ce qui s'était passé. Les uns blâmaient l'homme et sa conduite ; les autres n'incriminaient ni l'un ni l'autre et voyaient favorablement la réconciliation et la paix ; quelques-uns enfin, mécontents de l'événement, n'avaient cependant pas mauvaise opinion de Marcius et le trouvaient pardonnable d'avoir cédé à de si puissantes contraintes. D'ailleurs personne ne résista : tous le suivirent, plus par admiration pour sa valeur que par déférence pour son autorité.

37. Quant au peuple romain, il laissa mieux paraître encore toute la crainte et le danger qu'avait fait peser sur lui cette guerre, une fois qu'il en fut délivré. A peine ceux qui gardaient les remparts eurent-ils vu les Volsques décamper que tous les temples s'ouvrirent : comme pour une victoire, on y porta des couronnes de fleurs et on y fit des sacrifices. La joie de la cité éclata surtout dans les marques d'affection et d'honneur que le sénat et le

peuple tout entier prodiguèrent aux femmes, disant et pensant que c'était à elles qu'on devait manifestement le salut. Le sénat vota de leur accorder tous les honneurs ou les faveurs qu'elles demanderaient pour elles-mêmes et en remit l'exécution aux magistrats ; elles ne demandèrent alors qu'une chose : qu'on élevât un temple à la Fortune féminine, et elles offraient de contribuer à la dépense, l'État se chargeant de son côté des sacrifices et des honneurs dus aux dieux. Le Sénat loua leur générosité et fit faire aux frais du trésor public le temple et la statue [72] ; elles n'en apportèrent pas moins leur contribution avec laquelle elles firent élever une seconde statue, qui, suivant les Romains, une fois placée dans le temple, aurait prononcé quelque chose de ce genre : « C'est selon le rite cher aux dieux, femmes, que vous m'avez consacrée [73]. »

38. Ils content même que la voix se fit entendre deux fois ; mais c'est vouloir nous faire croire des choses qui ont tout l'air de n'être jamais arrivées et bien difficiles à croire. Que l'on ait vu des statues suer, verser des larmes et laisser échapper des gouttes de sang, cela n'est pas impossible : les bois et les pierres contractent souvent une moisissure porteuse d'humidité ; ils prennent ainsi d'eux-mêmes plusieurs couleurs et reçoivent des teintes de l'air qui les entoure. Rien n'empêche sans doute la divinité de s'en servir pour donner certains signes. Il est possible encore qu'une statue émette un son semblable à un grognement ou à un sanglot, causé par une rupture ou par la séparation violente de ses éléments intérieurs. Mais qu'une voix articulée, des paroles si claires, si remarquables, si distinctes, se produisent dans un objet inanimé, c'est tout à fait impossible, puisque même notre âme et la divinité ne peuvent se faire entendre et parler sans un corps pourvu de tous les organes de la parole qui leur serve d'instrument. Là où l'histoire veut, à grand renfort de témoins crédibles, forcer notre assentiment, c'est qu'un affect différent de la sensation vient frapper la partie ima-

ginative de l'âme et nous fait croire à l'apparence, comme nous croyons, dans le sommeil, entendre ce que nous n'entendons pas et voir ce que nous ne voyons pas. Cependant ceux qui ne se peuvent résoudre par l'excès de dévotion et d'amour qu'ils portent à la divinité, à rejeter et à révoquer en doute aucun prodige de ce genre, ont pour fonder leur foi la puissance merveilleuse de la divinité, sans commune mesure avec la nôtre. Car elle ne ressemble en rien à l'homme, ni dans sa nature, ni dans son mouvement, ni dans son industrie, ni dans sa force et il n'y a rien d'absurde à ce qu'elle fasse des choses impossibles pour nous et réalise l'irréalisable ; ou plutôt, bien différente de nous en tous points, c'est surtout par ses œuvres qu'elle se distingue et s'écarte des hommes. Mais la plupart des choses divines, selon le mot d'Héraclite, « échappent à notre connaissance à cause de notre peu de foi [74] ».

39. Quant à Marcius, quand il revint à Antium de son expédition, Tullus, qui le haïssait depuis longtemps et qui, par jalousie, ne pouvait plus le souffrir, fomenta aussitôt un complot pour l'éliminer, de peur que, s'il lui échappait alors, il ne lui donnât plus prise une autre fois. Il souleva et ameuta contre lui une foule de gens et lui enjoignit de rendre ses comptes aux Volsques après avoir déposé son commandement. Marcius, craignant de devenir un simple particulier tandis que Tullus restait général et jouissait d'un très grand crédit parmi ses concitoyens, répondit qu'il remettrait son commandement aux Volsques s'ils le lui ordonnaient, puisqu'il l'avait reçu sur leur ordre unanime ; quant à rendre compte et raison de sa conduite, il y était prêt dès à présent, devant ceux des Volsques qui le voudraient. Une assemblée se réunit et des démagogues, apostés par Tullus, se levèrent pour exciter la foule. Mais lorsque Marcius se leva, le respect qu'on lui portait fit cesser le tumulte et lui permit de s'expliquer sans crainte. Les notables d'Antium, fort aises de jouir de la paix, laissaient voir qu'ils allaient l'écouter avec bienveillance et le juger

avec équité. Aussi Tullus prit-il peur de la défense qu'il allait présenter. C'est qu'il était des plus éloquents et la reconnaissance que ses exploits précédents lui avaient valu dépassait cette dernière accusation, ou plutôt ce grief témoignait de toute la reconnaissance qu'on lui devait. En effet, on ne lui aurait point fait un crime de n'avoir pas pris Rome, si on n'avait pas été tout près de la prendre grâce à lui. En conséquence les conjurés décidèrent de ne plus attendre et de ne pas sonder la foule. Les plus hardis d'entre eux se mirent à crier qu'il ne fallait pas écouter ce traître ni le laisser exercer sur les Volsques sa tyrannie en refusant de se démettre de son commandement, et là-dessus ils fondirent en masse sur lui et le tuèrent sans que personne dans l'assistance vînt le défendre. Mais les Volsques montrèrent bientôt que ce meurtre n'avait pas l'assentiment de la majorité d'entre eux : ils accoururent de leurs villes pour honorer ses restes, lui rendirent tous les honneurs au cours de ses obsèques et décorèrent d'armes et de dépouilles son tombeau comme celui d'un brave et d'un grand général.

Les Romains, informés de sa mort, ne donnèrent aucun signe d'estime ni de colère à son égard. Seulement ils permirent aux femmes, sur leur demande, de porter son deuil pendant dix mois, comme elles avaient coutume de le faire chacune pour un père, un fils ou un frère. C'était là le terme du deuil le plus long qu'avait fixé Numa Pompilius, comme il a été dit dans sa *Vie* [75].

Quant aux Volsques, les circonstances ne tardèrent pas à leur faire regretter Marcius. D'abord ils se prirent de querelle pour l'hégémonie avec les Èques, leurs alliés et amis, et la chose alla jusqu'aux coups et au carnage. Puis, vaincus par les Romains dans une bataille qui vit périr Tullus et tomber la fleur de leur armée, ils s'estimèrent trop heureux de se soumettre aux conditions de paix les plus honteuses en devenant sujets de Rome et s'engageant à faire tout ce qu'elle leur ordonnerait.

COMPARAISON D'ALCIBIADE ET DE CORIOLAN

40 (1). Voilà exposées les actions que nous avons jugées dignes de considération et de mémoire : on voit que, pour les exploits militaires, la balance ne penche d'aucun des deux côtés. Ils ont pareillement tous deux donné maintes preuves de leur audace et de leur courage de soldat, maintes preuves aussi de leur science et de leur prudence comme généraux. Peut-être pourrait-on regarder Alcibiade comme un plus parfait général du fait qu'il connut toujours victoire et succès dans les nombreux combats qu'il livra sur terre comme sur mer ; mais tous les deux eurent ceci en commun qu'on vit toujours les affaires de leur pays, en leur présence et sous leur commandement, nettement prospérer, et, au contraire, plus nettement encore, empirer, lorsqu'ils changèrent de parti.

Quant à leur conduite politique, celle d'Alcibiade, par son excès d'effronterie, son incapacité à se garder de la débauche et des bouffonneries pour se rendre populaire auprès de la masse, dégoûtait les gens honnêtes ; celle de Marcius, par sa raideur et sa hauteur dignes d'un oligarque, suscita la haine du peuple romain. Ni l'une ni l'autre n'est louable, mais celui qui fait de la démagogie et cherche à plaire est moins répréhensible que ceux qui, pour ne pas avoir l'air de faire de la démagogie, traitent la foule avec mépris ; car, s'il est honteux de flatter le peuple en vue du pouvoir, tirer son autorité de la terreur, des vexations et de l'oppression ajoute à la honte l'injustice [76].

41 (2). Que Marcius ait été regardé comme un caractère tout d'une pièce et d'une grande droiture, tandis qu'Alcibiade était retors et ignorait la franchise en politique, ce n'est que trop évident. Ce qu'on reproche surtout à ce dernier, c'est la méchanceté et la tromperie dont il usa pour berner les ambassadeurs lacédémoniens, comme Thucydide l'a rapporté, et rompre la paix. Mais cette politique, tout en replongeant la cité dans la guerre, la rendit forte et redou-

table grâce à l'alliance de Mantinée et d'Argos qu'elle dut à l'entremise d'Alcibiade. Que Marcius ait lui aussi usé de ruse pour déclencher la guerre entre les Romains et les Volsques, en accusant faussement ceux qui étaient venus au spectacle, c'est ce qu'a raconté Denys, mais le motif ajoute ici à la perversité de l'action. Car il n'était pas poussé, comme Alcibiade, par l'ambition, les rivalités et les luttes politiques : il n'écoutait que sa colère, passion qui, selon le mot de Dion, n'a jamais payé personne de retour, et c'est pour cela qu'il sema le trouble en maints endroits d'Italie et sacrifia maintes villes qui ne lui avaient rien fait à sa rancœur contre sa patrie. Il est vrai qu'Alcibiade aussi fit, par colère, éprouver de grands maux à ses concitoyens, mais dès qu'il les vit se repentir, il revint à de bons sentiments et, même banni une seconde fois, loin de se réjouir des fautes des stratèges et de voir avec indifférence les dangers où les jetait leur imprudence, il fit la démarche faite autrefois par Aristide auprès de Thémistocle et qu'on célèbre tant : il vint trouver les chefs d'alors, qui n'étaient pas ses amis, et leur montra et expliqua ce qu'il fallait faire. Marcius au contraire, pour commencer, fit du mal à toute la cité, bien que tous ne lui en eussent point fait et que la fraction la meilleure et la plus noble eût partagé son sort injuste et ses souffrances [77]. En second lieu, l'inflexibilité intraitable qu'il opposa aux députations et supplications innombrables mises en œuvre pour calmer sa seule fureur fit bien voir que c'était pour anéantir et abattre sa patrie et non pour la recouvrer et obtenir son rappel, qu'il avait entrepris cette guerre cruelle et implacable. Mais, on trouvera peut-être entre eux cette différence, qu'Alcibiade revint vers les Athéniens à cause des machinations tramées contre lui par les Spartiates, sous l'effet de la crainte et de la haine qu'ils lui inspiraient, tandis que Marcius ne pouvait honnêtement abandonner les Volsques qui le traitaient avec une parfaite justice : ils l'avaient nommé général et lui avaient accordé toute leur confiance en même temps que le pouvoir, sort bien différent de celui d'Alcibiade dont les Lacédémoniens abusaient plus qu'ils n'usaient et qui, errant dans leur ville, puis ballotté dans leur camp, finit par se jeter entre les mains de Tissapherne, à moins que, ma foi, il ne l'ait courtisé que pour éviter la destruction totale d'Athènes, désireux qu'il était d'y rentrer.

42 (3). En ce qui concerne l'argent, on raconte qu'Alcibiade se laissa souvent acheter sans scrupules et qu'il dépensa honteusement ces sommes pour payer son luxe et ses débauches tandis que les généraux ne purent faire accepter à Marcius les dons qu'ils lui offraient pour honorer sa valeur. C'est même là ce qui le rendit odieux à la foule lors des différends occasionnés par la question des dettes : elle était persuadée que ce n'était pas par intérêt, mais par insolence et mépris qu'il se montrait si vexant envers les pauvres. Antipatros [78] écrit dans une lettre sur la mort d'Aristote : « A tant d'autres talents, il joignait celui de gagner les cœurs. » Faute de ce talent, les belles actions et les vertus de Marcius devinrent odieuses à ceux-là mêmes qui en profitaient et qui ne pouvaient souffrir sa morgue et son infatuation, cette « compagne de la solitude », comme dit Platon [79]. Au contraire Alcibiade savait en user familièrement avec ceux qui avaient affaire à lui. Rien d'étonnant dès lors qu'au milieu de ses succès, sa renommée florissante fût rehaussée encore par l'affection et l'estime générales, puisque souvent on trouvait même à certaines de ses fautes du charme et de la grâce. Aussi, malgré tout le mal qu'il avait fait à la cité, fut-il plusieurs fois mis à la tête des affaires et de l'armée, au lieu que Marcius, briguant une charge dont le rendaient digne ses exploits et ses actes de bravoure innombrables, se la vit refuser. C'est ainsi que ses concitoyens, auxquels il avait fait tant de mal, ne purent jamais haïr le premier, tandis que l'autre, justement admiré, ne réussit jamais à se faire aimer.

43 (4). De fait, Marcius, comme général, ne fit rien pour sa patrie, mais beaucoup pour les ennemis contre sa patrie, tandis qu'Alcibiade, et comme soldat et

comme chef d'armée, rendit à plusieurs reprises service aux Athéniens. Présent, il triomphait de ses ennemis à sa guise et la calomnie n'avait de force qu'en son absence. Marcius au contraire était présent lorsque les Romains le condamnèrent et présent encore lorsque les Volsques le tuèrent : meurtre inique et impie sans doute, mais auquel il avait fourni lui-même un prétexte spécieux quand, après avoir refusé la réconciliation officiellement offerte, il s'était laissé fléchir par l'intervention privée des femmes et, sans faire cesser l'inimitié des deux peuples, avait, alors que la guerre continuait, gâché et perdu une belle occasion. Il aurait dû en effet ne se retirer qu'avec l'accord de ceux qui lui avaient fait confiance, si vraiment il avait égard à ses obligations envers eux. Et s'il ne se souciait pas des Volsques et n'avait suscité cette guerre que pour assouvir sa colère avant de l'arrêter brusquement, il n'était pas beau d'épargner sa patrie à cause de sa mère au lieu d'épargner sa mère en même temps que sa patrie, car sa mère et sa femme n'étaient qu'une portion de cette patrie qu'il assiégeait. Rejeter impitoyablement les supplications publiques, les sollicitations des ambassadeurs et les prières des prêtres et se retirer ensuite pour complaire à sa mère, c'était moins honorer cette mère qu'insulter sa patrie, qu'il sauvait par pitié et sur l'intercession d'une seule femme, comme si elle ne méritait pas d'être sauvée pour elle-même. Cette retraite était donc une grâce odieuse et cruelle, qui ne méritait en vérité aucune gratitude et ne provoqua de bonnes réactions dans aucun des deux camps. La cause de toutes ces fautes résidait dans ce caractère insociable, trop orgueilleux et arrogant qui, en soi, est odieux à la foule, mais qui, joint à l'ambition, devient tout à fait farouche et intraitable. Car on dédaigne alors de faire la cour au peuple comme si l'on ne désirait pas les honneurs, et là-dessus on s'indigne de ne pas les obtenir. Bien d'autres sans doute, un Métellus [80], un Aristide [81], un Épaminondas [82] n'ont jamais eu pour la foule ni flatteries ni complaisances, mais ils méprisaient véritablement tout ce que le peuple est maître de donner ou d'ôter et l'ostracisme, l'échec électoral, les condamnations en justice qu'ils subirent à plusieurs reprises ne les firent jamais s'irriter contre l'ingratitude de leurs concitoyens : ils leur rendaient leur affection dès qu'ils se repentaient et se réconciliaient avec eux dès qu'ils les rappelaient. Celui qui flatte le moins le peuple doit aussi le moins s'en venger, car, si l'on s'irrite trop vivement de ne pas obtenir une charge, c'est qu'on la désire trop vivement.

44 (5). Alcibiade pour sa part ne niait pas qu'il aimait les honneurs et qu'il ne savait pas se résigner à un échec : il cherchait donc à se rendre cher et agréable à ceux qui se trouvaient près de lui. En revanche, l'orgueil empêchait Marcius de flatter ceux qui pouvaient l'honorer et faciliter son ascension, tandis que l'ambition lui faisait concevoir colère et dépit de se voir négligé. Ce sont là, il est vrai, les seuls défauts qu'on peut lui reprocher, tout le reste est brillant et sa tempérance, son mépris des richesses le rendent comparable aux plus vertueux et intègres des Grecs, et non, certes, à Alcibiade, qui a été, en ce domaine, l'homme le plus impudent et le plus indifférent à la morale [83].

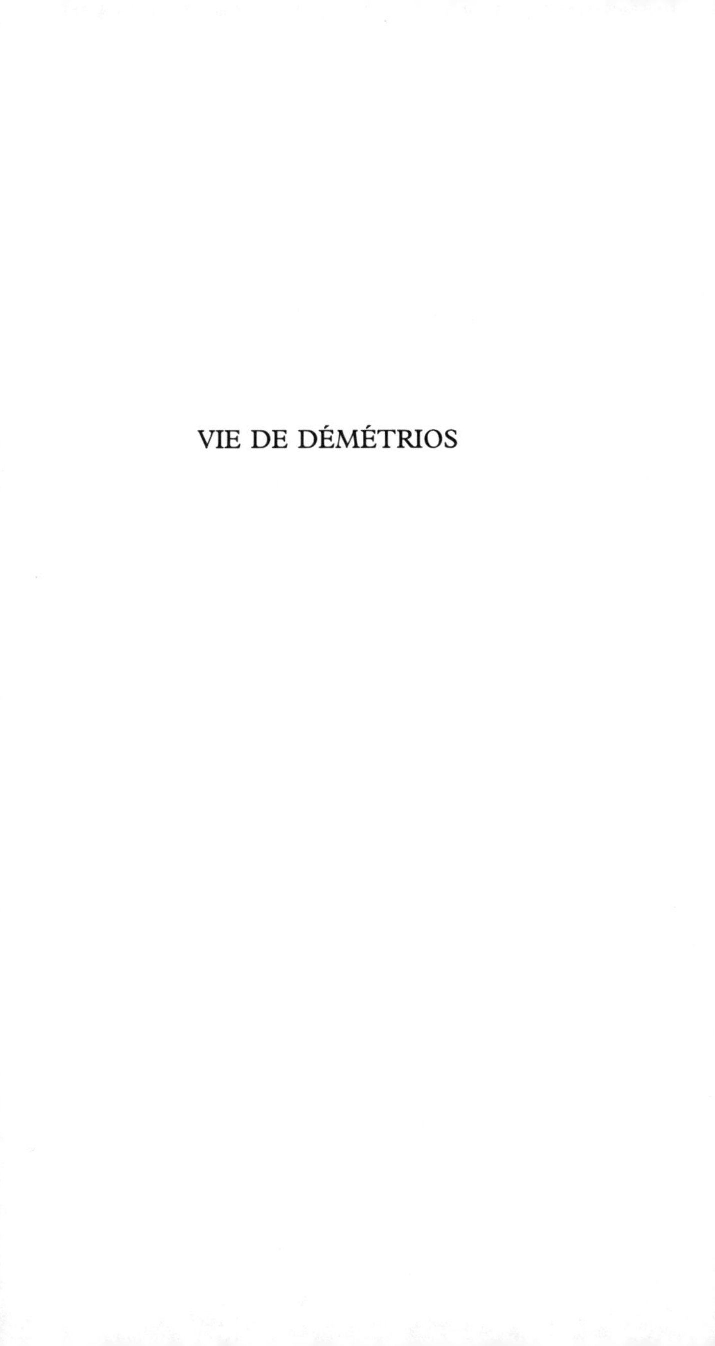

VIE DE DÉMÉTRIOS

Démétrios le « preneur de villes » ne paraissait pas destiné à figurer dans la galerie des hommes illustres. Fils affectueux et dévoué d'Antigone le Borgne, il a intéressé Plutarque surtout parce qu'il fournissait un pendant acceptable à la Vie d'Antoine *qu'apparemment Plutarque tenait beaucoup à présenter. Bon soldat, généreux, prodigue, adonné à l'amour et au vin, on ne peut pas dire qu'il ait joué un rôle majeur ni laissé une image facile à déchiffrer. Et notre auteur est plus sensible à la truculence du personnage, hôte encombrant et dévergondé du Parthénon, qu'à ses qualités de stratège, qu'il décrit cependant aussi consciencieusement qu'il le peut pour le rendre digne du recueil.*

Il y a une certaine disproportion entre la vie de Démétrios et la préface dont Plutarque assortit cette biographie. Cet avant-propos est écrasant et semble annoncer une collection de monstres, les « hilotes » des hommes illustres. Aussi Plutarque multiplie-t-il les précautions et les arguments pour justifier l'introduction de ces « anti-modèles ». Or ce ne sont pas des brigands mais des soudards « adonnés au vin et à l'amour » (chap. 1.7). Cette dimension est éclairante. A nos yeux ce ne sont pas là des vices majeurs, mais Plutarque nous laisse comprendre qu'il s'agit de défaillances graves, non point à cause de la gravité intrinsèque de ces vices, mais parce que nous ne nous trouvons plus devant des âmes fortes, toutes tendues vers un dessein, fût-il contestable, mais devant des esprits incertains et des volontés défaillantes dont le destin est à la merci de leurs sens. A nos yeux ils peuvent n'être pas plus coupables que César ou Alcibiade. Le regard de Plutarque est différent. La grandeur ne réside pas dans la vertu mais dans l'énergie.

1. Ceux qui les premiers ont émis cette opinion, que les arts ressemblent aux sens, me paraissent avoir surtout observé la faculté qui dirige le jugement des uns et des autres et qui nous fait saisir pareillement chacun des deux domaines, car c'est là leur point commun ; mais ils diffèrent entre eux par la fin à laquelle ils rapportent les choses qu'ils jugent. Car les sens ne sont nullement faits pour distinguer plus le blanc que le noir, le doux que l'amer, le dur que le mou, le souple que le ferme, mais leur fonction propre, c'est d'être mis en branle par les objets qui s'offrent à eux et de transmettre ensuite à l'entendement les impressions qu'ils ont reçues. Mais les arts, qui ont pour but, aidés par la raison, de choisir et de recevoir ce qui leur est propre et de rejeter ce qui leur est étranger, considèrent principalement et par eux-mêmes la première catégorie et ne s'occupent de la seconde qu'accidentellement et pour s'en garder. C'est ainsi que, si, par accident, il arrive à la médecine de s'occuper de la maladie et à la musique des discordances, c'est pour produire leur contraire. Mais les plus parfaits de tous les arts, la tempérance, la justice et la prudence, qui jugent non seulement de ce qui est bien, juste et utile, mais encore de ce qui est nuisible, honteux et injuste, n'approuvent pas l'absence de méchanceté de qui se glorifie de ne pas connaître le mal : ils la regardent au contraire comme une sotte ignorance de ce que doit connaître tout homme qui veut vivre droitement [1]. Voilà pourquoi les anciens Spartiates, dans les jours de fête, contraignaient les

hilotes à boire force vin pur et les menaient ensuite dans les salles des repas publics pour faire voir ce que c'est que l'ivresse. Pour nous, nous regardons assurément cette manière de corrompre les uns pour corriger les autres comme contraire aux principes de l'humanité et de la civilisation, mais peut-être n'est-il pas plus mal de faire entrer parmi les modèles exemplaires de nos *Vies*, un ou deux couples de ces hommes qui ne se sont pas assez surveillés et qui, au sein de la puissance et des affaires considérables qu'ils ont traitées, ne se sont signalés que par leurs vices [2]. Il ne s'agit pas là de flatter les lecteurs et de les divertir en variant nos peintures, mais, à l'instar d'Isménias [3] de Thèbes, qui avait coutume de montrer à ses élèves de bons et de mauvais flûtistes et de leur dire : « Voilà comme il faut jouer », puis, à l'inverse : « Voilà comment il ne faut pas jouer », ou, à l'instar d'Antigénidas [4], selon qui les jeunes gens avaient plus de plaisir à écouter les bons flûtistes s'ils avaient aussi quelque expérience des mauvais, il me semble que nous serons des spectateurs plus zélés et des imitateurs plus ardents des vies les meilleures si celles qui sont mauvaises et objets de blâme ne nous sont pas tout à fait inconnues.

Ce volume contiendra donc la *Vie* de Démétrios le Poliorcète, et celle d'Antoine, l'*imperator*, deux hommes qui ont particulièrement vérifié cette maxime de Platon, que les grandes natures produisent de grands vices comme de grandes vertus [5]. En effet, aimant l'un et l'autre, l'amour, le vin, la chose militaire, magnifiques dans leurs dons, prodigues et insolents, ils eurent aussi, par suite, dans leur fortune, de grands traits de ressemblance. Non seulement, tout au cours de leur vie, ils enchaînèrent constamment grands succès et grands revers, multiples conquêtes et multiples pertes, chutes inattendues et remontées inespérées, mais encore ils finirent, l'un, tombé entre les mains de ses ennemis, et l'autre, à deux doigts d'y tomber.

2. Antigone eut deux fils de Stratonice, fille de

Corragos : il appela l'un Démétrios, du nom de son frère, et l'autre Philippe, du nom de son père [6]. C'est la version de la plupart des historiens ; toutefois quelques-uns font de Démétrios, non le fils, mais seulement le neveu d'Antigone : ils disent qu'ayant perdu son père en bas âge et sa mère s'étant remariée aussitôt après avec Antigone, il passa pour le fils de ce dernier. Philippe, de peu d'années le cadet de Démétrios, mourut.

Démétrios, quoique d'une taille avantageuse, était moins grand que son père, mais sa beauté était si parfaite, son air si noble et majestueux que jamais peintre ni sculpteur ne put attraper sa ressemblance : son visage réunissait le charme et la gravité ; son air avait à la fois quelque chose de terrifiant et de gracieux ; à la fougue et l'ardeur de la jeunesse, il joignait une allure héroïque et une majesté royale difficile à imiter. Son caractère offrait le même contraste et était également propre à effrayer et à séduire. D'un commerce très agréable, il était, dans ses moments de loisir, à table et au sein du luxe et des délices, le plus voluptueux des rois, mais, dans l'action, il montrait une persévérance et une efficacité que renforçaient une ardeur et une énergie extrêmes. Aussi se proposait-il d'imiter, entre tous les dieux, Dionysos comme le plus redoutable à la guerre et, à l'inverse, le plus capable d'échanger la guerre pour la paix et de jouir de la joie et des grâces de celle-ci [7].

3. Il aimait son père d'un amour extrême et les soins qu'il rendait à sa mère montraient bien que, s'il honorait aussi son père, c'était par affection véritable et non pour courtiser sa puissance. On conte à ce propos qu'un jour, Démétrios, revenant de la chasse, entra chez Antigone comme il donnait audience à des ambassadeurs. Il s'approcha de son père, l'embrassa et s'assit auprès de lui, tenant encore ses flèches à la main. Antigone, comme les ambassadeurs repartaient avec sa réponse, les apostropha d'une voix forte : « Rapportez aussi cela, comment nous vivons ensemble, mon fils et moi », voulant leur faire

entendre que c'était une force pour un royaume et une démonstration de puissance que la confiance et l'harmonie qui régnaient entre père et fils : tant il est vrai que l'autorité suprême est chose difficile à partager et assez pleine de défiance et de soupçons pour que le plus grand et le plus ancien des successeurs d'Alexandre se glorifiât de ne pas craindre son fils et de le laisser approcher sa personne en armes ! Aussi la maison d'Antigone a-t-elle été, pour ainsi dire, la seule qui, dans une longue succession, se soit conservée pure de tels crimes, ou plutôt, de tous les descendants d'Antigone, Philippe est le seul qui ait fait périr un fils [8]. Les autres familles royales, au contraire, sont presque toutes souillées par des meurtres de fils, de mères et de femmes. Quant au meurtre de frères, il était considéré comme un postulat, à l'instar de ceux des géomètres, communément admis et qu'on accordait aux rois pour garantir leur sécurité.

4. Voici maintenant une preuve sensible que Démétrios était, dans sa jeunesse, d'un naturel humain et fort attaché à ses amis : Mithridate, fils d'Ariobarzane [9], qui était à peu près de son âge, était son camarade et son familier. Mithridate faisait la cour à Antigone et il n'était ni ne passait pour un méchant homme. Cependant Antigone eut un songe qui lui donna des soupçons : il lui sembla s'avancer dans un vaste et beau champ où il semait de la limaille d'or ; de cette semence s'élevait une moisson d'or, mais, quelque temps après, revenu dans le champ, il n'y avait plus trouvé que la paille coupée et comme il s'affligeait vivement de cette perte, il avait entendu les gens dire que Mithridate s'en était allé dans le Pont-Euxin après avoir coupé cette moisson d'or. Troublé de ce songe, Antigone raconta, sous le sceau de secret, son rêve à son fils et lui déclara qu'il avait résolu de se débarrasser de cet homme et de le faire disparaître. Démétrios fut très affligé de l'entendre et, le jeune homme étant venu le voir, à son ordinaire, pour se divertir avec lui, il n'osa pas, à cause de son serment, en parler de vive voix et l'avertir oralement, mais il

l'attira insensiblement à part et, quand ils furent seuls, avec le fer de sa pique, il écrivit sur le sol : « Fuis, Mithridate. » Mithridate comprit et s'enfuit de nuit vers la Cappadoce. Et bientôt les destins accomplirent le songe d'Antigone, car Mithridate s'empara d'une vaste et riche contrée et fonda cette dynastie des rois du Pont qui ne fut détruite par les Romains qu'à la huitième génération. Un trait de ce genre atteste assez les dispositions naturelles de Démétrios à la douceur et à la justice.

5. Mais comme, parmi les éléments d'Empédocle, la Discorde suscite conflits et guerres [10], en particulier entre ceux qui se touchent et s'approchent les uns des autres, la guerre constante que se livrèrent de même tous les successeurs d'Alexandre fut encore plus ouverte et enflammée entre ceux dont les États et les intérêts étaient voisins, tels Antigone et Ptolémée. Or Antigone, séjournant en Phrygie, apprit que Ptolémée, parti de Chypre, ravageait la Syrie et s'y soumettait les villes, de gré ou de force. Aussi envoya-t-il contre lui son fils Démétrios, qui n'avait alors que vingt-deux ans et qui faisait, dans une affaire si importante, ses premières armes de général en chef. Mais l'homme jeune et sans expérience qu'il était, se retrouvant aux prises avec un athlète de la palestre d'Alexandre et qui avait soutenu pour son compte maintes grandes batailles, échoua, vaincu près de Gaza [11], où l'on dénombra huit mille prisonniers et cinq mille morts. Il perdit de plus ses tentes, son argent et tous ses effets personnels, mais Ptolémée les lui renvoya avec ses amis et ce message plein de générosité et d'humanité : « Ce n'est pas pour tout indistinctement, mais seulement pour la gloire et l'empire qu'il nous faut faire la guerre. » Démétrios, en recevant cette faveur, pria les dieux de ne pas rester longtemps le débiteur de Ptolémée, mais de pouvoir bientôt lui rendre la pareille. Et, loin de se laisser abattre, comme il est naturel chez un jeune homme dont la carrière commence par un échec, il réagit au contraire en général consommé et accoutumé aux vicissitudes de la Fortune et se mit à

lever des troupes et à rassembler des armes ; il tenait aussi les villes en main et entraînait les soldats qu'il avait recrutés.

6. Antigone, informé de la bataille, déclara que Ptolémée venait de vaincre des adolescents, mais que bientôt il aurait à combattre des hommes. Toutefois il ne voulut pas ravaler et amoindrir la fierté de son fils : il ne s'opposa donc point à la demande que lui fit Démétrios de combattre à nouveau seul et il lui laissa les coudées franches. Peu de temps après, Cillès, général de Ptolémée, arriva avec une brillante armée, ne doutant point de chasser de toute la Syrie Démétrios, qu'il regardait avec mépris après sa précédente défaite. Mais Démétrios fondit sur lui à l'improviste, le mit en fuite et s'empara de son camp et de sa personne : il fit sept mille prisonniers et s'empara d'un butin considérable. Il fut ravi d'avoir vaincu moins pour ce qu'il allait en tirer que pour ce qu'il allait restituer et il se montra moins sensible, face à cette victoire, à la gloire et au butin qui en était le fruit qu'au plaisir de payer un bienfait et de satisfaire à la reconnaissance. Néanmoins, il ne prit pas sur lui de le faire et il en référa par lettre à son père ; Antigone lui ayant laissé toute liberté d'en user en tout comme il voulait, il renvoya à Ptolémée Cillès lui-même et ses amis, après les avoir comblés de présents. Cette défaite chassa Ptolémée de Syrie et fit sortir Antigone de Célaenes [12] tout heureux de cette victoire et brûlant de voir son fils.

7. Puis Démétrios, envoyé soumettre ceux des Arabes qu'on appelle Nabatéens [13], courut de grands dangers, engagé qu'il était dans des régions sans eau, mais sa fermeté et son sang-froid impressionnèrent tellement les barbares qu'il leur prit un riche butin et sept cents chameaux avant de se retirer. Lorsque Séleucos, qu'Antigone avait précédemment chassé de Babylonie, ayant reconquis par ses seules forces et soumis à son pouvoir cette province, monta avec une armée pour ajouter à ses États les nations limitrophes de l'Inde et les contrées voisines du Caucase, alors

Démétrios, espérant trouver la Mésopotamie sans défenseurs, se hâta de passer l'Euphrate et, prenant Séleucos de vitesse, se jeta sur Babylone : il vainquit et chassa de l'une des citadelles (il y en a deux) la garnison de Séleucos et y installa cinq mille des siens. Cela fait, il ordonna à ses soldats d'emporter de la contrée le plus de butin qu'ils pourraient, puis il s'en retourna vers la mer, mais il ne fit ainsi qu'affermir la domination de Séleucos, car abandonner le pays après l'avoir ravagé, c'était sembler reconnaître qu'ils n'avaient aucune prétention sur lui. Cependant comme Ptolémée assiégeait Halicarnasse [14], il marcha aussitôt au secours de la cité et l'arracha à Ptolémée.

8. Déjà couverts de gloire par cette noble ambition de secourir les opprimés, Antigone et son fils conçurent un merveilleux dessein : libérer toute la Grèce, asservie par Cassandre [15] et Ptolémée. Jamais guerre plus honorable et plus juste ne fut entreprise par aucun roi. Toutes les richesses qu'ils avaient amassées en humiliant les barbares, ils les employaient pour les Grecs, sans autre souci que la gloire et l'honneur. Quand ils eurent résolu de s'embarquer pour aller assiéger Athènes, un des amis d'Antigone lui dit que, s'ils se rendaient maîtres de cette ville, ils devaient la garder pour eux-mêmes comme la clef de toute la Grèce. Mais Antigone n'écouta pas ce conseil : « La meilleure clef et la plus sûre, répondit-il, c'est l'affection des peuples ; et Athènes, qui est en quelque sorte le fanal de l'univers, fera briller partout la gloire de nos actions. » Démétrios fit voile pour Athènes avec cinq mille talents d'argent et une flotte de deux cent cinquante vaisseaux. Démétrios de Phalère [16] gouvernait alors la ville pour Cassandre et une garnison était stationnée à Munychie. La Fortune seconda si bien la prévoyance de Démétrios qu'il parut devant le Pirée le vingt-cinq du mois Thargélion [17], sans que personne se fût douté de sa marche. Quand ils aperçurent la flotte tout près, les Athéniens, ne doutant point que ce fût celle de Ptolémée, se préparèrent d'abord à la recevoir, puis les généraux, s'apercevant tardivement de la

méprise, se mirent sur la défensive et ce fut un grand trouble, comme il est naturel quand on est obligé de se défendre contre un débarquement inattendu. Car Démétrios, ayant trouvé les passes du port ouvertes et s'y étant introduit, était désormais dans la place, sous les yeux de tous, et, de son vaisseau, il indiquait qu'il demandait calme et silence. Les ayant obtenus, il fit proclamer par un héraut, placé à côté de lui, que son père l'avait envoyé, sous les auspices les plus favorables, pour libérer les Athéniens, chasser la garnison [18] et leur rendre leurs lois et leur régime ancestral.

9. A cette proclamation, la plupart déposèrent aussitôt leurs boucliers à leurs pieds et battirent des mains, pressant à grands cris Démétrios de débarquer et l'appelant leur bienfaiteur et leur sauveur. Mais Démétrios de Phalère et les siens, tout en reconnaissant qu'il fallait absolument accueillir le vainqueur, dût-il ne rien tenir de ce qu'il promettait, lui envoyèrent pourtant des ambassadeurs le solliciter. Démétrios leur réserva un accueil plein d'humanité et les fit raccompagner par un ami de son père, Aristodème de Milet [19]. Il ne négligea pas non plus de régler le sort de Démétrios de Phalère, à qui le changement de régime faisait craindre davantage ses concitoyens que les ennemis et, par respect pour la réputation de vertu de ce personnage, il le fit conduire à Thèbes comme il le voulait, en toute sécurité. Pour lui, il déclara qu'il n'entrerait dans la ville, quelque désir qu'il en eût, qu'après l'avoir entièrement libérée en chassant la garnison macédonienne, entoura Munychie d'un retranchement et d'un fossé et, dans l'intervalle, s'embarqua pour Mégare où Cassandre avait mis une garnison.

Informé que Cratésipolis, veuve d'Alexandre fils de Polyperchon [20], qui était célèbre pour sa beauté, séjournait à Patras et ne serait pas fâchée de le voir, il laissa son armée en Mégaride et prit le chemin de Patras avec un détachement de troupes légères. Puis, il les éloigna et fit dresser sa tente à l'écart afin que Cratésipolis pût le rejoindre discrètement. Mais quelques-uns de ses ennemis, avertis de cette imprudence, fondirent soudain sur lui et Démétrios, effrayé, n'eut que le temps de saisir un méchant manteau et de se sauver à toutes jambes : peu s'en fallut que sa luxure ne lui valût la plus honteuse des captures. Les ennemis emportèrent sa tente et les richesses qui s'y trouvaient. Mégare prise, comme les soldats se disposaient à la piller, les Athéniens intercédèrent en faveur des Mégariens avec force prières. Démétrios chassa donc la garnison de Cassandre et rendit la liberté à la ville. Au milieu de toute cette affaire, il se souvint de Stilpon, personnage qui devait sa renommée au choix qu'il avait fait de vivre dans le calme. Il l'envoya donc chercher et lui demanda si l'on n'avait rien pris qui fût à lui. « Non, répondit Stilpon, car je n'ai vu personne enlever ma science. » Comme presque tous les esclaves avaient été subtilisés, lors d'un nouvel entretien où Démétrios avait parlé amicalement avec Stilpon et, en le quittant, lui avait dit : « Stilpon, je laisse votre ville entièrement libre. » — « Tu dis vrai, repartit le philosophe, car tu n'y as pas laissé un seul de nos esclaves. »

10. De retour à Munychie, il y établit son camp, chassa la garnison et rasa le fort. Alors, pressé instamment par les Athéniens, il entra dans la ville, assembla le peuple et lui rendit le régime de ses pères, promettant en outre que son père leur enverrait cent cinquante mille médimnes de blé et le bois nécessaire pour la construction de cent trirèmes. C'est ainsi que les Athéniens recouvrèrent la démocratie, quinze ans après l'avoir perdue : le temps qui s'était écoulé depuis la guerre Lamiaque et la bataille de Cranon [21] avait vu établie une oligarchie de nom, transformée de fait en monarchie par la puissance de l'homme de Phalère. Cependant, ils rendirent Démétrios, qui s'était montré si grand et magnifique dans ses bienfaits envers eux, odieux et insupportable par l'excès d'honneurs qu'ils lui votèrent. Ils furent en effet les premiers au monde à donner à Démétrios et à son père Antigone le titre de rois, titre que ni l'un ni l'autre n'avait

jamais osé prendre et qui semblait le seul privilège royal réservé aux descendants de Philippe et d'Alexandre auquel aucun autre ne pouvait prétendre avoir part. Ils furent aussi les seuls qui les proclamèrent dieux sauveurs et, l'ancienne dignité d'archonte éponyme abolie, ils désignèrent chaque année un prêtre des dieux sauveurs, dont ils inscrivaient le nom en tête des décrets et des actes publics. Ils décrétèrent en outre que les portraits des deux rois seraient brodés, parmi les autres dieux, sur le peplos d'Athéna. Ils consacrèrent le lieu où Démétrios était descendu de son char et y élevèrent un autel, qu'ils appelèrent Autel de Démétrios Cataibatès (Descendant). Ils ajoutèrent deux nouvelles tribus aux anciennes, la Démétrias et l'Antigonis, et le Conseil, qui comptait précédemment cinq cents membres, fut porté à six cents, parce que chaque tribu fournissait cinquante conseillers.

11. Mais l'idée la plus mirobolante de Stratoclès (car c'était lui l'inventeur de ces flagorneries sophistiquées et outrées), c'est qu'il proposa que ceux qui seraient envoyés par un décret du peuple auprès d'Antigone ou de Démétrios seraient appelés, au lieu d'ambassadeurs, « théores », comme ceux qui vont à Pytho ou à Olympie conduire les sacrifices ancestraux au nom de leur cité lors des fêtes helléniques. Ce Stratoclès était d'ailleurs un insolent qui menait une vie de débauche et affectait d'imiter, par ses bouffonneries et son impudence, la manière dont l'ancien Cléon [22] maniait le peuple. Il avait pris chez lui la courtisane Phylacion et, un jour qu'elle lui avait acheté au marché de la cervelle et du collet : « Oh ! oh ! dit-il, tu as acheté ce qui nous sert de balles, à nous, les politiques ! » Une autre fois, comme la flotte des Athéniens avait été défaite à Amorgos [23], devançant les messagers, il traversa le Céramique une couronne sur la tête et, ayant annoncé que les Athéniens avaient remporté la victoire, il proposa de faire des sacrifices d'action de grâces pour la bonne nouvelle et fit distribuer de la viande à chaque tribu. Peu de temps après,

ceux qui rapportaient de la bataille les débris de vaisseaux étant arrivés, comme le peuple, irrité, l'appelait devant lui, il fit face hardiment au tumulte : « Alors, dit-il, quel mal vous ai-je donc fait en vous donnant de la joie pendant deux jours ? » Telle était l'assurance éhontée de Stratoclès.

12. Il y eut encore d'autres flatteries « plus chaudes que le feu même », selon le mot d'Aristophane. Un autre orateur, enchérissant sur la bassesse de Stratoclès, proposa que, toutes les fois que Démétrios viendrait à Athènes, on le recevrait avec les mêmes dons d'hospitalité que Déméter et Dionysos et que celui des Athéniens qui surpasserait les autres par l'éclat et la magnificence de sa réception recevrait une somme d'argent, prise sur le trésor public, pour en faire une offrande aux dieux. Enfin, on donna, dans les mois, à Munychion le nom de Démétrion, et, dans les jours, au dernier du mois le nom de Démétrias. La divinité se manifesta pour la plupart de ces mesures : le peplos où l'on avait voté de faire broder les images d'Antigone et de Démétrios en plus de celles de Zeus et d'Athéna fut déchiré en deux par un ouragan alors qu'on le portait en procession à travers le Céramique ; on vit fleurir autour des autels des deux rois de la ciguë en abondance, alors qu'elle est rare sur le territoire de l'Attique ; le jour des Dionysies, on dut interrompre la procession par suite de fortes gelées, tout à fait hors de saison, et il se forma une si épaisse couche de givre que non seulement les vignes et les figuiers furent brûlés par le froid, mais que la plus grande partie des blés, qui étaient encore en herbe, fut détruite. Aussi le poète Philippidès, ennemi de Stratoclès, composa-t-il contre lui, dans une de ses comédies, ces vers :

> C'est grâce à lui que la gelée a brûlé les vignes ;
> C'est grâce à son impiété que le peplos s'est déchiré en [deux,
> Parce qu'il a décerné à des hommes des honneurs dus [aux dieux
> C'est ce qui perd un peuple, et non la comédie.

Ce Philippidès était l'ami de Lysimaque et le peuple fut grâce à lui bien traité par le roi. Celui-ci en effet, lorsqu'il était sur le point d'entreprendre quelque action ou quelque expédition, regardait comme un heureux présage de rencontrer et voir Philippidès. Au reste Philippidès était aussi estimé pour son caractère, n'étant ni importun ni plein de l'indiscrétion qui règne dans les cours. Un jour que Lysimaque [24] le comblait d'amabilités et lui demandait : « Mon cher Philippidès que puis-je partager avec toi de ce qui m'appartient ? » — « Roi, répondit Philippidès, tout hormis tes secrets. » Nous avons opposé à dessein Philippidès à Stratoclès, l'homme de théâtre à l'homme de la tribune.

13. Mais, de tous ces honneurs, le plus étrange et le plus outré fut le décret proposé par Dromocleitès de Sphettos, en vertu duquel, pour la consécration des boucliers à Delphes, on devait recevoir l'oracle de la bouche de Démétrios. Je vais rapporter ce décret dans ses propres termes : « A la bonne Fortune. Qu'il plaise au peuple de désigner un citoyen d'Athènes pour se transporter auprès du Sauveur et, après avoir obtenu des sacrifices favorables, interroger le Sauveur sur la manière la plus pieuse, la plus belle et la plus prompte dont le peuple pourra consacrer les offrandes et, quelle que soit la réponse de l'oracle, que le peuple s'y conforme. » En se moquant ainsi de Démétrios, dont l'esprit n'était déjà pas trop sain, ils achevèrent de le corrompre.

14. Cependant, se trouvant alors de loisir à Athènes, il épousa Eurydice, une veuve qui descendait de Miltiade l'ancien et avait été la femme d'Opheltas, le gouverneur de Cyrène ; après sa mort, elle était revenue vivre à Athènes. Les Athéniens regardèrent ce mariage comme un honneur et une grâce que Démétrios faisait à leur cité. Démétrios était d'ailleurs fort porté sur le mariage et vivait avec plusieurs femmes à la fois [25]. Phila était celle qui jouissait de la plus grande considération et des plus grands honneurs à cause de son père, Antipatros, et aussi parce qu'elle

avait été précédemment mariée à Cratère, celui des successeurs d'Alexandre pour qui les Macédoniens avaient gardé le plus d'affection [26]. Démétrios, à ce qu'il semble, était fort jeune lorsque son père le poussa à l'épouser, bien qu'elle ne fût pas d'un âge approprié au sien, mais son aînée, et comme il rechignait à le faire, son père lui souffla à l'oreille, dit-on, ce vers d'Euripide :

> Quand il y a du gain, il faut épouser contre nature [27],

substituant sans ambages un mot de même longueur, « épouser », au mot « asservir ». Mais, malgré les honneurs dont Démétrios comblait Phila et ses autres femmes, il ne se gênait pas néanmoins pour fréquenter maintes courtisanes et maintes femmes libres et c'est pour ces plaisirs qu'il était le plus décrié des rois de l'époque.

15. Rappelé par son père pour disputer à Ptolémée l'île de Chypre, force lui fut d'obéir, mais il fut fâché d'abandonner la guerre de Grèce, plus honorable et plus brillante, et envoya des messages à Léonidès, le général de Ptolémée, qui tenait garnison à Sicyone et Corinthe, pour lui offrir de l'argent s'il consentait à laisser ces villes libres. Léonidès ayant rejeté sa proposition, il s'embarqua sur-le-champ avec ses troupes et fit voile vers Chypre. En arrivant, il attaqua et battit Ménélaos, frère de Ptolémée. Bientôt, Ptolémée lui-même parut avec des forces considérables tant terrestres que navales ; et il y eut d'abord des pourparlers, qui se passèrent en menaces et en bravades réciproques. Ptolémée intimait à Démétrios l'ordre de rembarquer avant d'être écrasé par toutes ses forces réunies et Démétrios offrait à Ptolémée de le laisser partir s'il consentait à délivrer Sicyone et Corinthe de leurs garnisons. La bataille qui se préparait suscitait une grande attente, non seulement chez les deux intéressés, mais aussi chez tous les autres princes, car l'avenir en dépendait et était fort incertain : c'est que la victoire n'apporterait pas au vainqueur seulement Chypre et la Syrie, mais elle lui donnerait aussitôt la prépondérance sur tous.

16. Ptolémée donc cinglait en personne contre Démétrios avec cent cinquante navires, et il envoya dire à Ménélaos de sortir de Salamine avec soixante navires, lorsqu'on serait au plus fort du combat, et de venir charger par-derrière ceux de Démétrios et troubler leur ordre de bataille. Mais Démétrios, à ces soixante navires, n'en opposa que dix (ce nombre suffisait pour bloquer l'issue du port, qui était fort étroite), et lui-même, après avoir rangé et déployé son armée de terre sur les promontoires qui s'avançaient dans la mer, prit le large avec cent quatre-vingts navires, et alla attaquer Ptolémée avec tant de force et de violence qu'il le mit en déroute. Le roi lui-même, se voyant vaincu, prit précipitamment la fuite avec seulement huit vaisseaux (c'est là tout ce qu'il put sauver, car pour les autres, les uns furent détruits dans le combat et soixante-dix furent pris avec leur équipage), mais la foule de ses serviteurs, de ses amis et de ses femmes, qui se trouvaient à l'ancre dans les vaisseaux de transport, et encore ses provisions d'armes, d'argent et de machines de guerre, absolument rien n'échappa à Démétrios, qui prit et ramena tout dans son camp. Dans cette prise se trouvait la célèbre Lamia, qu'on avait d'abord recherchée pour son art (elle passait pour une flûtiste de talent), mais qui s'était, dans la suite, illustrée aussi dans la galanterie. Quoique sa beauté eût alors déjà perdu de son éclat et que Démétrios fût beaucoup plus jeune qu'elle, elle le séduisit néanmoins et le subjugua par son charme et, si Démétrios fut aimé d'autres femmes, il n'aima qu'elle seule. Après la bataille, Ménélaos ne résista même plus et remit Salamine à Démétrios avec ses vaisseaux et son armée de terre, qui se composait de douze cents cavaliers et douze mille fantassins.

17. Cette victoire, déjà si belle et si glorieuse en elle-même, reçut un nouvel éclat de la douceur et l'humanité avec laquelle Démétrios en usa [28] : il fit de magnifiques obsèques aux morts ennemis et libéra les prisonniers ; il prit douze cents armures complètes parmi les dépouilles et en fit présent aux Athéniens.

Pour porter à son père la nouvelle de la victoire, il envoya Aristodème de Milet, qui l'emportait sur tous les courtisans dans l'art de la flatterie et qui s'était alors préparé, semble-t-il, à relever cet exploit par un chef-d'œuvre de flatterie. En arrivant de Chypre, au lieu de laisser son vaisseau aborder, il donna ordre de jeter l'ancre et enjoignit à tout le monde d'y rester sans bouger ; puis, montant sur un esquif, il descendit seul à terre et monta vers Antigone, qui attendait des nouvelles de la bataille avec cette anxiété naturelle à ceux qu'occupent de si graves affaires. Apprenant alors l'arrivée d'Aristodème, il sentit son trouble augmenter encore et c'est à grand-peine qu'il resta chez lui, mais il lui envoya les uns après les autres serviteurs et amis pour l'interroger sur ce qui s'était passé. Comme le messager ne répondait rien à personne et continuait son chemin d'un pas lent, avec un visage fermé et dans un profond silence, Antigone, tout effrayé et incapable de se maîtriser plus longtemps, vint à sa rencontre aux portes du palais alors que déjà une foule immense faisait escorte à Aristodème et accourait de toutes parts. Et lui, une fois près du roi, lui tendit la main et clama d'une voix forte : « Salut, roi Antigone nous avons vaincu Ptolémée dans un combat naval ; nous tenons Chypre et seize mille huit cents prisonniers. » « Je te salue aussi, dit à son tour Antigone, mais tu seras puni pour nous avoir ainsi torturés : ta récompense pour cette bonne nouvelle prendra aussi son temps. »

18. C'est à la suite de cela que, pour la première fois, le peuple proclama rois Antigone et Démétrios [29]. Les amis d'Antigone le couronnèrent sur-le-champ et lui-même envoya à son fils un diadème en lui donnant, dans sa lettre, le titre de roi. Les Égyptiens, à cette nouvelle, ne voulant pas paraître abattus par leur défaite, proclamèrent eux aussi Ptolémée roi. La contagion alors gagna, sous l'effet de la jalousie, tous les successeurs d'Alexandre : Lysimaque commença à porter un diadème et Séleucos aussi, dans ses audiences aux Grecs, alors qu'auparavant il n'usait du

titre de roi qu'avec les barbares. Cassandre seul, quoiqu'il reçut des autres, dans leurs lettres ou de vive voix, le titre de roi, continua pour sa part d'écrire ses lettres dans les mêmes termes qu'avant. Et cette innovation ne se limita pas à l'addition d'un nom et au changement de costume : elle accrut la fierté de ces personnages, exalta leur esprit et introduisit dans leur manière de vivre et dans leur commerce, un faste et une solennité semblables à ceux des acteurs tragiques qui, en prenant les habits des personnages qu'ils représentent, changent aussi leur démarche, leur voix et leur manière de se tenir et dc parler aux autres. Ils devinrent aussi plus violents dans leurs revendications et bannirent cette sorte d'effacement de leur puissance, qui, auparavant, les rendait à bien des égards plus doux et plus faciles à supporter pour des sujets : tant eut de pouvoir une seule parole d'un vil flatteur [30] ! et tant elle opéra de changement dans le monde !

19. Antigone, exalté par les exploits de Démétrios à Chypre, résolut de marcher sans tarder contre Ptolémée. Il se mit lui-même à la tête de son armée de terre ; et Démétrios, avec une flotte nombreuse, accompagnait sa marche le long des côtes. Comment devait se faire la décision, Médios [31], un des amis d'Antigone le vit en rêve. Il lui sembla qu'Antigone en personne courait, avec toute son armée, dans la lice du double stade, d'abord avec vigueur et rapidité, puis que, peu à peu, ses forces l'abandonnaient ; enfin, après avoir doublé la borne, il se trouvait si faible et si essoufflé qu'il ne se remit qu'à grand peine. Antigone en effet éprouva sur terre beaucoup de difficultés et, comme Démétrios, de son côté, pris dans la houle et la tempête, manqua d'être jeté sur des côtes dépourvues de ports et dangereuses et perdit beaucoup de ses vaisseaux, Antigone s'en retourna sans avoir rien fait : devenu inapte aux déplacements des campagnes, moins à cause de son âge que par son obésité et la lourdeur de son corps, il se servait de son fils qui, grâce à sa chance et à son expérience, dirigeait déjà

fort bien les affaires les plus importantes, sans s'offusquer de ses débauches ni de ses dépenses ou de ses beuveries, car, si, en temps de paix, Démétrios se livrait sans frein à tous ses vices et profitait de son loisir pour se gorger sans retenue de tous les plaisirs, à la guerre, en revanche, il était aussi sobre que les gens tempérants de nature. On raconte qu'au temps déjà où il était de notoriété publique que Lamia régnait sur son cœur, il alla, au retour d'un voyage, embrasser tendrement son père et celui-ci, en riant, de dire : « T'imagines-tu, mon fils, embrasser Lamia ? » Une autre fois, où il avait passé plusieurs jours dans les beuveries et prétextait qu'il avait été indisposé par un rhume : « Je l'ai entendu dire, répondit Antigone, mais était-ce un rhume de Thasos ou de Chios [32] ? » Informé que Démétrios était à nouveau malade, il alla le voir et croisa à sa porte un beau jeune homme. Il entra, s'assit près de son fils et lui toucha la main. Démétrios lui dit que la fièvre venait de le quitter : « Assurément, mon fils, dit Antigone, je l'ai rencontrée à la porte, qui sortait. » Telle était la douceur avec laquelle Antigone supportait les vices de son fils, prenant en considération ce qu'était par ailleurs son action. Car, si les Scythes, quand ils boivent et s'enivrent, font résonner la corde de leur arc afin de réveiller leur courage assoupi par l'ivresse, Démétrios, pour sa part, se donnait tout entier tantôt aux plaisirs, tantôt à l'action, sans confondre jamais ces deux domaines et il n'en était pas moins habile dans ses préparatifs de guerre.

20. Il passait même pour un général plus habile à équiper une armée qu'à la conduire dans l'action. Il voulait avoir à profusion tout ce qui était utile ; quant à la magnificence de ses machines de guerre, elle n'était jamais assez grande pour lui et il ne se lassait pas de les considérer, non sans volupté. Car, doué et porté à ce genre de considérations comme il l'était, il n'employait pas son goût pour les arts à des bagatelles et des amusements frivoles, comme d'autres rois, qui jouent de la flûte, peignent ou cisèlent. Ainsi Aéropos

de Macédoine [33] passait son temps, quand il était de loisir, à fabriquer de petites tables et de petites lampes ; Attale Philométor [34] cultivait les plantes pharmaceutiques, non seulement le jusquiame et l'ellébore, mais aussi la ciguë, l'aconit et le dorycnion ; il les semait ou les plantait lui-même dans les jardins royaux et s'appliquait à connaître leurs sucs et leur fruit et à les soigner au fil des saisons. Les rois parthes se faisaient gloire de forger et d'aiguiser eux-mêmes les pointes de leurs flèches. Mais Démétrios allait jusqu'à élever l'artisanat à la dignité royale et sa méthode avait de la grandeur. Scs ouvrages, en même temps qu'une remarquable ingéniosité, annonçaient assez d'élévation d'esprit et de grandeur d'âme pour paraître dignes, non seulement d'une intelligence et d'une fortune royales, mais encore d'une main royale. Leur grandeur étonnait même ses amis et leur beauté charmait jusqu'à ses ennemis : c'est là l'expression même de la vérité et non une clause de style. Ses galères à quinze et seize rangs de rames [35] faisaient l'admiration de ses ennemis, lorsqu'ils les voyaient voguer le long des côtes ; et ses hélépoles [36] étaient comme un spectacle pour ceux qu'il assiégeait, ainsi qu'en témoignent les faits eux-mêmes : Lysimaque, qui était celui d'entre tous les rois qui haïssait le plus Démétrios et qui était venu se ranger face à lui alors qu'il assiégeait Soles en Cilicie, l'envoya prier de lui faire voir ses machines et ses galères sur l'eau. Démétrios l'ayant fait, Lysimaque, émerveillé, s'en retourna. Les Rhodiens, que Démétrios avait assiégés longtemps, le prièrent, la paix faite, de leur donner quelques-unes de ses machines afin de conserver un monument tout ensemble de sa puissance et de leur valeur.

21. Or Démétrios avait fait la guerre aux Rhodiens parce qu'ils étaient alliés de Ptolémée. Pendant le siège de leur ville, il fit approcher des murailles la plus grande de ses hélépoles : sa base était carrée, avec des côtés de quarante-huit coudées de longueur chacun ; d'une hauteur de soixante-dix coudées, elle se rétrécissait

jusqu'au sommet, plus étroit que la base [37] ; l'intérieur de la machine était partagé en plusieurs étages, avec plusieurs portes, et le côté, qui faisait face à l'ennemi à chaque étage, était percé de fenêtres, d'où partaient des traits de toute espèce ; car l'hélépole était remplie de combattants de toutes sortes. Dans ses mouvements, elle ne branlait ni ne penchait, mais, ferme et droite sur sa base, et, toujours en équilibre, elle s'avançait dans un grondement d'une grande intensité, terrifiant les âmes des spectateurs autant qu'elle réjouissait leurs yeux. Pour cette guerre, on lui apporta aussi de Chypre deux cuirasses de fer, d'un poids de quarante mines. Pour montrer leur force et l'excellence de leur trempe, Zoïle, l'artiste qui les avait faites, demanda qu'on lançât sur l'une d'elles, à une distance de vingt-six pas, un trait de catapulte, dont l'impact laissa le fer intact avec tout juste une rayure, presque imperceptible, comme aurait pu faire un stylet. C'est cette cuirasse que portait Démétrios tandis que l'autre était portée par Alcimos d'Épire, le plus fort et le plus belliqueux de ses compagnons, dont l'ensemble des armes, fait exceptionnel, pesait deux talents, au lieu d'un pour tous les autres. Il fut tué au combat à Rhodes, près du théâtre.

22. Les Rhodiens se défendaient avec tant de vigueur que le siège n'avançait point ; néanmoins, Démétrios s'acharnait, irrité qu'il était contre les Rhodiens, parce qu'ils avaient pris un vaisseau de vêtements envoyés par Phila, sa femme, et l'avait expédié à Ptolémée avec toute sa charge, n'imitant point en cela l'humanité des Athéniens qui, ayant arrêté les courriers de Philippe, avec qui ils étaient en guerre, ouvrirent toutes les lettres, sauf celle d'Olympias, qu'ils lui renvoyèrent sans l'avoir décachetée. Cependant Démétrios, malgré son ressentiment, ne saisit point une occasion de se venger que lui fournirent bientôt les Rhodiens. Protogène de Caunos [38] peignait alors pour eux son tableau représentant Ialysos ; l'ouvrage était tout près d'être achevé, lorsque Démétrios s'en empara dans un des faubourgs de la ville. Les Rhodiens lui envoyèrent sur-le-champ un héraut

pour le supplier d'épargner et de ne pas détruire cette œuvre. A quoi il répondit qu'il brûlerait plutôt tous les portraits de son père qu'un tel chef-d'œuvre. On dit en effet que Protogène avait mis sept ans à faire ce tableau et Apelle dit avoir été tellement saisi lorsqu'il vit cette œuvre qu'il demeura longtemps sans voix et qu'il ne put s'écrier qu'après un moment : « Le grand travail ! l'admirable ouvrage ! » Néanmoins, toujours selon lui, il y manquait cette grâce qui permettait à ses propres tableaux d'atteindre les sommets. Ce tableau, entassé avec les autres, brûla à Rome dans un incendie. Cependant, alors que les Rhodiens continuaient à lui tenir tête et que Démétrios, de son côté, ne cherchait qu'un prétexte pour en finir, les Athéniens survinrent à propos et leur firent conclure un accord, en vertu duquel les Rhodiens devenaient les alliés d'Antigone et Démétrios, sauf contre Ptolémée.

23. Les Athéniens appelaient à leur secours Démétrios contre Cassandre, qui assiégeait leur ville. Il prit la mer avec trois cents vaisseaux et une nombreuse infanterie et chassa Cassandre de l'Attique : il fit plus, il le poursuivit jusqu'aux Thermopyles et le mit en déroute, avant de prendre Héraclée, qui passa spontanément de son côté [39] ; six mille Macédoniens changèrent aussi de camp pour le rejoindre. Au retour il libéra tous les Grecs qui habitaient en deçà des Thermophyles, fit alliance avec les Béotiens et s'empara de Canchrées [40] ; s'étant rendu maître de Phylé et Panacton, deux places fortes de l'Attique où Cassandre avait des garnisons, il les rendit aux Athéniens. Et ceux-ci, qui semblaient pourtant avoir prodigué et épuisé toutes les formes d'honneurs, trouvèrent encore moyen d'innover et de se renouveler dans le registre de la flatterie. Il lui assignèrent pour résidence l'opisthodome du Parthénon, où il séjourna, et l'on disait qu'Athéna le recevait et lui accordait l'hospitalité : hôte pourtant peu soucieux de décence et bien agité pour une vierge ! On conte pourtant qu'un jour, apprenant que Philippe, son frère, se trouvait logé dans une maison où il y avait trois jeunes femmes, son

père, sans lui parler directement, dit devant lui à l'officier chargé des logements qu'il avait convoqué : « Toi, ne feras-tu pas sortir mon fils d'un logement si exigu [41] ? »

24. Démétrios, qui aurait dû respecter en Athéna, sinon une déesse, au moins une sœur aînée, comme il voulait qu'on l'appelât, souilla l'Acropole de tant de débauches commises avec des jeunes garçons de condition libre et des femmes citoyennes que ce lieu semblait jouir de toute sa pureté quand il se contentait de s'y vautrer avec ces fameuses courtisanes qu'étaient Chrysis, Lamia, Démo et Anticyra. Pour l'honneur de la ville, il ne convient pas de divulguer par le menu tous les désordres de Démétrios : en revanche, il ne faut pas passer sous silence la sagesse et la vertu de Démoclès. C'était un tout jeune garçon, qui n'avait point encore atteint l'adolescence. Il fut remarqué par Démétrios à cause de son surnom qui dénonçait sa beauté, car on l'appelait Démoclès le beau. Malgré les tentatives, les offres, les menaces répétées, il ne se laissait prendre par personne et, finalement, fuyant palestres et gymnases, il allait se baigner dans une salle de bains privée. Démétrios, ayant guetté le moment propice, s'y introduisit, alors qu'il s'y trouvait seul. Alors l'enfant, se voyant sans secours et acculé, souleva le couvercle de la chaudière et se jeta dans l'eau bouillante, se donnant une mort qu'il ne méritait, mais qui le faisait bien mériter de sa patrie et de sa beauté. Ce n'est point ainsi qu'en usa Cléainétos fils de Cléomédon : s'étant employé à obtenir la remise d'une amende de cinquante talents, à laquelle son père avait été condamné, il porta aux Athéniens une lettre de Démétrios qui non seulement le déshonora, mais qui jeta le trouble dans la ville ; car le peuple, en faisant remise à Cléomédon de son amende, défendit par un décret à tout citoyen d'apporter dorénavant une lettre de la part de Démétrios. Informé, celui-ci prit mal la chose et laissa éclater son indignation, si bien que les Athéniens, effrayés, non seulement annulèrent leur décret, mais

allèrent jusqu'à mettre à mort ceux qui l'avaient proposé ou soutenu ; et ils votèrent même que le peuple athénien avait décidé que toutes les volontés de Démétrios étaient saintes envers les dieux et justes envers les hommes. A cette occasion, un citoyen distingué, ayant dit que Stratoclès était fou de proposer de tels décrets : « Il serait vraiment fou, répondit Démocharès [42], du dème de Leuconoé, s'il ne faisait ces folies. » Et en effet Stratoclès tirait beaucoup d'avantages de ses flatteries. Démocharès, dénoncé pour ce mot, fut exilé. Voilà où en étaient les Athéniens, qui semblaient délivrés de toute garnison et remis en liberté !

25. Démétrios entra ensuite dans le Péloponnèse, où ses ennemis, loin de lui résister, fuyaient tous devant lui et abandonnaient leurs villes. Il se gagna ainsi la contrée appelée Acté et toute l'Arcadie, à l'exception de Mantinée ; il délivra Argos, Sicyone et Corinthe moyennant cent talents, qu'il donna aux soldats de leurs garnisons. A Argos, comme on célébrait les Héraia, il présida le concours et célébra cette fête avec les Grecs ; il épousa, pendant la fête, la fille d'Eacide, le roi des Molosses, et sœur de Pyrrhos, Déidameia. Ayant dit que les Sicyoniens habitaient à côté de leur ville, il les persuada de venir s'installer là où ils habitent maintenant et, en changeant la situation de la ville, il en changea aussi le nom et lui donna, au lieu de Sicyone, celui de Démétrias.

Un conseil commun de la Grèce se réunit à l'Isthme avec un concours extraordinaire de tous les peuples et il y fut proclamé chef de la Grèce, comme l'avaient été avant lui Philippe et Alexandre [43], à qui, du reste, Démétrios se croyait fort supérieur, enflé qu'il était par sa fortune et sa puissance présentes. Alexandre en tout cas n'avait dépouillé personne du titre de roi et il n'avait pas pris pour lui-même celui de roi des rois, alors qu'il avait accordé à plus d'un le nom et le pouvoir d'un roi. Mais Démétrios se moquait ouvertement de ceux qui donnaient à d'autres qu'à son père et à lui le nom de roi, et il aimait voir ses flatteurs boire à la santé du roi

Démétrios, du capitaine des éléphants Séleucos [44], de l'amiral Ptolémée, du gardien du trésor Lysimaque ou du gouverneur des îles Agathoclès de Sicile [45]. Les autres rois ne faisaient qu'en rire, sauf Lysimaque, qui s'indignait que Démétrios le ravalât au rang des eunuques ; car c'était ordinairement à eux que revenait la fonction de gardien du trésor. Aussi était-il le pire ennemi de Démétrios et, l'attaquant sur sa passion pour Lamia, il disait n'avoir jamais vu jusque-là une courtisane paraître sur la scène tragique ; à quoi Démétrios répondait que sa courtisane était plus sage que la Pénélope de Lysimaque [46].

26. Comme il s'en retournait à Athènes, il écrivit aux Athéniens qu'il voulait, dès son arrivée, être initié aux mystères et recevoir toute l'initiation d'un coup, des petits mystères à l'époptie [47]. Or, ce n'était pas permis et ne s'était jamais fait jusque-là : les petits mystères se célébraient au mois d'Anthestérion et les grands au mois de Boédromion, et il fallait au moins un an d'intervalle entre les grands mystères et l'époptie. La lettre lue, Pythodore, le porte-flambeau, fut le seul qui osa s'opposer à sa demande, mais en vain : sur la proposition de Stratoclès, on vota que le mois Munychion serait nommé et réputé Anthestérion, et l'on célébra pour Démétrios les mystères d'Agra ; puis, changeant une seconde fois ce même Munychion, qui était devenu Anthestérion, en Boédromion, ils célébrèrent les autres cérémonies de l'initiation et Démétrios reçut de surcroît l'époptie [48]. C'est pourquoi Philippidès [49] a présenté sarcastiquement Stratoclès comme

> Celui qui a réduit l'année à un seul mois,

et, à propos du séjour de Démétrios, au Parthénon, il en fit :

> Celui qui a pris l'Acropole pour une hôtellerie
> Et qui a introduit des courtisanes chez la vierge.

27. Mais des multiples abus qui furent alors commis à Athènes en violation de lois, voici celui qui

affligea, dit-on, le plus les Athéniens : on leur ordonna de fournir et payer sans délai la somme de deux cent cinquante talents et la levée de cette contribution se fit sur-le-champ, sans la moindre remise ; sur quoi, voyant l'argent ramassé, Démétrios le fit porter à Lamia et à ses autres courtisanes pour leur savon. La honte d'un pareil emploi fut plus sensible aux Athéniens que la perte de l'argent et le mot les offensa plus que la chose même. Toutefois, quelques-uns prétendent que ce n'est point aux Athéniens, mais aux Thessaliens, que Démétrios fit cet affront. Ce ne fut pas tout encore : Lamia, voulant donner en particulier un festin à Démétrios, mit à contribution de son propre chef un grand nombre de personnes, et ce repas fut si renommé pour sa magnificence, que Lyncée de Samos l'a consigné par écrit [50]. Aussi un poète comique de l'époque dit-il, non sans esprit, que Lamia était vraiment une hélépole [51]. Démocharès de Soli traitait Démétrios lui-même de conte, parce que lui aussi avait sa Lamia [52]. Le bonheur de Lamia et l'amour que lui portait Démétrios excitaient contre elle la jalousie et l'envie non seulement de ses femmes légitimes, mais encore de ses amis. C'est ainsi que, comme il en avait envoyé quelques-uns en ambassade auprès de Lysimaque, celui-ci, dans un moment de loisir, leur montra sur ses bras les cicatrices profondes des griffes d'un lion ; et il leur raconta son combat contre le fauve, lorsque Alexandre l'avait enfermé avec lui. Et les ambassadeurs repartirent en riant que leur roi aussi portait au cou les morsures d'un terrible fauve : Lamia. On s'étonnait que Démétrios qui, au début, ne voulait pas de Phila à cause de la différence d'âge, eût été vaincu par une femme plus que mûre et l'aimât à la folie. Aussi Démo, surnommée Mania [53], à qui Démétrios demandait, dans un dîner où Lamia jouait de la flûte : « Qu'en penses-tu ? », lui répondit : « Elle est vieille, roi. » A un autre dîner, comme on avait servi de fort beaux fruits, il lui dit : « Vois-tu ce que Lamia m'envoie ? », et elle : « Plus abondant sera l'envoi de ma mère, si tu consens à dormir aussi avec elle. » On rapporte aussi l'objection de Lamia au célèbre jugement de Bocchoris. Un Égyptien était amoureux de la courtisane Thonis, qui lui demandait une somme d'argent considérable ; sur quoi, il crut en songe s'unir à elle et son désir cessa. Mais Thonis le cita en justice à propos de son salaire. Bocchoris, instruit de l'affaire, ordonna à l'Égyptien d'apporter au tribunal toute la somme demandée dans un bassin et de la faire passer et repasser avec la main devant la courtisane afin qu'elle jouît de l'ombre de l'argent, puisque, disait-il, l'apparence est l'ombre de la réalité. Mais Lamia ne trouvait pas ce jugement équitable, car l'ombre n'avait pas délivré la courtisane de son désir pour l'argent, au lieu que le songe avait fait cesser la passion du jeune homme. Mais en voilà assez sur Lamia.

28. Maintenant notre récit va être, en quelque sorte, transféré de la scène comique à la scène tragique par les vicissitudes et les actions de celui qui en est l'objet. Comme tous les autres rois se liguaient contre Antigone et réunissaient leurs forces [54], Démétrios quitta la Grèce et alla rejoindre son père. Il lui trouva, pour cette guerre, une ardeur bien au-dessus de son âge et la sienne en fut encore augmentée. Toutefois il me semble que, si Antigone avait relâché tant soit peu ses prétentions et modéré les excès de sa volonté de puissance, il aurait conservé jusqu'au bout et laissé à son fils le premier rang ; mais, naturellement dur et méprisant, et aussi rude dans ses paroles que dans sa conduite, il aigrit et irrita contre lui beaucoup de jeunes souverains. Il ne craignait pas de dire qu'il disperserait leur ligue et leur coalition d'alors comme on disperse une volée d'oiseaux avec une pierre ou un bruit. Il conduisait plus de soixante-dix mille fantassins, dix mille cavaliers et soixante-quinze éléphants, alors que ses adversaires avaient soixante-quatre mille fantassins, cinq cents cavaliers de plus que lui, quatre cents éléphants et cent vingt chars de guerre. Quand il fut près de l'ennemi, un changement s'opéra en lui, qui portait

plus sur ses espérances que ses résolutions. Lui, d'ordinaire fier et plein d'audace dans les combats, la voix forte et le langage arrogant, marquant souvent par des plaisanteries et des mots railleurs lancés au sein de la mêlée sa tranquillité et son mépris, on le voyait alors pensif et taciturne : il présenta son fils aux troupes et l'institua son successeur. Mais ce qui étonna le plus tout le monde, ce fut de le voir s'entretenir seul avec Démétrios sous sa tente, car il n'avait pas l'habitude de communiquer ses secrets, même à son fils : il formait seul ses décisions, puis il ordonnait publiquement et faisait exécuter ce qu'il avait arrêté à part lui. On conte à ce propos que Démétrios, étant encore fort jeune, lui demanda un jour quand on allait lever le camp et qu'Antigone lui répondit avec colère : « Crains-tu d'être le seul à ne pas entendre la trompette ? »

29. Il est vrai qu'alors des présages sinistres vinrent aussi affaiblir leur résolution. Démétrios vit en songe Alexandre, couvert d'armes éclatantes, qui lui demandait quel mot d'ordre ils comptaient donner pour la bataille ; devant sa réponse, « Zeus et Victoire », « Je passe donc du côté des ennemis, dit Alexandre, car eux m'accueillent. » Antigone, de son côté, alors que l'armée en était déjà à se ranger en ordre de bataille, fit un faux pas en sortant de sa tente et s'étala de tout son long sur le visage, se blessant gravement ; s'étant relevé, il tendit les mains vers le ciel et il pria les dieux de lui donner la victoire, ou une mort prompte avant la défaite. Quand les deux armées en furent aux mains, Démétrios, avec la plus grande et la meilleure partie de la cavalerie, fondit sur Antiochos [55] fils de Séleucos et combattit brillamment jusqu'à la déroute de l'ennemi ; mais la poursuite dans laquelle il se lança mal à propos, avec autant de présomption que de vain désir de briller, lui fit perdre le fruit de sa victoire, car il ne lui fut plus possible, lorsqu'il fit demi-tour, de rejoindre son infanterie, les éléphants ayant pris la place entre deux, et Séleucos, voyant la phalange dégarnie de sa cavalerie, ne la chargea point,

mais, en faisant mine de charger, il l'affola et, tournant autour d'elle, lui permit de changer de camp : ce qui arriva en effet. Une grande partie, détachée du reste du corps, passa volontairement de son côté et les autres prirent la fuite. Un gros de fantassins fondant alors sur Antigone, comme un membre de son entourage l'avait averti : « C'est à toi qu'ils en veulent, roi. » — « A qui d'autre que moi en effet peuvent-ils en vouloir ? répondit-il, mais Démétrios va venir à mon secours. » Il conserva jusqu'à la fin cette espérance et il chercha des yeux son fils, jusqu'au moment où, accablé d'une grêle de traits, il s'effondra [56]. Tous ses compagnons et ses amis l'abandonnèrent, sauf Thorax de Larissa, qui resta seul auprès de son corps.

30. La bataille ainsi terminée, les rois vainqueurs dépecèrent comme un grand corps l'empire d'Antigone et de Démétrios : ils en prirent chacun sa part et se répartirent leurs provinces qu'ils ajoutèrent à leurs propres possessions antérieures. Cependant Démétrios, fuyant avec cinq mille fantassins et quatre mille cavaliers, poussa d'une traite jusqu'à Éphèse. Là, alors que tout le monde s'attendait à le voir, dans la disette d'argent où il se trouvait, violer le trésor du temple [57], craignant au contraire lui-même que ses soldats ne le fissent, il sortit promptement de la ville et s'embarqua pour la Grèce, car il mettait dans les Athéniens ses derniers et ses plus grands espoirs. De fait, il se trouvait qu'il avait laissé entre leurs mains ses vaisseaux, son argent et sa femme, Déidameia [58], et il ne croyait pas avoir de refuge plus sûr dans ses revers que l'affection des Athéniens. Aussi, lorsque, arrivé à la hauteur des Cyclades, il vit venir à lui des ambassadeurs athéniens pour le prier de se tenir loin de leur ville parce que le peuple avait décrété de n'y recevoir aucun des rois, et pour lui apprendre qu'on avait envoyé Déidameia à Mégare avec la suite et les honneurs dus à son rang, la colère le fit sortir de ses gonds, alors qu'il avait jusque-là supporté très aisément ses malheurs et n'avait montré, face à un tel changement de fortune, ni bassesse ni

faiblesse ; mais s'être trompé en mettant son espoir dans les Athéniens et découvrir, à la lumière des faits, que leur prétendue affection n'était que vaine et feinte, était pour lui une amère douleur. Car, selon toute apparence, la marque la moins sûre de l'attachement des peuples pour les rois et les princes, c'est bien l'excès d'honneurs. Car comme ceux-ci ne tirent leur prix que de la libre volonté de ceux qui les décernent, la crainte les prive de toute crédibilité, car la crainte et l'affection suscitent mêmes votes. Aussi les princes avisés ne s'arrêtent-ils ni aux statues, ni aux portraits, ni aux apothéoses, mais ils regardent leurs œuvres et leurs actions personnelles pour juger si ce sont de vrais honneurs auxquels ils peuvent se fier ou des honneurs forcés dont ils doivent se méfier. Car il arrive souvent que les rois à qui l'on rend à contrecœur des hommages démesurés et excessifs soient aussi, au sein même de ces honneurs, les plus haïs des peuples.

31. Démétrios en tout cas, indigné de la conduite des Athéniens, mais incapable de s'en venger, se contenta de leur envoyer exprimer des plaintes modérées et redemander ses vaisseaux, parmi lesquels était son navire à treize rangs. Après les avoir reçus, il fit voile vers l'Isthme et, devant la détérioration de sa situation (partout ses garnisons avaient été chassées des villes, qui étaient, toutes, passées à l'ennemi), laissant Pyrrhos en Grèce, il s'embarqua pour la Chersonèse et, tout en ravageant les États de Lysimaque, enrichit ses troupes et maintint le cohésion de son armée, qui commença à se refaire et à compter de nouveau. Les autres rois ne s'occupèrent pas du sort de Lysimaque, qui semblait ne pas valoir mieux que Démétrios et être plus redoutable en raison de sa puissance supérieure.

Peu de temps après, Séleucos envoya demander en mariage la fille de Démétrios et de Phila, Stratonice : il avait déjà un fils, Antiochos, de la Persane Apama, mais il trouvait que ses États pouvaient suffire à plusieurs héritiers et que cette alliance lui était nécessaire quand il voyait Lysimaque demander à Ptolémée ses deux filles, l'une pour lui et l'autre pour son fils Agathoclès. Démétrios donc, pour qui c'était un bonheur inespéré d'avoir Séleucos pour gendre, prit avec lui sa fille et cingla vers la Syrie avec toute sa flotte. Forcé à plusieurs reprises d'aborder, il atteignit en particulier la Cilicie, où régnait alors Pleistarchos, à qui les rois l'avaient donnée comme part après la bataille contre Antigone. Ce Pleistarchos était frère de Cassandre : considérant comme une violation de territoire la descente de Démétrios et voulant se plaindre de ce que Séleucos s'était réconcilié avec l'ennemi commun sans l'agrément des autres rois, il alla trouver son frère.

32. Démétrios, informé de son départ, s'éloigna de la mer et se rendit à Kyinda [59], où il trouva douze cents talents qui restaient du trésor de son père : il s'en empara, puis se rembarqua sans tarder et prit le large. Phila, sa femme, était déjà à ses côtés, quand Séleucos vint au-devant de lui à Rhosos ; leur première entrevue fut aussitôt franche, sans soupçon et véritablement royale. Séleucos, le premier, invita Démétrios à dîner sous sa tente, dans son camp, puis Démétrios, à son tour, le reçut sur son navire à treize rangs. Ils passaient les journées à converser ensemble et à se divertir, sans armes et sans gardes, jusqu'au moment où Séleucos, ayant pris avec lui Stratonice, s'en retourna à Antioche dans le plus magnifique appareil. Démétrios occupa la Cilicie et envoya sa femme Phila auprès de Cassandre, qui était son frère [60], détruire les accusations de Pleistarchos. Sur ces entrefaites, Déidameia, qui était venue de Grèce le rejoindre, mourut peu après de maladie. Démétrios s'étant réconcilié avec Ptolémée par l'entremise de Séleucos, il fut convenu qu'il épouserait Ptolémaïs, fille de Ptolémée. Jusque-là Séleucos s'était bien comporté, mais lorsque, ayant demandé à Démétrios de lui céder la Cilicie contre argent et essuyé un refus, il revendiqua, dans un accès de colère, Tyr et Sidon [61], il sembla alors céder à la violence et en user de façon injuste : que lui, qui tenait sous sa domina-

tion tout le territoire de l'Inde à la mer de Syrie, se trouve assez démuni et indigent pour chasser, à cause de deux villes, son beau-père, qui venait d'éprouver de si grands revers de fortune ! Il rendait par là un témoignage éclatant à Platon, lorsqu'il recommande à celui qui veut être vraiment riche non point d'augmenter son bien, mais de réduire sa cupidité, parce que celui qui ne met pas de bornes à son avidité n'est jamais délivré de la pauvreté et du besoin [62].

33. Cependant Démétrios, loin de s'effrayer, déclara que, même s'il devait connaître dix mille autres défaites d'Ipsos, il n'achèterait pas l'alliance de Séleucos. Il mit des garnisons dans les deux villes et, ayant appris que Lacharès avait profité des dissensions des Athéniens pour s'emparer du pouvoir et régner en tyran [63], il pensa qu'il lui suffirait de se montrer pour prendre sans peine la ville. Il passa donc la mer sans encombre avec une flotte nombreuse, mais, en longeant l'Attique, il fut pris dans une violente tempête, où il perdit la plupart de ses vaisseaux et une grande partie de ses troupes. En ayant lui-même réchappé, il commença à faire quelque peu la guerre aux Athéniens, mais, comme il n'obtenait aucun résultat, il envoya ses officiers assembler une nouvelle flotte ; et lui-même entra dans le Péloponnèse et mit le siège devant Messène. Dans un assaut contre les remparts, il courut un grand danger : un trait de catapulte le frappa au visage et à la bouche, et lui perça la joue. Quand il fut guéri et après avoir repris quelques villes qui avaient abandonné son parti, il entra derechef en Attique, s'empara d'Éleusis et de Rhamnonte et ravagea tout le pays. Ayant pris un vaisseau qui portait du blé à Athènes, il fit pendre le marchand et le pilote, si bien que les autres, effrayés, se détournèrent de la ville, qui se trouva réduite à la plus affreuse disette, non seulement de blé, mais de toutes les choses nécessaires : le médimne de sel s'y vendait quarante drachmes et le médimne de blé trois cents. Les Athéniens eurent un court moment d'espérance en apercevant à la hauteur d'Égine un convoi de cent cinquante

vaisseaux que Ptolémée envoyait à leur secours, mais, dans un second temps, comme Démétrios avait reçu beaucoup de vaisseaux de Péloponnèse, beaucoup aussi de Chypre, se constituant ainsi une flotte de trois cents unités, les hommes de Ptolémée levèrent l'ancre et prirent la fuite. Le tyran Lacharès s'échappa aussi, abandonnant la ville.

34. Les Athéniens, bien qu'ils eussent voté la mort pour quiconque oserait parler de paix et d'accommodement avec Démétrios, ouvrirent à l'instant même les portes voisines de son camp et lui envoyèrent des députés : non qu'ils attendissent de lui aucune grâce, mais ils cédaient à la nécessité que leur imposait la famine. Parmi les nombreuses situations difficiles qu'elle créa, on rapporte en particulier celle-ci : un père et un fils étaient installés dans une chambre, désespérant de leur sort, quand tomba du plafond un rat mort ; à cette vue, ils se levèrent précipitamment tous les deux et se battirent pour l'avoir. On raconte aussi que, dans cette conjoncture, le philosophe Épicure nourrit ses disciples en partageant avec eux des fèves qu'il comptait. La ville était donc dans cet état lorsque Démétrios y entra [64] : il fit assembler tous les citoyens au théâtre, cerner la scène par des hommes d'armes et entourer de gardes l'estrade des acteurs, puis il descendit lui-même par les accès du haut, comme les tragédiens, ce qui redoubla encore l'effroi des Athéniens. Mais le début de son discours fut aussi le terme de leurs craintes : il se garda d'élever la voix ou d'user de paroles amères et se borna à leur faire de légers reproches, sur un ton amical, avant de se réconcilier avec eux ; il leur fit alors donner cent mille médimnes de blé et rétablit les magistratures qui étaient les plus chères au peuple. L'orateur Dromocleidès, voyant la multitude en liesse pousser toutes sortes d'acclamations et enchérir à l'envi sur les louanges que les démagogues prodiguaient à Démétrios du haut de la tribune, proposa de remettre au roi Démétrios le Pirée et Munychie. Ce décret fut adopté et Démétrios, de sa seule autorité, ajouta une garnison

au Mouséion [65] afin d'empêcher le peuple de secouer de nouveau le joug et de lui créer d'autres soucis.

35. Les Athéniens ainsi réduits, il se mit aussitôt à faire des plans contre Lacédémone. Archidamos [66] étant venu à sa rencontre jusqu'à Mantinée, il le défit au combat et, l'ayant mis en fuite, il envahit la Laconie. Sous les murs mêmes de Sparte une seconde bataille rangée eut lieu, où il fit cinq cents prisonniers et tua deux cents hommes et il semblait à deux doigts de se rendre maître de la ville, qui, jusque-là, n'avait jamais été prise. Mais, apparemment, la Fortune n'infligea à aucun autre roi des changements si grands et si brutaux, et on ne la vit pas, dans les affaires des autres, tant de fois, tomber, puis se relever, s'obscurcir après avoir brillé, reprendre des forces après s'être affaiblie. Aussi, dans ses plus terribles revers, adressait-il, dit-on, à la Fortune ce vers d'Eschyle :

> C'est toi qui gonfles ma voile ; c'est toi, apparemment,
> [qui me consumes [67].

Et, en effet, alors que tout progressait heureusement et le ramenait à la puissance et à l'empire, on lui annonce que Lysimaque d'abord lui avait enlevé ses villes d'Asie et que Ptolémée ensuite s'était rendu maître de Chypre, à l'exception de la ville de Salamine, dans laquelle sa mère et ses enfants étaient assiégés [68]. Cependant, la Fortune, semblable à la femme du poème d'Archiloque, qui,

> L'esprit plein de ruses, tenait l'eau d'une main et de
> [l'autre le feu,

après l'avoir éloigné de Lacédémone par des nouvelles si fâcheuses et inquiétantes, ne tarda pas à lui apporter l'espoir d'autres affaires, nouvelles et importantes. Voici à quelle occasion.

36. Cassandre mort, l'aîné de ses fils, Philippe, régna peu de temps sur la Macédoine avant de s'éteindre. Les deux autres frères entrèrent alors en différend : l'un d'eux, Antipatros, ayant tué sa mère Thessalonicè, l'autre [69] appela à son secours Pyrrhos,

d'Épire et Démétrios, du Péloponnèse. Pyrrhos, arrivé le premier, s'arrogea une grande partie de la Macédoine pour prix de son aide, devenant ainsi un voisin redoutable pour Alexandre. Démétrios, de son côté, s'était mis en marche aussitôt après avoir reçu la lettre d'Alexandre, mais le jeune homme, qui le jugeait plus dangereux encore que Pyrrhos à cause de son prestige et de sa grande réputation, alla au-devant de lui jusqu'à Dion [70]. Là il le salua avec de grandes démonstrations d'amitié et lui déclara que l'état actuel de ses affaires n'exigeait plus sa présence. Ce changement rendit les deux princes suspects l'un à l'autre et, un soir que Démétrios allait dîner chez le jeune homme, qui l'avait invité, quelqu'un vint lui dénoncer un complot : on devait l'assassiner au milieu des coupes. Démétrios, sans se troubler, ralentit un peu sa marche et ordonna à ses capitaines de tenir les troupes sous les armes et à ses compagnons, comme aux esclaves qui l'entouraient (et qui étaient plus nombreux que ceux d'Alexandre) d'entrer avec lui dans la salle du festin et d'y rester jusqu'à ce qu'il se levât de table. Effrayé à cette vue, Alexandre n'osa pas exécuter son dessein et Démétrios, prétextant que sa santé ne lui permettait pas de boire, se retira rapidement. Le lendemain, il fit tout préparer pour son départ, alléguant qu'il lui était survenu des affaires urgentes et inattendues. Il pria Alexandre de l'excuser de le quitter si tôt : il resterait davantage une autre fois quand il en aurait le loisir. Alexandre, ravi de le voir quitter le pays de son plein gré et sans nulle apparence de ressentiment, l'accompagna jusqu'en Thessalie. Arrivés à Larissa, ils se donnèrent réciproquement des festins, mais en continuant de machiner l'un contre l'autre. Et c'est là ce qui contribua le plus à mettre Alexandre à la merci de Démétrios : hésitant à se tenir sur ses gardes, de peur que Démétrios n'en tirât la leçon et s'y tînt lui-même aussi, il se fit prendre de vitesse et subit le traitement qu'il préparait à son ennemi, mais qu'il différait pour que celui-ci ne pût lui échapper. Invité à dîner, il se rendit donc chez

Démétrios : vers le milieu du repas, Démétrios s'étant levé de table, Alexandre, effrayé, se leva aussi et le suivit à la porte de la salle. Alors Démétrios, se trouvant à la porte, au milieu de ses gardes, ne dit que ce mot : « Tue qui me suit ! » et il passa outre. Et les gardes massacrèrent Alexandre et, avec lui, ceux de ses amis qui cherchèrent à le secourir : l'un d'eux, au moment où on l'égorgeait, déclara, dit-on, que Démétrios ne les avait prévenus que d'un jour.

37. La nuit, comme on peut croire, se passa dans une agitation extrême. Le lendemain, les Macédoniens, alarmés, et qui redoutaient fort la puissance de Démétrios, voyant que personne ne venait les attaquer, mais qu'au contraire Démétrios demandait à leur parler et à justifier sa conduite, reprirent confiance et décidèrent de l'accueillir aimablement. Une fois arrivé au camp, il n'eut pas besoin de longs discours : détestant Antipatros qui avait tué sa mère et faute d'un meilleur prétendant, ils le proclamèrent roi des Macédoniens et, le prenant aussitôt avec eux, le conduisirent en Macédoine [71]. Les autres Macédoniens virent aussi ce changement sans répugnance, car ils se rappelaient toujours le cœur plein de haine les crimes commis par Cassandre à l'endroit d'Alexandre [72], une fois celui-ci mort, et ils conservaient encore quelque souvenir de la modération d'Antipatros l'ancien. C'était encore un avantage pour Démétrios, en sa qualité de mari de Phila, dont il avait un fils, héritier de son empire et qui, parvenu déjà à l'adolescence, servait dans l'armée de son père [73].

38. Après un si brillant succès, il apprend que sa mère et ses enfants ont été relâchés et que Ptolémée les a même comblés d'honneurs et de présents. Il apprend aussi que sa fille qu'il avait mariée avec Séleucos, vient d'épouser Antiochos, le fils de Séleucos, et qu'elle avait été proclamée reine des barbares de haute Asie [74]. Il était arrivé, semble-t-il, qu'Antiochos était tombé amoureux de Stratonice, qui était jeune, mais qui avait déjà un fils de Séleucos ; très malheureux, il faisait tout pour vaincre sa passion

et finalement, se condamnant lui-même pour ses désirs criminels et cette maladie incurable qui avait subjugué sa raison, il chercha un moyen de se délivrer de la vie et de s'éteindre doucement, en négligeant le soin de son corps et en s'abstenant de manger, sous couvert d'une maladie qui le consumait. Érasistrate, son médecin, n'eut pas de mal à comprendre qu'il était amoureux, mais il était moins aisé d'en deviner l'objet ; pour le découvrir, il passait toutes ses journées dans la chambre du malade et quand il entrait un garçon ou une femme à la fleur de l'âge, il scrutait le visage d'Antiochos et observait toutes les parties du corps sur lesquelles retentissent le plus les affections de l'âme. Or, s'il restait le même quand les autres entraient, à chacune des fréquentes visites que lui faisait Stratonice, apparaissaient tous les symptômes que décrit Sapho : arrêt de la voix, rougeurs enflammées, obscurcissement de la vue, sueurs soudaines, dérèglement et trouble du pouls, enfin, une fois l'âme totalement subjuguée, anxiété, stupeur et pâleur. Érasistrate réfléchit en outre, avec vraisemblance, que pour une autre femme, jamais le fils du roi n'aurait choisi de se taire jusqu'à la mort, mais il jugeait difficile de parler et de révéler ce secret. Néanmoins, confiant dans l'affection de Séleucos pour son fils, il se hasarda un jour et dit au roi que l'amour était la maladie d'Antiochos, mais que c'était un amour impossible et sans remède. Le roi, surpris, demandant comment il pouvait être sans remède, « C'est que, par Zeus, répondit Érasistrate, il est amoureux de ma femme. » — « Eh quoi ! mon cher Érasistrate, repartit Séleucos, tu ne céderais pas ta femme à mon fils, toi, mon ami, quand tu vois que c'est la seule chose à quoi nous raccrocher ? » — « Mais toi-même, répliqua Érasistrate, toi qui es son père, tu ne l'aurais pas fait si Antiochos avait désiré Stratonice. » — « Ah ! mon ami, répliqua vivement Seleucos, puisse un dieu ou un homme le tourner bientôt de ce côté et changer l'objet de sa passion, car, à mes yeux, il serait beau de sacrifier jusqu'à mon royaume pour sauver Antiochos. » Il prononça ces mots avec tant d'émotion et une si grande abondance de larmes qu'Érasistrate lui prit la main et lui dit qu'il n'avait nul besoin d'Érasistrate ; comme père, mari et roi, il était en même temps le meilleur médecin pour sa maison. Sur quoi Séleucos convoqua une assemblée générale et déclara que sa volonté et sa décision étaient de proclamer Antiochos roi et Stratonice reine de tout le haut pays en les mariant ensemble. Il se flattait que son fils, accoutumé à lui obéir et à lui être soumis en toutes choses, ne s'opposerait point à ce mariage et si sa femme était choquée de ce qu'il avait d'insolite, il invitait ses amis à la chapitrer et à la convaincre de trouver juste, bon et utile ce que le roi jugeait ainsi. Voilà, dit-on, le motif du mariage d'Antiochos et de Stratonice.

39. Démétrios, après la Macédoine, s'étant emparé aussi de la Thessalie, de la plus grande partie du Péloponnèse, ainsi que de Mégare et d'Athènes en deçà de l'Isthme, marcha contre les Béotiens. Ceux-ci lui firent d'abord des propositions de paix assez raisonnables, mais le Spartiate Cléonymos [75] s'étant jeté dans Thèbes avec son armée, les Béotiens reprirent confiance et, poussés en même temps par un certain Peisis de Thespies, qui occupait alors le premier rang en réputation et en puissance, ils rompirent les négociations. Démétrios fit donc approcher ses machines et mit le siège devant Thèbes ; sur quoi Cléonymos, effrayé, sortit secrètement de la ville et les Thébains, pris de découragement, se rendirent. Démétrios mit des garnisons dans leurs cités, leva de fortes contributions et leur laissa comme gouverneur et harmoste l'historien Hiéronymos [76], ce qui sembla une conduite clémente, surtout à cause de Peisis ; car, l'ayant fait prisonnier, il ne lui fit aucun mal : au contraire, il lui parla avec beaucoup de douceur et d'amitié et le nomma polémarque à Thespies. Peu de temps après, Lysimaque est fait prisonnier par Dromichaitès [77]. A cette nouvelle, Démétrios marcha promptement vers la Thrace, espérant la trouver sans défense et les Béo-

tiens en profitèrent pour faire à nouveau défection ; en même temps, la nouvelle arriva de la libération de Lysimaque. Alors, transporté de colère, il retourna en toute hâte sur ses pas : il trouva les Béotiens déjà battus par son fils, Antigone, et il remit le siège devant Thèbes.

40. Comme Pyrrhos faisait des incursions en Thessalie et s'était avancé jusqu'aux Thermopyles, il laissa Antigone continuer le siège et marcha lui-même contre Pyrrhos. Celui-ci ayant pris la fuite sans demander son reste, il laissa un corps de dix mille fantassins et mille cavaliers et revint presser Thèbes. Il fit approcher la machine appelée hélépole, laquelle, à cause de sa grandeur et de son poids énorme, était si difficile et lente à déplacer qu'en deux mois elle avança d'à peine deux stades [78]. Les Béotiens se défendaient avec une grande vigueur et Démétrios forçait souvent ses soldats, plus par opiniâtreté que par besoin, à combattre et à s'exposer. Antigone, affligé de voir tomber ainsi tant de braves, lui dit : « Mon père, pourquoi laissons-nous périr sans nécessité ces braves ? » Et l'autre, piqué : « Mais toi, de quoi te fâches-tu ? est-ce que tu dois une ration à ceux qui meurent ? » Néanmoins, il voulut montrer qu'il n'exposait pas que les autres, mais qu'il partageait les dangers avec les combattants : il est alors atteint d'un javelot qui lui traverse le cou. Malgré cette blessure terrible, il ne se relâcha pas et prit Thèbes pour la seconde fois [79]. Lors de son entrée, il prit un air menaçant et terrible qui donna à penser aux habitants qu'ils allaient subir le sort le plus cruel, mais il se contenta de treize exécutions et de quelques bannissements et fit grâce aux autres. Ainsi Thèbes, rebâtie depuis moins de dix ans, fut prise deux fois dans ce court laps de temps. La célébration des jeux Pythiques étant arrivée, Démétrios se permit de faire une innovation extraordinaire. Comme les Étoliens occupaient les défilés de Delphes, il célébra lui-même à Athènes la fête et les concours, disant qu'il était convenable que le dieu fût particulièrement honoré dans une ville dont

il était le patron et dont le peuple, dit-on, tirait de lui son origine [80].

41. De là il retourna en Macédoine, mais, naturellement ennemi du repos, et voyant d'ailleurs que les Macédoniens lui obéissaient mieux en expédition, alors que, dans leur pays, ils étaient agités et séditieux, il les mena contre les Étoliens. Après avoir ravagé leur pays, il y laissa Pantauchos [81] avec une bonne partie de son armée et marcha lui-même contre Pyrrhos, tandis que Pyrrhos marchait contre lui. Mais ils se manquèrent en chemin et, tandis que l'un ravageait l'Épire, l'autre tomba sur Pantauchos et lui livra bataille ; il en vint aux mains avec lui, donna et reçut des coups, mais finit par le mettre en déroute, lui tua beaucoup de monde et fit cinq mille prisonniers. Cet échec fut la cause principale de la ruine de Démétrios, car Pyrrhos ne s'attira pas tant la haine des Macédoniens pour ce qu'il avait fait que leur admiration pour les innombrables exploits accomplis de sa main et il retira de la bataille une grande et brillante réputation auprès des Macédoniens. Beaucoup en vinrent à dire que Pyrrhos était le seul en qui l'on vît une image de l'audace d'Alexandre, au lieu que les autres, et surtout Démétrios, ne le représentaient, comme des acteurs sur la scène, que par la rudesse et la morgue de ce héros. Et véritablement Démétrios déployait une grande mise en scène théâtrale : non seulement il s'habillait et se coiffait somptueusement avec un chapeau à double mitre et des étoffes de pourpre brodées d'or, mais, pour les pieds aussi, il s'était fait faire dans de la pourpre pure épaissie des chaussures brodées d'or. On lui tissait depuis longtemps une chlamyde, ouvrage superbe sur lequel étaient représentés l'univers et tous les phénomènes célestes, mais qu'il laissa inachevé à cause du changement survenu dans sa fortune, et personne n'osa porter cette chlamyde, bien qu'il y ait eu par la suite en Macédoine plus d'un roi fastueux.

42. Ce n'étaient pas seulement ces exhibitions qui chagrinaient ses sujets ; ils ne supportaient pas mieux

sa vie de plaisir et sa conduite et, plus encore, les difficultés qu'il faisait pour se laisser approcher et aborder, car ou il ne leur donnait pas l'occasion de le solliciter ou bien il se montrait rude et désagréable avec les solliciteurs. C'est ainsi qu'il retint deux ans entiers une ambassade des Athéniens, ceux des Grecs à qui il témoignait le plus d'égards. Lacédémone ne lui avait envoyé qu'un seul député ; il prit cela pour une marque de mépris et s'en irrita fort. Mais l'ambassadeur lui fit cette réponse spirituelle et toute laconienne, comme il lui avait dit : « Quoi donc ? les Lacédémoniens ne m'envoient qu'un seul ambassadeur ? » — « Oui, dit-il, un seul à un seul. » Un jour qu'il semblait marcher dans les rues avec des manières plus affables et avait l'air prêt à accueillir les sollicitations, quelques personnes accoururent et lui présentèrent des placets. Il les prit tous et les mit dans sa chlamyde, et les autres, transportés de joie, le suivirent ; mais, arrivé au pont de l'Axios [82], il ouvrit sa chlamyde et laissa tomber toutes les requêtes dans la rivière. Ce geste ulcéra les Macédoniens, qui s'estimaient opprimés et non gouvernés. Ils se souvenaient d'avoir vu eux-mêmes et d'avoir entendu dire combien le roi Philippe était doux en ce domaine et accessible à tous [83] : un jour que, sur son passage, une pauvre vieille le harcelait et insistait pour qu'il l'écoutât, comme il avait répondu qu'il n'avait pas le temps, elle se récria et lui dit : « Ne te mêle donc pas d'être roi » ; ce mot lui mordit le cœur et le fit réfléchir ; rentré dans le palais, il laissa de côté toutes ses autres affaires, donna audience à tous ceux qui voulaient le solliciter, en commençant par cette vieille femme, et ne s'occupa pas d'autre chose pendant plusieurs jours. Rien, en effet, ne convient mieux à un roi que de rendre la justice, car si Arès est un tyran, comme dit Timothée [84], la loi, selon le mot de Pindare [85], règne sur l'univers. Et Homère dit aussi que les rois reçoivent de Zeus, non des machines à prendre des villes ni des vaisseaux armés d'éperons d'airain, mais les règles de la Loi et de la Justice pour qu'ils en soient les gardiens et les protecteurs, et il a appelé confident et élève de Zeus, non le plus belliqueux, le plus injuste ou le plus sanguinaire des rois, mais le plus juste. Démétrios au contraire aimait à prendre le titre le plus opposé à ceux du roi des dieux : celui-ci, en effet, est appelé *Polieus,* Protecteur de la cité, *Poliouchos,* Qui tient la cité, tandis que Démétrios prit le surnom de Poliorcète, Preneur de cités. C'est ainsi que le mal, se glissant à la faveur d'une puissance ignorante à la place du bien, associa l'injustice à la gloire.

43. Démétrios tomba très dangereusement malade à Pella et fut sur le point de perdre la Macédoine, car Pyrrhos accourut en toute hâte et s'avança jusqu'à Edessa [86]. Mais, dès que Démétrios se sentit mieux, il chassa Pyrrhos sans peine et conclut avec lui des accords pour ne pas trouver sans cesse cet obstacle sur sa route et perdre dans cette guerre de position les forces nécessaires pour réaliser ses projets. Il formait en effet des projets d'envergure : reconquérir tout l'empire de son père. Et ses préparatifs n'étaient pas en dessous de ses desseins et de ses espérances. Il avait déjà rassemblé une armée de quatre-vingt-dix-huit mille fantassins, avec, en outre, un peu moins de douze mille cavaliers. Il faisait construire en même temps une flotte de cinq cents navires dont les carènes étaient fabriqués au Pirée, à Corinthe, à Chalcis et à Pella, et il se rendait en personne dans chacun de ces endroits, montrant aux ouvriers ce qu'il fallait faire et aidant à la conception. Tout le monde était frappé non seulement du nombre, mais encore de la grandeur de ces bâtiments, car jusque-là on n'avait jamais vu de galère à quinze ni à seize rangs. Ce ne fut que plus tard que Ptolémée Philopator [87] en fit construire une à quarante rangs, de deux cent quatre-vingts coudées de longueur et de quarante-huit de hauteur jusqu'au sommet de la poupe [88] : équipée de quatre cents matelots, sans compter les rameurs, qui étaient au nombre de quatre mille, elle pouvait en outre accueillir un peu moins de trois mille combattants sur

les cursives et le pont. Mais cette galère ne fut jamais qu'un objet de curiosité : peu différente des édifices solides, elle semblait n'être faite que pour être exposée et non pas utilisée, tant il était difficile et dangereux de la mouvoir. En revanche, la beauté des vaisseaux de Démétrios ne les rendait pas impropres au combat et leur magnificence n'ôtait rien de leur utilité ; au contraire leur rapidité et leur efficacité offraient un spectacle plus admirable encore que leur grandeur.

44. Tandis donc que se montait contre l'Asie une armada telle que personne n'en avait jamais vue depuis Alexandre, les trois rois, Séleucos, Ptolémée et Lysimaque, se liguèrent contre Démétrios ; puis ils envoyèrent des ambassadeurs communs à Pyrrhos pour le presser d'attaquer la Macédoine sans se sentir lié par un traité qui représentait moins l'assurance pour lui de ne pas avoir la guerre que la possibilité pour Démétrios de la faire lui-même d'abord à qui il voulait. Pyrrhos étant entré dans leurs vues, Démétrios, qui différait encore, se trouva pris dans un grand conflit : dans le même temps la Grèce fut détachée de lui par Ptolémée avec une flotte nombreuse et la Macédoine attaquée et ravagée, par Lysimaque, entré par la Thrace, et par Pyrrhos, venu du pays limitrophe. Alors il laissa son fils en Grèce et vola au secours de la Macédoine, tout d'abord contre Lysimaque ; mais il apprend sur sa route que Pyrrhos s'est emparé de Béroia [89]. Le bruit de cette nouvelle, promptement répandu parmi les Macédoniens, sema le désordre le plus total dans le camp de Démétrios, qui se remplit de pleurs et de lamentations, ainsi que de colère et d'invectives contre Démétrios : les hommes ne voulaient plus rester, mais partir, prétendument pour rentrer chez eux, mais en réalité pour rejoindre Lysimaque. Démétrios décida donc de s'éloigner le plus possible de Lysimaque et de se tourner contre Pyrrhos, car le premier était le compatriote de ses soldats, dont beaucoup le connaissaient, à cause d'Alexandre, tandis que Pyrrhos était un étranger, venu d'ailleurs, que les Macédoniens, pen-

sait-il, ne sauraient lui préférer. Mais il se trompa lourdement dans ses conjectures. A peine eut-il établi son camp près de celui de Pyrrhos que les Macédoniens, qui admiraient depuis longtemps sa brillante conduite sous les armes et, depuis les temps les plus reculés, étaient accoutumés à considérer le plus vaillant sous les armes comme étant aussi le plus digne d'être roi, qui apprenaient alors avec quelle douceur Pyrrhos traitait les prisonniers et qui, de toute façon, ne cherchaient qu'à se débarrasser de Démétrios pour passer à Lysimaque ou à Pyrrhos, commencèrent à déserter secrètement et par petits groupes d'abord, puis ce fut une agitation et un soulèvement général dans tout le camp et, pour finir, quelques audacieux osèrent venir dire à Démétrios de se retirer et de sauver sa vie, car les Macédoniens en avaient assez de faire la guerre pour entretenir son luxe. Et ces discours paraissaient encore très modérés à Démétrios auprès des paroles outrageantes que d'autres faisaient entendre. Il rentra donc sous sa tente et, non pas en roi, mais en acteur, alla changer de costume et revêtir une chlamyde sombre au lieu de la mise théâtrale qu'il portait et il sortit du camp sans être aperçu. La plupart des Macédoniens coururent aussitôt à sa tente pour la piller et ils étaient occupés à se disputer le butin et à la mettre en pièces quand survint Pyrrhos, qui se rendit maître du camp au premier assaut et l'occupa. On procéda ensuite à un partage entre Lysimaque et lui de toute la Macédoine que Démétrios avait fermement tenue pendant sept ans [90].

45. Après ce revers, Démétrios se réfugia à Cassandreia [91]. Sa femme Phila ne put résister à la douleur de voir encore une fois réduit à une condition privée et à l'exil le plus malheureux des rois ; renonçant à toute espérance et détestant la Fortune de son mari, toujours plus constante dans le malheur que dans la prospérité, elle prit du poison et mourut. Mais Démétrios, qui songeait encore à rassembler les débris de son naufrage, repassa en Grèce et là réunit ceux de ses

généraux et de ses amis qui s'y trouvaient. L'image de sa fortune que présente Ménélas chez Sophocle, quand il dit

> Mais mon destin, au gré des tours de la roue de la [Déesse,
> Incessamment, tourne et change de nature.
> Ainsi la face de la lune jamais deux nuits entières
> Ne saurait persister avec le même aspect :
> D'abord on ne la voyait pas et tout à coup, elle arrive, [nouvelle,
> Et, quand elle a brillé dans toute sa splendeur,
> De nouveau, se réduit et retourne au néant [92],

cette image, dis-je, s'appliquerait mieux à la carrière de Démétrios, avec ses ascensions et ses déclins, ses redressements et ses abaissements ; car même alors, quand sa puissance paraissait entièrement éclipsée et éteinte, on la vit jeter de nouvelles lueurs et l'afflux régulier de troupes remplissait peu à peu son attente. Tout d'abord on le vit parcourir les cités comme un simple particulier et dépouillé de tout faste royal, si bien que quelqu'un, l'ayant vu en cet état à Thèbes, lui appliqua assez heureusement ces vers d'Euripide :

> Il a quitté la figure divine pour prendre une forme mor- [telle
> Et le voici à la source de Dircé, aux eaux de [l'Isménos [93].

46. Mais dès qu'il eut pris l'espèce de voie royale que constituaient ses espérances et rassemblé autour de lui le corps et l'apparence du pouvoir, il rendit aux Thébains leur constitution. Cependant les Athéniens firent défection : ils rayèrent du registre des magistrats éponymes Diphilos, qui y était inscrit comme prêtre des dieux sauveurs, et ils votèrent le retour à l'usage ancestral pour le choix des archontes [94] ; puis, voyant que la force de Démétrios était plus grande qu'il ne s'y étaient attendus, ils appelèrent Pyrrhos de Macédoine. Démétrios, irrité, marche contre eux et soumet la ville à un siège en règle, mais les Athéniens lui ayant envoyé le philosophe Cratès [95], personnage fort illustre et qui jouissait d'un grand crédit, Démétrios tout à la

fois se laissa toucher par les demandes qu'il lui faisait pour les Athéniens et prit en considération les leçons qu'il lui donnait sur ses propres intérêts, si bien qu'il leva le siège. Et, rassemblant tout ce qu'il avait de vaisseaux, il y fit embarquer ses troupes, onze mille soldats avec les cavaliers, et il cingla vers l'Asie dans le dessein d'enlever à Lysimaque la Carie et la Lydie. Il est reçu à Milet par Eurydice, sœur de Phila, qui amenait avec elle une des filles qu'elle avait eues de Ptolémée, Ptolémaïs, et qui lui avait été promise en mariage précédemment par l'entremise de Séleucos. Eurydice la lui donne donc en mariage et il l'épouse ; aussitôt après les noces, il se tourne contre les villes, dont beaucoup passent volontairement de son côté, mais dont beaucoup aussi sont prises de vive force, entre autres la ville de Sardes. Quelques généraux de Lysimaque se rallièrent à lui, avec leurs soldats et de l'argent. Comme Agathoclès, fils de Lysimaque, marchait contre lui avec une puissante armée, Démétrios monta en Phrygie, décidé, s'il mettait la main sur l'Arménie, à soulever la Médie et à se rendre maître des provinces de haute Asie où, en cas de revers, il aurait beaucoup de retraites et refuges sûrs. Agathoclès le suivait, mais si, dans les engagements, Démétrios avait l'avantage, il était néanmoins dans une situation délicate, empêché qu'il était de s'approvisionner en vivres et en fourrages et, de surcroît, avec des soldats qui le soupçonnaient de les emmener en Arménie et en Médie. La famine augmentait de jour en jour et une erreur commise dans le passage du Lycos [96] lui fit perdre un grand nombre de ses gens emportés par le courant. Cependant ses soldats ne laissaient pas de le plaisanter. L'un d'entre eux afficha même à l'entrée de sa tente le début de l'*Œdipe,* légèrement modifié :

> Enfant du vieil aveugle Antigone, en quelles
> Contrées sommes-nous arrivés [97] ?

47. Enfin, une épidémie se joignant à la famine, comme il arrive ordinairement quand on en est réduit

à manger ce qui se présente, Démétrios, qui n'avait pas perdu, au total, moins de huit mille hommes, ramena en arrière ceux qui restaient. Descendu à Tarse, il aurait voulu qu'on s'abstînt de toucher au pays, qui était alors soumis à Séleucos [98], afin de ne lui donner aucun prétexte contre lui. Mais, comme la chose était impossible vu l'extrême dénuement des soldats, comme, par ailleurs, Agathoclès avait fortifié les passages du Taurus [99], il écrit à Séleucos une longue lettre de lamentations sur son infortune où il le supplie et l'implore, après cela, d'avoir pitié d'un homme qui est son allié et dont les malheurs attendriraient même un ennemi. Quelque peu ébranlé, Séleucos écrivit aux généraux qu'il avait sur place de fournir à Démétrios un entretien digne de son rang et à ses troupes une nourriture abondante. Mais Patroclès [100], qui passait pour un homme intelligent et un fidèle ami de Séleucos, survint et lui dit que la dépense pour l'armée de Démétrios n'était pas en soi le plus important, mais il avait tort de laisser séjourner dans le pays Démétrios, qui, de tout temps, avait été le plus violent et le plus entreprenant des rois et qui se trouvait maintenant dans cet état d'infortune qui pousse à l'audace et à l'injustice même les natures modérées. Séleucos, ainsi excité, s'élança alors vers la Cilicie avec une puissante armée. Démétrios, stupéfait d'un changement si subit et effrayé, se retira dans les lieux les plus sûrs du Taurus, puis il envoya demander à Séleucos, avant tout, de lui permettre de se conquérir sur les nations barbares autonomes un fief où finir ses jours ; à défaut, il le priait de nourrir au moins son armée pendant l'hiver là où elle était et de ne pas le chasser ainsi, nu et manquant de tout, en le livrant à la merci de ses ennemis.

48. Séleucos, à qui toutes ses prières étaient suspectes, lui permit seulement d'hiverner, s'il voulait, pendant deux mois dans la Cataonie [101], à condition de donner en otages les principaux de ses amis. En même temps, il fit boucler les passages qui conduisaient en Syrie et Démétrios, enfermé de toutes parts

et enveloppé comme une bête fauve, doit recourir à la force : il court le pays et le pille. Et, dans toutes les rencontres où il fut attaqué par Séleucos, il eut toujours l'avantage. Un jour même que Séleucos avait envoyé contre lui ses chars armés de faux, il résista au choc et les mit en fuite, puis il chassa les hommes qui bloquaient les passages vers la Syrie, dont il se rendit maître. Tout à fait exalté par ce succès et voyant que ses troupes avaient repris courage, il se préparait à risquer le tout pour le tout dans les plus grands combats contre Séleucos, lequel se trouvait lui-même dès lors dans un grand embarras : il avait renvoyé les secours de Lysimaque, qui lui inspirait défiance et crainte, et il hésitait à en venir aux mains avec Démétrios, redoutant sa témérité désespérée et l'instabilité perpétuelle de la Fortune, qui, souvent, de la situation la plus déplorable, l'élevait tout à coup au comble de la prospérité. Mais, sur ces entrefaites, Démétrios tomba très malade et cette maladie tout à la fois détériora son corps et ruina ses affaires : une partie de ses soldats passa à l'ennemi, une autre se débanda. A peine rétabli au bout de quarante jours, il ramassa ce qui lui restait de troupes et s'arrangea pour faire croire à l'ennemi qu'il allait se jeter sur la Cilicie, avant de décamper de nuit sans trompette dans la direction opposée ; il franchit alors l'Amanus [102] et ravagea le bas pays jusqu'à la Cyrrhestique.

49. Comme Séleucos s'était montré et faisait établir son camp à proximité, Démétrios fit lever son armée au milieu de la nuit et marcha contre lui, qui resta longtemps dans l'ignorance de cette attaque et plongé dans le sommeil. Cependant quelques transfuges vinrent l'avertir du danger : effrayé, il sauta sur ses pieds, fit sonner l'alarme et tout en se chaussant, il cria à ses amis qu'il avait affaire là à un fauve dangereux. Quant à Démétrios, comprenant par le tumulte du camp ennemi qu'il était découvert, il se retira précipitamment. Au point du jour, alors que Séleucos le serrait de près, il envoya un de ses proches à l'autre aile et mit en déroute ceux qui lui faisaient face. Alors

Séleucos en personne descendit de cheval, quitta son casque et, ne prenant que son bouclier, alla trouver les mercenaires de Démétrios ; se faisant connaître, il les exhorta à passer de son côté et à comprendre que depuis tout ce temps c'est eux qu'il avait constamment voulu épargner et non Démétrios. Sur quoi toutes les troupes le saluèrent du titre de roi et se rangèrent sous ses étendards. Démétrios, se rendant compte que ce retournement, après tant d'autres, lui portait le coup de grâce, s'esquiva et tenta de fuir en direction des portes Amanides [103]. Avec une poignée d'amis et une suite réduite, il gagna un bois épais et y passa la nuit dans le dessein de prendre le lendemain, s'il le pouvait, le chemin de Caunos [104] et de descendre jusqu'à la mer, où il espérait trouver sa flotte. Mais, s'étant rendu compte qu'il n'avait même pas de vivres pour ce jour-là, il envisagea d'autres plans. A ce moment survint Sosigénès, un de ses amis, qui avait dans sa ceinture quatre cents pièces d'or. Espérant alors pouvoir, avec ce secours, se rendre jusqu'à la mer, ils s'acheminent à la faveur de la nuit vers les passages. Mais, devant les feux allumés là par les ennemis, ils renoncèrent à leur tour à cette route et revinrent à leur point de départ, mais non pas tous (car quelques-uns avaient pris la fuite), ni, pour ceux qui restaient, avec la même ardeur. Quelqu'un ayant osé dire que Démétrios devait se livrer, il tira son épée et s'élança pour le tuer, mais ses amis l'entourèrent et, avec des paroles de réconfort, finirent par le persuader de prendre ce parti. Démétrios envoya donc dire à Séleucos qu'il se remettait à sa discrétion.

50. A cette nouvelle, Séleucos dit à ses courtisans : « Ce n'est pas la Fortune de Démétrios qui assure son salut, mais la mienne, qui, après tant de faveurs qu'elle m'a faites, me donne encore une occasion de montrer ma bonté et mon humanité. » Il appela les officiers de sa maison et leur ordonna de dresser une tente digne d'un roi et, pour le reste, de tout faire et préparer pour accueillir et traiter Démétrios magnifiquement. Séleucos avait alors auprès de lui un certain

Apollonidès, qui avait été un familier de Démétrios : ce fut lui qu'il dépêcha sur l'heure à Démétrios afin qu'il se sentît mieux et en confiance pour venir trouver l'ami et le gendre qu'il était. Ses intentions connues, quelques-uns d'abord, puis la plupart de ses amis se précipitèrent auprès de Démétrios, s'empressant tous à l'envi et tâchant d'arriver les premiers, car ils s'attendaient à le voir bientôt jouir d'un grand crédit auprès de Séleucos. Mais cet empressement changea la compassion en jalousie et donna l'occasion aux envieux et aux mal intentionnés de détourner et de gâter les sentiments humains du roi, qu'ils effrayèrent en lui faisant entendre que, sans délai, dès qu'on verrait l'homme, se produiraient dans le camp de grands mouvements révolutionnaires. Cependant Apollonidès venait d'arriver plein de joie auprès de Démétrios et les autres arrivaient après lui, avec de merveilleuses nouvelles au sujet de Séleucos, si bien que Démétrios, qui, après une telle infortune, avait considéré d'abord comme un déshonneur de s'être livré, changea alors totalement d'état d'esprit, plein de confiance et de foi dans les espoirs qu'on lui donnait. Et c'est alors qu'arriva Pausanias, avec un corps d'environ mille hommes, tant fantassins que cavaliers : il les fit brusquement cerner Démétrios, qu'il sépara des autres, et, au lieu de le conduire en présence de Séleucos, il l'emmena à Chersonésos en Syrie [105], où il resta confiné sous bonne garde jusqu'à la fin de ses jours. Au reste, il reçut de Séleucos un nombre suffisant de serviteurs et il n'y avait rien à redire sur l'argent et le train de vie qui lui étaient fournis ; on lui attribua des terrains d'exercices, des promenades royales et des parcs giboyeux. Il était permis aussi à ceux de ses amis qui l'avaient accompagné dans sa fuite de rester avec lui s'ils le voulaient et des envoyés de Séleucos venaient le voir malgré tout, lui apportant de consolantes paroles et l'exhortant à prendre courage, dans la pensée qu'il serait relâché dès qu'Antiochos arriverait avec Stratonice.

51. Démétrios, réduit à une telle infortune, écrivit à

son fils ainsi qu'à ses officiers et à ses amis d'Athènes et de Corinthe de ne se fier ni à ses lettres ni à son sceau et, le regardant désormais comme mort, de conserver à Antigone ses villes et le reste de son empire. Antigone, à la nouvelle de la capture de son père, fut accablé de douleur et prit le deuil ; il écrivit à tous les rois, même Séleucos, pour les supplier, leur livrant tout ce qu'il possédait encore et surtout s'offrant lui-même en otage pour son père. Un grand nombre de villes et de princes s'associèrent à sa supplique, à l'exception de Lysimaque, qui envoya offrir des sommes considérables à Séleucos s'il tuait Démétrios. Séleucos, qui avait d'ailleurs des griefs contre Lysimaque, le considéra plus encore après cette offre comme un barbare et un maudit et il ne différa de relâcher Démétrios que pour laisser Antiochos et Stratonice lui faire grâce eux-mêmes.

52. Démétrios avait dès l'abord supporté son malheur avec constance ; bientôt même il s'accoutuma à supporter plus facilement sa situation : au début, il se donnait d'une manière ou d'une autre du mouvement, en s'adonnant, autant que faire se pouvait, à la chasse et à la course, mais peu à peu il se laissa aller à la paresse et à la nonchalance vis-à-vis de ses exercices et sombra dans la boisson et le jeu, auxquels il consacrait le plus clair de son temps, soit qu'il voulût se dérober par là aux réflexions que lui inspirait sa situation quand il était à jeun et noyer ses pensées dans l'ivresse, soit qu'il eût reconnu que ce genre de vie était celui qu'il avait toujours désiré et poursuivi en vain du temps où le fol amour d'une vaine gloire l'égarait et où il se suscitait à lui-même et aux autres une foule de soucis, cherchant dans les armes, les flottes et les camps ce bonheur qu'il avait trouvé à présent, contre son attente, dans l'inaction, le loisir et le repos. En effet quel autre but ont les guerres et les dangers pour ces mauvais rois qu'égare une funeste démence et qui, non seulement poursuivent le luxe et la volupté au lieu de la vertu et du bien, mais encore ne savent même jamais vraiment jouir de la volupté et du

luxe [106] ? Démétrios donc, après trois ans de captivité à Chersonésos, mourut d'inaction, d'excès de table et de vin : il était âgé de cinquante-quatre ans [107]. Séleucos fut critiqué et lui-même se repentit vivement des soupçons qu'il avait conçus à l'époque contre Démétrios, au lieu de suivre l'exemple de Dromichaitès, ce Thrace, ce barbare, qui avait traité Lysimaque, son prisonnier, avec toute l'humanité digne d'un roi.

53. Cependant, les funérailles de Démétrios se firent avec une sorte de pompe tragique et théâtrale. Dès que son fils Antigone eut été informé qu'on rapportait ses restes, il alla au-devant d'eux, dans les îles, avec toute sa flotte et, ayant reçu l'urne qui les contenait, toute d'or, il la plaça sur le plus grand vaisseau amiral. Les villes où il abordait déposaient des couronnes sur l'urne ou bien députaient des hommes en habits de deuil pour l'escorter et assister aux funérailles. Quand la flotte approcha de Corinthe, on aperçut à la poupe, bien en vue, l'urne parée de la pourpre et du diadème royaux, et, debout à côté d'elle, de jeunes gardes du corps en armes. Xénophantos, le plus illustre joueur de flûte de ce temps-là [108], assis près de l'urne, jouait le plus sacré des airs religieux, au son duquel les rames s'élevaient en cadence et un bruit, semblable aux coups dont on se frappe la poitrine, répondait ainsi aux phrases musicales. Mais ce qui provoquait le plus de compassion et de gémissements chez ceux qui s'étaient rassemblés sur le rivage, c'était la vue d'Antigone, effondré et en larmes. Quand on eut, à Corinthe, rendu les honneurs funèbres et déposé des couronnes, Antigone fit transporter les restes de son père à Démétrias, la ville qui portait son nom et qu'on avait formée de la réunion de petites villes qui étaient autour d'Iolcos [109].

Démétrios laissa comme descendants Antigone et Stratonice, qu'il avait eus de Phila ; deux Démétrios, l'un surnommé le Grêle, né d'une femme illyrienne, et l'autre, qui régna à Cyrène, fils de Ptolémaïs ; enfin, Alexandre, fils de Déidameia, qui vécut en Égypte. On dit aussi qu'il avait eu d'Eurydice un fils appelé Corragos. La postérité de Démétrios régna sans interruption jusqu'à Persée, le dernier roi de Macédoine, sous lequel les Romains conquirent le pays.

Après le drame macédonien, il est temps de faire jouer le drame romain.

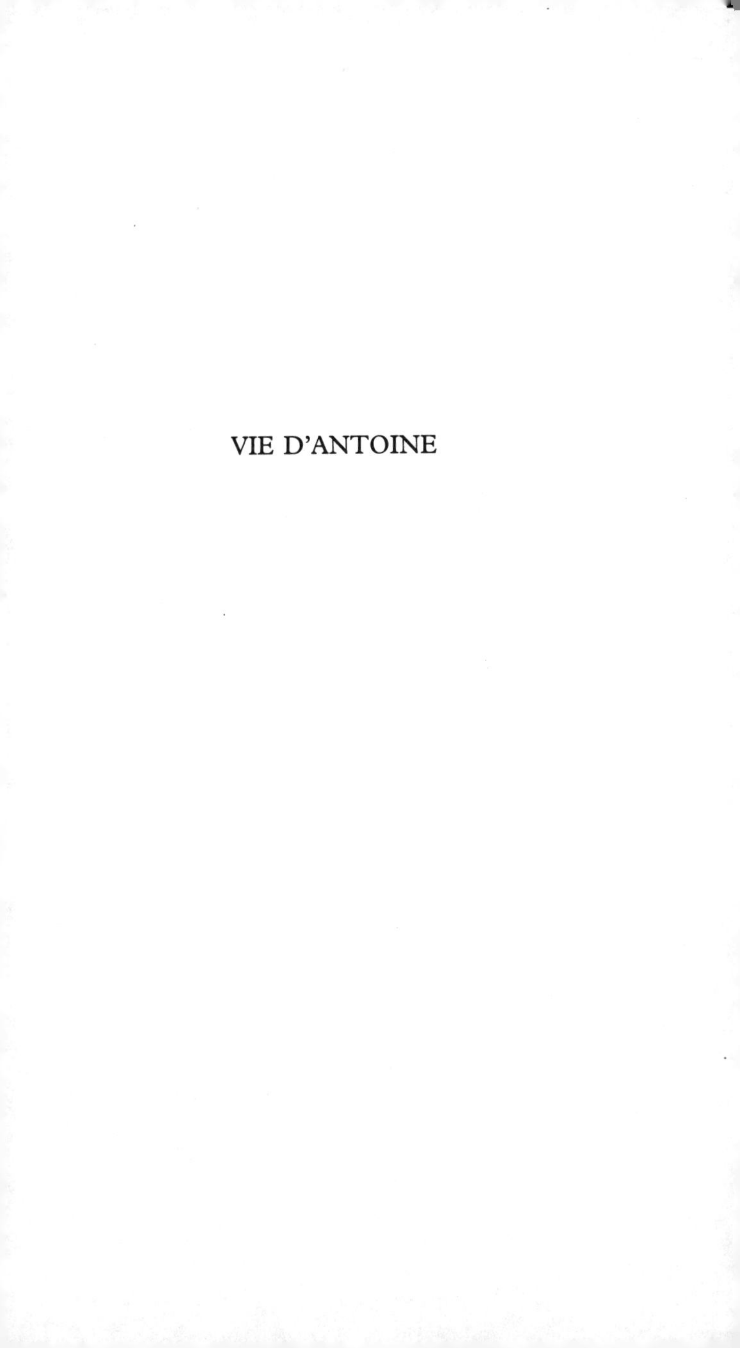

VIE D’ANTOINE

Né vers 82 av. J.-C., Antoine a traversé les épisodes les plus agités des dernières décennies de la République romaine. Il déploie de grandes qualités militaires sur divers champs de bataille et acquiert un grand ascendant sur les troupes. Ami de César, il n'empêche par son assassinat, mais poursuit ses meurtriers. Sa rencontre avec Cléopâtre le coupe de Rome et le mène de défaites en défaites.

Aussi longue, ou presque, que la Vie d'Alexandre, *cette vie tient une place à part dans l'œuvre de Plutarque. On dirait que l'auteur a rencontré là un personnage de roman. Il se penche sur sa psychologie plus encore que sur sa carrière militaire et politique. Les faiblesses de l'homme semblent lui fournir une matière de prédilection et du coup les autres acteurs, en particulier Cléopâtre et même Auguste, bénéficient d'une attention particulière. La naissance de l'intrigue amoureuse, la « vie inimitable » à Alexandrie et surtout les épisodes pathétiques de leurs suicides fournissent des développements d'un ton nouveau, promis à une riche postérité.*

On ne peut s'empêcher de mettre en rapport ces innovations avec l'avertissement que Plutarque nous lance au début de la Vie de Démétrios. *Décrire la vie de ces héros manqués, qui ne sont pas tout entiers engagés dans leur ambition, revient le plus souvent à raconter leur vie privée. Ainsi l'analyse psychologique relaie la narration proprement historique. Ces aspects des* Vies *de Plutarque, comme certains passages de Tacite, nous rappellent que leurs écrits sont, semble-t-il, contemporains du premier essor du roman.*

1. Antoine avait pour aïeul l'orateur Antonius, que Marius fit mourir pour avoir embrassé le parti de Sylla, et pour père Antonius surnommé le Crétique, qui ne se distingua ni ne s'illustra en politique, mais qui était un homme plein de bienveillance, de bonté et surtout de générosité, comme on peut s'en rendre compte d'après le seul fait suivant [1]. Sa fortune était médiocre et sa femme l'empêchait pour cette raison de donner libre cours à sa philanthropie. Or, un jour, un de ses amis vint le prier de lui prêter de l'argent et Antonius, qui n'en avait pas, ordonna à un jeune esclave de verser de l'eau dans un bassin d'argent et de le lui apporter. Quand il l'eut apporté, il se mouilla les joues comme s'il voulait se raser, puis, s'étant débarrassé de l'esclave sous un autre prétexte, il donna le bassin à son ami en lui disant de s'en servir [2]. Puis, comme une recherche active était menée parmi les serviteurs, Antonius, voyant sa femme fort en colère et prête à mettre ses serviteurs l'un après l'autre à la question [3], avoua en la priant de lui pardonner.

2. Sa femme était Julie, de la maison des César [4], qui ne le cédait en sagesse et en vertu à aucune Romaine de son temps. C'est par elle qu'Antoine, après la mort de son père, fut élevé, alors qu'elle était remariée à Cornelius Lentulus, que Cicéron fit exécuter comme complice de Catilina [5] : ce fut là, semble-t-il, l'origine et la source de la haine implacable qu'Antoine portait à Cicéron. Antoine prétend en tout cas que le corps de Lentulus ne leur fut rendu que lorsque sa mère fut allée implorer la femme de

Cicéron. Mais c'est une calomnie manifeste, car, de tous ceux qui furent mis à mort par ordre de Cicéron, aucun ne fut privé de sépulture [6].

Antoine était dans tout l'éclat de sa jeunesse lorsque s'abattirent sur lui, dit-on, comme un fléau, l'amitié et le commerce de Curion [7], car cet homme, lui-même grossièrement abandonné au plaisir, pour mieux tenir Antoine, le plongea dans les beuveries, les aventures féminines et les dépenses aussi fastueuses qu'inconsidérées, qui lui firent contracter une dette, considérable et impensable à son âge, de deux cent cinquante talents. Curion s'était porté caution de tout, mais son père, l'ayant appris, chassa Antoine de sa maison. Antoine se lia pour un bref moment avec Clodius, le plus audacieux comme le plus scélérat des démagogues de son temps, dont les fureurs portaient le trouble dans tout l'État [8] ; mais il ne tarda pas à se lasser des folies de cet homme et craignant, de surcroît, ceux qui se liguaient contre Clodius, il quitta l'Italie pour la Grèce, où il passait son temps à s'exercer aux luttes militaires et à étudier l'éloquence [9]. Il s'appliquait surtout à imiter le style qu'on appelle asiatique [10], qui fleurissait alors dans tout son éclat : rien en effet ne s'accordait mieux à son genre de vie, plein d'ostentation, de vaine arrogance et d'ambition capricieuse.

3. Gabinius, personnage consulaire qui faisait voile pour la Syrie [11], voulait le persuader de s'engager dans cette expédition ; Antoine répondit qu'il ne saurait l'accompagner comme simple particulier et ce n'est qu'après avoir été nommé chef de la cavalerie qu'il partit en campagne avec lui. Envoyé d'abord contre Aristobule, qui soulevait les Juifs [12], il monta lui-même le premier à l'assaut de la plus forte place du pays et chassa Aristobule de toutes ses forteresses ; puis, il lui livra bataille, mit en déroute avec la poignée d'hommes qu'il avait ses troupes, très supérieures en nombre, et tailla presque tout le monde en pièces : Aristobule lui-même fut pris avec son fils. Après cela, Ptolémée offrit dix mille talents à Gabinius s'il voulait

envahir l'Égypte avec lui et le rétablir sur le trône [13]. La plupart des officiers s'y opposaient et Gabinius lui-même, tout séduit qu'il était par l'appât des dix mille talents, hésitait à entreprendre cette guerre. Mais Antoine, qui rêvait de grandes actions et qui désirait d'ailleurs obliger Ptolémée, qui l'en priait, détermina et poussa Gabinius à cette expédition. Or on craignait la route de Péluse plus que la guerre, car on avait à traverser des sables profonds et arides, le long de la crevasse et des marais Serbonides, que les Égyptiens appellent les soupiraux de Typhon, mais qui paraissent plutôt être un affaissement et un écoulement de la mer Rouge dans la partie la plus resserrée de l'isthme qui la sépare de la mer Intérieure. Antoine, que Gabinius avait envoyé en avant avec la cavalerie, non seulement s'empara des défilés, mais encore prit Péluse, une ville considérable, dont il fit la garnison prisonnière, de sorte qu'il rendit le chemin sûr au reste de l'armée et ferme pour le général l'espoir de la victoire. Le désir qu'avait Antoine de se distinguer profita aux ennemis eux-mêmes, car comme dès son entrée dans Péluse, Ptolémée, aveuglé qu'il était par la haine et la colère, voulait massacrer les Égyptiens, Antoine s'y opposa et l'en empêcha. Dans les batailles et les combats importants et fréquents qui eurent lieu alors, il accomplit maintes actions d'audace où se marquait aussi une prévoyance digne d'un général. Ces qualités éclatèrent lorsqu'il enveloppa et chargea les ennemis par-derrière assurant ainsi la victoire à ceux qui les attaquaient de front : aussi reçut-il le prix de la valeur et les honneurs qu'il méritait. Le peuple ne fut pas sans remarquer non plus l'humanité qu'il montra envers Archélaos mort. Alors qu'il se trouvait être son ami et son hôte, Antoine avait été forcé de le combattre de son vivant, mais, ayant retrouvé son corps sur le champ de bataille, il le fit parer et fit célébrer des obsèques royales. Par cette conduite, il laissa de lui à Alexandrie l'opinion la plus favorable et il s'acquit auprès des Romains qui servaient avec lui une brillante réputation.

4. Il y avait aussi dans son allure une distinction pleine de noblesse : sa barbe majestueuse, son large front et son nez aquilin lui donnaient l'air mâle qu'on voit sur les statues et les portraits d'Héraclès. Il existait d'ailleurs une ancienne tradition selon laquelle les Antonii étaient des Héraclides, qui descendaient d'Anton, fils d'Héraclès, et Antoine pensait confirmer cette opinion, non seulement par son allure physique, mais encore par sa manière de s'habiller : toutes les fois qu'il devait paraître en public, il avait sa tunique attachée sur la cuisse, une grande épée pendue à son côté et, l'enveloppant, une casaque d'étoffe grossière. Ce que les civils trouvaient vulgaire, sa vantardise, ses railleries, sa manière de boire en public, de s'asseoir près des dîneurs et de manger à la table des soldats, tout cela inspirait à ses troupes un dévouement et une affection extraordinaires à son égard. Il mettait encore une certaine grâce dans ses amours : par là aussi il se gagnait beaucoup de partisans, en servant leurs passions et en souffrant volontiers qu'on le plaisantât sur ses propres amours. Sa libéralité et les largesses qu'il distribuait à pleines mains à ses soldats et à ses amis lui ouvrirent une route brillante vers le pouvoir et, quand il fut devenu grand, accrurent de plus en plus son influence, malgré les fautes sans nombre qui la menaçaient par ailleurs. Je veux rapporter ici un exemple de sa prodigalité. Il avait ordonné de donner à un de ses amis deux cent cinquante mille drachmes, ce que les Romains appellent *decies* (un million de sesterces). Son intendant, surpris, voulant lui montrer l'énormité de la somme, étala tout cet argent par terre, bien en vue. Antoine, en passant, demanda ce que c'était. L'intendant lui ayant répondu que c'était ce qu'il avait ordonné de donner, Antoine, qui avait compris sa malice, reprit alors : « Je croyais qu'un million de sesterces faisait beaucoup plus ; c'est vraiment peu ce que tu as là ! Ajoutes-en encore une fois autant. »

5. Mais cela n'eut lieu que plus tard. A cette époque, Rome était divisée en deux factions : celle des

aristocrates, qui s'étaient rangés du côté de Pompée, alors présent dans la ville, et la faction populaire, qui rappelait César des Gaules où il faisait la guerre. Curion, l'ami d'Antoine, qui avait rejoint le camp de César, y attira Antoine [14] ; et comme son éloquence lui donnait un grand pouvoir sur la multitude, et qu'il répandait à profusion l'argent que César lui fournissait, il fit nommer Antoine tribun du peuple, puis membre du collège des prêtres affectés aux présages donnés par les oiseaux qu'on appelle augures. Antoine, à peine entré en charge, seconda puissamment les partisans de César. Il s'opposa d'abord au consul Marcellus, qui promettait à Pompée les troupes déjà levées et l'autorisait à de nouveaux recrutements : il fit décréter que l'armée qui était rassemblée cinglerait vers la Syrie pour renforcer celle de Bibulus, qui faisait la guerre aux Parthes, et que les hommes que Pompée voulait enrôler ne devait pas l'écouter. En second lieu, comme le sénat refusait de recevoir les lettres de César et en interdisait la lecture, Antoine, en vertu du pouvoir que lui donnait sa charge, les lut publiquement et fit changer d'opinion à beaucoup, car César ne semblait, d'après ce qu'il écrivait, ne rien demander que de juste et de raisonnable [15]. Enfin, deux questions ayant été posées au sénat, la première, si l'on jugeait que Pompée devait congédier ses légions, la seconde, si c'était à César de le faire, très peu de sénateurs demandèrent que Pompée déposât les armes tandis que presque tous le voulaient pour César. Antoine, se levant alors, demanda si l'on ne jugeait pas que César et Pompée devaient déposer les armes et congédier leurs troupes en même temps. Cet avis fut brillamment adopté, à l'unanimité, et tous, après avoir approuvé Antoine à grands cris, demandèrent que l'on procédât au vote. Devant le refus des consuls, les amis de César firent en son nom de nouvelles propositions, qui semblaient modérées, mais Caton les combattit et Lentulus, l'un des consuls, chassa Antoine du sénat [16]. Antoine sortit en accablant les sénateurs d'imprécations, puis, prenant le vêtement d'un esclave, il loua une voiture avec Quintus Cassius et s'en alla au camp de César. D'aussi loin qu'ils purent être vus des soldats, ils se mirent à crier qu'il n'y avait plus aucun ordre à Rome, du moment que même les tribuns n'avaient plus la liberté de parler et qu'on chassait et menaçait quiconque se déclarait pour la justice.

6. Aussitôt César prit son armée et entra en Italie, ce qui fit dire à Cicéron, dans ses *Philippiques,* que, si Hélène fut la cause de la guerre de Troie, Antoine fut celle de la guerre civile [17]. Mais c'est là un mensonge manifeste, car Gaïus César n'était pas à ce point influençable ni ne se laissait écarter assez facilement de ses plans par la colère pour se déterminer si subitement à porter la guerre dans sa patrie, s'il n'en avait pas dès longtemps formé le dessein, et cela uniquement parce qu'il avait vu Antoine et Cassius venir se réfugier auprès de lui, dans une voiture de louage et en piètre équipage. Mais cet événement lui fournit l'apparence de prétexte et le beau motif de guerre qu'il cherchait depuis longtemps. Ce qui l'excitait à entreprendre une guerre générale, ce fut le même motif qui avait autrefois poussé Alexandre et, avant lui, Cyrus, à savoir une passion insatiable du pouvoir et un désir effréné d'être le premier et le plus grand des hommes ; à quoi il ne pouvait parvenir sans abattre Pompée.

César donc, s'étant dès son arrivée rendu maître de Rome et ayant chassé Pompée de l'Italie, résolut de marcher d'abord contre les troupes que Pompée avait en Espagne, puis, quand il aurait équipé une flotte, de passer la mer pour l'attaquer. Il confia alors Rome au préteur Lépide [18] et à Antoine, tribun du peuple, l'Italie avec ses troupes. Antoine gagna bien vite l'affection des soldats, parce qu'il s'exerçait et mangeait le plus souvent avec eux et qu'il leur faisait toutes les largesses possibles, mais il se rendit insupportable aux autres : son indolence lui faisait négliger les injustices qu'ils subissaient et il écoutait avec colère les solliciteurs ; enfin son attitude avec les femmes d'autrui faisait jaser. Bref, la domination de César, qui, à ne s'en tenir qu'à lui-même, n'aurait paru rien moins qu'une tyrannie, était discréditée par ses amis, parmi lesquels Antoine, dont les fautes paraissaient d'autant plus grandes qu'il avait plus de puissance, portait la responsabilité la plus lourde [19].

7. Toutefois César, à son retour d'Espagne, ne tint pas compte des plaintes contre lui et employa à la guerre cet homme dont il connaissait l'énergie, le courage et les talents de chef et qui ne le déçut en aucune manière. César partit de Brindes avec fort peu de troupes et, après avoir traversé la mer Ionienne, il renvoya ses vaisseaux à Gabinius et Antoine, avec ordre d'embarquer leurs troupes et de passer sur-le-champ en Macédoine. Gabinius, terrifié par une navigation si périlleuse en cette saison hivernale [20], prit un long détour et mena son armée par terre ; mais Antoine, qui ne vit que le péril de César, environné de tant d'ennemis, repoussa d'abord Libon [21], qui mouillait à l'entrée du port, en encerclant ses trières avec beaucoup de navires légers, puis il embarqua sur ses vaisseaux huit cents cavaliers et vingt mille fantassins et prit la mer. Dès que les ennemis l'aperçurent, ils se mirent à sa poursuite, mais il échappa au danger qu'ils lui faisaient courir grâce à un fort vent du sud qui souleva autour de leurs vaisseaux les grandes vagues d'une mer houleuse. Mais lui, cependant, poussé avec sa flotte contre des rochers escarpés et des falaises abruptes bordées de précipices, n'avait aucun espoir de salut, quand, tout à coup il s'éleva du fond du golfe un vent de sud-ouest qui fit refluer les flots de la terre vers la haute mer et éloigna sa flotte du rivage où elle allait périr. S'étant ainsi éloigné de la côte, alors qu'il filait fièrement, il voit le rivage entièrement couvert d'épaves : c'est là en effet que le vent avait jeté les trières qui le poursuivaient et beaucoup s'y étaient brisées. Antoine prit beaucoup d'hommes et de butin et se rendit maître de Lissos. Aussi releva-t-il grandement l'audace de César en lui amenant si à propos de tels renforts.

8. Dans les nombreux et incessants combats qui suivirent, il n'y en eut pas où Antoine ne se distinguât ; par deux fois, alors que les troupes de César étaient en pleine déroute, il se présenta devant elles, leur fit faire volte-face et, les ayant forcées à tenir bon et à reprendre le combat, l'emporta. Aussi, dans le camp, jouissait-il, après César, de la plus grande réputation et César lui-même fit assez connaître l'opinion qu'il avait de lui, lorsque, sur le point de livrer à Pharsale la bataille finale et décisive [22], il prit lui-même l'aile droite et confia à Antoine le commandement de la gauche, comme au meilleur guerrier qu'il eût sous ses ordres. Et, après la victoire, après avoir été proclamé dictateur [23], il s'attacha lui-même à la poursuite de Pompée et, ayant choisi Antoine comme maître de la cavalerie [24], il l'envoya à Rome. Cette charge est la seconde quand le dictateur est présent, mais, en son absence, c'est la première, et presque la seule, car, à l'exception du tribunat, toutes les magistratures sont supprimées dès qu'un dictateur est désigné.

9. Cependant Dolabella [25], alors tribun du peuple, qui était un homme jeune et avide de nouveautés, proposait une remise des dettes et tâchait de persuader Antoine, qui était son ami et cherchait toujours à complaire à la multitude, de lui prêter main forte et de se joindre à lui pour faire passer la loi ; mais Asinius et Trébellius [26] lui donnaient des conseils inverses et là-dessus, il se trouva qu'un violent soupçon vint à Antoine, qui se crut un mari outragé par Dolabella. Ne pouvant supporter un tel affront, il répudia sa femme [27], qui était aussi sa cousine germaine (elle était en effet la fille du Gaïus Antonius qui avait été le collègue de Cicéron au consulat), et il se rangea au parti d'Asinius pour combattre Dolabella, car Dolabella s'était emparé du Forum pour faire passer sa loi en force. Antoine, en vertu d'un décret du sénat qui ordonnait de prendre les armes contre Dolabella, alla l'attaquer, engagea le combat et tua quelques-uns de ses partisans, perdant lui-même quelques-uns des siens. Cette action le rendit odieux à la multitude,

alors que, par ailleurs, les gens honnêtes et sages ne se satisfaisaient pas, comme le dit Cicéron [28], du reste de sa conduite : ils le détestaient, dégoûtés par ses beuveries à des heures indues, ses dépenses insupportables, ses débauches avec des filles, sa façon de dormir en plein jour, de se promener en état d'ivresse et de passer ses nuits en parties de plaisir, au théâtre ou aux noces de mimes et de bouffons. On conte, à ce propos, qu'à la noce du mime Hippias, il passa la nuit entière à festoyer et boire et que, le lendemain, le peuple l'ayant appelé au Forum, il se présenta si gorgé de nourriture qu'il vomit devant tout le monde et qu'un de ses amis lui tendit son manteau [29]. Il y avait aussi le mime Sergius qui avait sur lui la plus grande influence, et la courtisane Cythéris, qui appartenait à la même troupe et dont il était épris ; dans toutes les villes où il allait, il la faisait porter dans une litière qu'escortait une suite aussi nombreuse que celle de la propre mère d'Antoine. On ne pouvait voir sans déplaisir non plus les coupes d'or qu'il transportait dans ses voyages comme à des processions, les tentes qu'il faisait dresser en chemin, les dîners somptueux qu'il faisait servir près des bois sacrés et des rivières, et encore des lions attelés à ses chars, des maisons d'hommes et de femmes rangés réquisitionnées pour loger des courtisanes et des joueuses de sambuque. On s'indignait que, pendant que César dormait à la belle étoile hors d'Italie et supportait des fatigues et des dangers considérables pour éteindre les restes de la guerre, d'autres, abusant de son autorité, outragent leurs concitoyens par leur vie de plaisir.

10. Il paraît que ces excès augmentèrent encore la sédition et permirent à la soldatesque de s'abandonner à une violence et une cupidité terribles. Voilà pourquoi César, de retour en Italie, pardonna à Dolabella et, nommé consul pour la troisième fois, prit pour collègue Lépide [30], et non pas Antoine. La maison de Pompée fut mise aux enchères et Antoine l'acheta, mais quand on lui en demanda le prix, il s'indigna et c'est pour cela, à ce qu'il dit lui-même, qu'il n'accom-

pagna pas César dans son expédition d'Afrique, n'ayant pas été récompensé dignement de ses succès précédents [31]. Il paraît pourtant que César, qui ne restait pas insensible à ses débordements, l'amena à réduire considérablement ses débauches grossières. En effet, Antoine renonça à cette vie licencieuse et songea à se marier : il épousa Fulvie, qui avait été mariée à Clodius le démagogue [32], une femme peu faite pour filer la laine ou veiller au foyer et qui dédaignait de régenter un simple particulier et aspirait à exercer son pouvoir sur un puissant et à commander un commandant. Aussi est-ce à Fulvie que Cléopâtre fut redevable d'avoir appris à Antoine à se laisser gouverner par les femmes et c'est d'elle qu'elle le reçut si soumis et si bien dressé, dès l'origine, à écouter les femmes. Cependant Antoine cherchait aussi à la rendre plus gaie en plaisantant et folâtrant. Ainsi, lorsqu'on sortit à la rencontre de César, après sa victoire d'Espagne, Antoine y alla lui aussi, mais ensuite, le bruit s'étant répandu tout à coup en Italie que César était mort et que les ennemis avançaient en armes, il revint à Rome et, ayant pris un habit d'esclave, il arriva chez lui de nuit, dit qu'il apportait à Fulvie une lettre d'Antoine et fut introduit auprès d'elle, la tête couverte. Puis, Fulvie, qui était dans une inquiétude mortelle, lui demanda, avant de prendre la lettre, si Antoine était vivant : il lui tendit la lettre sans mot dire et, quand elle se fut mise à la décacheter et à la lire, il l'enlaça et l'embrassa tendrement. J'ai rapporté ce petit trait, entre bien d'autres, à titre d'exemple.

11. Quand César revint donc d'Espagne, les plus grands personnages de Rome allèrent tous à sa rencontre à plusieurs journées de la ville et Antoine reçut de lui des honneurs éclatants : quand il traversa l'Italie en voiture, il avait Antoine à ses côtés, voyageant avec lui, et, derrière lui, Brutus Albinus [33] et le fils de sa nièce, Octavien, qui prit plus tard le nom de César et gouverna Rome si longtemps. César, ayant été nommé consul pour la cinquième fois, choisit aussitôt Antoine pour collègue. Mais bientôt, renonçant à sa charge, il

voulut la remettre à Dolabella. Il s'en ouvrit donc au sénat. Antoine s'y opposa avec tant d'aigreur et injuria tant Dolabella, qui lui rendit la pareille, que, sur le moment, César, honteux d'un tel scandale, se retira. Mais plus tard il revint proclamer Dolabella consul. Antoine alors se mit à crier que les présages étaient contraires [34] et César finit par céder, abandonnant Dolabella, qui en fut fort marri. Il paraissait d'ailleurs n'être pas moins dégoûté de lui que d'Antoine, car on raconte que, quelqu'un les lui ayant dénoncés l'un et l'autre comme suspects, il déclara ne pas craindre ces gens gras et chevelus, mais ces hommes pâles et maigres, désignant par là Brutus et Cassius, qui devaient conspirer contre lui et le tuer [35].

12. Cependant ce fut Antoine qui, sans le vouloir, leur donna le prétexte le plus spécieux. C'était, à Rome, la fête des Lycaia, qu'ils appellent Lupercales [37], et César, en costume de triomphateur, et assis au Forum dans la tribune, regardait les coureurs. Y courent en effet beaucoup de jeunes gens des premières familles et des magistrats, frottés d'huile, qui frappent, par manière de jeu, avec des lanières de cuir, ceux qu'ils rencontrent. Antoine, qui était un des coureurs, prenant congé des usages ancestraux, entrelaça un diadème avec une couronne de laurier, puis, courant vers la tribune et soulevé par ses compagnons de course, le plaça sur la tête de César, comme s'il lui appartenait d'être roi. Comme César se faisait prier et se dérobait, le peuple, ravi, battit des mains. Antoine cependant le lui présenta de nouveau et César le repoussa ; cette espèce de combat dura un bon moment : lorsque Antoine voulait forcer la main à César, il n'était applaudi que par une poignée d'amis, mais, quand César refusait, c'était tout le peuple qui applaudissait à grands cris. Etrange contradiction de ce peuple, qui souffrait qu'on exerçât sur lui de fait une puissance royale et qui rejetait le titre de roi comme signifiant la ruine de la liberté ! César, dépité, se leva de son siège et retirant le pan de son manteau d'autour de son cou, criait qu'il offrait sa gorge à qui

voulait l'égorger. La couronne ayant été posée sur une de ses statues, des tribuns du peuple l'en arrachèrent et le peuple les applaudit et les suivit en les comblant de bénédictions ; mais César les démit de leur charge [38].

13. Ces événements ne firent que fortifier Brutus et Cassius dans leur dessein. Choisissant donc pour cette entreprise ceux de leurs amis qu'ils savaient sûrs, ils examinèrent le cas d'Antoine. Comme l'ensemble songeait à se l'adjoindre, Trébonius s'y opposa, disant que, lorsqu'on était allé au-devant de César, à son retour d'Espagne, comme il avait voyagé et logé avec Antoine, il lui avait fait, avec précaution, une légère ouverture sur la conspiration, mais qu'Antoine, qui l'avait fort bien compris, n'avait point accueilli sa proposition ; toutefois, il ne l'avait pas non plus dénoncé à César et avait fidèlement gardé le secret. Une seconde délibération porta sur le point de savoir s'il fallait, après avoir tué César, égorger Antoine, mais Brutus l'empêcha, estimant qu'une entreprise lancée pour la défense de la justice et des lois devait être sans tache et pure de toute injustice. Cependant, craignant la force d'Antoine et la grande autorité de sa charge, ils attachent à sa personne quelques-uns des conjurés afin que, lorsque César serait entré au sénat et qu'on serait au moment d'exécuter l'entreprise, ils le retiennent au-dehors pour l'entretenir de sujets sérieux [39].

14. Les choses se firent selon leurs plans et, César tombé en plein sénat, Antoine aussitôt prit un habit d'esclave et se cacha ; mais, voyant que les conjurés n'attentaient à la vie de personne et qu'ils s'étaient rassemblés au Capitole, il les persuada d'en descendre en leur donnant son fils pour otage ; et il reçut lui-même Cassius à dîner chez lui, tandis que Lépide recevait Brutus. Puis il réunit le sénat [40] et parla en personne en faveur d'une amnistie et de l'attribution de provinces à Brutus, Cassius et leurs amis. Le sénat ratifia ces propositions et décréta de ne rien toucher à ce qu'avait fait César. Antoine sortit du sénat plus couvert de gloire qu'homme au monde, car il semblait

avoir prévenu une guerre civile et avoir fait face de la façon la plus avisée et la plus utile à l'Etat à une situation difficile et extraordinairement troublée. Mais sa popularité auprès de la foule eut tôt fait de l'écarter de cette façon de penser, lui inspirant le ferme espoir d'être le premier s'il abattait Brutus. Il se trouva, lors du convoi de César, qu'il eut à prononcer, suivant l'usage, l'oraison funèbre au Forum et voyant le peuple singulièrement ému et attendri, il mêla à l'éloge de César ce qu'il jugea propre à exciter à la fois la pitié et l'indignation devant ce crime et, à la fin de son discours, il agita les vêtements du mort, tout ensanglantés et percés de coups d'épée, traitant les auteurs de cet acte de scélérats et de meurtriers. Par là il échauffa tellement les esprits que, après avoir brûlé le corps de César sur le Forum en entassant les bancs et les tables, ils prirent les tisons enflammés du bûcher et coururent à l'assaut des maisons des meurtriers.

15. Cette violence obligea Brutus et les autres conjurés à quitter la ville. Alors les amis de César se joignirent à Antoine et Calpurnia, sa veuve, se fiant à lui, fit porter en dépôt chez lui presque tout ce qu'elle avait d'argent, pour un total de quatre mille talents. Il reçut aussi les registres de César où se trouvaient consignés ces choix et ses intentions. Antoine y inséra ceux qu'il voulait, nommant ainsi beaucoup de magistrats et beaucoup de sénateurs, rappelant quelques bannis et libérant des prisonniers en présentant le tout comme des décisions de César. Aussi les Romains appelaient-ils railleusement tous ces gens Charonites, parce que, quand on les sommait de produire leurs titres, ils étaient réduits à les aller chercher dans les registres du mort. Antoine disposa aussi de tout le reste avec une puissance absolue, étant alors lui-même consul et ayant ses frères pour l'assister, Gaïus en qualité de préteur, et Lucius comme tribun du peuple.

16. La situation en était là quand le jeune César arriva à Rome. Il était, comme il a été dit, le fils d'une nièce du défunt, qui l'avait fait héritier de tous ses biens. Il séjournait à Apollonie [41] à l'époque où César

fut tué. Dès son arrivée il alla saluer Antoine comme un ami de son père et lui rappela le dépôt fait, car il devait donner à chaque citoyen romain soixante-quinze drachmes. Antoine d'abord, méprisant sa jeunesse, répondit que ce serait folie à lui, ayant si peu de capacité et d'amis, que de se charger de la succession de César, qui était un fardeau écrasant. Comme le jeune homme, loin de se laisser convaincre, persistait à lui réclamer l'argent, Antoine ne cessa plus dès lors de multiplier paroles et actions outrageantes : il s'opposa à lui lorsqu'il brigua le tribunat et quand il voulut faire placer le siège d'or qu'on avait voté à son père, Antoinc menaça de le faire traîner en prison s'il ne cessait ses menées démagogiques. Mais, après que le jeune homme s'en fut remis à Cicéron et à ceux qui haïssaient Antoine et que, par leur entremise, il se fut concilié le sénat, tandis que lui-même se gagnait le peuple et rassemblait les soldats venus des colonies, alors Antoine prit peur : il eut avec lui une entrevue au Capitole et ils se réconcilièrent. Puis, la nuit suivante, Antoine fit un rêve étrange : il lui sembla que la foudre l'avait frappé à la main droite. Peu de jours après, on vint l'avertir que César conspirait à sa perte. César s'en défendait, mais sans le convaincre. Alors leur haine se raviva : ils coururent tous deux l'Italie pour se rallier, par de fortes soldes, les soldats déjà établis dans les colonies et attirer chacun avant l'autre à son parti les légions encore sous les armes.

17. Cicéron, qui avait alors la plus grande autorité dans la ville et qui montait tout le monde contre Antoine, finit par persuader le sénat de le déclarer ennemi public, d'envoyer à César les faisceaux et les insignes de la préture et de dépêcher Hirtius et Pansa, les deux consuls d'alors, pour chasser Antoine d'Italie [42]. Ils attaquèrent Antoine près de Modène en présence de César, qui combattit avec eux. Quant à Antoine, obligé de fuir, il eut à souffrir de grandes difficultés, dont la plus grande fut la famine. Mais telle était la nature du personnage, que l'adversité l'élevait au-dessus de lui-même et que le malheur lui donnait

tous les dehors d'un homme de bien. Or, si c'est une chose assez commune à ceux qui sont en situation difficile de bien sentir où est la vertu, il n'est pas donné à tous d'avoir, dans les vicissitudes, assez de force d'âme pour imiter ce qu'ils approuvent et fuir ce qu'ils condamnent ; plus d'un même retombe, par faiblesse, dans ses ornières habituelles et dément les lumières de sa raison. Mais Antoine fut, en cette occasion, un merveilleux exemple pour ses soldats : après tant de luxe et de délices, il buvait sans se plaindre de l'eau corrompue et se nourrissait de racines et de fruits sauvages ; on dévora même, dit-on, de l'écorce et l'on consomma des animaux que nul jusque-là n'avait goûtés durant le passage des Alpes.

18. Son dessein était d'aller rejoindre les légions de l'autre côté des Alpes commandées par Lépide [43], qu'il regardait comme son ami et qui lui était redevable de la foule d'avantages qu'il avait retirés de l'amitié de César. Une fois arrivé et son camp installé à proximité de celui de Lépide, voyant qu'il ne recevait aucune marque d'amitié, il résolut de tout risquer et d'aller lui-même le trouver. Il avait les cheveux négligés et une barbe épaisse, qu'il avait laissée pousser aussitôt après sa défaite. Prenant donc un vêtement sombre, il s'approcha des retranchements de Lépide et se mit à parler. Comme beaucoup s'attendrissaient à sa vue et se laissaient émouvoir par ses discours, Lépide, inquiet, fit sonner les trompettes ensemble afin de couvrir la voix d'Antoine. Mais il ne fit qu'accroître la compassion des soldats, qui parlementèrent avec lui secrètement en lui envoyant Laelius et Clodius, déguisés en courtisanes, pour lui dire d'attaquer sans crainte le camp : beaucoup d'entre eux étaient en effet disposés à le recevoir et, s'il le désirait, à tuer Lépide. Antoine ne permit pas qu'on touchât à Lépide, mais, le lendemain, il tenta de passer le fleuve avec ses troupes, entra lui-même le premier dans l'eau et marcha vers l'autre rive où il voyait beaucoup de soldats de Lépide lui tendre les mains et arracher les palissades. Entré dans le camp et maître de tout, il traita Lépide avec la plus grande douceur : en le

saluant, il lui donna le nom de père et, bien qu'il eût lui-même en fait toute l'autorité, il continua de laisser à Lépide le titre et les honneurs de général en chef. Cette conduite généreuse détermina aussi Munatius Plancus [44], qui campait non loin de là avec des troupes considérables, à venir se joindre à lui. Ainsi renforcé, il repassa les Alpes et rentra en Italie à la tête de dix-sept légions et de dix mille cavaliers ; en outre, il avait laissé six légions pour garder la Gaule, sous les ordres d'un certain Varius, un de ses amis et son compagnon de beuverie, qu'on surnommait Cotylon [45].

19. César cependant n'écoutait plus Cicéron qu'il voyait attaché à la liberté et faisait faire à Antoine < et Lépide >, par ses amis, des propositions d'accommodement. S'étant donc assemblés tous les trois dans une petite île au milieu d'une rivière [46], ils délibérèrent durant trois jours. Sur presque tout ils s'accordèrent sans heurt, se partageant tout l'empire comme un héritage paternel, mais leur désaccord sur les hommes à éliminer leur causa mille problèmes, chacun prétendant faire périr ses ennemis et sauver ses proches. A la fin, sacrifiant à leur colère contre ceux qu'ils haïssaient jusqu'au respect des liens du sang et aux sentiments d'amitié, César livra Cicéron à Antoine et Antoine lui livra Lucius César, son oncle maternel ; on accorda aussi à Lépide la tête de son frère, Paulus [47]. Toutefois quelques-uns prétendent que Lépide leur livra Paulus dont ils exigeaient la mort et le leur sacrifia. Rien, à mon sens, ne se fit jamais de plus inhumain ni de plus féroce que cet échange, car, en compensant ainsi le meurtre par le meurtre, ils tuaient ceux qu'ils livraient tout autant que ceux qu'on leur accordait et leur iniquité était plus grande à l'égard de leurs amis qu'ils faisaient périr sans même les haïr.

20. Lors de ces accords, les soldats qui les entouraient demandèrent à César de sceller cette amitié par un mariage en épousant Clodia [48], la fille de Fulvie, qui était la femme d'Antoine. Ce point entériné aussi, ils firent mettre à mort trois cents proscrits. Cicéron égorgé, Antoine exigea qu'on lui coupât la tête et la

main droite, avec laquelle il avait écrit ses discours contre lui. Quand on les lui eut apportées, il les considéra avec ravissement et, dans les transports de sa joie, éclata plusieurs fois de rire. Puis, après s'être repu de cet horrible spectacle, il les fit placer au Forum, au-dessus de la tribune : il s'imaginait ainsi outrager le mort, au lieu qu'il n'outrageait que sa propre Fortune et déshonorait son pouvoir aux yeux de tous. Son oncle, César, se voyant recherché et poursuivi, se réfugia chez sa sœur. Et elle, comme les meurtriers se présentaient et voulaient entrer de force dans sa chambre, se tint à la porte, les bras écartés, et leur cria plusieurs fois : « Vous ne tuerez point Lucius César, qu'auparavant vous ne m'ayez égorgée, moi, la mère de votre général. » Grâce à cette attitude, elle déroba son frère aux coups et le sauva [49].

21. La domination des triumvirs pesait sur bien des points aux Romains, mais on s'en prenait surtout à Antoine, plus âgé que César et plus puissant que Lépide, et qui avait replongé dans sa vie ordinaire de plaisir et de débauches dès qu'il s'était débarrassé du fardeau des affaires. S'ajoutait à cette mauvaise réputation la haine violente que lui valut la maison où il habitait, qui avait appartenu au grand Pompée, un homme qui ne s'était pas moins fait admirer par sa tempérance, sa vie rangée et proche du peuple que par ses trois triomphes. On ne pouvait voir sans indignation cette maison le plus souvent fermée aux chefs, aux généraux et aux ambassadeurs, qu'on refoulait outrageusement, et remplie au contraire de mimes, de faiseurs de tours et de flatteurs avinés, pour lesquels il engloutissait la plupart des sommes qu'il se procurait par les violences les plus odieuses. Car ce n'était point assez pour ces hommes de vendre les biens de ceux qu'ils faisaient tuer en accusant encore leurs proches, ni de faire donner tous les genres d'impôts : informés qu'il y avait chez les Vestales des dépôts faits par des étrangers et des citoyens, ils osèrent aller les prendre ! Comme rien n'était capable d'assouvir la cupidité

d'Antoine, César demanda à partager avec lui les revenus publics. Ils se partagèrent aussi l'armée pour aller combattre ensemble Brutus et Cassius en Macédoine et ils confièrent Rome à Lépide.

22. Lorsque, la mer traversée, ils eurent entamé la guerre et établi leur camp près des ennemis, Antoine se trouva rangé face à Cassius et César à Brutus. On ne vit rien faire de grand à César et c'est Antoine qui remportait toutes les victoires et tous les succès. A la première bataille en revanche, César, vaincu de vive force par Brutus, perdit son camp et n'échappa que de justesse à ses poursuivants. Toutefois il écrit lui-même, dans ses *Mémoires,* que, d'après le songe d'un ami, il s'était retiré avant le combat. Antoine défit Cassius : certains ont écrit cependant qu'il n'avait pas assisté à la bataille et qu'il ne s'y était joint qu'après la victoire, alors qu'on poursuivait l'ennemi. Cassius, mêlant prières et ordres, se fit égorger par Pindarus, un de ses fidèles affranchis, car il ignorait que Brutus était vainqueur. A peu de jours d'intervalle il se livra un deuxième combat dans lequel Brutus, vaincu, se donna la mort [50]. C'est Antoine qui tira de cette victoire le plus d'honneur, car César était alors malade. Arrêté près du corps de Brutus, il lui adressa quelques reproches au sujet de la mort de son frère Gaïus (Brutus l'avait fait périr en Macédoine pour venger la mort de Cicéron), ajoutant néanmoins qu'il reprochait bien plus à Hortensius qu'à Brutus l'égorgement de son frère. Aussi fit-il égorger Hortensius sur le tombeau de son frère [51], tandis que, pour Brutus, il jeta sur son corps son manteau de pourpre, qui était d'un grand prix, et ordonna à un de ses affranchis de veiller aux funérailles. Dans la suite, ayant appris que cet homme n'avait pas brûlé le manteau de pourpre et qu'il avait soustrait une grande partie de la somme assignée pour les obsèques, il le fit mourir.

23. Après cette victoire, César se fit porter à Rome, où la faiblesse de sa santé donnait à penser qu'il ne vivrait pas longtemps. Quant à Antoine, voulant lever des contributions dans toutes les provinces de

l'Orient, il passa en Grèce avec une armée nombreuse. Car, comme les triumvirs avaient promis cinq mille drachmes à chacun de leurs soldats, ils avaient besoin de faire rentrer de l'argent et de percevoir les impôts avec plus de rigueur. Envers les Grecs, il ne se montra d'abord ni extravagant ni grossier ; au contraire, il prenait plaisir à écouter des conférences de lettrés, à assister à des concours et à des cérémonies d'initiation. Il rendait la justice avec équité et il aimait à s'entendre appeler ami des Grecs et, plus encore, ami des Athéniens, et il fit à cette cité des présents considérables. Les Mégariens, voulant rivaliser avec Athènes en lui montrant quelque chose de beau, l'invitèrent à venir voir leur palais du Conseil ; il y monta, le visita et, comme ils lui demandaient comment il le trouvait : « Petit, répondit-il, et menaçant ruine. » Il fit aussi prendre la mesure du temple d'Apollon Pythien [52] dans l'intention de l'achever : il en avait en effet fait la promesse au sénat.

24. Mais lorsque, laissant à Lucius Censorinus le gouvernement de la Grèce, il fut passé en Asie et eut commencé à goûter les richesses de cette province, lorsqu'il eut vu des rois venir à sa porte et des épouses royales rivaliser de présents et de charme, prêtes à lui céder, alors qu'à Rome César s'usait dans les séditions et les guerres, lui, au sein du loisir et de la paix, s'abandonna à ses passions et revint à sa vie coutumière. Des joueurs de cithare, comme Anaxénor, des joueurs de flûte comme Xothos, Métrodore, un danseur, puis toute une troupe d'artistes asiatiques du même genre, qui surpassaient en effronterie et plaisanteries grossières les fléaux qu'il avait amenés d'Italie, affluèrent à sa cour et la régentèrent : la situation devint insupportable, tout le monde voulant aller dans ce sens, et l'Asie entière, semblable à la ville dont parle Sophocle, était pleine tout à la fois des fumées d'encens

> Mais aussi de péans et de gémissement [53].

C'est ainsi qu'il entra dans Éphèse précédé par des

femmes déguisées en bacchantes et des hommes et enfants déguisés en Pans et en satyres. Ce n'était dans toute la ville que lierre, thyrses, psalterions, syrinx et flûtes. Et on appelait Antoine Dionysos Donneur de joie *(Charidotès)* et Doux comme miel *(Meilichios)*. Il l'était bien en effet pour quelques-uns, mais pour le plus grand nombre, c'était Dionysos Carnassier *(Omestès)* et Sauvage *(Agriônios)* [54]. Il dépouillait de leurs biens des hommes distingués par leur naissance pour en gratifier des vauriens et des flatteurs, qui demandaient souvent le bien de personnes vivantes comme si elles étaient mortes et l'obtenaient. Il donna, dit-on, la maison d'un citoyen de Magnésie à un cuisinier qui n'avait pour gloire qu'un seul repas. Enfin il imposa aux villes un second tribut ; c'est alors que l'orateur Hybréas, parlant au nom de l'Asie, osa lui dire, dans le genre oratoire qui convenait aux goûts d'Antoine [55] : « Si tu as le pouvoir d'exiger de nous deux tributs par an, as-tu donc aussi celui de nous donner deux étés et deux automnes ? » Puis, comme l'Asie avait déjà payé deux cent mille talents : « Ces sommes, dit-il, si tu ne les as pas reçues, réclame-les à ceux qui les ont reçues ; mais si, les ayant reçues, tu ne les as plus, c'en est fait de nous. » Cette parole d'Hybréas fit faire à Antoine un retour sur lui-même, car il ignorait la plupart des choses qui se faisaient, moins par indolence que sous l'effet d'une simplicité qui le portait à se fier à son entourage. Il entrait en effet dans son caractère de la simplicité et de la lenteur d'esprit, mais quand il s'apercevait des fautes commises, il s'en repentait vivement et les reconnaissait devant ceux-là mêmes qui en avaient souffert. Il avait de la grandeur dans les récompenses comme dans les punitions, mais il semblait dépasser davantage la mesure dans ses faveurs que dans les châtiments. L'insolence de ses plaisanteries et de ses railleries portait en elle-même son remède, car il permettait qu'on lui rendît ses railleries avec la même insolence et il ne prenait pas moins de plaisir à être moqué qu'à se moquer. Et c'est là ce qui gâta le plus souvent ses affaires. Car, comme il était persuadé que ceux qui montraient tant de franc-parler dans la plaisanterie ne pouvaient le flatter quand ils étaient sérieux, il se laissait aisément prendre à leurs louanges, faute de savoir que certains mêlaient la franchise à leurs flatteries comme un assaisonnement un peu âpre propre à prévenir la satiété et, par la hardiesse de leur bavardage, travaillaient à lui faire croire que, quand ils lui cédaient et l'approuvaient dans les affaires importantes, c'était, non pour lui complaire, mais parce qu'ils s'inclinaient devant la supériorité de son intelligence [56].

25. Antoine, avec un tel caractère, reçut le coup de grâce quand vint s'y ajouter l'amour pour Cléopâtre qui éveilla et déchaîna en lui beaucoup de passions encore cachées et endormies et acheva d'éteindre et d'étouffer ce que, malgré tout, il pouvait lui rester de bon et de salutaire. Voici comment il fut pris. Au moment d'entreprendre la guerre contre les Parthes, il manda à Cléopâtre de venir le trouver en Cilicie pour s'y justifier d'avoir donné beaucoup d'argent à Cassius et d'avoir contribué à la guerre [57]. Dellius, l'homme qu'il envoya, n'eut pas plus tôt vu son allure et relevé l'habileté et la rouerie qu'elle déployait dans la conversation, qu'il sentit bien qu'Antoine ne voudrait jamais faire le moindre mal à une telle femme et qu'elle aurait la plus grande influence sur lui. Il s'attache donc à faire sa cour à l'Égyptienne et à la pousser, selon le mot d'Homère, à « aller en Cilicie, pompeusement parée [58] » sans craindre Antoine, qui était le plus agréable et le plus humain des généraux. Et elle, convaincue, et s'appuyant sur les liaisons que sa beauté lui avait permis de nouer précédemment avec César et avec Cnaeus, le fils de Pompée [59], comptait bien séduire Antoine plus facilement. Car les premiers ne l'avaient connue que toute jeune et encore sans expérience des affaires, au lieu qu'elle allait fréquenter Antoine à l'âge où la beauté des femmes est dans tout son éclat et leur esprit dans toute sa force [60]. Aussi prépara-t-elle beaucoup de

présents et d'argent, et tout l'apparat qu'on pouvait attendre dans la haute situation et avec le royaume florissant qui étaient les siens, mais c'était sur elle-même, sur ses charmes et ses philtres, qu'elle fondait ses plus grandes espérances lorsqu'elle alla trouver Antoine.

26. Elle recevait beaucoup de lettres, de lui comme de ses amis, qui l'appelaient, mais elle fit si peu de cas et se moqua si bien d'Antoine qu'elle remonta le Cydnus [61] sur un navire à la poupe d'or, avec des voiles de pourpre largement déployées et des rames d'argent, dont le mouvement était cadencé au son de la flûte marié à celui des syrinx et des cithares. Elle-même était étendue sous un dais brodé d'or, parée comme l'est Aphrodite sur les tableaux, tandis que des enfants, ayant pris l'apparence des Amours des tableaux, l'encadrant, debout, l'éventaient. Pareillement, les plus belles de ses servantes, portant les costumes des Néréides et des Grâces, étaient, les unes au gouvernail, les autres au cordage. De merveilleuses odeurs, exhalées par de nombreux parfums, embaumaient les rives. Et les gens, pour les uns, l'accompagnaient de chaque côté depuis l'embouchure du fleuve, pour les autres, descendaient de la ville voir le spectacle. Et la foule qui était sur la place publique se répandait au-dehors, si bien qu'Antoine finit par rester seul sur son tribunal et un bruit se répandit partout que c'était Aphrodite qui était venu faire la fête avec Dionysos pour le bonheur de l'Asie [62]. Il l'envoya donc prier à dîner, mais elle lui demanda de venir plutôt chez elle ; et Antoine, pour lui montrer sa complaisance et son urbanité, obtempéra sur-le-champ et y alla. Il trouva là des préparatifs qui dépassent toute expression, mais il fut surtout frappé par la multitude des lumières. Il y en avait tant, dit-on, suspendues et brillant de toutes parts à la fois, disposées entre elles de telles façons, soit droites soit inclinées, et formant des figures carrées et circulaires, que, de tous les spectacles magnifiques et qui valent d'être contemplés, il en est peu qui soient comparables à celui-là.

27. Le lendemain, Antoine, la traitant à son tour, se piqua de la surpasser en goût et en magnificence, mais se trouvant inférieur et vaincu sur ces deux points, il fut le premier à railler la mesquinerie et la grossièreté de son festin. Cléopâtre, voyant par ses plaisanteries tout ce qu'il y avait en Antoine de soudard vulgaire, le traita dès lors dans le même style, sans gêne et hardiment. Et de fait sa beauté en elle-même n'était pas, dit-on, incomparable ni susceptible d'éblouir ceux qui la voyaient, mais son commerce avait un attrait irrésistible et son physique, joint au charme de sa conversation et aux qualités qui rendent le commerce agréable, laissait un aiguillon qui pénétrait jusqu'au vif. Quand elle parlait, le son de sa voix répandait du plaisir ; sa langue était comme un instrument à plusieurs cordes qu'elle pliait sans peine au langage qu'elle voulait, en sorte qu'il était peu de barbares avec qui elle parlât par le truchement d'un interprète [63]. A la plupart elle rendait elle-même et par elle-même sa réponse : ainsi aux Éthiopiens, aux Troglodytes [64], aux Hébreux, aux Arabes, aux Syriens, aux Mèdes et aux Parthes. Elle savait encore, dit-on, plusieurs autres langues, alors que les rois d'Égypte, ses prédécesseurs, n'avaient pas même pris la peine d'apprendre l'égyptien et que quelques-uns d'entre eux étaient allés jusqu'à oublier le macédonien.

28. Aussi s'empara-t-elle si bien de l'esprit d'Antoine [65] que, alors que sa femme, Fulvie, luttait à Rome contre César [66] pour les intérêts de son mari et que le menaçait, en Mésopotamie, l'armée des Parthes, dont les généraux du roi avaient donné le commandement en chef à Labiénus [67], et qui s'apprêtait à entrer en Syrie, lui, se laissa entraîner par Cléopâtre à Alexandrie, où il dépensa à des amusements et des badinages de jeune désœuvré la chose la plus précieuse au jugement d'Antiphon [68], le temps. Ils avaient formé une association, dite de la Vie inimitable [69], et ils se traitaient mutuellement tous les jours avec une incroyable débauche de dépenses. C'est ainsi que le médecin Philotas d'Amphissa racontait à mon

aïeul Lamprias [70] que, apprenant alors à Alexandrie son art, il avait lié connaissance avec un des cuisiniers royaux ; le jeune homme qu'il était se laissa convaincre par lui de venir voir les préparatifs somptueux du dîner ; introduit dans la cuisine, il vit, entre plusieurs autres choses, huit sangliers à la broche et s'étonna du nombre des convives ; le cuisinier se mit à rire et lui dit que les convives n'étaient pas bien nombreux, douze personnes environ, mais chaque mets devait être à point et donc servi à la minute ; or il se pouvait qu'Antoine demandât à dîner sur-le-champ, ou dans peu de temps ; mais, si cela se trouvait, il se pouvait aussi qu'il le remît à plus tard, parce qu'il avait demandé à boire ou s'était lancé dans quelque conversation ; aussi n'était-ce pas un seul souper, mais plusieurs qu'on tenait prêts dans l'ignorance où l'on était de l'heure du service. Voilà donc ce que Philotas racontait. Dans la suite, disait-il, il avait fait partie des médecins du fils aîné d'Antoine, qu'il avait eu de Fulvie, et quand celui-ci ne dînait pas avec son père, Philotas mangeait ordinairement à sa table avec ses autres familiers. Un soir qu'il y avait au nombre des convives un médecin présomptueux et qui ennuyait tous les dîneurs, il lui ferma la bouche par ce sophisme : « Il faut donner de l'eau froide à celui qui a une certaine fièvre. Or tout fiévreux a une certaine fièvre. Donc il faut donner de l'eau froide à tout fiévreux. » Comme l'autre, saisi, restait sans voix, l'enfant, ravit, rit de bon cœur et dit : « Philotas, je te fais présent de tout cela », en montrant une table couverte d'un monceau de grandes coupes. Philotas le remercia de sa bonne intention, mais il était loin de croire qu'un enfant de cet âge pût faire des cadeaux d'un tel prix. Mais, peu de temps après, il vit arriver un esclave qui lui apportait les coupes dans une grande corbeille et qui l'invita à y mettre son sceau. Comme il y répugnait et craignait d'accepter : « Pourquoi, lui dit cet homme, hésites-tu, malheureux ? Ignores-tu donc que c'est le fils d'Antoine qui te fait ce don et qu'il peut t'en offrir autant en or ? Cependant, si tu veux m'en croire, échange-nous le tout contre de l'argent ; car il se pourrait que le père regrettât quelques pièces, qui sont anciennes et recherchées pour l'excellence du travail. » Voilà ce que mon aïeul me disait avoir maintes fois entendu raconter à Philotas.

29. Cléopâtre, divisant la flatterie, non en quatre, selon l'analyse de Platon [71], mais en mille, imaginait toujours pour Antoine, qu'il fût plongé dans des affaires sérieuses ou dans des amusements, quelque plaisir, quelque agrément nouveau et ainsi le tenait sous sa coupe, ne le quittant ni jour ni nuit : elle jouait, elle buvait, elle chassait avec lui ; elle assistait à ses exercices militaires et la nuit, quand il s'arrêtait aux portes ou aux fenêtres des habitants et lançait des brocards aux gens à l'intérieur, elle courait les rues et errait avec lui costumée en servante, car lui-même tâchait de se déguiser en valet, ce qui lui attirait toujours des quolibets et souvent il avait même reçu des coups quand il rentrait, mais la plupart avait des doutes. Cependant, les Alexandrins s'amusaient de ses bouffonneries et s'associaient à ses jeux avec assez de goût et de finesse, se plaisant à dire qu'Antoine prenait le masque tragique pour les Romains et pour eux le comique. Comme il serait bien vain de rapporter la plupart de ses tours, je me bornerai à en citer un seul. Un jour qu'il pêchait à la ligne sans rien prendre, ce qui le mortifiait devant Cléopâtre, il commanda aux pêcheurs d'aller discrètement sous l'eau attacher à son hameçon des poissons qu'il avait pris auparavant et il retira ainsi deux ou trois fois sa ligne chargée d'un poisson sans tromper l'Égyptienne : elle feignit l'admiration et en parla à ses amis, puis elle les invita à revenir le lendemain voir la pêche. Quand ils furent montés en grand nombre dans les barques des pêcheurs et qu'Antoine eut jeté sa ligne, elle commanda à un de ses gens de prendre les devants et d'aller sous l'eau attacher à l'hameçon un poisson salé du Pont. Pour Antoine, persuadé d'avoir un poisson, il retira sa ligne au milieu des rires, qui, comme on

pense, avaient éclaté. Et Cléopâtre dit à Antoine : « Laisse-nous la ligne, généralissime, à nous qui régnons sur Pharos et Canope [72]. Ton gibier à toi, ce sont les villes, les rois, les continents. »

30. Pendant qu'Antoine s'amusait à ces jeux d'enfants, il reçut deux nouvelles : l'une, de Rome, qui lui mandait que Lucius, son frère, et Fulvie, sa femme, après s'être brouillés, s'étaient ensuite réunis pour faire la guerre à César, qu'ils avaient perdu la partie et fui l'Italie ; l'autre, qui n'était pas plus engageante, qui lui apprenait que Labiénus, à la tête des Parthes, était en train de subjuguer l'Asie depuis l'Euphrate et la Syrie jusqu'à le Lydie et l'Ionie. Alors, comme tiré à grand peine d'un long sommeil ou d'une profonde ivresse, il se mit en devoir de tenir tête aux Parthes et s'avança jusqu'en Phénicie. Mais, ayant reçu de Fulvie une lettre pleine de lamentations, il fit demi-tour vers l'Italie avec une flotte de deux cents navires. Durant la traversée, il recueillit ceux de ses amis qui s'étaient enfuis de Rome, lesquels lui apprirent que Fulvie avait été à l'origine de la guerre : déjà intrigante et hardie de nature, elle espérait aussi arracher Antoine des bras de Cléopâtre s'il se produisait quelque mouvement en Italie. Mais, sur ces entrefaites, Fulvie, en route pour le rejoindre, vint à mourir à Sicyone, ce qui rendit beaucoup plus facile la réconciliation avec César, car, dès qu'Antoine eut abordé en Italie, dès qu'on vit que César ne lui faisait aucun reproche et que lui-même rejetait sur Fulvie tous les torts qu'on lui imputait, leurs amis, sans leur laisser le temps d'approfondir leurs sujets de mécontentement, les remirent en bonne intelligence et firent entre eux un nouveau partage de l'empire avec la mer Ionienne pour borne, assignant à Antoine les provinces de l'Orient, à César celles de l'Occident et laissant l'Afrique à Lépide ; puis ils convinrent que, quand ils ne voudraient pas exercer eux-mêmes le consulat, ils y nommeraient à tour de rôle leurs amis [73].

31. Ces accords, qui paraissaient bons, réclamaient une garantie plus solide, que la Fortune leur offrit.

César avait une sœur, nommée Octavie, qui était son aînée et qui n'était pas de la même mère que lui : elle était fille d'Ancharia et César était né plus tard, d'Attia. Il aimait tendrement sa sœur qui était, dit-on, une merveille de femme. Celle-ci, comme son mari, Marcellus, venait de mourir, se trouvait donc veuve, et, depuis la mort de Fulvie, Antoine lui-même passait pour veuf, car s'il ne niait point sa liaison avec Cléopâtre, il ne se reconnaissait pas comme marié avec elle : sur ce point du moins sa raison lui faisait encore combattre sa passion pour l'Égyptienne. Tout le monde poussait à ce mariage, dans l'espérance qu'Octavie, qui joignait gravité et intelligence à une grande beauté, une fois unie à Antoine et fixant sa tendresse, comme il était vraisemblable pour une telle femme, serait pour les deux rivaux une garantie de leur situation et un trait d'union entre eux. Ce projet agréé par l'un et l'autre, ils retournèrent à Rome et célébrèrent les noces d'Octavie, bien que la loi défendît de se remarier moins de dix mois après la mort du mari, mais un décret du sénat les dispensa de ce délai [74].

32. Comme Sextus Pompée [75] occupait la Sicile, ravageait l'Italie et, avec un grand nombre de vaisseaux corsaires que commandaient le pirate Lénas et Ménécratès, avait rendu la mer impraticable à la navigation, comme, par ailleurs, il semblait avoir un comportement plein d'humanité avec Antoine (il avait accueilli sa mère au moment où elle s'était enfuie de Rome avec Fulvie), ils décidèrent de se réconcilier aussi avec lui. Ils se réunirent sur la pointe du promontoire de Misène. Pompée y avait sa flotte à l'ancre et les deux triumvirs leurs armées de terre rangées en face. Après qu'ils furent convenus que Pompée, maître de la Sardaigne et de la Sicile, devait purger la mer des pirates et envoyer à Rome une certaine quantité de blé, ils s'invitèrent mutuellement à dîner. Le tirage au sort auquel ils procédèrent désigna Pompée pour être le premier à les régaler. Antoine lui ayant demandé où ils dîneraient : « Là, répondit Pompée en

montrant sa galère amirale à six rangs de rames, car c'est la seule maison paternelle qu'on ait laissée à Pompée. » C'était là un reproche indirect à Antoine, puisque c'est lui qui occupait à Rome l'ancienne maison de Pompée, son père. Ayant donc mis son navire à l'ancre et jeté une passerelle du promontoire à son bord, il les reçut avec empressement. Au beau milieu de la réunion, alors que fusaient les railleries sur Antoine et Cléopâtre, le pirate Ménas s'approcha de Pompée et lui dit, de manière à n'être entendu que de lui : « Veux-tu que je coupe les câbles des ancres et que je te rende maître non seulement de la Sicile et de la Sardaigne, mais de tout l'empire romain ? » Pompée, à ces mots, réfléchit un court moment en lui-même, puis répondit : « Ménas, il aurait fallu faire la chose sans m'en prévenir. Maintenant contentons-nous de notre fortune présente ; car le parjure n'est pas mon fait. » Et après avoir été régalé à son tour par les deux autres, il remit le cap sur la Sicile.

33. Après ces accords, Antoine envoya Ventidius [76] en avant en Asie pour arrêter les progrès des Parthes ; et lui-même, pour complaire à César, consentit à être nommé prêtre du premier César [77]. Dès lors ils traitèrent en commun et amicalement les affaires politiques les plus importantes, mais dans leurs confrontations ludiques, quand ils se mesuraient au jeu, Antoine avait toujours le désagrément de se voir vaincu par César. Il avait avec lui un devin d'Égypte, de ceux qui tirent l'horoscope ; cet homme, soit qu'il voulût plaire à Cléopâtre, soit qu'il parlât à Antoine avec sincérité, lui déclarait sans ambages que sa fortune, toute grande, toute éclatante qu'elle était, était éclipsée par celle de César et il lui conseillait de mettre le plus de distance possible entre le jeune homme et lui. « Ton Génie, lui disait-il, tremble devant le sien : fier et hautain quand il est seul, il devient devant le sien plus modeste et plus humble. » Et vraiment, ce qui se passait semblait témoigner en faveur de l'Égyptien, car, toutes les fois, dit-on, qu'Antoine s'amusait à tirer quelque chose au sort ou

à jouer aux dés, il s'en allait vaincu. Souvent il faisait se battre des cailles et souvent aussi des coqs de combat : ceux de César triomphaient. Antoine, secrètement blessé, commençait à écouter davantage l'Égyptien et il quitta l'Italie, laissant ses affaires personnelles aux mains de César ; et il emmenait avec lui jusqu'en Grèce sa femme Octavie, dont il avait eu une fille [78]. Il passait l'hiver à Athènes [79] quand on lui annonce les premiers succès de Ventidius, qui avait défait les Parthes en bataille rangée et tué Labiénus et Phranipatès, le plus habile des généraux d'Orodès [80]. A cette occasion, il offrit aux Grecs des banquets et se chargea à Athènes de la fonction de gymnasiarque : laissant chez lui tous les insignes du commandement, il s'avançait en manteau et sandales blanches avec la baguette de gymnasiarque et il séparait les jeunes gens en les attrapant par le cou [81].

34. Sur le point de partir à la guerre, il prit une couronne à l'olivier sacré [82] et, pour obéir à un oracle, il remplit un vase d'eau de la Clepsydre [83] et l'emporta avec lui. Pendant ce temps, Ventidius, tombant sur Pacoros, le fils du roi des Parthes, qui marchait à nouveau contre la Syrie à la tête d'une puissante armée, le met en déroute dans la Cyrrhestique [84] et fait beaucoup de morts, au nombre desquels Pacoros tomba dans les premiers. Cet exploit, parmi les plus fameux, procura aux Romains une vengeance complète des malheurs du temps de Crassus et refoula à l'intérieur de la Médie et de la Mésopotamie les Parthes, défaits dans trois combats consécutifs. Ventidius renonça à poursuivre les Parthes plus loin de peur d'exciter la jalousie d'Antoine. Il se borna à aller soumettre les peuples qui s'étaient révoltés et il assiégea Antiochos, roi de Commagène, dans la ville de Samosate [85]. Comme celui-ci lui offrait mille talents et promettait d'obéir aux ordres d'Antoine, il l'invita à envoyer faire des propositions à Antoine, qui déjà était tout proche dans sa marche et n'entendait pas laisser Ventidius faire la paix avec Antiochos, pour qu'au moins une des actions de la guerre portât son nom et que tous les

succès ne fussent pas dus à Ventidius. Mais le siège traînait en longueur et les assiégés, qui avaient perdu tout espoir d'accommodement, résolurent de se défendre et Antoine, n'arrivant à rien et pris de honte et de repentir, se trouva trop heureux de conclure la paix avec Antiochos pour trois cents talents. Après avoir réglé en Syrie quelques affaires peu importantes, il retourna à Athènes et, ayant rendu à Ventidius les honneurs qui lui étaient dus, il l'envoya à Rome pour le triomphe. Ventidius est, jusqu'à nos jours, le seul général romain à avoir triomphé des Parthes. De naissance obscure, il dut à l'amitié d'Antoine l'occasion de se signaler par des actions d'éclat, et il sut si bien en profiter qu'il confirma le mot qu'on disait d'Antoine comme de César, qu'ils étaient plus heureux quand ils faisaient la guerre par leurs lieutenants que quand ils la faisaient en personne. Et en effet Sossius, lieutenant d'Antoine, eut de grands succès en Syrie et Canidius [86], qu'il avait laissé en Arménie, vainquit les Arméniens, les rois des Ibériens et des Albans et s'avança jusqu'au Caucase : tous exploits qui augmentaient, parmi les barbares, la gloire et le renom de la puissance d'Antoine.

35. Lui-même, irrité de nouveau contre César par certains rapports calomnieux [87], cingla vers l'Italie avec trois cents vaisseaux. Les habitants de Brindes ayant refusé l'entrée de leur port à sa flotte, il alla mouiller à Tarente. Là Octavie (elle était venue de Grèce avec lui) est, sur sa demande, envoyée à son frère ; elle était alors enceinte après lui avoir déjà donné une seconde fille. Elle alla donc à la rencontre de César sur la route, ayant pris avec elle deux amis de son frère, Mécène et Agrippa ; elle multiplia au cours de leur entrevue prières et supplications, afin qu'il ne la laissât pas, après avoir été la plus heureuse des femmes, devenir la plus malheureuse. Maintenant en effet, tout le monde avait les yeux fixés sur elle, comme étant la femme d'un des deux maîtres du monde et la sœur de l'autre. « Or, si le pire venait à l'emporter, poursuivit-elle, et que la guerre s'allumât,

on ne sait à qui des deux le destin réserve la victoire ou la défaite, mais, pour moi, dans les deux cas, il n'y a que malheur. » César, attendri par ces mots, se rendit à Tarente dans des dispositions pacifiques. C'était un magnifique spectacle pour l'assistance que de voir, sur terre une nombreuse armée, immobile, et, près du rivage, une flotte puissante qui ne bougeait pas, tandis que les chefs et les amis des deux partis se rencontraient en de cordiales entrevues. Le premier, Antoine reçut à dîner César, qui avait concédé aussi cela à sa sœur. Après qu'ils furent convenus que César donnerait à Antoine deux légions pour la guerre contre les Parthes et Antoine cent navires à éperon d'airain à César, Octavie demanda en outre, à son mari vingt navires légers pour son frère, et à son frère, mille hommes pour son mari. Les deux hommes s'étant séparés sur cet accord, César alla incontinent faire la guerre à Pompée pour reconquérir la Sicile et Antoine, après lui avoir confié Octavie avec ses deux enfants, ainsi que ceux qu'il avait eus de Fulvie [88], reprit la route de l'Asie.

36. Mais la funeste calamité qu'était son amour pour Cléopâtre [89], en sommeil depuis longtemps et qui semblait endormi et adouci par de plus sages conseils, reprit vigueur et audace dès qu'il approcha de la Syrie et, à la fin, comme le dit Platon, le coursier indocile de son âme ayant jeté à bas toute pensée noble et salutaire [90], il envoya à Alexandrie Fonteius Capito [91] pour ramener Cléopâtre en Syrie. Quand elle arriva, il la combla de cadeaux et de présents qui n'avaient rien de chiche ni de mesquin : la Phénicie, la Coelé Syrie [92], Chypre et une grande partie de la Cilicie, et encore la province de Judée qui produit le baume et toute la partie de l'Arabie des Nabatéens qui touche à la mer Extérieure [93]. Ces dons furent les plus lourds au cœur des Romains, et cependant il gratifiait de tétrarchies et de vastes royaumes bien des gens qui n'étaient que de simples particuliers ; beaucoup à l'inverse étaient dépouillés de leur royaume, entre autres Antigonos le Juif [94], qu'il fit même décapiter

publiquement, supplice que jusque-là aucun roi n'avait jamais subi. Mais ce qui poignait le plus le cœur des Romains, c'était le scandale des honneurs prodigués à Cléopâtre et il alimenta encore les griefs contre lui en reconnaissant les jumeaux qu'elle lui avait donnés et en nommant, l'un Alexandre, et l'autre, Cléopâtre, avec, comme surnoms, Hélios pour l'un, et Séléné pour l'autre. Et, comme il excellait à enjoliver les actions, les choses honteuses, il disait que la grandeur de l'empire romain ne paraissait pas tant dans leurs conquêtes que dans leurs présents ; que la noblesse de sang se propageait par les successions et la procréation de nombreux rois et que c'était ainsi que le premier auteur de sa race avait été engendré par Héraclès [95], qui n'avait pas fait assurer sa descendance par un seul ventre et, n'ayant pas à craindre des lois soloniennes [96] ni des vérifications pour les grossesses, s'en était remis à la nature pour laisser après lui les semences et le fondement de multiples lignées.

37. Après que Phraate eut tué son père Orodès et se fut emparé du trône, un nombre non négligeable de Parthes l'abandonnèrent, entre autres Monaisès, un homme illustre et puissant, qui vint se réfugier auprès d'Antoine et Antoine, rapprochant la fortune de Monaisès de celle de Thémistocle et mettant sa propre magnificence et sa générosité en balance avec celles des rois de Perse, lui fit présent de trois villes, Larissa, Aréthuse et Hiérapolis, l'ancienne Bambycè. Et lorsque le roi des Parthes eut donné des assurances à Monaisès, Antoine le laissa partir volontiers, comptant bien berner Phraate en lui faisant miroiter une paix future et se bornant à lui demander la restitution des enseignes prises à Crassus [97] et des prisonniers survivants. Lui-même renvoya Cléopâtre en Égypte et se mit en marche par l'Arabie et l'Arménie, où il fut rejoint par ses troupes et par celles des rois, ses alliés (ils étaient très nombreux, mais le plus puissant de tous était Artavasdès, roi d'Arménie, qui amenait six mille cavaliers et sept mille fantassins [98]). Alors il passa en revue son armée, forte de soixante mille

hommes d'infanterie, tous Romains, et de dix mille cavaliers, Ibères et Celtes enrôlés sous les enseignes romaines. Il y avait, en outre, trente mille hommes pour les autres nations, y compris la cavalerie et les troupes légères. Pourtant un si grand déplacement de forces, qui jeta l'effroi jusque parmi les Indiens au-delà de Bactres et fit trembler l'Asie entière, ne lui rapporta rien, par la faute, dit-on, de Cléopâtre : impatient d'aller passer l'hiver avec elle, il aurait commencé la guerre hors de saison [99] et agi en brouillon. Incapable de faire usage de sa raison et comme charmé par quelque breuvage ou quelque sorcellerie, il avait sans cesse les regards tournés vers elle, plus occupé d'accélérer son retour auprès d'elle que de vaincre l'ennemi.

38. Et d'abord, au lieu d'hiverner en Arménie, comme il l'aurait dû, pour rafraîchir son armée fatiguée par une marche de huit mille stades [100], puis d'aller, aux premiers jours du printemps et avant que les Parthes eussent quitté leurs quartiers d'hiver, s'emparer de la Médie, Antoine ne souffrit pas d'attendre, se mit aussitôt en route en laissant l'Arménie à sa gauche et se jeta sur l'Atropatène [101], qu'il ravagea. Puis, alors qu'il faisait suivre sur trois cents chariots toutes les machines nécessaires (entre autres, un bélier de quatre-vingts pieds de long), dont aucune, si elle avait été endommagée, n'eût pu être refaite à temps, parce que les provinces de la haute Asie produisent un bois impossible à tailler en longueur et mou, regardant dans sa hâte ces machines comme un obstacle à la rapidité de sa marche, il les laissa en chemin sous la garde d'un corps de troupes et de Statianus, qui commandait le convoi, et lui-même alla mettre le siège devant Phraata [102], ville considérable où étaient les femmes et les enfants du roi de Médie. Mais, à l'usage, il eut tôt fait de comprendre la faute qu'il avait commise en laissant derrière lui ses machines ; et, au moment d'attaquer, il fit dresser contre la ville une levée qui coûta beaucoup de temps et de peine. Cependant Phraate descendait avec

une puissante armée et, ayant appris l'abandon des chariots qui portaient les machines, il envoya un corps de cavalerie nombreux pour s'en emparer. Ils enveloppèrent Statianus, qui fut tué lui-même, en même temps que dix mille hommes de son détachement. Les barbares se saisirent des machines et les détruisirent ; ils firent aussi un nombre impressionnant de prisonniers, parmi lesquels se trouvait le roi Polémon [103].

39. Antoine et les siens, comme on peut penser, furent vivement affligés de cet échec, qu'ils éprouvaient, contre toute attente, au commencement de l'entreprise ; et le roi d'Arménie Artavasdès, désespérant de la situation des Romains, se retira avec ses troupes, bien qu'il eût été le principal artisan de la guerre. Les Parthes se présentèrent alors fièrement devant les assiégeants, multipliant les menaces insolentes, et Antoine, qui ne voulait pas, en laissant ses troupes dans l'inaction, voir persister et s'accroître leur découragement et leur abattement, prit dix légions, trois cohortes prétoriennes d'infanterie et toute sa cavalerie et il les mena s'approvisionner en fourrages, persuadé que ce serait le moyen le plus sûr d'attirer l'ennemi et d'en venir à une bataille rangée. Après une journée de marche, quand il vit les Parthes se répandre autour de lui et chercher à tomber sur ses troupes en chemin, il fit d'abord élever dans son camp le signal de la bataille, mais ensuite, il fit plier les tentes comme s'il ne voulait pas combattre, mais se retirer, et il passa devant l'armée des barbares disposée en forme de croissant, après avoir commandé à sa cavalerie de s'élancer sur eux dès que les premiers bataillons ennemis sembleraient à portée d'être chargés par l'infanterie. Les Parthes, rangés en bataille vis-à-vis, ne pouvaient se lasser d'admirer l'ordonnance de l'armée des Romains et ils les regardaient passer, rangés à intervalles réguliers, en bon ordre et en silence, leurs javelots brandis. Lorsque le signal du combat eut été donné et que la cavalerie, tournant bride, eut chargé en poussant de grands cris, les barbares reçurent le choc avec vigueur, quoiqu'ils fussent

trop près pour tirer des traits, mais l'attaque des fantassins, accompagnée à la fois de grands cris et du cliquetis des armes, effraya les chevaux des Parthes, qui se cabrèrent, et les cavaliers eux-mêmes, sans attendre d'en venir aux mains, prirent la fuite. Antoine s'attacha vivement à leur poursuite dans l'espérance que ce seul combat leur permettrait d'en finir avec la guerre ou, du moins, de faire l'essentiel. Mais, après une poursuite, pour l'infanterie d'environ cinquante stades, et pour la cavalerie, trois fois plus longue, lorsqu'ils examinèrent ceux des ennemis qui étaient tombés au combat et ceux qui avaient été pris, ils ne trouvèrent que trente prisonniers et quatre-vingts morts. Ce fut alors un découragement et un désespoir général, car ils trouvaient terrible que la victoire leur eût fait tuer si peu de monde alors qu'une défaite devait leur coûter des pertes aussi lourdes que lors de la prise des chariots. Le lendemain ils plièrent bagage et reprirent le chemin de Phraata et du camp. Ils rencontrèrent d'abord dans leur marche une poignée d'ennemis, puis davantage, puis, enfin, l'armée entière, qui, comme des troupes invaincues et fraîches, les défiaient et les harcelaient de tous côtés, ce qui rendit leur retour pénible et laborieux. Cependant les Mèdes avaient fait une sortie contre la levée de terre et mis en fuite ceux qui la gardaient. Antoine, furieux, employa pour punir les lâches le châtiment dit de la décimation : il les partagea par dizaines, puis il fit mettre à mort dans chacune un homme désigné par le sort ; quant aux autres, il leur fit donner pour nourriture des rations d'orge au lieu de blé.

40. La guerre était terrible pour les deux camps, mais la suite s'annonçait plus terrible encore. Antoine prévoyait une famine, car il ne pouvait sortir se ravitailler sans avoir beaucoup de blessés et de morts et Phraate, de son côté, sachant les Parthes capables de tout plutôt que de camper dehors pendant l'hiver et de dormir alors à la belle étoile, craignait, si les Romains s'obstinaient à demeurer dans le pays, de voir ses troupes l'abandonner à un moment où déjà

l'air commençait à se refroidir après l'équinoxe d'automne. Il imagine donc la ruse suivante : les plus distingués d'entre les Parthes attaquèrent plus mollement les Romains au moment des approvisionnements ou dans les autres rencontres ; ils les laissaient prendre quelques vivres et louaient leur valeur, disant qu'ils étaient des guerriers hors pair et qu'ils inspiraient à leur roi une juste admiration. Puis, s'approchant davantage en faisant avancer paisiblement leurs chevaux, ils accablaient Antoine d'injures : « Alors, disaient-ils, que Phraate veut un accommodement qui épargne tant de braves, lui s'y refuse et reste là à attendre les deux ennemis puissants et redoutables que sont la famine et l'hiver, auxquels il est bien difficile d'échapper, même avec l'escorte des Parthes. » Ces propos furent rapportés à Antoine par plusieurs des siens ; mais, quelque adouci qu'il fût par cette espérance, il ne voulut pas néanmoins entrer en négociation avec le Parthe avant de savoir si ces barbares, si engageants en paroles, exprimaient bien la pensée de leur roi. Ils lui en donnèrent l'assurance et l'exhortèrent à bannir crainte et défiance. Alors il envoya quelques-uns de ses amis redemander les enseignes et les prisonniers pour ne pas avoir l'air trop heureux d'être sauvé et d'en réchapper. Le Parthe lui demanda de renoncer à ces prétentions, mais il lui promit paix et sûreté s'il se retirait sans délai. Antoine fit ses préparatifs en quelques jours et leva le camp. Il savait plus que personne être persuasif quand il parlait au peuple et avait le don inné d'entraîner une armée par l'ascendant de ses discours, mais, en cette occasion la honte et l'abattement ne lui permirent pas d'aller en personne encourager ses troupes : il chargea de ce soin Domitius Ahenobarbus [104]. Quelques-uns s'en indignèrent, prenant ce silence pour du mépris, mais le gros de la troupe en fut ému et en comprit la cause : aussi jugèrent-ils qu'ils devaient redoubler de respect et d'obéissance à l'égard de leur général.

41. Comme il se disposait à reprendre le chemin par où il était venu, qui était en plaine et sans arbres,

un homme d'origine marde [105], qui avait une longue expérience des mœurs des Parthes et qui, lors du combat pour les machines, s'était montré loyal, vint trouver Antoine et lui conseilla de faire sa retraite en prenant à droite par les montagnes plutôt que d'engager des fantassins pesamment armés dans des plaines nues et découvertes où ils seraient exposés à la cavalerie si nombreuse et aux flèches des Parthes, car c'était avec cette idée en tête que Phraate lui avait accordé des conditions si pleines d'humanité pour l'engager à lever le siège. Lui-même, s'il le voulait, serait son guide et le conduirait par un chemin plus court et mieux pourvu des ressources nécessaires. Antoine, à ce discours, délibéra : d'un côté, il ne voulait pas, après l'accord conclu, avoir l'air de se méfier des Parthes, mais, d'un autre côté, il approuvait l'idée d'abréger le trajet et de passer par des villages habités. Aussi demanda-t-il au Marde un gage de sa bonne foi. Celui-ci lui proposa de l'enchaîner jusqu'à ce qu'il eût amené l'armée en Arménie et c'est enchaîné qu'il les guida pendant deux jours sans encombres. Le troisième jour, alors qu'Antoine ne songeait à rien moins qu'aux Parthes et que, plein de confiance, il marchait sans trop de précaution, le Marde s'aperçut qu'une digue du fleuve avait été fraîchement rompue et que le chemin qu'il leur fallait prendre était entièrement inondé. Il comprit aussitôt que c'était là l'ouvrage des Parthes, qui leur suscitaient l'obstacle du fleuve afin de rendre leur marche pénible et de la retarder. Il le fit remarquer à Antoine et l'avertit de se tenir sur ses gardes, car l'ennemi était proche. En effet, à peine Antoine eut-il rangé ses troupes en ordre de bataille et disposé entre les lignes lanceurs de javelots et frondeurs en vue d'une charge contre l'ennemi que les Parthes se montrèrent et se répandirent de tous côtés, cherchant à envelopper l'armée et à y porter partout le désespoir. Mais les troupes légères les ayant chargés, les Parthes, après en avoir blessé plusieurs de leurs flèches et avoir eu au moins autant des leurs blessés par les balles de plomb et les javelots, se retirèrent.

Puis ils ne cessèrent de revenir à la charge, jusqu'au moment où la cavalerie celte en masse leur courut sus à toute bride et les dispersa si bien qu'ils ne reparurent plus de tout le jour.

42. Cette tentative des Parthes montra assez à Antoine ce qu'il devait faire : il renforça avec de nombreux lanceurs de javelots et frondeurs non seulement son arrière-garde, mais encore les deux ailes de son armée, qu'il disposa en forme de rectangle. Il avait donné ordre à sa cavalerie de repousser l'ennemi s'il revenait à la charge, mais, une fois celui-ci mis en déroute, de ne pas le poursuivre loin. De cette manière, durant les quatre jours suivants, les Parthes reçurent des Romains autant de mal qu'ils leur en firent eux-mêmes, ce qui émoussa leur ardeur, et, prenant prétexte de l'hiver, ils songeaient à se retirer. Le cinquième jour, Flavius Gallus, homme belliqueux et énergique qui avait un commandement dans l'armée, vint trouver Antoine et lui demanda davantage de troupes légères de l'arrière-garde et un certain nombre de cavaliers du front de l'armée et se fit fort ainsi d'accomplir un grand exploit. Les ayant obtenus, il repoussa les ennemis revenus à la charge, mais, au lieu de revenir progressivement, comme précédemment, vers l'infanterie en reculant, il fit face et engagea le combat avec plus de témérité. Les officiers de l'arrière-garde, le voyant coupé de l'armée, l'envoyèrent rappeler, mais il n'en eut cure. Alors le questeur Titius alla, dit-on, jusqu'à saisir les enseignes pour les faire retourner en arrière et accabla d'injures Gallus, qui était en train de faire périr sans nécessité tant de braves. Gallus lui renvoya ses injures et commanda à ses gens de demeurer. Titius se retira donc et Gallus, poussant toujours vers ceux d'en face, se trouva bientôt enveloppé par-derrière sans s'en être aperçu et, assailli de tous côtés, il envoya demander du secours. Ceux qui commandaient les légions, parmi lesquels se trouvait Canidius, homme qui avait un grand crédit auprès d'Antoine, semblent avoir commis alors une grande faute : alors qu'ils auraient dû faire

marcher leurs légions en bloc, ils n'envoyèrent qu'un faible détachement de secours, puis un second, une fois le premier battu, si bien que, sans y prendre garde, ils étaient à deux doigts de livrer le camp à la défaite et à la déroute, si Antoine en personne n'était bien vite accouru du front des troupes avec son infanterie et, bien vite, n'avait ouvert au milieu des fuyards un passage à la troisième légion, qui empêcha l'ennemi de pousser la poursuite plus avant.

43. Il ne périt pas moins de trois mille hommes et l'on ramena dans les tentes cinq mille blessés : Gallus en faisait partie ; percé de quatre flèches reçues de face, il ne se remit pas de ses blessures, mais les autres reçurent la visite d'Antoine, qui les examinait et les réconfortait, les larmes aux yeux et en proie à l'émotion la plus vive. Et eux rayonnaient en lui prenant la main et le conjuraient de se retirer, de prendre soin de lui-même et de ne pas se mettre en peine. Ils l'appelaient *Imperator* et l'assuraient que leur salut était assuré pourvu que lui-même se portât bien.

En somme, il semble qu'à cette époque aucun général en chef n'assembla une armée plus brillante par sa vaillance, son endurance ou sa vigueur [106] : elle ne le cédait pas non plus aux anciens Romains, ni par le respect et l'obéissance teintée d'affection qu'elle montrait envers son chef, ni par le prix que tous, nobles ou obscurs, officiers ou simples soldats, attachaient également à l'estime et à la faveur d'Antoine, les préférant à leur salut et à leur sûreté personnels. On en peut signaler plusieurs causes, comme nous l'avons déjà dit précédemment : la grande naissance d'Antoine, la force de son éloquence, sa simplicité, sa libéralité magnifique, l'agrément de ses plaisanteries et de son commerce. Et, en cette occasion surtout, la compassion qu'il témoignait pour les maux et les peines de ceux qui souffraient, la générosité avec laquelle il subvenait à leurs besoins, rendirent les blessés et les malades plus empressés à lui obéir que les hommes valides.

44. Cependant les ennemis, qui, fatigués, étaient

près de renoncer, virent leur ardeur si bien ranimée par cette victoire et en conçurent tant de mépris pour les Romains qu'ils passèrent même la nuit près de leur camp, escomptant bientôt mettre au pillage les tentes et les biens abandonnés par les Romains en fuite. Dès le point du jour, ils se réunirent en bien plus grand nombre et l'on dit qu'ils n'étaient pas moins de quarante mille cavaliers : le roi y avait même envoyé sa garde comme vers une victoire sûre et certaine. Quant à lui, il ne se trouva jamais en personne à aucun combat. Antoine, voulant haranguer ses soldats, demanda un vêtement sombre afin d'exciter davantage leur compassion, mais ses amis s'y opposèrent. Il sortit donc avec sa pourpre de général et il fit un discours dans lequel il loua ceux qui avaient vaincu et blâma ceux qui avaient fui. Les premiers l'exhortèrent à avoir confiance et les autres, pour se justifier, s'offrirent, à la décimation, s'il le voulait, ou à un autre châtiment, le conjurant seulement de bannir toute tristesse et tout chagrin. Alors Antoine tendit les bras vers le ciel et pria les dieux, si d'aventure la jalousie divine le poursuivait pour ses succès passés, de la faire tomber sur lui seul et d'accorder au reste de l'armée succès et victoire.

45. Le lendemain, après s'être mieux fortifiés, ils se remirent en marche et les Parthes, dans leurs attaques, subirent alors un grave mécompte : au lieu de marcher, comme ils l'imaginaient, non à un combat, mais à un pillage et à un butin assurés, ils furent accueillis par une grêle de traits et, voyant l'ennemi vigoureux, animé de l'ardeur de troupes fraîches, ils retombèrent dans le découragement. Toutefois, comme les Romains descendaient des collines en pente raide, ils lancèrent une attaque et profitèrent de la lenteur de leur marche pour les assaillir à coups de flèches. Mais les légionnaires porteurs d'un bouclier long [107], faisant volte-face, enfermèrent alors dans leurs rangs l'infanterie légère et, mettant eux-mêmes un genou en terre, se firent un écran de leurs boucliers ; ceux de derrière tinrent les leurs au-dessus de ceux du premier rang et

ainsi de suite pour les autres rangs ; cette disposition, qui évoque une toiture, offre une vision impressionnante et constitue le rempart le plus hermétique contre les flèches, qui glissent dessus. Les Parthes, prenant pour une marque de lassitude et d'épuisement des Romains ce fléchissement sur les genoux, posèrent leurs arcs et, saisissant leurs piques, s'approchèrent pour engager le combat : alors les Romains se redressèrent brusquement en poussant tous en chœur le cri de guerre et, frappant de près avec leur javelot, ils tuèrent les premiers qui se présentèrent et mirent tous les autres en fuite. Cette manœuvre se répéta les jours suivants et leur progression ne se faisait que lentement. Cependant la famine commençait à gagner l'armée, qui ne pouvait se procurer que peu de blé, et non sans combat, et manquait même d'appareils pour le moudre. La plupart avaient été abandonnés, car les bêtes de somme soit étaient à l'agonie soit servaient au transport des malades et des blessés. Le boisseau attique de blé se payait, dit-on, cinquante drachmes et les pains d'orge se vendaient leur poids en argent. Ils avaient donc recours aux légumes et aux racines, mais ils en trouvaient peu qui leur fussent familiers et ils se virent contraints d'en essayer certains auxquels ils n'avaient jamais goûté auparavant, ainsi une herbe qui rendait fou et menait à la mort. Celui qui en avait mangé perdait la mémoire : il ne reconnaissait plus rien et ne faisait autre chose que de remuer et retourner des pierres, comme s'il accomplissait là un travail méritant beaucoup d'application. Et la plaine était remplie d'hommes courbés vers la terre, déterrant des pierres et les changeant de place. Enfin, ils vomissaient de la bile et mouraient lorsque vint à manquer aussi le seul antidote à ce mal, le vin [108]. Devant tous ces morts et la présence persistante des Parthes, Antoine s'écria, dit-on, à plusieurs reprises : « O les Dix Mille ! » par un sentiment d'admiration pour les compagnons de Xénophon, qui avaient fait un trajet beaucoup plus long pour descendre de la Babylonie et s'étaient sauvés en combattant malgré des ennemis bien plus nombreux [109].

46. Les Parthes, qui ne pouvaient ni enfoncer l'armée ni rompre ses rangs, mais qui, au contraire, avaient déjà été eux-mêmes plusieurs fois battus et mis en déroute, se mêlèrent à nouveau pacifiquement à ceux qui allaient chercher du fourrage ou du blé, puis, leur montrant leurs arcs débandés, ils leur disaient qu'eux-mêmes allaient retourner sur leurs pas et qu'ils suspendaient là la lutte, qu'il y aurait bien encore quelques Mèdes qui suivraient les Romains un jour ou deux, mais sans entraver leur marche et juste pour protéger du pillage les bourgs plus écartés. Ils accompagnèrent ces paroles de salutations pleines de cordialité qui redonnèrent courage aux Romains et Antoine lui-même, à qui on rendit compte, préféra prendre le chemin de la plaine, d'autant qu'on lui avait dit qu'il ne trouverait pas d'eau s'il passait par la montagne. Il se disposait à exécuter ce plan, lorsqu'il arriva de chez les ennemis dans son camp un nommé Mithridate, cousin de Monaisès [110], qui était venu auprès d'Antoine et en avait reçu trois villes en présent. Cet homme demanda à être mis en rapport avec quelqu'un qui entendît le parthe ou le syrien : on lui amena Alexandre d'Antioche, un familier d'Antoine. Il se fit alors connaître à lui et déclara qu'il venait acquitter la dette de reconnaissance de Monaisès ; après quoi il demanda à Alexandre s'il apercevait dans le lointain une chaîne de hautes collines. Sur la réponse affirmative d'Alexandre, il reprit : « C'est au pied de ces montagnes que les Parthes vous attendent en embuscade avec toute leur armée, car elles dominent les grandes plaines et ils escomptent qu'abusés par eux vous allez vous diriger de ce côté en abandonnant le chemin de la montagne. Sur ce dernier, certes, vous aurez à endurer la soif et les fatigues, maux qui vous sont familiers, mais si Antoine s'engage sur l'autre, qu'il sache que le sort de Crassus l'y attend. »

47. Après avoir donné cet avis, il se retira. Antoine, troublé de ce rapport, assembla ses amis et le Marde

qui leur servait de guide, lequel ne pensait pas différemment du Parthe. Il savait en effet que, même sans l'ennemi, le chemin de la plaine, avec ses endroits impraticables et ses détours, était pénible et difficile à prendre, au lieu que la route escarpée, déclarait-il, n'offrait d'autre désagrément qu'une journée sans eau. Se tournant de ce côté, Antoine se mit en marche de nuit, après avoir ordonné de faire provision d'eau. Mais la plupart manquaient de récipients : c'est pourquoi plusieurs en remplirent leurs casques et d'autres des outres pour en emporter. Il était donc déjà en route quand les Parthes en sont avertis ; alors, contre leur habitude, ils se mirent à les poursuivre alors qu'il faisait encore nuit. Au lever du soleil, ils atteignirent l'arrière-garde accablée par l'insomnie et la fatigue. Ils avaient en effet parcouru deux cent quarante stades [111] dans la nuit : l'arrivée subite des ennemis, qu'ils étaient loin d'attendre, les jeta dans le découragement et les combats augmentaient leur soif, car ils devaient se défendre tout en avançant. Cependant ceux qui marchaient en tête arrivent au bord d'une rivière dont l'eau était fraîche et limpide, mais salée et toxique, car, dès qu'on en avait bu, elle provoquait de violents maux de ventre et irritait la soif. Les avertissements du Marde n'y firent rien : repoussant ceux qui voulaient les retenir, ils n'en buvaient pas moins. Antoine parcourait les rangs, les conjurant de tenir encore un peu, car il y avait non loin de là une autre rivière, potable celle-là ; ensuite, le reste du chemin étant escarpé et impraticable à la cavalerie, les ennemis se retireraient complètement. En même temps, il fit rappeler ceux qui combattaient et donna le signal du campement afin que les soldats pussent au moins profiter de l'ombre.

48. On dressait les tentes et les Parthes se retiraient aussitôt, selon leur coutume, lorsque Mithridate vint une seconde fois et, Alexandre s'étant avancé, lui conseilla de faire une courte pause et de repartir pour gagner en hâte la rivière, car les Parthes ne la passeraient pas et borneraient là leur poursuite. Alexandre,

ayant fait part de cet avis à Antoine, rapporta de sa part une grande quantité de coupes et de flacons d'or dont Mithridate prit tout ce qu'il put cacher dans ses vêtements avant de se retirer. Il faisait encore jour, lorsque les Romains levèrent le camp et se mirent en marche sans être inquiétés par l'ennemi, mais ils firent eux-mêmes de cette nuit la plus terrible et la plus effrayante qu'ils eussent encore passée. On tua et dépouilla ceux qui avaient de l'or ou de l'argent, on pilla les trésors que portaient les bêtes de somme et on finit par s'en prendre aux bagages d'Antoine, dépeçant et se partageant coupes et tables de prix. Tout le camp était dans le trouble et la confusion (on croyait à une attaque nocturne des ennemis, qui avait disloqué et mis l'armée en déroute). Alors Antoine, appelant un de ses gardes, nommé Rhamnus, lui fit jurer que, lorsqu'il l'ordonnerait, il lui passerait son épée au travers du corps et lui couperait la tête afin qu'il ne puisse ni tomber vivant entre les mains des ennemis ni être reconnu après sa mort. Ses amis fondirent en larmes, mais le Marde s'efforçait de les rassurer en affirmant que la rivière était proche. De fait une brise humide qui commençait à se faire sentir et un air plus frais qui venait vers eux rendaient la respiration plus facile ; d'ailleurs, ajoutait-il, le temps qu'avait duré leur marche correspondait à la distance, car la nuit touchait à sa fin. En même temps d'autres vinrent apprendre à Antoine que le tumulte provenait de la cupidité et de la violence de quelques soldats. Aussi, afin de rétablir l'ordre parmi ses troupes après tant d'agitation et de confusion, fit-il donner l'ordre du campement.

49. Le jour commençait à poindre et l'armée à reprendre ordre et tranquillité, quand l'arrière-garde reçut une pluie de flèches parthes. Le signal du combat fut alors donné aux troupes légères et les fantassins, se couvrant à nouveau mutuellement de leurs boucliers de la même manière, soutinrent les jets des ennemis, qui n'osaient pas les approcher. L'avant-garde, avançant ainsi peu à peu, la rivière apparut :

Antoine disposa la cavalerie sur le bord, face à l'ennemi et fit passer d'abord les malades. Déjà même les combattants pouvaient boire sans crainte et à leur aise, car les Parthes n'eurent pas plus tôt vu la rivière qu'ils débandèrent leurs arcs et exhortèrent les Romains à passer hardiment en donnant de grands éloges à leur valeur. Étant donc passés tranquillement, les Romains reprirent haleine, puis continuèrent leur marche sans trop se fier aux Parthes. Le sixième jour après ce dernier combat, ils arrivèrent au bord de l'Araxe, fleuve qui sépare la Médie de l'Arménie [112], et qui leur parut difficile à traverser à cause de sa profondeur et de sa rapidité : d'ailleurs il courait le bruit dans l'armée que les ennemis y étaient embusqués et allaient les attaquer durant la traversée. Mais quand ils furent passés sans encombre et entrèrent en Arménie, comme s'ils venaient de voir cette terre après une longue navigation, ils se prosternèrent, puis, fondant en larmes et pleins de joie, s'embrassèrent mutuellement. Comme ils traversaient un pays prospère, où, après une extrême disette, ils pouvaient se gaver de tout sans entraves, ils furent atteints d'hydropisie et de violentes coliques.

50. Là, ayant fait la revue de ses troupes, Antoine trouva qu'il avait perdu vingt mille fantassins et quatre mille cavaliers, mais, loin que tous eussent succombé sous les coups de l'ennemi, plus de la moitié étaient morts de maladie. Ils avaient mis vingt-sept jours pour venir de Phraata et battu dix-huit fois les Parthes, mais ces victoires n'avaient pas assuré un succès définitif. On vit alors d'une façon manifeste que c'était l'Arménien Artavasdès qui avait empêché Antoine de mener cette guerre à bonne fin. Car si les seize mille cavaliers qu'il avait amenés de la Médie avaient été là, avec leur armement qui se rapprochait de celui des Parthes et leur habitude de combattre contre eux, quand les Romains auraient mis en fuite les combattants, eux se seraient attachés aux fuyards, si bien qu'ils n'auraient pas pu se refaire après leur défaite et revenir si souvent à la charge. Aussi tous les Romains,

irrités, pressaient-ils Antoine de se venger de l'Arménien, mais lui, n'écoutant que sa raison, ne voulut ni lui reprocher sa trahison, ni lui témoigner moins d'affection ou d'égards avec l'armée faible et sans ressources qu'il avait. Plus tard, cependant, lors d'une nouvelle incursion en Arménie, il multiplia sollicitations et promesses pour le persuader de venir se remettre entre ses mains : alors, il le retint prisonnier et l'emmena enchaîné à Alexandrie, où il le fit servir à son triomphe. Ainsi il attrista fort les Romains en gratifiant des Égyptiens, pour l'amour de Cléopâtre, d'une pompe qui faisait l'ornement et la gloire de leur patrie. Mais cela n'eut lieu que plus tard [113].

51. Antoine, qui se hâtait malgré la rigueur de l'hiver et les neiges continuelles, perdit huit mille hommes en chemin. Lui-même descendit avec une poignée d'hommes vers la mer, jusqu'à un endroit situé entre Bérytos et Sidon (on l'appelle Bourg Blanc) et y attendit Cléopâtre ; son retard le plongea dans une angoisse éperdue et bientôt il s'abandonna à la boisson et à l'ivresse, mais il ne pouvait supporter de rester étendu : il se levait et s'élançait souvent au milieu des buveurs pour voir si elle venait. Elle débarqua enfin, apportant beaucoup de vêtements et d'argent pour les soldats. Toutefois quelques auteurs prétendent qu'elle n'apporta que les vêtements et qu'Antoine distribua aux soldats son propre argent comme s'il venait de Cléopâtre.

52. Sur ces entrefaites, il s'élève entre le roi des Mèdes et le Parthe Phraate un différend, qui commença, dit-on, à propos des dépouilles romaines et qui fit soupçonner avec effroi au Mède qu'on voulait le priver de son royaume. Il envoya donc solliciter Antoine en promettant de le seconder à la guerre avec ses troupes. Cette proposition fit concevoir à Antoine de grandes espérances (car la seule ressource qui semblait lui avoir manqué pour soumettre les Parthes, c'était d'être venu sans une cavalerie et des archers nombreux et il se la voyait adjoindre pour lui complaire et non parce qu'il l'avait demandé). Il se dis-

posa donc à remonter à travers l'Arménie et, quand il aurait rejoint le Mède sur les bords de l'Araxe, à faire de nouveau la guerre aux Parthes.

53. Cependant, à Rome, Octavie voulait s'embarquer pour aller trouver Antoine, ce que César lui permit, disent la plupart des historiens, non pour lui complaire, mais dans l'espoir que le mépris et les outrages auxquels elle serait en butte, lui fourniraient un beau motif de guerre. Arrivée à Athènes, Octavie reçut une lettre d'Antoine, qui l'invitait à attendre sur place et lui apprenait l'expédition qu'il avait projetée en haute Asie. Bien qu'elle souffrît de ce prétexte qu'elle comprenait fort bien, elle lui écrivit néanmoins pour lui demander où il voulait qu'elle fît passer ce qu'elle lui apportait ; elle lui apportait en effet une grande quantité de vêtements pour les soldats, beaucoup de bêtes de somme, d'argent et de présents pour ses officiers et ses amis ; elle lui amenait en outre deux mille hommes d'élite, équipés d'une splendide panoplie pour servir de cohortes prétoriennes. Niger, un ami d'Antoine, fut celui qu'elle envoya ; il délivra son message et y ajouta les dignes éloges qu'Octavie méritait. Cléopâtre, sentant en Octavie une rivale et craignant qu'une femme ajoutant à la dignité de son caractère et à la puissance de César une conversation et des attentions pleines de charme, ne prît sur lui un ascendant invincible, elle feignit d'éprouver elle-même de la passion pour Antoine et elle s'attacha à affaiblir son corps par un régime de famine. Toutes les fois qu'il entrait chez elle, son regard laissait voir son saisissement et, quand il la quittait, son abattement et sa langueur. Attentive à être vue souvent en larmes, elle se hâtait de les essuyer et de les cacher, comme pour les dérober : elle le faisait surtout lorsqu'elle le voyait disposé à quitter la Syrie pour monter chez le Mède. Ses flatteurs, empressés à la servir, accablaient Antoine de reproches pour la dureté et l'insensibilité avec lesquelles il faisait mourir de chagrin une pauvre femme qui ne vivait que pour lui. Octavie ne s'était unie à lui que pour des raisons politiques, à cause de

son frère, et elle jouissait du titre d'épouse, tandis que Cléopâtre, reine de tant de peuples, n'était appelée que la maîtresse d'Antoine, et elle ne refusait pas ce nom et ne s'en croyait pas déshonorée, pourvu qu'elle pût le voir et vivre avec lui ; mais s'il la chassait, elle ne survivrait pas. Ces discours finirent par attendrir et amollir si bien Antoine qu'il eut peur que Cléopâtre ne renonçât à la vie [114] et il retourna à Alexandrie, renvoyant le Mède à la belle saison malgré les bruits selon lesquels les Parthes étaient agités d'une sédition. Il remonta cependant en Médie et renouvela son amitié avec le roi en fiançant à un des fils qu'il avait eus de Cléopâtre la fille du Mède, qui était toute petite, puis il s'en retourna, déjà tout occupé de ses projets de guerre civile.

54. Octavie de retour d'Athènes, César, indigné de l'affront qu'elle semblait avoir subi, lui ordonna de prendre un logement à elle, mais elle répondit qu'elle n'abandonnerait pas la maison de son mari et dit à son frère lui-même que, s'il n'avait pas d'autre motif de faire la guerre à Antoine, elle le conjurait de ne pas s'inquiéter de ce qui la regardait personnellement, car il serait honteux d'entendre dire que les deux plus grands chefs plongeaient les Romains dans la guerre civile, l'un pour l'amour d'une femme, et l'autre par jalousie. Au reste la conduite d'Octavie confirma encore ses paroles : elle continua d'habiter la maison de son mari, comme s'il était là, et éleva avec autant de soin que de magnificence, non seulement les enfants qu'elle avait mis au monde, mais encore ceux de Fulvie, et lorsque Antoine envoyait quelqu'un de ses amis soit pour briguer des charges soit pour poursuivre des affaires, elle le recevait chez elle et l'aidait à obtenir de César ce qu'il sollicitait. En agissant ainsi, elle faisait sans le vouloir beaucoup de tort à Antoine, car ses injustices envers une telle femme le faisaient détester. Il se fit détester aussi par le partage qu'il fit à Alexandrie entre ses enfants et qui apparut comme une manifestation arrogante et antiromaine. Ayant assemblé au gymnase une multitude immense et fait

dresser sur une estrade d'argent deux trônes d'or, l'un pour lui-même, l'autre pour Cléopâtre, ainsi que d'autres, plus bas, pour les enfants, il déclara d'abord Cléopâtre reine d'Egypte, de Chypre, de Libye et de Coelé Syrie, et associa à son règne Césarion, qui passait pour le fils du premier César, qui avait quitté Cléopâtre enceinte. Il conféra ensuite le titre de rois aux fils qu'il avait lui-même de Cléopâtre, attribuant à Alexandre l'Arménie, la Médie et le royaume des Parthes, quand il serait soumis, et à Ptolémée la Phénicie, la Syrie et la Cilicie. En même temps, il les présenta tous deux au peuple, Alexandre en costume médique, avec la tiare et la citaris droite, et Ptolémée avec les sandales, la chlamyde et le chapeau surmonté d'un diadème : c'était là la tenue des successeurs d'Alexandre, tandis que la première était celle des Mèdes et des Arméniens. Quand les deux princes eurent salué leurs parents, une garde arménienne vint entourer l'un et une garde macédonienne l'autre. Et de ce jour Cléopâtre ne parut plus en public que revêtue de la robe sacrée d'Isis et donna ses audiences en tant que Nouvelle Isis [115].

55. César, en rapportant au sénat ce partage et en accusant souvent Antoine devant le peuple, suscita contre lui une haine unanime. Antoine de son côté envoyait des gens à Rome l'attaquer en réponse. Ses principaux griefs étaient : premièrement, que, ayant dépouillé Pompée de la Sicile, il ne lui avait pas donné sa part de l'île ; deuxièmement, qu'il avait gardé les vaisseaux qu'il lui avait empruntés pour faire cette guerre ; troisièmement, qu'ayant chassé leur collègue Lépide du pouvoir et l'ayant privé de ses honneurs, il s'était approprié l'armée, les provinces et les revenus qui lui avaient été assignés [116] ; enfin, pour couronner le tout, qu'il avait distribué à ses soldats presque toute l'Italie sans en rien laisser pour ceux d'Antoine. De cela César se justifiait en disant qu'il avait dépouillé Lépide du pouvoir parce qu'il en abusait insolemment ; que, pour les provinces qu'il avait conquises par la guerre, il les partagerait avec Antoine lorsque

celui-ci partagerait avec lui l'Arménie ; quant aux soldats d'Antoine, ils avaient la Médie et la Parthie, qu'ils avaient conquises à l'empire romain en combattant vaillamment avec leur général.

56. Antoine était en Arménie lorsqu'il apprit ces faits. Aussitôt il ordonna à Canidius de prendre seize légions et de descendre vers la mer ; pour lui, il prit avec lui Cléopâtre et se rendit à Éphèse. Il y rassembla de tous côtés sa flotte, laquelle, y compris les vaisseaux de charge, était forte de huit cents bâtiments : Cléopâtre en avait fourni deux cents ainsi que vingt mille talents et des vivres pour nourrir toute l'armée pendant la durée de la guerre. Antoine écoutant Domitius [117] et quelques autres, pria Cléopâtre de cingler vers l'Égypte et d'y attendre l'issue de la guerre, mais elle, craignant qu'Octavie ne le réconciliât une seconde fois avec César, persuada Canidius à force d'argent de parler en sa faveur à Antoine en lui remontrant qu'il n'était ni juste d'éloigner de cette guerre une femme qui fournissait des contributions si considérables ni avantageux de décourager les Égyptiens, qui formaient une grande partie de ses forces navales. D'ailleurs on ne voyait pas que Cléopâtre, qui, depuis longtemps, gouvernait seule un si vaste royaume et, depuis longtemps aussi, vivait avec lui et apprenait à conduire de grandes affaires, fût inférieure en intelligence à aucun des rois qui combattaient à ses côtés. Ces discours triomphèrent, car il fallait que tout l'empire passât au pouvoir de César [118]. Les forces réunies, ils firent voile pour Samos où il s'abîmèrent dans les délices et les fêtes. Car, de même qu'il avait ordonné à tous, rois, princes, tétrarques, ainsi qu'à tous les peuples et les villes situés entre la Syrie, le Palus Maeotis, l'Arménie et l'Illyrie, d'apporter ou d'envoyer tout ce qui était préparé pour la guerre, on jugeait nécessaire de convoquer à Samos tous les artistes dionysiaques et, tandis que la terre poussait des soupirs et des gémissements, une île seule retentit durant plusieurs jours du son des flûtes et des lyres : les théâtres étaient pleins et les chœurs se disputaient

les prix. Chaque ville y envoyait un bœuf pour les sacrifices et les rois rivalisaient entre eux de réceptions et de présents. Aussi se demandait-on de toutes parts ce qu'ils feraient, vainqueurs, pour célébrer leur triomphe, eux qui fêtaient si somptueusement les préparatifs de guerre.

57. Les fêtes terminées, Antoine donna pour séjour aux artistes dionysiaques la ville de Priène [119] ; puis lui-même s'embarqua pour Athènes, où il passa de nouveau son temps en jeux et en spectacles. Cléopâtre, jalouse des honneurs qu'Octavie y avait reçus (Octavie avait été particulièrement appréciée des Athéniens) s'attacha à se gagner le peuple par ses largesses. Aussi les Athéniens lui votèrent-ils des honneurs et envoyèrent des députés lui porter le décret chez elle. Antoine se trouvait parmi eux en sa qualité de citoyen d'Athènes : ce fut même lui qui prit place devant elle et prononça un discours au nom de la ville. Il envoya à Rome chasser Octavie de sa maison. Elle en sortit, emmenant, dit-on, avec elle tous les enfants d'Antoine, hormis l'aîné de ceux de Fulvie — qui était alors avec son père ; elle pleurait et se désolait de pouvoir être regardée elle-même comme une des causes de la guerre. Les Romains gémissaient, non sur elle, mais sur Antoine, surtout ceux qui avaient vu Cléopâtre et savaient qu'elle ne l'emportait sur Octavie ni en beauté ni en jeunesse.

58. César, informé de l'importance et de la promptitude des préparatifs d'Antoine, en fut troublé et craignit de se voir contraint à commencer la guerre cet été-là [120], alors qu'il manquait de beaucoup de choses et que le peuple était mécontent des impôts à payer. En effet, tout le monde devait donner le quart de son revenu, sauf les fils d'affranchis, qui payaient le huitième de leurs biens : ce qui faisait hurler tout le monde contre lui et causait des troubles dans toute l'Italie. Aussi regarde-t-on comme une des plus grandes fautes d'Antoine d'avoir différé la guerre, car il donna ainsi à César le temps de se préparer et il permit aux troubles de s'apaiser ; car le peuple, qui

s'irritait quand on levait les impôts, redevenait calme dès qu'ils étaient payés et acquittés. Titius et Plancus, deux amis d'Antoine, tous deux personnages consulaires, traînés dans la boue par Cléopâtre (ils étaient vivement opposés à sa participation à la campagne), s'enfuirent auprès de César et lui révélèrent le testament d'Antoine, dont ils connaissaient les dispositions. Ce testament était entre les mains des Vestales, à qui César le demanda ; mais elles refusèrent et lui dirent que, s'il voulait l'avoir, il devait venir le prendre lui-même. Il vint donc le prendre et le lut, d'abord en particulier, notant les endroits propices à ses attaques, puis, ayant assemblé le sénat, il en fit publiquement lecture, ce qui révolta la plupart des sénateurs [121] : il leur sembla étrange et odieux de demander compte à un homme vivant de choses dont il souhaitait l'exécution après sa mort. César s'attacha principalement aux dispositions relatives à sa sépulture : car Antoine demandait que son corps, même s'il mourait à Rome, après avoir été porté en cortège à travers le Forum, fût envoyé à Alexandrie auprès de Cléopâtre. Calvisius, un des amis de César, proféra encore, au nombre des griefs concernant Cléopâtre, les accusations suivantes : il l'avait gratifiée de la bibliothèque de Pergame, composée d'à peu près deux cent mille volumes [122] ; il s'était levé de table dans un festin et avait, en présence de nombreux convives, heurté les pieds de Cléopâtre, ce qui était un signal convenu entre eux ; il avait laissé les Éphésiens en sa présence saluer Cléopâtre comme leur souveraine ; il avait souvent, alors qu'il était sur son tribunal, occupé à rendre la justice à des rois et des tétrarques, reçu d'elle des billets d'amour, et ce, sur des tablettes d'onyx et de cristal. Enfin, disait-il, un jour que Furnius, homme d'un grand prestige et le plus éloquent des Romains, plaidait devant lui, Cléopâtre venant à passer sur la place en litière, Antoine avait bondi dès qu'il l'avait vue et, abandonnant l'audience, l'avait accompagnée, accroché à sa litière.

59. Cependant il semblait que la plupart des accu-

sations de Calvisius étaient des inventions mensongères. Pourtant les amis d'Antoine allaient solliciter le peuple et ils envoyèrent l'un d'entre eux, Géminius, conjurer Antoine de ne pas se laisser dépouiller de son commandement et déclarer ennemi public du peuple romain sans broncher. Géminius vogua vers la Grèce, mais Cléopâtre le soupçonnait d'agir pour les intérêts d'Octavie. Aussi fut-il la cible de constantes railleries à table où il avait l'humiliation de recevoir des places indignes de lui ; il souffrit tout, en attendant l'occasion d'une audience. Sommé dans un repas de dire le sujet qui l'avait amené, il déclara que ce qu'il avait à dire ne pouvait se traiter qu'à jeun ; mais que, à jeun ou ivre, il pouvait dire une chose, c'est que tout irait à merveille si Cléopâtre retournait en Égypte. A ces paroles, Antoine se mit en colère et Cléopâtre dit : « Tu as bien fait, Géminius, d'avouer ainsi la vérité avant que la torture t'y forçât. » Peu de jours après, Géminius s'enfuit discrètement et s'en revint à Rome. Beaucoup d'autres parmi ses amis furent de même chassés par les flatteurs de Cléopâtre dont ils ne pouvaient supporter les propos d'ivrognes et les bouffonneries. De ce nombre étaient Marcus Silanus et l'historien Dellius. Celui-ci dit qu'il craignit même de succomber aux machinations de Cléopâtre. Il avait encouru son inimitié en disant un soir qu'on leur versait du vinaigre, tandis que Sarmentus buvait à Rome du falerne. Ce Sarmentus était un des jeunes garçons que César entretenait pour ses divertissements et que les Romains appellent « délices ».

60. Dès que César fut bien prêt, il fit décréter la guerre contre Cléopâtre et priver Antoine du pouvoir qu'il avait abdiqué aux mains d'une femme [123]. Il ajouta encore qu'Antoine, victime de philtres, n'était plus maître de lui et que leurs adversaires étaient l'eunuque Mardion, Pothin [124], Iras, la coiffeuse de Cléopâtre, et Charmion, qui dirigeaient les plus importantes affaires de l'empire.

La guerre fut, dit-on, précédée des signes suivants. Pisaure, colonie fondée par Antoine sur la mer Adriatique, s'abîma dans le sein de la terre, qui s'entrouvrit. A Albe, une statue de marbre d'Antoine fut, durant plusieurs jours, inondée d'une sueur qui ne s'arrêta pas malgré les efforts pour l'éponger. Comme Antoine séjournait à Patras, la foudre mit le feu au temple d'Héraclès. A Athènes, un tourbillon de vent emporta la statue de Dionysos de la Gigantomachie et la transporta dans le théâtre. Or Antoine rapportait son origine à Héraclès et se piquait d'imiter Dionysos dans toute sa conduite, comme il a été dit, se faisant appeler le Nouveau Dionysos. La même tempête, fondant à Athènes sur les statues colossales d'Eumène et d'Attale qui portaient inscrit le nom d'Antoine, les renversa seules parmi beaucoup d'autres. La galère amirale de Cléopâtre portait le nom d'Antonias et un signe effrayant s'y manifesta : alors que des hirondelles avaient fait leur nid, il en survint d'autres qui chassèrent les premières et tuèrent leurs petits.

61. Quand on fut au moment de commencer la guerre, Antoine n'avait pas moins de cinq cents navires de guerre, dont plusieurs à huit et dix rangs de rames, aussi magnifiquement décorés que pour une parade. Son armée était forte de cent mille fantassins et douze mille cavaliers. Il avait à ses côtés des rois vassaux : Bocchus, roi des Libyens ; Tarcondémus, roi de haute Cilicie ; Archélaos, roi de Cappadoce ; Philadelphe, roi de Paphlagonie ; Mithridate, roi de Commagène, et Sadalas, roi de Thrace. Ceux-là étaient près de lui, mais une armée lui fut aussi envoyée du Pont par Polémon ; par Malchos, d'Arabie, ainsi que par Hérode le juif et Amyntas, roi des Lycaoniens et des Galates. Il y avait aussi un corps auxiliaire envoyé par le roi des Mèdes. Quant à César, il avait deux cent cinquante vaisseaux de guerre, quatre-vingt mille hommes d'infanterie et presque autant de cavalerie que son ennemi. L'empire d'Antoine s'étendait depuis l'Euphrate et l'Arménie jusqu'à la mer Ionienne et à l'Illyrie ; celui de César embrassait tous les pays situés entre l'Illyrie et l'Océan occidental et depuis cet océan jusqu'aux mers d'Étrurie et de

Sicile : il renfermait en outre la portion de l'Afrique qui regarde l'Italie, la Gaule et l'Espagne jusqu'aux colonnes d'Héraclès ; celle qui s'étend de Cyrène à l'Éthiopie était à Antoine.

62. Mais Antoine était tellement à la remorque de cette femme que, malgré la grande supériorité de ses forces de terre, il voulut, à cause de Cléopâtre, que la victoire fût celle de la flotte, et cela, quand il voyait ses triérarques, par manque de rameurs, enlever de cette Grèce « tellement éprouvée [125] » des voyageurs, des muletiers, des moissonneurs et des éphèbes sans pouvoir même ainsi compléter l'équipage des vaisseaux, dont la plupart étaient dépourvus de matelots et ne naviguaient qu'à grand-peine. Les navires de César n'avaient ni cette hauteur ni cette masse ostentatoire, mais ils étaient agiles, rapides, à effectifs pleins. Il les tenait réunis à Tarente et à Brindes et il envoya dire à Antoine de ne plus perdre son temps, mais de venir avec toutes ses forces : lui-même lui fournirait des rades et des ports où aborder sans obstacle, et il se retirerait de la côte avec son armée de terre, à une étape de cheval, jusqu'à ce qu'il eût débarqué en sûreté et installé son camp. Antoine, pour répondre à cette bravade, quoiqu'il fût plus âgé, le provoqua en combat singulier ou lui demanda, s'il se dérobait, de venir mesurer leurs armées près de Pharsale pour un combat décisif, comme autrefois César et Pompée. César alors prend de vitesse Antoine, qui mouillait près d'Actium, à l'endroit où est maintenant établie la ville de Nicopolis [126] : il traverse la mer Ionienne et s'empare d'une place forte d'Épire nommée Toryné. Comme Antoine et les siens en étaient troublés (leur armée de terre était en retard), Cléopâtre lui dit, en jouant sur le mot : « Qu'y a-t-il de si fâcheux que César se soit installé sur une cuillère à pot *(torynè)* ? »

63. Au point du jour, Antoine, voyant les ennemis se mettre en mouvement et craignant qu'ils ne vinssent s'emparer de ses vaisseaux privés de combattants, fit armer ses rameurs et les rangea sur les ponts, seulement pour faire illusion ; puis, faisant dresser et

déployer les rames comme des ailes de chaque côté des vaisseaux, il tint ainsi sa flotte à l'entrée du port d'Actium, la proue tournée vers l'ennemi, comme si elle était pourvue de rameurs et prête à combattre. César, abusé par ce stratagème, se retira. Antoine sembla aussi bien manœuvrer pour l'eau : en faisant creuser des tranchées tout autour, il en priva l'ennemi, auquel la région n'en offrait guère d'autre, et de mauvaise qualité. Il montra encore une grande générosité envers Domitius, contre l'avis de Cléopâtre. Celui-ci, déjà fiévreux, monta dans une chaloupe et passa du côté de César : Antoine, dépité, ne laissa pas pourtant de lui renvoyer tous ses bagages avec amis et domestiques et Domitius, comme s'il était miné par la publicité donnée à sa perfidie et à sa trahison, mourut fort peu de temps après avoir changé de camp. Il y eut aussi des défections royales, celles d'Amyntas et Déjotarus [127], qui passèrent du côté de César. Comme rien ne réussissait à sa flotte, qui arrivait trop tard chaque fois qu'un renfort était nécessaire, il se vit contraint de songer de nouveau à son armée de terre. Canidius lui-même, qui la commandait, changea d'avis devant le danger [128] ; il conseilla de renvoyer Cléopâtre et de se retirer en Thrace ou en Macédoine pour faire la décision dans un combat terrestre, d'autant que Dicomès, roi des Gètes, promettait de venir à son secours avec une armée considérable. Il n'y avait pas de honte, disait Canidius, à céder la mer à César, exercé aux combats maritimes par la guerre de Sicile ; mais ce serait chose fort étrange que, avec une expérience consommée dans les combats de terre, Antoine n'exploitât pas la force et les ressources de tant de fantassins en dispersant et gaspillant ses forces sur des vaisseaux. Mais Cléopâtre fit prévaloir son avis : la guerre devait être tranchée sur mer. Mais déjà elle songeait à la fuite et disposait ses propres forces, non là où elle pouvait aider à remporter la victoire, mais là d'où elle pourrait se retirer le plus aisément si la situation se gâtait.

Or il y avait une longue chaussée qui menait du

camp d'Antoine à la rade où ses vaisseaux étaient à l'ancre ; et c'était le chemin qu'il avait l'habitude d'emprunter sans la moindre méfiance. Un serviteur vint dire à César qu'il était possible d'enlever Antoine quand il descendait par cette chaussée. César y plaça des soldats en embuscade, qui le manquèrent de peu puisqu'ils s'emparèrent de celui qui marchait devant lui ; mais, comme ils avaient surgi trop tôt, Antoine lui-même réussit non sans peine à leur échapper en courant à toutes jambes.

64. Une fois décidé qu'on combattrait sur mer, Antoine fit brûler tous les vaisseaux égyptiens, à l'exception de soixante, puis il équipa ses navires les plus grands et les meilleurs, ceux de trois jusqu'à dix rangs de rames en y embarquant vingt mille fantassins et deux mille archers. Un officier d'infanterie, qui avait bien des fois combattu pour Antoine, et dont le corps était couvert de cicatrices, le voyant passer, s'écria d'une voix douloureuse : « Eh ! général, pourquoi méprises-tu ces blessures et cette épée et mets-tu tes espoirs dans de mauvais bois ? Laisse aux Égyptiens et aux Phéniciens les combats sur mer et donne-nous la terre, à nous qui sommes accoutumés à y combattre de pied ferme et à vaincre ou mourir. » Antoine ne répondit rien à cela ; il fit seulement un signe de la tête et de la main, comme pour l'encourager, et il passa, n'ayant lui-même guère bon espoir, puisque ses pilotes voulant laisser là les voiles [129], il les obligea à les prendre et les emporter en disant qu'aucun des ennemis ne devait échapper à leur poursuite.

65. Ce jour-là et les trois suivants, la mer fut si agitée par un grand vent qu'elle empêcha le combat ; mais, le cinquième jour, le vent étant tombé et le calme s'étant rétabli sur les eaux, les deux flottes s'avancèrent l'une contre l'autre. Antoine conduisait son aile droite avec Publicola et Cœlius la gauche ; Marcus Octavius et Marcus Insteius occupaient le centre. César avait placé Agrippa à la tête de l'aile gauche et s'était réservé la droite. Quant aux armées

de terre, Canidius commandait celle d'Antoine, et Taurus celle de César [130] : elles étaient toutes deux rangées en bataille sur le rivage et s'y tenaient immobiles. Pour les chefs eux-mêmes, Antoine, monté sur une chaloupe, parcourait ses lignes, exhortant les soldats à combattre de pied ferme comme sur terre grâce à la lourdeur de leurs navires, et prescrivant aux pilotes de soutenir le choc des ennemis sans bouger, comme s'ils étaient à l'ancre et de se garder de la passe dangereuse du port. Comme César sortait de sa tente alors qu'il faisait encore nuit pour aller inspecter sa flotte, il rencontra, dit-on, un homme qui conduisait un âne. Il lui demanda son nom et cet homme, qui le reconnut, répondit : « Je m'appelle Bienheureux *(Eutychès)* et mon âne Vainqueur *(Nikôn)*. » C'est pourquoi César, lorsque, dans la suite, il fit orner ce lieu avec les éperons des galères qu'il avait conquises, fit ériger un homme et un âne en bronze. Quand il eut bien examiné l'ordonnance de sa flotte, il se fit conduire sur une chaloupe à l'aile droite, d'où il vit avec surprise que les ennemis se tenaient immobiles dans le détroit, présentant l'apparence de vaisseaux à l'ancre. Longtemps convaincu de cela, il tint ses vaisseaux éloignés de la flotte ennemie de huit stades. C'était alors la sixième heure du jour et, une brise de mer s'étant élevée, les soldats d'Antoine, qui souffraient ces délais avec impatience et se fiaient à la grandeur et la hauteur de leurs propres navires, ébranlèrent leur aile gauche. A cette vue, César fut ravi et fit reculer sa droite afin d'attirer davantage encore les ennemis en dehors du golfe et du détroit et d'engager le combat en enveloppant avec les vaisseaux facilement manœuvrables qui étaient les siens les bateaux d'Antoine, que leur masse et le manque de rameurs rendaient lents et difficiles à mouvoir.

66. Au début de l'engagement, on ne vit les vaisseaux ni se choquer ni se briser les uns contre les autres : ceux d'Antoine n'avaient pas, à cause de leur pesanteur, cette impétuosité qui, plus que toute autre chose, rend efficaces les coups d'éperon ; quant à ceux

de César, non seulement ils évitaient de donner de leur proue contre des éperons d'airain massifs et épais, mais ils n'osaient même pas les charger de flanc parce que leurs éperons se brisaient aisément, quel que fût le point d'impact contre des vaisseaux construits avec de fortes poutres carrées liées les unes aux autres par du fer. Cette bataille ressemblait donc à un combat de terre, ou, pour mieux dire, au siège d'une ville. Car il y avait toujours à la fois trois ou quatre navires de César pour presser un seul des vaisseaux d'Antoine, bombardés de javelines, de lances, d'épieux et de traits enflammés. Les soldats d'Antoine, de leur côté, tiraient, du haut de leurs tours de bois, avec des catapultes. Agrippa étendit son aile gauche pour envelopper Antoine, contraignant Publicola à élargir aussi sa droite, mouvement qui le coupa du centre où, les vaisseaux étant pressés par Arruntius, on était en pleine confusion. Ce combat était ainsi encore incertain et ouvert, quand on vit tout à coup les soixante navires [131] de Cléopâtre déployer leurs voiles pour faire retraite et fuir en passant à travers les combattants, car ils avaient été placés derrière les grands navires et, fuyant ainsi au milieu des lignes, ils y causèrent du désordre. Les ennemis les suivaient des yeux avec étonnement, les voyant, poussés par le vent, cingler vers le Péloponnèse. A ce moment, Antoine montra qu'il n'usait pour diriger sa conduite ni du raisonnement d'un chef, ni de celui d'un homme, ni, en un mot, de son propre raisonnement, mais, illustrant le mot badin d'un auteur, selon qui « l'âme d'un amant vit dans un corps étranger [132] », il fut entraîné par cette femme, comme s'il ne faisait qu'un avec elle et était obligé de suivre tous ses mouvements. En effet, il n'eut pas plus tôt vu son navire s'en aller qu'oubliant tout, abandonnant et trahissant ceux qui combattaient et mouraient pour lui, il monta sur une quinquérème accompagné seulement d'Alexas le Syrien et de Scellius, et suivit celle qui l'avait déjà perdu et allait parachever sa perte.

67. Cléopâtre, l'ayant reconnu, fit élever un signal

sur son vaisseau ; Antoine s'en approcha et y fut reçu, puis, sans voir la reine ni en être vu, il alla s'asseoir seul à la proue, gardant un profond silence et tenant sa tête entre ses mains. A ce moment on vit les bateaux légers de César, qui s'étaient mis à sa poursuite. Alors Antoine commanda de tourner la proue du navire contre eux et les fit reculer, à l'exception du Laconien Euryclès, qui insista crânement, brandissant depuis le pont une javeline pour la lancer sur lui. Alors Antoine, debout à la proue, lui demanda : « Quel est celui qui poursuit Antoine ? » — « C'est moi, répondit l'autre, Euryclès fils de Lacharès, qui profite de la fortune de César pour venger la mort de son père. » Ce Lacharès, accusé de piraterie, avait été décapité par ordre d'Antoine. Toutefois Euryclès ne put atteindre le navire d'Antoine, mais il alla frapper l'autre vaisseau amiral (car il y en avait deux) de son éperon de bronze, le fit tournoyer et tomber sur le flanc avant de le prendre, avec un autre vaisseau, où se trouvait de la vaisselle de prix. Dès qu'Euryclès se fut éloigné, Antoine reprit la même posture et garda le silence. Il passa trois jours ainsi, seul à la proue, soit par colère, soit qu'il eût honte de voir Cléopâtre ; et l'on arriva au Ténare [133] ; là les femmes de l'entourage de Cléopâtre commencèrent par leur ménager une entrevue particulière et finirent par les persuader de dîner et dormir ensemble.

Déjà un nombre non négligeable de vaisseaux de transport et quelques amis échappés de la défaite se rassemblaient autour d'eux et leur apprenaient que la flotte était perdue, mais on croyait que l'armée de terre tenait encore. Antoine envoya des messagers à Canidius pour lui porter l'ordre de se retirer promptement avec l'armée en Asie en passant par la Macédoine. Lui-même, se disposant à passer du Ténare en Afrique, choisit un de ses vaisseaux de charge sur lequel il y avait des sommes d'argent considérables, ainsi que de la vaisselle d'or et d'argent d'un grand prix provenant des trésors royaux : il donna toutes ces richesses en bloc à ses amis, leur commandant de les partager et de pourvoir à leur salut. Comme ils refusaient en pleurant, il les consola avec beaucoup de douceur et d'amitié et il finit par les renvoyer chargés de lettres pour Théophile, son commissaire à Corinthe, qu'il priait de veiller à leur sûreté et de les tenir cachés jusqu'à ce qu'ils eussent réussi à fléchir César. Ce Théophile était le père d'Hipparque, qui, après avoir eu le plus grand crédit auprès d'Antoine, fut le premier de ses affranchis qui passa à César et alla, plus tard, s'établir à Corinthe.

68. Voilà donc ce qui se passait du côté d'Antoine. A Actium, sa flotte résista longtemps à César, mais, très gravement endommagée par les hautes vagues qui se dressaient sur les proues, elle céda à grand-peine à la dixième heure [134]. Il ne périt pas dans l'action plus de cinq mille hommes, mais il y eut, au rapport de César lui-même, trois cents vaisseaux pris. Peu s'étaient aperçus de la fuite d'Antoine et ceux qui l'apprirent ne purent d'abord croire qu'il fût parti en abandonnant dix-neuf légions et douze mille cavaliers, qui n'avaient pas subi de défaite, comme s'il n'avait pas éprouvé maintes fois la bonne et la mauvaise fortune au cours de combats et de guerres innombrables, et acquis une longue expérience des vicissitudes de la guerre. Les soldats, qui le regrettaient et s'attendaient à le voir bientôt reparaître, lui témoignèrent tant de fidélité et montrèrent tant de courage que, même une fois sa fuite patente, ils résistèrent sept jours sans tenir aucun compte de ce que César leur envoyait dire. Mais à la fin, Canidius, leur général, s'étant enfui de nuit, abandonnant le camp, les troupes, ainsi privées de tout et trahies par leurs chefs, passèrent au vainqueur.

Après quoi César fit voile vers Athènes et, s'étant réconcilié avec les Grecs, fit distribuer aux villes, qui se trouvaient dans un état lamentable, dépouillées de leur argent, de leurs esclaves et de leurs bêtes de somme, ce qui restait du blé amassé pour la guerre. C'est ainsi que mon arrière-grand-père, Nicarque, racontait que tous les citoyens avaient été contraints de porter sur leurs épaules une certaine mesure de blé jusqu'à la mer d'Anticyre [135] sous les coups de fouet qui les pressaient. Après avoir porté une première charge, ils s'apprêtaient à en soulever une seconde, déjà mesurée, lorsqu'on apprit la défaite d'Antoine. Cette nouvelle sauva la ville car les commissaires et les soldats prirent aussitôt la fuite et les habitants se partagèrent le blé.

69. Antoine aborda en Afrique et envoya Cléopâtre de Paraetonium [136] en Égypte ; lui-même jouit alors d'une profonde solitude, errant et vagabondant avec deux amis, un Grec, le rhéteur Aristrocratès, et un Romain, Lucilius, dont nous avons écrit ailleurs comment, à Philippes, pour donner à Brutus le temps de s'enfuir, il se livra à ses poursuivants en se faisant passer pour Brutus [137] ; sauvé par Antoine, il resta d'une fidélité indéfectible à son égard jusqu'à la fin de sa vie. Lorsque celui à qui il avait confié son armée d'Afrique eut fait défection avec elle, Antoine voulut se donner la mort, mais il en fut empêché par ses amis qui l'amenèrent à Alexandrie où il trouva Cléopâtre occupée à une entreprise aussi grande qu'audacieuse. Il y a, entre la mer Rouge et la mer d'Égypte, un isthme qui passe pour séparer l'Asie de l'Afrique et qui, dans sa partie la plus resserrée par les deux mers et la moins large, fait trois cents stades [138]. Elle avait donc entrepris de faire tirer et de transporter sa flotte au-dessus de cet isthme, puis de faire descendre les vaisseaux dans le golfe Arabique avec beaucoup de richesses et de forces armées, afin d'aller s'établir hors de son pays, à l'abri de la servitude et de la guerre. Mais les Arabes des environs de Pétra ayant incendié les premiers navires ainsi traînés, et comme Antoine comptait encore sur son armée d'Actium, elle abandonna son entreprise et fit garder les accès de l'Égypte. Pour Antoine, il quitta Alexandrie et, renonçant à tout commerce avec ses amis, il fit construire une jetée sur la mer, non loin de Pharos, et s'y ménagea une demeure maritime où il vécut, fuyant toute société. Il aimait, disait-il, et voulait imiter la vie

de Timon, dont le sort avait été semblable au sien ; car, comme lui, il avait fait l'épreuve de l'ingratitude et de l'injustice de ses amis, ce qui lui avait donné de la défiance et de la haine contre toute l'humanité.

70. Ce Timon était un Athénien ; il a vécu à peu près au temps de la guerre du Péloponnèse, comme on en peut juger par les comédies d'Aristophane et de Platon [139], où il est raillé pour son mauvais caractère et sa misanthropie. Lui, qui fuyait et repoussait tout commerce, saluait et embrassait de bon cœur Alcibiade, qui était alors dans toute l'insolence de sa jeunesse. Apemantos, étonné, lui en demandant la cause, il lui répondit qu'il aimait ce jeune homme parce qu'il savait qu'il ferait beaucoup de mal aux Athéniens. Apemantos était le seul que Timon fréquentât quelquefois, parce que son caractère était à peu près semblable au sien et qu'il imitait son genre de vie. Un jour qu'on célébrait la fête des Conges [140], ils soupaient tous les deux ensemble et Apemantos dit : « Le bon festin que nous faisons là, Timon ! » — « Oui, répondit Timon, si tu n'y étais pas. » On dit qu'un jour d'assemblée, Timon étant monté à la tribune, il se fit un profond silence et le caractère insolite de son geste tenait tout le monde en suspens ; il dit alors : « Athéniens, j'ai un petit terrain où s'élève un figuier ; plusieurs citoyens s'y sont déjà pendus et, comme j'ai dessein de bâtir à cet endroit, j'ai voulu vous en avertir publiquement afin que, si certains de vous ont envie de s'y pendre aussi, ils le fassent avant que le figuier soit abattu. » Après sa mort, il fut enterré à Halai [141], au bord de la mer. La saillie du rivage s'éboula à cet endroit, et les flots environnèrent le tombeau, le rendant inapprochable et inaccessible. Il y était gravé cette inscription :

> C'est ici que je repose, depuis que s'est brisée ma vie
> [infortunée.
> Vous ne saurez pas mon nom ; puissiez-vous, misérables, misérablement périr !

On prétend qu'il avait fait lui-même cette épitaphe

avant sa mort. Celle que l'on allègue communément est de Callimaque :

> Moi, Timon le misanthrope, j'habite ici. Passe ton [chemin,
> En me maudissant, si tu veux, pourvu que tu passes ton [chemin.

74. Voilà, choisis entre une infinité d'autres, quelques traits de Timon. Ce fut Canidius lui-même qui vint annoncer à Antoine la perte de son armée d'Actium. On l'informa aussi qu'Hérode le Juif, qui avait sous ses ordres quelques légions et quelques cohortes, avait embrassé le parti de César, que tous les autres princes avaient pareillement fait défection et qu'il ne lui restait rien en dehors de l'Égypte. Cependant, peu troublé de ces nouvelles et comme ravi de renoncer aux espérances qu'il avait conçues afin d'être déchargé aussi des soucis, il quitta sa retraite maritime, qu'il appelait Timoneion, et fut reçu à nouveau dans son palais par Cléopâtre. Et il remplit Alexandrie de festins, de beuveries et de prodigalités, inscrivit parmi les éphèbes le fils de Cléopâtre et de César ; il fit prendre la toge virile sans bordure de pourpre à Antyllus, le fils de Fulvia. A cette occasion, ce ne fut pendant plusieurs jours dans toute la ville que banquets, processions joyeuses et festivités. Eux-mêmes supprimèrent la société de la Vie inimitable [142] et en créèrent une autre, qui ne le cédait à la première ni en délicatesse, ni en luxe, ni en magnificence et qu'ils appelaient l'Attente de la mort en commun. Leurs amis y entrèrent comme devant mourir avec eux et ils passaient les jours à faire bonne chère et à se recevoir à tour de rôle à dîner. Cependant Cléopâtre faisait provision de toutes sortes de poisons mortels, dont elle testait le caractère indolore en les faisant prendre à des prisonniers condamnés à mort. Mais quand elle vit que ceux dont l'effet était prompt faisaient mourir dans des douleurs atroces et que les poisons plus doux n'agissaient que lentement, elle essaya les serpents et en fit appliquer en sa présence de diverses espèces, sur

diverses personnes. Elle faisait cela chaque jour et s'aperçut que la morsure de l'aspic était pratiquement la seule de toutes à ne causer ni convulsions ni gémissements : jetant seulement dans une torpeur et une léthargie comparables au sommeil, accompagnée d'une légère moiteur au visage et d'un affaiblissement des sensations, elle paralysait ainsi doucement les gens, qui se fâchaient qu'on tentât de les réveiller et de les rappeler à la vie, comme ceux qui dorment profondément.

72. Dans le même temps, ils envoyaient aussi en Asie des ambassadeurs à César, elle, pour lui demander d'assurer à ses enfants le royaume d'Égypte, lui, pour le prier de le laisser vivre à Athènes en simple particulier, s'il ne voulait pas de l'Égypte. Manquant d'amis et se méfiant à cause des défections, ils envoyèrent Euphronios, le précepteur de leurs enfants. En effet Alexas de Laodicée, dont Antoine avait fait la connaissance à Rome par l'entremise de Timagène [143] et qui avait acquis auprès de lui plus de crédit qu'aucun autre Grec, Alexas, qui était devenu l'instrument le plus efficace de Cléopâtre pour renverser les réflexions qu'Antoine se faisait en faveur d'Octavie, avait donc été envoyé auprès du roi Hérode pour l'empêcher de changer de camp ; mais, il était resté sur place et, trahissant Antoine, avait osé se présenter aux yeux de César sur les assurances d'Hérode, qui cependant ne lui servirent de rien : aussitôt jeté en prison, puis envoyé, chargé de fers, dans sa patrie, il y fut exécuté sur ordre de César. Tel fut le châtiment d'Alexas pour sa déloyauté, qu'Antoine put voir de son vivant.

73. César ne supporta pas qu'on lui parlât pour Antoine et il répondit à Cléopâtre qu'il n'était pas d'adoucissement qu'elle n'obtiendrait à condition de faire périr ou de chasser Antoine. Il lui envoya aussi Thyrsus, un de ses affranchis qui ne manquait pas d'intelligence et qui, député par un jeune chef à une femme orgueilleuse et étonnamment fière de sa beauté, pouvait se montrer convaincant. Thyrsus avait

avec la reine des entretiens plus longs que les autres et recevait d'elle des honneurs singuliers, ce qui le rendit suspect à Antoine, lequel le fit saisir et fouetter avant de le renvoyer à César en lui écrivant que Thyrsus l'avait irrité par son insolence et sa fierté à un moment où son infortune le rendait irritable. « Pour toi, si tu trouves mauvais ce que j'ai fait, ajoutait-il, tu as un de mes affranchis, Hipparque : fais-le suspendre et fouetter afin que nous soyons quittes. » Dès lors Cléopâtre, pour couper court aux griefs et aux soupçons d'Antoine, le choya extraordinairement. Alors qu'elle avait célébré son anniversaire avec la simplicité qui convenait à leur infortune, elle fêta avec un tel excès d'éclat et de magnificence celui d'Antoine que plusieurs des invités, qui étaient venus pauvres au banquet, s'en retournèrent riches. Quant à César, Agrippa écrivit plusieurs lettres de Rome pour l'engager à revenir, car l'état des affaires exigeait sa présence [144].

74. Ce voyage fit alors différer la guerre ; mais, aussitôt après l'hiver, César marcha de nouveau contre Antoine par la Syrie et ses généraux, par la Libye. Péluse prise, le bruit courut que Séleucos l'avait livrée en accord avec Cléopâtre ; mais Cléopâtre remit entre les mains d'Antoine la femme et les enfants de Séleucos afin qu'il les fît mourir. Elle-même avait fait construire, près du temple d'Isis, des caveaux et des tombeaux d'une beauté et d'une hauteur exceptionnelles : elle y fit porter tout ce qu'elle avait de plus précieux, tant en or qu'en argent, émeraudes, perles, ébène, ivoire et cinnamome, et, de surcroît, beaucoup de torches et d'étoupes. Aussi César, qui craignait pour ces trésors, redoutant que cette femme, dans un moment de désespoir, ne détruisît par le feu cette richesse, ne cessait de lui adresser des envoyés, qui lui faisaient espérer sa clémence, cependant qu'il marchait sur la ville avec son armée. Comme il s'était installé près de l'hippodrome, Antoine fit une sortie et combattit avec tant de vaillance qu'il mit en fuite la cavalerie de César et la poursuivit jusque dans ses

retranchements. Fier de ce succès, il rentra au palais, embrassa Cléopâtre tout armé et lui présenta celui de ses soldats qui avait combattu avec le plus d'ardeur. Alors, pour récompenser sa valeur, elle lui fit présent d'une cuirasse et d'un casque d'or ; mais le soldat, les ayant reçus, déserta pendant la nuit et passa dans le camp de César.

75. Antoine envoya de nouveau provoquer César en combat singulier ; mais César dit qu'Antoine ne manquait pas de chemins pour aller à la mort [145]. Antoine fit alors réflexion que la mort la plus honorable pour lui était celle qu'on trouve au combat : il résolut donc d'attaquer César à la fois sur terre et sur mer. Et au dîner, dit-on, il commanda à ses gens de lui redonner à boire et de mettre plus de soin à le régaler, parce qu'il ne savait pas si le lendemain ils auraient encore à le faire ou s'ils ne serviraient pas d'autres maîtres que lui-même, qui ne serait plus qu'un squelette gisant, retourné au néant. Voyant ses amis fondre en larmes à ce discours, il ajouta qu'il ne les mènerait pas à un combat où il cherchait une mort glorieuse plutôt que le salut et la victoire.

On prétend que, durant cette nuit-là, vers minuit, tandis que la ville était plongée dans le silence et la consternation à cause de la frayeur où la jetait l'attente des événements, on entendit tout à coup les sons harmonieux de toutes sortes d'instruments et les cris bruyants d'une foule qui criait « Evoë » et dansait comme des satyres : on eût dit une procession bachique menant grand bruit ; leur marche les mena à travers la ville à la porte extérieure qui regardait vers l'ennemi et c'est par là que le bruit atteignit son comble, puis s'éteignit. Ceux qui raisonnèrent sur ce prodige pensèrent que c'était le dieu auquel Antoine s'était particulièrement appliqué à ressembler et à s'assimiler qui l'abandonnait [146].

76. Au point du jour [147], Antoine établit lui-même son infanterie sur les hauteurs en avant de la ville ; et de là, il contempla ses vaisseaux, qui avaient pris la mer et se portaient contre ceux de César. Il resta sans

bouger, attendant de voir ce qu'ils allaient faire ; mais, dès qu'ils furent approchés, ils saluèrent de leurs rames les hommes de César, puis, quand les autres leur eurent rendu leur salut, ils passèrent de leur côté et les deux flottes, n'en faisant plus qu'une, voguèrent de conserve, la proue tournée contre la ville. Antoine, qui venait de voir cette désertion, fut aussitôt abandonné par sa cavalerie, qui changea de camp, et son infanterie fut défaite. Il rentra alors dans la ville criant qu'il avait été livré par Cléopâtre à ceux qu'il ne combattait qu'à cause d'elle. Et elle, craignant sa colère et son désespoir, s'enfuit dans son mausolée et fit abattre les herses consolidées par des serrures et des verrous, puis elle envoya annoncer à Antoine qu'elle était morte. Il le crut et se dit à lui-même : « Qu'attends-tu encore, Antoine ? La Fortune t'a ravi ton seul et unique motif de tenir à la vie. » Puis il entra dans sa chambre, délaça et ouvrit sa cuirasse : « Cléopâtre, s'écria-t-il, je ne me plains point d'être privé de toi, car je vais te rejoindre à l'instant, mais de ce que le chef que je suis se soit révélé inférieur en courage à une femme. » Or, il avait auprès de lui un esclave fidèle, nommé Éros, à qui il avait fait promettre dès longtemps de le tuer s'il le lui demandait : il le somma alors de tenir sa promesse. Le serviteur tira son épée et la leva comme pour le frapper, mais, comme Antoine avait détourné la tête, il se tua lui-même et tomba mort à ses pieds : « C'est bien Éros, s'écria alors Antoine, faute d'avoir pu le faire toi-même, tu m'apprends ce que je dois faire », et il se plongea l'épée dans le ventre et se laissa tomber sur son lit. Mais le coup n'était pas immédiatement mortel : le sang s'arrêta quand il fut couché et, ayant repris ses sens, il pria ceux qui étaient là de l'égorger, mais tous s'enfuirent de la chambre et le laissèrent crier et se débattre, jusqu'au moment où, envoyé par Cléopâtre, arriva Diomède, son secrétaire, qu'elle avait chargé de le porter dans son mausolée.

77. Dès qu'Antoine sut qu'elle était vivante, il demanda avec instance à ses serviteurs de le soulever

et ils le portèrent dans leurs bras jusqu'à l'entrée de la sépulture. Cléopâtre n'ouvrit pas les portes, mais elle parut à une fenêtre, d'où elle descendit des chaînes et des cordes avec lesquelles on attacha Antoine ; puis, aidée de deux femmes, les seules qu'elle eût prises avec elle dans le mausolée, elle le tira à elle. Jamais, à en croire les témoins, on ne vit spectacle plus digne de pitié. Antoine, tout souillé de sang et agonisant, tendait les bras vers elle, tandis qu'on le hissait, suspendu en l'air. Car ce n'était pas chose aisée pour des femmes et Cléopâtre, les bras roidis et le visage tendu, tirait les cordes à grand-peine, tandis que ceux qui étaient en bas l'encourageaient et partageaient son angoisse. Après qu'elle l'eut ainsi introduit dans le tombeau et fait coucher, elle déchira ses vêtements pour l'en couvrir, puis, se frappant la poitrine et la meurtrissant de ses mains, tout en essuyant le sang de son visage, elle l'appelait son maître, son époux, son *imperator :* sa compassion pour lui lui avait presque fait oublier ses propres malheurs. Antoine, après avoir calmé ses lamentations, lui demanda du vin, soit qu'il eût soif, soit qu'il espérât que cette boisson hâterait sa fin. Quand il eut bu, il exhorta Cléopâtre à prendre des mesures pour son salut, autant qu'elle le pourrait faire sans déshonneur, et, parmi les amis de César, à se fier particulièrement à Proculéius [148]. Il la conjura de ne pas s'affliger sur lui pour ce dernier changement, mais plutôt de l'estimer heureux pour les biens dont il avait joui, lui qui avait été le plus illustre et le plus puissant des hommes et qui, aujourd'hui, avait été vaincu sans honte, lui, Romain, par un Romain.

78. Il était sur le point d'expirer quand arriva Proculéius, envoyé par César ; car, dès qu'Antoine, après s'être frappé, avait été porté à Cléopâtre, Dercetaeus, un des gardes, avait pris son épée, l'avait cachée sous son vêtement et était sorti à la dérobée pour courir chez César et lui apprendre le premier la mort d'Antoine en lui montrant l'épée teinte de son sang. A cette nouvelle, César se retira au fond de sa tente, pleura sur celui qui avait été son parent, son collègue

et son associé dans tant de combats et d'affaires. Puis il prit ses lettres et, ayant appelé ses amis, leur en donna lecture et leur fit remarquer comment, aux propositions justes et modérées qu'il faisait, Antoine ne répondait jamais qu'avec grossièreté et arrogance. Après quoi il envoya Proculéius en lui ordonnant de prendre, si c'était possible, Cléopâtre vivante, car, outre qu'il craignait pour les trésors, il estimait important pour la gloire de son triomphe qu'elle y figurât. Mais Cléopâtre ne voulut pas se remettre entre les mains de Proculéius. Toutefois ils eurent un entretien, Proculéius se tenant à l'extérieur, à la porte du mausolée, qui était de plain-pied et solidement barricadée, mais laissait néanmoins passer la voix. Durant cet entretien, Cléopâtre demanda le royaume d'Égypte, pour ses enfants et Proculéius l'exhorta à avoir confiance en César et à s'en remettre à lui de tous ses intérêts.

79. Proculéius, après avoir bien observé les dispositions du lieu, vint faire son rapport à César, lequel envoya Gallus [149] pour un nouvel entretien avec Cléopâtre. Gallus vint à sa porte et prolongea à dessein la conversation. Pendant ce temps, Proculéius approcha une échelle de la muraille et entra par la même fenêtre qui avait servi aux femmes à introduire Antoine ; puis, avec deux serviteurs, il descendit aussitôt à la porte où Cléopâtre se tenait, tout attentive à ce que lui disait Gallus. Une des femmes qui étaient enfermées avec elle s'écria alors : « Infortunée Cléopâtre, te voilà prise vivante ! » A ces mots, la reine se retourna et, apercevant Proculéius, voulut se frapper d'un poignard qu'elle se trouvait porter à sa ceinture, mais Proculéius courut vite à elle et la ceintura en lui disant : « Cléopâtre, tu fais tort à toi-même et à César, en voulant lui ôter une belle occasion de faire éclater sa bonté et en calomniant ainsi le plus doux des souverains, comme s'il était perfide et implacable. » En même temps, il lui enleva son poignard et secoua sa robe pour s'assurer qu'elle n'y cachait pas de poison. César envoya ensuite auprès d'elle Épaphrodite, un de ses affranchis, avec ordre de la garder vivante sous

étroite surveillance, mais de lui accorder par ailleurs tout ce qui pouvait faciliter et adoucir sa vie.

80. Quant à César lui-même, il entra dans Alexandrie en s'entretenant avec le philosophe Areios [150], qu'il tenait par la main afin de lui attirer aussitôt la considération et l'admiration de ses concitoyens grâce à cette distinction singulière. Il se rendit au gymnase et monta sur une estrade qu'on avait dressée pour lui. Et les gens, frappés de terreur, se jetèrent à ses pieds, mais il les fit lever et leur dit qu'il pardonnait au peuple toutes ses fautes, premièrement pour Alexandre leur fondateur ; en second lieu, par admiration pour la beauté et la grandeur de la ville ; troisièmement, enfin, pour faire plaisir à son ami Areios. Tel est l'honneur qu'Areios reçut de César et il lui demanda aussi la grâce de plusieurs autres citoyens, dont Philostrate, le plus habile des sophistes de son temps dans l'art d'improviser, mais qui se prétendait indûment disciple de l'Académie. Aussi César, qui détestait les mœurs de cet homme, rejetait-il les prières d'Areios. Mais Philostrate, qui avait laissé pousser sa barbe blanchissante et pris un manteau de deuil, suivait partout Areios en lui répétant sans cesse ce vers :

> Les sages, s'ils sont vraiment sages, sauvent les sages.

César, informé, plutôt pour mettre Areios à l'abri de la malveillance que pour délivrer Philostrate de ses craintes, pardonna.

81. Quant aux enfants d'Antoine, Antyllus, qu'il avait eu de Fulvie, fut livré par Théodore, son précepteur, et mis à mort. Les soldats lui ayant coupé la tête, le précepteur s'empara d'une pierre de grand prix que le jeune homme portait au cou et la cousit à sa ceinture. Malgré ses dénégations, il fut pris sur le fait et mis en croix. Les enfants de Cléopâtre furent placés sous bonne garde avec leurs gouverneurs et honorablement traités. Pour Césarion, qu'on disait fils de César, sa mère l'avait envoyé dans l'Inde, via l'Éthiopie, avec de grandes richesses. Mais un autre

précepteur, digne émule de Théodore, Rhodon, le persuada de retourner à Alexandrie, où César le rappelait, disait-il, pour régner. Comme César délibérait à son sujet, on prétend qu'Areios lui dit :

Il n'est pas bon qu'il y ait plusieurs Césars.

82. Et César le fit mourir plus tard, après la mort de Cléopâtre. Plusieurs rois et généraux réclamaient le corps d'Antoine pour l'ensevelir, mais César ne l'enleva point à Cléopâtre : elle l'ensevelit de ses propres mains avec une magnificence toute royale, ayant reçu pour ce faire tout ce qu'elle désirait. L'excès de son affliction, jointe aux douleurs qu'elle ressentait (car elle avait la poitrine meurtrie et enflammée des coups qu'elle s'était donnés) finit par lui causer de la fièvre. Elle saisit avec empressement ce prétexte de refuser toute nourriture et se laisser mourir sans obstacle. Elle avait pour médecin ordinaire Olympos, à qui elle dit toute la vérité et qui lui donna conseil et secours pour l'aider à se délivrer de la vie, comme il l'a consigné lui-même dans l'histoire qu'il a publiée de ces événements. Mais César, soupçonnant ses intentions, employa contre elle des menaces et lui fit craindre pour ses enfants, pressions qui furent comme des batteries qui forcèrent sa résistance : elle laissa donc soigner et nourrir son corps à ceux qui le voulaient.

83. À peu de jours de là, il vint en personne l'entretenir et la consoler : il la trouva humblement couchée dans un petit lit. À son entrée, la voici qui saute à bas du lit, vêtue d'une simple tunique, et qui se jette à ses pieds, la tête et les traits terriblement altérés, la voix tremblante, les yeux battus ; on voyait aussi sur la poitrine les nombreux coups qu'elle s'était donnés : en un mot son corps ne semblait pas en meilleur état que son âme. Et pourtant son fameux charme et l'orgueil que lui inspirait sa beauté n'étaient pas entièrement éteints, et, du fond même de l'abattement où elle était réduite, lançaient encore des éclairs et transparaissaient dans les mouvements de son visage. César l'invita à se remettre

au lit et s'assit auprès d'elle. Alors elle entreprit de se justifier en rejetant tout ce qui avait été fait sur la nécessité et la crainte que lui inspirait Antoine. Mais, comme César la reprenait sur chaque point et la réfutait, elle eut tôt fait de changer et de jouer sur la compassion et la prière, donnant l'apparence d'une femme passionnément attachée à la vie. Finalement, elle lui remit un état de tous ses biens et comme Séleucos, un de ses trésoriers, lui reprochait d'en dissimuler et d'en soustraire une partie, elle sauta sur ses pieds, le saisit aux cheveux et lui porta plusieurs coups au visage. César sourit et voulut la calmer. « N'est-ce pas chose horrible, César, lui dit-elle, que, quand tu n'as pas dédaigné de venir me voir et de me parler dans l'état déplorable où je suis, mes esclaves m'accusent d'avoir mis en réserve quelques bijoux de femme, non pour m'en parer, infortunée que je suis, mais pour faire quelques menus cadeaux à Octavie et à ta chère Livie afin que leur protection te rende plus clément et plus doux à mon égard ? » César était ravi de ces propos et ne doutait pas de son attachement à la vie : il déclara donc qu'il lui abandonnait aussi ces bijoux et que, pour le reste, il la traiterait plus brillamment qu'elle pouvait l'espérer, et il se retira, s'imaginant qu'elle avait été sa dupe, alors qu'il avait plutôt été la sienne.

84. Or il y avait parmi les amis de César un jeune homme illustre, Cornélius Dolabella, qui n'avait que de bonnes dispositions à l'égard de Cléopâtre. À ce moment, pour satisfaire à sa requête, il lui manda secrètement, que César se disposait à s'en retourner par terre à travers la Syrie et qu'il avait résolu de la faire partir dans trois jours, avec ses enfants < pour Rome >. Ainsi informée, elle demanda d'abord à César la permission d'aller faire des libations à Antoine. La permission accordée, elle se fit porter sur sa tombe et là, se jetant sur le tertre funéraire avec ses suivantes ordinaires : « Cher Antoine, dit-elle, quand je t'enterrai naguère, mes mains étaient encore libres ; aujourd'hui que je verse ces libations, je suis captive et

surveillée, afin que je n'abîme pas en me frappant et me lamentant ce corps esclave, que l'on réserve pour le triomphe célébré sur toi. N'attends pas d'autres honneurs ou d'autres libations : voici pour toi les derniers offerts par Cléopâtre, que l'on emmène. Si, vivants, rien ne nous a séparés l'un de l'autre, nous risquons dans la mort d'échanger nos pays, toi, le Romain, reposant ici, et moi, hélas, en Italie : voilà tout ce que j'aurai reçu de ton pays ! Mais, si les dieux de là-bas ont quelque force et quelque puissance — puisque ceux d'ici nous ont trahis —, n'abandonne pas ta femme vivante, ne souffre pas qu'à travers moi, on triomphe de toi, mais ensevelis-moi avec toi, enterre-moi avec toi, car des milles maux qui m'accablent, aucun n'est aussi grand, aussi terrible, que ce peu de temps que sans toi j'ai vécu. »

85. Après avoir ainsi exhalé ces plaintes, elle couronna le tombeau de fleurs et l'embrassa, puis se fit préparer un bain. Le bain pris, elle se mit à table, où on lui servit un repas magnifique. Il arriva alors de la campagne un paysan portant un panier ; comme les gardes lui demandaient ce qu'il apportait, il découvrit le panier, écarta les feuilles et leur fit voir qu'il était plein de figues. Comme ils s'extasiaient devant leur beauté et leur taille, il les invita en souriant à se servir. Ainsi mis en confiance, ils le firent entrer. Après le repas, Cléopâtre prit une tablette qu'elle avait écrite et cachetée et l'envoya à César ; ensuite elle se débarrassa de tout le monde, sauf des deux femmes dont j'ai parlé plus haut et elle ferma la porte.

Dès que César eut décacheté la tablette, devant les prières et les supplications qu'elle lui adressait pour être enterrée avec Antoine, il eut tôt fait de comprendre ce qu'elle avait fait : il voulut d'abord voler lui-même à son secours, mais, dans un second temps, il se contenta d'y envoyer en toute hâte des gens pour voir ce qui s'était passé. Tout s'était joué très vite et les gens de César, accourus à toutes jambes, trouvèrent les gardes qui ne s'étaient rendu compte de rien. Ils ouvrirent les portes et la trouvèrent morte, couchée sur un lit d'or, royalement parée. L'une de ses femmes, celle qu'on appelait Iras, se mourait à ses pieds ; et l'autre, Charmion, déjà chancelante et appesantie, lui arrangeait son diadème autour de la tête. Un des hommes lui dit avec colère : « Voilà qui est beau, Charmion ! » — « Très beau, en effet, répondit-elle, et digne d'une femme issue de tant de rois. » Elle n'en dit pas davantage et tomba morte au pied du lit.

86. On avait, dit-on, apporté l'aspic avec ces figues, caché sous les feuilles : elle l'avait ainsi ordonné, afin que le serpent la mordît sans qu'elle le sût. Mais, en prenant les figues, elle le vit et dit : « Le voilà donc ! », et elle présenta son bras, qu'elle avait dénudé, à la morsure. D'autres prétendent qu'elle gardait cet aspic enfermé dans un vase et que, Cléopâtre le provoquant et l'irritant avec un fuseau d'or, il sauta sur elle et la mordit au bras. Mais en fait nul ne sait la vérité, car le bruit a même couru qu'elle portait toujours du poison dans une épingle à cheveux creuse et qu'elle cachait cette épingle dans sa chevelure. Toutefois, il ne parut sur son corps ni tache ni aucune autre trace de poison ; on ne vit pas non plus de serpent à l'intérieur, mais on disait en avoir aperçu des traces le long de la mer, là où donnait la chambre et où se trouvaient des fenêtres. Selon quelques-uns pourtant, on aperçut au bras de Cléopâtre deux piqûres légères, à peine distinctes, et c'est à cette version que César ajouta foi, car, lors de son triomphe, il fit porter une statue de Cléopâtre elle-même dont le bras était entouré d'un aspic. Voilà donc ce que l'on raconte à ce sujet.

César, tout fâché qu'il était de la mort de cette femme, ne laissa pas néanmoins d'admirer sa noblesse et il fit enterrer sa dépouille près d'Antoine avec une magnificence toute royale. Il fit faire aussi à ses deux suivantes des obsèques honorables. Cléopâtre mourut à trente-neuf ans, après en avoir régné vingt-deux, dont plus de onze avec Antoine [151]. Antoine avait à sa mort cinquante-trois ans pour les uns et, selon d'autres, cinquante-six. Les statues d'Antoine furent abattues mais les statues de Cléopâtre restèrent en place, Archibios, un de ses amis, ayant donné douze mille talents à César pour leur éviter le sort de celles d'Antoine.

87. Antoine laissa sept enfants de ses trois femmes [152]. L'aîné, Antyllus, fut le seul que César fit mourir. Octavie recueillit les autres et les éleva avec les siens. Elle maria Cléopâtre, fille de Cléopâtre [153], à Juba, le plus aimable des rois. Elle éleva Antonius, fils de Fulvie, si haut que, après Agrippa, qui tenait le premier rang auprès de César, et les fils de Livie, qui occupaient le second, il était le troisième et en avait la réputation. Octavie avait eu de Marcellus deux filles et un fils, Marcellus, que César adopta et dont il fit son gendre tandis qu'Agrippa épousait une des filles. Mais le jeune Marcellus étant mort tout jeune marié, comme César avait du mal à trouver parmi ses amis un gendre digne de confiance, Octavie lui proposa de remarier sa fille à Agrippa, qui, pour cela, répudierait sa fille à elle. César d'abord, puis Agrippa agréèrent cette proposition : Octavie reprit donc sa fille, qu'elle maria au jeune Antonius, et Agrippa épousa la fille de César. Il restait encore deux filles d'Antoine et d'Octavie [154] : l'une épousa Domitius Ahenobarbus et l'autre, aussi célèbre par sa beauté que par sa vertu, Antonia [155], épousa Drusus, fils de Livie et beau-fils de César. De ce mariage naquirent Germanicus et Claude, qui fut plus tard empereur. Des enfants de Germanicus, l'un, Caïus, après un règne aussi court que tapageur, fut tué avec sa femme et sa fille ; l'autre, Agrippine, qui avait de son mari, Ahenobarbus, un fils, nommé Lucius Domitius, épousa l'empereur Claude, lequel adopta le fils de sa femme et le nomma Nero Germanicus. C'est celui qui a régné de nos jours, qui a tué sa mère, et qui, par sa démence et son égarement, a failli renverser l'empire romain [156]. Il était le cinquième descendant d'Antoine dans l'ordre des générations.

COMPARAISON DE DÉMÉTRIOS ET D'ANTOINE

88 (1). Comme ces deux hommes ont été victimes l'un et l'autre de grandes vicissitudes, considérons d'abord ce qui concerne leur puissance et leur illustration. L'un les devait à son père, Antigone, le plus puissant des successeurs d'Alexandre, qui les lui avaient précédemment acquises, ayant parcouru et soumis la plus grande partie de l'Asie avant que Démétrios eût atteint l'âge d'homme. Antoine au contraire, qui était né d'un père, distingué par ailleurs, mais dépourvu de tout talent guerrier et qui ne lui avait pas laissé grand moyen de s'illustrer, osa néanmoins aspirer à la puissance de César, à laquelle sa naissance ne lui donnait aucun droit, et il se déclara lui-même l'héritier des travaux précédemment menés par ce grand homme. Et il parvint, par ses seules ressources, à un tel point de grandeur que, ayant partagé l'univers en deux parts, il choisit et prit la plus illustre ; qu'absent, il vainquit plusieurs fois les Parthes grâce à ses subordonnés et ses lieutenants et qu'il repoussa jusqu'à la mer Caspienne les nations barbares du Caucase. Les choses mêmes qu'on lui reproche sont autant de témoignages de sa grandeur : alors que son père fut heureux, malgré la différence d'âge, de faire épouser à Démétrios Phila, fille d'Antipatros, qu'il estimait d'un rang supérieur, on reprocha à Antoine comme une honte son mariage avec Cléopâtre, laquelle surpassait en puissance et en splendeur tous les rois de son temps, à la seule exception d'Arsacès. Mais Antoine s'était élevé si haut qu'on le jugeait digne d'une fortune plus haute encore que celle à laquelle il aspirait lui-même.

89 (2). En ce qui concerne les motifs qui portèrent l'un et l'autre à l'empire, Démétrios est sur ce point à l'abri de tout reproche, qui chercha à être maître et roi de peuples habitués à avoir un maître et un roi, mais on ne peut disculper Antoine du reproche de violence et de tyrannie, puisqu'il chercha à asservir le peuple

romain qui venait juste d'échapper à la dictature de César. Et le plus grand et le plus éclatant de ses exploits, la guerre contre Cassius et Brutus, n'eut pour objet que de ravir la liberté à sa patrie et à ses concitoyens. Démétrios au contraire, avant de succomber à l'adversité, ne cessa de travailler à libérer la Grèce et à chasser des villes les garnisons : bien différent d'Antoine, qui s'enorgueillissait d'avoir tué en Macédoine les libérateurs de Rome. Il y a chez Antoine une qualité digne d'éloges : sa munificente libéralité ; pourtant, en cela aussi Démétrios le surpasse au point d'avoir gratifié ses ennemis de plus de faveurs qu'Antoine n'en a accordé à ses amis. Certes en faisant recouvrir et ensevelir le corps de Brutus, il s'acquit un beau renom, mais Démétrios fit faire des funérailles à tous les ennemis morts sur le champ de bataille et il renvoya à Ptolémée les prisonniers comblés de richesses et de présents.

90 (3). Ils commirent l'un et l'autre des excès au temps de leur prospérité et se laissèrent aller au luxe et aux plaisirs. Mais on ne peut dire que Démétrios, abîmé dans les jouissances et les banquets, ait laissé passer une occasion d'agir : il n'usait des plaisirs que pour remplir le vide de ses heures perdues et sa Lamia, comme celle de la Fable, ne lui servait que de distraction, en le divertissant et l'endormant. Mais quand il préparait la guerre, sa lance n'était pas ornée de lierre et son casque n'exhalait point l'odeur des parfums ; il ne sortait pas non plus respirant la joie et la volupté du gynécée pour aller se battre ; mais, faisant reposer les chœurs de danse et cesser les transports bachiques, il devenait, selon le mot d'Euripide, « un serviteur du sacrilège Arès » et jamais ni le plaisir ni la mollesse ne lui attirèrent le moindre échec. Antoine au contraire, comme nous voyons Héraclès, sur les tableaux, privé par Omphale de se massue et de sa peau de lion, fut ainsi bien souvent désarmé par Cléopâtre, qui, par ses charmes, le persuada de laisser échapper de ses mains de grandes entreprises et des expéditions nécessaires pour vaguer et s'amuser avec

elle sur les rivages de Canope et de Taphosiris. Enfin, comme Pâris fuyant la bataille, il se réfugia sur son sein ; mieux encore, Pâris ne se réfugia dans la chambre nuptiale que vaincu, alors qu'Antoine s'enfuit pour suivre Cléopâtre et renonça à la victoire.

91 (4). En outre Démétrios, selon une coutume que rien n'interdisait, mais qui était en usage chez les rois de Macédoine depuis Philippe et Alexandre, contracta plusieurs mariages, comme Lysimaque et Ptolémée, et il traita avec égards toutes ses épouses. Antoine, lui, fut le premier à épouser deux femmes en même temps, ce qu'aucun Romain n'avait osé faire avant lui ; après quoi, il chassa sa concitoyenne, qu'il avait épousée en justes noces, pour complaire à l'étrangère, avec qui il entretenait une liaison illégitime. Aussi n'arriva-t-il aucun malheur au premier à cause de ses mariages, et les plus grands au contraire au second. Il est vrai que, parmi toutes les actions d'Antoine, on ne trouve aucune impiété pareille à celle dont est entachée la conduite de Démétrios. Les historiens disent en effet que l'on écartait de toute l'Acropole les chiens, parce que cet animal, plus que tout autre, s'accouple en public ; et c'était au Parthénon que Démétrios s'unissait à des prostituées et traitait en prostituées beaucoup de citoyennes ! De plus, le vice qu'on croirait le plus incompatible avec un luxe et des voluptés de ce genre, la cruauté, s'alliait chez Démétrios au goût du plaisir, lui qui vit sans s'émouvoir ou, plus exactement, qui provoqua la mort lamentable du plus beau et du plus sage des Athéniens, qui fuyait ainsi ses violences. En somme, Antoine par ses débordements ne nuisit qu'à lui-même, tandis que Démétrios nuisit à d'autres.

92 (5). À l'égard de ses parents, Démétrios se montra en tout irréprochable ; Antoine, lui, sacrifia le frère de sa mère pour obtenir la tête de Cicéron, acte cruel et détestable en soi, et qu'on aurait peine à lui pardonner si la mort de Cicéron avait été le prix du salut de son oncle. Ils violèrent l'un et l'autre leurs serments et la parole donnée, l'un en faisant arrêter

Artavasdès, l'autre en faisant tuer Alexandre. Toutefois Antoine a un prétexte plausible, car il avait été abandonné chez les Mèdes et trahi par Artavasdès, alors que Démétrios, selon plusieurs auteurs, forgea de fausses accusations pour justifier son acte, et se fit passer pour la victime qui s'était défendue au lieu de l'agresseur. En revanche, pour les succès, Démétrios ne les a dus qu'à lui-même, alors qu'Antoine, au contraire, a remporté ses plus belles et grandes victoires par ses lieutenants, qui l'emportèrent en son absence.

93 (6). Tous deux ruinèrent eux-mêmes leurs affaires, mais d'une manière différente : l'un fut abandonné des Macédoniens qui lui firent défection, tandis que l'autre abandonna dans sa fuite ceux qui luttaient pour lui. Ainsi, la faute du premier est d'avoir inspiré tant d'hostilité à ses soldats, et celle de l'autre d'avoir trahi tant d'affection et de fidélité qu'il avait su se gagner. Quant à leur mort, on ne peut louer ni celle de l'un, ni celle de l'autre, mais celle de Démétrios est plus blâmable. Il souffrit d'être fait prisonnier et, détenu, il fut tout heureux de gagner trois ans de vie supplémentaires à boire et satisfaire son ventre, en se laissant domestiquer comme les animaux. Antoine eut une mort lâche, pitoyable et sans gloire, mais du moins sortit-il de la vie avant que son ennemi ne devînt maître de sa personne.

NOTES

VIE D'ALEXANDRE

1. Cette préface est justement célèbre, car Plutarque y définit son ambition, qui n'est pas du tout d'écrire de l'histoire, mais de décrire des vies et plus précisément de brosser des portraits en faisant ressortir les traits essentiels. Dans le cas d'Alexandre notamment, minimiser l'importance des batailles est évidemment une gageure, puisque sa vie pour l'essentiel est celle d'un conquérant.

2. Caranos est inconnu d'Hérodote. Selon R. Flacelière il aurait été imaginé par Théopompe, historien contemporain d'Alexandre, pour établir un lien entre les dynasties argienne et macédonienne.

3. Eaque est le père de Pélée qui est lui-même père d'Achille, et Néoptolème (ou Pyrrhus) est fils d'Achille ; il devient dans certaines légendes roi d'Epire.

4. À Samothrace, on rendait un culte initiatique aux Cabires, les « Grands Dieux » du Sanctuaire. Ce sont des dieux pour nous assez mystérieux dont le culte paraît être essentiellement oriental et qui avaient été rattachés au culte de Zeus, à la naissance de qui ils sont liés.

5. Plus tard Lucien, dans *Alexandre ou le Faux Prophète* 7, insistera sur la familiarité des habitants de Pella avec les serpents. Ce foisonnement de présages a probablement été imaginé plus tard pour fortifier la thèse de l'origine divine d'Alexandre.

6. Déesse protectrice du mariage.

7. Le temple d'Artémis à Éphèse, septième merveille du monde, fut incendié en 356 par Érostrate, en mal de célébrité.

8. Hégésias de Magnésie du Sipyle, auteur d'une *Histoire d'Alexandre,* probablement dans la 1re moitié du IIIe siècle. Plutarque stigmatise un effet qui tombe à plat, par un jeu de mots lui-même contestable.

9. Au printemps 356.

10. La peinture représentant Alexandre en Zeus porte-foudre fut exécutée pour le temple d'Artémis à Éphèse.

11. Aristoxène de Tarente né vers 370 fut l'élève d'Aristote. Il est considéré comme le père de la biographie « littéraire ».

12. Ce qui est odeur d'une part, ce qui est chaleur (et ses correspondances) d'autre part font l'objet de la part de Plutarque de multiples réflexions « scientifiques ».

13. L'amour de la gloire, mais non de n'importe quelle gloire, tel est le ressort essentiel d'Alexandre aux yeux de Plutarque.

14. C'est le type d'anecdote symbolique dont raffole Plutarque et qui met en scène un Alexandre audacieux et réfléchi.

15. Un *nympheion* est un jardin consacré aux nymphes. Miéza se trouve près de Pella. Plutarque paraît l'avoir visité.

16. Désignent les enseignements qui n'étaient délivrés qu'oralement aux disciples.

17. Ami d'enfance et trésorier d'Alexandre.

18. Philistos de Syracuse, historien de la Sicile. Télestès de Sélinonte, Philoxénos de Cythère, poètes de dithyrambes.

19. Anaxarque d'Abdère accompagna Alexandre en Asie. Xénocrate de Chalcédoine, académicien, se déroba. Dandamis et Calanos sont des gymnosophistes indiens, cf. 65 et 69.

20. Philippe épousa successivement sept femmes. Certains de ces mariages n'avaient que des raisons politiques.

21. C'est le demi-frère d'Alexandre.

22. Néarque de Crète suivit Alexandre dans son expédition pour être nommé au bout du compte au commandement de la flotte qui reconnut la route maritime entre l'Inde et le golfe Persique (cf. ch. 66).

23. Le futur roi d'Égypte.

24. Noble Macédonien qui, outragé par Olympias, se vengea en assassinant Philippe en 336.

25. Peuplade des bords du Danube.

26. Probablement les chefs du parti antimacédonien de Thèbes.

27. Qui commandaient sans doute la garnison macédonienne.

28. Il ne faut pas oublier que Plutarque est béotien et que la répression macédonienne avait laissé un très cruel souvenir. Plutarque termine le récit par un épisode qui fait ressortir le courage d'une Thébaine et la clémence d'Alexandre.

29. Dionysos est né de la thébaine Sémélé.

30. Plutarque intervertit quelque peu les faits, la réunion de Corinthe ayant lieu avant le sac de Thèbes. Il impose une logique à l'Histoire.

31. En Piérie macédonienne, région où se situait le mythe d'Orphée. Aristandros déjà cité en 2,5 accompagnera Alexandre en Asie.

32. Onésicrite, philosophe cynique et chef pilote de l'expédition de Néarque, Douris de Samos et Aristobule, ingénieur militaire, ont tous trois écrit des *Histoires d'Alexandre*.

33. Alexandre – Pâris de Troie.

34. C'est un groupe équestre représentant les 25 hétaïres (compagnons) tués au combat, qui fut érigé par Lysippe à Dion (Arrien *Anab.*, 1, 16, 4) en Macédoine.

35. Arrien, *Anab.* I, 26, 1-2, assure que c'est un vent du Nord qui dégagea la côte.

36. Orateur et poète tragique.

37. L'origine de la légende du nœud gordien est longuement narrée par Arrien, *Anab.*, II, 3.

38. Alexandre devait effectivement mourir dans le sanctuaire de Bêl à Babylone.

39. Ami d'enfance d'Alexandre. L'Acarnanie est située à l'est de la Grèce et au sud de l'Épire.

40. Ce propos ne peut qu'avoir une valeur méprisante dans l'esprit de Plutarque comme le souligne le « paraît-il ».

41. Leonnatos de Pella, proche et même apparenté à Alexandre, était un des hétaïres.

42. Appartement des vierges.

43. Veuve de Memnon de Rhodes, général de Darius, ou de Mentor, frère de ce dernier.

44. C'est une expression toute semblable qu'emploient les envoyés perses à la cour de Macédoine quand ils aperçoivent les femmes de leurs hôtes (Hérodote 5,18).

45. Fait partie de ceux que Plutarque appelle ailleurs le « chœur des flatteurs », avec Médios, Bagoas, Agésias et Démétrios.

46. Plutarque aborde là un sujet controversé : plusieurs historiens anciens insistèrent précisément sur le goût immodéré d'Alexandre pour les beuveries. Plutarque aimerait montrer qu'il s'agissait plutôt d'un goût prononcé pour la conversation.

47. On sent bien chez Plutarque, comme plus tard chez Arrien, que les Macédoniens leur paraissaient avoir été des semi-barbares mal dégrossis et plus tentés que les Grecs par le luxe perse.

48. Les Tyriens rendaient un culte à Héraklès-Melkarth. Alexandre prétendait descendre d'Héraklès par son père.

49. Le jeu de mots est identique en grec, *sa* étant un adjectif possessif : « Tienne (est) Tyr ».

50. Sœur d'Alexandre, épouse du roi d'Épire.

51. Voir chap. 5.

52. C'est pourquoi on appelle cette édition, due à une recension d'Aristote, « édition de la cassette », voir chap. 8.

53. Homère, *Od.* 4, 354-55.

54. Dans le désert de Libye à l'oasis de Siwah. Ammon est une divinité égyptienne identifiée avec Zeus. Pour asseoir son autorité sur l'Égypte qu'il venait de ravir au roi de Perse, Alexandre devait se faire reconnaître par l'oracle d'Ammon, manœuvre d'autant plus profitable que lui-même se prétendait fils de Zeus.

55. Tous ces thèmes ont dû être orchestrés par les propagandistes d'Alexandre, les origines divines du héros justifiant toutes ses conquêtes.

56. Homère, *Il.* V,340.

57. Anaxarque d'Abdère, élève du sceptique Pyrrhon.

58. Héphaïstion.

59. Cette grande scène empreinte d'esprit chevaleresque est digne de la *Cyropédie* de Xénophon ou des vies romancées d'Alexandre.

60. On peut distinguer ici encore le mélange d'audace et de calcul propre à Alexandre.

61. Satrape de Syrie et de Mésopotamie.

62. Toute cette description est volontairement digne des héros homériques.

63. Plutarque a annoncé dans sa préface qu'il ne raconterait pas

les grandes batailles, mais il a voulu montrer ici qu'il était capable de le faire.

64. Explication rationaliste d'un mythe, fréquente chez Plutarque.

65. Suse est une des villes de résidence des Achéménides. Hermione est une ville d'Argolide célèbre par sa pourpre. Cent quatre-vingt-dix ans, c'est le temps écoulé depuis l'avènement de Darius Ier (521).

66. Il y a ici une lacune du texte où était probablement relatée la prise de Persépolis, capitale des Perses. En principe, l'expédition penhellénique a atteint ses buts de guerre. Plutarque fait une pause dans son récit pour préciser de nouveaux traits de caractère de son héros (39 à 42) : générosité, frugalité, sens de l'amitié.

67. Mazaios comme Bogoas, *infra,* avaient été des officiers de Darios.

68. On a retrouvé à Delphes la dédicace de ces statues consacrées par ce compagnon d'Alexandre ou son fils.

69. Harpale, trésorier d'Alexandre, avait fui avec une partie du Trésor.

70. Le futur fondateur de la dynastie des Séleucides.

71. Près de 650 kilomètres.

72. Bessos avait été un des officiers de Darios.

73. Une partie des géographes tenaient en effet que l'océan poussait dans les terres quatre grands golfes : la Méditerranée, la mer Rouge, le golfe Persique et la mer Caspienne. D'autres, comme Hérodote, y voyait plus justement une mer fermée.

74. C'est un geste qui sera beaucoup commenté et qui acquit une valeur symbolique.

75. Cette pratique, hautement symbolique, car les Grecs ne se prosternaient pas, va devenir l'objet d'une querelle.

76. Cette histoire destinée à auréoler le personnage d'Alexandre d'un prestige de légende est, à juste titre, contestée par des historiens anciens, notamment Arrien (*Anab.* VII, 13, 3-4).

77. Fille d'un noble Bactrien. Ce mariage est symbolique.

78. Importante place forte d'Acarnanie.

79. L'affaire Philotas (330 ?) et le meurtre de Cleitos (328) sont deux épisodes de la rupture avec la génération de Macédoniens qui avaient combattu aux côtés de Philippe.

80. Anaxarque représente la philosophie qui justifie le pouvoir absolu, Callisthène la pensée hellénique qui y est opposée. L'« affaire Callisthène » constitue une rupture avec cette seconde forme de pensée.

81. Il s'agit de la conjuration dite « des pages » qui eut lieu en 327.

82. Il s'agit probablement d'Aristote qui, à cette époque, est à Athènes.

83. Il s'agit de prêtres également appelés Chaldéens.

84. Cette découverte d'une source de pétrole se situe près de l'Amou-Daria (Oxus).

85. Sisimithrès est un roitelet. Sa roche est une colline escarpée et fortifiée dans l'est de la Sogdiane.

86. Il s'agit du taxile (c'est un ethnique) Omphis, souverain du royaume qui s'étend entre l'Indus et l'Hydaspe.

87. Il s'agit des brahmanes qui semblent avoir été l'âme de la résistance.

88. Poros (nouvel ethnique) désigne le roi du Paurava.

89. Près de deux mètres.

90. Environ 5,500 km de large et 175 m de profondeur.

91. Chandragupta fit en effet don en 304 à Seleucos d'éléphants qui permirent à ce dernier de battre Antigone et Démétrios à Ipsos en 301.

92. L'océan Indien.

93. Ce sont probablement les philosophes dont il parle ailleurs (39) ou les brahmanes.

94. Probablement dans le delta de l'Indus.

95. L'historicité de cet épisode est douteuse (Arrien la met en question) mais il correspond à une tendance de la propagande du conquérant à se modeler sur la légende de Dionysos.

96. Ville de Syrie, située sur l'Euphrate.

97. Cléopâtre est la sœur d'Alexandre.

98. Calanos est ce philosophe indien dont il a été question au chap. 65.

99. Il est déjà l'époux de Roxane et semble avoir été polygame, comme du reste son père.

100. Voir chap. 47.

101. C'est-à-dire lui rendre un culte non divin, mais héroïque.

102. Après cette accumulation de présages sinistres son caractère change une nouvelle fois et il devient maladivement soupçonneux.

103. Le texte est lacunaire mais laisse apparaître la pensée de Plutarque que nous connaissons du reste par son traité *Sur la superstition.* La piété doit se situer à égale distance de l'athéisme et de la superstition.

104. Déjà citées au chapitre 23. Sorte de journal tenu par les secrétaires et relatant par le menu audiences, occupations, ordres donnés, etc.

105. Thessalien, ami personnel d'Alexandre, parfois considéré comme le « chef de chœur » des flatteurs.

106. Olympias semble avoir soupçonné Antipatros et ses enfants. D'autres accusent Aristote d'avoir été l'instigateur de l'assassinat et d'avoir fourni le poison. Le roi Antigonos qui aurait transmis ce récit est Antigone le Borgne qui mourut à Ipsos en 301.

107. Perdiccas, hipparque des Hétaïres, devint à la mort d'Alexandre détenteur du sceau royal, charge qu'il occupait officieusement depuis la mort d'Héphaïstion. Il est question de lui dans le premier chapitre de la *Vie d'Eumène.*

108. Le malheureux Arrhidée, demi-frère d'Alexandre et héritier présomptif. Il fut mis à mort en 316 sur l'ordre d'Olympias. On suppose que nous avons perdu la fin de cette biographie et le début de la vie de César qui lui faisait suite. Il y était peut-être question de l'assassinat en 310 de Roxane et de son fils par Cassandre.

VIE DE CÉSAR

1. On a pensé que le texte était lacunaire, car il ne nous est rien dit de la famille de César et le récit commence de manière abrupte.
2. Marius est mort en 86 ; Cinna gouverne Rome jusqu'en 84. Sylla fut dictateur de 82 à 79, date de son abdication. César est né en 101 ou en 100. Il épouse Cornélia, fille de Cinna en 83. Sylla cherche à s'opposer à la fois au mariage de César et à sa carrière politique, puisqu'il est lié à ses ennemis morts, Marius et Cinna.
3. La Bithynie restera un royaume jusqu'en 75.
4. Pergame était déjà romaine depuis 133.
5. Rhodes possède une excellente école de rhétorique et de philosophie.
6. Dolabella, consul en 81, avait été proconsul de Macédoine et avait obtenu le triomphe sur les Thraces. M. Lucullus était non pas préteur en Macédoine, mais préteur pérégrin à Rome.
7. C'était le geste d'un efféminé.
8. En 74.
9. En 69-68.
10. Avant Cornelia il avait été marié à Cossutia.
11. En 59.
12. En 63.
13. Qui avait été consul en 67.
14. Non pas le poème, mais le mémoire en grec sur son consulat.
15. En juin 60.
16. Année 59.
17. C'est là une référence homérique approximative *Od.* 9, 20 et 264 ; *Il.* 22, 268.
18. Au siège de Marseille en 49.
19. En juin 48, voir au chap. 39.
20. César s'arrêta à Cordoue en sept. 49.
21. Ami, collaborateur et biographe de César.
22. Les Tigurins forment l'un des quatre cantons du pays des Helvètes.
23. Gaule Narbonnaise.
24. Bibracte, près d'Autun, capitale des Eduens.
25. Campagne contre les Germains (été 58).
26. Seul Plutarque mentionne ce mode de divination.
27. Il avait reçu le commandement des deux Gaules.
28. La campagne contre les Belges eut lieu en 58 et il s'agit ici de la bataille de l'Aisne (*Bell. Gall.* 8,11).
29. C'est la bataille dite de la Sambre.
30. Conférence de Lucques (avril 56).
31. Octobre 55 et juillet 54.
32. Julia meurt en septembre 54.
33. Chef des Eburons (dans la région de Cologne).
34. Frère de l'orateur.
35. La Saône.
36. Il abandonne le siège de Gergovie.
37. Les Séquanes sont entre Saône et Jura et touchent au Rhône.
38. Siège d'Alésia : juillet-sept. 52.

39. Vercingétorix figurera au triomphe de César en 46 puis sera exécuté.
40. Plutarque emploie un terme sportif : champion de réserve.
41. Plutarque décrit la situation et les mesures prises à Rome (Pompée nommé consul unique ; ses gouvernements prorogés) de manière à justifier le coup d'État de César.
42. M. Antoine, le futur triumvir.
43. Scipion Nasica, aussi appelé après son adoption Metellus Pius Scipio, père de Cornélia, dernière épouse de Pompée (voir chap. 16 et 52-53).
44. Le 4 janvier 49, après un an et demi d'absence, Cicéron arrive à Rome à l'issue de son proconsulat de Cilicie.
45. Rimini.
46. Asinius Pollion, né en 76, mort en 4 ou 5 av. J.-C., compagnon fidèle de César, a écrit une *Histoire des guerres civiles.*
47. C'est une disposition juridique, une sorte d'état d'alarme, qui peut préluder à une levée en masse.
48. Durazzo sur la côte d'Illyrie.
49. Tous ces épisodes sont résumés ; certains même passés sous silence, comme le siège de Marseille.
50. Nous sommes en décembre 49.
51. Entre l'Illyrie et l'Epire.
52. Metellus Scipion, beau-père de Pompée.
53. Tous ces épisodes sont développés dans la *Vie de Pompée.*
54. Brutus était le fils de Servilia, sœur de Caton ; Servilia avait été la maîtresse de César et Plutarque (*Vie de Brutus*, 5) laisse entendre que Brutus aurait pu être le fils de César. En tout cas, César ne cessa de lui manifester un intérêt particulier.
55. Théodote de Chios : rhéteur, précepteur du jeune Ptolémée XIV, frère-époux de Cléopâtre.
56. Ptolémée Aulète, père de Ptolémée XIV, avait vécu à Rome avant d'être rétabli sur son trône et avait contracté des dettes, notamment envers César.
57. C'est un problème très controversé. Peut-être les entrepôts de livres du port furent-ils seuls à brûler.
58. Qui régna avec son second frère, Ptolémée XV.
59. Cette question aussi est controversée, notamment par Jérôme Carcopino.
60. La Province romaine d'Asie. Pharnace, fils de Mithridate Eupator, profitait de la guerre civile pour renouveler la tentative de son père et reconstituer l'Empire de celui-ci.
61. Antoine avait acheté la maison de Pompée (cf. *Vie d'Antoine*, 9, 5-9).
62. Décembre 47.
63. Ville de Byzacène (Tunisie) : Ras Dimas.
64. L'épilepsie.
65. Environ 10 millions d'hectolitres de blé et un million de kg d'huile.
66. Élevé à Rome, époux de Cléopâtre Selené, fille d'Antoine et de Cléopâtre, il fut replacé sur son trône par Auguste en 25. Auteur réputé d'une *Histoire romaine.*
67. En mars 45.

68. Amiral de la flotte de César.

69. On retrouve ici le Plutarque moraliste et psychologue dont les *Vies* sont le laboratoire.

70. La date de départ de l'expédition était déjà fixée au 18 mars 44.

71. Le projet hérité de Périandre, Alexandre et Démétrios Poliorcète, fut mis en œuvre par Caligula et Néron, mais resta inachevé jusqu'en 1893.

72. La réforme dite « julienne » du calendrier date de 46. L'ancien calendrier qui tenait compte de la lune aboutissait, à force de corrections, à des absurdités comme la célébration en plein hiver des fêtes de la moisson. À peine modifié par la réforme grégorienne, le calendrier Julien est encore le nôtre aujourd'hui.

73. Thème connu chez Plutarque mais, qui, à propos de César, n'intervient qu'assez tardivement.

74. Cf. *Vie de Romulus* 21, 4-10. On rapproche les Lupercales du culte arcadien de Pan célébré au mont Lycée (= mont du Loup).

75. Le légendaire Brutus de 509.

76. *Vie de Brutus* 8, 5-7.

77. Il s'agit de Strabon, le géographe et historien.

78. Decimus Brutus Albinus, fils de Junius Brutus.

79. Le théâtre de Pompée avait été inauguré en 55. Tous les témoignages situent le meurtre dans cet édifice lié à la mémoire de Pompée.

80. Les Epicuriens ne croyaient pas à l'existence des démons. Dans la *Vie de Brutus* (37 1-7) Cassius expose ses vues.

81. Octavius Balbus fut proscrit et tué en 43 ; Lentulus Spinther mourut en 42 après la bataille de Philippes.

82. Plutarque croit aux démons et aux génies qui interviennent dans les affaires humaines pour protéger ou poursuivre les humains. Il a raconté, notamment dans la *Vie de Brutus,* des épisodes de ce genre. Suétone également (*Caes.* 89) souligne qu'aucun des meurtriers ne lui survécut plus de trois ans et ne mourut de mort naturelle. Cf. *Vie de Brutus,* 36 et 48.

VIE D'ALCIBIADE

1. Le *genos* des Eupatrides, auquel Alcibiade appartenait par son père, se donnait pour ancêtre Eurysakès, fils d'Ajax (cf. Platon, *Alcibiade Majeur,* 121 a-b). Les Alcméonides sont aussi une grande famille d'Athènes à laquelle appartiennent Clisthène et Périclès.

2. Combat naval entre les flottes grecque et perse en 480 av. J.-C. Ce n'est peut-être que le grand-oncle et non le père d'Alcibiade qui combattit à l'Artémision.

3. Coronée : bataille entre les Athéniens et les Béotiens en 447.

4. Xanthippe, père de Périclès et d'Ariphron, est marié à Agaristè, sœur de l'alcméonide Mégaclès, qui est le père de Dinomachè et donc le grand-père d'Alcibiade. Périclès est donc le cousin germain d'Agaristé. C'est la raison pour laquelle on parlera de lui comme de l'oncle d'Alcibiade, dont il est aussi le tuteur (Platon, *Alc. maj.* 104 b).

5. *Alc. maj.* 122 b.
6. À propos d'Agathon, cf. *Dialogue sur l'Amour* 770 c.
7. *Guêpes* v. 44-46.
8. Archippos, poète comique contemporain d'Aristophane.
9. Cf. *Apophtegmes* 186 D ; 294 D.
10. L'opposition entre la lyre, noble, et la flûte, servile, est traditionnelle et le duel Apollon-Marsyas en est le symbole. La flûte ne permettait pas de chanter. Sur tout ce passage, voir *Alcibiade maj.* 106 e.
11. Il n'est pas sûr qu'il s'agisse de l'orateur Antiphon (480-411).
12. Trimètre iambique de Phrynicos le tragique ou de Phrynicos le comique, cité également dans le *Dialogue sur l'Amour* (762 E) et dans la *Vie de Pélopidas* 29, 11.
13. Cette définition de la mission de Socrate est à l'opposé de l'accusation portée contre lui à son procès.
14. *Phèdre* 255 d.
15. Cf. *Dialogue sur l'Amour* 762 c et Athénée, *Deipn.* 12, 534 e-f.
16. 1 statère d'or = 20 drachmes ; 1 statère d'argent = 4 drachmes.
17. 1 talent = 6 000 drachmes.
18. Cf. *Protagoras* 309 a.
19. Cléanthe le stoïcien (333-232 av. J.-C.).
20. Thucydide, 6, 15, 4.
21. Platon, *Alcibiade Maj.* 105 a-b.
22. Cf. *Apophtegmes* 186 E.
23. Potidée de Chalcidique s'était révoltée contre Athènes en 432. Cf. Platon, *Banquet,* 220 d - 221 c.
24. Bataille de Délion en 424. Cf. Platon, *ibid.*
25. Hipponicos, du *genos* des Keryces, passait pour l'un des hommes les plus riches d'Athènes.
26. Cf. Pseudo-Andocide, *Contre Alcibiade,* 13-15.
27. En cas de divorce, Alcibiade aurait dû rendre la dot.
28. Une mine vaut cent drachmes.
29. L'élevage des cailles comme animaux de compagnie était alors en vogue.
30. Démosthène, *Contre Midias,* 145.
31. Ami, disciple et successeur d'Aristote, auteur des *Caractères.*
32. Thucydide VI,12,2. Isocrate, *Sur l'attelage* 34.
33. Il s'agit du *Contre Alcibiade* qui nous est parvenu sous le nom d'Andocide.
34. *Ibid.* 29.
35. Cf. *Vie de Nicias* 11,10 ; *Vie d'Aristide* 7, 3-4. Platon le comique est à peu près contemporain d'Aristophane. Nicias, bien que plus âgé qu'Alcibiade, est son concurrent dans la vie publique. Il sera le général malheureux de l'expédition de Sicile.
36. Le proxène, sorte de consul honoraire, défend les intérêts d'une cité étrangère.
37. En 425, les Athéniens avaient capturé des Lacédémoniens à Pylos et à Sphactérie.
38. La forteresse athénienne de Panakton à la frontière de la Béotie devait être rendue à Athènes aux termes du traité. Les Lacé-

démoniens firent pression sur Thèbes pour obtenir la réalisation de cette clause.

39. Thucydide, V, 46-47.

40. La bataille de Mantinée en août 418 (Thucydide V 66-74, 81).

41. Les Mille sont à Argos les partisans de l'oligarchie. Thucydide V. Leur défaite amènera Argos à se tourner vers la mer.

42. Aglaure, fille de Cécrops, avait un temple sur l'Acropole où les éphèbes prêtaient un serment dont nous avons conservé le texte qui, interprété de manière expansionniste, est assez belliqueux.

43. *Grenouilles,* 1425 et 1432-33. Aristophane exprime bien dans cette pièce de 405 les sentiments contradictoires du peuple athénien à l'égard d'Alcibiade : séduit et choqué.

44. Une nouvelle contradiction d'Alcibiade relevée dans le *Contre Alcibiade* du Pseudo-Andocide. Le massacre des Méliens eut lieu en 416.

45. Archestratos avait commandé en 431 l'expédition athénienne contre Potidée à laquelle Alcibiade avait participé. Comparez avec *Vie de Lysandre,* 19.

46. Cf. *Vie d'Antoine,* 70, 3.

47. Cf. Thucydide 6, 15 et 90, 2-3.

48. Cf. *Vie de Nicias,* 12,1.

49. Cf. *ibid.* 13,7-9.

50. Cf. *ibid.* 12,6.

51. Dans la *Vie de Nicias* 13,11, les fêtes d'Adonis sont mentionnées après la mutilation des Hermès. Ce que Plutarque veut faire sentir, c'est l'accumulation des signes funestes et l'atmosphère d'inquiétude et de tension.

52. Si l'on peut discuter les détails du récit de l'affaire des Hermès chez Plutarque, on doit le louer d'avoir rendu cette atmosphère de terreur, de suspicion et d'inquisition qui entoure le départ de l'expédition de Sicile.

53. C'est l'opinion de Thucydide, 6, 53, 60 et 61. L'ensemble des affaires fut lié et senti comme un complot « anti-démocratique », précise Thucydide.

54. Cf. Andocide, *Sur les Mystères,* 38.

55. C'est un témoignage direct de Plutarque, hôte assidu d'Athènes.

56. Ce récit se trouve dans Andocide, *Sur les Mystères,* 48-55.

57. On trouve dans la *Vie de Nicias* 15, une analyse plus détaillée de ce rapport de forces. La *Salaminienne* est, comme la *Paralienne,* une trière rapide de liaison et de commandement.

58. Le sacrilège est de prononcer les paroles ou d'accomplir les gestes de l'initiation sans y être habilité.

59. Cf. le Pseudo-Lysias VI, *Contre Andocide* 51 : « Les prêtresses et les prêtres, debout, tournés vers le couchant, ont prononcé les imprécations... en agitant leur robe de pourpre. »

60. Ville de l'Attique, proche de la Béotie, à partir de laquelle les Lacédémoniens gênaient le ravitaillement d'Athènes.

61. Ce développement brillant où Plutarque caractérise l'exceptionnelle faculté d'adaptation d'Alcibiade a son exact pendant dans

le *Flatteur et l'ami* 50-52 E où Plutarque stigmatise cette même capacité comme l'instrument de la tromperie.

62. Euripide, *Oreste* v. 129. Il s'agit d'Hélène.

63. Cette aventure adultère d'Alcibiade à Sparte n'a pas cessé sous diverses formes d'amuser les autres Grecs (Xénophon *Hell.* 3,3,2 ; Platon, *Alcib. maj.* 121 b-c ; Plutarque, *Agésilas,* 3 ; *Lysandre,* 22).

64. Péripole = éphèbe patrouilleur.

65. Tous ces épisodes, caractérisés par le double jeu de tous les acteurs, ne s'expliquent vraiment que quand on met en rapport la conduite de la guerre et l'évolution de la politique intérieure à Athènes. (Voir Thucydide VIII, 48 et suiv.)

66. La flotte athénienne de Samos se constitue en assemblée civique et réintroduit Alcibiade dans le jeu politique d'Athènes.

67. Mettant fin à la réaction oligarchique qui avait accaparé le pouvoir avec les Cinq Mille et les Quatre Cents (été 410). À partir de 411, c'est dans les *Helléniques* de Xénophon qu'il faut suivre le récit des événements relatés par Plutarque.

68. Qui se trouvent alors à Cardia (Xénophon, *Hell.* I,I,11).

69. Propontide.

70. Île de la Propontide, aujourd'hui Marmara.

71. Ville de Bythinie sur la Propontide en face de Byzance.

72. Commandant d'une troupe d'occupation spartiate.

73. Ville de Thrace sur la Propontide.

74. Critias, poète tragique et lyrique, fut en 404 le chef des Trente tyrans.

75. Les deux grandes familles qui fournissaient le clergé d'Eleusis. L'hiérophante était un Eumolpide.

76. Les Plyntéries, cérémonie présidée par la famille sacerdotale des Praxiergides, au cours de laquelle on baignait la statue en bois d'Athéna Polias, avaient lieu en mai.

77. Les mystères éleusiniens de Boédromion (septembre) avaient lieu quatre mois après les Plyntéries.

78. La procession d'Athènes à Eleusis, qu'Aristophane évoque dans les *Grenouilles,* était une des plus grandes fêtes d'Athènes. Iacchos, assimilé à Bacchus enfant, est le dieu du cortège.

79. Le hiérophante qui montre les objets sacrés et le mystagogue qui conduit les initiés sont des prêtres éleusiniens.

80. Dénonciateurs professionnels.

81. Île au sud-est de l'Eubée qui avait quitté la confédération athénienne.

82. Cité de l'Hellespont réputée pour ses plaisirs en face de Sestos.

83. En Chersonèse de Thrace.

84. Plutarque glisse discrètement sur cet épisode dramatique, la deuxième rupture d'Alcibiade avec sa patrie. Les Athéniens ont élu entre-temps de nouveaux stratèges, destituant ainsi Alcibiade.

85. La rivière de la Chèvre, en Chersonèse de Thrace à quelques kilomètres de Sestos. La bataille eut lieu en été 405.

86. Plutarque résume les événements pour revenir à sa description d'Alcibiade.

87. Pharnabaze, satrape de Phrygie hellespontique.

88. Le Trente Tyrans, gouvernement oligarchique d'Athènes imposé par les Spartiates.

89. Mode de correspondance officiel entre le gouvernement spartiate et ses envoyés ou représentants. Bande de cuir portant des caractères qui ne devenaient lisibles que si elle était enroulée autour d'un bâton de diamètre adéquat et convenu.

90. Le roi de Sparte dont Alcibiade avait séduit l'épouse.

91. Courtisane célèbre de Corinthe. On voit assez bien comment la réputation d'Alcibiade a pu amener la tradition à forger cette paternité d'une courtisane célèbre.

VIE DE CORIOLAN

1. Ancus Marcius, fils de Pompilia, fille de Numa, quatrième roi de Rome, aurait régné de 648 à 616.

2. Nous ne connaissons que Q. Marcius Rex, préteur urbain en 144 av. J.-C., qui fit construire un aqueduc, Aqua Marcia (Frontin, *De aqu.*, 7).

3. C'est son surnom : Marcius Rutilius Censorinus. La loi est de 265 av. J.-C.

4. C'est un thème cher à Plutarque que l'on trouve même dans l'ouvrage qui lui est attribué probablement à tort, *De l'Education des enfants* 1C-3B.

5. Il s'agit du mot *virtus* que l'on peut rendre en grec par *arétè* ou *andreia.*

6. C'est la bataille du Lac Régille (496 av. J.-C.) où fut vaincu Tarquin le Superbe qui cherchait à reconquérir son trône. Le dictateur dont il est question est Aulus Postumus (Tite-Live, 2, 19-20).

7. Les Arcadiens, qui, avec Evandre, s'étaient installés sur le Palatin, sont les ancêtres des Romains.

8. On tire la glu du gui.

9. Il y avait un temple de Castor et Pollux sur le Forum où plus tard les chevaliers offraient des sacrifices à leurs patrons, les cavaliers divins.

10. Chez Tite-Live et Denys d'Halicarnasse la mère de Coriolan s'appelle Véturia et sa femme Volumnia.

11. Denys d'Halicarnasse 6,45 ; Tite-Live, 2,32. Les débiteurs insolvables notamment étaient réduits à une sorte de servitude, le statut des *nexi.*

12. Selon Cicéron, *Brutus,* 54, c'est le dictateur M. Valerius qui est chargé de cette mission.

13. On retrouve l'apologue chez Esope, 159.

14. Consul avec Spurius Cassius en 493 av. J.-C.

15. Qui avait été dictateur en 498 av. J.-C.

16. C'est le testament que l'on appelle *in procinctu.*

17. Habitants d'Antium sur la mer Tyrrhénienne.

18. Terme approximatif pour désigner la ligne de bataille.

19. Le fait est douteux.

20. Ptolémée Ier. Ce surnom lui fut donné par les Rhodiens.

21. Surnom de Séleucos II.

22. Surnom de Ptolémée VIII.

23. Surnom d'Antiochos VIII.

24. Surnom de Ptolémée III Évergète.
25. Surnom de Ptolémée II Évergète.
26. Le roi de Cyrène Battos III.
27. Antigone de Macédoine (= qui doit donner, donc qui promet).
28. C'est l'équivalent de Cicéro.
29. L. Caecilius Metellus, consul en 117 av. J.-C.
30. Q. Caecilius Metellus, consul en 60 av. J.-C.
31. Plutarque aborde ce sujet à nouveau dans la *Vie de Marius,* et il en aurait traité dans l'ouvrage mentionné au nº 100 du catalogue de Lamprias, *Des trois noms lequel est le principal ?*
32. Ville volsque du Latium à une trentaine de kilomètres de Rome. Aujourd'hui Velletri.
33. Les épidémies pour les Anciens romains ou grecs sont l'œuvre des démons ou des divinités. Dans l'*Iliade* la peste est l'œuvre d'Apollon. Dans la *Vie d'Apollonios de Tyane* IV, 10, le héros arrête la peste d'Éphèse en chassant un démon.
34. Il s'agit évidemment de l'instauration de l'Empire. Il faut prendre monarchie seulement au sens de gouvernement d'un seul. C'est en fait la doctrine de Caton que Plutarque mentionne explicitement dans *Aitia Romana* 49 (276 C).
35. Plutarque n'est pas fâché de faire d'Anytos, accusateur de Socrate, le premier en date des corrupteurs athéniens. Anytos avait été envoyé à Pylos comme stratège en 409 (cf. Aristote, *Constitution d'Athènes,* 27,5).
36. Tout le développement précédent est essentiel pour la compréhension du caractère de Coriolan selon Plutarque. L'analyse est essentiellement platonicienne. La partie impétueuse de l'âme domine sans contrepoids chez Coriolan. Ni la raison ni l'éducation ne la maîtrisent et les qualités tournent en défauts car sa noblesse tourne en infatuation. L'influence de son entourage qui devrait être bénéfique puisqu'on l'aime, se révèle désastreuse ; c'est aussi une analyse qui rappelle Platon. L'infatuation « compagne de la solitude » est tirée de la *Lettre* IV de Platon à Dion 321 c ; elle est rappelée au paragraphe 42 et dans le traité *Du flatteur et de l'ami* 69 F ainsi que dans la *Vie de Dion* 8 et 52.
37. Il y a là probablement une inexactitude. Gélon devint tyran un peu plus tard.
38. Tout ce discours de Marcius a sa cohérence puisqu'il dénie toute autorité particulière à la plèbe qui n'obéit plus qu'à ses tribuns, qui ne sont pas des magistrats. Pour lui tout compromis sert l'anarchie et la démagogie.
39. L'anachronisme en 491 av. J.-C. est évident. Aucune démocratie athénienne ne répond à cette définition. Pourquoi Plutarque a-t-il introduit ce détail ? Probablement pour montrer que ces excès démagogiques s'étaient déroulés à la fois à Rome et en Grèce.
40. C'est la position du réalisme qui occulte les problèmes de point d'honneur. Coriolan va être isolé.
41. Le piège est bien monté par des gens qui connaissent le caractère de Marcius. Il y a piège aussi dans le procès des Hermès et des Mystères à Athènes contre Alcibiade, mais il ne joue pas sur les mêmes ressorts (*Vie d'Alcibiade,* 19). Alors qu'Alcibiade est un démagogue, Marcius déteste la démagogie.

42. Les Romains tenaient leur marché tous les neuf jours. Ce délai, traditionnel, donne au moins dix-sept jours de répit. (Cf. Denys d'Hal., 7, 58.)

43. Ce que confirment Tite-Live 2,23, 27, 29 et Denys d'Hal. 7, 47.

44. Denys d'Hal. développe longuement ce changement de procédure. En comices centuriates le peuple rassemblé vote en 193 centuries ayant chacune une voix et les classes riches disposent de 98 centuries. Dans les comices tributes la majorité est au peuple.

45. Plutarque a écrit tout un traité *Du contrôle de la colère* ; c'est du reste un sujet de prédilection des moralistes antiques. Plutarque est fier de ces analyses en apparence paradoxales qu'il développe complaisamment.

46. Plus clairement, à juste titre, que dans le cas d'Alcibiade, Plutarque expose ce qui va devenir le seul moteur de l'action de Marcius : châtier les Romains.

47. Les Volsques sont dans le même état d'esprit que Marcius ; c'est ce qui va rapprocher ces ennemis de Rome.

48. Citée par Plutarque dans le *Comment maîtriser la colère* 457 D et le *Dialogue sur l'amour* 755 D ; c'est une maxime d'Héraclite d'Ephèse (Diels-Kranz, 85).

49. *Od.* 4, 246. Hélène raconte comment Ulysse déguisé s'introduit dans Troie. La comparaison, implicite, est assez piquante.

50. Le discours de Marcius s'adresse en fait à la haine et à l'amour-propre de Tullus. Le rappel de son surnom de Coriolan montre assez que c'est un orgueil qui fait appel à un autre orgueil.

51. Comme dans le cas d'Alcibiade des prodiges inquiétants alourdissent l'atmosphère.

52. Ces présages dramatiques et confus sont rapportés complaisamment par Plutarque, d'une part parce qu'ils entourent la trahison de Marcius comme celle d'Alcibiade d'un halo de surnaturel, d'autre part parce que c'est l'occasion d'une réflexion sur l'esprit religieux des Romains.

53. L'expression complète est : « hoc age quod agis » = « fais ce que tu fais ». Elle est donnée comme la base de la doctrine de l'*instauratio* qui voulait que toute cérémonie dont le rituel n'avait pas été strictement respecté fût recommencée.

54. Beaucoup plus nettement que dans la *Vie d'Alcibiade*, Plutarque fait ressortir les conflits d'intérêt entre patriciens et plébéiens, attisés ingénieusement par Marcius.

55. Ville du Latium sise au cap Circé.

56. Toutes villes du Latium. Tout ce récit est très proche de Denys d'Halicarnasse VIII, parfois même à la lettre.

57. C'est encore une remarque de Denys d'Halicarnasse.

58. Ce retournement et cette confusion des sentiments s'apparentent à ceux que connurent les Athéniens vers la fin de l'exil d'Alcibiade.

59. Ancien roi d'Albe.

60. Le stade mesure à peu près 180 m.

61. Les mots grecs employés sont imagés et forts : d'abord l'enflure ou l'orgueil, ensuite le poids, la lourdeur, la morgue.

62. Un Latin peut devenir Romain en s'établissant à Rome.

63. C'est la dernière ancre, la dernière chance de salut. Cette expression consacrée se trouve à sa place ici après une métaphore sur la tempête qui secoue l'État et parce que c'est la religion qui va être mobilisée pour fléchir Marcius.

64. Ce long développement, qui commence à la fin du paragraphe 4, est exceptionnel dans les *Vies*, mais il expose clairement les idées de Plutarque sur l'intervention des dieux dans les actions des hommes : loin de contrarier la volonté des hommes ou de leur imposer la leur, ils secondent leurs résolutions. Les textes cités sont tirés d'Homère : *Odyssée*, 18, 158 ; 21, 1 ; *Iliade*, 9, 459 ; *Od.* 9, 339. Puis *Od.* 9, 299 ; *Iliade*, 1, 188 ; *Iliade* 6, 161. Les dieux n'interviennent pas matériellement (33,8) mais agissent sur la partie volitive de notre âme. C'est l'utilisation de la doctrine platonicienne revue par Plutarque et dont l'exposé le plus clair se trouverait dans le *Démon de Socrate*.

65. Il était mort en 503.

66. Le texte dit : « obéissant à une inspiration qui n'était pas sans venir de la divinité », tournure qui en dit long sur la manière prudente dont Plutarque se représente l'action de la divinité sur l'esprit humain.

67. Même démarche et même allusion chez Denys d'Hal. 8,40.

68. Volumnie n'oublie pas de rappeler le patriotisme ardent de Marcius.

69. Scène d'émotion comme Plutarque les aime et dont il était un peu frustré avec Alcibiade.

70. Elle termine très rhétoriquement par un dilemme très balancé et plein de noblesse.

71. Ce sont les maîtres-mots du discours : la colère et le ressentiment que Marcius habille en fierté et dignité.

72. Le temple de la Fortune féminine se trouvait sur la voie Latine à l'emplacement du camp de Coriolan.

73. Pour ce passage et le suivant, cf. *Des oracles de la Pythie* 397 E-398 B ; *Du démon de Socrate* 388 C-D. Tous ces développements sont importants pour l'idée que Plutarque se fait du divin.

74. Héraclite d'Éphèse : Fragment Diels-Kranz 86. Tout ce passage, capital pour l'idée que Plutarque se fait de dieu et ses interventions, est fort bien commenté dans l'introduction de R. Flacelière à la *Vie de Coriolan*, p. 174-175 de la CUF.

75. Cf. *Vie de Numa*, 12,3.

76. Cette préférence est au premier abord surprenante mais Plutarque met trop souvent en avant la douceur et l'humanité pour n'être pas rebuté par l'orgueil, le mépris de la foule, l'intransigeance de Coriolan, qui, en effet, touche à l'injustice.

77. Plutarque est profondément heurté par la manière dont Marcius cède à la colère et se laisse guider par son ressentiment seul. Alcibiade, changeant, cède à de bons mouvements.

78. Régent de Macédoine, ami d'Aristote.

79. Cf. plus haut, *Vie de Coriolan*, 15, 4.

80. Cecilius Metellus, consul en 109 ; banni de Rome en 100 à la suite des manœuvres de Marius, rentré en 99.

81. Aristide, dont Plutarque a narré la vie, est un admirable exemple de ce refus de démagogie. Il fut ostracisé.

82. Plutarque avait écrit une vie d'Epaminondas que nous avons perdue. Héros thébain mort en 362 ; il avait été victime d'un jugement injuste.

83. On sent Plutarque embarrassé, car la vertu est du côté de Marcius, mais elle est intraitable. Alcibiade est plus sociable, mais impudent et amoral.

VIE DE DÉMÉTRIOS

1. Cette préface est importante puisque, à la différence des autres *Vies*, celles qui suivent ont été écrites pour montrer ce qu'il ne faut pas faire. Dans cette première partie de la préface, Plutarque semble vouloir donner une sorte de justification philosophique à l'entorse qu'il va faire à ses habitudes. Elle est assez laborieuse. Les sens ne distinguent pas entre les sensations, mais se bornent à les enregistrer. Les arts portent un jugement et ne peuvent ignorer le mal.

2. L'exemple des Hilotes est repris plusieurs fois : *Vie de Lyc.* 28,8 ; *Apopht. Lac.* 239 A ; *De coh. ira* 455 E.

3. Isménias, grand flûtiste thébain, plusieurs fois cité par Plutarque, notamment *Propos de table* 2,1,632 CD.

4. Autre célèbre flûtiste, de la suite d'Alexandre (*Fort. Alex.* 335 A).

5. Plat. *Rép.* 6,491 e ; *Criton* 44 d ; *Gorg.* 525 e. Souvent cité par Plutarque à propos notamment des hommes doués mais peu scrupuleux ou excessifs (Thémistocle, Alcibiade, Coriolan).

6. Antigone le Borgne (384-301), général d'Alexandre, essaya de s'assurer l'autorité sur l'Asie. Vaincu à Ipsos, il se donne la mort. Démétrios, son fils (337-283), poursuit la lutte jusqu'à un ultime échec, mais après d'assez éclatants succès.

7. On attribuait à Dionysos la conquête de l'Inde et ce mythe avait fait partie des thèmes de la propagande d'Alexandre et de ses successeurs ; mais il était aussi, comme Plutarque le rappelle souvent, le dieu de la fête qui délivre des soucis.

8. Philippe V fit périr son fils Démétrios en 180 av. J.-C.

9. Mithridate, fils d'Ariobarzane, aurait vécu de 350 à 266. Il aurait donc été nettement plus âgé que Démétrios. Il deviendra roi du Pont en 281.

10. Dans le système d'Empédocle (né vers le début du Ve siècle) les éléments (air, feu, terre, eau) sont gouvernés par deux principes : l'Amour et la Discorde.

11. Bataille de Gaza : printemps 312.

12. Ville du sud de la Phrygie où Antigone séjournait. Il la quitte pour rejoindre Démétrios et recommencer la guerre.

13. Arabes de l'Arabie Pétrée.

14. En 309.

15. Cassandre, fils d'Antipatros. Ce dernier, général d'Alexandre, avait gouverné la Macédoine. Cassandre prit sa suite et assura ainsi sa domination sur la Grèce. Ptolémée à partir de 308 essaie de s'introduire dans cette région.

16. Philosophe et homme politique. Après Thèbes il passera à Alexandrie où il aidera Ptolémée Sôter à fonder le Musée et la Bibliothèque.
17. 9 juin 307.
18. La garnison macédonienne de Cassandre.
19. Général d'Antigone qui avait déjà combattu dans le Péloponnèse en 315.
20. Polyperchon, lieutenant d'Alexandre, avait été chargé par Antipatros de gouverner la Macédoine. Il se heurta à Cassandre. Son fils Alexandre qui lui avait succédé fut assassiné en 315 et sa veuve Cratésipolis prit la suite.
21. La guerre Lamiaque (ainsi appelée parce que Antipatros s'était enfermé dans Lamia) se termina par la défaite des Athéniens insurgés à la bataille de Crannon en Thessalie (322) et la victoire de l'occupant macédonien.
22. Cléon, un des chefs du parti populaire à Athènes, cible de prédilection d'Aristophane ; mort en 422.
23. Par les Macédoniens.
24. Lysimaque, autre lieutenant d'Alexandre, maître de la Thrace. Meurt en 281.
25. La polygamie était fréquente chez les souverains macédoniens. Philippe et Alexandre en étaient eux-mêmes des exemples.
26. Phila sera la mère d'Antigone Gonatas, qui mourut en 240, et de Stratonice qui épousa Séleucos.
27. Euripide, *Phéniciennes*, 395. Le vers dit : « il faut servir... »
28. La Victoire de Samothrace aurait été élevée, selon certains, à l'occasion de ce triomphe. Mais la chose est contestée.
29. C'est à partir de cette date de 306 que les successeurs d'Alexandre commencent à porter le titre de rois. Si Cassandre ne leur donne pas ce titre, c'est que, étant roi de Macédoine, il se considère comme le seul héritier légitime d'Alexandre.
30. C'est peut-être attribuer trop d'importance à Aristodémos de Milet. L'influence des « barbares » a dû peser beaucoup plus lourd.
31. Thessalien, ami d'abord d'Alexandre et « chef du Chœur des flatteurs ».
32. Allusion aux célèbres crus de Thasos et de Chios.
33. Roi passager de Macédoine au début du IVe siècle.
34. Attale III Philométor (138-133) légua son royaume aux Romains.
35. On s'est interrogé sur ces navires monstrueux.
36. Tours de bois montées sur roues, destinées aux assauts.
37. Cette tour a donc 21 mètres de côté et 30 mètres de haut.
38. Protogène de Caunos, peintre célèbre de Carie. Ialysos est le héros éponyme fondateur de Ialysos de Rhodes. Ce tableau, que Cicéron vit encore à Rhodes, fut transporté à Rome dans le temple de la Paix, puis brûla.
39. Hérarlée, autrement dit Trachis.
40. Cenchrées sur le golfe Saronique est l'un des deux ports de Corinthe.
41. Cette anecdote voudrait faire ressortir le tact d'Antigone le père, qui voulait éviter aux trois filles d'une veuve la promiscuité de son fils.

42. Démocharès, neveu de Démosthène, dirigea les affaires d'Athènes de 287 à 270. Il fut historien.

43. C'est la reconstitution de la Ligue de Corinthe qui avait proclamé Philippe « hégémôn ».

44. Séleucos, dont le royaume s'étendait vers l'Orient, avait beaucoup d'éléphants dans son armée (donnés ou vendus par les rois des Indes).

45. Tyran de Sicile.

46. On a l'explication de cette plaisanterie dans Athénée, 14,614-615 ; Démétrios avait remarqué que l'entourage de Lysimaque portait le nom de personnages de comédie, le sien de personnages tragiques d'où la réflexion relative à Lamia. Le qualificatif de Pénélope s'applique à la vertueuse Arsinoé, épouse de Lysimaque.

47. Les deux degrés de l'initiation étaient dissociés dans l'espace (le premier à Agra, le second à Eleusis) et dans le temps (septembre et février).

48. C'est la cérémonie finale : la vision.

49. Déjà cité au chap. 12 ; poète de la comédie nouvelle.

50. Lyncée de Samos, poète comique, frère de Douris l'historien. Dans ses *Lettres de banquets* (citées par Athénée 4, 128) il raconte le banquet de Lamia.

51. Littéralement une « preneuse de villes ».

52. Lamia était un personnage de conte qui passait pour voler les enfants et servait à leur faire peur.

53. C'est-à-dire folie.

54. La coalition formée contre Antigone comprenait Cassandre, Lysimaque, Ptolémée et Séleucos. Elle avait pour but, en attaquant Antigone en Asie Mineure, de le dissuader de conquérir la Macédoine.

55. Le futur Antiochos I Soter.

56. Il avait plus de quatre-vingts ans.

57. Le fameux temple d'Artémis à Éphèse.

58. C'est la sœur de Pyrrhos.

59. Place forte de Cilicie où était abrité le trésor royal perse, d'abord détenu par Eumène de Cardia et, depuis 316, par Antigone.

60. Leur père était Antipatros.

61. Séleucos essaie de remembrer ses terres où Démétrios garde des possessions qui viennent de son père, Antigone.

62. Platon, *Lois* 5,736 e.

63. À partir de 296, semble-t-il.

64. En 294. Lacharès avait fui en Béotie.

65. Emplacement stratégique pour contrôler Athènes.

66. Archidamos, de la famille des Eurypontides, règne de 300 à 260.

67. Trimètre iambique d'une tragédie perdue d'Eschyle.

68. Sa mère, Stratonice.

69. Alexandre, fils de Cassandre.

70. Dion, près du mont Olympe, est la première ville de Macédoine à laquelle on accède en venant de Thessalie.

71. Démétrios avait pris la précaution d'entraîner Alexandre jusqu'à Larissa en Thessalie pour éviter les réactions des Macédoniens sur leur territoire. Il affronte d'abord les Macédoniens de

la suite, puis ceux de Macédoine. Tout ceci se passe en automne 294.

72. Il s'agit d'Alexandre le Grand. Cassandre avait fait périr Olympias, mère d'Alexandre en 316, Roxane et son fils en 310 et enfin Héraclès, fils d'Alexandre et de Barsine. On l'avait même soupçonné d'avoir empoisonné Alexandre lui-même.

73. C'est le futur roi de Macédoine, Antigone Gonatas.

74. C'est-à-dire des satrapies orientales dont Antiochos est devenu corégent.

75. Régent de Sparte.

76. Hieronymos de Cardia (364-260), historien, auteur d'une *Histoire des diadoques et des épigones.* Plutarque lui doit beaucoup pour les *Vies d'Eumène* et *de Démétrios.*

77. Dromichaitès, roi des Gètes, au nord du Danube.

78. Environ 360 mètres.

79. Vers la fin de 391.

80. En 290. Apollon est un des dieux dont le culte est célébré à Athènes (Thargélies, Pyanopsies). Ion aurait appartenu à Athènes par sa mère Créuse.

81. Général de Démétrios, cf. *Vie de Pyrrhos* 7, 4-10.

82. Fleuve qui coule près de Pella.

83. Philippe II, père d'Alexandre.

84. Le poète Timothée de Milet (447-357).

85. Poème célèbre de Pindare dont on n'a gardé que des fragments. Cité aussi par Calliclès dans le *Gorgias* de Platon (484 b).

86. Edessa : proche de Pella : lieu de sépulture des rois de Macédoine.

87. Ptolémée Philopator, roi d'Égypte de 221 à 204.

88. Soit 124 mètres de long et 21 mètres de hauteur.

89. Ville de Macédoine au sud-ouest de Pella.

90. De 294 à 287.

91. L'ancienne Potidée avait été rebaptisée par Cassandre en Chalcidique.

92. Tragédie perdue de Sophocle.

93. Vers des *Bacchantes* d'Euripide, 4 et 5, où Dionysos dit « Je suis venu » au lieu du « il est venu ».

94. En résumé, ils abrogent les mesures prises sous l'influence et en l'honneur de Démétrios.

95. Cratès, Athénien qui fut scholarque de l'Académie après Polémon.

96. Fleuve au nord de la Cappadoce.

97. Vers 1 et 2 de l'*Œdipe à Colone* de Sophocle où Antigone est mis au masculin pour désigner le père de Démétrios qui était, sinon aveugle, de moins borgne.

98. La Cilicie.

99. Le Taurus est un verrou montagneux qui barre la Cilicie.

100. Patroclès avait eu affaire en 311 à Démétrios quand il était gouverneur de Babylone.

101. Entre la Cilicie et la Cappadoce.

102. L'Amanus sépare la Cilicie de la Syrie. Quant à la Cyrrhestique elle est située en Syrie méridionale entre Issos et l'Euphrate, autour de la ville de Cyrrhos.

103. Les portes Amamides sont précisément les passages dans l'Amamus.

104. Caunos est au sud de la Carie.

105. Apamée sur l'Oronte.

106. Cette méditation de Plutarque sur le destin de Démétrios qui ne savait ni vraiment profiter des plaisirs ni se tenir tranquille, a été souvent rapprochée de l'entretien de Pyrrhos èt Cinéas (*Vie de Pyrrhos* 14, 4-18).

107. En 283.

108. Xénophantos de Thèbes, connu dans tout le monde grec.

109. Fondée vers 290 par Démétrios dans la presqu'île thessalienne de Magnésie.

VIE D'ANTOINE

1. Le grand-père d'Antoine, Marcus Antonius, orateur célèbre, mentionné dans le *Brutus* de Cicéron, s'était également illustré au combat contre les pirates. Il était mort lors des proscriptions de Marius en 87. Le père d'Antoine, homme débonnaire, ne s'était illustré que par ses échecs contre les pirates crétois, d'où par dérision son surnom de Créticus. Il mourut vers 71 quand son fils avait une douzaine d'années.

2. Une partie de la fortune des familles riches consistait en pièces d'orfèvrerie qui jouaient le rôle de lingots. Dons et paiements pouvaient s'effectuer en vaisselle.

3. À Rome comme en Grèce on pouvait mettre les esclaves à la question. Questionner a ici un sens fort.

4. Julia, fille de L. Julius César et sœur de Julius Caesar junior, consul en 64. Elle se remarie avec Cornelius Lentulus qui est exécuté en 63.

5. En 63 a lieu la conjuration de Catilina, jugulée par Cicéron alors consul.

6. Il est vraisemblable qu'Antoine présentait cette version dans un discours qu'il prononça pour répondre à une *Philippique* de Cicéron, que Plutarque connaît et mentionne dans la *Vie de Cicéron* 41,6.

7. La liaison d'Antoine avec Curio est sans doute narrée d'après le récit qu'en fait Cicéron dans sa deuxième *Philippique.* La dette d'Antoine est énorme : elle se monte à 6 000 000 de sesterces.

8. L'affaire Clodius : Caesar avait jugé utile de faire nommer Clodius tribun : ce dernier exécuta les réformes extrêmes du programme populaire : blé gratuit, etc. Cicéron dut s'exiler.

9. L'éloquence grecque est très prisée par les jeunes Romains depuis près d'un siècle. Antoine s'inscrit dans une tradition vieille de plus d'un demi-siècle.

10. L'éloquence asianique ou asiatique, dont nous ne possédons que des échantillons limités, semble avoir été ampoulée et faisant appel aux recettes du pathétique. Elle a fleuri surtout en Asie (Halicarnasse, Pergame), mais également à Rhodes et peut-être à Athènes. Cette définition « pleine d'ostentation, de vaine arrogance

et d'ambition capricieuse » correspond bien aux critiques habituelles des classiques et notamment des Romains. Ce style lui fut reproché plus tard par Auguste.

11. Gabinius, consul en 58 (Suétone, *Aug.* 86,5), proconsul de Syrie (57-55).

12. Aristobule II, roi de Judée, fait prisonnier par Pompée en 63, reprenait son agitation.

13. Ptolémée XIII Aulète avait été en 58 chassé par ses sujets hors d'Égypte. Sa fille Bérénice régnait avec son mari Archélaos dont il est question dans le même chapitre. Ils furent tués tous les deux.

14. Antoine avait été en 52 questeur en Gaule sous les ordres de César ; il est augure en 50 et c'est en 49 qu'il est nommé tribun de la plèbe. C'est également en 49 que Marcellus est consul et prend des mesures favorables à Pompée qu'Antoine contrecarre.

15. C'est une sorte de subterfuge pour permettre à César de se faire entendre du Sénat. En réalité, c'est devant le peuple qu'Antoine lut la lettre de César. Cf. *Vie de Pompée,* 59, *de César,* 30.

16. Épisodes résumés mais propres à faire ressortir la pugnacité d'Antoine.

17. *2e Philip.* 55. Le commentaire de Plutarque est lié à l'idée qu'il a réussi à se forger d'Alexandre et de César. Il balaie toute référence à des explications accessoires.

18. Le futur triumvir est préteur en 49.

19. Plutarque insiste sur la différence de qualité qui sépare les deux personnages.

20. Janvier 48. On peut se référer au récit de César (*Bello civ.* 3,26).

21. Lieutenant de Pompée.

22. La bataille de Pharsale marque pratiquement la fin du duel avec Pompée (48).

23. En réalité, il a été nommé dictateur en 49.

24. Plutarque souligne à juste titre l'importance de cette charge en période de dictature.

25. Cornelius Lentulus Dolabella, gendre de Cicéron, lui-même endetté.

26. Probablement deux autres tribuns.

27. Sa seconde épouse, Antonia.

28. *2e Phil.* 62-63.

29. Cicéron (*2e Phil.* 63 et 84).

30. Pour l'année 46.

31. Cicéron *2e Phil.* 64-69 évoque l'intervention de César pour obliger Antoine à s'acquitter de ses dettes. Le fait est qu'il ne participa pas à l'expédition d'Afrique contre Caton et Scipion (46).

32. Et aussi, semble-t-il, à Curion, mort en 49.

33. Brutus, le futur meurtrier, qui fut désigné comme héritier en second après Octavien.

34. Antoine avait été nommé dans le collège des augures en 50.

35. Cette réflexion se retrouve tout naturellement dans la *Vie de César* 62,10 ; la *Vie de Brutus* 8,2 et les *Reg. et imp. apopht.* 206 E.

37. Les Lupercales eurent lieu le 15 février 44. Voir la note de *César* 61.

38. Cette scène est racontée aussi in *César* 61 et Nicolas de Damas *Vie de César* 21. Les deux tribuns sont Flavius et Marcellus.

39. Cf. *Vie de Brutus* 18,2-6, où Plutarque ajoute une deuxième raison à la décision d'épargner Antoine. « (Brutus) ne désespérait pas de voir un homme bien doué, ambitieux et épris de gloire comme Antoine travailler à la liberté de sa patrie, entraîné par le noble zèle des conjurés. C'est ainsi que Brutus sauva Antoine ».

40. Le 17 mars. Mais les principaux protagonistes avaient dû convenir d'une amnistie et d'un *statu quo* que la séance du Sénat entérina. C'est ensuite qu'Antoire mesura l'étendue de sa popularité et l'importance de l'héritage politique à capter.

41. En Illyrie, il y faisait ses études.

42. Cicéron, qui s'était absenté de Rome en avril, y rentra le 31 août et commença son offensive contre Antoine (le 2 sept. 44, il prononce sa *première Philippique*).

43. Lépide avait été nommé par César proconsul de la Narbonnaise et de l'Espagne citérieure.

44. Proconsul de la Gaule Transalpine.

45. « Coupe », c'est-à-dire « ivrogne ».

46. Dans une île du Reno, près de Bologne.

47. Aemilius Lepidus Paulus avait été consul en 50. L. Julius Caesar l'avait été en 64. Tous deux échappèrent à la mort.

48. « Octavien épousa Clodia, belle-fille d'Antoine, fille de Fulvia et de P. Clodius, bien qu'elle fût à peine nubile, puis s'étant brouillé avec sa belle-mère Fulvie, il la renvoya encore vierge. » Suétone *Aug.* 62.

49. Elle intercéda auprès de son fils qui, finalement, épargna son oncle.

50. Les deux batailles de Philippes se situent en oct. 42.

51. Il s'agit du fils du célèbre orateur.

52. On s'interroge sur ce temple. S'agit-il du temple d'Apollon à Delphes (opinion la plus fréquente), à Mégare ou à Athènes (il s'agirait du Pythion et de la Boulè d'Athènes).

53. Sophocle *Œdipe Roi* v. 4-5. Dans cette pièce il s'agit des sacrifices offerts pour conjurer la peste.

54. Ce sont des épithètes cultuelles de Dionysos, auquel Antoine se comparait volontiers (comme Alexandre), mais qui sont empruntées à des aspects diamétralement opposés du dieu.

55. Veut-il parler du style asianique, ce que goûtait Antoine ?

56. Plutarque est obsédé par l'importance de la flatterie dans la vie quotidienne, mais surtout dans la vie politique et dans celle des grands. On retrouve le même thème dans le traité *Comment distinguer le flatteur de l'ami ?*

57. Antoine, décidé à mener contre les Parthes la guerre de revanche qu'avait projetée César avant sa mort, convoque Cléopâtre, reine d'Égypte, pour lui demander des comptes sur l'aide apportée à Cassius et s'assurer de son appui dans sa présente entreprise. C'est Dellius (peut-être l'historien du même nom) qui est chargé de cette mission en 41.

58. Reprise du vers 162 du chant 14 de l'*Iliade* avec remplace-

ment de « Ida » par « Cilicie » dans l'épisode où Zeus est berné par Héra.

59. Cnaeus, fils aîné de Pompée, vers 48-47.

60. Cléopâtre a probablement 27 ans en 41.

61. Fleuve de Cilicie qui traverse Tarse.

62. Cette éclatante mise en scène mythologique touche, d'une part, au souci de propagande, d'autre part, au goût du travestissement qui sera signalé plus loin.

63. On peut comparer avec ce que Plutarque dit de Cléopâtre dans la *Vie de César* 49,3. Les dons linguistiques et la culture de Cléopâtre sont dans la tradition plus célèbres que sa beauté.

64. Les Troglodytes habitaient sur la côte occidentale de la mer Rouge.

65. Antoine l'avait-il déjà rencontrée quatorze ans plus tôt quand il était venu à Alexandrie avec Labiénus, comme le prétend Appien, ou à Rome quand elle y avait suivi César en 47 ?

66. Il s'agit d'Octave.

67. Q. Labiénus est le fils de l'ancien légat de César devenu partisan de Pompée. Envoyé par Crassus et Brutus auprès du roi des Parthes, il prend du service auprès de lui contre Antoine.

68. L'orateur athénien du Ve siècle.

69. C'est une des clefs de l'attirance d'Antoine pour Cléopâtre et Alexandrie. Il y fait connaissance avec un tout autre milieu et un tout autre mode de vie.

70. Il s'agit du grand-père de Plutarque, Lamprias. Plutarque est né vers 47 ap. J.-C., son grand-père deux générations auparavant, c'est-à-dire dans les années 30 ou 20 av. J.-C. Un médecin qui faisait ses études à Alexandrie dans les années 40 et qui exerçait à Amphissa, c'est-à-dire près de Delphes, a pu effectivement bien connaître cet aïeul de Plutarque. C'est un témoignage assez direct.

71. Platon *Gorgias* 464 e-465 c : les quatre sortes de flatteries sont la cuisine, la cosmétique, la sophistique et la rhétorique.

72. Pharos est une île en face d'Alexandrie où s'appuyait le Phare. Canope, à l'est de Pharos, était le principal port du Delta avant qu'Alexandrie ne soit fondée.

73. La paix de Brindes (à partir d'août 40) négociée par l'entremise de Mécène et d'Asinius Pollion.

74. Le mariage eut lieu au début d'octobre 40.

75. Le fils aîné de Pompée, Cneius, était mort à la bataille de Munda en 45 ; mais le fils cadet Sextus avait survécu et, à la tête d'une flotte de pirates, affamait Rome.

76. Ventidius Bassus, à ce moment proconsul de Syrie.

77. Flamine du culte du divin Jules.

78. Antonia *major,* qui épousera Domitius Ahenobarbus.

79. L'hiver 39-38.

80. Orodès II.

81. En arbitrant des compétitions de lutte.

82. L'olivier de l'Erechtheion donné par Athéna.

83. La Clepsydre : fontaine proche de l'Acropole.

84. Cf. *Vie de Démétrios,* 48,6. La Cyrrhestique est à l'extrême nord de la Syrie. Cette bataille eut lieu en 38.

85. Ville de Commagène sur la rive droite de l'Euphrate. Antiochos s'était allié aux Parthes.

86. Canidius Crassus, un des principaux lieutenants d'Antoine, qu'on retrouvera plus loin. Cf. aussi *Vie de Pompée* 34, 1-8.

87. Le divorce d'Auguste avec Scribonia et son attitude à l'égard de Sextius Pompée. Nous sommes en 37.

88. Antyllus et Julius.

89. Pour Plutarque, Cléopâtre est un des mauvais génies d'Antoine.

90. Platon, *Phèdre* 254 a-d.

91. Il sera consul suffect en 33.

92. La Syrie Creuse : c'est la région située entre le Liban et l'Anti-Liban.

93. L'océan, en l'occurrence la mer Rouge.

94. C'est le fils d'Aristobule (*supra* chap. 3). Capturé lors de la prise de Jérusalem.

95. La famille des *Antonii* descendrait d'Anton, fils d'Héraclès.

96. On suppose que Solon avait légiféré contre l'adultère. (Cf. *Vie de Solon* 20, 22, 23.)

97. La défaite de Crassus à Carrhes avait eu lieu en 53 av. J.-C., soit 17 ans auparavant.

98. Ce roi d'Arménie (*Vie de Crassus* 19,1 ; 21,5 ; 22,2 ; 33,1-2) composait des tragédies et des livres d'histoire en grec.

99. Pendant l'été 36.

100. Environ 1 500 kilomètres.

101. L'Azerbaïdjan actuel.

102. Phraata ou Phraasta, résidence d'hiver des rois parthes.

103. Roi du Pont, allié des Romains.

104. Gouverneur de Bithynie et du Pont.

105. Peuple nomade de la région. Velleius Paterculus 2,82,2 voit en lui un rescapé de l'armée de Crassus.

106. Ce développement est à rapprocher du chap. 4. C'est ici que l'on comprend pourquoi Antoine, malgré tous ses défauts, a été jugé digne de figurer dans les *Vies parallèles.* Sans ces défauts, il aurait été un des plus grands capitaines.

107. C'est l'infanterie lourde de la légion.

108. Le vin est considéré comme un remède, cf. *Propos de Table,* 652 B-C et *Vie de César* 40,4 et 41,7-8.

109. Allusion à l'*Anabase* de Xénophon.

110. Cf. chap. 37. Monaisès est un de ces Parthes qui ont fui leur pays au moment de l'assassinat d'Orodès.

111. Environ 45 kilomètres.

112. Le nom s'est conservé.

113. Ces événements auront lieu en 34. Nous sommes actuellement pendant la retraite de l'hiver 36-35.

114. Cette interprétation de l'attitude et des sentiments de Cléopâtre est assez vive dans l'esprit de Plutarque pour qu'il y voie un exemple de cette flatterie subtile et indirecte dont il traite dans son *Comment distinguer le flatteur de l'ami*, 61 A.

115. Cette scène et sa signification sont commentées avec perspicacité par Fr. Chamoux, *Marc Antoine,* Paris 1986, p. 312 et suiv. Elle est comme la proclamation d'une nouvelle donne politique.

116. Auguste avait destitué Lépide, le troisième triumvir en 36.

117. Domitius Ahenobarbus et Canidius Crassus, ses principaux lieutenants.

118. Cette réflexion de Plutarque, assez inhabituelle chez lui, se refère à la fois au destin, qui pousse Auguste vers la victoire totale, et aussi à cet auxiliaire du destin, néfaste pour Antoine donc bénéfique pour Auguste, qu'a été Cléopâtre.

119. Non loin d'Éphèse.

120. En 32 av. J.-C.

121. Suétone (*Aug.* 17 1-2) nous rapporte la clause qui institue les enfants de Cléopâtre parmi ses héritiers.

122. Un incendie avait, quelques années auparavant, anéanti ou amoindri la bibliothèque d'Alexandrie.

123. Antoine devait être consul en 31. Son consulat lui fut supprimé. Le triumvirat qui expirait à la fin de 32 ne fut pas renouvelé.

124. Ce n'est pas l'eunuque Pothin tué lors du passage de César à Alexandrie (*César,* 49).

125. Citation d'Euripide, *Héraklès,* v. 1250.

126. Nicopolis fut précisément fondée par Auguste pour célébrer cette victoire.

127. Respectivement, roi des Lycaoniens et des Galates et roi des Paphlagoniens.

128. Au chap. 56 il avait demandé à Antoine de laisser Cléopâtre participer à la guerre.

129. Au combat on n'utilisait que les rames et donc en général on se délestait des voiles. La réponse d'Antoine est ambiguë.

130. Il existe des divergences sur les commandements entre Plutarque et Velleius Paterculus.

131. Les soixante que l'on avait conservées intactes. À remarquer l'insistance de Plutarque sur ce « spectacle » stupéfiant. Décidément, Cléopâtre est le mauvais génie d'Antoine.

132. Le mot serait de Caton l'Ancien (Plutarque, *Vie de Caton,* 9,8 ; *Sur l'Amour,* 759 c).

133. Le point le plus méridional du Péloponnèse.

134. À quatre heures de l'après-midi.

135. Le golfe de Corinthe.

136. Paraetonium sur la côte entre Libye et Égypte.

137. Cf. *Vie de Brutus* chap. 50.

138. Environ 57 kilomètres.

139. Il s'agit de Platon le comique, à peu près contemporain d'Aristophane.

140. Lors des Anthestéries en février.

141. En Attique deux dèmes portent ce nom.

142. Voir chap. 28.

143. Alexas avait été auprès d'Antoine à Actium. Timagène, historien d'Alexandrie, emmené en captivité à Rome, fut même au service d'Asinius Pollion.

144. Octave s'embarqua effectivement pour l'Italie, d'où il revint à la fin de l'hiver 31-30 en débarquant à Ptolemaïs (Saint-Jean-d'Acre).

145. Même réponse d'Antigone Gonatas à une même proposition de Pyrrhus. *Vie de Pyrrhus* 31,4.

146. Toujours le même parallèle avec Dionysos qui ici abandonne son protégé et imitateur.

147. 1er août 30.

148. Chevalier romain ; Caius Proculéius.

149. Cornélius Gallus, général à qui fut ensuite confiée la préfecture d'Égypte ; également ami de Virgile et poète.

150. Areios Didyme, d'Alexandrie, philosophe un peu éclectique mi-stoïcien, mi-platonicien qui avait été le précepteur d'Octavien. Cette démonstration publique d'amitié vise à concilier aux vainqueurs la confiance et l'estime des intellectuels d'Alexandrie.

151. Les manuscrits portent, par erreur sans doute, le chiffre de 14, alors que de 41 (entrevue de Tarse) à leur mort (30) il ne s'est écoulé que onze ans. On hésite pour la date véritable de sa naissance entre 82, 83 et 86 av. J.-C.

152. En réalité Antoine a été marié à cinq femmes : Fadia, Antonia, Fulvie, Octavie et Cléopâtre ; mais Plutarque ne parle que des trois dernières qui lui ont donné des enfants.

153. Cléopâtre Séléné épouse Juba, roi de Numidie et excellent historien de langue grecque, avec qui elle aura un fils, Ptolémée.

154. Plutarque est heureux de pouvoir développer ces généalogies qui mettent en valeur les vertus familiales d'Octavie et qui lui permettent en outre de rejoindre la grande histoire, l'histoire impériale à laquelle il s'est, semble-t-il, un moment intéressé.

155. Une fille d'Antoine et Octavie, Antonia, épousa Drusus, fils de Livie et beau-fils de César, et en eut Germanicus et Claude. Le second fut empereur ; le premier avant de mourir eut comme enfant Caligula et Agrippine, qui eut comme fils Néron. Ainsi donc une partie de la dynastie claudio-julienne descendra d'Antoine.

156. Plutarque est plus mesuré dans son jugement sur Néron dans les *Délais de la Justice divine* 32 parce que ce dernier, extrêmement philhellène, avait en 67 à Corinthe proclamé l'indépendance (toute relative) de la Grèce quand Plutarque avait vingt ans.

BIBLIOGRAPHIE INDICATIVE

L'ensemble des *Vies* a paru dans la collection des Universités de France, Paris, Belles-Lettres, 16 volumes, avec une traduction et des notes de R. Flacelière.

On trouvera dans le 1er volume des *Œuvres morales* de Plutarque, éditées dans la même collection, une copieuse introduction de R. Flacelière relative à l'auteur.

L'ouvrage de base sur Plutarque reste l'article de la *Realencyclopädie,* t. XXI[1] (1951) relatif à cet auteur et dû à Konrat Ziegler.

En ce qui concerne les *Vies*, on peut se référer à F. Leo, *Die Griechisch-römische Biographie nach ihrer literarischen Form,* Leipzig 1901 ; A. Momigliano, *The development of Greek Biography,* Cambridge (Mass.), 1971 (trad. fr. 1994 Circé, Strasbourg) et *Second Thoughts on Greek Biography,* Amsterdam - London, 1971 ; B. Gentile, G. Cerri, *Storia e biografia nel pensiero antico*, Bari, 1983. On aura dans le long article de Fr. Frazier, *Contribution à l'étude de la composition des Vies de Plutarque,* Aufstieg und Niedergang der Römischen Welt (ANRN), II. 33,6, un état récent de la bibliographie et des recherches. À consulter aussi du même auteur *Histoire et morale dans les Vies Parallèles de Plutarque* à paraître en 1995 aux Belles Lettres, et de J. Boulogne, *Plutarque. Un aristocrate grec sous l'occupation romaine*, Presses univ. de Lille, 1994.

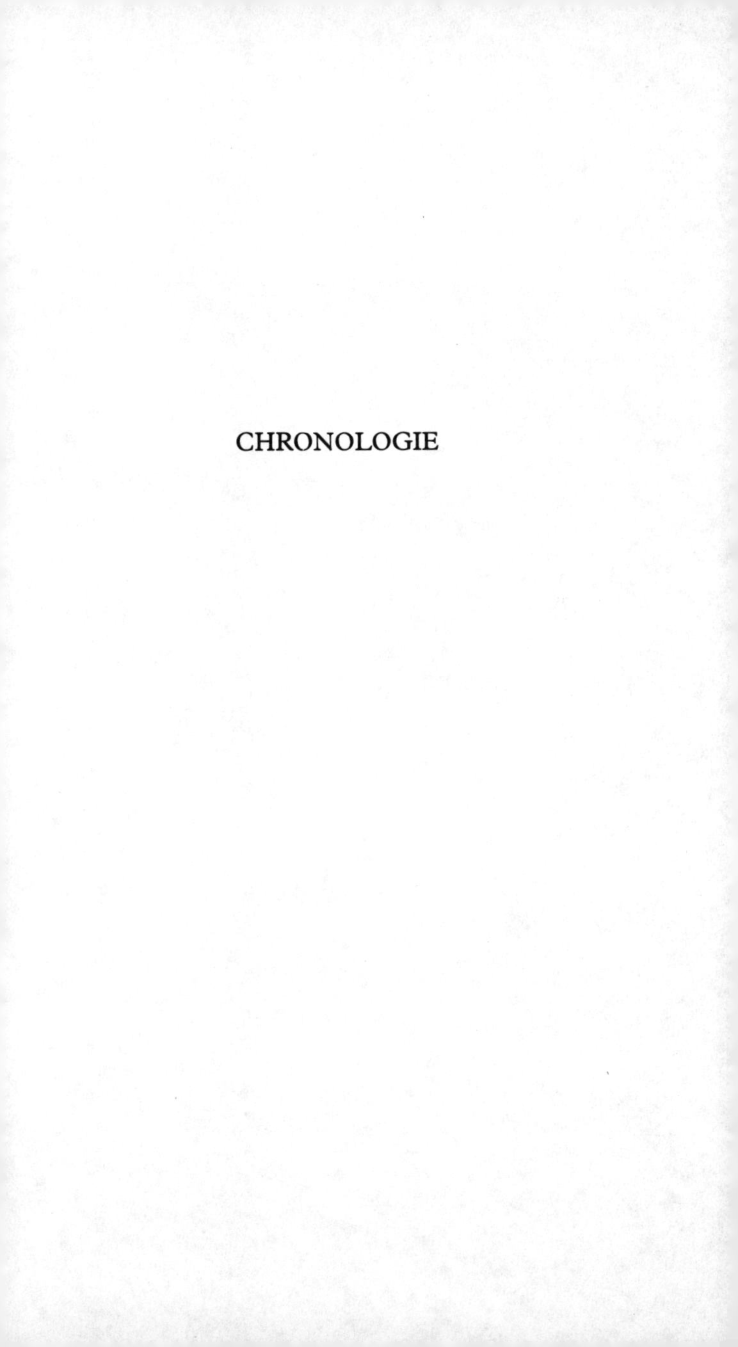

CHRONOLOGIE

41 ap. J.-C. Avènement de Claude	
45-47	Naissance de Plutarque (?)
54 Avènement de Néron	
55 Naissance de Tacite	
66-67 Voyage de Néron en Grèce	Plutarque fait ses études de philosophie à Athènes sous la direction d'Ammonios.
Proclamation de la liberté de la Grèce.	
68-69 Guerre civile : Othon-Vitellius	
70 Avènement de Vespasien	
	Voyage de Plutarque à Alexandrie Premier voyage de Plutarque à Rome *De la Fortune d'Alexandre* *De la Superstition* *De la vertu morale* Mariage de Plutarque
79 Destruction de Pompéi. Mort de Pline l'Ancien Mort de Vespasien Avènement de Titus	
81 Mort de Titus. Avènement de Domitien. Exil de Dion Chrysostome	

	Préceptes de santé
	Deuxième séjour de Plutarque à Rome (?)
90	*Du flatteur et de l'ami. Consolation à sa femme*
Vers 92	Retour de Plutarque à Chéronée. Le *Démon de Socrate*
93-96 Répression de Domitien contre les Philosophes	
94-95 Quintilien : *Institution oratoire*	*Le Banquet des Sept Sages*
96 Assassinat de Domitien. Avènement de Nerva	Plutarque devient prêtre d'Apollon à Delphes
	Comment maîtriser sa colère (entre 93 et 100)
98 Mort de Nerva : avènement de Trajan	
Tacite : *Vie d'Agricola ; De la Germanie*	*De la curiosité.*
	De la louange de soi-même
	De l'exil
	Du bavardage
100 *Panégyrique de Trajan*	Troisième séjour à Rome.
Juvénal	
Enseignement d'Epictète	*Vies parallèles*
Discours philosophiques de Dion	*Propos de Table*
101-102 1re guerre dacique	
105-106 2e guerre dacique	
111-112 Correspondance Pline-Trajan	*Des délais de la justice divine*
	Sur l'Amour
115-117 Tacite : *Annales*	
116-117 Expédition d'Orient	
117 Mort de Trajan : avènement d'Hadrien	*Des oracles de la Pythie*
120 Suétone : *Vies des Douze Césars*	
124-126 Hadrien à Athènes	
126-127	Mort de Plutarque ?

TABLE DES MATIÈRES

DERNIÈRES PARUTIONS

VERROÈS
Discours décisif (bilingue) (871)
L'Intelligence et la pensée (974)

ALZAC
La Peau de chagrin (899)
Le Père Goriot (826)

ARBEY D'AUREVILLY
Une vieille maîtresse (955)

AUDELAIRE
Au-delà du romantisme. Écrits sur l'art (1010)

ERKELEY
Trois Dialogues entre Hylas et Philonous (990)

OÈCE
Traités de théologie (876)

E BOUDDHA
Dhammapada (849)

ÜCHNER
La Mort de Danton. Léonce et Léna. Woyzeck. Lenz (888)

HRÉTIEN DE TROYES
Perceval ou le Conte du graal (bilingue) (814)

OMTE
Discours sur l'ensemble du positivisme (991)

ESCARTES
Les Passions de l'âme (865)
Lettre-préface des *Principes de la philosophie* (975)

UMAS
Le Comte de Monte-Cristo (1004-1009)

PICTÈTE
Manuel (797)

ABLIAUX DU MOYEN ÂGE
(bilingue) (972)

ÉVAL
Le Bossu (997)

ONTANE
Cécile (1012)

ALIEN
Traités philosophiques et logiques (876)

EGEL
Préface de la *Phénoménologie de l'esprit* (bilingue) (953)
Principes de la philosophie du droit (664)

IPPOCRATE
L'Art de la médecine (838)

ISTOIRES D'AMOUR ET DE MORT DE LA CHINE NCIENNE (985)

ISTOIRES EXTRAORDINAIRES ET RÉCITS FANTASQUES DE LA CHINE ANCIENNE (1014)

DRÎSÎ
La Première Géographie de l'Occident (1069)

AMES
L'Espèce particulière et autres nouvelles (996)

KÂMA SÛTRA (1000)

KANT
Métaphysique des mœurs I (715)
Métaphysique des mœurs II (716)

LAFORGUE
Les Complaintes (897)

LESSING
Nathan le Sage (bilingue) (994)

LE TASSE
La Jérusalem délivrée (986)

LORRIS
Le Roman de la Rose (bilingue) (1003)

LUCRÈCE
De la nature (bilingue) (993)

MALLARMÉ
Écrits sur l'art (1029)

MARLOWE
Le Docteur Faust (bilingue) (875)

MARX & ENGELS
Manifeste du parti communiste (1002)

MONTAIGNE
Apologie de Raymond Sebond (1054)

MONTESQUIEU
Lettres persanes (844)

MUSSET
Premières Poésies (998)

NIETZSCHE
Ainsi parlait Zarathoustra (881)
Le Gai Savoir (718)

PLATON
Alcibiade (987)
Apologie de Socrate. Criton (848)
Banquet (988)
Cratyle (954)
Protagoras (761)

PONGE
Comment une figue de paroles et pourquoi (901)

RODENBACH
Bruges-la-Morte (1011)

ROUSSEAU
Dialogues. Le Lévite d'Éphraïm (1021)

SHAKESPEARE
Antoine et Cléopâtre (bilingue) (895)
Le Songe d'une nuit d'été (bilingue) (891)

STENDHAL
Le Rose et le Vert (901)

STRINDBERG
Mademoiselle Julie. Le Pélican (970)

SWIFT
Les Voyages de Gulliver (969)

TITE LIVE
Histoire romaine. Les Progrès de l'hégémonie romaine (1005-1055)

THOMAS D'AQUIN
Contre Averroès (713)
Somme contre les Gentils (1045-1048, 4 vol. sous coffret 1049)

MIGUEL TORGA
La Création du monde (1042)

TURGOT
Formation et distribution des richesses (983)

WILDE
Le Portrait de Mr. W. H. (1007)

GF-CORPUS

L'Illusion (3035)
La Justice (3050)
La Société (3041)
La Violence (3042)

GF-DOSSIER

BEAUMARCHAIS
Le Mariage de Figaro (977)

CHATEAUBRIAND
Mémoires d'outre-tombe, livres I à V (906)

CORNEILLE
L'Illusion comique (951)
Trois Discours sur le poème dramatique (1025)

DIDEROT
Jacques le fataliste (904)

FLAUBERT
Bouvard et Pécuchet (1063)

FONTENELLE
Entretiens sur la pluralité des mondes (1024)

GOGOL
Nouvelles de Pétersbourg (1018)

HUGO
Les Châtiments (1017)
Hernani (968)
Ruy Blas (908)

JAMES
Le Tour d'écrou (bilingue) (1034)

LESAGE
Turcaret (982)

MARIVAUX
La Double Inconstance (952)
Les Fausses Confidences (1065)
L'Île des esclaves (1064)
Le Jeu de l'amour et du hasard (976)

MAUPASSANT
Bel-Ami (1071)

MOLIÈRE
Dom Juan (903)
Le Misanthrope (981)
Tartuffe (995)

MONTAIGNE
Sans commencement et sans fin. Extraits d *Essais* (980)

MUSSET
Les Caprices de Marianne (971)
Lorenzaccio (1026)
On ne badine pas avec l'amour (907)

PLAUTE
Amphitryon (bilingue) (1015)

RACINE
Bérénice (902)
Iphigénie (1022)
Les Plaideurs (999)

ROTROU
Le Véritable Saint Genest (1052)

ROUSSEAU
Les Rêveries du promeneur solitai (905)

SÉNÈQUE
Médée (992)

SOPHOCLE
Antigone (1023)

ZOLA
Au Bonheur des Dames (1086)

GF Flammarion

00/01/76512-I-2000 – Impr. MAURY Eurolivres, 45300 Manchecourt.
N° d'édition FG082003. – avril 1995. – Printed in France.